Honoré de Balzac

Verlorene Illusionen

Roman
Aus dem Französischen von
Otto Flake
Mit einem Essay von
Hans-Jörg Neuschäfer

Büchergilde Gutenberg

Die Originalausgabe erschien in drei Teilen
1837, 1839 und 1844 unter dem Titel:
›Les Illusions perdues‹
Die Übersetzung von Otto Flake
erschien erstmals 1924 im Rowohlt Verlag
und 1977 im Diogenes Verlag
Abdruck mit freundlicher Genehmigung
Die Übersetzung wurde für diese Ausgabe
überarbeitet und vervollständigt
Der Abdruck des Nachworts
erfolgt mit freundlicher Genehmigung des Autors

Lizenzausgabe für die Büchergilde Gutenberg,
Frankfurt am Main, Wien und Zürich
Mit freundlicher Genehmigung der
Diogenes Verlag AG Zürich
Alle Rechte an dieser Ausgabe vorbehalten
Copyright © 1977, 2007
Diogenes Verlag AG Zürich
Einbandgestaltung: Angelika Richter, Heidesheim
Druck und Bindung: Ebner & Spiegel, Ulm
Printed in Germany 2008
ISBN 978-3-7632-5888-8
www.buechergilde.de

Inhalt

Verlorene Illusionen

Die beiden Dichter 7
Les deux poètes

Ein großer Mann aus der Provinz in Paris 205
Un grand homme de province à Paris

Die Leiden des Erfinders 624
Les souffrances de l'inventeur

Über *Verlorene Illusionen* 849
von Jörg Drews

Streifzüge durch den Pariser Literaturbetrieb 853
von Hans-Jörg Neuschäfer

Die beiden Dichter

Zu der Zeit, da unsere Geschichte beginnt, gab es in den kleinen Provinzdruckereien weder die Stanhopesche Presse noch die Rollen, durch die die Schwärze verteilt wird. Angoulême stand zwar dank seiner speziellen Leistungen in Verbindung mit den Pariser Druckern, aber es bediente sich noch immer der Holzpressen, denen die Sprache jenes Wort von der ächzenden Presse verdankt, das heute gegenstandslos geworden ist.

Diese rückständigen Druckereien benutzten zum Schwärzen noch die sogenannten Bälle aus Leder, mit denen die Buchstaben getupft wurden. Die bewegliche Platte für die mit dem Satz gefüllte »Form«, von der man das Blatt Papier abzog, bestand noch aus Stein und rechtfertigte die Bezeichnung »Marmor«. Die gefräßigen mechanischen Pressen haben diese Methode, der wir ungeachtet aller Mängel die schönen Bücher der Elzevir, Plantin, Alde und Didot verdanken, heute so gründlich in Vergessenheit gebracht, daß die alten Werkzeuge, denen Jérôme-Nicolas Séchard seine abergläubische Liebe entgegenbrachte, erwähnt werden müssen; spielen sie doch ihre Rolle in dieser großen kleinen Geschichte.

Dieser Séchard war ehemals einer der »Presser« gewesen, die in der Sprache der Setzer Bär heißen. Die Bewegung, mit der sich die Presser bald vom Schwärzetopf zur Presse, bald von der Presse zum Schwärzetopf begeben, erinnert in der Tat leicht an den Bären, der im Käfig hin und her geht. Umgekehrt haben die Bären die Setzer Affen genannt, angesichts des Eifers, mit dem diese Männer die Lettern aus den hundertzweiundfünfzig Kästchen zusammensuchen, in die sie verteilt sind.

In der verhängnisvollen Zeit um 1793 war Séchard, der etwa fünfzig Jahre zählte, verheiratet. Dieser Umstand und sein Alter bewahrten ihn vor der großen Aushebung, die fast alle Arbeiter zur Armee führte. Der alte Presser blieb allein in der Druckerei zurück, deren Meister soeben gestorben war und eine kinderlose Witwe hinterlassen hatte. Das Geschäft schien sofort aufs äußerste bedroht: der einsame Bär konnte sich nicht in einen Affen verwandeln, als Drucker konnte er weder lesen noch schreiben.

Da tauchte ein Volksvertreter auf, der es eilig hatte, die schönen Verordnungen des Konvents zu verbreiten. Ohne sich um das Unvermögen des Pressers zu kümmern, verschaffte er ihm den Meisterbrief und legte Hand auf seine Druckerei. Der Bürger Séchard nahm das gefährliche Patent an und entschädigte die Witwe seines Brotgebers, indem er ihr die Ersparnisse seiner Frau brachte; er kaufte damit das Inventar der Druckerei zur Hälfte des Wertes. Das war nichts. Es galt, die republikanischen Verordnungen unverzüglich und fehlerlos zu drucken. In dieser schwierigen Lage hatte Jérôme-Nicolas Séchard das Glück, einen Marseiller Adligen zu treffen, der weder auswandern wollte, um seinen Besitz zu bewahren, noch Lust hatte, sich zu zeigen, weil es ihn den Kopf gekostet hätte; nur durch die Übernahme irgendeiner Arbeit konnte er sich sein Brot verdienen.

Der Comte de Maucombe zog also die unscheinbare Bluse eines Provinzkorrektors an: er setzte, las, korrigierte selber die Verordnung, die jeden Bürger, der Adlige verbarg, mit der Todesstrafe bedrohte; der Bär zog sie ab und ließ sie anschlagen, und beide retteten ihre Haut. Als 1795 der Sturm der Schreckenszeit vorübergegangen war, mußte Séchard sich nach einem anderen Korrektor umsehen. Ein Abbé, der später unter der Restauration Bischof wurde und damals den Eid verweigerte, ersetzte den Comte de Maucombe bis zu dem Tag, an dem der Erste Konsul die katholische Religion wieder einführte. Monsieur de Maucombe und der Bischof trafen sich danach auf derselben Bank der Pairskammer.

Wenn Jérôme-Nicolas Séchard 1802 nicht besser zu lesen und zu schreiben verstand als 1793, hatte er sich doch genug zurückgelegt, um einen Korrektor einstellen zu können. Der um seine Zukunft so unbesorgte Kompagnon war ein Mann geworden, den seine Bären und Affen fürchteten. Wo die Armut aufhört, fängt die Habsucht an. An dem Tag, an dem der Drucker die Möglichkeit sah, sich ein Vermögen zu schaffen, begann er ein sehr materiell ausgerichtetes Verständnis für seine Lage zu entwickeln; er wurde geizig, mißtrauisch und scharfsichtig. Die Praxis strafte die Theorie Lügen.

Mit einem Blick schätzte er den Preis einer Seite und eines Bogens ab, für jede Type berechnet. Er bewies seinen unwissenden Kunden, daß es teurer war, die großen Lettern in Bewegung zu setzen als die kleinen, sie ließen sich angeblich schwieriger handhaben. Da der Satz der Teil seiner Arbeit war, von dem er nichts verstand, fürchtete er ständig, sich zu irren, und machte deshalb nur Verträge, bei denen ihm der Löwenanteil zufiel. Wenn seine Setzer gegen Stundenlohn arbeiteten, ließ er sie nicht aus den Augen; wenn ein Fabrikant in Verlegenheit war, kaufte er sein Papier billig und legte es auf Vorrat. So kam es, daß er damals bereits das Haus besaß, in dem die Druckerei seit unvordenklichen Zeiten betrieben wurde.

Er hatte in jeder Hinsicht Glück; er wurde Witwer und hatte nur einen Sohn; er schickte ihn in das Lyzeum der Stadt, weniger um ihm eine Erziehung zu geben, als um sich einen Nachfolger heranzuziehen; er behandelte ihn streng, um die Dauer seiner väterlichen Macht zu verlängern. Während der Ferien ließ er ihn am Setzkasten arbeiten, damit er sein Brot verdienen lerne und eines Tages seinen armen Vater, der ihn mit seinem Herzblut ernährte, belohnen könne.

Nach der Abreise des Abbé wählte Séchard denjenigen der vier Setzer zum Korrektor, den der spätere Bischof als den ehrlichsten und zugleich klügsten bezeichnete. Auf diese Weise war der Drucker in der Lage, den Augenblick abzuwarten, wo sein Sohn das Geschäft übernehmen und mit jungen und geschickten Händen vergrößern könnte.

David Séchard erwarb sich auf dem Lyzeum von Angoulême die vorzüglichste Bildung. Obwohl ein Bär, der ohne Kenntnisse und Erziehung heraufgekommen war, die Wissenschaft verachten mußte, schickte sein Vater ihn doch nach Paris, um dort die hohe Kunst des Buchdruckens zu studieren; er legte ihm aber so dringend ans Herz, im sogenannten Paradies der Arbeiter einen tüchtigen Batzen zu erwerben, ohne im geringsten auf die väterliche Börse zu rechnen, daß er ohne Zweifel überzeugt war, er werde durch diesen Abschluß in der Stadt des Wissens zu seinem Ziel gelangen.

David vollendete seine Erziehung also in Paris. Der Korrektor Didots wurde ein Gelehrter. Gegen Ende des Jahres 1819 verließ David Séchard Paris, ohne seinen Vater einen roten Heller gekostet zu haben, als dieser ihn zurückrief, um das Steuer in seine Hand zu legen. Die Druckerei von Nicolas Séchard besaß damals das einzige Blatt, das im Departement gerichtliche Anzeigen brachte, dazu die Kundschaft des Präfekten und des Bischofs – drei Auftraggeber, die einem tätigen jungen Menschen eine schöne Einnahme sicherten.

Damals nun kauften die Brüder Cointet, Papierfabrikanten, das zweite in der Hauptstadt von Angoulême zur Verfügung stehende Druckerpatent. Dank den kriegerischen Wirren, die unter dem Kaiserreich jeden industriellen Aufschwung verhinderten, war es dem alten Séchard bis dahin gelungen, den Konkurrenten zur äußersten Untätigkeit zu verurteilen. Deshalb hatte er auch das Patent nicht erworben, und diese Sparsamkeit wurde der Grund des Ruines der alten Druckerei. Als er von dem Kauf hörte, dachte Séchards Vater freudig: ›Der Kampf, der sich nun zwischen meinem Geschäft und dem der Cointets erheben wird, geht meinen Sohn an, nicht mich. Ich hätte ihn nicht bestanden, aber ein junger Mann, der bei den Didots in die Lehre gegangen ist, wird ihn schon zum guten Ende führen.‹

Der Siebzigjährige ersehnte den Augenblick, wo er nach seinem Sinn leben konnte. Wenn er wenig von den feineren Künsten der Typographie verstand, galt er doch als außerordentlich beschlagen in der, die bei den Arbeitern scherzhaft die Saufographie genannt wird – einer Kunst, die dem göttlichen Urheber des Pantagruel sehr am Herzen lag, aber dank den Verfolgungen durch sogenannte Mäßigkeitsvereine mehr und mehr in Verfall geraten ist. Treu dem Fingerzeig, den sein Name Séchard (Trockling) ihm gab, hatte Jérôme-Nicolas stets einen unlöschbaren Durst verspürt.

Seiner Frau war es gelungen, diese Leidenschaft für die gekelterte Traube in richtigen Grenzen zu halten – eine Leidenschaft, die den Bären natürlich ist, wie Monsieur de Chateaubriand in Amerika feststellen konnte; die Philosophen aber haben beobachtet, daß die Gewohnheiten der Jugend im Alter verstärkt wiederkehren. Séchard strafte das Erfahrungsgesetz nicht Lügen: je älter er wurde, desto mehr neigte er zum Trunk.

Diese Leidenschaft hinterließ Spuren auf seinem Bärengesicht, sie gab ihm seine Originalität. Die Nase hatte die Ausdehnung und Form eines dreifach gezogenen großen A angenommen, die geäderten Wangen glichen jenen Rebblättern, die violette, purpurne und oft gestreifte Erhöhungen tragen; auch konnte man an eine ungeheuerliche Trüffel zur Herbstzeit erinnert werden. Seine kleinen grauen Augen, in denen die ganze Lustigkeit der Habsucht funkelte, die alles, sogar die Vaterschaft in ihm getötet hatte, lagen unter zwei dichten Brauen, die zwei vom Schnee belasteten Gebüschen glichen. Sie verloren ihre Klugheit selbst dann nicht, wenn er betrunken war. Kahl und der Krone beraubt, aber von ergrauenden Haaren umkränzt, die sich noch kräuselten, ließ der Kopf an die Franziskaner in den Erzählungen La Fontaines denken. Er war stämmig und trug einen Bauch wie viele dieser alten Lampen, die mehr Öl als Docht verbrauchen; denn Exzesse welcher Art auch immer treiben den Körper auf den Weg, der ihm gemäß ist. Trunksucht oder gelehrte Seßhaftigkeit machen den dicken Menschen noch dicker, den mageren noch magerer. Jérôme-Nicolas Séchard trug seit dreißig Jahren den berühmten Dreispitz, der sich in manchen Provinzen noch auf dem Kopf des Stadttambours finden läßt. Weste und Hose bestanden aus grünlichem Samt. Dazu ein alter brauner Rock, bunte Baumwollstrümpfe und Schuhe mit silbernen Schnallen.

Diese Kleidung, halb die eines Bürgers, halb eines Arbeiters, paßte so gut zu seinen Lastern und zu seinen Gewohnheiten, brachte so gut seine Lebensführung zum Ausdruck, daß man geradezu den Eindruck hatte, dieser Mensch sei in seinem Kostüm zur Welt gekommen; man konnte ihn sich ebensowenig ohne Kleider vorstellen wie eine Zwiebel ohne ihre Häute. Wenn der alte Drucker nicht längst durch seine blinde Habgier bewiesen hätte, was von ihm zu halten sei, hätte die Art, wie er sein Geschäft übergab, genügt, ihn zu kennzeichnen.

Die Kenntnisse, die sein Sohn aus der großen Schule der Didots mitbrachte, hinderten ihn nicht, das seit langem geplante Geschäft mit ihm zu machen. Ihm schlug es zum Guten aus, dem Sohn aber zum Schlechten. Für diesen Menschen gab es in Geschäften weder Vater noch Sohn. Hatte er in David zuerst sein einziges Kind gesehen, so sah er später in ihm einen beliebigen Käufer, dessen Interessen seinen eigenen entgegengesetzt waren. Er wollte teuer verkaufen, David billig kaufen – sein Sohn wurde also zum Feind, den es zu besiegen galt. Diese Verwandlung eines Gefühls in persönliches Interesse vollzieht sich gewöhnlich bei Leuten von guter

Erziehung langsam, auf allerlei Umwegen und scheinheilig genug, dagegen rasch und direkt bei dem alten Bären, der ein Beweis dafür war, daß die Einflüsterungen der »Saufographie« stärker als die Mahnungen der Typographie waren.

Als sein Sohn zurückkehrte, bezeigte ihm der Alte die Herzlichkeit, mit der geschickte Geschäftsleute ihre Kunden betäuben. Er gab sich mit ihm ab, wie ein Liebender sich mit seiner Geliebten abgegeben hätte; er reichte ihm den Arm, zeigte ihm, wohin er den Fuß setzen mußte, ohne sich schmutzig zu machen, hatte das Bett wärmen, das Feuer anzünden, ein Mahl anrichten lassen. Am nächsten Tag gab es ein üppiges Essen, bei dem er ihn betrunken zu machen suchte, und schließlich sagte Jérôme-Nicolas Séchard, der selbst dem Wein reichlich zugesprochen hatte: »Reden wir von Geschäften« – zwischen zwei Schluckern, so daß David ihn bat, die Besprechung auf den nächsten Tag zu verschieben. Der alte Bär verstand zu gut, Nutzen aus seiner Trunkenheit zu ziehen, als daß er eine so lange vorbereitete Schlacht aufgegeben hätte. Außerdem, meinte er, habe er seine Kugel nun fünfzig Jahre am Bein getragen und wolle es nicht eine Stunde länger tun. Morgen werde sein Sohn Meister sein. –

Hier muß vielleicht ein Wort über das Unternehmen eingeschoben werden. Schon gegen Ende der Regierung Louis' XIV. war die Druckerei in dem Haus untergebracht worden, das dort lag, wo die Rue de Beaulieu auf die Place du Mûrier mündet. So war die ganze Örtlichkeit seit langem den Zwecken der Druckerei angepaßt worden. Das Erdgeschoß bildete einen riesigen Raum, der zwischen der Straße und einem inneren Hof lag und sein Licht von beiden Seiten empfing. Das Geschäftszimmer des Inhabers konnte man übrigens durch einen Gang erreichen. Aber in der Provinz sind alle Vorgänge in einer Druckerei so sehr Gegenstand eifriger Neugierde, daß die Kunden es vorzogen, durch eine im Schaufenster angebrachte Glastür einzutreten, obwohl sie ein paar Stufen hinabsteigen mußten, der Raum lag unter dem Straßenniveau. Die Schaulustigen waren stets so verwirrt, daß sie beim Gang durch die Reihen der Werkstätte nicht acht auf die Hindernisse gaben. Wenn sie die Kette der auf Schnüren liegenden Blätter betrachteten, stießen sie sich an den Setzkästen oder gerieten mit den Haaren in die Eisenstangen, mit denen die Pressen gestützt werden. Wenn sie den gewandten Bewegungen eines Setzers folgten, der die Lettern in den hundertzweiundfünfzig Abteilungen seines Kastens zusammensuchte, während er auf die Vorlage schaute, die Zeile im Winkelhaken überflog und den Durchschuß besorgte, trafen sie auf ein Ries angefeuchteten und mit Steinen beschwerten Papieres oder stießen sich die Hüfte an der Ecke einer Bank, das alles zum größten Vergnügen der Bären und Affen. Noch nie war jemand ohne Unfall bis zu den beiden großen Käfigen vorgedrungen, die am Ende dieser Höhle lagen: zwei elenden auf den Hof gehenden Verschlägen, in denen einerseits der Korrektor, andrerseits der Druckereimeister saßen.

Im Hof trugen die Mauern einen ganz angenehmen Weinlaubschmuck, der aufs trefflichste die Neigung des Meisters anzeigte. An die Zwischenmauer angelehnt, erhob sich im Hintergrund ein verfallener Schuppen, in dem das Papier angefeuchtet und zugerichtet wurde. Dort stand auch der Gußstein, an dem vor und nach den Drucken die Formen gewaschen wurden; eine Mischung von Druckerschwärze und Küchengewässern ergoß sich daraus – die Bauern, die an den Markttagen kamen, mochten glauben, daß der Teufel sich in diesem Haus säuberte. Der Schuppen lag zwischen der Küche und dem Holzstall.

Der erste Stock, über dem nur noch zwei Mansardenzimmer lagen, enthielt drei Räume. Der erste nahm die Länge des Hausgangs ein, vermindert um das Treppenhaus mit der alten Holzstiege, und empfing sein Licht von der Gasse durch ein kleines, schräges Gitter, vom Hof durch eine runde Luke. Er diente zugleich als Vorzimmer und Speisesaal. Einfach und schmucklos mit Kalk geweißt, drückte er die ganze zynische Genügsamkeit eines geizigen Geschäftsmannes aus; die schmutzigen Platten waren nie gesäubert worden, das Mobiliar bestand aus drei schlechten Stühlen, einem runden Tisch und einem Büfett zwischen zwei Türen, die in das Schlafzimmer und den Salon führten. Fenster und Türen waren braun vor Schmutz; weißes oder bedrucktes Papier nahm die meiste Zeit den Platz weg; auf den Ballen sah man oft den Nachtisch, die Flaschen, die Schüsseln Jérôme-Nicolas Séchards.

Das Schlafzimmer, dessen bleigefaßte Scheiben auf den Hof gingen, wies jene alten Wandteppiche auf, die man am Fronleichnamstag in der Provinz an allen Hauswänden sehen kann. Es enthielt ein großes Bett mit Säulen und Vorhängen und einer Fußdecke aus roter Serge, ferner zwei wurmstichige Sessel, zwei gepolsterte Stühle aus Nußholz, einen alten Sekretär, auf dem Kamin stand ein Uhrgehäuse. Diesen Raum, der eine patriarchalische Biederkeit ausatmete und in allen Tönen von Braun gehalten war, hatte Rouzeau, der Vorgänger und Lehrherr Jérôme-Nicolas Séchards, eingerichtet.

Der Salon dagegen war von der verstorbenen Madame Séchard modernisiert worden und bot dem Auge entsetzliche perückenblau bemalte Täfeleien. Die Felder waren mit einer Tapete beklebt, die auf weißem Grund schwarze orientalische Szenen aufwies; das Mobiliar bestand aus sechs Stühlen mit Bezügen von blauem Schafleder, deren Lehnen in Lyraform geschnitten waren. Die beiden plump gewölbten Fenster, die den Blick auf die ganze Place du Mûrier freigaben, trugen keine Vorhänge; auf dem Kamin sah man weder Leuchter noch Standuhr, noch Spiegel. Madame Séchard war mitten in ihren Verschönerungsplänen gestorben, und der Mann hatte sie aufgegeben, da sie nichts einbrachten und er ihren Nutzen nicht einsehen konnte. Hierher führte Jérôme-Nicolas Séchard unsicheren Schrittes seinen Sohn und zeigte auf den runden Tisch, auf dem eine unter der Leitung des Faktors aufgestellte Bestandsaufnahme der Druckerei lag.

»Lies das, mein Junge«, sagte Jérôme-Nicolas Séchard und rollte seine betrunkenen Augen bald vom Papier zu seinem Sohn, bald von seinem Sohn zum Papier; »du wirst sehen, was für ein Schatzkästlein die Druckerei ist, die ich dir gebe.«

»Drei Holzpressen mit eisernen Griffen, Marmorwalze und Gußeisen –«

»Eine Verbesserung, die ich erfunden habe«, unterbrach der alte Séchard seinen Sohn.

»Mit allem Zubehör; Töpfen für die Schwärze, Ballen und Bänken usw., sechzehnhundert Franc. Aber lieber Vater«, sagte David Séchard und ließ die Liste fallen, »deine Pressen sind Altzeug, das keine hundert Écu wert ist, gerade gut genug, um ins Feuer zu wandern.«

»Altzeug?« rief der alte Séchard. »Altzeug? Nimm die Liste, wir gehen hinunter. Du wirst sehen, ob eure abscheulichen Schlossererfindungen so gut funktionieren wie die vorzüglichen alten erprobten Geräte. Nachher wirst du nicht mehr den Mut haben, ehrliche Pressen zu beschimpfen, die wie Postkutschen rollen und dein Leben lang nicht die geringste Reparatur notwendig machen. Altzeug! Es wird noch genügen, um deine Suppen zu kochen! Dein Vater hat dies Altzeug zwanzig Jahre lang benutzt, und ihm verdankst du alles, was du bist.«

Der Vater kletterte die holprige, abgenutzte, zitternde Treppe hinunter, ohne zu stolpern; er öffnete die Tür, die vom Gang in die Werkstatt führte, stützte sich auf die erste Presse, die er hinterlistig geölt und gereinigt hatte, und wies auf die Seitenwände aus Eichenholz, die von seinem Lehrling abgerieben worden waren.

»Ist das nicht eine wunderbare Presse?« fragte er.

In der Presse lag eine Heiratsanzeige. Der alte Bär drückte den Rost auf die Trommel und die Trommel auf die Marmorrolle, die von ihr unter der Presse in Bewegung gesetzt wurde. Er zog die Gitterstange, entsicherte die Schnur, die die Rolle zurückführte, schlug Gitter und Rost wieder in die Höhe, das alles mit der Beweglichkeit eines jungen Bären. Die derartig behandelte Presse ließ einen so niedlichen Schrei ertönen, daß man an einen Vogel erinnert wurde, der an eine Scheibe stößt und sich zur Flucht wendet.

»Gibt es eine einzige englische Presse, die imstande ist, das zu leisten?« fragte der Vater seinen erstaunten Sohn.

Der alte Séchard lief nun der Reihe nach zur zweiten und dritten Presse und nahm an jeder mit der gleichen Geschicklichkeit die gleichen Handgriffe vor. An der letzten bemerkte sein vom Wein getrübtes Auge eine Stelle, die der Lehrling übersehen hatte. Nach einigen tüchtigen Flüchen nahm der alte Trunkenbold einen Zipfel seines Rockes und rieb sie ganz wie ein Roßtäuscher, der das Fell des Pferdes, das er verkaufen will, reibt.

»Mit diesen drei Pressen da kannst du ohne Faktor deine neuntausend Franc im Jahr verdienen, David. Als dein künftiger Teilhaber widerspreche ich der Absicht, sie durch die verfluchten gegossenen Pressen zu ersetzen, die nur die Lettern abnutzen. Ihr habt in Paris Wunder geschrien, als der verfluchte Engländer, der nur ein Feind Frankreichs ist, mit seiner Erfindung das Glück der Eisengießer machen wollte. Ihr habt euch gleich auf die Stanhopes gestürzt. Danke für eure Stanhopes, die jede zweitausendfünfhundert Franc kosten, beinahe zweimal soviel wie meine Herzenskinder hier, und dabei zerbrechen sie euch die Lettern, weil sie ganz unelastisch sind. Ich bin nicht gebildet wie du, aber merke dies wohl: Der Erfolg der Stanhopes ist das Ende des Buchstabens. Die drei Pressen hier garantieren dir langen Gebrauch und saubere Arbeit, in Angoulême verlangt man nicht mehr. Drucke mit Eisen oder mit Holz, mit Gold oder mit Silber, sie werden dir nicht einen Heller mehr bezahlen.«

»Item«, las David, »fünftausend Pfund Lettern aus der Gießerei von Vaflard...« Bei diesem Namen konnte der Schüler Didots ein Lächeln nicht unterdrücken.

»Lache nur, lache nur! Nach zwölf Jahren werden die Lettern noch neu sein, das nenne ich einen Gießer. Vaflard ist ein ehrlicher Mann, der hartes Material liefert, und für mich ist der beste Gießer der, zu dem man am seltensten gehen muß.«

»Geschätzt auf zehntausend Franc«, las David weiter; »zehntausend Franc, Vater! Aber das sind vierzig Sou das Pfund, die Didot verkaufen ihre neue Cicero für sechsunddreißig Sou das Pfund. Diese Nagelköpfe da haben keinen andern Wert als Gußeisen, zehn Sou das Pfund.«

»Was, du nennst die Bastarden, die Reihen, die runden Gillés des ehemaligen Druckers des Kaisers Nagelköpfe? Lettern, die sechs Franc das Pfund wert sind, Meisterwerke der Schneidekunst, die ich erst vor fünf Jahren gekauft habe und von denen noch einige so weiß sind, wie sie aus der Gießerei kamen. Schau nur!«

Und der alte Séchard griff ein paar Hörnchen heraus, die nie benutzte Sorten enthielten, und zeigte sie.

»Ich bin nicht gelehrt, ich kann weder schreiben noch lesen, aber ich weiß genug, um zu erraten, daß die Lettern des Hauses Gillé sozusagen die Väter der Engländerinnen deiner Herren Didot waren. Hier ist eine Runde«, sagte er und nahm aus einem Kasten ein M, »ein Cicero-M, das noch nicht einmal vom Gummi befreit ist.«

David machte sich klar, daß er mit seinem Vater nicht streiten konnte. Er mußte alles annehmen oder alles ablehnen. Er stand zwischen einem Nein und einem Ja. Der alte Bär hatte alles auf die Liste gesetzt, sogar die Schnüre des Trockenbodens. Die kleinste Stange, die Bretter, die Näpfe, der Gußstein und die Putzbürsten, alles war mit der Gewissenhaftigkeit eines Geizhalses aufgeschrieben. Die Endsumme betrug beinahe dreißigtausend Franc, das Patent als

Buchdruckermeister und die Kundschaft inbegriffen. David fragte sich, ob das Geschäft zu machen oder nicht zu machen war.

Als der alte Séchard seinen Sohn stumm über der Ziffer brüten sah, wurde er unruhig, denn er zog eine heftige Debatte einer schweigenden Annahme vor. Bei dieser Art von Käufen beweist die Debatte, daß ein fähiger Kaufmann da ist, der seine Interessen verteidigt. Wer zu allem ja sagt, zahlt nicht, pflegte der alte Séchard zu sagen. Während er die Gedanken seines Sohnes belauerte, zählte er die schlechten Geräte auf, die zum Betrieb einer Provinzdruckerei nötig sind. Er führte David der Reihe nach vor eine Presse zum Satinieren und eine andere zum Beschneiden, die für die Aufträge aus der Stadt dienten; er lobte hier wie dort Anwendung und Haltbarkeit.

»Die alten Werkzeuge sind immer die besten«, sagte er, »man sollte in der Druckerei sie teurer bezahlen als die neuen, die Goldschläger tun das auch.«

Fürchterliche Vignetten mit allerlei Hymnen, Amoretten und Toten, die ihre Grabplatte hoben, wobei sie ein V oder ein M beschrieben, riesige Umrahmungen von Masken, die für die Plakate der Theater dienten, wurden dank der alkoholisierten Beredsamkeit des guten Jérôme-Nicolas zu Dingen von ungeheurem Wert. Er erklärte seinem Sohn, die Gewohnheiten der Leute in der Provinz seien so eingewurzelt, daß es vergeblich wäre, wenn man versuchen wollte, ihnen etwas Besseres vorzusetzen. Er, Jérôme-Nicolas Séchard, hatte ihnen bessere Almanache verkaufen wollen als den doppelten Lütticher, der auf Zuckerhutpapier gedruckt wurde! Nun wohl, sie hatten den doppelten Lütticher den prächtigsten Almanachen vorgezogen. David würde bald die Richtigkeit dieser altmodischen Dinge erkennen, die mehr einbrächten als die kostspieligen Neuheiten.

»Jawohl, mein Junge, die Provinz ist die Provinz, und Paris ist Paris. Wenn ein Mann von l'Houmeau zu dir kommt und seine Heiratsanzeige bestellt und du sie ohne Amor und Girlanden druckst, wird er sich nicht für verheiratet halten und sie dir zurückbringen, denn das eine M genügt ihm nicht, obwohl es deine Herren Didot, der Ruhm der Typographie, erfunden haben. Du kannst sicher sein, daß ihre Ideen noch in hundert Jahren nicht bis in die Provinz gedrungen sind, so ist es.«

Großmütige Menschen sind schlechte Kaufleute. David gehörte zu jenen schamhaften und zärtlichen Naturen, die vor einer Streiterei zurückscheuen und in dem Augenblick nachgeben, wo der Gegner ihrem Herzen nur im geringsten zu nahe kommt. Seine hohen Empfindungen und die Herrschaft, die der alte Trinker noch immer auf ihn ausübte, vermehrten seine Unlust, sich mit seinem Vater in einer Geldsache herumzuzanken, zumal da er ihm die besten Absichten zuschrieb. Denn er nahm an, die Habgier des Alten entspringe seiner Anhänglichkeit an die Druckerei. Da indessen Jérôme-Nicolas Séchard das Ganze von der Witwe Rouzeau für zehntausend Franc in Assignaten bekommen hatte und da bei dem gegenwärtigen Zustand der Gegenstände dreißigtausend Franc ein ungeheuerlicher Preis waren, rief der Sohn aus:

»Vater, du drückst mir die Kehle zu!«

»Ich, der dir das Leben gegeben hat?« sagte der alte Trunkenbold und hob die Hand zum Schnürboden. »Ja, David, wie hoch schlägst du denn das Patent an? Weißt du, was das Anzeigenblatt wert ist, in dem die Zeile zehn Sou kostet? Es hat keinen Nebenbuhler zu fürchten und brachte im letzten Monat allein fünfhundert Franc ein. Mein lieber Junge, öffne die Bücher und überzeuge dich vom Ertrag der Anzeigen und der Mitteilungen des Präfekten, des Bürgermeisters und des Bischofs! Du bist ein Träumer, dem es gar nicht darum zu tun ist, sein Glück zu machen, du feilschst wegen des Pferdes, das dich auf irgendeinen schönen Besitz wie Marsac führen soll!«

Der Bestandsaufnahme war ein Gesellschaftsvertrag zwischen Vater und Sohn beigefügt. Der gute Vater vermietete der Gesellschaft sein Haus für eine Summe von zwölfhundert Franc, obwohl er es für sechstausend Livre gekauft hatte, und er behielt sich darin eine der beiden Dachkammern vor. Solange David Séchard die dreißigtausend Franc nicht zurückgezahlt hatte, sollte der Gewinn geteilt werden; an dem Tag, an dem er diesen Betrag seinem Vater wiedererstattete, wurde er alleiniger Eigentümer der Druckerei.

David wog das Patent, die Kundschaft und die Zeitungen ab, ohne das Handwerkszeug in Rechnung zu stellen; er glaubte, durchkommen zu können, und nahm die Bedingungen an. Der Vater war an die Gewitztheit der Bauern gewöhnt und wußte nichts von den großzügigeren Berechnungen der Pariser. Deshalb war er über einen so raschen Abschluß ziemlich erstaunt.

›Sollte er Geld haben‹, fragte er sich, ›oder plant er, mich nicht zu bezahlen?‹ Er forschte ihn sofort aus, um zu erfahren, ob er Geld mitgebracht hatte, und um es ihm als Anzahlung abzunehmen. Die Neugier des Vaters weckte das

Mißtrauen des Sohnes. David blieb bis zum Kinn zugeknöpft. Am nächsten Tag schaffte der Lehrling des alten Séchard in die Kammer des zweiten Stocks die Möbel, für die er schon Verwendung hatte: sie sollten auf Karren, die sonst leer zurückgekehrt wären, auf sein Landgut geschafft werden. Die drei Zimmer im ersten Stock waren nackt und leer, als sein Sohn einzog, und die Druckerei übergab er ihm, aber ohne einen Centime für die Bezahlung der Arbeiter. Als David seinen Vater, der ja nun sein Teilhaber war, bat, seinen Teil am notwendigen Betriebskapital beizusteuern, stellte sich der alte Drucker taub. Er habe sich verpflichtet, seine Druckerei, nicht aber auch noch Geld einzubringen, für ihn war die Frage der Beteiligung erledigt. Als sein Sohn ihm zusetzte, erklärte er, damals, als die Witwe Rouzeau ihm das Geschäft verkaufte, habe er sich ohne einen Sou aus der Affäre gezogen. Wenn ihm, dem armen Arbeiter ohne Kenntnisse, das gelungen sei, dann müsse ein Schüler Didots erst recht Erfolg haben. Außerdem, David habe Geld verdient, und wem verdanke er es? Seinem alten Vater, der mit dem Schweiß seines Angesichts die Erziehung des Sohnes gezahlt habe. Möge er dies Geld heute ins Geschäft stecken.

»Was hast du mit deinen Wechseln angefangen?« fragte er, hartnäckig auf diesen Punkt zurückkehrend, den der Sohn am Tage vorher nicht aufgeklärt hatte.

»Aber mußte ich nicht leben? Mußte ich nicht Bücher kaufen?« antwortete David unwillig.

»Ah, du hast Bücher gekauft? Du wirst schlechte Geschäfte machen. Leute, die Bücher kaufen, sind ungeeignet, Bücher zu drucken«, meinte der Bär.

David empfand die schrecklichste aller Demütigungen.

Er verlor die Achtung vor seinem Vater, er mußte die ganze Flut von schmutzigen, weinerlichen, feigen, krämerhaften Gründen über sich ergehen lassen, in die der alte Geizhals seine Weigerung kleidete. Er verschloß seine Schmerzen in der Seele, als er sich allein und hilflos sah und in seinem Vater einen Spekulanten entdeckte, den er nun aus philosophischer Neugier bis auf den Grund kennenlernen wollte. Er gab ihm zu bedenken, daß er niemals Rechenschaft über das Vermögen seiner Mutter von ihm verlangt hatte. Wenn dieses Vermögen nicht als Bezahlung gelten sollte, mußte es zum mindesten als gemeinsames Betriebskapital gelten.

»Das Vermögen deiner Mutter«, sagte der alte Séchard, »das bestand in ihrer Klugheit und Schönheit.« Bei dieser Antwort durchschaute David seinen Vater völlig und begriff, daß er eine Abrechnung nur dann von ihm erhalten würde, wenn er einen endlosen, kostspieligen und entehrenden Prozeß gegen ihn anstrengte. Mit seinem edlen Herzen übernahm er die Last, die auf ihn gelegt wurde, wußte er doch, wie schwer es ihm fallen würde, diese dem Vater zugesagten Verpflichtungen einzuhalten.

›Ich werde arbeiten‹, sagte er sich, ›schließlich, wenn es mir schwerfällt, dem braven Mann ist es auch schwergefallen. Und außerdem arbeite ich ja wohl doch für mich selbst.‹

»Ich trete dir einen Schatz ab«, sagte der Vater, den die Schweigsamkeit seines Sohnes beunruhigte.

David fragte, worin dieser Schatz bestehe.

»In Marion«, antwortete der Vater.

Marion war ein Landmädchen von schwerem Schlag, das für den Betrieb der Druckerei nicht entbehrt werden konnte: sie näßte und beschnitt das Papier, übernahm alle Gänge und führte die Küche, wusch die Wäsche, entlud die Papierwagen, zog Geld ein und säuberte die Spunde. Wenn Marion hätte lesen können, würde der alte Séchard sie auch noch als Setzerin verwendet haben.

Der Vater begab sich zu Fuß nach dem Landgut. Er war zwar sehr glücklich über den Verkauf, der mühsam als Teilhaberschaft verkleidet wurde, aber er machte sich doch Sorgen darüber, wie er zu seinem Geld kommen sollte. Nach den Ängsten des Verkaufs kommen immer diejenigen der Realisierung. Alle Leidenschaften sind ihrem Wesen nach jesuitisch. Er, der Bildung für nutzlos hielt, bemühte sich, an den Einfluß der Bildung zu glauben. Er gab seine dreißigtausend Franc als Hypothek auf die Ehrbegriffe, die dank der Erziehung bei seinem Sohn entwickelt sein mußten. Als junger wohlerzogener Mann würde David Blut schwitzen, um seine Verpflichtungen zu erfüllen, seine Kenntnisse würden ihn auf ganz neue Hilfsmittel führen, er hatte die beste Gesinnung bewiesen, er würde zahlen!

Viele Väter, die so handeln, glauben väterlich gehandelt zu haben, und als der alte Séchard seinen Rebgarten in Marsac erreichte, hatte er auch völlig seinen inneren Frieden wiedergefunden.

Marsac ist ein kleines Dorf, vier Meilen vor Angoulême. Das Gut, auf dem der frühere Besitzer ein hübsches Haus gebaut hatte, war seit 1809, als der alte Bär den Besitz antrat, von Jahr zu Jahr größer geworden. Er vertauschte hier die Druckerpresse mit der des Winzers, und er lebte, wie er es ausdrückte, zu lange unter Rebstöcken, als daß er sich nicht gut ausgekannt hätte. Während des ersten Jahres nach seinem Rücktritt von den Geschäften sah man den Vater Séchard immer mit angespanntem Ausdruck über die besagten Pfähle gebeugt, denn er hielt sich immer in seinem Weinberg auf, wie er früher die Werkstatt gehütet hatte. Jene unerwarteten dreißigtausend Franc berauschten ihn noch mehr als der Septembersaft, in Gedanken zählte er sie immer zwischen den Fingern. Mit der Ferne, in der die Schuld noch lag, wuchs sein Verlangen, sie einzukassieren.

Daher lief er oft in seiner Angst von Marsac nach Angoulême. Er erkletterte die Stufen des Felsens, auf dessen Höhe die Stadt liegt, und betrat die Werkstatt, begierig zu sehen, ob sein Sohn sich aus der Affäre zog. Die Pressen standen an ihrem Platz. Der einzige Lehrling befreite, mit einer Papiermütze auf dem Kopf, die Zapfen vom Schmutz. Der alte Bär hörte eine der Pressen über irgendeiner Traueranzeige knirschen, erkannte seine alten Lettern, bemerkte seinen Sohn und den Faktor, die jeder in ihrem Verschlag ein Buch lasen, das der Bär für Korrekturen hielt. Wenn er dann mit David gegessen hatte, kehrte er nach Marsac auf sein Weingut zurück und wälzte zum tausendsten Male seine Befürchtungen hin und her. Der Geiz entwickelt, wie die Liebe, ein zweites Gesicht, er wittert, was in Zukunft, unvorhergesehen, eintreten kann, er zwingt es, ins Bewußtsein zu treten. In der Werkstatt versetzte ihn der Anblick der gewohnten Dinge in die Zeit, wo er sein Glück gemacht hatte, aber in dem Maß, wie er das Haus hinter sich ließ, stieß er bei seinem Sohn auf beunruhigende Anzeichen der Untätigkeit. Der Name Gebrüder Cointet machte ihn wild, er sah ihn schon die Firma Séchard & Sohn überwältigen, und zuletzt spürte der alte Mann mit allen Sinnen das nahende Unglück.

Seine Vorahnung täuschte ihn nicht: über dem Haus

Séchard schwebte das Unglück. Aber die Geizigen haben einen Gott. Dank einem Zusammentreffen unerwarteter Umstände sollte dieser Gott den Wucherpreis in die Geldbörse des Trinkers zaubern. Wie kam es, daß die Séchardsche Druckerei ungeachtet aller Anzeichen des Wohlstandes unterging? David, der sich um die religiöse Reaktion, die mit der Restauration in die Regierung einzog, ebensowenig wie um den Liberalismus kümmerte, bewahrte in politischen und religiösen Dingen die schädlichste Neutralität. Er lebte in einer Zeit, in der die Geschäftsleute der Provinz eine Meinung bekennen mußten, wenn sie Kunden haben wollten; es galt, zwischen dem System der Liberalen und dem der Royalisten zu wählen. Eine plötzlich in seinem Herzen aufkeimende Neigung, seine wissenschaftlichen Studien und seine liebenswerte Natur hinderten ihn, mit jenem Eifer dem Gewinn nachzujagen, der den echten Geschäftsmann ausmacht; er war weit entfernt davon, den Unterschied zu studieren, der zwischen einem Unternehmen in der Provinz und einem in Paris besteht. In Paris, der ewig bewegten Stadt, verschwinden die Schattierungen, die in den Departements so ausgeprägt sind.

Die Brüder Cointet machten die monarchische Überzeugung zu ihrer eigenen, sie hielten offenkundig die Fasten ein, gingen bei jeder Gelegenheit zur Kirche, suchten den Umgang mit den Priestern und druckten als erste die religiösen Bücher wieder, nach denen sich ein Bedürfnis bemerkbar machte. Sie erlangten auf diesem einträglichen Gebiet den Vorsprung und verleumdeten David Séchard, den sie des Liberalismus und des Atheismus beschuldigten.

Wie, sagten sie, kann man zu einem Menschen gehen, dessen Vater ein Mann der Septembertage, ein Trunkenbold, ein Bonapartist, ein alter Geizhals ist, der früher oder später einen Berg Gold hinterläßt? Sie waren arm und hatten eine große Familie, während David Junggeselle und in absehbarer Zeit reich war, weshalb er auch nur seiner Bequemlichkeit folgte, und so fort.

Diese Anschuldigungen verfehlten ihre Wirkung nicht, Präfekt und Bischof gaben schließlich das Privileg, für sie zu drucken, den Brüdern Cointet. Es dauerte nicht lange, da gründeten diese gierigen Widersacher, durch die Tatenlosigkeit ihres Gegners ermutigt, ein zweites Anzeigenblatt. Die alte Druckerei sah sich auf die Inserate aus der Stadt beschränkt, der Ertrag ihres Blattes nahm um die Hälfte ab.

Als die Cointets mit kirchlichen und erbaulichen Büchern einen beträchtlichen Gewinn gemacht hatten, schlugen sie Séchard vor, ihm sein Blatt abzukaufen, um so die Anzeigen aus dem Departement und die Mitteilungen der Gerichte hinzuzubekommen. Sobald David diese Neuigkeit seinem Vater mitgeteilt hatte, schoß der alte Winzer, dem die Fortschritte des Hauses Cointet längst schwer auf dem Herzen lagen, von Marsac auf die Place du Mûrier mit der Schnelligkeit eines Raben, der die Leichen eines Schlachtfeldes wittert.

»Laß mich die Cointets übernehmen, mische dich nicht in diese Sache«, sagte er zu seinem Sohn.

Der alte Mann hatte bald die Absichten der Cointets herausgefunden, er erschreckte sie durch die Klugheit seiner Bemerkungen.

Sein Sohn habe eine Dummheit begangen, sagte er, die er verhindern wolle:

»Worauf gründet sich unsere Kundschaft, wenn er die Zeitung abtritt?« Die Advokaten, die Notare, alle Geschäftsleute von l'Houmeau sind liberal; die Cointets haben den Séchards schaden wollen, indem sie sie des Liberalismus beschuldigten – sie haben ihnen so eine Rettungsplanke bereitet, die Anzeigen der Liberalen werden den Séchards bleiben. Die Zeitung verkaufen? Dann lieber gleich Material und Patent dazu.« Er verlangte nun von den Cointets für die Druckerei sechzigtausend Franc, um seinen Sohn nicht zugrunde zu richten, er liebte seinen Sohn, er verteidigte seinen Sohn. Der Winzer bediente sich seines Sohnes wie die Bauern ihrer Weiber. Sein Sohn wollte oder wollte nicht, je nach den Zugeständnissen, die er, eines nach dem andern, den Cointets entriß, und er brachte sie nicht ohne Anstrengung dazu, für die Zeitung von der Charente die Summe von zweiundzwanzigtausend Franc zu geben. Aber David mußte sich bei Strafe von dreißigtausend Franc verpflichten, niemals irgendeine andere Zeitung zu drucken.

Dieser Verkauf war der Selbstmord der Séchardschen Buchdruckerei; aber den Winzer kümmerte es wenig. Nach dem Raub kommt immer der Mord. Dieser Mensch wollte, daß die Summe zur Bezahlung seiner Einlage verwendet werde, und um in ihren Besitz zu kommen, hätte er David obendrein gegeben, um so mehr, als dieser lästige Sohn Anrecht auf die Hälfte des unerwarteten Schatzes hatte. Zur Entschädigung überließ ihm der edelmütige Vater die Druckerei, hielt aber an der famosen Miete von zwölfhundert Franc fest.

Nachdem das Blatt an die Cointets verkauft war, kam der Alte selten in die Stadt, er schützte sein Alter vor. Der wahre

Grund bestand darin, daß er nur noch geringes Interesse an einer Druckerei nahm, die ihm nicht mehr gehörte. Gleichwohl konnte er die alte Liebe zu seinen Gerätschaften nicht ganz unterdrücken. Wenn ihn Geschäfte nach Angoulême führten, wäre es sehr schwierig gewesen, zu entscheiden, was ihn in seinem Haus am meisten anzog, die Holzpressen oder der Sohn, dem er die Miete nur pro forma abverlangte. Sein früherer Korrektor, der bei den Cointets geblieben war, wußte, was er von dieser väterlichen Höflichkeit zu halten hatte: Der alte Fuchs fand so die Möglichkeit, sich in die Angelegenheiten seines Sohnes einzumischen, er wurde dadurch, daß er die Mietbeträge aufhäufte, der Hauptgläubiger.

Die Untätigkeit David Séchards hatte Gründe, die ein Licht auf den Charakter des jungen Mannes werfen. Einige Tage nachdem er in die väterliche Druckerei eingetreten war, hatte er einen Schulfreund getroffen, der sich damals in tiefstem Elend befand. Es war ein junger Mensch namens Lucien Chardon im Alter von einundzwanzig Jahren, der Sohn eines ehemaligen Chirurgen bei den republikanischen Armeen, der den Dienst wegen einer Verwundung hatte verlassen müssen.

Die Natur hatte aus dem Vater Chardon einen Chemiker gemacht, und der Zufall bewirkte, daß er in Angoulême Apotheker wurde. Der Tod überraschte ihn mitten in den Vorbereitungen zur Ausbeutung einer einträglichen Entdeckung, an die er ein paar Jahre Studium verwandt hatte. Er wollte jede Art von Gicht heilen. Die Gicht ist die Krankheit der Reichen, und die Reichen bezahlen jeden Preis, wenn ihre Gesundheit gefährdet ist. Das war die Erwägung, die den Apotheker dazu geführt hatte, gerade dieses Problem unter allen anderen, die sich seinem Denken boten, aufzugreifen. Vor die Wahl zwischen Forschung und Empirie gestellt, begriff er, daß nur die Wissenschaft ihm zu einem Vermögen verhelfen konnte: er studierte also die Ursachen der Krankheit und gründete sein Heilmittel auf eine Diät, die er an die einzelnen Temperamente anpaßte. Er starb während eines Aufenthaltes in Paris, wo er sich um ein Privileg an der Akademie der Wissenschaften bemühte, und verlor so die Früchte seiner Arbeit. In Erwartung des Reichtums hatte er nichts an der Erziehung seines Sohnes sowie seiner Tochter vernachlässigt, so daß der Unterhalt der Familie unaufhörlich die Einkünfte der Apotheke verschlang.

So ließ er seine Kinder nicht nur im Elend zurück, sondern hatte sie auch noch, was ihr Unglück vermehrte, in der Aussicht auf einen glänzenden Lebenslauf erzogen – diese Aussicht erlosch nun mit ihm. Der berühmte Desplein, der ihn behandelte, war Zeuge, wie er an Wutanfällen starb. Dieser Ehrgeiz des alten Regimentschirurgen entsprang seiner leidenschaftlichen Liebe zu seiner Frau, dem letzten Sproß der Familie Rubempré; er hatte sie 1793 wie durch ein Wunder vor dem Schafott gerettet, indem er das junge Mädchen, das in diese Lüge nicht einwilligen wollte, als schwanger ausgab und so Zeit gewann. Nachdem er auf diese Weise eine Art Recht, sie zu heiraten, erworben hatte, verband er sich mit ihr trotz ihrer gemeinsamen Armut. Seine Kinder hatten, wie alle Kinder der Liebe, als einzige Erbschaft die wunderbare Schönheit ihrer Mutter bekommen, ein sehr oft verhängnisvolles Geschenk, wenn es an Armut geknüpft ist.

Die Hoffnungen, die Anstrengungen, die Enttäuschungen, die alle so eng zusammenhingen, hatten an der Schönheit von Madame Chardon stark gezehrt, der langsame Abstieg auf der Leiter der Entbehrungen hatte ihre Gewohnheiten verwandelt; aber ihr Mut und der ihrer Kinder machten ihr Unglück wett. Die arme Witwe verkaufte die Apotheke, die in der Hauptstraße von l'Houmeau, dem wichtigsten Außenviertel von Angoulême, lag. Der Kaufpreis warf ihr eine Rente von dreihundert Franc ab, die für ihren eigenen Lebensunterhalt ungenügend war. Aber sie und ihre Tochter paßten sich der Lage an, ohne zu erröten, und übernahmen bezahlte Arbeit. Die Mutter pflegte Wöchnerinnen, und ihre angenehme Art bewirkte, daß sie in den reichen Häusern jeder anderen vorgezogen wurde; so lebte sie bei Fremden, ohne ihre Kinder etwas zu kosten, und verdiente zwanzig Sou am Tag. Ihr Sohn sollte nicht Zeuge des sozialen Abstiegs seiner Mutter sein; deshalb hatte sie sich Madame Charlotte genannt. Die Leute, die ihre Dienste beanspruchten, wandten sich an Postel, den Nachfolger Chardons.

Die Schwester Luciens arbeitete bei einer sehr ehrenwerten Frau der Nachbarschaft namens Prieur, die in l'Houmeau als Feinwäscherin hohes Ansehen genoß; das Mädchen verdiente ungefähr fünfzehn Sou am Tag. Sie überwachte die Arbeiterinnen und nahm in der Werkstatt eine Art höheren Rang ein, der sie ein wenig über die Klasse der Grisetten erhob. Der schmale Ertrag ihrer Arbeit und die dreihundert Franc Rente der Mutter warfen im Jahr etwa achthundert Franc ab; mit dieser Summe mußten die drei Personen leben, sich kleiden und wohnen. Dank der unerbittlichen Sparsamkeit reichte der Betrag beinahe für die Bedürfnisse Luciens aus.

Madame Chardon und ihre Tochter Ève glaubten an Lucien, wie die Frau Mohammeds an ihren Gatten glaubte; die Aufopferung, mit der sie seiner Zukunft dienten, war grenzenlos. Die arme Familie wohnte in l'Houmeau in einer Wohnung, die der Nachfolger Chardons für eine sehr bescheidene Summe vermietet hatte; sie lag am Ende eines Innenhofes über dem Laboratorium. Lucien sah sich auf eine elende Mansardenkammer angewiesen. Die Begeisterung seines Vaters für die Naturwissenschaften hatte sich früh auf ihn übertragen, und Lucien wurde einer der glänzendsten Schüler des Gymnasiums der Stadt; er saß in der dritten Klasse, als Séchard dort seine Studien beendete.

Der Zufall brachte die Schulfreunde wieder zusammen. Lucien, der es müde war, aus dem groben Becher des Elends zu trinken, stand im Begriff, einen jener radikalen Entschlüsse zu fassen, auf die man mit zwanzig Jahren verfällt. Vierzig Franc im Monat, die David Lucien gab, indem er ihm anbot, bei ihm den Beruf eines Korrektors zu lernen, obwohl er keinen brauchte, rissen Lucien aus seiner Verzweiflung. Die Bande der so erneuerten Schulfreundschaft knüpften sich bald fester, dank der Ähnlichkeit im äußeren Schicksal der beiden jungen Männer und der Verschiedenheit ihres Charakters.

Beide trugen sich mit großen Erwartungen und besaßen die hohe Intelligenz, die ihren Träger auf eine Stufe mit allen Geistesgrößen stellt – beide sahen sich in die Tiefen der Gesellschaft geschleudert. Diese Ungerechtigkeit des Schicksals band sie eng aneinander. Ferner hatten sich beide dem dichterischen Ehrgeiz verschrieben, wenn auch ihre Wege verschieden waren. Lucien, der für die schwierigsten

Spekulationen der Naturwissenschaft begabt war, sehnte sich glühend nach literarischem Ruhm; David, den seine versonnene Anlage zum Poeten bestimmte, fühlte eine Neigung für die exakten Wissenschaften. Diese Vertauschung der Rollen begründete eine geistige Bruderschaft. Lucien weihte David in die kühnen Gedanken seines Vaters ein, der die Ergebnisse der Wissenschaft der Industrie zuführen wollte; David ließ Lucien einen Blick auf die neuen Wege werfen, die ihm zu einem literarischen Namen und zu einer Stellung verhelfen sollten.

Die Freundschaft der beiden jungen Männer wuchs in wenigen Tagen zu einer jener Leidenschaften, die nur den heranreifenden Jünglingen eigentümlich sind. Es dauerte nicht lange, bis David die schöne Ève sah und sich ihr in der Art der melancholischen und nachdenklichen Geister unwiderstehlich verfallen fühlte. Das *Et nunc et semper et in secula seculorum* der Liturgie ist der Wahlspruch dieser unbekannten Bewohner hoher Regionen; wenn ihr nach ihren Werken fragt: sucht sie in dem prachtvollen Heldengedicht, das zwischen zwei Herzen aufblüht und verwelkt. Als der Liebende die geheimen Hoffnungen erraten hatte, die Mutter und Schwester Luciens auf die schöne Poetenstirn des Freundes setzten, als er ihre ganze blinde Hingabe begriff, war es für ihn eine der süßesten Empfindungen, sich seiner Herzenskönigin zu nähern, indem er ihre Opfer und Erwartungen teilte. Lucien wurde Davids Wahlbruder.

Wie die Ultras, die royalistischer als der König sein wollten, übertrieb David den Glauben, den Mutter und Schwester an Luciens Genius hatten, und er verzog ihn, wie eine Mutter ihr Kind verzieht. In einer der Unterhaltungen, in denen sie angesichts der Geldnot, die ihnen die Hände band, gleich allen jungen Leuten überlegten, auf welchem Weg sie rasch ein Vermögen schaffen konnten, und alle Bäume schüttelten, die schon längst von ihren Vorgängern ergebnislos geschüttelt worden waren – in einer dieser Unterhaltungen erinnerte sich Lucien zweier Ideen seines Vaters.

Chardon hatte davon gesprochen, durch Anwendung einer neuen chemischen Substanz den Preis des Zuckers auf die Hälfte zu senken und ebenso den Preis für Papier zu vermindern, indem er aus Amerika gewisse Pflanzenstoffe bezog, dieselben, die bei den Chinesen in Gebrauch waren und wenig kosteten. David, der die Bedeutung dieser schon bei Didot erwogenen Frage kannte, griff den Gedanken auf, der ein Vermögen versprach, und betrachtete Lucien als Wohltäter, dem er nun seinen Dank abstatten konnte.

Man begreift, wie sehr die Gedankenwelt und das innere Leben der beiden Freunde sie ungeeignet machten, eine Druckerei zu führen. Weit entfernt, fünfzehn bis zwanzigtausend Franc einzubringen wie die Druckerei der Brüder Cointet, der Drucker und Buchhändler des Erzbischofs und Eigentümer des *Courrier de la Charente*, der nun das einzige Blatt des Departements war, trug das Unternehmen von Séchards Sohn im Monat kaum dreihundert Franc ein, von denen das Gehalt des Korrektors und Marions, Steuern und Miete abgingen. David sah sich auf etwa hundert Franc im Monat angewiesen.

Tatkräftige und unternehmende Männer hätten die Lettern erneuert, eiserne Pressen gekauft und Pariser Verlegern billige Druckangebote gemacht; hier aber verloren sich Herr und Korrektor in den Gespinsten der Spekulation und begnügten sich mit den Aufträgen, die von ihren letzten Kunden einliefen. Die Brüder Cointet hatten den Charakter und die Lebensführung Davids erkannt, sie verleumdeten ihn nicht mehr; im Gegenteil, eine kluge Politik riet ihnen, diese Druckerei ihr Leben fristen zu lassen und sie in bescheidenen Verhältnissen zu erhalten, damit sie nicht in die Hände eines energischen Gegners geriet. Sie schickten ihr also aus freien Stücken die sogenannten Stadtaufträge. Auf diese Weise existierte David Séchard, ohne es zu wissen, nur, kaufmännisch gesprochen, dank der geschickten Berechnung seiner Konkurrenten. Glücklich über das, was sie seine Manie nannten, befleißigten sich die Cointets ihm gegenüber einer allem Anschein nach vorbildlichen Rechtschaffenheit und Loyalität; aber in Wahrheit handelten sie wie die Verwaltung einer Schiffsgesellschaft, die die Existenz von Konkurrenten vortäuscht, um Konkurrenten fernzuhalten.

Das Äußere des Séchardschen Hauses stand in Einklang mit dem krassen Geiz, der im Inneren herrschte, wo der alte Bär nie etwas hatte ausbessern lassen. Der Regen, die Sonne, die Unbill jeder Jahreszeit hatten dem Einfahrtstor das Aussehen eines alten Baumstammes gegeben, die Tür war von ungleichmäßigen Spalten förmlich durchfurcht. Die Front, die aus Hausteinen und unsymmetrisch liegenden Ziegelsteinen schlecht gebaut war, schien unter dem Gewicht eines wurmstichigen Daches zusammenzubrechen; wie überall im Süden Frankreichs war das Dach mit Hohlziegeln beladen. An den Fenstern, die nicht weniger wurmstichig waren, hingen jene ungeheuren Läden, die das heiße Klima erfordert. Es wäre schwierig gewesen, in ganz Angoulême ein ebenso rissiges Haus zu finden; dieses hier hielt nur noch durch den Zement zusammen. Um sich ein Bild der Gemeinschaft der beiden Freunde zu machen, stelle man sich nur die Werkstatt vor, die an den beiden Enden hell, in der Mitte aber düster war – alle Wände mit Anzeigen bedeckt, über dem Boden schwarz von der Berührung der Arbeiter, deren Ärmel sie seit dreißig Jahren streiften; dazu der ganze Plunder von Schnüren an der Decke, die Schichten von Papier, die alten Pressen, der Haufen Pflastersteine, der dazu diente, das genäßte Papier zu beschweren, die Reihen von Setzkästen und am Ende die beiden Verschläge, in denen sich der Herr und der Korrektor, jeder auf seiner Seite, aufhielten.

In den ersten Maitagen des Jahres 1821 standen David und Lucien in der Nähe der auf den Hof gehenden Fenster, als gegen zwei Uhr ihre vier oder fünf Arbeiter die Werkstatt verließen, um zu Mittag zu essen. Nachdem der Lehrling die Gartentür, an der die Schelle hing, geschlossen hatte, führte David seinen Freund in den Hof, wie wenn der Geruch des Papiers, der Schwärze der Pressen und des alten Holzes ihm unerträglich geworden wäre. Sie setzten sich unter einen Gewölbebogen, von wo aus sie jeden sehen konnten, der die Werkstatt betrat. Die Sonnenstrahlen, die in den Ranken spielten, liebkosten die beiden Dichter und woben eine Lichtkrone um ihre Köpfe. Der Gegensatz zwischen den beiden Charakteren und den beiden Gestalten trat so stark hervor, daß er den Stift eines großen Malers herausgefordert hätte.

David hatte das Format, das die Natur denen gibt, die für große Kämpfe, seien es offenkundige, seien es geheime, bestimmt sind. Mächtige Schultern saßen auf der breiten Brust und entsprachen der Stattlichkeit seines ganzen Körpers. Sein Gesicht, gebräunt, gesund, voll, über einem starken Hals, umgeben von einem Schwall schwarzen Haares, glich beim ersten Anblick dem der Domherren, die Boileau besingt; aber bei näherer Prüfung entdeckte man in den Falten der aufgeworfenen Lippen, im Grübchen des Kinns, im Schnitt der breiten Nase, deren eine Hälfte wie schiefgedrückt war, und vor allem in den Augen das unauslöschliche Feuer einer tiefen Leidenschaft, die Schärfe des Denkers, die glühende Melancholie eines Geistes, der die ganze Weite und alle Tiefen des Horizonts umfaßte und durchdrang und der selbst der idealsten Genüsse leicht müde wurde, weil er sie klaren Geistes analysierte.

Wenn man in diesem Gesicht ein Aufblitzen des sich erhebenden Genius erriet, so sah man auch neben dem Vulkan die Asche; die Hoffnung erlosch hier in einem tiefen Gefühl für die Nichtigkeit der sozialen Lage, zu der sich so viele überlegene Geister durch niedere Geburt und den Mangel an Geld verurteilt wissen.

Lucien befand sich in der anmutigen Haltung, die dem indischen Bacchus von den Bildhauern zugeteilt wird, in unbewußtem Gegensatz zu dem armen Drucker, der trotz seiner Intelligenz so sehr unter seiner Lage litt, diesem schwer auf sich selbst gestützten Silen, der in langen Zügen aus dem Kelch der Wissenschaft und der Dichtung trank und den Rausch suchte, um den Jammer des Provinzlebens zu vergessen.

Luciens Gesicht zeichnete sich durch die Klarheit der Linien aus, die der antiken Schönheit eigentümlich ist: Er hatte die griechische Stirn und Nase, die samtene weiße Haut einer Frau und so tiefblaue Augen, daß sie schwarz erschienen, Augen voll Liebe, deren Weiß an Frische dem Vergleich mit Kinderaugen standhielt. Über diesen schönen Augen lagen Brauen, die wie mit einem chinesischen Pinsel gezogen waren, die Wimpern waren lang und kastanienfarbig. Über die Wangen zog sich ein seidiger Flaum, dessen Farbe mit der eines blonden Schopfes mit Naturlocken zusammenklang. Göttliche Anmut glänzte um das helle Gold der Schläfen. Unvergleichlicher Adel sprach aus dem kurzen, leicht nach oben gebogenen Kinn. Das Lächeln trauernder Engel irrte um die Korallenlippen, zwischen denen die schönsten Zähne schimmerten. Er hatte die Hände des Mannes von vornehmer Geburt, Hände ohne Tadel, die nur ein Zeichen zu geben brauchen, damit die Männer gehorchen, während die Frauen danach begierig sind, sie zu küssen.

Lucien war schlank und von mittlerer Statur. Beim Anblick seiner Füße konnte ein Mann um so mehr versucht sein, ihn für ein verkleidetes junges Mädchen zu halten, als er die plastischen Hüften einer Frau hatte wie übrigens die meisten Männer von feinem, um nicht zu sagen verschlagenem Verstand. Dieses Kennzeichen, das selten trügt, war deutlich ausgebildet bei Lucien, den sein unruhiger Geist oft, wenn er den gegenwärtigen Zustand der Gesellschaft untersuchte, auf das den Diplomaten eigentümliche unmoralische Gebiet trieb, wo die Maxime gilt, daß der Erfolg alle Mittel, gleichgültig welcher Art, rechtfertigt. Es gehört zur Tragödie der großen Geister, daß sie ihrer Natur nach alles verstehen, das Laster so gut wie die Tugend.

Die beiden jungen Männer saßen desto souveräner zu Gericht über die Gesellschaft, je niedriger die Stellung war, die sie in ihr einnahmen; verkannte Menschen rächen sich an der Bedeutungslosigkeit ihrer Lage durch die Höhe des Gesichtspunktes. Aber man muß bedenken, daß die Bitterkeit ihrer Verzweiflung den Sinn hatte, sie ihrer wirklichen Bestimmung näher zu bringen. Lucien hatte viel gelesen, viel verglichen; David hatte viel gedacht, viel gesonnen. Ungeachtet seiner dem Anschein nach so kräftigen und bäurischen Gesundheit war der Drucker ein schwermütiger und krankhafter Geist, der an sich selbst zweifelte, während Lucien, der von unternehmungslustigem, aber unbeständigem Wesen war, eine Verwegenheit besaß, die in Widerspruch zu seiner weichen, fast schwächlichen, allerdings auch weiblich anmutigen Haltung stand. Lucien besaß im höchsten Grad das gascognische Naturell, dessen Hauptzüge Herausforderung, Tapferkeit, Abenteuerlust sind, das das Gute übertreibt und das Schlechte verringert, das vor einem Vergehen nicht zurückschreckt, wenn es sich davon einen Vorteil erwartet, und über das Laster spottet, das ihm als Sprungbrett dienen muß.

Diese Anlagen einer ehrgeizigen Natur wurden damals durch die Illusionen der Jugend und durch eine Glut gemildert, die bewirkte, daß er die edlen Mittel vorzog, nach denen alle den Ruhm anbetenden Männer lieber als nach jedem andern greifen. Noch lag er erst mit seinen Wünschen und noch nicht mit den Schwierigkeiten des Lebens im Kampf, noch erst mit seiner eigenen Kraft und noch nicht mit der Feigheit der Menschen, die für bewegliche Geister so leicht zum verhängnisvollen Beispiel wird.

David fühlte sich durch alles Glänzende im Geiste Luciens lebhaft verführt. Er bewunderte ihn und stellte stillschweigend die Verirrungen richtig, in die den Freund seine französische Hitzigkeit trieb. Dieser Mann, der ganz der Gerechtigkeit dienen wollte, hatte einen furchtsamen, zu seiner starken Erscheinung nicht passenden Charakter, aber es fehlte ihm durchaus nicht an der Ausdauer der Nordfranzosen. Wenn er alle Schwierigkeiten einer Sache erkannte, nahm er sich vor, sie zu besiegen, ohne vor ihnen zurückzuweichen; und wenn er die Entschlossenheit einer wahrhaft apostolischen Tapferkeit besaß, so milderte er sie durch den Zauber unerschöpflicher Nachsicht. In dieser schon alten Freundschaft vergötterte einer von beiden, und das war David. Daher trat Lucien als der weibliche Teil auf, der befiehlt, weil er sich geliebt weiß. David gehorchte freudig. Die körperliche Schönheit seines Freundes begründete eine Überlegenheit, die er, der sich schwer und gewöhnlich fand, anerkannte.

›Für den Ochsen der geduldige Ackerbau, für den Vogel das sorglose Leben‹, pflegte er sich zu sagen, ›ich bin der Ochse, Lucien wird als Adler fliegen.‹

Annähernd drei Jahre lang hatten die beiden Freunde ihre Schicksale zusammengeknüpft, die vom ganzen Glanz der Zukunft umstrahlt waren. Sie lasen die großen Werke, die seit dem Frieden am Himmel der Literatur und der Wissenschaft aufgingen, die Bücher Schillers, Goethes, Lord Byrons, Walter Scotts, Jean Pauls, Bercelius', Davys, Cuviers, Lamartines u. a. Sie wurden an diesen großen Flammen warm, sie versuchten sich an Arbeiten, die fehlschlugen oder gelangen, im Stich gelassen und mit Glut wiederaufgenommen wurden. Sie arbeiteten unaufhörlich, ohne die unerschöpflichen

Kräfte der Jugend zu ermüden. Beide arm, aber von der Liebe zur Kunst und zur Wissenschaft verzehrt, vergaßen sie den Jammer des Augenblicks und gingen ganz in dem Bemühen auf, die Grundlagen für ihren Ruhm zu schaffen.

»Lucien, weißt du, was ich aus Paris bekommen habe?« sagte der Drucker und zog aus seiner Tasche einen winzigen Band. »Höre!«

David las, wie nur Dichter zu lesen wissen, das *Néère* betitelte Idyll von André de Chénier, dann den Jungen Kranken, dann die Elegie über den Selbstmord, die Elegie im antiken Geschmack und die beiden letzten Spottgedichte.

»Das also ist André de Chénier!« rief Lucien wiederholt aus. »Es ist zum Verzweifeln«, wiederholte er zum dritten Mal, als David, der zu bewegt war, um fortzufahren, ihn den Band nehmen ließ, »ein von einem Poeten wiederentdeckter Poet!« sagte er mit einem Blick auf den Namen, der unter dem Vorwort stand.

»Als er diesen Band abgeschlossen hatte«, antwortete David, »fand Chénier nichts, was wert gewesen wäre, veröffentlicht zu werden.«

Lucien las seinerseits das epische Stück vom Blinden und mehrere Elegien. Als er an das Bruchstück kam:

Wenn sie glücklos sind, wo mag das Glück dann wohnen?

küßte er das Buch, und die beiden Freunde weinten, denn beide vergötterten, wo sie liebten. Die Ranken hatten sich gefärbt, die alten, gespaltenen, höckerigen, von häßlichen Rissen durchzogenen Mauern des Hauses waren von den Fingern einer Fee mit den herrlichsten Meisterwerken bedeckt worden. Die Phantasie hatte ihre Blumen und Rubine auf den kleinen, düstern Hof ausgeschüttet. Die Camille André Chéniers war für David seine angebetete Ève geworden und für Lucien eine große Dame, der er den Hof machte. Die Poesie hatte die Falten ihres besternten Gewandes über der Werkstatt ausgeschüttet, in der die Affen und Bären des Buchdrucks sonst ihr Wesen trieben. Es schlug fünf Uhr, aber die beiden Freunde hatten weder Hunger noch Durst; das Leben war für sie ein goldgewirkter Traum, vor ihren Füßen lagen alle Schätze der Erde. Die Hoffnung zauberte mit ihrem Finger die blaue Linie vor ihre Augen, mit der sie alle tröstet, deren Leben stürmisch ist – mit ihrer Sirenenstimme sagt sie: »Geht, eilt, fliegt, dort, wo am Horizont Gold, Silber und Blau sich mischen, werdet ihr dem Unglück entrinnen.« Da öffnete ein Lehrling namens Cérizet, ein Pariser Junge, den David nach Angoulême hatte kommen lassen, die kleine Glastür, die aus der Werkstatt in den Hof führte, und wies einem Fremden, der grüßend näher trat, die beiden Freunde.

»Monsieur Séchard?« fragte er und zog aus seiner Tasche ein dickes Heft. »Ich möchte diese Denkschrift drucken lassen. Können Sie mir sagen, was das kostet?«

»Wir drucken so umfangreiche Manuskripte nicht«, antwortete David, ohne das Heft anzusehen, »damit müssen Sie sich an die Gebrüder Cointet wenden.«

»Aber wir haben eine sehr hübsche Type, die passend wäre«, meinte Lucien und nahm das Heft. »Sie müßten die Freundlichkeit haben, morgen wiederzukommen und uns Ihr Werk zu überlassen, damit wir einen Kostenvoranschlag machen können.«

»Habe ich nicht die Ehre, mit Monsieur Lucien Chardon zu sprechen?«

»Gewiß«, erwiderte der Korrektor.

»Ich bin glücklich«, sagte der Fremde, »die Bekanntschaft eines jungen Dichters von so schöner Zukunft zu machen, Madame de Bargeton hat mich geschickt.«

Bei diesem Namen errötete Lucien und stammelte ein paar Worte, um seine Dankbarkeit für das Interesse, das Madame de Bargeton an ihm nahm, auszudrücken. David sah dieses Erröten und die Verlegenheit seines Freundes. Er überließ ihm die Unterhaltung mit dem Landjunker, dem Verfasser einer Denkschrift über die Zucht von Seidenwürmern, den die Eitelkeit trieb, sich gedruckt zu sehen und so von seinen Kollegen in der Gesellschaft für Ackerbau gelesen zu werden.

»Nun, Lucien«, sagte David, als der Junker gegangen war, »solltest du in Madame de Bargeton verliebt sein?«

»Besinnungslos.«

»Aber ihr seid durch die Vorurteile der Gesellschaft mehr voneinander getrennt, als wenn sie in Peking lebte und du in Grönland.«

»Die Entschlossenheit zweier Liebenden triumphiert über alles«, sagte Lucien und senkte die Augen.

»Du wirst uns vergessen«, erwiderte der furchtsame Liebhaber der schönen Ève.

»Vielleicht habe ich dir im Gegenteil meine Geliebte geopfert«, rief Lucien.

»Was willst du damit sagen?«

»Trotz meiner Liebe, trotz der verschiedenen Interessen, die mir nahelegen, bei ihr Fuß zu fassen, habe ich ihr gesagt, daß ich nie wiederkehren würde, wenn ein Mann, dessen Talente meine eigenen überragen, der auf die ruhmreichste Zukunft rechnen darf, wenn David Séchard, mein Bruder, mein Freund, nicht von ihr empfangen wird. Zu Hause muß eine Antwort liegen, aber obwohl alle Aristokraten heute abend eingeladen sind, um mich Verse lesen zu hören, lasse ich mich nie wieder bei Madame de Bargeton sehen, wenn die Antwort negativ ausfällt.«

David drückte Lucien heftig die Hand, nachdem er sich die Tränen getrocknet hatte. Es schlug sechs.

»Ève wird unruhig sein, leb wohl«, sagte unvermittelt Lucien.

Er eilte fort und ließ David als Beute einer jener Erregungen zurück, die man nur in diesem Alter so vollständig fühlt, speziell in der Lage dieser beiden jungen Schwäne, denen das Provinzleben die Flügel noch nicht beschnitten hatte.

»Goldenes Herz!« rief David und folgte Lucien, der die Werkstatt durchschritt, mit dem Blick.

Lucien ging über die schönen Anlagen von Beaulieu, durch die Rue de Minage und die Porte Saint-Pierre nach l'Houmeau. Aus der Tatsache, daß er so den längsten Weg nahm, darf man den Schluß ziehen, daß das Haus der Madame de Bargeton an diesem Weg lag. Es war ihm, ohne daß er es wußte, ein solcher Genuß, unter den Fenstern dieser Frau vorüberzugehen, daß er seit zwei Monaten nur noch die Porte Palet benutzte, um nach l'Houmeau zu kommen.

Als er die Bäume von Beaulieu erreichte, bedachte er den Abstand, der Angoulême von l'Houmeau trennte. Die Sitten des Landes hatten moralische Schranken errichtet, die unendlich viel schwieriger zu überschreiten waren als die

Rampen, auf denen Lucien hinabstieg. Der junge ehrgeizige Mann, der sich neuerdings im Hôtel de Bargeton eingeführt hatte, indem er den Ruhm als fliegende Brücke benutzte, um Stadt und Vorstadt zu verbinden, fragte sich unruhig, welche Entscheidung seine Herrin getroffen haben mochte – ganz wie ein Günstling, der den Versuch gemacht hat, seine Gewalt auszudehnen, und nun eine Ungnade fürchtet.

Das mag denen unverständlich erscheinen, die noch nicht erkannt haben, daß Oberstadt und Unterstadt ganz verschiedenen Anschauungen unterstehen; um so notwendiger ist es, hier einige Erläuterungen über Angoulême zu geben; sie werden den Charakter der Madame de Bargeton, einer der wichtigsten Personen unserer Geschichte, verständlich machen.

Angoulême ist eine alte Stadt, auf dem Gipfel eines Felsens erbaut, der die Form eines Zuckerhutes hat und die grüne Ebene beherrscht, durch die die Charente fließt. Dieser Felsen hängt nach der Seite von Périgord mit einem langen Hügel zusammen, der unvermittelt an der Straße von Paris nach Bordeaux endigt, indem er eine Art Vorgebirge bildet, das durch drei malerische Täler gegliedert wird. Die Wichtigkeit, die der Stadt in den Zeiten der Religionskriege zukam, wird durch ihre Wälle, ihre Tore und die Überreste einer Festung bestätigt, die oben auf dem Felsen liegt. Diese Lage machte einstmals einen strategischen Punkt aus ihr, der den Katholiken und Calvinisten gleichermaßen kostbar war; aber ihre Stärke von damals bedingt ihre Schwäche von heute. Die Wälle und der schroffe Abfall des Felsens hindern sie, sich über die Charente hinaus zu entwickeln, und haben sie so zur verhängnisvollsten Unbeweglichkeit verurteilt.

Zur Zeit unserer Geschichte versuchte die Regierung, die Stadt dadurch nach dem Périgord zu lenken, daß sie am Fuß des Hügels die Präfektur, eine Marineschule und andere militärische Gebäude errichtete und Wege anlegte. Aber der Handel hatte eine andere Entscheidung getroffen. Seit langem hatte sich der Flecken l'Houmeau wie ein Pilzherd am Fuß des Felsens und an den Ufern des Flusses ausgebreitet, folgte doch dem Fluß auch die große von Paris nach Bordeaux führende Straße. Jedermann kennt die berühmten Papierfabriken von Angoulême, die sich seit Jahrhunderten zahlreich an der Charente und ihren Zuflüssen angesiedelt hatten, wo sie ein hinreichendes Wassergefälle fanden. In Ruelle hatte der Staat seine wichtigste Gießerei für die Marine gegründet. Der Frachtverkehr, die Post, die Herbergen, die Karren, das öffentliche Fuhrwesen, alle Erwerbszweige, die von Straße und Fluß leben, drängten sich unterhalb der Stadt zusammen, um den Hindernissen der Abhänge zu entgehen. Die Brauereien, die Bleichereien, alle auf das Wasser angewiesenen Industrien blieben naturgemäß in der Nähe der Charente. Die Branntweinlager, die Speicher, in denen alle auf dem Wasserweg herankommenden Rohprodukte gesammelt wurden, und schließlich der Umschlagshandel säumten alle die Charente mit ihren Gebäuden ein.

Die Vorstadt l'Houmeau wurde so ein gewerbefleißiger und reicher Ort, ein zweites Angoulême und ein Dorn im Auge der Oberstadt, wo Regierung, Bischof, Gericht und Aristokratie saßen. Daher blieb l'Houmeau ungeachtet seiner Tatkraft und seines wachsenden Einflusses doch nur ein Anhängsel von Angoulême. Oben der Adel und die Macht, unten der Handel und das Geld – zwei soziale Sphären, die in jeder Hinsicht in unaufhörlicher Gegnerschaft standen; weshalb es auch schwer ist festzustellen, welche der beiden Städte die Nebenbuhlerin am stärksten haßte.

Die Restauration hatte diesen Stand der Dinge, der unter dem Kaiserreich ziemlich ruhig geblieben war, verschlimmert. Die meisten Häuser der Oberstadt werden entweder von adligen Familien oder von alten bürgerlichen Rentnerfamilien bewohnt und bilden eine Art eingeborener Rasse, in die der Fremde niemals Zutritt haben wird. Es ist schon viel, wenn nach zweihundert Jahren Ansässigkeit und nach der Verbindung mit einer der ursprünglichen Familien eine aus der Nachbarschaft hinzuziehende Familie zugelassen wird; in den Augen der Einheimischen ist sie immer noch seit gestern im Land. Die Präfekten, die Generaleinnehmer, die Verwaltung, die seit vierzig Jahren einander gefolgt sind, haben jene alten Familien, die wie mißtrauische Raben auf ihrem Felsen sitzen, zu zähmen versucht – die Familien haben wohl ihre Feste und Gastmahle angenommen, aber die Beamten ihrerseits zu sich einzuladen, das haben sie nach wie vor abgelehnt.

Spöttisch, verleumderisch, eifersüchtig, geizig, heiraten diese Menschen nur unter sich und bilden eine geschlossene Abwehrfront, um niemanden herein- oder hinauszulassen; die Schöpfungen des modernen Luxus sind ihnen unbekannt, ein Kind nach Paris zu schicken heißt auf sein Verderben sinnen. Diese Auffassung kennzeichnet die rückständigen Sitten und Gewohnheiten dieser Familien, die alle von einem unintelligenten Royalismus befallen sind und mehr der Frömmelei als der Frömmigkeit anhängen – sie leben so unerregt dahin wie ihre Stadt und ihre Felsen.

Angoulême genießt indessen in den umliegenden Teilen des Landes einen guten Ruf als ausgezeichnete Erziehungsstätte. Die Städte der Nachbarschaft schicken ihre Töchter in die Pensionate und in die Klöster. Man kann leicht ermessen, welchen Einfluß der Kastengeist auf die Gefühle hat, die Angoulême und l'Houmeau trennen. Der Handel ist reich, der Adel im allgemeinen arm. Der eine rächt sich am anderen durch eine Verachtung, die ihm reichlich vergolten wird. Das Bürgertum in Angoulême macht sich diesen Zank zu eigen. Der Krämer in der Oberstadt sagt von einem in der Unterstadt mit einer unbeschreiblichen Betonung: »Einer aus l'Houmeau!«

Die Restauration, die dem französischen Adel seine Stellung anzuweisen suchte und Hoffnungen in ihm weckte, die sich ohne einen allgemeinen Umsturz nicht verwirklichen konnten, die Restauration erweiterte den seelischen Abstand, der Angoulême von l'Houmeau noch mehr trennte, als der Raum es tun konnte. Die vornehme Gesellschaft, die sich um die Regierung scharte, wurde exklusiver als an jedem anderen Ort Frankreichs.

Der Einwohner von l'Houmeau kann seine Stellung mit der eines Paria vergleichen; daher jener blinde und tiefe Haß, der dem Aufstand von 1830 eine so erschreckende Einmütigkeit verlieh und die Grundlagen einer dauerhaften sozialen Ordnung in Frankreich zerstörte. Der Dünkel des Hofadels entfremdete dem Thron den Provinzadel ebenso wie dieser das Bürgertum dadurch abstieß, daß er es in allen seinen Eitelkeiten kränkte. Ein Mann aus l'Houmeau, ein Apothekersohn bei Madame de Bargeton, das war also eine kleine Revolution. Wie hießen ihre Urheber? Lamartine und Victor Hugo, Casimir Delavigne und Jouy, Béranger und Chateaubriand, Villemain und Aignan, Soumet und Tissot, Étienne und Davrigny, Benjamin Constant und Lamennais, Cousin und Michaud, kurz, die alten Größen der Literatur so gut wie die jungen, die Liberalen so gut wie die Royalisten.

Madame de Bargeton liebte Künste und Literatur, ein ausgefallener Geschmack, eine Manie, die in Angoulême nicht gern gesehen wurde; es ist aber notwendig, sie zu erklären, indem man einen Abriß des Lebens dieser Frau gibt, die zum Ruhm geboren war, durch verhängnisvolle Umstände im dunkeln gehalten wurde und das Schicksal Luciens bestimmte.

Monsieur de Bargeton war der Urenkel eines Schöffen in Bordeaux namens Mirault, der unter Louis XIII. nach langer Ausübung seines Amtes geadelt worden war. Unter Louis XIV. trat sein Sohn, der nun Mirault de Bargeton hieß, als Offizier bei den Torgarden ein und machte eine so bedeutende Geldheirat, daß unter Louis XV. sein Sohn zum Monsieur de Bargeton schlechthin vorrückte. Dieser Monsieur de Bargeton, der Enkel des Schöffen Mirault, ließ es sich so angelegen sein, das Leben eines Edelmanns zu führen, daß er alle Einkünfte der Familie verzehrte und ihrem Aufstieg ein Ende setzte. Zwei seiner Brüder, die Großoheime des jetzigen Bargeton, kehrten zum Handel zurück, so daß man unter den Kaufleuten von Bordeaux den Namen Mirault findet.

Da der in Angoumois in der Lehnfolge von la Rochefoucauld gelegene Besitz von Bargeton, ebenso wie ein Haus in Angoulême, Hôtel de Bargeton genannt, als Nacherbe geschützt war, erbte der Enkel des verschwenderischen Monsieur de Bargeton diese beiden Anwesen. 1789 verlor er seine Vorrechte und sah sich auf die Einkünfte aus dem Landgut angewiesen, die sich auf etwa sechstausend Franc beliefen. Wenn sein Großvater dem glorreichen Beispiel Bargetons I. und Bargetons II. gefolgt wäre, hätte Bargeton V., abgesehen davon, daß er der Stumme heißen konnte, Marquis de Bargeton werden können; er hätte sich mit irgendeiner großen Familie verbunden und es wie so viele andere zum Herzog und Pair gebracht; statt dessen fühlte er sich sehr geschmeichelt, als er 1805 Mademoiselle Marie-Louise Anaïs de Nègrepelisse heiratete, die Tochter eines Edelmanns, der längst unter seinen Standesgenossen vergessen war, obwohl er dem jüngeren Zweig einer der ältesten Familien des französischen Südens angehörte.

Es gab einen Nègrepelisse unter den Geiseln des Saint Louis; aber das Haupt des älteren Zweiges trägt den berühmten Namen Espard, der unter Henri IV. durch eine Heirat mit der Erbin dieser Familie erworben worden war. Der Schwiegervater Bargetons, jüngerer Sohn eines jüngeren Sohnes, lebte auf dem Gut seiner Frau, einem kleinen Besitz in der Nähe von Barbezieux, wo er ausgezeichnete Geschäfte machte, indem er sein Getreide selbst auf dem Markt verkaufte, seinen Wein selbst brannte und sich um keinen Spott kümmerte, wobei er allerdings die Bedingung stellte, daß er Taler schaufeln und von Zeit zu Zeit seinen Besitz abrunden konnte.

Umstände, die im Innern der Provinz ziemlich selten sind, hatten bei Madame de Bargeton den Geschmack an Musik und Literatur geweckt. Während der Revolution verbarg sich ein Abbé Niollant, der beste Schüler des Abbé Roze, in dem kleinen Schloß Escarbas, wohin er sein Musikinstrument mitbrachte. Er bezahlte die Gastfreundschaft des alten Junkers reichlich, indem er seine Tochter Anaïs, kürzer Naïs genannt, erzog; ohne diesen Zufall wäre das Mädchen sich selbst oder, was schlimmer ist, irgendeiner schlechten Kammerfrau überlassen worden. Der Abbé war nicht nur Musiker, er besaß auch ausgedehnte literarische Kenntnisse, er verstand Italienisch und Deutsch. Er lehrte also Mademoiselle de Nègrepelisse diese beiden Sprachen und den Kontrapunkt; er erläuterte ihr die großen Dichtungen Frankreichs, Italiens und Deutschlands und entzifferte mit ihr die Musik aller Meister. Und schließlich, um die Beschäftigungslosigkeit und die tiefe Vereinsamung zu bekämpfen, zu der die politischen Ereignisse beide verdammten, brachte er ihr Griechisch und Lateinisch und sogar einige naturwissenschaftliche Kenntnisse bei. Die männliche Erziehung dieser jungen Person, der das Landleben den Unabhängigkeitssinn schon zu stark entwickelt hatte, wurde nicht durch die Gegenwart einer Mutter gemäßigt.

Eine enthusiastische und poetische Seele, zeichnete sich der Abbé Niollant durch jenen allen Künstlern eigentümlichen Geist aus, der mehrere schätzenswerte Eigenschaften zuläßt, sich aber über die bürgerlichen Gedanken durch die Freiheit des Urteils und die Weite des Blicks erhebt.

In der Welt draußen verzeiht man einem solchen Geist seine Kühnheiten, weil man seine ursprüngliche Tiefe sieht, aber im privaten Leben kann er zu Verirrungen Anlaß geben und Schaden anrichten. Es fehlte dem Abbé nicht an Herz, daher steckten seine Ideen ein junges Mädchen an, dessen natürliche Exaltation durch die Einsamkeit des Landlebens verstärkt wurde. Der Abbé Niollant übertrug die Energie und Leichtigkeit seines Urteils auf die Schülerin, ohne zu bedenken, daß Eigenschaften, die einem Mann unentbehrlich sind, bei einer Frau zu Fehlern werden, da diese für den demütigen Pflichtenkreis einer Familienmutter bestimmt ist.

Obwohl der Abbé der Schülerin fortwährend empfahl, um so anmutiger und bescheidener zu sein, je größer ihr Wissen wurde, so bildete sich Mademoiselle de Nègrepelisse doch eine ausgezeichnete Meinung von sich selbst und für die Menschheit eine kräftige Verachtung. Da sie rings um sich nur untergeordnete Leute sah, die sich beeilten, ihr zu gehorchen, so nahm sie das hochfahrende Benehmen einer großen Dame an, aber nicht deren wohltuende kleine Unaufrichtigkeiten. Ein kleiner Abbé, der sie als sein Werk und damit sich selbst als dessen Urheber bewunderte, schmeichelte in jeder Hinsicht ihrer Eitelkeit – so kam es, daß sie keinen Vergleichspunkt fand, an den sich ihr Urteil hätte halten können. Der Mangel an Genossen ist einer der größten Nachteile des Landlebens. Es ist niemand da, dem man das kleine Opfer sorgfältiger Toilette zu bringen braucht – so verliert man die Gewohnheit, sich um eines anderen willen Zwang aufzuerlegen. Alles in uns entartet in diesem Fall, sowohl Form wie Geist. Durch keinen Umgang gedämpft, übertrug sich die Gedankenkühnheit der jungen Dame auf ihr Benehmen und sogar noch auf ihren Blick; sie hatte jenes unerzogene Auftreten, das in der ersten Minute originell zu sein scheint, aber nur Frauen mit abenteuerlichem Leben ansteht.

In den hohen Regionen der Gesellschaft hätten sich die Schroffheiten dieser Erziehung abgeschliffen, in Angoulême machten sie Mademoiselle de Nègrepelisse lächerlich, sobald ihre Anbeter es müde wurden, Verirrungen, die nur in den Jugendjahren einen Reiz haben, in den Himmel zu heben. Was den Vater betrifft, so hätte er alle Bücher seiner Tochter hergegeben, um einen seiner kranken Ochsen zu retten, denn er war so geizig, daß er ihr nicht zwei Heller über die Rente hinaus bewilligte, auf die sie Anspruch hatte, und wenn es sich um die geringste für ihre Erziehung unentbehrliche Kleinigkeit handelte. Der Abbé starb im Jahre 1802, bevor sein liebes Kind sich verheiratete; ohne Zweifel würde er von dieser Heirat abgeraten haben.

Dem alten Junker war seine Tochter eine ziemliche Last, als der Abbé starb. Er fühlte sich zu schwach, um den Kampf durchzuführen, der nun zwischen seinem Geiz und dem unabhängigen Sinn seiner zuwenig beschäftigten Tochter ausbrechen mußte. Wie alle Mädchen, die den abgesteckten Weg der Frau verlassen haben, stand für Naïs das Urteil über die Ehe fest, weshalb sie sich wenig um diese Einrichtung kümmerte. Es widerstrebte ihr, ihre Intelligenz und ihre Person Männern ohne Wert und ohne Größe unterzuordnen; bis jetzt hatte sie keine anderen Männer getroffen. Sie wollte befehlen und sollte nun gehorchen. Sie hätte sich ohne Zögern entschieden, wenn man sie gefragt hätte, was sie vorzöge: plumpen Launen und Menschen ohne Verständnis für ihre Neigungen zu gehorchen oder mit einem Liebhaber, der ihr gefiel, zu fliehen. Monsieur de Nègrepelisse war Edelmann genug, um eine unpassende Verbindung zu fürchten. Wie viele Väter wollte er seine Tochter weniger um ihretwillen als zu seiner eigenen Beruhigung verheiraten. Er brauchte einen adligen Schwiegersohn, der nicht zuviel Geist besaß, damit er ihm bei der Abgabe seines Berichtes als Vormund keine Schwierigkeiten machte, nicht zuviel Willensstärke, damit Naïs nach ihrer Laune leben konnte, und zudem einen Mann, der das Mädchen ohne Mitgift heiratete. Aber wie jemanden finden, der zugleich dem Vater und der Tochter angenehm war? Man hätte nicht weniger als den Phönix der Schwiegersöhne finden müssen. Monsieur de Nègrepelisse studierte unter jenen zwei Gesichtspunkten alle Männer der Provinz, und Monsieur de Bargeton schien ihm der einzige zu sein, der seinen Forderungen entsprach.

Monsieur de Bargeton, ein Vierziger, den die Zerstreuungen seiner Jugendzeit ziemlich mitgenommen hatten, galt als ein Mann von bemerkenswert geringem Geist, aber es blieb ihm doch noch gerade so viel gesunder Verstand, daß er sein Vermögen verwalten konnte, und genug Manieren, um sich in der Welt von Angoulême ohne plumpe Verstöße zu behaupten. Monsieur de Nègrepelisse setzte seiner Tochter unverblümt die sozusagen negativen Werte des Mustergatten, den er ihr vorschlug, auseinander und machte sie auf die Vorteile aufmerksam, die sie für ihre Person aus einer solchen Ehe ziehen konnte: Sie bekam ein Wappen, das schon zweihundert Jahre alt war, und dank dem Schutz eines Mannes, der ihre Schritte deckte, würde sie mit Hilfe der Verbindungen, die ihr Geist und ihre Schönheit ihr in Paris verschaffen mußten, ein Leben nach eigenem Sinn führen. Naïs ließ sich durch die Aussicht auf eine solche Freiheit verführen.

Monsieur de Bargeton seinerseits glaubte, eine glänzende

Heirat zu machen, weil er annahm, daß sein Schwiegervater nicht zögern werde, ihm das Gut zu überlassen, das er mit soviel Liebe abrundete; aber nun hatte es allen Anschein, als müsse Monsieur de Nègrepelisse die Grabschrift für seinen Schwiegersohn bestellen. Madame de Bargeton zählte damals sechsunddreißig Jahre, ihr Gatte achtundfünfzig. Dieser Unterschied war um so auffälliger, als Monsieur de Bargeton wie ein Siebziger aussah, während seine Frau ungestraft das junge Mädchen spielen, sich rosa kleiden oder wie ein Backfisch frisieren konnte. Obwohl ihre Einkünfte zwölftausend Franc nicht überstiegen, so wurden sie doch unter die sechs reichsten Leute der alten Stadt gerechnet, die Kaufmannschaft und die Verwaltungsbeamten ausgenommen. Die Notwendigkeit, den Umgang mit dem Vater zu pflegen, dessen Tod seine Tochter erst in den Stand gesetzt hätte, nach Paris zu gehen, der aber so sehr auf sich warten ließ, daß der Sohn vorher starb, zwang Monsieur und Madame de Bargeton, in Angoulême zu leben, wo der glänzende Geist und die noch ungeformten Herzenseigenschaften der Frau nutzlos verkümmerten und im Laufe der Zeit zu Lächerlichkeiten entarteten.

Unsere Lächerlichkeiten sind ja zum großen Teil Entstellungen eines echten Gefühls und wirklicher Vorzüge, denen es an Pflege gefehlt hat. Stolz, den nicht der Verkehr in der großen Welt bildet, verwandelt sich in Steifheit, er wirft sich auf kleine Dinge, statt daß er sich an hohen Gefühlen formen kann. Exaltation, diese Tugend in der Tugend, der die Angst entspringt, der Quell der verborgenen Hingabe und der dichterischen Kraft, nimmt in der Provinz angesichts der Nichtigkeiten des Daseins die Form der Übertreibung an. Fern dem Zentrum, wo die großen Geister glänzen, wo die Luft mit Gedanken geladen ist, wo alles sich erneuert, erstarrt der Bildungsdrang und zersetzt sich der Geschmack wie ein stehendes Gewässer. Aus Mangel an Übung schrumpfen die Leidenschaften ein und blasen alle Kleinigkeiten auf. Hier liegt der Grund für die Habsucht und den Klatsch, die das Leben in der Provinz verpesten. Der ungewöhnlichste Mensch kann sich hier nicht der Tatsache entziehen, daß jedermann nur die engsten Ideen nachahmt und die schlechtesten Manieren annimmt. Auf diese Weise gehen Männer unter, die eine Anlage zur Größe hatten, und Frauen, die reizend geworden wären, wenn der Umgang mit Leuten von Welt, von geistiger Überlegenheit sie geweckt hätte.

Madame de Bargeton griff beim banalsten Anlaß zur Leier und war nicht imstande, persönliches Dichten von öffentlichem Dichten zu unterscheiden. Gibt es nicht unbegriffene Erregungen, die man für sich bewahren muß? Ein Sonnenuntergang ist gewiß ein großes Gedicht, aber eine Frau, die ihn mit großen Worten vor materiellen Leuten ausmalt, macht sich nur lächerlich. Manche Genüsse kann man nur zu zweit genießen, Herz an Herz, Dichter mit dem Dichter. Naïs hatte den Fehler, daß sie jene Häufungen pathetischer Worte benutzte, die im Zeitungsjargon so treffend Schmarren genannt werden, Schmarren, die der Zeitungsmann jeden Morgen dem Leser zum Fraß hinwirft und die der Leser verschlingt, obwohl sie nicht gerade verdaulich sind. Naïs ging unerträglich verschwenderisch mit Superlativen um, und dies auch in der Unterhaltung, so daß die geringsten Dinge gigantische Umrisse annahmen. *Typisch, individuali-*

stisch, synthetisch, dramatisch, superior, kolossal, engelhaft, tragisch, das waren so ihre Worte, denn man muß die Sprache für einen Augenblick vergewaltigen, damit die neuen Perspektiven sichtbar werden, an denen einige Frauen Geschmack finden.

Mit der Sprache entflammte sich ihr Geist. Der Dithyrambus war in ihrem Herzen und auf ihren Lippen. Sie errötete, sie erbleichte, sie begeisterte sich, was auch immer der Anlaß war: die Aufopferung einer grauen Schwester oder die Hinrichtung der Brüder Faucher, der »Ipsiboé« Arlincourts oder die »Anaconda« von Lewis, die Entweichung la Valettes oder der Mut einer ihrer Freundinnen, die mit verstellter Stimme Diebe in die Flucht geschlagen hatte. Für sie war alles außerordentlich, sublim, seltsam, göttlich, wunderbar. Sie geriet in Leben, Zorn, Erregung über sich selbst, warf sich in die Woge, fiel zurück, starrte Himmel oder Erde an, ihre Augen füllten sich mit Tränen. Sie verbrauchte ihre Kraft in unaufhörlicher Bewunderung und seltsamer Verachtung. Sie stellte sich den Pascha von Janina vor und hätte mit ihm in seinem Serail kämpfen mögen; sie berauschte sich wie an etwas Großem an dem Gedanken, in einen Sack genäht und ins Wasser geworfen zu werden. Sie beneidete Lady Esther Stanhope, diesen Blaustrumpf der Wüste. Sie bekam Lust, Schwester der heiligen Kamilla zu werden und in Barcelona bei der Pflege von Kranken am gelben Fieber zu sterben. War das nicht ein großer, ein edler Abschluß? Kurzum, sie dürstete nach allem, wovon sie glaubte, daß es ihr eigenes Leben von seiner Unscheinbarkeit erlösen könne.

Sie betete Lord Byron an und Jean-Jacques Rousseau und alle poetischen und dramatischen Existenzen; sie hatte Tränen für jedes Unglück und Fanfaren für jeden Sieg. Sie sympathisierte mit dem besiegten Napoleon, sie sympathisierte mit Mehemed Ali, der die ägyptischen Tyrannen niedermetzelte. Sie umkleidete die Leute von Genie mit einer Aureole und glaubte, sie lebten von Wohlgerüchen und Licht. Für viele war sie eine Besessene, deren Wahnsinn ungefährlich blieb, aber ein scharfsinniger Beobachter hätte von den Trümmern einer großartigen Liebe geredet, die in demselben Augenblick zusammenbrach, in dem sie gebaut wurde, von den Überresten eines himmlischen Jerusalem, kurz, von einer Liebe ohne Geliebten, und das war wahr.

Die Geschichte der ersten achtzehn Jahre der Ehe der Madame de Bargeton läßt sich in wenigen Worten beschreiben. Eine Zeitlang lebte sie von ihrer eigenen Substanz und von fernen Hoffnungen. Dann, als sie erkannt hatte, daß das begehrte Leben in Paris ihr durch die Bescheidenheit ihres Vermögens untersagt war, begann sie, die Menschen ihrer Umgebung zu prüfen, und erzitterte unter ihrer Einsamkeit. Ringsum war kein Mann, der in ihr eine jener starken Leidenschaften entzünden konnte, denen die Frauen sich überlassen, wenn ein Leben ohne Ereignis, ohne Interessen, ohne Ausgang sie in den Abgrund der Verzweiflung stürzt. Sie konnte auf nichts zählen, nicht einmal auf den Zufall, denn es gibt Existenzen, in die kein Zufall eingreift. Als das Kaiserreich in seinem vollsten Glanz strahlte und Napoleon, der die Blüte seiner Truppen nach Spanien warf, durch die Stadt kam, wachten die so oft enttäuschten Hoffnungen dieser Frau wieder auf. Die Neugier trieb sie, die Helden zu betrachten, die Europa auf ein Wort und einen Tagesbefehl eroberten und die sagenhaften Taten des Rittertums erneuerten.

Die geizigsten und widerspenstigsten Städte waren gezwungen, die Kaiserliche Garde zu feiern, der wie unter dem Königtum die Bürgermeister und Präfekten vorangingen, eine Rede auf den Lippen. Madame de Bargeton nahm an einem Ball teil, den eines der Regimenter der Stadt gab, und faßte eine Neigung zu einem Adligen, einem einfachen Unterleutnant, dem der listige Napoleon den Marschallstab gezeigt hatte. Diese beherrschte, edle, große Leidenschaft, die sich von den Liebeleien abhob, die damals so leicht geknüpft und gelöst wurden, starb keusch von der Hand des Todes. Bei Wagram zerschmetterte eine Kanonenkugel auf dem Herzen des Marquis de Cante-Croix das einzige Porträt, das bezeugte, wie schön Madame de Bargeton war. Sie beweinte lange den jungen Gott, der in zwei Feldzügen Oberst geworden war, nicht zum wenigsten weil Ruhm und Liebe ihn hingerissen hatten, und der einen Brief seiner Naïs über die kaiserlichen Auszeichnungen setzte. Der Schmerz warf über ihr Gesicht einen Schleier der Trauer. Und er verschwand erst in dem schrecklichen Alter, in dem die Frau die schönen Jahre zu bedauern beginnt, die sie nicht genossen hat, das Alter, in dem sie ihre Rosen welken sieht, das Alter, in dem die Begierde nach Liebe mit dem Verlangen, die letzten Augenblicke der Jugend zu verlängern, wiedergeboren wird. Alles, was überlegen in ihr war, zerriß ihre Seele nur noch mehr, als die Kälte der Provinz sich um sie legte.

Wie das Hermelin wäre sie vor Kummer gestorben, wenn sie zufällig durch die Berührung mit Männern beschmutzt worden wäre, die an nichts dachten, als abends nach einem guten Essen um ein paar Sou zu spielen. Ihr Stolz bewahrte sie vor den trostlosen Liebschaften der Provinz. Vor die Nichtigkeit ihrer Umgebung und vor das große Nichts gestellt, mußte eine Frau von diesem Rang das Nichts vorziehen. Ehe und Welt wurden so für sie ein Kloster. Sie lebte von den Dichtern, wie die Nonne von der Religion lebt. Die Werke der berühmten Fremden, die bis dahin unbekannt gewesen waren und nun zwischen 1815 und 1821 veröffentlicht wurden, die großen Abhandlungen Bonaldes und Maistres, dieser beiden Adler unter den Denkern, und dann die bescheideneren Werke der französischen Literatur, die so kräftig ihre ersten Blüten trieb, verschönten ihre Einsamkeit, brachen aber weder ihren Geist noch ihre Persönlichkeit. Sie stand gerade und stark wie ein Baum, den der Blitz traf, ohne ihn zu fällen. Ihre Würde wuchs, und der königliche Maßstab, den sie an die Dinge legte, erhöhte ihre Ansprüche an Form und Wesentlichkeit. Wie alle, welche die Verehrung eines Hofes zu ihren Füßen dulden, saß sie mit ihren Fehlern auf dem Thron.

Das war die Vergangenheit Madame de Bargetons – eine Geschichte voller Kühle, die aber notwendig war, um ihre Verbindung mit Lucien verständlich zu machen. Der junge Mann war ungewöhnlich genug bei ihr eingeführt worden. Während des Winters kam eine Persönlichkeit in die Stadt, die das einförmige Leben Madame de Bargetons etwas erwärmte. Als die Stelle des Direktors der indirekten Steuern frei geworden war, hatte Barante einen Mann geschickt, dem der Ruf eines abenteuerlichen Lebens vorausging und ein Empfehlungsschreiben war, das ihm Eingang bei der Königin der Stadt verschaffte.

Monsieur du Châtelet war als Sixte Châtelet schlechthin auf die Welt gekommen, hatte aber nach 1806 den guten Gedanken gehabt, sich adeln zu lassen. Er war einer jener angenehmen jungen Männer, die unter Napoleon allen Aushebungen entgingen, indem sie sich so nah wie möglich an der kaiserlichen Sonne hielten. Er hatte seine Laufbahn mit der Stellung eines Sekretärs im Dienst einer der kaiserlichen Prinzessinnen begonnen. Monsieur du Châtelet besaß alle für seine Lage erforderlichen Unfähigkeiten. Wohlgewachsen, hübsch, guter Tänzer, bemerkenswerter Billardspieler, hervorragend in jeder Leibesübung, mittelmäßiger Salonschauspieler, Sänger von Romanzen, Liebhaber von witzigen Antworten, unbedenklich, geschmeidig, neidisch, wußte er alles und nichts. Obwohl er sich nicht auf Musik verstand, begleitete er, so gut es ging, auf dem Piano jede Frau, die aus Gefälligkeit eine Romanze singen wollte, an der sie unter tausend Mühen einen Monat lang gelernt hatte. Jedes dichterischen Gefühls bar, bat er kühn um die Erlaubnis, zehn Minuten lang draußen auf und ab gehen zu dürfen, um irgendeine Improvisation oder irgendeinen Vierzeiler auszudenken, der platt wie eine Ohrfeige war und den Gedanken durch den Reim ersetzte.

Ferner besaß Monsieur du Châtelet das Talent, Stickereien zu vollenden, nachdem die Prinzessin die Blumen begonnen hatte; er verstand es, mit unendlicher Grazie die Seidensträhnen zu halten, die sie aufwickelte, und ihr dabei allerlei Nichtigkeiten zu sagen, derart, daß die Zote aus allen Ecken heraussah. Von Malerei verstand er gar nichts, konnte aber eine Landschaft nachzeichnen, ein Profil hinwerfen, ein Kostüm skizzieren und mit Farbe betupfen. Kurzum, er verfügte über all die kleinen Talente, die in einer Zeit, in der die Frauen auf die Geschäfte größeren Einfluß hatten, als man glaubt, die besten Hilfsmittel waren, um Karriere zu machen.

Für seine starke Seite hielt er die Diplomatie, die die Wissenschaft derer ist, die nichts wissen und nur durch ihre Leere tief sind, eine übrigens sehr bequeme Wissenschaft, weil sie schon dadurch, daß sie ausgeübt wird, auf hohe Fähigkeiten schließen läßt. Da sie Verschwiegenheit verlangt, erlaubt sie den Ignoranten, nichts zu sagen und sich hinter einem geheimnisvollen Kopfschütteln zu verschanzen; am erfolgreichsten ist auf diesem Gebiet, wer unbekümmert in dem Strom der Ereignisse schwimmt und dafür sorgt, daß er den Kopf oben behält: er scheint so zu führen, und das alles ist eine Frage der spezifischen Leichtigkeit. Wie in allen Künsten trifft man auch in dieser auf eine Begabung tausend Mittelmäßigkeiten.

Trotz seines ordentlichen und außerordentlichen Dienstes bei der Kaiserlichen Hoheit mußte er sich damit abfinden, daß der Einfluß seiner Beschützerin ihm nicht eine Stelle im Staatsrat verschaffen konnte; er wäre kein schlechterer Maître des Requêtes als andere gewesen, aber die Prinzessin fand, er sei bei ihr besser als anderswo aufgehoben. Dafür wurde er zum Baron ernannt, ging nach Kassel in außerordentlicher Sendung und nahm sich dort in der Tat außerordentlich aus. Mit anderen Worten, Napoleon benutzte ihn während einer Krise als diplomatischen Kurier. Als das Kaiserreich zusammenfiel, sollte der Baron du Châtelet gerade in Westfalen am Hofe Jérômes Minister werden. Als ihm das, was er eine Familiengesandtschaft nannte, mißlang, fiel er in Verzweiflung; er machte mit dem General Armand de Montriveau eine Reise nach Ägypten. Bizarre Umstände trennten ihn von seinem Gefährten, und er irrte zwei Jahre lang von Wüste zu Wüste und von Stamm zu Stamm, Gefangener der Araber, die ihn aneinander verkauften, ohne aus seinen Talenten den geringsten Nutzen zu ziehen. Schließlich erreichte er die Besitzungen des Imams von Maskat, während Montriveau sich nach Tanger wandte; in Maskat hatte er das Glück, ein englisches Schiff zu finden, das in See stach, und gelangte so ein Jahr vor seinem Reisegefährten nach Paris. Seine Irrfahrten, ein paar ältere Verbindungen, Dienste, die er Leuten, die gerade in Gunst standen, erwiesen hatte, empfahlen ihn dem Ratspräsidenten, der ihn in der Umgebung des Monsieur de Barante mit dem Versprechen unterbrachte, ihm den ersten freien Direktorposten zu geben. Seine Stellung bei der Kaiserlichen Prinzessin, sein Ruf als erfolgreicher Mann, die merkwürdigen Abenteuer seiner Reise mit ihren Leiden: all das erregte die Neugier der Damen von Angoulême.

Nachdem er sich über die Sitten der Oberstadt unterrichtet hatte, führte der Baron Sixte du Châtelet sich entsprechend auf. Er spielte den Kranken, den Übersättigten, den Blasierten. Bei jedem Satz griff er sich an den Kopf, als wenn die Schmerzen ihn keinen Augenblick ruhen ließen. Dieser kleine Kunstgriff erinnerte an seine Reise und machte ihn interessant. Er ging zu den höchsten Behörden, zum General, zum Präfekten, zum Generaleinnehmer und zum Bischof, zeigte sich aber überall höflich und kalt und trug die leichte Verachtung von Leuten zur Schau, die nicht an ihrem Platz sind und auf den Glücksfall der Macht warten. Er ließ seine gesellschaftlichen Talente durchblicken, die dadurch gewannen, daß er sie wenig ausübte; er erreichte, daß man Wert auf sie legte und daß die Neugierde des Anfangs nicht einschlief. Nachdem er sich über die Nichtigkeit der Männer klargeworden war und die Frauen während mehrerer Sonntage in der Kathedrale aufs Korn genommen hatte, beschloß er, daß Madame de Bargeton die Persönlichkeit sei, mit der er näheren Umgang zu haben wünschte.

Er zählte auf die Musik, um sich Eingang in dieses den Fremden verschlossene Haus zu verschaffen. Er ließ sich heimlich eine Messe von Miroir kommen und studierte sie am Piano; dann, eines schönen Sonntags, als die ganze Gesellschaft von Angoulême in der Messe war, entzückte er die Ignoranten durch sein Orgelspiel und vermehrte das Interesse, das sich an seine Person knüpfte, indem er dafür sorgte, daß die Kirchendiener seinen Namen unter die Leute brachten. Beim Ausgang machte ihm Madame de Bargeton ein Kompliment und bedauerte, daß ihr Gelegenheit fehlte, mit ihm zu musizieren; während dieser von ihm gesuchten Begegnung ließ er sich den Freipaß, den er auf Verlangen nie erhalten hätte, auf die natürlichste Weise anbieten.

Der geschickte Baron machte der Königin von Angoulême seinen Besuch und beeilte sich, sie durch seinen Eifer bloßzustellen. Der alte Beau – er zählte fünfundvierzig Jahre – erkannte, daß in dieser Frau noch eine ganz unbenutzte Jugend nur geweckt zu werden brauchte und Schätze zu heben waren, wobei er an eine Witwenschaft mit Heiratsaussicht, kurz und gut, an eine Verbindung mit der Familie Nègrepelisse dachte, was ihm erlaubt hätte, in Paris die Gunst der Marquise d'Espard zu suchen und mit ihrer Hilfe wieder in die politische Laufbahn zu gelangen. Madame de Bargeton war ein schöner Baum, den düstere Misteln überwucherten und entstellten. Er beschloß, sich ihrer Pflege zu widmen, das Gestrüpp auszureißen und die Früchte zu ernten. Das adlige Angoulême erhob die Stimme gegen die Einführung eines Ungläubigen am Sitz der Orthodoxie, war doch der Salon von Madame de Bargeton der Hort derjenigen Gesellschaft, die sich ganz rein erhalten hatte. Nur der Bischof verkehrte in ihm regelmäßig, der Präfekt erhielt zwei- oder dreimal im Jahr eine Einladung, der Generaleinnehmer wurde nicht vorgelassen – Madame de Bargeton besuchte wohl seine Abende und seine Konzerte, speiste aber niemals bei ihm. Den Generaleinnehmer nicht empfangen und einem einfachen Steuerdirektor die Tür öffnen, das war eine Umkehrung der Hierarchie, die dem verschmähten Beamten nicht in den Kopf ging.

Wer sich in den Kleinlichkeitsgeist versetzen kann, der in allen sozialen Schichten der Gesellschaft herrscht, wird die Glorie verstehen, mit der die Bürgerschaft der Stadt das Haus der Bargetons umgab. Für l'Houmeau war es gar ein kleiner Louvre, ein Hôtel de Rambouillet, das unzugänglich wie ein ferner Stern strahlte. Die Leute, die darin zusammenkamen, waren die erbärmlichsten Geister, die schäbigsten Intelligenzen, die ärmsten Krautjunker auf zwanzig Meilen in der Runde; die Politik verschwendete sich in leidenschaftlichen Worten, die Quotidienne galt hier für lau und Louis XVIII. für einen Jakobiner. Die Frauen waren in der Mehrzahl ohne Geist und Anmut, sie kleideten sich schlecht, alle wurden durch irgendeinen Mangel entstellt, nichts war vollständig, weder die Unterhaltung noch die Toilette, weder Seele noch Fleisch. Ohne seine Absichten auf Madame de Bargeton würde Châtelet es hier nicht ausgehalten haben. Aber die Kastenmanieren und der Kastengeist, die adlige Atmosphäre, der Stolz des kleinen Schloßbesitzers, die Kenntnis der Gesetze der Höflichkeit hängten immerhin über diese ganze Leere einen wohltätigen Schleier. Vornehme Empfindung war hier viel mehr Wirklichkeit als in der Welt der Pariser Größen; man stieß doch auf echte Anhänglichkeit an die Bourbonen, soviel man auch am Königshaus auszusetzen hatte. Diese Gesellschaft ließ sich, wenn das Bild erlaubt ist, mit einem Tafelsilber vergleichen, dessen Formen veraltet sind und das schwarz geworden ist, dessen Gewicht aber nicht geleugnet werden kann. Die Unbeweglichkeit der politischen Meinungen glich auf das Haar der Treue. Der Abstand vom Bürgertum und die Schwierigkeit des Zutritts täuschten Höhe des Rangs vor und verstärkten den Eindruck bester Haltung. Jeder unter diesen Adligen hatte bei den Bürgern seinen Preis, spielt doch die Muschel bei den Negern von Bambarra die Rolle des Geldes. Einige Damen, denen die Aufmerksamkeiten Monsieur du Châtelets schmeichelten, fühlten, daß er gewisse Eigenschaften besaß, die ihn über die Männer ihrer Gesellschaft erhoben; so dämpften sie den Aufstand der beleidigten Eigenliebe und hofften alle, die Nachfolge Seiner Königlichen Hoheit anzutreten. Die Unentwegten dachten, wenn man den Eindringling bei Madame de Bargeton sähe, brauchten sich ihm deswegen noch nicht die anderen Häuser zu öffnen. Du Châtelet mußte sich mehrmals impertinente Abweisungen gefallen lassen, hielt sich aber in seiner Stellung dadurch, daß er den Umgang mit dem Klerus pflegte. Sodann benutzte er geschickt die Sonderbarkeiten, die sich bei der Königin von Angoulême infolge der beschriebenen Lebensverhältnisse ausgebildet hatten, brachte ihr alle neuen Bücher, las ihr die jüngsten Gedichte vor.

Sie begeisterten sich zusammen an den Werken der neuen Schule, sie guten Glaubens, er recht gelangweilt, aber bereit, auch die Romantiker über sich ergehen zu lassen, die er als Mann der Kaiserzeit wenig verstand. Madame de Bargeton schwärmte für die Wiedergeburt, die dem Einfluß der königlichen Lilien verdankt wurde, und liebte Chateaubriand, da er Victor Hugo das Göttliche Kind genannt hatte. Betrübt, weil sie diesen Genius nur von fern kannte, seufzte sie nach Paris, wo die großen Männer lebten. Monsieur du Châtelet glaubte nun einen Schachzug zu tun, als er ihr mitteilte, daß in Angoulême ein anderes Göttliches Kind lebte, ein junger Dichter, der, ohne es zu wissen, die Sterne des Pariser Himmels überstrahlte. Ein kommender großer Mann war in l'Houmeau geboren! Der Direktor des Gymnasiums hatte dem Baron herrliche Versproben gezeigt. Arm und bescheiden, war das Kind ein neuer Chatterton, aber ohne die politische Mißgunst, ohne den wilden Haß gegen die Gesellschaft, der den englischen Dichter dazu trieb, Schmähschriften gegen seine Wohltäter zu verfassen.

Unter den fünf oder sechs Leuten, die ihren Geschmack für Künste und Literatur teilten, der eine, weil er eine Geige kratzte, der andere, weil er weißes Papier mehr oder weniger mit Sepia bedeckte, der dritte in seiner Eigenschaft als Präsident der Gesellschaft für Ackerbau, der vierte als Besitzer eines Basses, der ihm gestattete, das *Se fiato in corpo avete* wie ein Waldhorn zu dröhnen – unter diesen phantastischen Figuren fühlte sich Madame de Bargeton wie ein Verhungernder, dem ein Theaterdiner aus Pappe vorgesetzt wird. Daher kann nichts ihre Freude beschreiben, als sie die Neuigkeit erfuhr. Sie wollte ihn sehen, diesen Dichter, diesen Engel! Sie verlor den Kopf, sie begeisterte sich, sie sprach stundenlang von nichts anderem. Am übernächsten Tag hatte der alte diplomatische Kurier mit dem Gymnasialdirektor verabredet, daß Lucien Madame de Bargeton vorgestellt werden sollte.

Ihr allein, arme Heloten der Provinz, die ihr die sozialen Abstände nicht so schnell durchlauft wie die Pariser, in deren Augen sie sich von Tag zu Tag mehr verkürzen; ihr, auf denen so schwer die Gitter lasten, mit denen sich jede der Welten in der Welt gegen die andere abgrenzt und sie Tabu nennt, ihr allein könnt die Verwirrung verstehen, die vom Hirn und Herzen Lucien Chardons Besitz ergriff, als sein gewichtiger Direktor ihm sagte, daß die Tür des Hauses Bargeton sich vor ihm öffnen werde! Der Ruhm hatte sie in ihren Angeln gedreht! Er sollte begrüßt und willkommen sein in diesem Hause, auf dessen Giebeln jeden Abend sein Blick weilte, wenn er mit David sich in Beaulieu erging und sich sagte, daß ihre Namen vielleicht nie in Ohren klängen, die sich allem Geistigen verschlossen, wenn es von zu niederer Herkunft war. Seine Schwester erfuhr allein von seinem Geheimnis.

Als gute Wirtschafterin, als göttliche Beraterin nahm Ève ein paar Goldstücke aus dem Versteck, um Lucien beim besten Schuhmacher Angoulêmes feine Stiefel, beim berühmtesten Schneider einen neuen Anzug zu kaufen. Sie nähte an sein bestes Hemd eine Spitzenkrause, die sie mit eigenen Händen bleichte und plättete. Welche Freude, als sie ihn so angekleidet sah! Wie stolz sie auf den Bruder war! Wie sie ihn mit guten Ratschlägen überschüttete! Sie erriet tausend Nichtigkeiten. Bei seinen vielen Denkübungen hatte Lucien die Gewohnheit angenommen, die Ellenbogen aufzustützen, kaum daß er auf einem Stuhl saß, und manchmal sogar einen Tisch heranzuziehen, um sich darauf zu stützen: Ève warnte ihn, sich im Allerheiligsten der Aristokratie gehenzulassen. Sie begleitete ihn bis zur Porte Saint-Pierre, ging noch bis fast an das Portal der Kathedrale und folgte ihm mit dem Blick auf seinem Weg von der Rue de Beaulieu bis zu den Anlagen, wo ihn Monsieur du Châtelet erwartete. Das arme Mädchen stand in tiefer Erregung, als hätte sich ein großes Ereignis zugetragen. Lucien bei Madame de Bargeton – das war für Ève das Morgenrot des Glücks. Das heilige Geschöpf wußte nicht, daß dort, wo der Ehrgeiz beginnt, die naiven Empfindungen aufhören.

Als er in die Rue du Minage kam, versetzten die äußerlichen Dinge Lucien nicht in Erstaunen. Der riesengroße Louvre seiner Träume war ein Haus, erbaut in dem der Landschaft eigentümlichen sanften Sandstein, den die Zeit vergoldet hatte. Der Anblick war von der Straße aus ein wenig düster, im Innern recht einfach: ganz der Hof in der Provinz, kalt und fein säuberlich; eine nicht sehr warme, halb klösterliche, gut erhaltene Architektur. Die alte Treppe, auf der Lucien hinaufstieg, trug ein Geländer aus Kastanienholz, die Stufen waren nur bis zum ersten Stockwerk aus Stein. Nachdem er ein unfreundliches Vorzimmer und einen schlecht beleuchteten Salon durchschritten hatte, fand er die Königin in einem kleinen Raum mit Tafelwerk, das im Geschmack des letzten Jahrhunderts geschnitzt und einfarbig bemalt war. Die gleiche Malerei oberhalb der Türen. Über die Füllungen spannte sich, bescheiden gesäumt, alte rote Seide. Altmodische Möbel versteckten sich kümmerlich unter rot und weiß gewürfelten Überzügen.

Madame de Bargeton saß auf einem gesteppten Kanapee, vor ihr ein runder Tisch mit grüner Decke. Es stand ein altertümlicher Leuchter mit zwei Kerzen darauf, deren Licht durch einen Schirm gedämpft wurde. Die Königin erhob sich nicht, sondern drehte sich, nicht schlecht anzusehen, auf ihrem Stuhl empor und schenkte dem Dichter ein Lächeln. Auf den jungen Mann verfehlte diese schlangenhafte Bewegung ihren Eindruck nicht, er fand sie vornehm. Die außerordentliche Schönheit Luciens, die Schüchternheit seiner Manieren, seine Stimme, alles an ihm ergriff Madame de Bargeton. Der Poet war schon die Poesie. Der junge Mann prüfte mit häufigen, aber diskreten Blicken die Frau, die ihm im Einklang mit ihrem Ruf zu sein schien, sie enttäuschte nicht eine einzige seiner Vorstellungen von großen Damen.

Madame de Bargeton trug nach einer neuen Mode ein Barett aus schwarzem Samt. Es ist dies eine Kopfbedeckung, die Erinnerungen an das Mittelalter weckt und einem jungen Menschen imponiert, da sie sozusagen ihrer Trägerin den letzten Akzent gibt. Unter dem Barett quoll eine Fülle rotblonden Haares hervor, das Licht vergoldete es, und die Locken schienen zu brennen. Die vornehme Dame besaß den weißen Teint, durch den sich die angeblichen Nachteile dieser Haarfarbe ausgleichen. Ihre grauen Augen funkelten unter dem krönenden Weiß einer Stirn von kühnem Schnitt, auf der schon die ersten Runzeln sichtbar waren; diese Augen lagen in einer Perlmuttzone, durch die sich an jeder Seite das blaue Schlänglein einer Vene wand. Die Nase von bourbonischer Krümmung gab dem Gesicht den königlichen Schwung der Condé und ihr Feuer.

Die Haare verbargen den Hals nicht ganz. Das nur lässig

übereinandergeschlagene Kleid ließ eine schneeweiße Brust sehen und einen noch immer untadeligen und gut geformten Busen ahnen.

Mit ihren spitzen und gepflegten, aber ein wenig trockenen Fingern beschrieb Madame de Bargeton eine freundschaftliche Geste, um dem jungen Dichter den Stuhl zu zeigen, der neben ihr stand. Monsieur du Châtelet nahm einen Sessel. Lucien bemerkte nun, daß sie allein waren. Die Unterhaltung mit Madame de Bargeton versetzte den Dichter aus l'Houmeau in einen Rausch. Die drei Stunden, die er bei ihr verbrachte, waren ein Traum, der hätte ewig währen müssen. Er fand, diese Frau sei eher abgemagert als mager, zur Liebe geboren, aber von ihr vernachlässigt, und ungeachtet ihrer starken Natur der Gefahr ausgesetzt, zu kränkeln. Ihre Manieren hoben ihre Fehler noch hervor, aber diese Fehler gefielen ihm, denn junge Menschen lieben zunächst immer die Übertreibung, in der man die Lüge der schönen Seele sehen darf.

Seine Augen waren blind dafür, daß die Wangen über den Backenknochen welkten, die Langeweile und auch Sorgen hatten ihnen eine kupferne oder ziegelrote Färbung gegeben. Seine Einbildungskraft stürzte sich auf die Feueraugen, auf die schönen Locken, die wahre Lichtfänger waren, und auf die blendendweiße Haut, die auf ihn wirkte wie Kerzen auf einen Schmetterling. Und ihre Seele hatte der seinen zu viel zu sagen, als daß ihm Zeit geblieben wäre, die Frau zu beurteilen. Da er alles gut finden wollte, blendete ihn alles, ihre weibliche Exaltiertheit und der Schwung der ein wenig alten Phrasen, die ihm neu erschienen. Er hatte keine Verse zum Vorlesen mitgebracht, aber die Rede kam gar nicht darauf; er hatte die Gedichte vergessen, um wiederkommen zu können; und Madame de Bargeton ihrerseits fragte ihn nicht, damit er Grund habe, die Lektüre auf einen anderen Tag zu verlegen. War das nicht ein erstes Einverständnis?

Sixte du Châtelet war mit dieser Aufnahme unzufrieden. Er erkannte zu spät, daß er sich in dem schönen Jüngling einen Nebenbuhler geschaffen hatte. Auf dem Heimweg begleitete er ihn bis zur Biegung der ersten Rampe unterhalb von Beaulieu und versuchte es mit der Diplomatie. Lucien war nicht wenig erstaunt, als der Direktor der indirekten Steuern sich darauf berief, daß er ihn eingeführt habe, und ihm Ratschläge zu erteilen begann.

»Möge Gott, daß Sie besser behandelt werden als ich«, sagte Monsieur du Châtelet. Der Hof in Paris sei weniger dünkelhaft als diese Gesellschaft von Pferdeköpfen. Man könne in ihr tödliche Wunden empfangen und der abscheulichsten Mißachtung begegnen. Die Revolution von 1789 würde von neuem beginnen, wenn diese Leute sich nicht änderten. Was ihn betraf, so ging er nur deshalb weiter in dieses Haus, weil er an Madame de Bargeton Geschmack gefunden hatte. Sie war die einzige annehmbare Frau in Angoulême, er hatte ihr, unbeschäftigt, wie er war, den Hof gemacht und schließlich Feuer gefangen. Kein Zweifel, daß er sie bald besitzen würde, sie liebe ihn, alles wies darauf hin. Die Unterwerfung der stolzen Königin werde die Rache sein, die er an dieser abgeschmackten Krautjunkersippe nehmen wolle.

Châtelet sprach von seiner Leidenschaft wie ein Mann, der fähig ist, einen Nebenbuhler zu töten, falls jemand Lust hatte, sein Nebenbuhler zu werden. Der alte Geck aus der

Kaiserzeit tat alles, um den armen Dichter in Furcht zu versetzen und ihn unter dem Gewicht seiner Würde zu erdrücken. Indem er von den Gefahren seiner Reisen erzählte und sie übertrieb, wurde er noch größer, aber wenn er auch der Phantasie des Dichters imponierte, erschreckte er doch nicht den Liebhaber.

Dem alten Schwätzer zum Trotz und ungeachtet seiner Drohung, ihn wie ein Brigant der Bürgerzeit aus dem Hinterhalt zu erdolchen, verkehrte Lucien weiter bei Madame de Bargeton, am Anfang mit der Vorsicht eines Mannes, der sich seiner Herkunft aus l'Houmeau bewußt ist. In der Folge machte er sich mit dem vertraut, was ihm zuerst als ungeheure Gunst erschienen war, und sah seine Königin immer häufiger. Die Gesellschaft, die er hier traf, nahm den Apothekersohn für etwas, das keine Konsequenzen hat. Wenn Herren oder Damen aus diesem Kreis bei einem Besuch Lucien trafen, begegneten sie ihm alle mit der vernichtenden Höflichkeit, die Leuten ihres Ranges im Umgang mit Tieferstehenden geläufig war. Lucien fand zuerst alles an dieser Welt von vollkommener Höflichkeit, dann erkannte er, welchem Gefühl die trügerische Rücksicht entsprang. Es dauerte nicht lange, da fing er ein paar gönnerhafte Blicke auf, die seine Galle erregten und ihn in den gehässigen republikanischen Ideen bestärkten, mit denen schon mancher künftige Patrizier sein Spiel mit der hohen Gesellschaft begonnen hat. Aber welche Demütigung hätte er nicht für Madame de Bargeton übernommen, die er hier Naïs nennen hörte. Die Intimen in diesem Kreis redeten sich genau wie die spanischen Granden und in Wien die Angehörigen der »Crème«, Frauen und Männer, mit ihren Vornamen an; man hatte diese letzte aller Nuancen erfunden, um auch im Herzen der Aristokratie von Angoulême noch einen Unterschied machen zu können.

Naïs wurde geliebt – jeder junge Mann liebt die erste Frau, die ihm schmeichelt; noch dazu sagte Naïs ihm eine große Zukunft und ungemessenen Ruhm voraus. Madame de Bargeton setzte ihre ganze Geschicklichkeit ein, um ihren Dichter bei sich einzuführen. Nicht nur hob sie ihn in alle Himmel, sie stellte ihn auch als ein Kind ohne Mittel hin, das unterzubringen ihre Pflicht war. Sie setzte Lucien herab, nur um ihn sehen zu können, sie machte ihn zu ihrem Vorleser und Sekretär, aber sie liebte ihn mehr, als sie nach dem großen Unglück, das sie betroffen hatte, selbst für möglich hielt. Innerlich machte sie sich schwere Vorwürfe und sagte sich, es sei Wahnsinn, einen jungen Menschen von zwanzig Jahren zu lieben, der schon durch seine Stellung allein von ihr getrennt blieb. Sie genoß diese Gewissensbisse und fühlte sich durch sie entlastet. Der Reihe nach gab sie sich hochfahrend, gönnerhaft, zärtlich und schmeichlerisch.

Durch die hohe Stellung dieser Frau eingeschüchtert, überließ sich am Anfang Lucien allen Ängsten, Hoffnungen und Verzweiflungen, die eine erste Liebe heimsuchen und ihr durch den unaufhörlichen Wechsel von Schmerz und Lust erst recht den Weg bahnen. Zwei Monate lang sah er in ihr eine Wohltäterin, die sich mütterlich seiner annahm, aber die Vertraulichkeiten begannen, Madame de Bargeton nannte ihren Dichter »lieber Lucien«, dann kurzweg »Lieber«. Der Dichter ward kühn und nannte die große Dame »Naïs«. Als er das tat, überließ sie sich einer jener zornigen Anwandlungen, die ein Kind so sehr verführen, warf sie ihm doch vor, er gebrauche den Namen, dessen sich alle Welt bediene. Die stolze, vornehme Nègrepelisse schlug denjenigen ihrer Namen vor, der noch neu war, für diesen Engel wollte sie Louise sein. Lucien schwebte im dritten Liebeshimmel. Eines Abends betrachtete Louise, als er eintrat, ein Porträt, das sie sofort verbarg. Er wollte es sehen, ihr blieb nichts übrig, als diesen ersten verzweifelten Anfall der Eifersucht zu dämpfen, und sie zeigte das Porträt des jungen Cante-Croix und erzählte nicht ohne Tränen die Geschichte ihrer reinen und so rasch erstickten Liebe. Bereitete sie einer Untreue gegen den Toten den Weg, oder war sie auf den Gedanken verfallen, Lucien mit diesem Bild einen Nebenbuhler zu geben? Lucien war zu jung, um die Seele seiner Freundin zu zerlegen, er geriet naiv in Verzweiflung, denn sie begann den weiblichen Feldzug, der zum Fall der mehr oder weniger verschanzten Skrupel führen wird. Die verschiedenen Unterhaltungen über Pflicht, Herkommen und Religion sind die festen Plätze, die ein Mann am besten mit stürmender Hand nimmt. Der unschuldige Lucien bedurfte solcher schmachtenden Herausforderungen nicht, er hätte ganz von selbst Krieg geführt.

»Nicht sterben will ich für Sie, sondern leben«, sagte er eines Abends kühn, entschlossen, mit Monsieur de Cante-Croix ein Ende zu machen, und warf auf Louise einen Blick, in dem sich die Leidenschaft malte, die einen Vorsatz gefaßt hat.

Erschrocken über die Fortschritte, die diese neue Liebe bei ihr und ihrem Dichter machte, bat sie ihn um die Verse, die er ihr für die erste Seite ihres Albums versprochen hatte, und hoffte, die Verzögerung, die er sich zuschulden kommen ließ, werde einen hübschen Vorwand für einen Liebesstreit schaffen. Aber was geschah? Er überreichte ihr folgende zwei Stanzen, die sie, wie natürlich, schöner als die besten von Canalis fand:

> Le magique pinceau, les muses mensongères
> N'orneront pas toujours de mes feuilles légères
>   Le fidèle vélin;
> Et le crayon furtif de ma belle maîtresse
> Me confira souvent sa secrète allégresse
>   Ou son muet chagrin.
>
> Ah! quand ses doigts plus lourds à mes pages fanées
> Demanderont raison des riches destinées
>   Que lui tient l'avenir;
> Alors veuille l'Amour que de ce beau voyage
> Le fécond souvenir
> Soit doux à contempler comme un ciel sans nuage!

»Bin ich denn die, die sie Ihnen eingab?«

Das war die Koketterie einer Frau, die sich darin gefällt, mit dem Feuer zu spielen; in die Augen Luciens trat eine Träne, sie beruhigte ihn, indem sie ihn zum ersten Mal auf die Stirn küßte. Lucien war entschieden ein großer Mann, den sie formen wollte; er sollte bei ihr Italienisch und Deutsch lernen und seine Manieren vervollkommnen; wie viele Vorwände, ihn immer in ihrer Nähe zu haben, unter den Augen ihrer langweiligen Höflinge! Wie interessant wurde ihr Leben! Sie wandte sich wieder der Musik zu, um ihren Dichter in diese Welt zu führen, sie spielte ihm einige schöne Stücke Beethovens vor und versetzte ihn in Entzücken; glücklich über seine Freude, fragte sie den ganz Hingerissenen:

»Kann man sich mit diesem Glück nicht begnügen?« Der arme Dichter war töricht genug, zu antworten: »Doch.«

Schließlich gediehen die Dinge so weit, daß Louise Lucien an den Tisch von Monsieur de Bargeton einlud. Ungeachtet der Vorsicht, niemanden sonst hinzuziehen, erfuhr die ganze Stadt die Tatsache und hielt sie für so ungeheuerlich, daß jedermann an der Wahrheit zweifelte. Der Vorfall wirbelte Staub auf, einige sahen schon den Umsturz kommen. Andere riefen: »Das ist die Frucht der liberalen Irrlehren.« Der eifersüchtige du Châtelet erfuhr nun, daß Madame Charlotte, die die Wöchnerinnen pflegte, niemand anders war als Madame Chardon, die Mutter des Chateaubriand von l'Houmeau, fügte er hinzu. Der Ausdruck machte als angeblich witziges Wort die Runde. Madame de Chandour eilte als erste zu Madame de Bargeton:

»Wissen Sie, liebe Naïs, wovon ganz Angoulême redet? Die Mutter dieses kleinen Dichterlings ist Madame Charlotte, die vor zwei Monaten erst meine Schwägerin im Wochenbett pflegte.«

»Meine Liebe«, antwortete Madame de Bargeton und nahm ihre königlichste Miene an, »was ist daran außerordentlich? Als Frau eines Apothekers, ich bitte Sie! Ein armer Lebensabend für eine geborene de Rubempré. Stellen wir uns doch vor, wir wären ohne einen Sou – was würden wir tun, um zu leben? Wie würden Sie Ihre Kinder durchbringen?«

Die Kaltblütigkeit Madame de Bargetons brachte das Gezeter des Adels zum Schweigen. Große Seelen sind immer bereit, Unglück in Tugend zu verwandeln, und dann, was kann verlockender sein, als da Gutes zu tun, wo man verdächtigt wird? Unschuld wird pikant wie das Laster. Am Abend füllte sich der Salon der Madame de Bargeton mit

Freunden, die gekommen waren, um ihr Vorhaltungen zu machen. Sie entfaltete die ganze spöttische Schlagkraft ihres Geistes; sie sagte: Wenn es den Edelleuten nicht gelinge, ein Molière, Racine, Rousseau, Voltaire, Massillon, Beaumarchais, Diderot zu sein, dann müsse man dulden, daß die großen Männer als Kinder von Tapezierern, Uhrmachern und Messerschmieden geboren werden. Sie sagte, der Genius sei immer von Adel. Sie schalt die Landjunker aus, die sich so wenig auf ihre wahren Interessen verstanden. Kurzum, sie sagte einen Haufen Torheiten, die weniger nichtigen Leuten ein Licht gesteckt hätten, hier wurden sie als Offenbarung hingenommen. Sie beschwor also den Sturm mit Kanonenschüssen.

Als Lucien, von ihr geladen, zum ersten Mal in den alten verblichenen Salon trat, wo man an vier Tischen Whist spielte, bewillkommnete sie ihn aufs herzlichste und stellte sich ihm als Königin dar, die Gehorsam verlangt. Sie sprach mit dem Steuerdirektor, nannte ihn »Monsieur Châtelet«, und der Schrecken versteinerte ihn, als sie durchblicken ließ, daß sie die unrechtmäßige Herkunft seines Adelstitels kannte.

Lucien wurde an diesem Abend mit Gewalt und Zwang in die Gesellschaft der Madame de Bargeton eingeführt; aber man nahm ihn wie einen giftigen Stoff auf, den jeder zu entfernen trachtete, indem er ihn dem Gegenangriff der Impertinenz unterwarf. Trotz ihres Sieges verlor Naïs an Boden, es gab Abtrünnige, die von Abwanderung sprachen. Auf den Rat von Monsieur Châtelet beschloß Amélie, das war Madame de Chandour, Thron gegen Thron zu errichten, indem sie mittwochs bei sich empfing. Madame de Bargeton öffnete ihren Salon jeden Abend, und die Leute, die zu ihr kamen, waren so daran gewöhnt, dieselben Teppiche und Dekken zu sehen, an denselben Spieltischen bei denselben Kerzen zu sitzen und ihre Mäntel, Überschuhe, Hüte in demselben Gang aufzuhängen, daß sie die Stufen der Treppe genauso wie die Herrin des Hauses liebten. Alle fanden sich resigniert damit ab, den Gang zur »Distel« (Chardon) anzutreten. Zuletzt führte der Vorsitzende der Gesellschaft für Ackerbau den Frieden durch eine salomonische Bemerkung herbei:

»Vor der Revolution«, sagte er, »empfingen die größten Herren Duclos, Grimm, Crébillon, alles Leute, die, wie dieser kleine Poet aus l'Houmeau, keine Konsequenz hatten. Aber wen sie nicht empfingen, das waren die Steuereinnehmer, zu denen doch alles in allem Châtelet gehört.«

Du Châtelet zahlte für Chardon, jeder behandelte ihn mit Kälte. Der Steuerdirektor, der sich in dem Augenblick, in dem Madame de Bargeton ihn mit »Châtelet« ohne »du« anredete, versprochen hatte, diese Frau zu besitzen, schloß sich jetzt, wo er angegriffen wurde, bewußt den Ansichten der Hausherrin an: Er unterstützte den jungen Dichter, indem er sich zu seinem Freund ernannte. Der große Diplomat, dessen sich der Kaiser so ungeschickt beraubt hatte, überhäufte Lucien mit Liebenswürdigkeiten, er wurde sein Freund.

Um den jungen Mann einzuführen, gab er ein Essen, an dem der Präfekt, der Generaleinnehmer, der Oberst des in Garnison liegenden Regiments, der Direktor der Marineschule, der Gerichtspräsident, kurz, alle Spitzen der Behörden teilnahmen. Der arme Dichter wurde so hoch gefeiert, daß nur ein junger Mann von zweiundzwanzig Jahren nicht auf den Gedanken kam, den Lobsprüchen, die man über ihn schüttete, zu mißtrauen. Beim Nachtisch ließ Châtelet seinen Nebenbuhler eine Ode auf den sterbenden Sardanapal vortragen, das Meisterwerk des Augenblicks; der phlegmatische Direktor des Gymnasiums klatschte in die Hände und erklärte, Jean-Baptiste Rousseau habe es nicht besser gemacht. Der Baron Sixte Châtelet dachte, der kleine Reimer werde früher oder später in dem Treibhaus der Hymnen ersticken oder er werde sich, von seinem vorweggenommenen Ruhm berauscht, einige Anmaßungen zuschulden kommen lassen, die ihn in das Nichts seines Ursprungs zurückstürzen mußten. In Erwartung dieses Endes schien er seine Ansprüche auf dem Altar der Madame de Bargeton zu opfern; aber er hatte nur mit der Geschicklichkeit des Frauenjägers seinen Plan zurückgestellt, folgte mit der Aufmerksamkeit eines Feldherrn jedem Schritt, den die beiden Liebenden machten, und erspähte die Gelegenheit, Lucien zu vernichten. Es erhob sich in Angoulême und Umgebung ein dumpfes Gerücht, in der Stadt lebe ein großer Mann, Madame de Bargeton wurde allgemein für die Pflege gelobt, die sie dem jungen Adler angedeihen ließ. Nachdem so ihr Benehmen Billigung gefunden hatte, wollte sie allgemeine Vollmacht erhalten. Sie schrieb in dem Departement einen Abend mit Eis, Kuchen und Tee aus, große Neuerung in einer Stadt, wo der Tee noch wie ein Mittel bei Magenstörungen vom Apotheker gekauft wurde. An die Blüte der Aristokratie erging der Ruf, sich einzufinden und Lucien ein großes Werk vorlesen zu hören. Louise hatte ihrem Freund die glücklich überwundenen Schwierigkeiten verschwiegen, aber sie berührte mit ein paar Worten die Verschwörung, die in der Gesellschaft gegen ihn bestand; sie wollte ihn nicht unwissend lassen über die Gefahren der Karriere, die geniale Menschen bestehen müssen, die jedoch für die mittelmäßig Tapferen unüberwindbare Hindernisse in sich bergen. Der Triumph, den sie davongetragen hatte, sollte eine Lehre sein. Mit ihren weißen Händen zeigte sie ihm den Ruhm, der durch unaufhörliche Opfer erkauft wird, sprach vom Scheiterhaufen der Märtyrer, der auch auf seinem Wege lag; mit einem Wort, sie strich ihm ihre schönsten Butterbrote und belegte sie mit den erhabensten Ausdrücken. Das war eine Nachahmung des Wortschwalles, der den Roman ›Corinne‹ entstellt.

Louise fand ihre Beredsamkeit so groß, daß sie den Benjamin, der sie ihr einflößte, noch mehr liebte; sie riet ihm, seinen Vater kühn zu verleugnen, indem er den adligen Namen de Rubempré annahm, und sich um das Geschrei nicht zu kümmern, das bei diesem Wechsel unvermeidlich war, einem Wechsel übrigens, den der König rechtmäßig machen werde. Verwandt mit der Marquise d'Espard, einer geborenen Blamont-Chauvry und am Hof sehr einflußreichen Dame, werde sie diese Gunst erreichen. »Der König«, »die Marquise d'Espard«, »der Hof«: bei diesen Worten sah Lucien ein Feuerwerk, und die Notwendigkeit, sich umzutaufen, galt ihm für bewiesen.

»Lieber Kleiner«, sagte Louise mit zärtlichem Spott, »je eher man das macht, desto früher wird es gebilligt.«

Sie erklärte ihm der Reihe nach die Stufen des gesellschaftlichen Baus und berechnete mit ihm, wie viele er durch diesen geschickten Entschluß auf einmal nehmen konnte. Von einer Minute zur anderen bewog sie Lucien, seinen volkstümlichen Ideen über die schimärische Gleichheit von

1793 abzuschwören, und weckte bei ihm den Durst nach Auszeichnungen, den die kühle Vernunft Davids besänftigt hatte; sie zeigte ihm die hohe Gesellschaft als die einzige Bühne, auf der er auftreten durfte. Der haßerfüllte Liberale wurde Monarchist in petto. Lucien biß in den Apfel, der ihm gereicht wurde, er verschrieb sich aristokratischem Luxus und Ruhm. Er schwor, zu Füßen seiner Dame eine Krone niederzulegen, und sei es eine blutige; er würde sie um jeden Preis erobern, quibuscumque viis.

Um seinen Mut zu beweisen, gestand er alle seine gegenwärtigen Leiden ein, die er bis dahin mit jener undefinierbaren, der ersten Liebe eigentümlichen Scham Louise verborgen hatte; diese Scham verbietet einem jungen Menschen, mit dem, was groß an ihm ist, hervorzutreten; noch zieht er vor, sich und seine Seele inkognito geschätzt zu wissen. Er berichtete nun vom Elend seiner Verhältnisse, das er mit Stolz trug, von der Arbeit bei David, von seinen dem Studium gewidmeten Nächten. Die junge Glut erinnerte Madame de Bargeton an den, der mit sechsundzwanzig Jahren Oberst gewesen war; ihr Blick wurde weich. Als Lucien sah, daß Schwäche seine erhabene Göttin überkam, ergriff er ihre Hand, die sie ihm überließ, und küßte sie mit der Raserei des Poeten, des jungen Menschen, des Liebenden. Louise erlaubte dem Apothekersohn, sich bis an ihre Stirn zu wagen und seine bebenden Lippen darauf zu pressen.

»Kind, Kind, wenn man uns sähe! Man würde mich lächerlich finden!« sagte sie und erwachte aus ihrer Betäubung und Entzückung.

An diesem Abend richtete ihr Geist große Verwüstungen in dem an, was sie Luciens Vorurteile nannte. Wenn man sie hörte, hatte ein Mann von Genie weder Bruder noch Schwester, weder Vater noch Mutter; das große Werk, das er schuldete, ermächtigte ihn zu einer Selbstsucht, die nur scheinbar war, denn hinter der Größe mußte alles zurücktreten. Die Familie mochte zuerst an den Geldtributen leiden, die der große Sohn von ihr erhob, aber dafür empfing sie hundertfach den Preis zurück und teilte alle Früchte seines Sieges. Der Genius war nur sich selbst verantwortlich; er war der alleinige Richter über alle Mittel, denn er allein kannte das Ziel; darum mußte er sich über die Gesetze hinwegsetzen, berufen, wie er war, sie wieder einzurenken. Und außerdem, wer sich seines Jahrhunderts bemächtigt, kann alles nehmen, alles wagen, denn alles liegt im Bereich seiner Hand. Sie berief sich auf die Anfänge Bernard Palissys, Louis' XI., Fox', Napoleons, Christoph Kolumbus', Cäsars, aller berühmten Spieler, die zuerst von elenden Schulden niedergedrückt gewesen waren, unverstanden, für Narren gehalten, für schlechte Söhne, schlechte Väter, schlechte Brüder, bis sie der Stolz der Familie, des Landes, der Welt wurden.

Diese Argumente fanden den besten Boden in Lucien, der den geheimen Lastern des Ehrgeizes zuneigte, und leisteten der Verderbnis seines Herzens Vorschub; in der Glut seiner Begierden ließ er die Mittel a priori zu. Aber keinen Erfolg haben ist ein Majestätsverbrechen, begangen an der Gesellschaft. Wer unterliegt, hat alle Morde an den bürgerlichen Tugenden begangen, auf denen die Gesellschaft beruht – die Gesellschaft verjagt voll Abscheu Marius, der vor ihren Trümmern sitzt. Lucien, der zwischen der Schande des Zuchthauses und der Palme des Genius nicht zu wählen wußte, irrte auf dem Sinai der Propheten, ohne in der Tiefe das Tote Meer, die fürchterliche Leidensstätte Gomorrha zu sehen.

Es gelang Louise so gut, Herz und Geist ihres Dichters aus den kindlichen Banden zu lösen, in die das Provinzleben sie geschlagen hatte, daß Lucien den Entschluß faßte, Madame de Bargeton auf die Probe zu stellen und zu erfahren, ob er, ohne sich einer beschämenden Zurückweisung auszusetzen, diese hoch hängende Beute gewinnen konnte. Der ausgeschriebene Abend gab ihm die Gelegenheit, die Probe zu machen. Der Ehrgeiz vermischte sich mit seiner Liebe. Er liebte und wollte steigen – doppelter Wunsch, der sehr natürlich ist bei jungen Leuten, die ein Herz zu befriedigen und eine Armut zu bekämpfen haben. Und die Gesellschaft, die heute alle ihre Kinder zu demselben Festmahl einlädt, weckt schon am Morgen des Lebens ihre Begierden. Indem sie die Berechnung einführt, nimmt sie der Jugend ihre zarten Reize und vergiftet fast alle großmütigen Empfindungen dieser Jugend. Der Dichter wünscht, daß es anders wäre; aber die Tatsachen strafen zu oft den Glauben, an dem man festhalten möchte, Lügen, und es ist nicht erlaubt, einen jungen Menschen anders zu schildern, als er im neunzehnten Jahrhundert ist. Lucien glaubte, einem edlen Gefühl seiner Freundschaft mit David zu dienen.

Er schrieb seiner Louise einen langen Brief, denn er merkte, daß er mit der Feder in der Hand kühner war, als wenn ihm nur das Wort zur Verfügung stand. Auf zwölf Blättern, die er dreimal abschrieb, erzählte er die Geschichte seines Vaters, sein Talent, seine verlorenen Hoffnungen und das entsetzliche Elend, dem er anheimfiel. Seine teure Schwester schilderte er als einen Engel und David als einen, der einmal groß wie Cuvier sein werde, jetzt aber ihm Vater, Bruder und Freund bedeutete; er würde Louises Liebe nicht verdienen, und es würde ein Schatten auf diesen ersten Traum fallen, wenn er sie nicht bäte, für David zu tun, was sie für ihn tat. Er würde lieber auf alles verzichten als David Séchard verraten, kurz, er verlangte, daß David an seinem Erfolg teilnahm.

Er schrieb einen jener wilden Briefe, in denen die jungen Leute für den Fall einer Weigerung mit der Pistole drohen, der Kasuismus dieser Jahre sein Wesen treibt und die ganze unsinnige Logik einer schönen Seele studiert werden kann; ein solcher Brief ist ein Feuerwerk von Worten, verbrämt mit den naiven Geständnissen, von denen der Schreiber selbst kaum etwas weiß und die den Frauen so teuer sind. Nachdem Lucien diesen Brief der Kammerfrau gegeben hatte, verbrachte er den Tag damit, Korrekturen zu lesen, ein paar Arbeiten zu bewachen und in die wenigen Geschäfte der Druckerei Ordnung zu bringen, ohne David etwas zu sagen. In den Kinderjahren des Herzens lieben die jungen Leute solche heimlichen Opfer, die ihnen alle Ehre machen. Außerdem begann Lucien vielleicht die Axt des Phocion zu fürchten, die David zu gebrauchen wußte; vielleicht bangte er vor einem klaren Blick, der bis auf den Grund der Seele ging. Nach der Lektüre Chéniers war sein Geheimnis ihm aus dem Herzen auf die Lippen getreten, und er machte sich auf einen Vorwurf gefaßt, den er schon zu fühlen glaubte, wie ein Kranker die Hand des Arztes auf seiner Wunde fühlt.

Man wird jetzt die Gedanken verstehen, die auf Lucien einstürmten, als er von Angoulême nach l'Houmeau hinunterstieg. Hatte die große Dame sich erzürnt? Würde sie David empfangen? Lief er Gefahr, daß sein Ehrgeiz ihn in sein Loch in der Vorstadt zurückschleuderte? Obwohl er vor dem Kuß auf die Stirn Louises den Abstand hatte ermessen können, der eine Königin von ihrem Günstling trennt, sagte er sich doch nicht, daß David unmöglich in einem Augenblick die Strecke durchmessen konnte, für die er selbst fünf Monate gebraucht hatte. Ohne Ahnung, wie unerbittlich die über die kleinen Leute verhängte Ächtung war, wußte er nicht, daß ein zweiter Versuch dieser Art Madame de Bargeton vollkommen ruiniert hätte.

Louise wäre nichts übriggeblieben, als die Stadt zu verlassen, und ihre Kaste hätte sie gemieden, wie man im Mittelalter einen Aussätzigen mied, hätte sie doch den Beweis geliefert, daß sie auf ihre Kaste keinen Wert mehr legte. Der Kreis der engsten Aristokratie und auch noch der Klerus würden Naïs vor jedermann geschützt haben, wenn sie sich einen Fehler hätte zuschulden kommen lassen, aber der Umgang mit schlechter Gesellschaft war ein unverzeihliches Verbrechen, denn wenn man auch den Mächtigen ihre Fehler nachsieht, so verurteilt man sie doch nach der Abdankung. Hieß David empfangen nicht abdanken? Wenn Lucien nicht imstande war, diese Seite der Frage zu sehen, so ließ doch ihr aristokratischer Instinkt sie ihrerseits andere Schwierigkeiten ahnen, vor denen sie erschrak. Adliges Gefühl verleiht nicht immer adlige Haltung. Racine sah wie der vornehmste Hofmann aus, aber Corneille wie ein Viehhändler. Descartes glich zum Verwechseln einem braven holländischen Kaufmann. Und Montesquieu wurde in la Brède von den Besuchern, die ihn mit einem Rechen auf der Schulter und einer Nachtmütze auf dem Kopf sahen, für einen gemeinen Gärtner gehalten. Wenn die Vertrautheit mit der Welt nicht ein Geschenk hoher Geburt und eine mit der Milch eingesogene oder vom Blut überlieferte Wissenschaft ist, setzt sie eine Erziehung voraus, und auch dann noch muß der Zufall durch eine gewisse Eleganz der Formen, eine Vornehmheit der Züge, einen Klang der Stimme nachhelfen.

Alle diese großen kleinen Dinge fehlten David, während seinen Freund die Natur damit begabt hatte. Edelmann von seiner Mutter her, wies Lucien bis zum hohen Spann des Fußes alle Merkmale des Franken auf, während David Séchard die flachen Füße des Welschen und das Aussehen seines Vaters, des Setzers, hatte. Lucien hörte den Spott, der auf David niederging, er glaubte das Lächeln zu sehen, das Madame de Bargeton unterdrücken würde. Kurzum, ohne sich seines Bruders gerade zu schämen, beschloß er doch, sich nicht mehr seiner ersten Regung zu überlassen, sondern sich mit ihr in Zukunft auseinanderzusetzen. Für Lucien schlug die Stunde des politischen Wägens und der Berechnung kurz nach der Stunde der Poesie und Hingabe und nach einer Lektüre, in der für die beiden Freunde über den Gefilden der Literatur die Sonne der neuen Zeit aufgegangen war.

Auf dem Weg nach l'Houmeau bereute er seinen Brief und hätte ihn am liebsten zurückgefordert, denn eine Ahnung sagte ihm nun, nach welchem unerbittlichen Gesetz die Welt regiert wird. Er fühlte, daß Erfolg den Ehrgeiz weit trägt, und so fiel es ihm schwer, den Fuß von der ersten Sprosse der Leiter zu ziehen, auf der er die Höhen der Welt erstürmen wollte. Dann wieder die Bilder des einfachen und ruhigen Lebens, sanfte Wiesen mit allen Blumen der Empfindung geschmückt; David, voller Gaben, der ihm so edel geholfen hatte und im Notfall sein Leben für ihn geben würde; seine Mutter, die noch in ihrer Erniedrigung große Dame blieb und glaubte, daß seine Güte seinem Geist gleichkäme; seine Schwester, so liebenswert in ihrer Entsagung, das unbefleckte Kind mit dem noch ganz reinen Gewissen; seine eigenen Hoffnungen, die noch kein kalter Wind entblättert hatte – alles das trat noch einmal lebendig vor seine Augen.

Er sagte sich nun, daß es schöner wäre, die widerstrebenden Reihen der aristokratischen und der bürgerlichen Menge durch die Degenstöße des Erfolgs zu teilen, als dank der Gunst einer Frau emporzukommen. Früher oder später würde sein Genius wie der so vieler Männer leuchten, sie alle waren seine Vorgänger und hatten die Gesellschaft gebändigt; und dann würden ihn auch die Frauen lieben! Das Beispiel Napoleons, das dem neunzehnten Jahrhundert so verhängnisvoll geworden ist, weil es einer Unmenge mittelmäßiger Köpfe Mut machte, bot sich auch ihm an, er bereute seine Forderung und schlug sie in den Wind. So war Lucien geschaffen, er ging vom Bösen zum Guten und vom Guten zum Bösen mit gleicher Leichtigkeit. Statt der Liebe, mit der ein Weiser seine einsame Werkstatt umfaßt, empfand er seit einem Monat eine Art Scham, sooft er den Laden erblickte, über dem in gelben Lettern auf grünem Grund zu lesen stand:

Postel, Apotheker,
Nachf. von Chardon

Es traf ihn ins Herz, so den Namen seines Vaters an einem Ort zu sehen, an dem alle Wagen der Stadt vorüberfuhren.

An dem Abend, als er seine Tür mit dem kleinen, schlechten Gitter durchschritt, um in Beaulieu unter die elegantesten jungen Leute der Oberstadt zu treten und Madame de Bargeton den Arm zu geben, hatte er tief unter dem Mißklang gelitten, der zwischen seiner Behausung und seinen neuen Aussichten bestand.

»Madame de Bargeton lieben, sie vielleicht bald besitzen und dabei in diesem Rattenloch nisten!« dachte er, während er den kleinen Hof betrat, in dem mehrere Pakete gekochter Kräuter längs der Mauer ausgebreitet lagen, in dem der Lehrling die Kessel des Laboratoriums scheuerte und Monsieur Postel, der eine Arbeitsschürze trug und in der Hand eine Retorte hielt, eine chemische Reaktion untersuchte, den Laden nicht aus den Augen ließ oder, wenn das Glas ihn ganz in Anspruch nahm, die Ohren nach der Schelle spitzte. Der Geruch der Kamillen, Minzen und der vielen destillierten Kräuter füllte nicht nur den Hof, sondern auch die bescheidene Wohnung, die man auf einer jener geraden »Müllertreppen« erstieg, kein Geländer, nur zwei Seile. Darüber lag das einzige Mansardenzimmer, in dem Lucien hauste.

»Guten Tag, mein Junge«, sagte Monsieur Postel, der echte Vertreter des Provinzkrämers, »wie geht's der Gesundheit? Ich bin gerade dabei, ein Experiment mit Melasse zu machen, aber um das zu finden, was ich suche, müßte Ihr Vater dasein. Das war ein prächtiger Mann! Hätte er mir sein Mittel gegen Gicht verraten, dann führen wir heute beide zweispännig.«

Es verging keine Woche, ohne daß der Apotheker, der ebenso dumm wie gutmütig war, Lucien einen Dolchstoß versetzte, indem er auf die verhängnisvolle Zurückhaltung zu sprechen kam, mit der Luciens Vater seine Entdeckung behandelt hatte.

»Ja, ein Jammer«, antwortete Lucien kurz, der den Schüler seines Vaters merkwürdig gewöhnlich zu finden begann, nachdem er ihn oft gesegnet hatte, war doch der ehrliche Postel mehr als einmal der Witwe und den Kindern seines Meisters beigesprungen.

»Was haben Sie denn?« fragte Postel und stellte sein Probierglas auf den Laboratoriumstisch.

»Ist ein Brief für mich gekommen?«

»Ja, einer, der wie Balsam riecht! Er liegt auf dem Ladentisch, neben meinem Pult.«

Der Brief Louises mitten unter den Töpfen der Apotheke! Lucien stürzte in den Laden.

»Mach schnell, Lucien, dein Essen wartet seit einer Stunde auf dich, es wird schon ganz kalt sein!« rief sanft eine hübsche Stimme aus einem angelehnten Fenster; Lucien hörte sie nicht.

»Er ist verrückt, Ihr Bruder«, sagte Postel und hob die Nase.

Man denke sich ein Branntweinfäßchen, auf das ein gutgelaunter Maler ein dickes rotes Pockengesicht gemalt hat: das war der Junggeselle Postel. Als er zu Ève hinaufsah, legte dieses Gesicht sich in die feierlichsten und angenehmsten Falten, was beweist, daß er daran dachte, die Tochter seines Vorgängers zu heiraten, ohne doch in dem Kampf zwischen Liebe und Vorteil zu einer Entscheidung zu kommen. Daher wiederholte er auch heute vor Lucien den Satz, den er schon hundertmal gesagt hatte:

»Wirklich eine große Schönheit, Ihre Schwester! Auch Sie können sich sehen lassen! Ihr Vater machte alles gut.«

Ève war eine große Brünette mit schwarzen Haaren und blauen Augen. Ungeachtet verschiedener Anzeichen eines männlichen Charakters war sie sanft, zart und voller Hingabe. Ihre Reinheit, ihre Kindlichkeit, die stille Resignation, mit der sie sich in ihr arbeitsames Leben ergab, und die Herzensklugheit, die über jeden Spott erhaben war, hatten David Séchard verführen müssen. Von ihrer ersten Begegnung an war zwischen ihnen eine schweigende und einfache, eine deutsche Leidenschaft ohne lärmendes Gehabe und heiße Versicherungen aufgeblüht. Jeder von ihnen hatte insgeheim an den anderen gedacht, als wenn sie durch irgendeinen eifersüchtigen Gatten voneinander getrennt gewesen wären. Beide verbargen sich vor Lucien, den sie vielleicht irgendwie zu schädigen fürchteten. David hatte Angst, Ève nicht zu gefallen, die ihrerseits sich der Furchtsamkeit eines unbegüterten Mädchens überließ.

Eine wirkliche Arbeiterin wäre kühn gewesen, dieses gut erzogene und gescheiterte Kind paßte sich seinen Lebensbedingungen an. Scheinbar sehr bescheiden, in Wirklichkeit stolz, wollte sie nicht dem Sohn eines Mannes nachlaufen, der für reich galt. Leute, die den steigenden Wert des Grundbesitzes kannten, schätzten das Gut in Marsac auf mehr als achtzigtausend Franc, ohne die Äcker hinzuzurechnen, die der alte Séchard bei Gelegenheit hinzuerwerben würde; bei seinen Ersparnissen, seinen guten Ernten und seinen geschickten Abschlüssen war das nur eine Frage der Zeit. David war vielleicht der einzige, der von den Vermögensumständen seines Vaters nichts wußte. Marsac galt ihm als ein anno 1810 für fünfzehn- oder sechzehntausend Franc gekaufter Winkel, den er einmal im Jahr, im Herbst, besuchte, um an der Seite des Vaters, der von seiner Ernte sprach, Rebstöcke anzusehen, die ihm nichts sagten und ihn wenig interessierten.

In seiner Einsamkeit übertrieb David noch die Schwierigkeiten, die zwischen ihm und Ève standen. Seine Liebe hätte der Ermutigung bedurft, für ihn war Ève als Frau unerreichbarer als eine große Dame für einen einfachen Schreiber. In ihrer Nähe war er linkisch und ungeschickt und hatte es ebenso eilig, von ihr fortzukommen, wie zu ihr zu gelangen; so bezwang er seine Leidenschaft, statt sie auszudrücken. Abends, wenn er sich irgendeinen Vorwand ausgedacht hatte, um Lucien um Rat zu fragen, ging er durch die Porte Palet von der Place du Mûrier bis nach l'Houmeau hinunter, machte aber, sobald er die grüne Tür mit dem Eisengitter erreicht hatte, kehrt, von plötzlicher Furcht ergriffen, zu spät zu kommen und Ève, die sich ohne Zweifel schon hingelegt hatte, zur Last zu fallen. Obwohl diese große Liebe sich nur durch kleine Züge verriet, hatte Ève sie doch gut begriffen; sie fühlte sich, ohne hochmütig zu werden, geschmeichelt, der Gegenstand eines so tiefen Respektes zu sein, der sich in den Blicken, Worten und dem ganzen Verhalten Davids verriet. Aber am meisten leistete dem Drucker seine fanatische Liebe zu Lucien bei ihr Vorschub: er hatte instinktiv das beste Mittel gefunden, Ève zu gefallen.

Um auseinanderzusetzen, worin die stummen Verzückungen dieser Liebe sich von erregenden Leidenschaften unterschieden, müßte man sie mit Feldblumen vergleichen, die im Gegensatz zu den prunkenden Blumen der Treibhäuser stehen. Hier gab es Blicke, die so sanft und zart wie der blaue Lotus auf dem Wasser waren, es gab flüchtige Blicke, so schwach wie der Duft der Heckenrose, und Melancholie, so zart wie der Samt des Mooses – aus reichem Boden wuchsen die Blüten zweier schöner Seelen, fruchtbar, aber regungslos. Ève hatte schon mehrmals die geheime Kraft erraten, die sich unter dieser Schwäche verriet; sie hielt David so sehr alles zugute, was er nicht wagte, daß der leichteste Umstand eine innigere Verbindung ihrer Herzen herbeiführen konnte.

Ève öffnete Lucien die Tür, er setzte sich vor einen kleinen Tisch, der auf einem Ständer ruhte; darauf stand ohne Tischtuch sein Gedeck. Der arme kleine Haushalt besaß nur drei silberne Bestecke, Ève verwandte sie alle für den geliebten Bruder.

»Was liest du denn da?« fragte sie, nachdem sie eine gewärmte Schüssel hingestellt und den kleinen Kocher gelöscht hatte.

Lucien antwortete nicht. Ève nahm einen hübsch mit Weinblättern geschmückten Teller und setzte ihn zusammen mit einem Schüsselchen voll Crème auf den Tisch.

»Schau, Lucien, ich habe Erdbeeren bekommen.«

Lucien war so in seinen Brief versunken, daß er nichts hörte. Ève setzte sich neben ihn, ohne zu murren; in den Beziehungen zwischen Schwester und Bruder kann es ein ungeheures Vergnügen sein, ohne Umstände behandelt zu werden.

»Aber was hast du denn?« rief sie, als sie in den Augen des Bruders Tränen schimmern sah.

»Nichts, nichts, Ève«, antwortete er, nahm sie um die Taille, zog sie an sich und küßte sie auf die Stirn, die Haare und dann den Hals, alles mit einer überraschenden Glut.

»Du verbirgst dich vor mir.«

»So höre! Sie liebt mich!«

»Ich wußte wohl, daß du nicht mich umarmt hast«, sagte die arme Schwester schmollend und errötend.

»Wir werden alle glücklich sein!« versicherte Lucien und verschlang seine Suppe.

»Wir?« wiederholte Ève. Ganz wie David fügte sie ahnungsvoll hinzu:

»Uns wirst du weniger lieben.«

»Wie kannst du das glauben, wenn du mich kennst?«

Ève streckte ihm die Hand hin und preßte ihm die seine, dann räumte sie den leeren Teller, den braunen irdenen Suppentopf fort und rückte an ihre Stelle das von ihr selbst bereitete Gericht. Statt zu essen, las Lucien abermals den Brief der Madame de Bargeton; die diskrete Ève verlangte ihn nicht zu sehen, so sehr achtete sie die Gefühle des Bruders. Wollte er ihn ihr mitteilen, so mußte sie warten. Und wenn er sie nicht Einblick gewinnen ließ, so hatte sie nichts zu fordern. Sie wartete, der Brief lautete:

Mein Freund, weshalb sollte ich Ihrem Bruder die Hilfe verweigern, die ich Ihnen geliehen habe? In meinen Augen haben alle Talente gleiches Recht, aber Sie kennen nicht die Vorurteile der Menschen, mit denen ich Umgang habe. Es wird uns nie gelingen, die Aristokratie der Unbildung dazu zu zwingen, daß sie freiwillig dem Geist den Adelsbrief ausstellt. Wenn ich nicht stark genug bin, um David Séchard bei ihnen einzuführen, opfere ich Ihnen gern diese armen Leute. Es wird eine Hekatombe wie bei den Alten sein, aber Sie, lieber Freund, verlangen gewiß nicht, daß

ich ohne Prüfung in den Verkehr mit jemandem einwillige, dessen Benehmen oder Geist mir vielleicht nicht gefiele. Ihre Schmeicheleien haben mir gezeigt, wie leicht die Freundschaft blind wird. Zürnen Sie mir, wenn ich meine Einwilligung an eine Bedingung knüpfe? Ich will Ihren Freund sehen, mir ein Urteil über ihn bilden, mit eigenen Augen festzustellen suchen, ob Sie sich nicht täuschen – das alles nur im Interesse Ihrer Zukunft. Verdenken Sie diese mütterliche Sorge, teurer Dichter, nicht Ihrer
Louise de Nègrepelisse

Lucien wußte nicht, mit welcher Kunst in dieser Welt das Ja gehandhabt wird, um ein Nein vorzubereiten, und ein Nein, um ein Ja herbeizuführen. Der Brief war ein Triumph für ihn. David würde zu Madame de Bargeton gehen und seinen Genius vor ihr ausbreiten. In der Trunkenheit eines Sieges, der ihn an die Macht seines Einflusses auf Menschen glauben ließ, nahm er eine so stolze Haltung an, spiegelten sich auf seinem Gesicht so viele strahlende Hoffnungen, daß seine Schwester nicht umhinkonnte, ihm seine Schönheit zu bestätigen.

»Wenn sie Geist hat, muß sie dich lieben! Und der Abend wird ihr das Herz schwer machen, denn alle Frauen werden tausend Freundlichkeiten für dich haben. Du wirst fabelhaft sein, wenn du deinen *Heiligen Johannes auf Pathmos* liest! Ich wollte, ich wäre ein Mäuschen, dann würde ich mich einschleichen! Komm, in Mutters Schlafzimmer liegt dein Anzug bereit.«

Dieses Schlafzimmer sprach von schicklich getragenem Elend. Es enthielt ein Bett aus Nußbaum mit weißen Vorhängen, davor einen schmalen grünen Teppich. Ferner eine

Kommode mit einem Holzaufsatz und einem Spiegel, dazu Stühle, ebenfalls aus Nußbaum. Auf dem Kamin erinnerte eine Standuhr an den früheren Wohlstand, am Fenster hingen weiße Vorhänge. Die Wände trugen eine graugeblümte Tapete. Die farbigen Scheiben glänzten von Sauberkeit dank Èves Pflege. In der Mitte stand ein Tischchen, darauf ein Tablett, rot mit vergoldeten Rosetten, und drei Tassen und eine Zuckerdose aus Limogesporzellan. Ève schlief in einem anstoßenden Raum, er hatte Platz für ein enges Bett, einen alten Lehnstuhl und einen Arbeitstisch am Fenster. Die Schmalheit dieser Schiffskabine erforderte, daß die Glastür immer offenblieb, damit Luft hineinkam, alles verriet niederdrückende Verhältnisse, aber auch die ruhige Bescheidenheit eines arbeitsamen Lebens. Alle, die die Mutter und ihre beiden Kinder kannten, mußten sich gerührt fühlen.

Lucien legte gerade seine Binde an, als Davids Schritte sich in dem kleinen Hof vernehmen ließen; einen Augenblick später tauchte der Drucker mit dem Gehabe eines Mannes auf, der es eilig hat.

»David«, rief der ehrgeizige Lucien ihm entgegen, »Triumph! Sie liebt mich, sie empfängt dich!«

»Nein«, antwortet der junge Buchdrucker verwirrt, »ich komme, um dir für diesen Freundschaftsbeweis zu danken, ich habe ernsthaft darüber nachgedacht. Lucien, mein Leben ist festgelegt. Ich bin David Séchard, königlicher Drucker in Angoulême, mein Name steht an allen Wänden und in der Ecke auf den Plakaten. Für die Leute dieser Kaste bin ich ein Handwerker, ein Gewerbetreibender, wenn du willst, aber einer, der nur eine Werkstatt hat, Rue de Beaulieu, Ecke Place du Mûrier. Noch habe ich weder das Vermögen eines

Keller, noch den Ruf eines Desplein, zweier Vertreter der Macht, denen die Adligen noch die Anerkennung versagen, und das mit Recht, wenn der Bewerber nicht die Lebensart und das Auftreten eines Edelmanns besitzt, in diesem Punkt stimme ich mit ihnen überein. Womit kann ich die plötzliche Erhöhung begründen, die du mit mir planst? Die Bürger werden sich ebenso lustig über mich machen wie die Adligen. Du befindest dich in einer anderen Lage, ein Korrektor ist zu nichts verpflichtet. Du arbeitest, um dir Kenntnisse zu erwerben, die für den Erfolg unentbehrlich sind, du kannst deine gegenwärtige Beschäftigung mit einem Hinweis auf deine Zukunft erklären. Überdies kannst du morgen etwas anderes übernehmen, die Rechte oder die Diplomatie studieren und in die Verwaltung eintreten. Kurz, du bist nicht abgestempelt und nicht eingeordnet. Benutze deine gesellschaftliche Jungfräulichkeit, marschiere allein, und lege die Hand auf alle Ehren! Genieße fröhlich alle Freuden, selbst die der Eitelkeit. Sei glücklich, ich werde deinen Erfolg mitempfinden, du wirst mein zweites Selbst sein. Ja, meine Gedankenwelt erlaubt mir, dein Leben mitzuleben. Für dich die Feste, der Glanz der Welt und der heftige Antrieb ihrer Intrigen, für mich das nüchterne, arbeitsreiche Leben des Kaufmanns und die Beschäftigung mit der Wissenschaft, eine Aufgabe für viele Jahre. Du wirst der Aristokrat unter uns sein«, sagte er und blickte Ève an, dann fuhr er fort: »Wenn du strauchelst, soll mein Arm dich stützen, wenn ein Verrat dich bedroht, kannst du dich in unsere Herzen flüchten, ihre Liebe wird unerschütterlich sein. Protektion, Gunst, guter Wille der Leute könnten nachlassen, wenn sie sich auf zwei Köpfe verteilen, wir würden einander im Wege stehen. Mach deinen Weg allein, du kannst uns noch immer im Notfall holen. Weit entfernt, dich zu beneiden, widme ich mich dir. Was du für mich getan hast, dein Entschluß, lieber deine Wohltäterin, vielleicht sogar deine Geliebte, zu verlieren, als von mir zu lassen und mich zu verleugnen, dieser einfache und doch so große Zug würde mich für immer an dich binden, Lucien, wenn wir nicht schon wie zwei Brüder wären. Fürchte nicht, daß es den Anschein hat, als schlügest du dich zur stärkeren Partei. Diese Teilhaberschaft im Stil Montgomerys ist ganz nach meinem Geschmack. Und selbst wenn du mich leiden machtest, wäre ich dir noch immer verpflichtet.«

Bei diesen Worten richtete er den furchtsamsten aller Blicke auf Ève, deren Augen voll Tränen standen, denn sie erriet alles. David war noch nicht zu Ende, er sagte zu dem erstaunten Lucien: »Du siehst gut aus, hast eine schöne Figur, verstehst einen Anzug zu tragen, bist in diesem blauen Rock mit den gelben Knöpfen und der einfachen Nankinghose nicht von einem Edelmann zu unterscheiden; ich dagegen sähe in dieser Welt wie ein Arbeiter aus, wäre linkisch und verlegen, ich würde Dummheiten oder überhaupt nichts sagen. Du kannst, um dem Vorurteil entgegenzukommen, den Namen deiner Mutter annehmen und dich Lucien de Rubempré nennen, während ich David Séchard bin und bleibe. Bei den Leuten, zu denen du gehst, hilft dir alles und schadet mir alles. Du bist für den Erfolg gemacht. Die Frauen werden dein Engelsgesicht anbeten, ist es nicht so, Ève?«

Lucien flog David an den Hals und umarmte ihn. Die Bescheidenheit des Freundes entschied viele Zweifel, viele Schwierigkeiten. Er verdoppelte darum seine Zärtlichkeit einem Mann gegenüber, der aus Freundschaft ihm dasselbe Verhalten vorschrieb, nach dem sein Ehrgeiz verlangte. Und in der Tat, für Ehrgeiz und Liebe war der Weg frei, Luciens Herz glühte auf. Es war einer jener seltenen Augenblicke, wo alle Kräfte sanft gespannt sind und alle Saiten den vollen, starken Ton geben. Aber der vernünftige Entschluß des Freundes vergrößerte noch Luciens Begierde, sich alles anzueignen. Mehr oder weniger denken wir alle wie Louis XIV.: Der Staat bin ich! Die rückhaltlose Liebe seiner Mutter, seiner Schwester, die Hingabe Davids, die Gewohnheit, für diese drei Menschen Gegenstand aller Anstrengungen zu sein, weckten in ihm die Laster, die man immer bei den Schoßkindern beobachten kann, verstärkten die Selbstsucht, der die edlen Gefühle zum Opfer fallen; auch Madame de Bargeton tat das Ihre, um ihn die Pflichten gegen die Schwester, die Mutter und David vergessen zu lassen. Noch war es nicht soweit, aber stand nicht zu fürchten, daß die Kreise, die sein Ehrgeiz zog, rasch wuchsen und er gezwungen wurde, nur noch an sich zu denken, um nicht unterzugehen?

Nachdem die Rührung sich gelegt hatte, gab David Lucien zu bedenken, daß sein Gedicht auf den heiligen Johannes vielleicht zu biblisch war, um vor Leuten gelesen zu werden, die mit der apokalyptischen Dichtung wenig anzufangen wußten. Lucien, der vor dem schwierigsten Publikum der Provinz auftreten sollte, schien unruhig zu werden. David riet ihm, André de Chénier mitzunehmen und ein zweifelhaftes Vergnügen durch ein sicheres zu ersetzen. Lucien war ein vollkommener Vorleser, er würde unbedingt gefallen und außerdem eine Bescheidenheit zeigen, die ihm nur nutzen konnte.

Wie die meisten jungen Menschen verliehen diese beiden den Leuten von Welt ihre Intelligenz und ihre Fähigkeiten. Wenn die Jugend, die noch nicht gestrauchelt ist, sich unnachsichtig gegen die Fehler anderer zeigt, so setzt sie doch auch bei ihnen ihren eigenen prachtvollen Glauben voraus. Man muß in der Tat viel erlebt haben, um zu erkennen, daß nach einem schönen Wort Raffaels »verstehen« »gleichstehen« heißt. Im allgemeinen findet man den Sinn für das Dichterische selten in Frankreich, wo der Geist rasch den Quell der heiligen Tränen trocknet, wo niemand sich die Mühe geben will, das Erhabene zu entziffern und in es einzudringen, um ins Unendliche zu stoßen. Lucien sollte seine erste Erfahrung mit der Unwissenheit und der Kälte der weltlichen Gesellschaft machen! Er ging in Davids Wohnung, um den Gedichtband von Chénier mitzunehmen.

Als die beiden Liebenden allein waren, wurde David verlegener als in irgendeinem anderen Augenblick seines Lebens. Tausend Ängsten ausgesetzt, wollte und fürchtete er ein Lob; er wünschte, fliehen zu können, denn auch die Scham hat ihre Koketterie. Der arme Junge wagte kein Wort, das einen Dank nahegelegt hätte; er fand alles, was er sagen konnte, zweideutig und zog vor zu schweigen; er tat es mit der Miene eines Schuldigen. Ève, die die Martern dieser Bescheidenheit erriet, genoß sein Schweigen, aber als David seinen Hut zu drehen begann und aufbrechen wollte, lächelte sie und sagte:

»Monsieur David, wenn Sie den Abend nicht bei Madame de Bargeton verbringen, können wir ihn gemeinsam verbringen. Es ist schön, wollen wir an der Charente spazierengehen? Wir können von Lucien sprechen.«

David hatte die größte Lust, sich vor dem entzückenden Mädchen hinzuwerfen. Unerhoffte Belohnung klang aus ihrer Stimme, deren Zärtlichkeit alle Schwierigkeiten der Lage beendete. Ihr Vorschlag war mehr als ein Lob, er war die erste Gunstbezeugung der Liebe.

»Lassen Sie mir nur ein paar Augenblicke, um mich anzuziehen«, antwortete sie, als David aufstand.

David, der in seinem Leben nicht gewußt hatte, was eine Melodie war, verließ trillernd das Haus, was den biederen Postel verwunderte und ihm die Beziehungen zwischen Ève und dem Buchdrucker höchst verdächtig machte.

Während dieser Abendgesellschaft erlangten die kleinsten Umstände Einfluß auf Lucien, in dessen Charakter es lag, den ersten Eindrücken zu folgen. Wie alle unerfahrenen Liebhaber stellte er sich so früh ein, daß Louise noch nicht im Salon war. Er fand nur Monsieur de Bargeton vor. Lucien hatte schon die ersten Feigheiten gelernt, durch die der Geliebte einer verheirateten Frau sein Glück erkauft und den Frauen einen Maßstab gibt, nach dem sie ihre Ansprüche regeln; aber er hatte sich noch nicht unter vier Augen mit Monsieur de Bargeton befunden. Bargeton war einer jener kleinen Geister, die ihr Lager zwischen Nichtigkeit und Stupidität aufgeschlagen haben; jene kann noch begreifen und greift im Notfall an, diese ist so stolz, daß sie nicht annehmen und nichts zurückgeben will. Durchdrungen von seiner Pflicht gegen die Welt und bemüht, der Welt angenehm zu sein, hatte er sich eine einzige Sprache angeeignet, das Lächeln des Tänzers. Ob er zufrieden oder unzufrieden war, er lächelte. Er lächelte bei einer schlimmen Nachricht ebensogut wie beim Eintritt eines glücklichen Ereignisses. Der

Ausdruck, den er diesem Lächeln gab, wurde allen Lagen gerecht. Wenn eine unmittelbare Billigung notwendig war, verstärkte er es durch einen Zug von Gefälligkeit, ein Wort entschlüpfte ihm nur in der äußersten Not. Die einzige Verlegenheit, die er kannte, war, unter vier Augen mit jemandem zusammenzusein; sein vegetatives Leben fühlte sich dann gestört, war er doch gezwungen, in der ungeheuren Leere seines Inneren etwas zu suchen. Er entzog sich der Lage meistens dadurch, daß er in die naiven Gewohnheiten seiner Kindheit zurückfiel: Er dachte laut, er weihte den Partner in die geringsten Einzelheiten seines Lebens ein; er berichtete von seinen Bedürfnissen, seinen kleinen Erregungen, die er für Ideen hielt. Er sprach nicht vom Regen oder vom schönen Wetter, er begab sich nicht auf die Gemeinplätze der Unterhaltung, wohin sich die Dummköpfe retten, er wandte sich den intimsten Sorgen des Lebens zu:

»Um meiner Frau gefällig zu sein, habe ich heute mittag Kalbfleisch gegessen, das sie sehr liebt, aber mein Magen verträgt es nicht. Ich weiß das, ich muß es immer büßen. Erklären Sie mir es!« Oder: »Ich will klingeln, damit man mir ein Glas Zuckerwasser bringt; mögen Sie auch eines?« Oder: »Morgen reite ich und besuche meinen Schwiegervater.«

Diese Sätze, die der Unterhaltung nicht förderlich waren, entrissen dem Zuhörer ein Nein oder Ja, und das Gespräch verlor sich vollends in den Niederungen. Monsieur de Bargeton flehte dann seinen Besucher förmlich an, indem er mit seiner Nase, der Nase eines schnaufenden Mopses, zu schnüffeln begann und seine glasigen Augen in einer Weise auf sein Gegenüber heftete, daß jeder fühlte, er werde gefragt: »Was sagen Sie?«

Niemand war ihm lieber als Leute, die munter von sich selbst sprachen; er hörte ihnen mit einer so ehrlichen und feinfühligen Aufmerksamkeit zu, daß die Schwätzer von Angoulême ihn zu schätzen wußten und ihm eine geheime Schlauheit zuschrieben, höchstens daß es ihm an Urteil fehlte. Daher gingen diese Leute, wenn ihnen sonst niemand mehr zuhören wollte, zu Bargeton, um bei ihm ihre Erzählungen oder Darlegungen zu beenden; auf sein lobendes Lächeln konnten sie rechnen.

Da der Salon seiner Frau immer voll war, fühlte er sich darin meistens recht wohl. Er beschäftigte sich mit den kleinsten Einzelheiten; er gab acht, wer eintrat, begrüßte den Gast lächelnd und führte ihn seiner Frau zu. Er gab gleichfalls acht, wer fortging, und geleitete ihn wiederum mit seinem ewigen Lächeln, Höflichkeiten austauschend, hinaus. Wenn der Abend sich belebt hatte und er jeden beschäftigt sah, stand er glücklich und stumm auf seinen beiden hohen Beinen wie ein Storch da und gab sich den Anschein, als lausche er einer politischen Unterhaltung. Oder er stellte sich hinter einen Spieler, ohne etwas von den Karten zu verstehen, alle Spiele waren ihm unbekannt; oder er ging rauchend auf und ab und pflegte seine Verdauung.

Anaïs war der schönere Teil seines Lebens, dem er unendliche Genüsse verdankte. Wenn sie ihre Rolle als Hausfrau spielte, streckte er sich in einem Lehnstuhl aus und bewunderte sie, denn sie sprach ja für ihn; sodann hatte er sich ein Vergnügen daraus gemacht, in ihren Worten den Geist zu suchen; und da er die Worte oft erst, lange nachdem sie gesagt waren, verstand, kam sein Lächeln als eine Folge von Schüssen heraus, die plötzlich losgingen. Sein Respekt für seine Frau steigerte sich übrigens bis zur Anbetung. Genügt nicht eine Anbetung irgendwelcher Art, um im Leben glücklich zu sein? Als kluge und edelmütige Frau hatte Anaïs die Vorteile, die er ihr so einräumte, nicht mißbraucht; sie erkannte in ihrem Gatten die leicht zu behandelnde Natur eines Kindes, das nichts Besseres verlangt, als geleitet zu werden. Sie pflegte ihn, wie man einen Mantel pflegt, sie hielt ihn sauber, bürstete ihn, gab auf ihn acht und war auf sein Wohl bedacht, und als Monsieur de Bargeton sich so bedacht, gebürstet, gepflegt sah, hatte er eine hündische Zuneigung zu seiner Frau gefaßt. Es ist so leicht, ein Glück zu geben, das nichts kostet! Madame de Bargeton kannte keine andere Neigung an ihm als die zur guten Küche und unterstützte ihn bei den ausgezeichneten Essen, die er gab; sie hatte Mitleid mit ihm; niemals hatte sie sich über ihn beklagt, so daß Leute, die ihren schweigenden Stolz nicht begriffen, Monsieur de Bargeton verborgene Tugenden zuschrieben. Sie hatte ihn im übrigen einer militärischen Zucht unterstellt, und er gehorchte ihren Anweisungen willenlos. Wenn sie zu ihm sagte: »Mach bei Monsieur oder Madame Soundso einen Besuch«, so begab er sich hin wie ein Soldat auf seinen Posten. Er stand vor ihr stramm und verzog keine Miene.

Es war gegenwärtig davon die Rede, diesen Stummen zum Abgeordneten zu ernennen. Lucien verkehrte noch nicht lange genug im Hause, um den Schleier schon heben zu können, unter dem sich dieser unvorstellbare Charakter verbarg. Viel eher machte ihm Monsieur de Bargeton den Eindruck eines gewichtigen Mannes, wie er da in seinem Lehnstuhl lag, alles zu sehen und alles zu verstehen schien und mit großer Würde schwieg. Statt ihn für einen Prellstein aus Granit an der Landstraße zu nehmen, nahm er ihn für eine gefährliche Sphinx. Menschen mit Einbildungskraft neigen immer dazu, alles zu vergrößern oder allem und jedem eine Seele zu leihen. Er beschloß, ihm zu schmeicheln.

»Ich komme als erster«, sagte er und grüßte mit etwas mehr Respekt, als der Mann gewohnt war.

»Das ist nur natürlich«, erwiderte Monsieur de Bargeton.

Lucien sah darin die Anspielung eines eifersüchtigen Ehemanns, wurde rot und suchte mit einem Blick in den Spiegel nach Haltung.

»Sie wohnen in l'Houmeau«, sagte Monsieur de Bargeton, »Leute, die entfernt wohnen, kommen früher als diejenigen aus der Nachbarschaft.«

»Woran liegt das?« fragte Lucien und zeigte sich liebenswürdig.

»Ich weiß nicht«, erwiderte Monsieur de Bargeton und zog sich in seine Teilnahmslosigkeit zurück.

»Sie haben sich wohl keine Mühe gegeben, darüber nachzudenken«, spann Lucien weiter, »jemand, der imstande ist, eine solche Beobachtung zu machen, muß auch ihren Grund finden können.«

»Oh«, meinte Monsieur de Bargeton, »die letzten Ursachen! He! He!«

Lucien zerbrach sich den Kopf, um die Unterhaltung, die ganz zu versanden drohte, wiederzubeleben.

»Madame de Bargeton ist wohl bei ihrer Toilette?« sagte er und erzitterte gleichzeitig unter der Nichtigkeit dieser Frage.

»Ja, sie ist bei der Toilette«, war die natürliche Antwort des Gatten.

Lucien hob, auf der Suche nach einem neuen Thema, die Augen, um die beiden vorspringenden einfarbig bemalten Balken zu betrachten, deren Zwischenstücke vergipst waren, sah aber dann nicht ohne Schrecken, daß der kleine Lüster mit dem alten Kristallgehänge seinen Gazeschleier abgelegt hatte und mit Kerzen besteckt war. Auch die Möbel standen ohne Überzüge da und zeigten ihre verwelkten Blumen. Diese Vorbereitungen ließen auf eine ungewöhnliche Veranstaltung schließen. Dem Dichter kamen Zweifel, ob er richtig angezogen war, denn er trug Stiefel. Mit dem stumpfen Blick eines erschrockenen Menschen betrachtete er die japanische Vase einer Konsole, die ein Blumenmuster im Geschmack Louis' XIV. trug, dann fürchtete er wieder, dem Gatten zu mißfallen, wenn er ihm nicht den Hof machte, und beschloß herauszubekommen, ob der Mann ein Steckenpferd hatte, auf das man ihn setzen konnte.

»Sie verlassen selten die Stadt, Monsieur de Bargeton?« wandte er sich ihm wieder zu.

»Selten.«

Neues Stillschweigen. Monsieur de Bargeton folgte wie eine lauernde Katze den geringsten Bewegungen des jungen Mannes, der seine Ruhe störte. Einer hatte Angst vor dem anderen.

›Sollte ihm angesichts meiner Beharrlichkeit ein Zweifel gekommen sein? Er benimmt sich recht feindselig‹, dachte Lucien.

Zum Glück für Lucien, dem es schwerfiel, die unruhigen Blicke zu ertragen, mit denen Monsieur de Bargeton sein Aufundabgehen begleitete, meldete in diesem Augenblick der alte Diener, der eine Livree angelegt hatte, Monsieur du

Châtelet. Der Baron trat lebhaft ein, grüßte seinen Freund Bargeton und bedachte Lucien mit einem kleinen Kopfnicken, das damals in Mode war, dem Dichter aber bei dem Finanzbeamten reichlich unverschämt erschien. Sixte du Châtelet trug eine blendendweiße Hose mit Stegen, die ihren strammen Sitz gewährleisteten, dazu leichte Schuhe und feine Strümpfe. Auf der weißen Weste lag das schwarze Band seines Lorgnons, der schwarze Rock stach durch Pariser Schnitt und Arbeit in die Augen. Er war ganz der schöne Mann seines Rufes, aber das Alter hatte ihn bereits mit einem kleinen runden Bauch begabt, der sich nur mit einiger Schwierigkeit den Vorschriften der Eleganz anpaßte.

Er färbte Haar und Backenbart, die unter den Anstrengungen seiner großen Reise grau geworden waren, es kam dadurch ein harter Zug in sein Gesicht. Seine ehemals sehr zarte Haut hatte den kupfernen Ton angenommen, den man bei allen Indienreisenden findet; aber seine Haltung verriet, wenn man auch ihre lächerliche Gespreiztheit nicht übersehen konnte, doch den liebenswürdigen Sekretär, der bei einer Kaiserlichen Hoheit gedient hatte. Er nahm sein Lorgnon auf und betrachtete die Nankinghose, die Stiefel, die Weste, den blauen Rock Luciens, alles Dinge, die in Angoulême gemacht waren, kurzum, er musterte seinen Nebenbuhler vom Kopf bis zu den Füßen. Darauf steckte er das Lorgnon wieder kalt in die Westentasche, als wollte er sagen: Ich bin zufrieden.

Durch die Eleganz des Finanzbeamten vernichtet, dachte Lucien, die Reihe werde schon an ihn kommen, wenn er der Versammlung sein von der Dichtung durchglühtes Gesicht zeigen konnte; aber es blieb doch ein lebhaftes Unbehagen und verband sich mit der inneren Unruhe, in die ihn die angebliche Feindschaft des Monsieur de Bargeton versetzt hatte. Der Baron schien es darauf angelegt zu haben, Lucien durch sein vorteilhaftes Auftreten niederzudrücken und noch mehr zu demütigen. Monsieur de Bargeton, welcher der Meinung war, er brauche nun nicht mehr zu sprechen, stellte betroffen fest, daß die beiden Nebenbuhler sich musterten, ohne den Mund aufzutun; aber er hatte für den äußersten Notfall immer eine Frage bereit, die gewissermaßen die Rolle der Birne spielte, nach der ein Dürstender greift. Sie schien ihm jetzt angebracht, und er stellte sie, indem er eine geschäftige Miene aufsetzte:

»Nun, Baron«, wandte er sich an du Châtelet, »was gibt es Neues? Erzählt man sich etwas?«

»Neues?« antwortete boshaft der Steuerdirektor. »Das Neue ist Monsieur Chardon. Wenden Sie sich an ihn. – Bringen Sie uns ein hübsches Gedicht mit?« fragte er Lucien aggressiv und strich die größere seiner Locken auf der Stirn zurück.

»Um zu wissen, ob ich den richtigen Griff getan habe, hätte ich Sie fragen müssen«, erwiderte Lucien, »Sie haben das Dichten vor mir betrieben.«

»Ach was, ein paar lustige Lieder aus Gefälligkeit, Gelegenheitsgedichte, Romanzen, die ihre Wirkung der Musik verdanken, meine große Epistel an eine Schwester Bonapartes – der Undankbare –, das gibt noch keinen Anspruch auf Ruhm bei der Nachwelt.«

In diesem Augenblick zeigte sich Madame de Bargeton im ganzen Glanz einer ausgetüftelten Toilette. Sie trug einen jüdischen Turban mit einer orientalischen Agraffe. Eine Tüllschärpe, unter der die Steine eines Halsbandes funkelten, schlang sich anmutig um ihren Nacken. Das Kleid aus bemalter Musseline mit den kurzen Ärmeln erlaubte ihr, auf ihren schönen weißen Armen mehrere Armbänder übereinander zu zeigen. Diese theatralische Aufmachung entzückte Lucien. Monsieur du Châtelet überhäufte die Königin mit seinen widerlichen Komplimenten, und die Königin lächelte vor Vergnügen, so sehr beglückte es sie, vor Lucien gelobt zu werden. Sie wechselte mit ihrem teuren Dichter nur einen Blick und antwortete dem Steuerdirektor mit einer tödlichen Höflichkeit, die ihn von jeder Intimität ausschloß.

Auch die Gäste begannen sich nun einzustellen. Die vornehmsten waren der Bischof und sein Großvikar, zwei würdige und feierliche Gestalten, die aber den heftigsten Gegensatz bildeten: Monseigneur waren groß und mager, der Gehilfe kurz und dick. Beide hatten lebhafte Augen, aber der Bischof war bleich, während sein Großvikar ein Gesicht besaß, das in allen Farben der Gesundheit strahlte. Der eine wie der andere hielt seine Bewegungen in Zucht. Beide schienen klug zu sein, ihre Zurückhaltung und ihr Schweigen schüchterten ein, sie galten als Männer von Geist.

Den Priestern folgten Madame de Chandour und ihr Gatte, zwei ausgefallene Leute, die von jedem, dem die Provinz nicht bekannt ist, für Ausgeburten einer Schriftstellerphantasie gehalten werden müssen. Der Gatte Amélies, der Gegenspielerin der Madame de Bargeton, Monsieur de Chandour, den man Stanislas nannte, war ein ehemals junger Mann von fünfundvierzig Jahren, schmächtig wie in seiner Jugend, sein Gesicht glich einem Sieb. Seine Binde war immer so geknüpft, daß sie mit zwei drohenden Spitzen in die Luft stach, die eine auf der Höhe des rechten Ohres, die andere unten über dem roten Band seines Kreuzes. Die Rockschöße waren stark umgeschlagen. Seine tiefausgeschnittene Weste ließ ein aufgeblähtes, stark gesteiftes Hemd sehen, dessen Knopflöcher mit Goldschmiedearbeit überladen waren. Sein ganzer Anzug trug derart den Charakter des Übertriebenen, daß der Mann wie eine Karikatur wirkte und kein Fremder ihn sehen konnte, ohne zu lächeln.

Stanislas betrachtete sich fortwährend voll Genugtuung von oben bis unten, vergewisserte sich über die Brillantenknöpfe der Weste, folgte den schmiegsamen Linien des enganliegenden Beinkleides und liebkoste die Waden mit einem Blick, der verliebt auf den Spitzen der Stiefel endete. Hatte er sich so genug betrachtet, so suchten seine Augen nach einem Spiegel, in dem er feststellen konnte, ob die Frisur noch saß. Er wünschte, daß die Frauen ihm sein Glück bestätigten, versenkte einen seiner Finger in der Westentasche, beugte sich zurück und nahm die Dreiviertelprofilstellung ein. Dieses Gespreize eines Hahnes trug ihm in der aristokratischen Gesellschaft, deren Beau er war, vollen Erfolg ein. Seine Unterhaltung bewegte sich meistens in groben Zweideutigkeiten, wie sie im achtzehnten Jahrhundert beliebt gewesen waren. Diese abscheuliche Art, die Zeit totzuschlagen, verschaffte ihm bei den Frauen einen gewissen Erfolg, er brachte sie zum Lachen.

Seit einiger Zeit versetzte ihn Monsieur du Châtelet in Unruhe. Dank seiner geckenhaften Anmaßung, dank der von ihm selbst in Umlauf gesetzten Legende, daß es unmöglich sei, ihn aus seiner Ruhe aufzustören, und dank seinem blasierten Sultansgehabe suchten die Frauen den Steuerdirektor noch lebhafter als bei seiner Ankunft, zumal nachdem Madame de Bargeton an dem Byron von Angoulême Gefallen gefunden hatte.

Amélie war eine kleine, rundliche, weißhäutige, schwarzhaarige Frau, die ungeschickt die Komödiantin spielte; sie übertrieb alles, sprach laut und schlug das Rad mit ihrem Pfauenkopf, der im Sommer mit Federn, im Winter mit Blumen geschmückt war. Sie sprach gut, konnte aber keinen Satz beenden, ohne ihn mit einem Pfeifen zu begleiten, Folge eines Asthmas, das sie nicht eingestand.

Monsieur de Saintot, Astolphe genannt, der Vorsitzende der Gesellschaft für Ackerbau, ein großer, dicker Mann von gesunder Farbe, erschien im Schlepptau seiner Frau, einer Art Gestalt, die wie vertrocknetes Farnkraut aussah, sie hieß Lili, Abkürzung von Elisa. Dieser Name, der an etwas Kindliches erinnerte, stach grell ab von Charakter und Auftreten der Madame de Saintot, die eine feierliche, äußerst fromme Frau war, beim Spiel böse und verschlagen.

Astolphe galt als ein Gelehrter ersten Ranges. Unwissend wie ein Karpfen hatte er darum doch die Artikel Zucker und Branntwein in einem landwirtschaftlichen Wörterbuch verfaßt, zwei Arbeiten, deren Einzelheiten aus allen Zeitungsartikeln und den älteren Werken über jene beiden Gegenstände zusammengetragen waren. Das ganze Departement glaubte ihn mit einer Abhandlung über moderne Bodenwirtschaft beschäftigt. Obwohl er sich jeden Morgen in sein Zimmer einschloß, hatte er seit zwölf Jahren noch keine zwei Seiten geschrieben. Wenn ihn jemand besuchte, war er ungeheuer eifrig, warf Papiere durcheinander, suchte eine verirrte Notiz oder schnitt seine Feder. In Wahrheit vertrödelte er die Stunden im Arbeitszimmer mit Nichtigkeiten, las umständlich die Zeitungen, schnitzte mit dem Federmesser Stöpsel, kritzelte auf die Schreibunterlage phantastische Zeichnungen, blätterte den Cicero durch, um einen Satz oder einen Abschnitt zu erhaschen, deren Sinn auf die Tagesereignisse angewandt werden konnte, weshalb er sich abends bemühte, die Unterhaltung auf einen Gegenstand zu lenken, der ihm zu sagen erlaubte: »Bei Cicero gibt es eine Seite, die auf das, was heute geschieht, geschrieben zu sein scheint.« Und er sagte dann seine Stelle auf, zum großen Erstaunen der Zuhörer, die einander zuflüsterten: »Wirklich, Astolphe ist eine Fundgrube.« Der merkwürdige Vorfall wurde in der ganzen Stadt erzählt, und die Stadt gab sich den schmeichelhaftesten Hoffnungen angesichts der Person des Monsieur de Saintot hin.

Nach diesem Paar kam Monsieur de Bartas, Adrien genannt, ein Mann, der den ersten Baß sang und sich für einen ungeheuren Musiker hielt. Aus Ehrgeiz hatte er sich in eine Gesangschule vertieft, beim Singen hatte er sich bewundern gelernt, darauf war er ein großer Sachverständiger der Musik geworden, und zuletzt beschäftigte er sich mit nichts anderem mehr. Musik war bei ihm zur fixen Idee geworden, er taute nur auf, wenn er über Musik reden konnte, und litt während einer Gesellschaft Qualen, bis man ihn bat, etwas zu singen. Sobald er eine seiner Arien losgelassen hatte, begann er zu leben. Er spielte sich auf, hob sich auf die Fußspitzen bei jedem Kompliment, spielte den Bescheidenen, ging aber gleichwohl von Gruppe zu Gruppe, um die Lobsprüche zu ernten; dann, wenn alles gesagt war, kehrte er zur Musik zurück, indem er eine Diskussion über die

Schwierigkeiten seiner Arie anschnitt oder den Komponisten lobte.

Monsieur Alexandre de Brebian, der Heros der Sepiamalerei, der Zeichner, der die Schlafzimmer seiner Freunde mit seinen ungereimten Eingebungen bedeckte und alle Alben des ganzen Bezirks verdarb, begleitete Monsieur de Bartas. Einer gab der Frau des anderen den Arm. Wenn man der *chronique scandaleuse* glauben wollte, so war diese Vertauschung eine auf allen Gebieten. Die beiden Frauen, Lolotte (Madame Charlotte de Brebian) und Fifine (Madame Josephine de Bartas), die sich beide mit nichts weiter beschäftigten als mit einem Busentuch, einem Bänderbesatz oder mit der Zusammenstellung einiger nicht zusammenpassender Farben, wurden von der Sehnsucht verzehrt, für Pariserinnen gehalten zu werden, und vernachlässigten ihr Haus, wo alles drunter und drüber ging. Wie Puppen in sparsam zurechtgemachte Kleider gepreßt, wandelten sie als eine Ausstellung entsetzlich bizarrer Farben herum; die Männer erlaubten sich dafür in ihrer Eigenschaft als Künstler eine provinzmäßige Nachlässigkeit, die sie zu einem merkwürdigen Anblick machte. Ihre abgenutzten Anzüge gaben ihnen das Aussehen von Statisten, die auf den kleinen Theatern die vornehme Gesellschaft bei einem Hochzeitsmahl darstellen.

Unter den Gestalten, die ihren Einzug im Salon hielten, war eine der originellsten der Comte de Sénonches, unter den Aristokraten Jacques genannt, großer Jäger, hochmütig, trocken, dürr, liebenswürdig wie ein Wildschwein, mißtrauisch wie ein Venezianer, eifersüchtig wie ein Maure und sehr befreundet mit Francis alias Monsieur du Hautoy, der bei ihm Hausfreund war.

Madame de Sénonches (Zéphirine) war eine hochgewachsene Schönheit, deren Röte aber bereits jene gewisse Hitze der Leber verriet, die ihr den Ruf eingetragen hatte, eine anspruchsvolle Frau zu sein. Ihre feine Taille, ihre zarten Maße erlaubten ihr ein schmachtendes Wesen, das affektiert wirkte, aber auch zu erkennen gab, daß sie zu den vielgeliebten Frauen gehörte, deren Leidenschaften und Gelüste stets befriedigt werden.

Francis war ein recht vornehm aussehender Mann, der sein Konsulat in Valence und seine diplomatischen Aussichten verlassen hatte, um in Angoulême bei Zéphirine, auch Zizine genannt, zu leben. Der ehemalige Konsul kümmerte sich um den Haushalt, erzog die Kinder, brachte ihnen fremde Sprachen bei und verwaltete das Vermögen von Monsieur und Madame de Sénonches mit größter Hingabe. Das adlige Angoulême, das der Beamten und das der Bürger, hatte lange über die vollkommene Einigkeit dieser Freundschaft zu dritt geredet, aber auf die Dauer fand man diese eheliche Dreieinigkeit so selten und hübsch, daß es Monsieur du Hautoy als äußerste Unanständigkeit ausgelegt worden wäre, wenn er es sich hätte einfallen lassen zu heiraten.

Im übrigen begann man in der Anhänglichkeit, die Madame de Sénonches mit ihrer Gesellschafterin, einer jungen Mademoiselle de la Haye, verband, beunruhigende Geheimnisse zu ahnen und fand, obwohl die mitgeteilten Daten nicht paßten, eine erstaunliche Ähnlichkeit zwischen Françoise de la Haye und Francis du Hautoy. Wenn Jacques in der Gegend jagte, erkundigte sich jedermann bei ihm nach Francis; er erzählte dann von den kleinen Unpäßlichkeiten seines freiwilligen Intendanten, dem er mehr Rechte als seiner Frau einräumte.

Diese Blindheit erschien bei einem eifersüchtigen Mann so merkwürdig, daß seine besten Freunde ihm immer wieder zu seiner Rolle zu verhelfen suchten und ihn spaßeshalber mit Leuten zusammenbrachten, die sein Geheimnis nicht kannten.

Monsieur du Hautoy war ein ausgesprochener Dandy, bei dem die Sorgfalt, die er auf seine Erscheinung legte, bis zum kindischen Gehabe und zur Weichlichkeit gediehen war. Er beschäftigte sich mit seinem Husten, seinem Schlaf, seiner Verdauung und seinem Speisezettel. Zéphirine hatte ihren Hausgenossen so weit gebracht, daß er schließlich den Mann von zarter Gesundheit spielte. Sie wickelte ihn in Watte und Schale, stopfte ihn mit Pillen und Drogen; sie befahl oder verbot ihm eine Speise und setzte ihm ausgewählte Schüsseln vor wie eine Marquise ihrem Schoßhündchen; sie stickte ihm Westen, Krawatten und Taschentücher; sie hatte ihn schließlich daran gewöhnt, so hübsche Sachen zu tragen, daß er wie eine Art japanischen Zierpüppchens herumging. Ihr Einverständnis wurde im übrigen nie enttäuscht: Zizine sah bei jedem Satz Francis an, und Francis schien seine Gedanken in den Augen Zéphirines abzulesen. Sie verwarfen, sie lachten zusammen und fragten einander bei dem einfachsten Gutentagsagen um Rat.

Der reichste Eigentümer der Gegend, der von allen beneidete Mann, war der Marquis de Pimentel. Er und seine Frau besaßen zusammen zweihundertvierzigtausend Livre Rente und verbrachten den Winter in Paris. Sie kamen in der Kutsche vom Land, zusammen mit ihren Nachbarn, dem

Baron und der Baronin de Rastignac, der Tante der Baronin und ihren Töchtern, zwei reizenden jungen Mädchen, die aber arm und gerade deshalb mit jener Einfachheit erzogen waren, die der natürlichen Schönheit so vorteilhaft steht.

Diese Personen, die ohne Zweifel die Elite des Landadels bildeten, wurden mit kaltem Schweigen und eifersüchtigem Respekt empfangen, zumal als jeder Zeuge war, welche Wärme Madame de Bargeton in den Empfang legte. Die beiden Familien gehörten zu der kleinen Zahl derer, die sich in der Provinz fern vom Klatsch zu halten wissen, sich in keine Gesellschaft mischen, in schweigsamer Zurückgezogenheit leben und eine Würde wahren, die ihren Eindruck nicht verfehlt. Monsieur de Pimentel und Monsieur de Rastignac wurden mit ihren Titeln angeredet; keine Vertraulichkeit bezog ihre Frauen oder Töchter in diese Gesellschaft ein, sie standen dem Hofadel zu nah, als daß sie sich mit der Nichtigkeit der Provinz eingelassen hätten.

Der Präfekt und der General kamen zuletzt, von dem Landjunker begleitet, der am Morgen David seine Denkschrift über die Seidenwürmer gebracht hatte. Er war zwar irgendwo im Bezirk Bürgermeister und mochte sich durch hübschen Landbesitz empfehlen, aber sein Auftreten und sein Anzug verrieten, daß er den Umgang mit der Gesellschaft vollständig verlernt hatte.

Er wußte nicht, was er mit seinen Händen anfangen sollte, er drehte und wandte sich um den, mit dem er sprach, er stand auf und setzte sich wieder, wenn man ihn anredete, es machte ganz den Eindruck, als wolle er im Haushalt zur Hand gehen; er zeigte sich der Reihe nach übereifrig, unruhig, düster, auf jeden Scherz lachte er brav, jeder Bemerkung lauschte er unterwürfig, und manchmal nahm er eine schlaue Miene an, weil er glaubte, man mache sich über ihn lustig. Ein paarmal versuchte er, offenbar von seiner Denkschrift bedrückt, über Seidenwürmerzucht zu sprechen; aber der unglückliche Monsieur de Séverac geriet an Monsieur Bartas, der ihm mit einer seiner Bemerkungen über Musik antwortete, und an Monsieur de Saintot, der Cicero zitierte. Im weiteren Verlauf des Abends verständigte sich der arme Bürgermeister schließlich mit einer Witwe und ihrer Tochter, Madame und Mademoiselle du Brossard, die nicht die beiden uninteressantesten Gestalten in dieser Gesellschaft waren.

Ein einziges Wort sagt alles: Sie waren ebenso arm wie vornehm. Ihre Kleidung war überladen, man konnte daraus den Schluß auf geheime Dürftigkeit ziehen. Madame du Brossard rühmte ungeschickt und bei jeder Gelegenheit ihre große, dicke Tochter, ein Mädchen von siebenundzwanzig Jahren, das als gute Klavierspielerin galt; sie schrieb ihr alle Neigungen zu, die irgendein Heiratskandidat haben konnte, hatte sie doch in ihrem Verlangen, die teure Camille unter die Haube zu bringen, an ein und demselben Abend behauptet, Camille liebe das ewig wechselnde Garnisonleben und das ruhige Leben auf eigener Scholle. Beide besaßen sie die gezierte, süßsaure Würde von Leuten, die wissen, was sie davon zu halten haben, wenn ihnen jeder eifrig sein Mitgefühl ausdrückt und sein Interesse versichert; sie haben die Leere der tröstlichen Zusprüche ermessen, mit denen die Welt die Unglücklichen bedenkt. Monsieur de Séverac war ein Mann von neunundfünfzig Jahren und kinderloser Witwer, weshalb Mutter und Tochter mit schmeichlerischer Bewunderung den Einzelheiten lauschten, die er von seiner Seidenraupenzucht gab.

»Meine Tochter hat Tiere immer geliebt«, sagte die Mutter, »und da die Seide dieser kleinen Würmer uns Frauen interessiert, so würde ich recht gern nach Séverac kommen, damit Camille sieht, wie so etwas geerntet wird. Camille ist so klug, daß sie auf der Stelle alles begreifen wird, was Sie ihr sagen. Hat sie doch eines Tages den umgekehrten Grund des Quadrates der Entfernungen verstanden!«

Das war der glanzvolle Abschluß der Unterhaltung, die zwischen Monsieur de Séverac und Madame du Brossard nach Luciens Vortrag stattfand.

Einige der Herren, die alle Welt kannten, mischten sich vertraulich unter die Versammlung, ebenso zwei oder drei furchtsame, stumme Familiensöhne, die wie ein Reliquienschrein geschmückt waren und sich glücklich schätzten, zu dieser literarischen Festlichkeit geladen zu sein; der Kühnste von ihnen unterhielt sich lange mit Mademoiselle de la Haye. Die Frauen bildeten sitzend einen Kreis, die Männer blieben vor ihnen stehen. Auf Lucien, dessen Herz schlug, als er sah, daß er der Gegenstand aller Blicke wurde, machten diese bizarren Menschen mit den grell voneinander abstechenden Kostümen und den verstellten Gesichtern einen höchst gewichtigen Eindruck. So mutig er auch war, fiel es ihm doch nicht leicht, diese erste Probe zu bestehen, obwohl seine Gebieterin alles getan hatte, um ihn zu ermutigen: Die erlauchtesten Namen von Angoulême waren ihrem Ruf gefolgt. Das Unbehagen, das ihn überkam, wurde durch einen Umstand verstärkt, der leicht vorauszusehen war, aber einen mit der Taktik der Welt noch wenig vertrauten jungen Mann verwirren mußte. Lucien, der ganz Auge und Ohr war, hörte sich von Louise de Bargeton, dem Bischof und von ein paar anderen, die der Herrin des Hauses gefällig sein wollten, mit Monsieur de Rubempré anreden, dagegen mit Monsieur Chardon von den meisten übrigen in dieser gefürchteten Zuhörerschaft. Von den fragenden Blicken der Neugierigen eingeschüchtert, las er den bürgerlichen Namen schon von den Lippen ab und erriet alle die vorweggenommenen Urteile, die man mit jener Freimütigkeit der Provinz über ihn verhängte, die oft schon der Unhöflichkeit recht nahe kommt. Diese unaufhörlichen Nadelstiche störten sein Gleichgewicht noch mehr. Er erwartete voll Ungeduld den Augenblick, wo er seine Vorlesung beginnen und eine Haltung annehmen konnte, die seiner inneren Marter ein Ende setzte; aber Jacques erzählte Madame de Pimentel seine letzte Jagd, Adrien unterhielt sich mit Mademoiselle Laure de Rastignac über einen neuen musikalischen Stern, und Astolphe, der in einer Zeitung die Beschreibung eines neuen Fluges auswendig gelernt hatte, gab sie dem Baron zum besten.

Der arme Dichter wußte nicht, daß keine dieser Seelen, Madame de Bargeton ausgenommen, eine Dichtung begreifen konnte. In ihrem Verlangen nach Erregungen waren sie alle herbeigeeilt und täuschten sich selbst über die Natur des Schauspiels, das sie erwartete. Es gibt Worte, die ganz wie die Trompeten, Zimbeln und Pauken der Seiltänzer das Publikum immer anziehen. Die Worte Schönheit, Ruhm, Poesie üben einen Zauber aus, der die plumpsten Geister verführt.

Als alle Welt gekommen war, als die Unterhaltungen aufgehört hatten, wobei Monsieur de Bargeton die Rolle des

Kirchendieners übernehmen mußte, der seinen Stock auf die Fliesen aufstößt und tausend Anweisungen gibt, setzte sich Lucien vor den runden Tisch, in der Nähe der Frau des Hauses, und empfand eine heftige Erregung. Mit belegter Stimme teilte er mit, er wolle, um niemandes Erwartung zu täuschen, die Meisterwerke eines großen, unbekannten Dichters vorlesen, die jüngst aufgefunden worden waren. Obwohl die Dichtungen André de Chéniers seit 1819 öffentlich vorlagen, hatte in Angoulême noch niemand diesen Namen vernommen. Und jeder sah in Luciens Ankündigung einen von Madame de Bargeton gefundenen Ausweg, um die Eigenliebe des Dichters zu schonen und die Zuhörer von vornherein günstig zu stimmen.

Lucien las zuerst den »Jungen Kranken«, der mit einem schmeichelhaften Murmeln aufgenommen wurde, darauf den »Blinden«, ein Gedicht, das diesen mittelmäßigen Köpfen zu lang erschien. Während er vorlas, war er die Beute einer höllischen Marter, die nur großen Künstlern oder Menschen, die sich durch Begeisterung und hohe Intelligenz auf dieselbe Stufe erheben, vollkommen verständlich ist. Damit ein Gedicht von der Stimme gut wiedergegeben und vom Zuhörer begriffen wird, dazu bedarf es einer heiligen Aufmerksamkeit. Zwischen dem Vorleser und der Zuhörerschaft muß sich eine persönliche Verbindung herstellen, sonst kommt es nicht zur elektrischen Übertragung der Gefühle. Fehlt dieser Zusammenhang der Seelen, so gleicht der Dichter einem Engel, der den Versuch machen wollte, mitten im Gezisch der Hölle einen himmlischen Hymnus zu singen. In der Sphäre, in der ein schöpferischer Mensch seine Fähigkeiten entwickelt, besitzt er die Spürkraft des Hundes, das

Ohr des Maulwurfs und den umsichtigen Blick der Schnekken; er sieht, fühlt, hört alles um sich. Der Musiker und der Dichter merken ebenso rasch, ob sie bewundert oder nicht verstanden werden, wie eine Pflanze sich in freundlicher oder feindlicher Luft belebt oder vertrocknet.

Auch auf Lucien übertrug sich nach den Gesetzen dieser besonderen Akustik das Murmeln der Männer, die nur ihren Frauen zuliebe gekommen waren und sich einander über ihre Geschäfte unterhielten, und nach denselben Gesetzen sah er die sympathische Zäsur einiger heftig auseinanderklaffenden Kinnladen, deren Zähne ihn töteten. Als er wie die Taube der Sintflut einen freundlichen Winkel suchte, wo sein Blick ausruhen konnte, begegnete er den ungeduldigen Augen von Leuten, die offenbar die Zusammenkunft dazu benutzten, um sich über ihre positiven Interessen auszusprechen. Mit Ausnahme der jungen Laure de Rastignac, zweier oder dreier anderer junger Leute und des Bischofs langweilten sich alle Anwesenden. Wer ein Gedicht versteht, sucht in seiner Seele den Keim zu entwickeln, den der Dichter in die Verse gelegt hat; aber weit entfernt, sich der Seele des Dichters zu öffnen, folgten diese vereisten Zuhörer nicht einmal seiner Betonung. Kein Wunder, daß Lucien in die tiefste Mutlosigkeit verfiel, kalter Schweiß benetzte sein Hemd. Ein Feuerblick Louises, der er sich zuwandte, gab ihm den Mut, bis zu Ende zu lesen; aber sein Dichterherz blutete aus tausend Wunden.

»Finden Sie das sehr kurzweilig, Fifine?« fragte die trokkene Lili, die vielleicht an Gewaltsprünge dachte, ihre Nachbarin.

»Fragen Sie mich nicht um meine Meinung, Teure, die Augen fallen mir zu, sobald ich lesen höre.«

»Ich hoffe, daß Naïs uns abends nicht oft Verse vorsetzt«, sagte Francis, »wenn ich nach Tisch vorlesen höre, stört mir die Aufmerksamkeit, die ich anwenden muß, die Verdauung.«

»Armes Kätzchen«, sagte Zéphirine leise, »trinken Sie ein Glas Zuckerwasser.«

»Ausgezeichnet vorgetragen«, sagte Alexandre, »aber ich ziehe Whist vor.«

Bei dieser Antwort, die in Anbetracht der englischen Bedeutung des Wortes als geistreich galt, behaupteten ein paar Spielerinnen, der Vorleser habe Ruhe nötig. Ein oder zwei Paare benutzten den Vorwand sofort, um im Boudoir zu verschwinden. Auf Bitten Louises, der reizenden Laure de Rastignac und des Bischofs erzwang Lucien noch einmal die Aufmerksamkeit für die gegenrevolutionäre Glut der »Jamben«, denen verschiedene Zuhörer, durch den Anfang hingerissen, verständnislos Beifall spendeten. Auf diese Art von Menschen macht Geschrei Eindruck wie auf grobe Gaumen starkes Getränk. Während einer Pause, in der Eis gereicht wurde, ließ Zéphirine Francis den Band holen und sagte zu ihrer Nachbarin Amélie, die von Lucien vorgetragenen Verse seien gedruckt.

»Aber das ist doch recht einfach«, meinte Amélie, sichtbar beglückt, »Monsieur de Rubempré arbeitet bei einem Drucker. Das ist, als wenn eine hübsche Frau ihre Kleider selbst macht«, fügte sie hinzu und sah Lolotte an.

»Er hat seine Gedichte selbst gedruckt«, flüsterten sich die Frauen zu.

»Warum nennt er sich dann Monsieur de Rubempré?« fragte Jacques. »Ein Adliger, der mit den Händen arbeitet, legt seinen Namen ab.«

»Er hat ja auch seinen bürgerlichen Namen abgelegt«, antwortete Zizine, »aber um den seiner Mutter anzunehmen, der adlig ist.«

»Wenn seine Verse gedruckt sind, können wir sie selbst lesen«, sagte Astolphe.

Dieser Stumpfsinn erschwerte die Sache, bis Sixte du Châtelet geruhte, der unwissenden Gesellschaft mitzuteilen, daß die Vorbemerkung nicht eine rednerische Finte gewesen war und daß die schönen Verse einem royalistischen Bruder des Revolutionärs Marie Joseph Chénier angehörten. Mit Ausnahme des Bischofs, der Madame de Rastignac und ihrer beiden Töchter, die von der großen Dichtung ergriffen worden waren, glaubte die Gesellschaft von Angoulême, man wolle sie zum besten halten, und regte sich über den Betrug auf. Ein dumpfes Murmeln erhob sich, aber Lucien hörte es nicht. Der Rausch, in den ihn eine innere Musik versetzte, hob ihn über die gehässige Welt hinaus; er versuchte, die Musik zu wiederholen, und sah die Gestalten wie durch einen Nebel. Er las die verhaltene Elegie über den Selbstmord, aus deren antiken Versmaßen eine erhabene Schwermut spricht, darauf jene andere, die den Vers enthält:

Deine Verse sind süß, ich will sie wiederholen.

und endete mit der sanften Idylle *Néère*.

Traumversunken, eine Hand in ihren Locken, die sie, ohne es gewahr zu werden, in Unordnung gebracht hatte, die andere herabhängen lassend, mit abwesendem Blick allein in der Mitte ihres Salons, fühlte sich Madame de Bargeton zum ersten Mal in ihrem Leben in die Sphäre entrückt, die ihre eigentliche war. Man kann ermessen, wie unangenehm sie von Amélie herausgerissen wurde, als diese ihr die Wünsche des Publikums erklärte:

»Naïs, wir kamen, um Monsieur Chardons Verse zu hören, und Sie geben uns gedruckte Verse. Sie sind zwar sehr hübsch, die Damen würden aber lieber heimischen Wein kredenzt sehen.«

»Finden Sie nicht, daß die französische Sprache sich wenig für das Gedicht eignet?« fragte Astolphe den Steuerdirektor. »Ich finde die Prosa Ciceros hundertmal poetischer.«

»Das wahre französische Gedicht ist das leichte, ein Liedchen«, antwortete du Châtelet.

»Das Liedchen beweist, daß unsre Sprache sehr musikalisch ist«, sagte Adrien.

»Ich möchte gern die Verse hören, die Naïs zu Fall gebracht haben«, sagte Zéphirine, »aber nach der Art, wie sie die Bitte Amélies aufnimmt, wird sie nicht geneigt sein, uns eine Probe vorzusetzen.«

»Sie ist es sich selber schuldig, ihn aufzufordern«, antwortete Francis, »das Talent des jungen Herrn ist seine Rechtfertigung.«

»Sie als alter Diplomat müssen das durchsetzen«, wandte sich Amélie an Monsieur du Châtelet.

»Nichts leichter als das«, sagte der Baron.

An diese kleinen Manöver aus seiner Sekretärzeit gewöhnt, ging er zum Bischof und verstand, ihn vorzuschicken. Der Bischof bat Naïs und Naïs bat Lucien um etwas, das er auswendig konnte. Dem Baron trug sein rascher Erfolg ein schmachtendes Lächeln Amélies ein.

»Wirklich, der Baron hat Geist«, sagte sie zu Lolotte.

Lolotte erinnerte sich der bittersüßen Bemerkung Amélies über Frauen, die ihre Kleider selbst machen. »Seit wann erkennen Sie Barone des Kaiserreichs an?« erwiderte sie lächelnd.

Lucien hatte seine Gebieterin in einer Ode zur Göttin erhoben und das Gedicht ihr unter einem Titel gewidmet, wie ihn junge Leute sich ausdenken, wenn sie vom Gymnasium abgehen. Diese Ode, in die er selbstgefällig verliebt war und in die er alles gelegt hatte, was in seinem Herzen Liebe hieß, schien ihm das einzige Gedicht zu sein, mit dem er den Kampf mit Chénier aufnehmen konnte. Er warf Madame de Bargeton einen ziemlich selbstbewußten Blick zu, als er begann: AN SIE.

Darauf warf er sich stolz in die Brust und ließ die ehrgeizigen Verse abrollen; seine Eigenliebe als Autor fühlte sich hinter den Röcken von Madame de Bargeton sicher. In diesem Augenblick verriet Naïs ihr Geheimnis den gespannt herschauenden Frauen. Trotz der Sicherheit, mit der sie diese Welt von der Höhe ihres Geistes in Schach zu halten wußte, konnte sie nicht verhindern, daß sie für Lucien zitterte. Ihre Haltung war erschüttert, ihre Blicke baten um Nachsicht, danach saß sie mit gesenkten Augen da und verbarg ihre Zufriedenheit, die in dem Maße wuchs, als die Strophen des folgenden Gedichtes sich entfalteten.

À ELLE

Du sein de ces torrents de gloire et de lumière,
Où, sur des sistres d'or, les anges attentifs,
Aux pieds de Jéhova redisent la prière
    De nos astres plaintifs;

Souvent un chérubin à chevelure blonde,
Voilant l'éclat de Dieu sur son front arrêté,
Laisse aux parvis des cieux son plumage argenté,
    Et descend sur le monde.

Il a compris de Dieu le bienfaisant regard :
Du génie aux abois il endort la souffrance ;
Jeune fille adorée, il berce le vieillard
    Dans les fleurs de l'enfance ;

Il inscrit des méchants les tardifs repentirs ;
À la mère inquiète, il dit en rêve : Espère !
Et, le cœur plein de joie, il compte les soupirs
    Qu'on donne à la misère.

De ces beaux messagers un seul est parmi nous,
Que la terre amoureuse arrêté dans sa route ;
Mais il pleure, et poursuit d'un regard triste et doux
    La paternelle voûte.

Ce n'est point de son front l'éclatante blancheur
Qui m'a dit le secret de sa noble origine,
Ni l'éclair de ses yeux, ni la féconde ardeur
    De sa vertu divine.

Mais par tant de lueur mon amour ébloui
A tenté de s'unir à sa sainte nature,
Et du terrible archange il a heurté sur lui
    L'impénétrable armure.

Ah ! gardez, gardez bien de lui laisser revoir
Le brillant séraphin qui vers les cieux revole ;
Trop tôt il en saurait la magique parole
    Qui se chante le soir !

Vous les verriez alors, des nuits perçant les voiles,
Comme un point de l'aurore, atteindre les étoiles
    Par un vol fraternel ;
Et le marin qui veille, attendant un présage,
De leurs pieds lumineux montrerait le passage,
    Comme un phare éternel.

»Verstehen Sie den Unsinn?« fragte Amélie Monsieur du Châtelet mit einem koketten Blick.

»Verse, wie wir sie alle mehr oder weniger bald nach der Schulbank gemacht haben«, antwortete der Baron mit gelangweilter Miene und versah seine Aufgabe als Richter, den nichts erstaunte; »wir zu unserer Zeit ergingen uns in den Nebeln Ossians. Malvina, Fingal, allerlei gespenstische Erscheinungen, Krieger kamen aus ihren Gräbern, über denen Sterne standen. Heute ist an Stelle dieses poetischen Plunders Jehova getreten, die Wolkenschemel, die Engel, die Flügel der Seraphim, die ganze herausgeputzte Garderobe des Paradieses mit den Worten ›unendlich‹, ›ungeheuer‹, ›Einsamkeit‹ etc.... Kurzum, wir haben den Breitengrad gewechselt, aus dem Norden ist der Orient geworden, aber die Finsternis ist darum nicht weniger dick.«

»Wenn die Ode auch dunkel ist«, sagte Zéphirine, »so ist die Erklärung an Naïs doch recht deutlich.«

»Und die Rüstung des Erzengels ein leichtes Musselingewand«, meinte Francis.

Obwohl die Höflichkeit verlangte, daß man Madame de Bargeton zuliebe die Ode entzückend fand, so standen doch die Frauen gelangweilt auf und murmelten eisig: »Sehr schön, hübsch, ausgezeichnet.« Sie waren wütend, daß sie nicht auch einen Dichter hatten, der sie als Engel besang.

»Wenn Sie mich lieben, geben Sie weder dem Autor noch seinem Engel ein freundliches Wort«, sagte Lolotte zu ihrem lieben Adrien, und er mußte dem despotischen Befehl gehorchen.

»Schließlich sind das alles nur Phrasen«, erklärte Zéphirine Francis, »und die Liebe ist tätige Poesie.«

»Zizine, Sie haben da etwas gesagt, das ich auch dachte, aber nicht so fein hätte ausdrücken können«, erwiderte Stanislas.

»Ich weiß nicht, was ich gäbe«, wandte sich Amélie an du Châtelet, »um den Stolz unserer Naïs gedemütigt zu sehen; sie läßt sich als Erzengel behandeln, als ob sie mehr wäre als wir, und verpöbelt uns mit dem Sohn eines Apothekers und einer Krankenpflegerin, der bei einem Drucker arbeitet und dessen Schwester eine Grisette ist.«

»Der Vater, der Mittel gegen Würmer verkaufte, hätte sie seinem Sohn geben sollen«, sagte Jacques.

»Er setzt das Handwerk seines Vaters fort, denn was er uns da geboten hat, war, mit Verlaub zu sagen, ein Abführmittel«, erklärte Stanislas und nahm seine herausforderndste Haltung an. »Droge hin oder her – ich würde etwas anderes vorziehen.«

In einem Augenblick hatten sich alle verstanden und zusammengetan, um Lucien zur Zielscheibe ihres aristokratischen Spottes zu machen. Lili, die fromme Dame, fand, man tue ein gutes Werk, wenn man schleunigst Naïs aufkläre, die im Begriff stehe, eine Torheit zu begehen. Der Diplomat Francis nahm es auf sich, diese Narrenverschwörung zu leiten, an der sich alle diese kleinen Geister wie an der Lösung eines Dramas erregten – sie sahen darin ein Abenteuer, das sie am nächsten Tag erzählen konnten. Dem ehemaligen Konsul lag wenig daran, sich mit einem jungen Dichter zu schlagen, der unter den Augen seiner Gebieterin beim ersten beleidigenden Wort rasen mußte: er begriff, daß man Lucien besser mit einem geweihten Dolch zur Strecke brachte und seiner Rache von vornherein die Spitze abbrach. Er erinnerte sich, wie geschickt es du Châtelet angefangen hatte, als er Lucien dazu brachte, seine eigenen Verse vorzulesen.

Er begann also, mit dem Bischof zu plaudern, und tat, als teile er die Begeisterung, die Luciens Ode bei Monseigneur geweckt hatte; darauf erzählte er ihm ein Märchen des Inhalts, daß die Mutter Luciens eine Frau von geistiger Bedeutung und zugleich außerordentlicher Bescheidenheit sei, die ihrem Sohn alle Stoffe zu seinen Gedichten liefere.

Für Lucien gebe es keine größere Freude, als wenn man seiner angebeteten Mutter Gerechtigkeit widerfahren ließ. Nachdem er dem Bischof diese Idee eingegeben hatte, überließ Francis es dem Zufall, das verletzende Wort herbeizuführen, das der Bischof unbewußt aussprechen sollte.

Als Francis und der Bischof zu dem Kreis zurückkehrten, in dessen Mittelpunkt Lucien stand, verdoppelte sich die Aufmerksamkeit der Personen, die ihm den Schierling schon in kleinen Zügen reichten. Mit den Erfordernissen des Salons unbekannt, blickte der arme Dichter nur immer Madame de Bargeton an und antwortete linkisch auf die linkischen Fragen, die an ihn gerichtet wurden. Er kannte Namen und Rang der wenigsten Anwesenden und wußte nicht, wie er sich mit den Frauen unterhalten sollte, die ihm Nichtigkeiten sagten, über die er errötete. Überdies trennten ihn tausend Meilen von diesen Stadtgöttern, die ihn bald mit »Monsieur Chardon«, mit »Monsieur de Rubempré« anredeten, während sie einander Lolotte, Adrien, Astolphe, Lili, Fifine nannten. Seine Verwirrung wurde vollkommen, als er in der Meinung, Lili sei ein Familienname, zu dem brutalen Sénonches »Monsieur Lili« sagte. Der Nimrod unterbrach ihn: »Monsieur Lulu?« Madame de Bargeton errötete bis über die Ohren.

»Sie muß schon recht verblendet sein, daß sie den jungen Mann hier auftreten läßt«, sagte er halblaut.

»Frau Marquise«, wandte sich Zéphirine an Madame de Pimentel leise, aber offenkundig, »finden Sie nicht eine große Ähnlichkeit zwischen Monsieur de Chardon und Monsieur de Cante-Croix?«

»Die Ähnlichkeit ist ideal«, erwiderte lächelnd Madame de Pimentel.

»Der Ruhm hat Versuchungen, die man gelten lassen kann«, sagte Madame de Bargeton zur Marquise, »es gibt Frauen, die sich in die Größe vergafften wie andere in die Kleinheit«, fügte sie hinzu und sah Francis an.

Zéphirine verstand nicht, denn sie fand ihren Konsul sehr groß; aber die Marquise ging zu Naïs über und lachte.

»Sie sind sehr glücklich«, sagte Monsieur de Pimentel zu Lucien und nannte ihn zur Abwechslung Rubempré statt Chardon, »Sie brauchen sich nie zu langweilen.«

»Arbeiten Sie schnell?« fragte Lolotte mit derselben Miene, mit der sie einen Tischler gefragt hätte: »Brauchen Sie lange für eine Kiste?«

Lucien verlor die Sprache unter diesem Dolchstoß, hob aber den Kopf, als er sah, daß Madame de Bargeton lächelnd antwortete:

»Meine Liebe, in seinem Kopf schießt die Poesie nicht in die Höhe, wie in unserem Herzen das Unkraut.«

»Frau Marquise«, wandte sich der Bischof an Lolotte, »vor Geistern, in die Gott einen seiner Strahlen sendet, müssen wir die größte Hochachtung empfinden. Ja, der Dichter ist etwas Heiliges. Wer Dichtung sagt, sagt Leid. Wie viele stille Nächte waren für die Strophen notwendig, die Sie bewundern! Behandeln Sie liebevoll den Dichter, der fast immer ein schmerzliches Leben führt und dem Gott ohne Zweifel im Himmel einen Platz zwischen seinen Propheten eingeräumt hat. Dieser junge Mensch ist ein Dichter«, fügte er hinzu und legte seine Hand Lucien aufs Haupt. »Finden Sie nicht, daß auf seiner schönen Stirn das Verhängnis steht?«

Glücklich, so edel verteidigt zu werden, dankte Lucien dem Bischof mit einem sanften Blick und ahnte nicht, daß der würdige Hirt sein Henker werden sollte. Madame de Bargeton warf auf den feindlichen Kreis Blicke des Triumphes, die sich wie ebenso viele Pfeile in die Herzen ihrer Nebenbuhlerinnen einbohrten: die allgemeine Wut verdoppelte sich.

»Ach, Monseigneur denken feiner und gütiger als die gewöhnliche Masse«, erwiderte der Dichter und hoffte, die Dummköpfe mit seinem goldenen Zepter zu schlagen. »Was wir leiden, bleibt unbekannt, von unserer Arbeit weiß niemand etwas. Der Goldsucher hat weniger Mühe, das Metall aus der Mine zu ziehen, als wir bei dem Versuch, unsere Bilder den Eingeweiden der undankbarsten aller Sprachen zu entreißen. Wenn das Ziel des Dichters darin besteht, Vorstellungen genau an den Punkt zu rücken, wo die Menschen sie sehen und fühlen können, dann muß der Dichter sich unaufhörlich über die Stufen der menschlichen Intelligenz bewegen, damit jeder befriedigt wird; er muß Verstand und Gefühl, zwei mächtige Feinde, unter der lebhaftesten Farbengebung verbergen; er muß eine Welt von Gedanken in ein Wort einschließen, ganze Weltbilder mit einem bloßen Bild geben, kurz, seine Verse sind Samenkörner, die nur in den Menschenherzen aufgehen können, die schon durch persönliche Erlebnisse gefurcht sind. Muß man nicht alles gefühlt haben, um alles wiedergeben zu können? Und heißt lebhaft fühlen nicht leiden? Daher entstehen gute Dichtungen auch erst nach langen Irrfahrten in den weiten Regionen des Gedankens und der Gesellschaft. In allen unsterblichen Werken werden die erdachten Personen lebensvoller als solche, die wirklich gelebt haben, zum Beispiel die Clarisse Richardsons, die Camille Chéniers, die Delia Tibulls, die Angelica Ariosts, die Francesca Dantes, der Alceste Molières, der Figaro Beaumarchais', die Rebecca Walter Scotts, der Don Quichotte des großen Cervantes!«

»Und was werden Sie uns schaffen?« fragte du Châtelet.

»Solche Dinge ankündigen hieße sich selbst den Freibrief als Genie ausstellen«, erwiderte Lucien. »Bis die Frucht reift, bedarf es eines langen Umgangs mit der Welt, eines Studiums der Leidenschaften und Interessen, das ich noch nicht abgeschlossen habe – aber ich habe begonnen«, sagte er bitter und warf einen Blick der Rache auf den Kreis, »das Hirn braucht lange Zeit...«

»Schwierige Entbindung«, meinte Monsieur du Hautoy.

»Sie haben den Beistand Ihrer ausgezeichneten Mutter«, fiel der Bischof ein.

Das geschickt vorbereitete Wort war gefallen, der Wunsch nach Rache gestillt, in allen Augen malte sich Genugtuung. Um alle Lippen lief ein Lächeln aristokratischer Befriedigung und verstärkte sich um das des Monsieur de Bargeton, der wie gewöhnlich nachhinkte.

»Monseigneur sind in diesem Augenblick ein wenig zu geistreich für uns, die Damen verstehen Monseigneur nicht«, griff Madame de Bargeton ein, die durch dieses eine Wort dem Lächeln ein Ziel setzte und die erstaunten Blicke auf sich zog, »ein Dichter, der alle seine Inspirationen aus der Heiligen Schrift zieht, hat seine Mutter in der Kirche. Monsieur de Rubempré, sagen Sie uns den *Heiligen Johannes auf Pathmos* auf oder das *Gastmahl Belsazars*, damit Monseigneur sieht, daß Rom immer die Magna parens Vergils ist.«

Die Frauen tauschten ein Lächeln, als sie Naïs die zwei lateinischen Worte sagen hörten. In den Anfängen des Lebens ist der stolzeste Mut nicht gegen Mutlosigkeit gefeit. Der Stoß, der ihm versetzt worden war, hatte Lucien bis auf den Grund geschleudert, aber er regte die Muskeln und gelangte wieder zur Oberfläche, wo er sich schwor, dieser Welt den Fuß auf den Nacken zu setzen. Wie der Stier, den tausend Pfeile getroffen haben, erhob er sich stürmisch und gehorchte Louise, indem er den *Heiligen Johannes auf Pathmos* vortrug.

Aber die meisten Spieler saßen schon an den Tischen und fanden dort ihr gewohntes Vergnügen, das ein Gedicht ihnen nicht geben konnte. Die Rache dieser Menschen, die sich alle in ihrer Eigenliebe getroffen fühlten, wäre unvollständig geblieben ohne die Mißachtung, die man dem heimischen Dichter entgegenbrachte; man ließ Lucien und Madame de Bargeton stehen. Jeder hatte plötzlich etwas zu tun, der eine plauderte mit dem Präfekten über eine Kreisstraße, der andere schlug vor, zur Abwechslung ein wenig Musik zu machen. Die hohe Gesellschaft von Angoulême, die fühlte, daß sie ein schlechter Richter in poetischen Angelegenheiten war, wünschte vor allem die Meinung der Rastignacs und der Pimentels über Lucien kennenzulernen, und mehrere Personen richteten die Frage offen an sie. Der große Einfluß, den die beiden Familien im Departement ausübten, wurde bei den hohen Gelegenheiten immer anerkannt; jeder war auf sie eifersüchtig und machte ihnen den Hof, denn jeder konnte in die Lage kommen, wo er ihre Fürsprache brauchte.

»Wie finden Sie unseren Dichter und seine Gedichte?« fragte Jacques die Marquise, bei der er jagte.

»Nun, für Provinzverse sind sie nicht schlecht«, antwortete sie lächelnd, »außerdem kann ein Dichter, der so schön ist, nichts schlecht machen.«

Jeder fand den Urteilsspruch anbetungswürdig und wiederholte ihn beim Nachbarn; die Lieblosigkeit schwoll ins Unermeßliche, weit über die Absicht der Marquise hinaus. Du Châtelet wurde nun aufgefordert, Monsieur de Bartas zu begleiten, der die große Arie Figaros mißhandeln wollte. Nachdem der Musik die Tore einmal geöffnet waren, hörte man auch die ritterliche Romanze an, die Chateaubriand unter dem Kaiserreich gemacht hatte; sie wurde von Châtelet gesungen. Dann kamen die vierhändigen Stücke, an denen sich die jungen Mädchen versuchten, Madame du Brossard hatte eigens darauf bestanden, sie wollte das Talent ihrer lieben Camille Monsieur de Séverac vorführen.

Madame de Bargeton fühlte sich von der Mißachtung getroffen, die jeder ihrem Dichter zu verstehen gab; sie erwiderte Hochmut mit Hochmut und hielt sich in ihrem Boudoir auf, solange Musik gemacht wurde. Der Bischof folgte ihr, sein Großvikar hatte ihn über die tiefe Ironie seines unfreiwilligen Sinnspruchs aufgeklärt, er wollte es wieder einrenken. Mademoiselle de Rastignac, die einzige, die dem Dichter gern zugehört hatte, glitt ohne Wissen ihrer Mutter ebenfalls in das Boudoir. Sie setzte sich auf das gesteppte Kanapee, forderte Lucien auf, neben ihr Platz zu nehmen, und konnte ihm, ohne gesehen oder gehört zu werden, ins Ohr flüstern:

»Lieber Engel, sie haben dich nicht verstanden! Aber – deine Verse sind süß, und ich will sie wiederholen.«

Geschmeichelt über das Zitat, vergaß Lucien einen Augenblick seinen Schmerz.

»Es gibt keinen Ruhm, der billig zu kaufen ist«, sagte Madame de Bargeton zu ihm, während sie seine Hand nahm und preßte, »leiden Sie nur, mein Freund, Sie werden groß, und Ihr Kummer ist der Preis für Ihre Unsterblichkeit. Ich wünsche den Kampf für Sie. Gott bewahre Sie vor einem eintönigen, ruhigen Leben, der Adler braucht Raum, um seine Flügel auszubreiten. Ich beneide Sie um Ihre Leiden, denn Sie leben doch wenigstens! Sie entfalten Ihre Kräfte, Sie hoffen auf einen Sieg! Der Kampf wird ruhmvoll ausgehen. Und wenn Sie einst die königliche Stufe erreichen, wo die hohen Geister wohnen, dann erinnern Sie sich an die vom Schicksal entthronten Armen, die in der Stickluft verkümmern und zugrunde gehen, nachdem sie immer gewußt haben, was Leben heißt, ohne doch leben zu können, sie alle mit den klaren Augen, die nichts gesehen haben, mit den zarten Nerven, die nur die Pestluft der Verwesung einatmeten. Oh, dann singen Sie das Lied von der Blume, die im Wald verdorrt, weil die Schlingpflanzen sie erstickten – verdorrt, ohne von der Sonne geliebkost zu sein und ohne geblüht zu haben! Wäre das nicht ein Gedicht voll schrecklicher Melancholie, ein ganz phantastisches Thema? Was für ein Vorwurf: ein junges unter dem Himmel Asiens geborenes Mädchen oder ein Wüstenkind, das in eines der kalten Länder des Westens verschlagen wird: Es ruft seine geliebte Sonne an, stirbt an unverstandenen Schmerzen, von Kälte und Sehnsucht gleichmäßig getötet! Es wäre ein Sinnbild vieler Menschenschicksale.«

»Sie würden die Seele schildern, die sich der himmlischen Herkunft erinnert«, sagte der Bischof, »und das ist ein Gedicht, das schon früher einmal gemacht worden sein muß, ich las mit großer Freude ein Bruchstück im Hohen Lied.«

»Ja, dichten Sie das«, sagte Laure de Rastignac und drückte ihren naiven Glauben an Luciens Genius aus. »Es fehlt Frankreich eine große religiöse Dichtung«, fuhr der Bischof fort. »Glauben Sie mir, Ruhm und Glück warten auf den, der sein Talent in den Dienst des Glaubens stellen wird.«

»Er wird es schreiben, Monseigneur«, sagte Madame de Bargeton mit Nachdruck, »sehen Sie nur seine Augen an, schon schlägt die erste Flamme des neuen Gedankens daraus.«

»Naïs behandelt uns recht schlecht«, sagte Fifine, »was macht sie denn?«

»Hören Sie sie nicht?« erwiderte Stanislas, »sie wirft mit großen Worten um sich, die weder Sinn noch Verstand haben.«

An der Tür des Boudoirs erschienen Amélie, Fifine, Adrien und Francis, sie folgten Madame de Rastignac, die aufbrechen wollte und ihre Tochter suchte. Entzückt, die Zurückgezogenheit des kleinen Kreises stören zu können, sagten die beiden Frauen:

»Naïs, es wäre reizend, wenn Sie uns etwas spielten.«

»Mein liebes Kind«, entgegnete Madame de Bargeton,

»Monsieur de Rubempré wird uns seinen *Johannes auf Pathmos* vorlesen, ein großes biblisches Gedicht.«

»Biblisch!« wiederholte Fifine erstaunt.

Amélie und Fifine kehrten in den Salon zurück und gaben das Wort, das Naïs gebraucht hatte, dem Spott preis. Lucien sagte, er könne das Gedicht nicht aufsagen, er wisse es nicht auswendig.

Als er wieder auftrat, erregte er nicht das geringste Interesse. Jeder plauderte oder spielte. Sein Strahlenkranz war zertreten, die Grundbesitzer hielten ihn für etwas ganz Nutzloses, die Aufgeblasenen fürchteten ihn als eine Macht, die sich ihrer Unwissenheit entgegenstellte; die Frauen, die auf Madame de Bargeton eifersüchtig waren und sie nach dem Beispiel des Großvikars die Beatrice des neuen Dante nannten, warfen ihm kalte, verächtliche Blicke zu.

»Das ist also die Welt!« sagte sich Lucien, als er auf den Rampen von Beaulieu nach l'Houmeau hinunterstieg, benutzt man doch in gewissen Augenblicken des Lebens den längsten Weg, um sich im Gehen den Gedanken zu überlassen. Weit davon entfernt, entmutigt zu sein, fühlte Lucien, daß die Empörung über die widerfahrene Ablehnung ihm neue Kräfte gab. Wie alle, die sich durch ihren Instinkt in eine Sphäre führen ließen, in der sie sich noch nicht behaupten können, versprach er sich, alles zu opfern, um in der hohen Gesellschaft zu bleiben. Er ging noch einmal mit allen Einzelheiten die schlechte Behandlung durch, die ihm widerfahren war, er sprach ganz laut mit sich selbst, er genoß die Dummheit, die sich ihm entgegengestellt hatte, er fand geistreiche Antworten auf die abgeschmackten Fragen dieser Leute und verzweifelte nur darüber, daß er erst jetzt, wo es zu spät war, seine Schlagfertigkeit fand. Als er die Landstraße erreichte, die sich am Fuß der Berge und neben den Ufern der Charente hinschlängelt, glaubte er, im Mondschein, nahe einer Fabrik, Ève und David auf einem Balken am Fluß sitzen zu sehen, und eilte auf einem Pfad hinab.

Während Lucien den Gang zu Madame de Bargeton antrat, wo er gefoltert werden sollte, hatte seine Schwester sich angezogen; sie trug einen rosa Stoff mit vielen Streifen, einen Hut aus genähten Strohborten und einen kleinen seidenen Schal; der einfache Anzug sah aus, als habe sie etwas Besonderes gewählt, wie es bei allen Menschen der Fall ist, deren natürliche Hoheit die geringste Zutat hervorhebt. Kein Wunder, daß sie David einschüchterte, sobald sie ihr Arbeitskleid abgelegt hatte.

Obwohl der Drucker entschlossen war, von sich zu sprechen, fand er doch nichts mehr zu sagen, als er der schönen Ève auf dem Gang durch l'Houmeau den Arm gab. Diese respektvolle Furcht ist der Liebe eigentümlich, auch der Gedanke an Gott ruft sie hervor. Die beiden Liebenden gingen schweigend zum Pont Sainte-Anne, um zum linken Ufer der Charente zu gelangen. Ève, die das Schweigen verlegen machte, blieb auf der Brücke stehen und betrachtete den Fluß, der von da bis zur Pulverfabrik ein langes Band bildete, über das die untergehende Sonne ein Funkeln warf.

»Der schöne Abend!« sagte sie, einen Vorwand zur Unterhaltung suchend. »Die Luft ist zugleich mild und frisch, die Blumen duften, der Himmel ist herrlich.«

»Alles spricht zum Herzen«, erwiderte David und versuchte auf das zu kommen, was ihn beschäftigte. »Liebende finden ein unendliches Vergnügen darin, in den kleinen Dingen der Landschaft, in der Durchsichtigkeit der Luft, im Duft des Bodens die Poesie zu fühlen, die sie in der Seele tragen. Die Natur redet für sie.«

»Und sie löst ihnen auch die Zunge«, schloß Ève lachend. »Während wir durch l'Houmeau gingen, waren Sie recht schweigsam. Wissen Sie, ich fühlte mich geradezu verlegen.«

»Ich war ergriffen, Ihre Schönheit hatte mich ergriffen«, antwortete David naiv.

»Also bin ich jetzt nicht so schön?« fragte sie.

»O doch, aber ich bin so glücklich, allein mit Ihnen hier draußen zu sein, daß –«

Er brach ab und betrachtete die Hügel, über die sich die von Saintes kommende Landstraße schlängelte.

»Wenn Sie an unserem Spaziergang Gefallen finden, bin ich so froh, denn ich fühle mich verpflichtet, Ihnen einen Abend zu schenken, zum Ersatz für den, den Sie mir geopfert haben. Indem Sie sich weigerten, zu Madame de Bargeton zu gehen, waren Sie ebenso großmütig wie Lucien, der Gefahr lief, Sie durch seine Bitte zu erzürnen.«

»Nicht edelmütig, sondern vernünftig«, antwortete David. »Da wir allein unter dem Himmel sind, ohne andere Zeugen als die Rosen und Büsche an der Charente, so erlauben Sie mir, teure Ève, Ihnen einige der Befürchtungen auseinanderzusetzen, die mich überkommen, wenn ich die Schritte Luciens beobachte. Nach dem, was ich ihm gesagt habe, erscheint Ihnen meine Furcht hoffentlich nur als freundschaftliche Besorgnis. Sie und Ihre Mutter haben alles getan, um ihn über seine gesellschaftliche Lage zu erheben; aber es fragt sich doch, ob Sie ihn nicht dadurch, daß Sie seinen Ehrgeiz anstachelten, unklug zu großem Leiden bestimmt haben. Wie soll er sich in der Welt behaupten, in die ihn seine Neigung drängt? Ich kenne ihn, er gehört zu denen, die am liebsten ernten, ohne zu arbeiten. Die Pflichten der Gesellschaft werden seine Zeit aufzehren, und die Zeit ist das wichtigste Kapital derer, die nur ihre Intelligenz haben, um vorwärtszukommen. Er liebt es zu glänzen, die Welt wird Begierden in ihm erzeugen, für die keine Summe ausreicht; er wird Geld ausgeben, aber keins verdienen. Und schließlich haben Sie ihn daran gewöhnt, sich für etwas Großes zu halten; bevor jedoch die Welt irgendeine Überlegenheit anerkennt, verlangt sie blendende Erfolge. In der Literatur erlangt man einen Erfolg nur mit Hilfe der Einsamkeit und hartnäckiger Arbeit. Was wird Madame de Bargeton Ihrem Bruder zum Entgelt für die vielen Tage geben, die er zu ihren Füßen verbracht hat? Lucien ist zu stolz, um Unterstützung anzunehmen, und er ist noch zu arm, um weiter bei seiner Gebieterin zu verkehren, die in einem doppelten Sinn verhängnisvoll für ihn sein wird. Früher oder später verläßt diese Frau unseren lieben Bruder, nachdem sie ihm den Geschmack am Luxus gegeben hat; sie wird ihn lehren, unser nüchternes Leben zu verachten, dem Genuß nachzujagen, dem Müßiggang zu huldigen, der ja die eigentliche Ausschweifung poetischer Seelen ist. Ja, ich zittere bei dem Gedanken, daß die große Dame sich Luciens wie eines Spielzeugs bedienen könnte. Entweder liebt sie ihn aufrichtig und wird erreichen, daß er alles vergißt, oder sie liebt ihn nicht und stürzt ihn ins Unglück, denn er ist verrückt nach ihr.«

»Sie machen mir das Herz schwer«, sagte Ève und blieb am Wehr stehen, »aber solange meine Mutter die Kraft hat, ihren mühsamen Beruf auszuüben, und solange ich lebe, genügt der Ertrag unserer Arbeit vielleicht für Luciens Ausgaben und erlaubt ihm, den Augenblick abzuwarten, wo sein Glück beginnt. Ich werde nie mutlos sein, denn der Gedanke, für einen geliebten Menschen zu arbeiten«, erklärte sie und belebte sich, »entzieht der Arbeit ihre ganze Bitterkeit und Langweile. Ich bin glücklich, wenn ich bedenke, für wen ich mir soviel Mühe geben darf, wenn man überhaupt von Mühe sprechen kann. Ja, fürchten Sie nichts, wir werden genug verdienen, damit Lucien in die Gesellschaft gehen kann, er wird sein Glück in ihr machen.«

»Er wird auch in ihr untergehen«, erwiderte David, »hören Sie mich an, teure Ève. Die Langsamkeit, in der das Werk eines Talents reift, verlangt ein beträchtliches Vermögen, das zur Verfügung steht, oder den edlen Zynismus eines armen Lebens. Glauben Sie mir! Lucien hat eine solche Angst vor den Entbehrungen und dem Elend, er hat mit solchem Vergnügen den Weihrauch des Erfolgs und die weiche Luft der Salons eingeatmet, seine Eigenliebe ist im Boudoir von Madame de Bargeton so angewachsen, daß er alles versuchen wird, um sich zu behaupten, und die Folge wird sein, daß alle Ihre Aufopferung mit seinen Ansprüchen nicht Schritt hält.«

»Oh, Sie sind ja kein wahrer Freund!« rief Ève verzweifelt. »Sonst würden Sie nicht so mutlos sprechen.«

»Ève, Ève«, antwortete David, »ich möchte Luciens Bruder sein. Sie allein können mir zu diesem Recht verhelfen, das ihm erlauben würde, alles von mir anzunehmen, und mir das Recht gäbe, mich ihm mit der heiligen Liebe zu widmen, die Sie zu Ihren Opfern treibt, nur mit dem Unterschied, daß ich zugleich vernünftig rechnen würde. Ève, teures, geliebtes Kind, sorgen Sie dafür, daß Lucien einen Schatz hat, aus dem er, ohne beschämt zu werden, schöpfen kann. Die Börse eines Bruders kann er wie seine eigene betrachten. Wenn Sie wüßten, wie ich über seine neue Lage nachgedacht habe! Wenn er bei Madame de Bargeton verkehren will, darf der arme Junge nicht mehr mein Korrektor sein und nicht länger in l'Houmeau wohnen, Sie dürfen nicht Arbeiterin bleiben und Ihre Mutter ihren Beruf nicht mehr ausüben. Wenn Sie bereit wären, meine Frau zu werden, würde alles in Ordnung kommen: Lucien könnte im zweiten Stock bei mir wohnen, bis ich ihm über dem Schuppen hinten im Hof eine Wohnung gebaut habe, es sei denn, daß mein Vater einwilligte, ein ganzes Stockwerk aufzusetzen. Wir würden ihm so ein Leben ohne Sorgen, ein unabhängiges Leben einrichten. Mein Verlangen, Lucien zu unterstützen, wird mir einen Mut geben, den ich nicht besäße, wenn es nur um mich ginge; es hängt von Ihnen ab, ob Sie meinem Willen einen Inhalt geben wollen. Vielleicht geht er eines Tages nach Paris, der einzigen Bühne, auf der er auftreten kann und seine Talente geschätzt und belohnt werden. Das Leben in Paris ist teuer, und zu dritt sind wir nicht zu viele, um es ihm zu ermöglichen. Und außerdem, brauchen nicht auch Sie und Ihre Mutter eine Stütze? Teure Ève, heiraten Sie mich, um Luciens willen. Später lieben Sie vielleicht mich selbst, wenn Sie sehen, wie ich mich anstrengen werde, um ihm zu dienen und Sie glücklich zu machen. Wir haben beide dieselben bescheidenen Neigungen, wir kommen mit wenig aus; Luciens Glück wird unser großes Ziel sein, und sein Herz der Schatz, an den wir alles wenden. Gefühl, Erregung, Geld und Zukunft!«

»Die Vorurteile trennen uns«, sagte Ève bewegt, als sie sah, wie klein die große Liebe sich machte. »Sie sind reich, und ich bin arm. Man muß tief lieben, um eine solche Schwierigkeit zu überwinden.«

»So lieben Sie mich also noch nicht genug?« rief David zerschmettert.

»Ihr Vater würde sich sicher dagegenstellen.«

»Dann ist alles gut! Wenn es nur auf die Antwort meines Vaters ankommt, werden Sie meine Frau. Ève, meine teure Ève! Sie machen mir das Leben wieder leicht. Mein Herz war beladen mit Gefühlen, die ich nicht ausdrücken konnte noch auszudrücken verstand. Sagen Sie mir nur, daß Sie mich ein wenig lieben, und ich werde den Mut finden, um Ihnen alles andere auseinanderzusetzen.«

»Wirklich«, sagte sie, »Sie beschämen mich vollständig, aber da wir uns unsere Empfindungen anvertrauen, will ich Ihnen sagen, daß ich nie in meinem Leben an einen anderen als Sie gedacht habe. Ich habe einen der Männer in Ihnen gesehen, denen anzugehören eine Frau stolz sein kann, und für mich, die arme Arbeiterin ohne Aussicht, wagte ich nicht, etwas so Hohes zu hoffen.«

»Genug, genug«, sagte er und setzte sich auf den Querbalken des Wehrs, zu dem sie zurückgekehrt waren, denn sie gingen geistesabwesend immer auf derselben Strecke hin und her.

»Was haben Sie?« fragte sie und gab zum ersten Mal jene schöne Unruhe zu erkennen, die das Zeichen dafür ist, daß eine Frau einem Mann gehört.

»Nur Gutes«, antwortete er. »Wenn man ein ganzes glückliches Leben vor sich liegen sieht, ist der Geist geblendet und die Seele verwirrt. Warum bin ich der Glücklichste?« fragte er in einem Anflug von Schwermut. »Aber ich weiß es ja.«

Sie sah ihn mit koketter und zweifelnder Miene an, die eine Erklärung herausforderte.

»Teure Ève, ich nehme mehr, als ich gebe. Darum werde ich Sie immer mehr lieben als Sie mich, weil ich mehr Grund habe, Sie zu lieben: Sie sind ein Engel und ich ein Mensch.«

»Ich bin nicht so weise wie Sie«, erwiderte Ève lächelnd, »ich liebe Sie von Herzen.«

»So sehr wie Lucien?« unterbrach er sie.

»Genug, um Ihre Frau zu sein, um mich Ihnen zu weihen und mir vorzunehmen, Ihnen in dem zunächst ein wenig mühsamen Leben, das wir führen werden, nie Kummer zu machen.«

»Hatten Sie bemerkt, teure Ève, daß ich Sie vom ersten Tag an geliebt habe?«

»Wo ist die Frau, die nicht fühlt, daß sie geliebt wird?« fragte sie.

»Und nun lassen Sie mich die Bedenken zerstreuen, die Ihnen mein angeblicher Reichtum verursacht. Ich bin arm, meine teure Ève. Ja, es ist so. Meinem Vater hat es gefallen, mich zugrunde zu richten, er hat auf meine Arbeit spekuliert. Er hat getan, was viele sogenannte Wohltäter mit ihren Schützlingen tun. Wenn ich reich werde, dann nur durch Sie. Das ist nicht nur das Wort eines Verliebten, sondern die Feststellung eines Menschen, der denkt. Ich muß Sie in meine Fehler einweihen, und sie sind ungeheuer bei einem Mann, der sein Glück machen soll. Mein Charakter, meine Gewohnheiten, meine Beschäftigung machen mich zu allem ungeeignet, was Handel und Gewinn heißt, und doch können wir nur dadurch reich werden, daß wir uns auf irgendeine industrielle Tätigkeit werfen. Wenn ich fähig bin, eine Goldmine zu entdecken, so fehlt mir doch jegliches Geschick, sie auszubeuten. Aber Sie, die Sie aus Liebe zu Ihrem Bruder vor dem Kleinsten nicht zurückgeschreckt sind und die Gabe der Sparsamkeit, die geduldige Aufmerksamkeit des wahren Geschäftsmanns besitzen, Sie werden ernten, was ich säe. Unsere Lage – ich darf das sagen, denn seit langem gehöre ich zu Ihrer Familie – bedrückt mich so stark, daß ich meine Tage und Nächte damit verbringe, nach einem Weg zum Reichtum auszuschauen. Meine chemischen Kenntnisse und das Studium der Bedürfnisse des Handels haben mich eine aussichtsvolle Entdeckung machen lassen. Ich kann Ihnen noch nichts sagen, ich sehe eine langsame Abwicklung voraus. Vielleicht müssen wir ein paar Jahre darben, aber ich werde das Verfahren entdecken, dem ich nicht allein nachspüre; finde ich es zuerst, so ist uns ein großes Vermögen sicher. Ich habe Lucien nichts gesagt, denn seine heiße Art würde alles verderben, er würde meine Hoffnungen schon für Wirklichkeit nehmen, als großer Herr leben und vielleicht Schulden machen. Bewahren auch Sie das Geheimnis. Wenn Sie meine liebe, sanfte Gefährtin sind, werde ich die lange Zeit der Prüfung überstehen. Der Wunsch, Sie und Lucien reich zu sehen, wird mich standhaft und zäh machen.«

»Ich habe schon erraten«, unterbrach ihn Ève, »daß Sie einer der Erfinder sind, die, wie mein armer Vater, eine Frau brauchen, die sich um sie kümmert.«

»Sie lieben mich also! Sagen Sie es mir ohne Furcht, mir,

der in Ihrem Namen ein Symbol seiner Liebe sah. Ève war die einzige Frau in der Welt, und was für Adam im buchstäblichen Sinn wahr war, ist es für mich im seelischen. Mein Gott, lieben Sie mich?«

»Ja«, sagte sie und verlängerte die eine Silbe, als wolle sie die Weite ihres Gefühls ausdrücken.

»Setzen wir uns«, sagte er und führte Ève an der Hand zu einem langen Balken, der unter den Rädern einer Papiermühle lag. »Lassen Sie mich die Luft des Abends atmen, den eintönigen Gesang der Frösche hören, die Strahlen des Monds bewundern, die auf dem Wasser zittern; lassen Sie mich in der Natur aufgehen, die mir das Gefühl gibt, alles in ihr spiegele mein Glück, denn ich sehe sie zum ersten Mal in ihrem Glanz, dank Ihnen, dank der Liebe. Ève, Geliebte, heute ist in meinem Leben die erste freudige Stunde, frei von jeder Trübung. Ich zweifle, daß Lucien so glücklich ist, wie ich es bin.«

Er fühlte Èves heiße, zitternde Hand in der seinen und ließ eine Träne darauffallen.

»Kann ich das Geheimnis nicht erfahren?« fragte Ève mit schmeichelnder Stimme.

»Sie haben das Recht dazu, denn Ihr Vater hat sich mit dieser Frage beschäftigt, die immer näher kommt, und zwar aus folgendem Grund: Nach dem Sturz des Kaisers ist der Gebrauch von Baumwollwäsche fast üblich geworden, denn Baumwolle ist billiger als Leinen. Gegenwärtig wird Papier aus Hanf- und Leinenlumpen gemacht, aber das ist ein teures Material, und dieser Umstand verzögert den großen Aufschwung, den die französische Presse auf jeden Fall nehmen wird. Die Produktion an Lumpen kann nicht erzwungen werden. Die Menge Lumpen hängt von dem Verbrauch von Wäsche ab, und die Bevölkerung eines Landes liefert nur eine bestimmte Menge. Diese Menge kann nur durch Zunahme der Geburtenziffer wachsen; um eine merkliche Veränderung in der Bevölkerung hervorzubringen, braucht ein Land ein Vierteljahrhundert und große Umwälzungen in den Gewohnheiten, im Handel oder im Ackerbau. Wenn also die Papierfabrikation mehr Lumpen fordert, als Frankreich hervorbringen kann, sagen wir das Doppelte oder Dreifache, so muß man, um die Papierpreise niedrig zu halten, den Fabrikanten ein anderes Material als Lumpen liefern. Diese Überlegung gründet sich auf eine Tatsache, die sich hier vollzieht; die Papierfabriken von Angoulême, die letzten, in denen Papier aus Lumpen hergestellt wird, sehen mit Schrecken, daß die Baumwolle mehr und mehr Einlaß findet.«

Auf eine Frage der jungen Arbeiterin gab David einen Überblick über die Art der Fabrikation, der in einem Buch am Platz sein wird, das wenigstens materiell sein Dasein dem Papier und der Presse verdankt; aber diese lange Abschweifung zwischen dem Liebhaber und seiner Geliebten wird zweifellos gewinnen, wenn wir sie hier zusammenfassen.

Das Papier, eine nicht minder wunderbare Erfindung als das Druckverfahren, dem es als Grundlage dient, gab es schon lange in China, ehe es durch die unterirdischen Kanäle des Handels nach Kleinasien gelangte, wo man, der Überlieferung nach, um das Jahr 750 ein Papier aus zerstoßener und zu Brei gerührter Baumwolle verwendete. Die Notwendigkeit, das Pergament, dessen Preis ungeheuer hoch lag, zu ersetzen, führte über eine Imitation des bombyxinischen Papiers (dies war der Name des Baumwollpapiers im Orient) zum Lumpenpapier, das, wie die einen behaupten, 1170 in Basel von griechischen Flüchtlingen entdeckt wurde oder, nach Meinung anderer, im Jahre 1301 in Padua durch einen Italiener namens Pax. So vervollkommnete sich das Papier langsam und auf uns unbekannten Wegen; aber es ist gewiß, daß bereits unter Karl VI. in Paris Ganzstoff für die Spielkarten hergestellt wurde. Als die unsterblichen Fust, Coster und Gutenberg »das Buch« erfunden hatten, paßten Handwerker, die wie so viele große Handwerker dieser Epoche unbekannt sind, die Papierherstellung den Bedürfnissen der Typographie an. In dem so kraftvollen und naiven 15. Jahrhundert trugen die Namen der verschiedenen Papierformate ebenso wie die Namen, die man den Schriften gegeben hatte, den naiven Stempel der Zeit. So waren das Traubenpapier, das Jesuspapier, das Taubenhauspapier, das Kesselpapier, das Schildpapier, das Muschelpapier, das Kronenpapier nach der Weintraube, dem Bild des Heilands, der Krone, dem Schild, dem Kessel benannt, kurzum, nach dem Wasserzeichen in der Mitte des Bogens, so wie man später unter Napoleon einen Adler verwendete: daher die Bezeichnung *grand aigle*. Ebenso nannte man die Schriften Cicero, Augustinus und *gros canon* nach den liturgischen Büchern, theologischen Werken und den Abhandlungen Ciceros, bei denen sie zuerst verwendet wurden. Die Kursivschrift *Italica* wurde von Aldus Manutius in Venedig eingeführt, daher ihr Name. Vor Einführung des Maschinenpapiers, bei dem die Länge der Bogen unbegrenzt ist, waren *grand jésus* und *grand colombier* die größten Formate, wobei letzteres fast nur für Atlanten und Stiche Verwendung fand. Die Maße des Druckpapiers waren tatsächlich abhängig von den Maßen des Setzsteins der Druckerpresse. Zu der Zeit, von der David sprach, schien das Maschinenpapier in Frankreich noch ein Hirngespinst, obwohl zu seiner Fabrikation schon Denis-Robert d'Essonne um 1799 eine Maschine erfunden hatte, die zu vervollkommnen Didot-Saint-Léger sich seitdem bemühte. Das von Ambroise Didot eingeführte Velinpapier gibt es erst seit 1780. Dieser kurze Überblick zeigt unwiderlegbar, daß alle großen Errungenschaften der Industrie und des Geistes mit außergewöhnlicher Langwierigkeit und durch unmerkliche Verbesserungen geschehen, ganz so, wie die Natur vorgeht. Um zu ihrer Vervollkommnung zu gelangen, erlebte die Schrift – vielleicht auch die Sprache – die gleichen Tastversuche wie die Typographie und die Papierherstellung.

»Lumpensammler kaufen in ganz Europa Abfälle von Wäsche und Geweben aller Art zusammen«, erläuterte David, »diese Abfälle werden sortiert und bei Großlumpenhändlern aufgespeichert, die sie an die Papierfabriken liefern. Um Ihnen einen Begriff von diesem Handel zu geben, so will ich sagen, daß 1814 der Bankier Cardon, der Eigentümer der Bottiche von Buges und Langlée, wo Léorier de l'Isle seit 1776 die Lösung desselben Problems versuchte, das Ihren Vater beschäftigte – ich werde also sagen, daß Cardon mit einem gewissen Proust einen Prozeß hatte wegen eines Irrtums von zwei Millionen Pfund Lumpen bei einem Posten von zehn Millionen, deren Wert sich auf etwa vier Millionen Franc belief. Der Fabrikant wäscht die Lumpen und verwandelt sie in eine helle Masse, die, genau wie in der Küche die Sauce, durch das Sieb geht und in eine eiserne Form geleitet wird; die Form ist mit einem metallischen Stoff ausgefüllt, in dessen Mitte sich das Filigran befindet, das dem Papier seinen Namen gibt. Von der Größe dieser Form hängt die Größe des Papiers ab. Schon zu der Zeit, als ich bei den Didots war, beschäftigte man sich mit dieser Frage und tut es auch heute noch; denn die von Ihrem Vater gesuchte Vervollkommnung ist eine der gebieterischsten Forderungen der Zeit geworden, und zwar aus folgendem Grund: Obwohl die Dauerhaftigkeit des Leinenfadens diesen allen in allem billiger als den Wollfaden macht, so kommt es doch den Armen immer darauf an, möglichst wenig Geld auf den Tisch zu legen, und sie erleiden enorme Verluste, ganz im Sinn des *Vae victis*. Und die bürgerliche Klasse benimmt sich wie der Arme. Daher fehlt es an Leinenwäsche. In England, wo die Baumwolle den Leinenfaden bei vier Fünfteln der Bevölkerung ersetzt hat, stellt man bereits Papier nur noch aus Baumwolle her. Dieses Papier, das vor allem den Nachteil hat, daß es bricht, löst sich im Wasser so leicht auf, daß eine Viertelstunde genügt, um ein Buch aus Baumwollpapier in einen Brei zu verwandeln, während ein altes Buch noch nach zwei Stunden zu retten wäre. Man würde es trocknen und trotz der vergilbten Farbe bliebe der Text leserlich und das Werk erhalten. Wir gehen einer Zeit entgegen, wo alles dürftiger werden wird, da ja die Gleichmacherei auch den Besitz ergriffen hat. Man wird billige Wäsche und billige Bücher verlangen, wie man ja bereits kleine Bilder verlangt, da der Platz für die großen fehlt. Hemden und Bücher werden nicht mehr dauerhaft sein, das Solide verschwindet allmählich. Daher ist das Problem, um das es sich hier handelt, von größter Wichtigkeit für die Literatur, für die Wissenschaft und für die Politik. Es gab nun eines Tages in meinem

Kabinett eine lebhafte Diskussion über die Stoffe, aus denen man in China Papier herstellt. Dort hat, dank dem Material, die Papierherstellung von Anfang an eine Vollkommenheit erreicht, die uns fehlt. Man beschäftigte sich damals viel mit dem chinesischen Papier, das durch Leichtigkeit und Feinheit das unsere weit übertraf, ohne daß darunter die Dauerhaftigkeit gelitten hätte. Es ist ganz dünn und doch nicht durchsichtig. Ein gelehrter Korrektor (in Paris gibt es Korrektoren, die Gelehrte sind, zum Beispiel Fourier und Pierre Leroux, die heute bei Lachevardière als Korrektoren dienen), also der Comte de Saint-Simon, der gerade Korrektor war, kam hinzu, als wir mitten in der Diskussion standen. Er sagte uns, Kempfer und du Halde zufolge liefere Brussonatia den Chinesen ihr ganz aus pflanzlichen Stoffen hergestelltes Papier. Ein anderer Korrektor behauptete, das chinesische Papier gehe hauptsächlich auf tierische Stoffe zurück, vor allem auf Seide, die in China so reichlich entsteht. Man schloß eine Wette ab. Da die Didots die Drucker des Instituts sind, wurde die Frage natürlich Mitgliedern dieser gelehrten Körperschaft vorgelegt. Monsieur Marcel, der ehemalige Direktor der kaiserlichen Druckerei, wurde zum Schiedsrichter gewählt und schickte die beiden Korrektoren zum Abbé Grozier, der Bibliothekar am Arsenal war. Nach dessen Schiedsspruch verloren beide Korrektoren ihre Wette. Das chinesische Papier wird weder aus Seide noch aus Brussonatia hergestellt, sondern aus zerstoßenen Bambusfasern. Der Abbé Grozier besaß ein chinesisches Buch, eine Art illustriertes technisches Lexikon, in dem eine Reihe, übrigens prachtvoll gezeichneter, Bilder alle Phasen der Papierfabrikation darstellte; auf dem einen sah man deutlich in der Ecke einer Werkstatt einen Haufen Bambusstengel liegen. Als Lucien mir sagte, Ihr Vater habe mit einer dem Talent eigentümlichen Intuition die Möglichkeit ins Auge gefaßt, die Leinenlumpen durch einen Pflanzenstoff zu ersetzen, der allgemein verbreitet sei und unmittelbar vom Boden geerntet werden könne, habe ich alle von meinen Vorgängern unternommenen Versuche zusammengestellt und mich darangemacht, die Frage zu studieren. Der Bambus ist eine Schilfart – es lag nah, zuerst an unser einheimisches Schilf zu denken. Der Arbeitslohn spielt in China keine Rolle, ein Tag kostet dort drei Sou. Daher legen die Chinesen das Papier, sobald es die Form verlassen hat, Blatt für Blatt zwischen heiße Tafeln aus weißem Porzellan, mit deren Hilfe sie es pressen und ihm den Glanz, die Zähigkeit, die Leichtheit, die Seidenglätte geben, die es zum ersten Papier der Welt machen. Man muß diese Methode natürlich durch mechanische Erfindungen ersetzen. Bei uns kann nur die Maschine so billig arbeiten wie in China der Mensch. Wenn es uns gelänge, zu niedrigen Preisen ein Papier herzustellen, das an Qualität dem chinesischen einigermaßen gleichkäme, würden wir das Gewicht und den Umfang der Bücher um mehr als die Hälfte vermindern. Ein gebundener Voltaire, der in unserem Velinpapier zweihundertundfünfzig Pfund wiegt, würde auf Chinapapier keine fünfzig wiegen. Und das wäre gewiß ein Gewinn. Die Raumfrage wird bei den Bibliotheken immer schwieriger in einer Zeit, wo die allgemeine Verringerung der Größe sich auf alles erstreckt, sogar auf die Wohnungen. In Paris werden die großen Privathotels, die großen Wohnungen früher oder später verschwinden, denn es gibt bald kein Vermögen mehr, das mit der Bauart unserer Väter

Schritt halten könnte. Welcher Schaden für unsere Zeit, Bücher ohne Haltbarkeit herzustellen! Noch zehn Jahre, und das holländische Bütten, das heißt das aus Leinenlumpen hergestellte Papier, wird vollständig unmöglich sein. Von Ihrem Bruder hörte ich, daß Ihr Vater den Gedanken hatte, gewisse Pflanzenfasern heranzuziehen: habe ich Erfolg, so haben Sie Ihrerseits ein Anrecht auf –«

In diesem Augenblick tauchte Lucien auf und unterbrach Davids edelmütiges Angebot.

»Ich weiß nicht«, sagte er, »ob ihr diesen Abend schön gefunden habt, für mich war er eine grausame Enttäuschung.«

»Mein armer Lucien, was ist geschehen?« fragte Ève und las die Erregung vom Gesicht des Bruders ab.

Der aufgewühlte Dichter erzählte seine Ängste und goß die Gedanken, die ihn bestürmten, in die Herzen der Freunde. Ève und David hörten ihm schweigend zu, es bedrückte sie, diese Beichte zu hören, in der sich Größe und Kleinheit so sehr mischten.

»Monsieur de Bargeton«, schloß Lucien, »ist ein alter Mann, den ohne Zweifel bald irgendeine Verdauungsstörung hinwegraffen wird; dann heirate ich Madame de Bargeton und setze der hochmütigen Welt den Fuß auf den Nakken! Ich las heute abend in ihren Augen eine Liebe, die der meinen gleichkommt. Sie hat meine Wunden mitempfunden, sie hat meine Schmerzen gelindert, sie ist ebenso groß und vornehm wie schön und reizvoll! Nein, sie wird mich nicht verraten!«

»Ist es nicht Zeit, ihm zu einem ruhigen Leben zu verhelfen?« sagte David leise zu Ève.

Ève drückte schweigend seinen Arm; er verstand, was sie

sagen wollte, und beeilte sich, Lucien von den Plänen zu berichten, die er mit sich trug. Die beiden Liebenden waren ebenso mit sich beschäftigt wie Lucien selbst; in ihrem Wunsch, ihr Glück von ihm gebilligt zu sehen, bemerkten sie nicht, mit welcher Überraschung er die Nachricht aufnahm, daß sie heiraten wollten. Lucien träumte davon, für seine Schwester einen Gatten von Rang zu finden, sobald er sich selbst eine Stellung verschafft hatte; warum sollte er sich nicht auf eine mächtige Verbindung stützen? Jetzt erkannte er in dieser Verlobung verzweifelt ein neues Hindernis auf seinem Weg.

›Wenn Madame de Bargeton einwilligt, Madame de Rubempré zu werden, wird sie niemals mit David Séchard einverstanden sein.‹

Das war die klare Formel für die Gedanken, die Luciens Herz durchwühlten.

›Louise hat recht‹, dachte er bitter, ›wer Zukunft hat, wird nie von seiner Familie verstanden.‹

Wenn die Verlobung ihm in einem Augenblick mitgeteilt worden wäre, wo er nicht Monsieur de Bargeton phantastisch zum Tode verurteilte, hätte er ohne Zweifel lebhafte Freude bezeugt. Ein Blick auf seine gegenwärtige Lage und auf die Zukunft eines schönen armen Mädchens hätte bewirkt, daß er diese Heirat als ein unverhofftes Glück ansah. Aber er lag in einem jener goldenen Träume, in denen die jungen Leute das Wenn aufzäumen und mit diesem Pferd alle Hindernisse nehmen. In Gedanken hatte er die Zeit vorweggenommen, in der er die Gesellschaft beherrschte; es tat weh, so rasch in die Wirklichkeit zurückzustürzen.

Ève und David dachten, er schweige über so viel Großmütigkeit. Für diese beiden schönen Seelen bewies stillschweigende Billigung wahre Freundschaft. Der Drucker begann, mit sanfter, herzlicher Beredsamkeit das Glück auszumalen, das sie alle vier erwartete. Trotz der Einwürfe Èves stattete er sein erstes Stockwerk mit dem Luxus aus, den ein Liebender für nötig hält; er baute mit naiver Treuherzigkeit den zweiten für Lucien und über dem Schuppen eine Wohnung für Madame Chardon, der er mit dem Eifer eines Sohnes dienen wollte. Kurzum, er machte die Familie so glücklich und seinen Bruder so unabhängig, daß Lucien, den Davids Stimme und Èves Zärtlichkeiten bezauberten, am Ufer der ruhig glänzenden Charente, unter dem gestirnten Himmel und im milden Dunkel der Nacht die Dornenkrone vergaß, die schmerzhaft genug ihm von der Gesellschaft aufgedrückt worden war. Monsieur de Rubempré erkannte endlich David wieder. Dank seinem beweglichen Charakter fand er sich in das reine, fleißige, bürgerliche Leben zurück, das er geführt hatte; es stand wieder schön und sorglos vor ihm, der Lärm der aristokratischen Welt wich zurück. Und als er das Pflaster von l'Houmeau erreicht hatte, preßte der ehrgeizige junge Mann seinem Bruder die Hand und war ein Herz mit den beiden Liebenden.

»Wenn nur dein Vater sich deiner Absicht nicht widersetzt«, sagte er zu David.

»Du weißt, wie wenig er sich um mich kümmert. Der gute Mann lebt nur für sich, aber ich besuche ihn morgen in Marsac, sei es auch nur, um ihn dazu zu bewegen, mit dem Bauen anzufangen.«

David begleitete Bruder und Schwester nach Hause, wo er Madame Chardon mit dem Eifer eines Mannes, der keine

Minute verlieren will, um ihre Ève bat. Die Mutter nahm die Hand des Mädchens und legte sie freudig in Davids Hand; kühn geworden, küßte dieser seine schöne Verlobte auf die Stirn, sie lächelte errötend.

»So verloben sich arme Leute«, sagte die Mutter und hob die Augen, wie um den Segen Gottes anzuflehen.

»Sie haben Mut, mein Kind«, sagte sie zu David, »denn wir sind im Unglück, und ich fürchte, daß es ansteckend ist.«

»Wir werden reich und glücklich sein«, antwortete David ernst, »und um den Anfang zu machen, so sollen Sie den Beruf als Krankenpflegerin nicht mehr ausüben, sondern nach Angoulême ziehen, um dort mit Ihrer Tochter und Lucien zu wohnen.«

Die drei Kinder beeilten sich nun, der erstaunten Mutter ihren Plan zu erzählen; sie überließen sich einer jener ausschweifenden Unterhaltungen in der Familie, wo man nach Herzenslust alle Keime des Möglichen ausstreut und im voraus alle Freuden genießt. Schließlich mußte man David vor die Tür setzen; wenn es nach ihm gegangen wäre, hätte der Abend kein Ende genommen. Es schlug eins, als Lucien seinen künftigen Schwager bis zur Porte Palet geleitete. Der biedere Postel, den die ungewöhnliche Bewegung im Hause beunruhigte, stand hinter dem Vorhang. Er hatte den Fensterladen geöffnet und dachte, als er um diese Zeit Licht bei Ève sah:

›Was geht denn bei den Chardons vor?‹

Und als Lucien zurückkam, fragte er laut:

»Nun, mein Junge, was ist denn los? Kann ich etwas helfen?«

»Nicht nötig, Monsieur Postel«, antwortete der Dichter,

»aber da Sie unser Freund sind, kann ich Ihnen die Neuigkeit verkünden: Meine Schwester hat sich heute abend mit David Séchard verlobt.«

Postels Antwort bestand darin, daß er das Fenster heftig schloß; verzweifelt bereute er, Mademoiselle Chardon nicht selbst um ihre Hand gebeten zu haben.

Statt nach Angoulême zurückzukehren, schlug David den Weg nach Marsac ein. Er verband den Spaziergang mit dem Besuch des Vaters und erreichte die Einfriedung in dem Augenblick, als die Sonne aufging. Er bemerkte den Kopf des Vaters über einer Hecke, der Alte stand unter einem Mandelbaum.

»Guten Tag, Vater«, sagte David.

»Schau an, du bist es? Wie kommst du so früh hierher? Dort, die Tür ist offen«, sagte der Winzer und zeigte auf ein vergittertes Pförtchen. »Alle Reben haben geblüht, nicht ein Trieb ist erfroren! Dieses Jahr gibt es mehr als zwanzig Stück auf den Morgen. Ich habe aber auch gedüngt!«

»Vater, ich komme, um etwas Wichtiges mit dir zu besprechen.«

»So? Was machen unsere Pressen? Du mußt einen Berg Geld verdienen.«

»Später werde ich verdienen, aber im Augenblick bin ich nicht reich.«

»Hier fallen alle über mich her und behaupten, ich dünge zuviel«, fuhr der Alte fort, »die Leute, das heißt der Herr Marquis, der Herr Graf und Monsieur X und Monsieur Y, meinen, ich würde dem Wein sein Aroma entziehen. Welchen Sinn hat es, jemanden zu belehren? Es stört nur das gute Einverständnis. Höre, diese Herren ernten sieben, manchmal acht Stück auf den Morgen und verkaufen das Stück zu sechzig Franc, was in den guten Jahren höchstens vierhundert Franc auf den Morgen ergibt. Ich ernte zwanzig Stück und verkaufe jedes zu dreißig Franc! Wer hat recht? Die Qualität, die Qualität! Was liegt mir an der Qualität? Sollen doch der Marquis und die anderen die Qualität für sich behalten! Für mich sind die Taler die Qualität. Was sagst du dazu?«

»Vater, ich heirate, ich bitte dich –«

»Du bittest mich? Ich gebe gar nichts, mein Junge! Heirate, meinetwegen; aber um dir etwas zu geben, müßte ich zuerst etwas haben. Die Löhne haben mich zugrunde gerichtet! Seit zwei Jahren zahle ich Löhne und Steuern im voraus und habe Kosten aller Art; die Regierung nimmt alles, das Beste geht in den Sack der Regierung! Seit zwei Jahren tun die armen Winzer nichts. Dieses Jahr läßt sich nicht schlecht an. Das verfluchte Stück wird schon mit zwölf Franc gehandelt! Die Ernte wird für den Bottichmacher sein. – Warum solltest du vor der Weinlese heiraten?«

»Vater, ich bin nur gekommen, um deine Einwilligung zu erbitten.«

»Ah, das ist etwas anderes. Mit wem verheiratest du dich, ohne neugierig sein zu wollen?«

»Ich heirate Mademoiselle Ève Chardon.«

»Wer ist denn das? Wovon lebt sie?«

»Sie ist die Tochter des verstorbenen Monsieur Chardon, des Apothekers aus l'Houmeau.«

»Du heiratest ein Mädchen aus l'Houmeau, du, ein Bürger aus Angoulême, du, der Drucker des Königs! Da sieht man wieder die Früchte der Erziehung! Sage mir noch einer, daß man seine Kinder auf die gute Schule schicken soll! – Aber ist sie denn wenigstens reich?« sagte der alte Winzer und näherte sich seinem Sohn einschmeichelnd. »Denn wenn du ein Mädchen aus l'Houmeau heiratest, muß sie Tausende und Hunderte haben! Auch gut, dann kannst du mir meine Miete bezahlen. Weißt du, daß du mir zwei Jahre und drei Monate Miete schuldest? Das sind zweitausendsiebenhundert Franc, die mir gerade recht kommen, um den Bötticher zu bezahlen. Jedem anderen als meinem Sohn könnte ich mit gutem Recht Zinsen abfordern, denn Geschäft ist Geschäft. Aber ich stelle sie zurück. – Also wieviel hat sie?«

»Sie hat so viel, wie meine Mutter hatte.«

Der Alte wollte sagen: »Nur zehntausend Franc!« Aber er erinnerte sich, daß er seinem Sohn die Abrechnung verweigert hatte, und rief:

»Sie hat nichts!«

»Das Vermögen meiner Mutter bestand in ihrer Klugheit und Schönheit.«

»Biete sie doch auf dem Markt aus, du wirst sehen, was man dir dafür gibt! Herrgott Sakrament, wie schlimm sind doch Eltern dran! David, als ich mich verheiratete, war mein ganzes Vermögen die Papiermütze auf dem Kopf und meine beiden Arme, ich war ein armer Bär; du aber mit der schönen Druckerei, die ich dir gegeben habe«, er sagte: *gegeben*, »mit deinem Fleiß und deinen Kenntnissen, du mußt ein Bürgermädchen aus der Stadt, mit dreißig- bis vierzigtausend Franc, heiraten. Gib deiner Leidenschaft den Abschied, und laß mich dich verheiraten. Einen Kilometer von hier wohnt eine Witwe von zweiunddreißig Jahren, eine Müllerin, die Grund und Boden in bester Sonnenlage hat, die Äcker sind mindestens hunderttausend Franc wert; das wäre etwas für dich. Du kannst den Boden mit Marsac vereinigen, ihr seid Nachbarn! Das gäbe einen schönen Besitz, und ich wollte ihn verwalten! Man sagt, daß sie sich mit Courtois, ihrem ersten Knecht, verheiraten will, aber den stichst du schon aus! Ich würde die Mühle führen, und sie könnte es in Angoulême mit ihren schönen Augen probieren.«

»Vater, ich bin nicht mehr frei.«

»David, du verstehst nichts von Geschäften, ich sehe dich schon ruiniert. Wenn du dich mit diesem Mädchen aus l'Houmeau verheiratest, behandele ich dich wie jeden anderen und verlange die Miete von dir, ich sehe nichts Gutes voraus. Meine armen Pressen, meine Pressen! Da wäre Geld nötig, um euch zu ölen, instand zu halten und arbeiten zu lassen. Nur ein gutes Jahr kann mich darüber trösten!«

»Vater, es scheint mir, bis jetzt hätte ich dir wenig Kummer gemacht...«

»Und sehr wenig Miete bezahlt«, meinte der Winzer.

»Abgesehen von deiner Einwilligung wollte ich dich auch noch bitten, den zweiten Stock auf das Haus zu setzen und über dem Schuppen eine Wohnung zu bauen.«

»Teufel auch, ich habe keinen Sou, das weißt du. Außerdem hieße das Geld aus dem Fenster werfen, denn was würde es mir einbringen? Schau her, so früh stehst du auf, um Sachen von mir zu verlangen, die einen König zugrunde richten könnten. Obwohl ich dich David genannt habe, fehlen mir die Schätze Salomos. Du bist ja verrückt! Man hat mir mein Kind in der Wiege vertauscht. – Da hängen Trauben dran, wie?« unterbrach er sich und zeigte David einen Trieb. »Das sind Kinder, die die Hoffnung der Eltern nicht enttäuschen! Mist darauf, und sie tragen! Ich, ich habe dich ins Lyzeum geschickt, ich habe Riesensummen bezahlt, um einen Mann von Bildung aus dir zu machen, du hast bei den Didots studiert, und das alles endet damit, daß du mir als Schwiegertochter ein Mädchen aus l'Houmeau vorführst, das keinen Sou Mitgift hat? Wenn du nicht studiert hättest, wenn du unter meinen Augen geblieben wärst, würde sich alles nach meinem Willen entwickelt haben, und meine Schnur wäre eine Müllerin mit hunderttausend Franc Land, die Mühle nicht gerechnet. Du meinst, ich werde dich für deine Gefühlsduselei auch noch belohnen und dir Paläste bauen? Man sollte ja glauben, das Haus, in dem du wohnst, habe seit zweihundert Jahren Schweine beherbergt, und das Fräulein aus l'Houmeau könne nicht darin schlafen. Ist sie vielleicht die Königin von Frankreich?«

»Gut, Vater, ich werde den zweiten Stock auf meine Kosten bauen, und der Sohn wird den Vater bereichern. Es ist zwar die verkehrte Welt, aber das kommt manchmal vor!«

»Was, du hast Geld zum Bauen, aber keins, um die Miete zu zahlen! Schlaukopf, du führst deinen Vater hinters Licht!«

So gedreht, wurde die Frage schwierig, denn dieser Mann war entzückt, seinen Sohn in eine Lage zu drängen, die ihm erlaubte, nichts zu geben und dabei doch der gute Vater zu bleiben. So konnte David von dem Alten nichts erlangen als die bloße Zustimmung zur Heirat und die Erlaubnis, auf seine Kosten im väterlichen Haus alle Umbauten vorzunehmen, die er für notwendig hielt.

Der alte Bär, dieses Musterbild aller konservativen Väter, erwies seinem Sohn die Gnade, nicht die Miete zu verlangen und ihm nicht die Ersparnisse abzunehmen, die er unklugerweise hatte durchblicken lassen. David wurde traurig, er begriff, daß er im Unglück nicht auf die Hilfe seines Vaters zählen konnte.

In ganz Angoulême war von nichts anderem die Rede als von dem Wort des Bischofs und der Antwort von Madame de Bargeton. Die kleinsten Umstände wurden so gründlich entstellt, aufgebauscht und herausgearbeitet, daß der Dichter der Held des Augenblicks war. Aus der Oberschicht, in der dieses Gewitter grollte, fielen ein paar Tropfen in das Bürgertum. Als Lucien durch Beaulieu ging, um sich zu Madame de Bargeton zu begeben, bemerkte er die neidische Aufmerksamkeit, mit der einige junge Leute ihn betrachteten, und fing den einen oder anderen Satz auf, der seinem Stolz schmeichelte.

»Der hat einmal Glück gehabt«, sagte ein Anwaltsgehilfe namens Petit-Claud, Luciens Schulkamerad, der ihn immer sehr gönnerhaft behandelt hatte und häßlich war.

»Ja, und er ist ein hübscher Kerl, er hat Talent, und Madame de Bargeton soll gehörig in ihn verliebt sein«, antwortete ein Familiensöhnchen, das der Vorlesung beigewohnt hatte.

»Die schönste Frau von Angoulême gehört ihm«, lautete eine andere Bemerkung und klang ihm hell in den Ohren.

Er hatte ungeduldig die Stunde erwartet, in der er Louise allein zu treffen hoffte; er wünschte, daß diese Frau, in deren Hände er sein Schicksal legte, die Heirat seiner Schwester billigte. Nach dem gestrigen Abend war Louise vielleicht zärtlicher gestimmt, und diese Zärtlichkeit konnte einen Augenblick des Glücks herbeiführen. Er hatte sich nicht getäuscht: Madame de Bargeton empfing ihn mit einer Wärme des Gefühls, die diesem Neuling der Liebe als leidenschaftlicher Entschluß erschien und ihn ergriff. Sie überließ ihre schönen goldenen Haare, ihre Hände, ihren Kopf den flammenden Küssen des Dichters, der am Abend zuvor so viel gelitten hatte!

»Wenn du dein Gesicht gesehen hättest, während du lasest«, sagte sie, denn sie waren an jenem Abend der Annäherung dazu übergegangen, sich zu duzen, als auf dem Kanapee Louise mit ihrer weißen Hand die Schweißtropfen von der Stirn getrocknet hatte, auf der sie schönere Perlen, die Krone des Dichters, zu sehen hoffte, »wenn du dich gesehen hättest, deine Augen waren schön, sie sprühten Feuer. Ich sah an deinen Lippen die Goldketten, mit denen die Herzen an den Mund der Sänger geschmiedet werden. Du sollst mir den ganzen Chénier vorlesen, den Dichter derer, die sich lieben. Dein Leiden wird ein Ende haben, ich will es! Ja, mein Engel, mein Haus soll dir eine Oase sein, wo du wie ein echter Dichter leben kannst, tätig, lässig, träumerisch, ausruhend und fleißig, wie es die Stimmung mit sich bringt; aber nie darfst du vergessen, daß ich es bin, der du den Lorbeer verdankst, das wird für mich der hohe Lohn dafür sein, daß ich um deinetwillen viel erdulden muß. Denn die Welt wird mich nicht mehr als dich schonen und sich für ein Glück rächen, an dem sie nicht teilhaben darf. Man wird immer eifersüchtig auf mich sein; hast du es nicht schon gestern gesehen? Die Stechmücken hatten nichts Eiligeres zu tun, als sich auf die Wunden zu stürzen und Blut zu saugen. Aber ich war glücklich, ich lebte! Es ist so lange her, daß mein Herz sang!«

Tränen rollten über ihre Wangen, Lucien nahm ihre Hand

und küßte sie lange, das war seine ganze Antwort. Wie seine Mutter, seine Schwester und David schmeichelte nun auch diese Frau allen Eitelkeiten unseres Dichters. Jeder in seiner Umgebung war darauf bedacht, den imaginären Thron zu erhöhen, auf dem er aus eigener Machtvollkommenheit saß. Freunde und Feinde hielten seine ehrgeizigen Hoffnungen wach, so ging er unter einem Himmel, der voller Luftspiegelungen hing. Die Phantasie der Jugend ist so gierig auf dieses Lob und diese Träume, einem jungen Menschen, der schön und voll Zukunft ist, kommt alles so sehr entgegen, daß mehr als eine bittere, kalte Erfahrung nötig ist, um dieses Blendwerk zu verscheuchen.

»Louise, schönste Frau, du willst also meine Beatrice sein, aber eine Beatrice, die sich der Liebe nicht versagt?«

Sie hob die schönen Augen, die sie gesenkt gehalten hatte, und sagte, während ein himmlisches Lächeln ihre Worte Lügen strafte:

»Wenn du es verdienst, vielleicht später! Bist du nicht glücklich? Ein Herz für sich haben! Alles mit der Gewißheit sagen können, daß man verstanden wird, ist das nicht das Glück?«

»Ja«, antwortete er mit der schmollenden Miene eines Liebenden, der nicht ganz zufrieden ist.

»Kind!« sagte sie spöttisch. »Hast du mir nicht etwas zu sagen? Als du eintrafst, schienst du ganz mit einem Gedanken beschäftigt zu sein, mein Lucien.«

Lucien vertraute seiner Geliebten furchtsam sein Geheimnis an und erzählte von der Neigung Davids zu seiner Schwester, von der Neigung seiner Schwester zu David und von der geplanten Heirat.

»Armer Lucien«, sagte sie, »er hat Angst, geschlagen und gescholten zu werden, als wenn er der wäre, der sich verheiraten will! Aber was ist Schlimmes daran?« fuhr sie fort und tauchte ihre Hände in seine Haare. »Berührt mich deine Familie, in der du eine Ausnahme bist? Wenn mein Vater seine Dienerin heiratete, würde es dir zu Herzen gehen? Liebes Kind, zwei Menschen, die sich lieben, sind einander die ganze Familie. Interessiert mich etwas anderes in der Welt als mein Lucien? Sei groß, erobere dir den Ruhm – das sind die Dinge, die uns angehen!«

Diese selbstsüchtige Antwort machte Lucien zum glücklichsten Menschen. In dem Augenblick, in dem er die törichten Gründe anhörte, mit denen Louise ihm bewies, daß sie allein in der Welt waren, trat Monsieur de Bargeton ein. Lucien runzelte die Stirn, und es verschlug ihm die Sprache. Louise gab ihm ein Zeichen und bat ihn, zu Tisch zu bleiben, damit er ihr André Chénier vorlesen konnte, bis die Spieler und gewohnten Gäste kamen.

»Sie tun nicht nur ihr einen Gefallen«, sagte Monsieur de Bargeton, »sondern auch mir, nichts ist mir bekömmlicher, als nach Tisch vorlesen zu hören.«

Umschmeichelt von Monsieur de Bargeton, umschmeichelt von Louise, und von den Dienstboten mit der Achtung behandelt, mit der sie die Günstlinge ihrer Herrschaft bedenken, blieb Lucien im Hause Bargeton und überließ sich dem Genuß aller Annehmlichkeiten. Als der Salon sich füllte, gab ihm der Stumpfsinn Monsieur de Bargetons und die Liebe Louises so viel Selbstbewußtsein, daß er eine gebieterische Miene annahm; seine schöne Herrin bestärkte ihn in dieser Haltung. Er kostete mit Freuden die Vormachtstellung aus, die Naïs für ihn erobert hatte und mit ihm teilte. Kurzum, er versuchte an diesem Abend die Rolle des Helden einer kleinen Stadt zu spielen. Angesichts dieses Auftretens dachten mehrere Gäste, er stehe, um einen Ausdruck der alten Zeit zu gebrauchen, mit Madame de Bargeton auf gutem Fuß. In einer Ecke des Salons, wo sich die Eifersüchtigen und Neider versammelt hatten, versicherte Amélie, die mit Monsieur du Châtelet gekommen war, daß das Unglück als vollzogen gelten dürfte.

»Man mache nicht Naïs verantwortlich für die Eitelkeit eines kleinen Studenten, der sich voll Zufriedenheit in eine Welt versetzt findet, die ihm unzugänglich erschien«, sagte Châtelet. »Sehen Sie nicht, daß dieser Chardon die Höflichkeiten einer Frau von Welt für Zugeständnisse nimmt? Er weiß noch nicht das Schweigen, das zur echten Leidenschaft gehört, von den wohlwollenden Worten zu unterscheiden, die seiner Schönheit, seiner Jugend, seinem Talent gebühren. Die Frauen wären tief zu bedauern, wenn sie für alle Wünsche, die sie uns einflößen, wirklich verantwortlich wären. Er ist sicher verliebt, aber was Naïs betrifft –«

»Oh, Naïs«, wiederholte die hinterlistige Amélie, »Naïs ist über diese Leidenschaft sehr glücklich. In ihrem Alter hat die Liebe eines jungen Mannes so viel Verführerisches. Man wird bei ihm noch einmal jung, man verwandelt sich noch einmal in ein junges Mädchen, mit allen seinen Gewissensbissen und Ziererreien, und man denkt nicht an das Lächerliche! Sehen Sie doch nur, der Sohn des Apothekers nimmt sich bei Madame de Bargeton die Rechte eines Gebieters heraus!«

»Die Liebe kennt solche Unterschiede nicht«, flötete Adrien.

Am nächsten Tag gab es in ganz Angoulême kein Haus, in dem nicht die Intimität untersucht worden wäre, die zwischen Monsieur Chardon alias de Rubempré und Madame de Bargeton bestand: erst einiger Küsse schuldig, mußten sie sich von der Welt schon des verbrecherischen Glücks bezichtigen lassen. Madame de Bargeton trug jetzt die Bürde ihrer Stellung als Königin von Angoulême. Zu den Abgeschmacktheiten der Gesellschaft gehörten die Launen ihres Urteils und die Sinnlosigkeit ihrer Forderungen. Es gibt Menschen, denen alles erlaubt ist: sie können die unvernünftigsten Dinge begehen, ihnen stehen sie wohl an, das ist der Maßstab, nach dem sie gerichtet werden. Es gibt andere, bei denen die Welt von unglaublicher Strenge ist: sie sind verpflichtet, alles ohne Tadel zu tun, nie in die Irre zu gehen, nie zu straucheln, nie sich auch nur eine Torheit entschlüpfen zu lassen – sie gleichen den bewunderten Statuen, die von ihrem Gestell gezogen werden, sobald ihnen im Winter ein Finger gebrochen oder die Nase gesprungen ist; man erlaubt ihnen nichts Menschliches, sie sind gehalten, immer vollkommen wie die Götter zu sein. Ein einziger Blick, den Madame de Bargeton Lucien schenkte, kam zwölf Jahren Glücks gleich, die Zizine und Francis genossen haben mochten. Ein Händedruck, den die Liebenden tauschten, zog alle Ungewitter der Charente auf sie herab.

David hatte aus Paris eine geheime Barschaft mitgebracht; er bestimmte sie nun für die Ausgaben, die seine Heirat nötig machte, und für den Bau des zweiten Stockwerks des väterlichen Hauses. Dieses Haus vergrößern, hieß das nicht für sich selbst arbeiten? Früher oder später fiel das Haus ja an ihn zurück, sein Vater war achtundsechzig Jahre alt. Der Drucker ließ also die für Lucien bestimmte Wohnung in Fachwerk bauen, damit die alten Mauern dieses rissigen Hauses nicht zu sehr belastet wurden. Es machte ihm die größte Freude, die Wohnung im ersten Stock, in der die schöne Ève ihr Leben zubringen sollte, aufs anmutigste zu möblieren und auszustatten. Für die beiden Freunde kam eine Zeit der Fröhlichkeit und des ungetrübten Glücks. Lucien war zwar die schmächtigen Proportionen des Lebens in der Provinz müde und der filzigen Sparsamkeit überdrüssig, die aus einem Fünffrancstück etwas Ungeheures machte, aber er ertrug, ohne zu klagen, das Rechnen und Entbehren. Seine düstere Schwermut hatte der strahlenden Erwartung das Feld geräumt. Er sah einen Stern über seinem Haupt glänzen und erträumte sich ein frohes Leben auf dem Grab von Monsieur de Bargeton, den von Zeit zu Zeit schwere Verdauungsstörungen heimsuchten, weil er des Glaubens war, die Magenbeschwerde nach dem Mittagessen sei eine Krankheit, die man am besten durch das Abendessen heile.

Anfangs September war Lucien nicht mehr Korrektor – er war Monsieur de Rubempré, der im Vergleich zu der elenden Dachkammer, in der der kleine Chardon in l'Houmeau gehaust hatte, prächtig wohnte. Er war nicht mehr jemand aus l'Houmeau, sondern Bürger in Angoulême, der meist viermal in der Woche bei Madame de Bargeton speiste. Vom Bischof, der Gefallen an ihm gefunden hatte, wurde er in die Residenz eingeladen. Die Art und Weise, wie er sich die Zeit vertrieb, rückte ihn unter die Leute von Stand. Und eines Tages würde er zu den Berühmtheiten des Landes gehören. Wenn er seinen hübschen Salon, sein reizendes Schlafzimmer und sein geschmackvolles Kabinett durchschritt, konnte er sich damit abfinden, daß er auf die mühsam erworbenen Einnahmen von Schwester und Mutter dreißig Franc im Monat Vorschuß nahm, sah er doch den Tag dämmern, an dem der historische Roman, an dem er seit zwei Jahren arbeitete, *Der Bogenschütze Karls* IX., und ein Band Gedichte mit dem Titel *Marguerites* seinen Namen in der literarischen Welt verbreiten und ihm genug Geld eintragen würden, um seine Schulden bei Schwester, Mutter und David zu tilgen.

Da er sich gewachsen fühlte und schon der künftige Widerhall seines Namens an sein Ohr schlug, nahm er diese Opfer jetzt mit edler Sicherheit an; er lächelte über seine Bedrängnis, er genoß die Augenblicke äußerster Not, die nicht fehlten.

Ève und David hatten, bevor sie an sich dachten, für das Glück des Bruders gesorgt. Die Heirat wurde dadurch hinausgeschoben, daß die Arbeiter für die Möbel, den Anstrich und die im ersten Stock benötigten Tapeten Zeit brauchten; Luciens Ausstattung war, wie gesagt, vorangegangen. Wer Lucien kennt, wird über diese Aufopferung nicht erstaunt sein. Er war so verführerisch! Er konnte sich so einschmeichelnd geben! Er verstand seine Ungeduld und seine Wünsche so anmutig zum Ausdruck zu bringen! Bevor er sprach, hatte er seine Sache schon immer gewonnen.

Dieser verhängnisvolle Vorzug stürzt mehr Jünglinge ins Verderben, als er rettet. An die Aufmerksamkeiten gewöhnt, die man hübschen jungen Menschen entgegenbringt, glücklich über den sehr selbstsüchtigen Vorschub, den die Welt denen leistet, die ihr gefallen – sie gibt auch einem Bettler Almosen, weil er ein Gefühl in ihr weckt und ihr ans Herz geht –, genießen viele dieser großen Kinder eine solche

Gunst, statt sie auszubeuten. Da sie den Sinn und die Beweggründe der gesellschaftlichen Beziehungen falsch auffassen, glauben sie immer auf das trügerische Lächeln vertrauen zu können, stehen aber nackt, kahl, geplündert, ohne Stellung und Vermögen in dem Augenblick da, wo die Welt sie wie alte Kokotten und abgetragene Lumpen behandelt, das heißt, sie an der Tür des Salons oder an der Straßenecke stehenläßt.

Ève war die erste gewesen, die die Verschiebung verlangt hatte, sie wollte die Dinge, die in einem jungen Haushalt nötig sind, sparsam anschaffen. Was konnten zwei Liebende einem Bruder verweigern, der angesichts der über die Arbeit gebeugten Schwester mit einem Herzenston sagte: »Ich wollte, daß ich auch nähen könnte!« Der ernste David, der ein guter Beobachter war, hatte sich dieselbe Aufopferung zu eigen gemacht. Gleichwohl faßte ihn seit dem Triumph, den Lucien bei Madame de Bargeton davongetragen hatte, eine Angst, als er die Verwandlung sah, die sich bei Lucien vollzog; er fürchtete, der Freund werde die bürgerliche Sitte mißachten lernen. In dem Wunsch, ihn auf die Probe zu stellen, ließ er ihn bisweilen zwischen den patriarchalischen Freuden der Familie und den Vergnügungen der großen Welt wählen; Lucien opferte dann stets seine eitlen Vergnügungen, und David rief: »Man wird ihn uns nicht verderben!«

Bisweilen machten die drei Freunde und Madame Chardon kleine Ausflüge, wie sie in der Provinz unternommen werden. Sie ergingen sich in den Wäldern, die Angoulême umgeben und dem Lauf der Charente folgen; sie aßen im Freien von den Vorräten, die der Lehrling Davids zur bestimmten Stunde an einen bestimmten Platz brachte; dann kehrten sie abends ein wenig ermüdet zurück und hatten keine drei Franc ausgegeben. Bei großen Gelegenheiten, wenn sie in einer ländlichen Schenke speisten, gingen sie bis zu fünf Franc, die zwischen den Chardons und David geteilt wurden. David war Lucien unendlich dankbar dafür, daß er bei diesen ländlichen Ausflügen die Freuden vergaß, die er bei Madame de Bargeton und den üppigen Gastmahlen der großen Welt genoß. Jeder wollte damals den großen Mann von Angoulême feiern.

So weit waren die Dinge gediehen. Der künftige Haushalt war beinahe fertig eingerichtet, David ging abermals nach Marsac, um seinen Vater zur Hochzeit einzuladen, wobei er hoffte, die Schwiegertochter werde Eindruck auf den Mann machen und ihn bewegen, zu den ungeheuren Ausgaben, die der Umbau des Hauses beanspruchte, beizutragen. In diesem Augenblick trat eines jener Ereignisse ein, die in einer kleinen Stadt das Gesicht der Dinge vollständig verändern.

Lucien und Louise hatten in du Châtelet einen Spion, der auf die Gelegenheit lauerte, einen Skandal herbeizuführen, und diesem Ziel mit einer Ausdauer nachging, in die sich Haß, Leidenschaft und Habsucht mischten. Er wollte Madame de Bargeton zwingen, sich so deutlich für Lucien auszusprechen, daß sie sich zugrunde richtete. Er spielte sich als den demütigen Vertrauten von Madame de Bargeton auf, aber wenn er Lucien in der Rue du Minage bewunderte, so zerfetzte er ihn überall sonst. Es war ihm unmerklich gelungen, bei Naïs auch tagsüber Zutritt zu erlangen, sie mißtraute ihrem früheren Anbeter nicht mehr; aber er setzte zuviel bei den beiden Liebenden voraus, deren Leidenschaft zur Verzweiflung Louises und Luciens platonisch blieb.

Leidenschaften gleichen Reisen, die man unter günstigen oder ungünstigen Umständen antritt. Zwei Menschen geben sich dem Gefühl hin, reden, ohne zu handeln, und liefern sich auf freiem Feld Schlachten, statt eine überlegte Belagerung zu beginnen. Ihre Begierden ermatten so im Leeren, und sie selbst werden müde. Sie finden Zeit, zu überlegen und einander abzuschätzen. Es geschieht oft, daß Leidenschaften, die mit fliegenden Fahnen ins Feld rückten und eine Glut entfachten, die alles über den Haufen zu rennen schien, zu guter Letzt ohne Sieg heimkehren, beschämt, entwaffnet, der ganze Aufwand war umsonst. Das sind Dinge, die sich manchmal aus der Furchtsamkeit der Jugend und aus dem Zögern erklären lassen, in dem sich Anfängerinnen gefallen; man wird diese Methode, sich gegenseitig irrezuführen, weder bei dem Geck finden, der die Praxis kennt, noch bei der Kokotte, die an die Kniffe der Leidenschaft gewöhnt ist.

Das Provinzleben ist zudem sehr ungeeignet, Liebesbedürfnisse zu befriedigen, fördert vielmehr die geistigen Kämpfe der Leidenschaft, und die Hindernisse, die es jedem vertraulichen Verkehr entgegenstellt, treiben heiße Herzen zu heftigen Entschlüssen. Dieses Leben gründet sich auf eine so kleinliche Schnüffelei, auf eine so große Durchsichtigkeit seines Inneren, es läßt so wenig tröstende, die Tugend nicht verletzende Intimität zu, und die reinsten Beziehungen werden hier so unvernünftig beschuldigt, daß viele Frauen trotz ihrer Unschuld gebrandmarkt werden. Manche unter ihnen finden es unerträglich, daß sie nicht alle Vorteile eines Fehltritts genießen sollen, dessen Nachteile sie doch in Kauf nehmen müssen. Die Gesellschaft, die ohne ernsthafte Prüfung die offenkundigen Tatsachen, mit denen lange geheime Kämpfe enden, tadelt oder kritisiert, macht sich so mitschuldig an jenen heftigen Entschlüssen; aber die meisten von denen, die sich erregen, wenn ein paar ohne Grund verleumdete Frauen sich einen angeblichen Skandal zuschulden kommen lassen, haben nie an die Ursachen gedacht, die solche Frauen dazu treiben, eine Lösung in der Öffentlichkeit zu suchen. Madame de Bargeton entging nicht dieser seltsamen Lage, in der sich viele Frauen befanden, die sich erst dann zugrunde richteten, wenn sie unschuldig angeklagt worden waren.

Zu Beginn einer Leidenschaft können Hindernisse Menschen ohne Erfahrung erschrecken, und jene, auf die die bei den Liebenden stießen, glichen sehr den Banden, mit denen die Liliputaner Gulliver gefesselt hatten. Sie bestanden aus einem Haufen von Nichtigkeiten, die jede Bewegung unmöglich machten und die heftigsten Begierden zum Tod verurteilten. Madame de Bargeton mußte zum Beispiel immer sichtbar bleiben. Wenn sie zu den Stunden, da Lucien kam, ihre Tür hätte schließen wollen, würde jedermann gesagt haben, geradesogut hätte sie mit ihm entfliehen können. Sie empfing ihn zwar in dem Boudoir, an das er sich so sehr gewöhnt hatte, daß er sich für den Hausherrn hielt, aber die Türen blieben gewissenhaft offen. Man konnte nicht gut tugendhafter miteinander verkehren.

Monsieur de Bargeton ging in seiner Wohnung wie ein Leichtfuß spazieren; der Gedanke, daß seine Frau mit Lucien allein sein wolle, kam ihm gar nicht. Wenn er das einzige Hindernis gewesen wäre, hätte Naïs ihn leicht fortschicken oder beschäftigen können; aber sie wurde von Besuchern überlaufen, und je lebhafter die Neugierde entbrannte, desto mehr Bekannte kamen. In der Provinz sind die Menschen von Natur aus boshaft, es macht ihnen Vergnügen, eine aufkeimende Leidenschaft zu erschweren. Die Dienstboten gingen und kamen, ohne daß man sie rief, ohne daß sie sich ankündigten; das waren alte Gewohnheiten, denen eine Frau, die nichts zu verbergen hatte, nicht mehr entgegentreten konnte. Wenn sie jetzt die Gepflogenheiten im Haus änderte, gestand sie die Liebe ein, an der ganz Angoulême schon kaum mehr zweifelte. Madame de Bargeton konnte den Fuß nicht aus dem Haus setzen, ohne daß die Stadt wußte, wohin sie ging. Entschloß sie sich, mit Lucien allein außerhalb der Stadt spazierenzugehen, so war das bereits ein entscheidender Schritt. Weniger gefährlich wäre es gewesen, sich mit ihm einzuschließen. Wäre Lucien nach Mitternacht allein bei Madame de Bargeton geblieben, so hätte man am nächsten Tag darüber geredet. So war Madame de Bargeton sowohl in ihrem Hause wie außerhalb der Öffentlichkeit preisgegeben. Diese Einzelheiten kennzeichnen die ganze Provinz: Fehltritte müssen zugegeben werden oder sind unmöglich.

Wie alle unerfahrenen Frauen, die sich einer Leidenschaft ausgeliefert fühlen, erkannte Louise nach und nach die Schwierigkeit ihrer Lage und erschrak darüber. Dieser Schrecken verfolgte sie bis in die Stunden, die ihre schönsten hätten sein können und nur mit Reden über die Liebe ausgefüllt waren. Madame de Bargeton hatte kein Landgut, auf das sie ihren teuren Dichter hätte entführen können – nach dem Beispiel vieler anderer Frauen, die geschickt einen Vorwand ersinnen, um sich auf dem Land zu vergraben. Sie war der öffentlichen Kontrolle müde und stöhnte unter dem Joch der Gesellschaft, dessen Härte ihre zartesten Freuden tötete.

Sie dachte an l'Escarbas und sann auf einen Besuch bei ihrem alten Vater, um endlich einmal den abscheulichen Hindernissen zu entgehen.

Châtelet glaubte nicht an soviel Unschuld. Er lag stets auf der Lauer und stellte sich, kaum daß Lucien bei Madame de Bargeton eingetreten war, ein paar Augenblicke später ein, wobei er sich immer von Monsieur de Chandour, dem indiskretesten Mann dieses Kreises, begleiten ließ. Er sorgte stets dafür, daß Monsieur de Chandour zuerst eintrat: er hoffte auf eine Überraschung; einmal mußte sich die Hartnäckigkeit lohnen, mit der er auf einen Zufall wartete.

Seine Rolle und das Gelingen seines Planes waren deshalb so schwierig, weil er neutral bleiben mußte, konnte er doch sonst die Mitspieler nicht lenken. Um Lucien, dem er schmeichelte, und die scharfsinnige Madame de Bargeton einzulullen, hatte er sich scheinbar der eifersüchtigen Amélie angeschlossen. Seit ein paar Tagen war es ihm gelungen, Monsieur de Chandour zu einer lebhaften Diskussion zu bewegen, deren Gegenstand das Liebespaar war, dem so ein neuer Spion entstand. Du Châtelet behauptete, Madame de Bargeton mache sich über Lucien lustig, sie sei zu stolz, von zu guter Herkunft, um sich zum Sohn eines Apothekers herabzulassen. Diese Rolle des Mannes, der nicht recht glauben kann, gehörte zu seinem Plan, er wünschte als Madame de Bargetons Verteidiger zu gelten. Stanislas behauptete dagegen, Lucien falle nicht in die Kategorie der unglücklich Liebenden. Amélie verschärfte den Streit, als sie die Wahrheit herausfinden wollte. Jeder verteidigte seine Gründe.

Wie es in einer kleinen Stadt nicht anders sein kann, so kamen oft ein paar Intime des Hauses Chandour hinzu, wenn du Châtelet und Stanislas nach Herzenslust ihre Meinung durch ausgezeichnete Beobachtungen zu belegen suchten. Es ergab sich ganz von selbst, daß jeder der Gegner sich nach Parteigängern umsah und seinen Nachbarn fragte: »Und Sie, was ist Ihre Meinung?« Die ganze Kontroverse bewirkte, daß aller Augen auf Lucien und Madame de Bargeton gerichtet blieben. Eines Tages gab Monsieur du Châtelet zu bedenken, daß, sooft auch Monsieur de Chandour und er bei Madame de Bargeton eintraten und Lucien zugegen war, nichts auf verdächtige Beziehungen schließen ließ. Die Boudoirtür stand offen, die Dienstboten kamen und gingen, keinerlei Umstände, die erlaubten, von süßen Liebesvergehen zu sprechen, etc. Stanislas, der sich nicht durch großen Verstand auszeichnete, beschloß, am nächsten Tag auf Fußspitzen heranzuschleichen; die hinterlistige Amélie bestärkte ihn in diesem Entschluß.

An diesem Tag nun wartete Lucien mit einer jener Stimmungen auf, in denen die jungen Leute sich selbst schwören, daß sie die blöde Rolle des schmachtenden Liebhabers nicht mehr spielen werden. Er hatte sich an seine Stellung gewöhnt. Der Poet, der im geheiligten Boudoir der Königin von Angoulême so furchtsam einen Stuhl genommen, hatte sich in den Vertrauten verwandelt, der Forderungen stellt. Sechs Monate hatten genügt, um ihn davon zu überzeugen, er sei nicht weniger als Louise – es war Zeit, daß sie ihm kein Recht mehr verweigerte.

Als er das Haus verließ, war er entschlossen, recht unvernünftig zu sein, sein Leben aufs Spiel zu setzen, alle Mittel einer entflammten Beredsamkeit anzuwenden, Louise zu sagen, daß er den Kopf verloren hatte, daß er unfähig war, einen Gedanken zu fassen und eine Zeile zu schreiben. Gewisse Frauen schrecken vor Entscheidungen zurück, was ihrem Feingefühl Ehre macht, doch in Wahrheit geben sie lieber dem Taumel nach, als Abmachungen einzuhalten. Im allgemeinen will niemand ein aufgezwungenes Vergnügen. Lucien trug auf seiner Stirn, in seinen Augen, in seinem Gesicht, in seinem Benehmen seine Erregung zur Schau, die einen festen Entschluß verriet: Madame de Bargeton bemerkte es und nahm sich vor, nicht nachzugeben; ein wenig aus Widerspruchsgeist, aber auch um des Adels ihrer Liebe willen. Als Frau der Übertreibung übertrieb sie vor sich selbst den Wert ihrer Person. In ihren Augen war sie Königin, Beatrice, Laura.

Sie nahm, wie im Mittelalter, unter dem Baldachin des literarischen Turniers Platz und wies Lucien die Aufgabe zu, sie durch eine Reihe von Siegen zu gewinnen. An ihm war es, das »Göttliche Kind« aus dem Sattel zu heben, dazu Lamartine, Scott, Byron. Die edle Dame gewann ihrer Liebe die großmütige Seite ab: die Wünsche, die sie Lucien einflößte, sollten für ihn Quell seines Ruhmes werden. Diese weibliche Donquichotterie ist eine Erfindung, die der Liebe zu einer ansehnlichen Weihe verhilft, sie erhöht, ehrt und ausnützt. Entschlossen, im Leben Luciens sieben oder acht Jahre lang die Rolle Dulcineas zu spielen, wollte Madame de Bargeton wie viele Frauen der Provinz ihre Person erst verkaufen, wenn ihr Ritter ihr treu gedient und durch seine Standhaftigkeit ihr erlaubt hatte, ihn auf Herz und Nieren zu prüfen.

Lucien begann den Kampf damit, daß er Louise seine Verstimmung deutlich zu verstehen gab. Frauen, die noch frei sind, antworten auf solches Schmollen mit einem Lächeln,

Frauen, die der Liebe verfallen sind, werden niedergeschlagen. Louise setzte ihre würdigste Miene auf und begann eine ihrer langen Reden, die von gesalbten Worten triefte. Schließlich sagte sie:

»Du hattest mir etwas anderes versprochen, Lucien, warum vergiftest du die Gegenwart, die so schön ist, und willst mich in Gewissensbisse stürzen, die mich später unglücklich machen würden? Verdirb die Zukunft nicht! Und ich wiederhole stolz, verdirb die Gegenwart nicht! Besitzt du nicht mein ganzes Herz? Was brauchst du noch? Ist unsere Liebe von den Sinnen abhängig? Bedenke, daß es kein schöneres Vorrecht für die geliebte Frau gibt, als ihnen Schweigen aufzuerlegen. Für wen hältst du mich denn? Bin ich nicht mehr deine Beatrice? Wenn ich für dich nicht mehr als eine Frau bin, dann bin ich weniger als eine Frau.«

»Das alles könntest du gradesogut einem Mann sagen, den du nicht liebst«, rief Lucien heftig aus.

»Wenn du nicht fühlst, wieviel wahre Liebe aus meinen Worten spricht, bist du niemals meiner würdig.«

»Du ziehst meine Liebe in Zweifel, um sie nicht beweisen zu müssen«, sagte Lucien, warf sich ihr zu Füßen und weinte.

Der arme Junge weinte ernstlich, denn er bedachte, wie lange er nun vor dem Paradiese harrte, ohne Einlaß zu finden. Der Dichter in ihm weinte, er glaubte nicht an seine Kraft und fühlte sich gedemütigt; er weinte mit der Verzweiflung eines Kindes, dem das Spielzeug, das es verlangt, versagt wird. »Du hast mich nie geliebt«, rief er.

»Du glaubst nicht, was du sagst«, erwiderte sie und fühlte sich von seiner Heftigkeit geschmeichelt.

»So beweise mir, daß du mir gehörst«, flehte Lucien wild.

In diesem Augenblick stellte sich, ohne daß man ihn gehört hätte, Stanislas ein und sah, wie Lucien sich an Louise klammerte und mit Tränen in den Augen ihre Knie umschlang. Zufrieden mit diesem hinreichend verdächtigen Bild, machte er unvermittelt kehrt und stieß auf du Châtelet, der in der Tür stand. Madame de Bargeton sprang auf, erreichte aber die beiden Spione nicht mehr, die sich als unwillkommene Leute schleunigst zurückgezogen hatten.

»Wen habt ihr eingelassen?« fragte sie ihre Leute.

»Die Herren de Chandour und du Châtelet«, erwiderte Gentil, der alte Kammerdiener.

Sie kehrte in das Boudoir zurück, blaß und zitternd. »Wenn sie dich so gesehen haben, bin ich verloren«, sagte sie zu Lucien.

»Um so besser!« rief der Dichter.

Sie lächelte bei diesem selbstsüchtigen Ausruf, der doch seine Liebe verriet. In der Provinz nimmt ein solches Abenteuer die schwersten Formen an, weil jeder, der es weitererzählt, immer noch etwas hinzufügt. In einem Augenblick wußte alle Welt, daß Lucien zu den Füßen von Madame de Bargeton überrascht worden war.

Glücklich über die Wichtigkeit, die ihm diese Angelegenheit verlieh, eilte Monsieur de Chandour zuerst in den Klub, um den Vorfall brühwarm zu erzählen, und dann von Haus zu Haus. Du Châtelet beeilte sich, überall zu erklären, daß er nichts gesehen habe; aber indem er so in den Hintergrund trat, trieb er Stanislas an, das Wort zu führen, und bewirkte, daß sein Partner sich über alle Einzelheiten verbreitete; Stanislas, der sich für geistreich hielt, erfand jedesmal eine neue.

Am Abend strömte alles bei Amélie zusammen, bereits gingen die übertriebensten Gerüchte im adligen Angoulême umher, die Zungen hatten wohl gearbeitet. Damen und Herren waren voll Ungeduld, die Wahrheit zu erfahren. Zu den Frauen, die sich am eifrigsten das Gesicht verhüllten, indem sie am lautesten von Schande und Verdorbenheit sprachen, gehörten Amélie, Zéphirine, Fifine, Lolotte, die alle mehr oder weniger durch unerlaubte Beziehungen belastet waren. Das Thema wurde mitleidlos in allen Tönen behandelt.

»Was sagt ihr zu der armen Naïs?« meinte die eine. »Ich kann es nicht glauben, ihr ganzes Leben war bis jetzt ohne Tadel, sie ist viel zu stolz, um mehr als die Gönnerin dieses Chardon sein zu können. Irre ich mich aber, so bedaure ich sie von ganzem Herzen.«

»Sie ist um so bedauernswerter, als sie sich entsetzlich lächerlich macht, sie könnte die Mutter des kleinen Lulu sein, wie Jacques ihn nannte. Das Dichterlein zählt höchstens zweiundzwanzig Jahre, Naïs aber, unter uns gesagt, gut und gern vierzig.«

»Ich«, sagte Châtelet, »ich finde, daß gerade die Stellung, in der sich Monsieur de Rubempré befand, die Unschuld unserer Naïs beweist. Man wirft sich nicht auf die Knie, um das zu erbetteln, was man schon gehabt hat.«

»Es kommt darauf an!« meinte Francis mit einer etwas ausgelassenen Miene, die ihm von seiten Zéphirines eine ganze Folge mißbilligender Blicke eintrug.

»Aber sagen Sie uns doch nur, was davon zu halten ist«, fragte man Stanislas in einer Ecke des Salons, wo sich ein geheimer Ausschuß bildete.

Stanislas hatte gerade eine kleine Geschichte voller Anzüglichkeiten zum besten gegeben und begleitete sie mit Bewegungen, die jedem Verdacht Vorschub leisteten.

»Es ist unglaublich«, wiederholte man.

»Am Nachmittag!« meinte eine Dame.

»Naïs wäre die letzte gewesen, die ich in Verdacht gehabt hätte.«

»Was wird sie nun tun?«

Darauf Kommentare und Vermutungen ohne Zahl! Du Châtelet verteidigte Madame de Bargeton, aber er verteidigte sie so ungeschickt, daß er in das Feuer nur noch mehr Öl goß, statt das Geschwätz zu ersticken. Lili, die über den Fall des schönsten Engels im Olymp von Angoulême untröstlich war, ging mit Tränen in den Augen zum Bischof, damit er auch wußte, was geschah. Als die ganze Stadt in Wallung gekommen war, begab sich der glückliche Châtelet zu Madame de Bargeton, wo es, ach, einen einzigen Whisttisch gab. Er bat Naïs diplomatisch um eine Unterredung in ihrem Boudoir. Sie setzen sich auf das kleine Kanapee.

»Sie wissen zweifellos«, begann er leise, »womit sich ganz Angoulême beschäftigt.«

»Nein«, antwortete sie.

»Nun also«, fuhr er fort, »ich bin Ihr Freund und kann Sie nicht in Unkenntnis darüber lassen. Ich muß Sie einweihen, damit Sie Verleumdungen zum Schweigen bringen, die ohne Zweifel von Amélie erfunden sind, die ja anmaßend genug ist, sich für Ihre Nebenbuhlerin zu halten. Heute mittag war ich hier bei Ihnen mit diesem Affen Stanislas, der ein paar Schritte vor mir ging. Als wir bis dahin gekommen waren«, sagte er und zeigte auf die Tür, »erblickte er Sie, wie er behauptet, mit Monsieur de Rubempré in einer Situation, die ihm den Eintritt verbot. Er wandte sich ganz verstört mir zu und zog mich fort, ohne daß er mir Zeit gelassen hätte, mich meinerseits zurechtzufinden. Wir waren schon in Beaulieu, als er mir den Grund seines Benehmens mitteilte. Hätte ich ihn gekannt, so wäre ich geblieben, um diese merkwürdige Sache zu Ihren Gunsten aufzuklären. Aber zu Ihnen zurückzukehren, nachdem ich fortgegangen war, das hätte ja nichts mehr bewiesen. Nun, ob Stanislas ein Hirngespinst gesehen hat oder ob er im Recht war, er darf nicht recht behalten. Liebe Naïs, geben Sie Ihr Leben, Ihre Ehre, Ihre Zukunft nicht in die Hand eines Narren, gebieten Sie ihm sofort Schweigen. Sie kennen meine Lage hier? Obwohl ich auf alle Welt angewiesen bin, gehöre ich doch ganz Ihnen. Verfügen Sie in jeder Beziehung über mich. Obwohl Sie mich in meine Schranken zurückgewiesen haben, bin ich Ihr bester Freund und werde Ihnen bei jeder Gelegenheit beweisen, wie sehr ich Sie liebe. Ja, ich will als der treuste Diener über Ihnen wachen, ohne Hoffnung auf Belohnung, einzig und allein um der Freude willen, Ihnen selbst ohne Ihr Wissen dienen zu können. Ich habe heute überall gesagt, daß ich bis zur Tür des Salons kam und nichts gesehen habe. Wenn man Sie fragt, von wem Sie erfahren haben, welche Gerüchte über Sie im Umlauf sind, greifen Sie auf mich zurück. Ich wäre glücklich, wenn ich offen Ihre Rechte wahren dürfte, aber Monsieur de Bargeton ist ja der einzige, der Stanislas zur Rede stellen darf. Selbst wenn der kleine Rubempré sich zu einer Torheit hat hinreißen lassen, so darf doch die Ehre einer Frau nicht von der Gnade des ersten Toren abhängen, der sich ihr zu Füßen wirft. Das habe ich überall gesagt.«

Naïs dankte du Châtelet mit einer Neigung des Kopfes

und blieb nachdenklich. Sie war bis zum Ekel des Lebens in der Provinz müde. Beim ersten Wort, das du Châtelet sagte, hatte sie die Augen auf Paris geworfen. Ihr Schweigen versetzte den schlauen Verehrer in Verlegenheit.

»Verfügen Sie über mich«, sagte er, »ich sage es noch einmal.«

»Danke«, antwortete sie.

»Was gedenken Sie zu tun?«

»Ich werde sehen.«

Langes Schweigen.

»Lieben Sie denn diesen kleinen Rubempré?«

Sie antwortete mit einem prachtvollen Lächeln, kreuzte die Arme und betrachtete die Vorhänge des Boudoirs. Du Châtelet erhob sich, ohne das Herz dieser hochmütigen Frau entschlüsselt zu haben. Als Lucien und die vier treuen Greise, die an diesem Abend gekommen waren und ihr Spielchen gemacht hatten, ohne sich um das zweifelhafte Gerede zu kümmern, das Haus verließen, hielt Madame de Bargeton ihren Mann zurück; er war im Begriff, sich zu Bett zu begeben, und wünschte ihr gerade gute Nacht.

»Gehen wir hinein«, sagte sie mit einer gewissen Feierlichkeit, »ich muß mit dir sprechen, mein Lieber.«

Monsieur de Bargeton folgte seiner Frau ins Boudoir.

»Höre«, sagte sie, »ich habe, wie du weißt, Monsieur de Rubempré in meinen Schutz genommen und mir dabei vielleicht einen Eifer zuschulden kommen lassen, den die Toren in dieser Stadt ebenso falsch verstanden haben wie er. Heute morgen hat sich Lucien mir zu Füßen geworfen und mir eine Liebeserklärung gemacht. Stanislas trat gerade in dem Augenblick ein, als ich dieses Kind wieder aufhob. Ohne

Rücksichten auf die Pflichten, zu denen ein Edelmann unter allen Umständen einer Frau gegenüber verpflichtet ist, behauptete er, mich mit dem jungen Menschen, den ich durchaus behandelte, wie er es verdiente, in einer zweideutigen Stellung gefunden zu haben. Wenn der unbesonnene Rubempré die Verleumdungen erführe, zu denen seine Torheit Anlaß gegeben hat, würde er, ich kenne ihn, Stanislas beleidigen und zum Duell fordern. Damit würde er in aller Öffentlichkeit seine Liebe eingestehen. Ich brauche dir nicht zu sagen, daß deine Frau rein ist; aber du denkst sicher, daß etwas Entehrendes für dich und für mich darin läge, wenn Monsieur de Rubempré meine Verteidigung übernähme. Suche sofort Stanislas auf und stelle ihn ernstlich wegen der herabsetzenden Äußerung, die er getan hat, zur Rede. Die Angelegenheit darf nur dann als beigelegt gelten, wenn er vor einer Reihe wichtiger Zeugen seine Behauptungen zurückzieht. Du erwirbst dir so die Achtung aller anständigen Leute, du führst dich als galanter Mann auf und beweist deinen Geist, und du verpflichtest mich außerordentlich. Ich will Gentil zu Pferd nach l'Escarbas schicken, mein Vater soll dein Zeuge sein; trotz seines Alters ist er ganz der Mann, um diese Puppe, die der Ehre einer Nègrepelisse zu nahe tritt, in die Knie zu zwingen. Du hast die Wahl der Waffen, wähle Pistolen, du bist ja ein ausgezeichneter Schütze.«

»Ich mache mich sofort auf den Weg«, antwortete Monsieur de Bargeton und nahm Hut und Stock.

»Schön, mein Freund«, sagte seine Frau bewegt, »so liebe ich die Männer. Du bist ein Edelmann.«

Sie bot ihm ihre Stirn, die der Greis ganz glücklich und stolz küßte. Louise, die ein gewisses mütterliches Gefühl für dieses große Kind hatte, konnte eine Träne nicht unterdrücken, als sie hörte, wie die Tür unten hinter ihm zuschlug.

›Wie sehr er mich liebt!‹ dachte sie. ›Der arme Mann hängt am Leben und wird es doch ohne Zögern für mich hingeben.‹

Monsieur de Bargeton machte sich keine Gedanken darüber, daß er am nächsten Tag einem andern Mann gegenübertreten und kalt in die Mündung einer Pistole sehen sollte; was ihm zu schaffen machte, war ein einziger Gedanke: »Was werde ich sagen?« dachte er. »Naïs hätte mir Anweisungen geben müssen.« Und er zerbrach sich den Kopf, um ein paar Sätze zu formulieren, die nicht lächerlich waren. Aber Leute, die wie Monsieur de Bargeton in einer Stille leben, die ihnen von der Enge ihres Geistes vorgeschrieben wird, verfügen bei den großen Gelegenheiten des Lebens über eine Feierlichkeit, wie sie nicht besser erdacht werden kann. Da sie wenig sprechen, lassen sie sich wenig Dummheiten entschlüpfen, und da sie viel über das nachdenken, was sie sagen müssen, so studieren sie ihre Rede so gut, daß sie sich vorzüglich auszudrücken wissen. Es ist dies ein Phänomen, das Ähnlichkeit mit jenem hat, welches der Eselin Bileams die Zunge löste.

Monsieur de Bargeton benahm sich ganz als überlegener Mann. Er rechtfertigte die Meinung derer, die ihn für einen Philosophen aus der Schule des Pythagoras hielten. Er trat bei Stanislas um elf Uhr abends ein und fand eine zahlreiche Gesellschaft vor. Er begrüßte schweigend Amélie und hatte für jeden sein nichtiges Lächeln, das unter den gegenwärtigen Umständen von abgründiger Ironie zu sein schien. Es trat ein großes Schweigen ein, wie in der Natur beim Herannahen eines Gewitters. Châtelet, der zurückgekehrt war, sah der Reihe nach bedeutsam Monsieur de Bargeton und Stanislas an, dem sich der beleidigte Gatte höflich zuwandte.

Du Châtelet verstand den Sinn eines Besuchs, der zu einer Stunde stattfand, wo der Greis zu schlafen pflegte; kein Zweifel, daß Naïs den schwachen Arm lenkte. Da seine Stellung bei Amélie ihm das Recht gab, sich in die Angelegenheiten des Hauses zu mischen, erhob er sich, nahm Monsieur de Bargeton zur Seite und fragte ihn:

»Sie wollen mit Stanislas sprechen?«

»Ja«, antwortete de Bargeton und war glücklich, einen Zwischenhändler zu haben, der vielleicht das Wort für ihn ergriff.

»Gehen Sie in Amélies Schlafzimmer«, wies ihn der Steuerdirektor an, der seinerseits über dieses Duell glücklich war, machte es doch vielleicht Madame de Bargeton zur Witwe, was zur Folge gehabt hätte, daß sie unmöglich Lucien, den Anlaß zum Duell, heiraten konnte.

»Stanislas«, sagte du Châtelet zu Monsieur de Chandour, »Bargeton wünscht offenbar von Ihnen Rechenschaft über das, was Sie über Naïs erzählt haben. Kommen Sie zu Ihrer Frau, und benehmen Sie sich beide als Edelleute. Machen Sie kein Aufsehen, befleißigen Sie sich großer Höflichkeit, und seien Sie so kalt und so würdig wie ein Engländer.«

In einem Augenblick standen Stanislas und du Châtelet bei Bargeton im Schlafzimmer.

»Marquis«, sagte der beleidigte Gatte, »Sie behaupten, daß Sie Madame de Bargeton und Monsieur de Rubempré in einer zweideutigen Lage gefunden haben?«

»Sie meinen Monsieur Chardon«, erwiderte ironisch Stanislas, der Bargeton für schwach hielt.

»Sei es«, gab Bargeton zur Antwort. »Wenn Sie diese Behauptung nicht vor der Gesellschaft, die in Ihrem Salon versammelt ist, zurücknehmen, bitte ich Sie, sich nach einem Zeugen umzusehen. Mein Schwiegervater, Monsieur de Nègrepelisse, wird Sie um vier Uhr früh aufsuchen. Treffen Sie Ihre Vorbereitungen, ich werde es auch tun, denn die Angelegenheit kann nur auf die von mir angegebene Weise aus der Welt geschafft werden. Ich bin der Beleidigte, ich wähle Pistolen.«

Unterwegs hatte Monsieur de Bargeton diese Rede hin und her überlegt, sie war die längste seines Lebens, er gab sie ohne Leidenschaft und mit der einfachsten Miene der Welt von sich. Stanislas erbleichte und dachte: ›Was habe ich schließlich gesehen?‹ Aber vor die Frage gestellt, was er wählen wollte, die Schande, sich selbst vor der ganzen Stadt Lügen strafen zu müssen, in Anwesenheit dieses stummen Mannes, der keinen Spott verstehen zu wollen schien, oder die Furcht, die abscheuliche Furcht, die ihm mit ihren heißen Händen den Hals zusammendrückte, wählte er die ferne Gefahr:

»Es ist gut. Bis morgen«, antwortete er Monsieur de Bargeton und dachte, die Sache lasse sich vielleicht noch beilegen.

Die drei Männer gingen in den Salon zurück, wo jeder ihre Gesichter studierte. Du Châtelet lächelte, Monsieur de Bargeton trat vollkommen wie zu Hause auf, aber Stanislas war blaß. Bei diesem Anblick errieten einige Frauen den Gegenstand der Unterhaltung. Die Worte »Sie schlagen sich!«

gingen von Mund zu Mund. Die Hälfte der Versammlung dachte, Stanislas müsse unrecht haben, seine Blässe und sein ganzes Benehmen ließen darauf schließen, daß er gelogen hatte; die andere Hälfte bewunderte die Haltung von Monsieur de Bargeton. Du Châtelet spielte den Ernsten und den Geheimnisvollen. Monsieur de Bargeton blieb noch ein paar Augenblicke, um die Gesichter zu prüfen, dann zog er sich zurück.

»Haben Sie Pistolen?« flüsterte du Châtelet Stanislas ins Ohr; Stanislas begann vom Kopf bis zu den Füßen zu zittern.

Amélie verstand alles und fühlte sich elend, die Frauen beeilten sich, sie ins Schlafzimmer zu tragen, es gab einen entsetzlichen Lärm, alle redeten durcheinander. Die Männer blieben im Salon und erklärten einstimmig, daß Monsieur de Bargeton im Recht war.

»Hätten Sie de Bargeton für fähig gehalten, sich so zu benehmen?« fragte Monsieur de Saintot.

»Aber in seiner Jugend war er doch einer der besten Schützen«, sagte der unbarmherzige Jacques, »mein Vater hat mir oft von seinen Taten erzählt.«

»Wenn schon! Stellen Sie sie zwanzig Schritte auseinander, und sie verfehlen sich, wenn sie Reiterpistolen nehmen«, sagte Francis zu du Châtelet.

Als alle gegangen waren, beruhigte du Châtelet Stanislas und seine Frau, indem er ihnen auseinandersetzte, daß alles gut werde und daß in einem Duell zwischen einem Mann von sechzig und einem von sechsunddreißig Jahren der Mann von sechsunddreißig jeden Vorteil auf seiner Seite hatte.

Am nächsten Morgen, als Lucien mit David, der ohne

seinen Vater von Marsac zurückgekehrt war, beim Frühstück saß, trat Madame Chardon ganz bestürzt ein.

»Lucien, weißt du denn, was man auf dem Markt erzählt? Monsieur de Bargeton hat heute morgen um fünf auf der Wiese von Monsieur Tulloye Monsieur de Chandour beinahe getötet. Monsieur de Chandour soll gestern gesagt haben, er habe dich mit Madame de Bargeton überrascht.«

»Das ist falsch! Madame de Bargeton ist unschuldig!« rief Lucien.

»Ein Bauer, der die Einzelheiten erzählte, sah alles von seinem Karren aus; Monsieur de Nègrepelisse war um drei Uhr früh gekommen, um Monsieur de Bargeton beizustehen; er erklärte Monsieur de Chandour, wenn seinem Schwiegersohn etwas zustoße, werde er ihn rächen. Ein Offizier vom Kavallerieregiment hat seine Pistolen zur Verfügung gestellt, Monsieur de Nègrepelisse probierte sie mehrmals. Monsieur du Châtelet wollte sich dieser Prüfung widersetzen, aber der Offizier, den man zum Schiedsrichter gewählt hatte, sagte, wenn man sich nicht wie Kinder aufführen wolle, müsse man Waffen in gutem Zustand benutzen. Die Zeugen stellten die beiden Gegner mit einem Zwischenraum von fünfundzwanzig Schritten auf. Monsieur de Bargeton, der sich benahm, als ginge er spazieren, schoß zuerst und traf Monsieur de Chandour in den Hals; Monsieur de Chandour sank um und konnte nicht erwidern. Der Chirurg vom Spital hat oben erklärt, daß Monsieur de Chandour zeitlebens einen schiefen Hals behalten wird. Ich bin gekommen, damit du alles weißt und nicht zu Madame de Bargeton gehst oder dich in Angoulême zeigst, denn die Freunde des Monsieur de Chandour könnten dich herausfordern.«

Da trat Gentil, der Kammerdiener von Monsieur de Bargeton, ein und übergab Lucien folgenden Brief:

Lieber Freund, Sie haben ohne Zweifel erfahren, welchen Ausgang das Duell zwischen Chandour und meinem Mann genommen hat. Wir werden heute niemanden empfangen; seien Sie klug, zeigen Sie sich nicht in der Stadt, ich bitte Sie darum im Namen der Neigung, die Sie mir entgegenbringen. Finden Sie nicht, daß dieser schlimme Tag mit nichts Besserem ausgefüllt werden kann, als damit, daß Sie zu Ihrer Beatrice kommen, deren Leben durch dieses Ereignis ganz verändert worden ist und die Ihnen tausend Dinge zu sagen hat?

»Ein Glück«, sagte David, »daß wir übermorgen heiraten, du hast einen Vorwand, um weniger häufig zu Madame de Bargeton zu gehen.«

»Lieber David«, erwiderte Lucien, »sie schreibt mir eben, daß sie mich heute sehen will. Ich glaube, daß ich ihr gehorchen muß. Sie wird besser als ich wissen, wie ich mich unter diesen Umständen benehmen soll.«

»Und hier ist alles fertig?« fragte Madame Chardon.

»Überzeugen Sie sich doch!« rief David und war glücklich, die Verwandlung zu zeigen, die in der Wohnung des ersten Stocks stattgefunden hatte. Alles war frisch und neu. Alles atmete den heiteren Geist eines jungen Haushalts, wo die Orangenblüten und der Brautschleier noch sichtbar sind, wo jedes Ding vom Frühling der Liebe spricht, wo jeder Gegenstand weiß, sauber und geschmückt ist.

»Ève wird wie eine Prinzessin leben«, sagte die Mutter,

»aber Sie haben zuviel Geld ausgegeben, Sie sind wahnsinnig gewesen!«

David lächelte, ohne zu antworten, denn Madame Chardon hatte den Finger auf eine geheime Wunde gelegt, die dem armen Liebenden die heftigsten Schmerzen verursachte: Seine Ersparnisse waren so stark zusammengeschmolzen, daß er die Wohnung über dem Verschlag nicht mehr bauen konnte. Seine Schwiegermutter konnte auf lange Zeit hinaus die Räume, die er ihr hatte geben wollen, nicht beziehen. Großmütige Seelen leiden unaussprechlich, wenn sie ein solches Versprechen, in dem die Zärtlichkeit sich selbst genießt, nicht halten können. David verbarg seinen Kummer sorgfältig, um das Herz Luciens zu schonen; der Freund sollte sich durch die Opfer, die er ihm brachte, nicht bedrückt fühlen.

»Ève und ihre Freundinnen haben ihrerseits tüchtig gearbeitet«, sagte Madame Chardon, »die Ausstattung, die Wäsche für den Haushalt, alles ist fertig. Die jungen Damen lieben sie so sehr, daß sie, ohne daß Ève es wußte, die Betten mit weißem, rosa verziertem Barchent bezogen haben. Das ist hübsch, man bekommt Lust zu heiraten.«

Mutter und Tochter hatten alle ihre Ersparnisse dafür verwandt, Davids Haus mit den Dingen zu versehen, an die junge Leute nie denken. Da sie wußten, welchen Luxus er entfaltete, war doch in Limoges ein Porzellanservice bestellt worden, hatten sie versucht, die Gegenstände, die von ihnen herrührten, und diejenigen, die David kaufte, in Einklang zu bringen. Dieser kleine Wettstreit zwischen Liebe und Großzügigkeit war eher dazu geschaffen, die beiden jungen Eheleute zu bedrücken, konnte doch in einer rückständigen

Stadt, wie dem Angoulême von damals, diese bürgerliche Behaglichkeit als Prunk aufgefaßt werden.

Sobald Lucien sah, daß seine Mutter und David in das Schlafzimmer gingen, dessen blau-weiße Bespannung und dessen hübsches Mobiliar ihm bekannt waren, schlüpfte er aus dem Haus und eilte zu Madame de Bargeton. Er traf Naïs und ihren Gatten am Frühstückstisch. Monsieur de Bargeton, dem sein früher Spaziergang Appetit gemacht hatte, trank und aß, ohne daß es den Anschein hatte, als mache er sich Sorgen über das, was geschehen war. Der alte Landedelmann Monsieur de Nègrepelisse, eine imposante Gestalt, letzter Vertreter des alten französischen Adels, saß neben seiner Tochter. Als Gentil Monsieur de Rubempré anmeldete, warf der alte Herr mit dem weißen Haar dem jungen Mann den forschenden Blick eines Vaters zu, der begierig ist, den kennenzulernen, dem seine Tochter ihre Freundschaft geschenkt hat. Die außerordentliche Schönheit Luciens machte einen solchen Eindruck auf ihn, daß er seinen Beifall nicht unterdrücken konnte; aber er sah wohl in der Neigung seiner Tochter mehr eine Liebelei als eine Leidenschaft, mehr eine Laune als ein dauerndes Gefühl. Nachdem das Frühstück beendet war, erhob sich Louise, ließ ihren Vater und Monsieur de Bargeton allein und forderte Lucien durch ein Zeichen auf, ihr zu folgen.

»Mein Freund«, sagte sie mit einer Stimme, die zugleich traurig und freudig war, »ich gehe nach Paris, mein Vater nimmt Bargeton mit sich nach l'Escarbas, wo er während meiner Abwesenheit bleiben wird. Madame d'Espard, eine geborene de Blamont-Chauvry, mit der wir durch die d'Espards, den älteren Zweig der Nègrepelisses, verschwägert sind, besitzt persönlich und dank ihren Verwandten in diesem Augenblick großen Einfluß. Wenn sie bereit ist, uns anzuerkennen, will ich mich eng an sie anschließen: sie kann mit ihrem Einfluß Bargeton eine Stellung verschaffen. Ich werde es mir angelegen sein lassen, beim Hof durchzusetzen, daß man ihn als Abgeordneten der Charente vorschlägt, das wird die Frage hier in Fluß bringen. Ist er einmal Abgeordneter, so habe ich leichteres Spiel in Paris, und du, mein geliebtes Kind, hast mich angeregt, mein Leben zu verändern. Das Duell von heute morgen zwingt mich, mein Haus eine Zeitlang zu schließen, denn es wird Leute geben, die Partei für die Chandours, also Partei gegen uns, ergreifen.

In einer solchen Lage und zumal in einer kleinen Stadt empfiehlt es sich immer, zu verreisen, damit der Haß Zeit hat, sich zu legen. Aber ich werde entweder Erfolg haben und Angoulême nicht mehr sehen, oder ich werde keinen Erfolg haben und in Paris den Augenblick abwarten, wo ich jeden Sommer in l'Escarbas und jeden Winter in der Hauptstadt zubringen kann. Das ist ja das einzige Leben, das eine Frau, die auf sich hält, führen kann – ich habe zu lange gezögert, es zu führen. Ein Tag wird genügen, um alles vorzubereiten, ich reise morgen nacht, und du begleitest mich, nicht wahr? Du fährst voraus. Zwischen Mansle und Ruffec nehme ich dich in meinen Wagen, und wir werden bald in Paris sein. Das ist der Ort für Leute, die etwas auf sich halten. Man fühlt sich nur zu Hause, wo man seinesgleichen hat, überall sonst leidet man.

Außerdem ist Paris die Hauptstadt des geistigen Lebens, der Schauplatz, auf dem du deine Erfolge finden sollst! Überbrücke entschlossen den Raum, der dich davon trennt!

Lasse deine Ideen nicht in der Provinz ranzig werden, setze dich in Verbindung mit den Größen, die das neunzehnte Jahrhundert darstellen werden. Suche Anschluß an den Hof und an die Macht. In einer Kleinstadt lassen Auszeichnungen und Ehren ewig auf sich warten. Nenne mir doch die großen Werke, die in der Provinz geschrieben worden sind! Bedenke doch, wie unwiderstehlich den edlen armen Jean-Jacques das hohe Gestirn anzog, das den Ruhm schafft, weil es den heißen Wettbewerb schafft. Hast du es nicht eilig, deinen Platz in den Plejaden einzunehmen, die in jedem Zeitalter aufgehen? Du weißt nicht, wie nützlich es für ein junges Talent ist, von der hohen Gesellschaft ins Licht gestellt zu werden. Ich werde dafür sorgen, daß Madame d'Espard dich empfängt; es ist nicht leicht, Zutritt bei ihr zu erlangen. Du wirst in ihrem Salon alle Leute von Rang finden, die Minister, die Botschafter, die Kammerredner, die einflußreichsten Pairs, alle reichen oder berühmten Leute. Du müßtest recht ungeschickt sein, wenn es dir nicht gelänge, ihr Interesse zu erregen, ein Mensch, der so schön, jung und begabt ist wie du. Die großen Talente dort sind über Kleinlichkeit erhaben, sie werden dir ihren Beistand leihen. Hast du dich erst hochgestellt, so tragen deine Werke einen ungeheuren Wert in sich. Für den Künstler heißt das große Problem, die Blicke auf sich zu lenken. Du wirst darum tausend Gelegenheiten finden, um dein Glück zu machen, um eine Sinekure, eine Pension aus der Privatschatulle zu erhalten. Die Bourbonen begünstigen Literatur und Künste! Es trifft sich ja gut, daß du zugleich religiöser und royalistischer Dichter bist. Es ist nicht nur an sich gut, es wird dir auch zu einer Laufbahn verhelfen. Opposition und Liberalismus vergeben keine Plätze und keine Belohnungen, sie machen gewiß nicht das Glück des Schriftstellers. So wähle denn den guten Weg und gelange dahin, wo alle Leute von Genie sich treffen. Du besitzt mein Geheimnis, bewahre es im tiefsten Herzen und mache dich bereit, mir zu folgen. Willst du nicht?« fügte sie hinzu, über die stumme Haltung ihres Freundes erstaunt.

Lucien blendete die unvermutet geöffnete Aussicht auf Paris. Es war ihm, als habe er bis dahin nur die Hälfte seiner Seele gekannt; nun trat die andere ans Licht, und alle seine Vorstellungen schossen sofort empor. Sein Leben in Angoulême schrumpfte zu dem eines Frosches zusammen, der im Sumpf unter einem Stein haust. Paris und sein Glanz, Paris, das in allen Vorstellungen der Provinz wie ein Eldorado am Horizont steht, erschien ihm, golden sein Gewand, das Haupt mit königlichem Geschmeide geschmückt, und seine Arme öffnen sich allem, was Talent hatte. Die berühmten Männer der Hauptstadt gaben ihm den Ritterschlag, man begrüßt den Auftritt des Genies. Dort traf man nicht auf eifersüchtige Landjunker, die boshafte Worte in Umlauf brachten, um einen jungen Menschen zu demütigen, noch die Gleichgültigkeit, mit der Dummköpfe einen Dichter behandeln. Dort wuchsen die Meisterwerke der Dichter ungehemmt empor, dort wurden sie mit Gold bezahlt und ins Licht gerückt. Wenn er die ersten Seiten seines historischen Romans vorgelesen hatte, öffneten die Buchhändler ihre Geldschränke und fragten ihn: »Wieviel wollen Sie?« Und im übrigen begriff er, daß Madame de Bargeton nach einer Reise, die sie ihm ungezwungen in die Arme führen mußte, ihm ganz gehören würde, daß sie fortan zusammenleben sollten.

Auf ihre Frage: »Willst du nicht?« antwortete er mit einer Träne, er griff Louise um die Hüfte, preßte sie an sein Herz und bedeckte ihren Hals mit heftigen Küssen. Dann ließ er plötzlich von ihr, von einem Gedanken wie versteinert, und rief: »Mein Gott, übermorgen heiratet meine Schwester!« Das war der letzte Aufschrei, der aus seinem edlen, reinen Kinderherzen kam. Die mächtigen Bande, die den jungen Menschen an die Familie, an den ersten Freund, an alle Urgefühle knüpfen, zerrissen unter dem heftigen Schlag, der sie soeben getroffen hatte.

»Wie?« rief die hochmütige Nègrepelisse. »Was hat die Heirat deiner Schwester mit dem Lauf gemein, den unsere Liebe nehmen soll? Liegt dir so viel daran, der Glanzpunkt dieser Hochzeit von Bürgern und Handwerkern zu sein, daß du mir die edle Freude nicht opfern kannst? Ein schönes Opfer!« sagte sie verächtlich. »Heute morgen habe ich meinen Gatten ausgeschickt, sich um deinetwillen zu schlagen! Geh, verlasse mich, ich habe mich getäuscht.«

Sie sank halb ohnmächtig auf ihr Kanapee, Lucien folgte ihr, um Verzeihung flehend, er verwünschte Familie, David und Schwester.

»Ich glaube so sehr an dich!« sagte sie. »Monsieur de Cante-Croix hat eine Mutter, die ihn vergötterte, aber um von mir einen Brief zu bekommen, in dem ich ihm sagte: ›Ich bin zufrieden‹, starb er mitten im Feuer. Und du verstehst, wenn es sich darum handelt, mit mir zu reisen, nicht einmal, auf ein Hochzeitsessen zu verzichten!«

Lucien wollte sich töten, und seine Verzweiflung war so wahr, so tief, daß Louise ihm verzieh, nicht ohne ihn fühlen zu lassen, daß er seinen Fehler werde abbüßen müssen.

»Und nun geh«, sagte sie, »sei verschwiegen und warte morgen um Mitternacht etwa hundert Schritte hinter Mansle.« Lucien fühlte die Erde unter seinen Füßen schwinden, als er zu David zurückkehrte; seine Hoffnungen folgten ihm wie Orest die Furien; er sah tausend Schwierigkeiten voraus, die alle in der einen schrecklichen Frage zusammenflossen: Und Geld? Davids Scharfsinnigkeit erschreckte ihn so sehr, daß er sich in sein hübsches Kabinett einschloß, um sich von der Betäubung zu erholen, in die ihn seine neue Lage versetzte. Es galt also, diese Wohnung zu verlassen, die mit soviel Kosten eingerichtet worden war, es galt, alle diese Opfer für zwecklos zu erklären. Er überlegte, daß nun seine Mutter da wohnen und David so den kostspieligen Umbau des Schuppens sparen könne. Seine Abreise kam also seiner Familie zugute, er fand tausend zwingende Gründe für seine Flucht, es gibt keinen größeren Jesuiten als das Verlangen. Augenblicklich lief er nach l'Houmeau zu seiner Schwester, um sie von seinen neuen Aussichten zu unterrichten und mit ihr ins Einvernehmen zu kommen. Als er die Werkstatt Postels erreichte, beschloß er, wenn sich sonst kein Mittel fand, bei dem Nachfolger seines Vaters die Summe zu leihen, die er für den Lebensunterhalt eines Jahres brauchte.

›Wenn ich mit Louise lebe, wird ein Écu täglich ein Vermögen für mich sein, und das macht im Jahr doch nur tausend Franc‹, dachte er, ›und spätestens in sechs Monaten bin ich ja schon reich.‹

Er gebot Ève und seiner Mutter das tiefste Stillschweigen und vertraute ihnen sein Geheimnis an. Die Frauen hörten weinend seine ehrgeizigen Pläne an, und als er nach dem Grund ihres Kummers fragte, teilten sie ihm mit, daß alles, was sie besessen hatten, durch die Tisch- und Küchenwäsche, durch Èves Aussteuer und durch eine Menge von Anschaffungen aufgezehrt worden war, an die David nicht gedacht hatte, und daß sie über diese Ausgaben glücklich waren, setzte doch der dankbare David Ève eine Mitgift von zehntausend Franc aus. Lucien weihte sie nun in seinen Plan ein, eine Anleihe aufzunehmen, und Madame Chardon erklärte sich bereit, Monsieur Postel um die tausend Franc für das erste Jahr zu bitten.

»Aber willst du denn nicht an der Hochzeit teilnehmen?« fragte Ève den Bruder bedrückt. »Oh, komm doch zurück, ich werde ein paar Tage warten. Sie wird dich in vierzehn Tagen zurückkehren lassen, nachdem du sie begleitet hast. Sicher wird sie uns eine Woche bewilligen, sind wir es doch, die dich für sie erzogen haben. Unser Bund wird nicht gut ausschlagen, wenn du dich fernhältst. – Aber hast du auch genug mit tausend Franc?« unterbrach sie sich plötzlich. »Obwohl dein Anzug dir göttlich steht, hast du doch nur diesen einen. Und du hast nur zwei feine Hemden, und die sechs anderen sind aus grobem Leinen. Du hast nur drei Batistkrawatten, die drei anderen bestehen aus Jaconett; und auch deine Taschentücher sind nicht schön. Wirst du in Paris eine Schwester finden, die dir die Wäsche an dem Tag bügelt, an dem du sie brauchst? Und es fehlen dir noch viel mehr Sachen. Du hast nur ein paar neue Nankinghosen, die vom letzten Jahr sind zu eng, du mußt dich also in Paris einkleiden, und in Paris zahlt man andere Preise als in Angoulême. Du hast nur zwei weiße Westen, mit denen du dich sehen lassen kannst, die anderen sind schon geflickt. Alles in allem, du wirst gut daran tun, zweitausend Franc mitzunehmen.«

In diesem Moment trat David ein. Er schien die letzten Worte gehört zu haben, denn er prüfte Bruder und Schwester, dann sagte er:

»Verbergt mir nichts.«

»So höre«, rief Ève, »er verläßt uns mit ihr.«

»Postel«, sagte Madame Chardon, die eintrat, ohne David zu sehen, »ist bereit, die tausend Franc zu leihen, aber nur für sechs Monate und unter der Bedingung, daß dein Schwager einen Wechsel unterschreibt, denn er findet, daß du keine Garantie bietest.«

Die Mutter drehte sich um und erblickte ihren Schwiegersohn: die vier Menschen standen schweigend da. Die Familie Chardon fühlte, wie sehr sie David ausgenutzt hatte. Alle schämten sich. Aus den Augen des Druckers liefen Tränen.

»Du nimmst also nicht an meiner Hochzeit teil, du bleibst also nicht bei uns? Und ich habe umsonst alles eingesetzt, was ich besaß! Lucien, als ich Ève ihren armen kleinen Schmuck kaufte, wußte ich nicht, daß ich die Ausgabe bedauern würde«, schloß er und nahm, seine Tränen trocknend, die Geschenke aus der Tasche. Es waren mehrere mit Leder bezogene Schachteln, er stellte sie vor seine Schwiegermutter auf den Tisch.

»Warum denkst du soviel an mich?« sagte Ève mit einem engelhaften Lächeln, das ihren Worten widersprach.

»Liebe Mutter«, sagte der Buchdrucker, »geh zu Monsieur Postel und sage ihm, daß ich unterschreiben will, denn ich lese auf Luciens Gesicht, daß er entschlossen ist aufzubrechen.«

Lucien ließ betrübt den Kopf hängen und sagte schließlich: »Denkt nicht zu schlecht von mir, ihr Lieben.« Er umarmte Ève und David, zog sie an sich und fuhr fort: »Wartet das Ergebnis ab, ihr sollt erfahren, wie sehr ich euch liebe. David, welchen Wert hätten alle unsere hohen Gedanken, wenn sie uns nicht in den Stand setzten, von den kleinen Förmlichkeiten abzusehen, die das Gesetz den Gefühlen in den Weg legt? Die räumliche Trennung wird mich nicht hindern, hier zu sein, in Gedanken nehme ich an allem teil, was ihr tut. Und habe ich nicht eine Aufgabe zu erfüllen, werden die Buchhändler hierherkommen, um mir den Roman und die Gedichte abzunehmen? Ein wenig früher, ein wenig später werde ich immer das tun müssen, was ich heute tue, aber nie können die Umstände so günstig sein wie heute. Ist es nicht ein ungeheurer Glücksfall, daß ich mich im Salon der Marquise d'Espard den Parisern vorstellen darf?«

»Er hat recht«, sagte Ève, »du selbst, David, hast mir gesagt, daß er schnellstens nach Paris gehen müsse.«

David nahm Ève an der Hand, führte sie in das Kabinett, in dem sie seit sieben Jahren schlief, und sagte ihr ins Ohr:

»Er braucht zweitausend Franc, sagtest du, mein Herz? Und Postel leiht nur tausend.«

Ève sah ihren Verlobten mit einem schrecklichen Blick an, der ihren ganzen Kummer verriet.

»Höre, angebetete Ève, wir beginnen unser Leben schlecht. Ja, die Ausgaben, die ich gemacht habe, verschlangen alles, was ich besaß. Es bleiben mir nur zweitausend Franc, und die Hälfte davon ist unentbehrlich, um die Druckerei in Gang zu halten. Wenn ich deinem Bruder tausend Franc gebe, gebe ich ihm unser Brot, verurteile uns zu

Sorgen. Wäre ich allein, so wüßte ich, was zu tun ist, aber wir sind zu zweit. Entscheide du.«

Ève warf sich ratlos in die Arme des Geliebten, küßte ihn zärtlich und flüsterte ihm tränenüberströmt zu:

»Handle, als wenn du allein wärst, ich will arbeiten, um die Summe zurückzugewinnen!«

Trotz des glühendsten Kusses, den Verlobte je getauscht haben, blieb Ève ihrer Verzweiflung ausgeliefert. David kehrte zu Lucien zurück und sagte: »Mach dir keine Sorgen, du wirst die zweitausend Franc bekommen.«

»Geht zu Postel«, sagte Madame Chardon, »ihr müßt den Wechsel beide unterschreiben.«

Als die Freunde wieder ins Zimmer traten, überraschten sie Ève und ihre Mutter im Gebet, die Frauen knieten. Wenn sie wußten, wie viele Hoffnungen von Luciens Rückkehr abhingen, so fühlten sie doch in diesem Augenblick den ganzen Verlust, den der Abschied bedeutete; sie fanden das Glück, das vielleicht einmal kam, mit einer Trennung zu teuer bezahlt, die ihr Leben zerbrach und ihnen tausend Sorgen um Lucien bereiten würde.

»Wenn du je diese Stunde vergißt«, sagte David leise zu Lucien, »bist du der letzte der Menschen.«

Er hielt ohne Zweifel diese ernsten Worte für notwendig. Der Einfluß der Madame de Bargeton erschreckte ihn nicht weniger als Luciens verhängnisvolle Beweglichkeit, die den Bruder ebenso auf den schlechten wie auf den guten Weg drängen konnte. Ève hatte Luciens Bündel bald geschnürt. Dieser Ferdinand Cortez der Literatur nahm wenig mit sich. Er trug den besten Rock, die beste Weste und eines der zwei Hemden auf dem Leib. Seine ganze Wäsche, sein berühmter

Anzug, alles übrige und die Manuskripte bildeten ein so schmächtiges Paket, daß David es für gut hielt, es den Blicken Madame de Bargetons zu entziehen, und den Vorschlag machte, es mit der Post an seinen Geschäftsfreund, einen Papierhändler, zu schicken, den er bitten wollte, es zu Luciens Verfügung zu halten.

Trotz der Vorsichtsmaßnahmen, die Madame de Bargeton getroffen hatte, um ihre Abreise zu verbergen, erfuhr doch Monsieur du Châtelet die Neuigkeit und wollte wissen, ob sie die Fahrt allein oder in Begleitung Luciens machte: er schickte seinen Kammerdiener nach Ruffec und befahl ihm, alle Wagen zu prüfen, die auf der Post die Pferde wechselten.

›Wenn sie ihren Dichter entführt, habe ich sie‹, dachte er.

Lucien brach in der Dämmerung auf, von David begleitet, der sich ein Wägelchen und ein Pferd verschafft hatte, angeblich um wegen Verhandlungen zu seinem Vater zu fahren, eine kleine Lüge, die unter den gegenwärtigen Umständen erlaubt schien. Die beiden Freunde begaben sich nach Marsac, wo sie einen Teil des Tages bei dem alten Bären verbrachten; am Abend fuhren sie über Mansle hinaus und warteten auf Madame de Bargeton, die gegen Morgen eintraf. Beim Anblick der alten sechzigjährigen Kutsche, die er so oft im Schuppen betrachtet hatte, empfand Lucien eine der heftigsten Erregungen seines Lebens und warf sich in die Arme Davids, der zu ihm sagte:

»Gott gebe, daß es zu deinem Besten geschieht!«

Der Drucker stieg in sein ärmliches Wägelchen und verschwand bedrückten Herzens, er hatte böse Vorahnungen, wenn er an den Weg dachte, den Lucien in Paris nehmen würde.

Ein großer Mann
aus der Provinz in Paris

Weder Lucien noch Madame de Bargeton, noch Gentil, noch Albertine, die Kammerfrau, sprachen jemals von den Geschehnissen dieser Reise, aber es ist anzunehmen, daß die ununterbrochene Anwesenheit der Dienerschaft sie für einen Liebhaber, der alle Freuden einer Entführung erwartete, zu einer Enttäuschung machte. Lucien, der zum ersten Mal in seinem Leben reiste, stellte fassungslos fest, daß er auf dem Weg von Angoulême nach Paris fast die ganze Summe ausgab, die er für den Unterhalt eines Jahres bestimmt hatte. Wie alle, die Kindlichkeit und Talent miteinander verbinden, beging er den Fehler, sein Erstaunen über die Dinge, die ihm neu waren, naiv auszudrücken. Ein Mann muß eine Frau gründlich studiert haben, bevor er seine Erregungen und Gedanken so vor ihr ausbreitet, wie sie in ihm entstehen. Ist seine Geliebte ebenso zärtlich wie groß, so lächelt sie über seine Kindereien und versteht sie; ist sie aber nur im geringsten eitel, so verzeiht sie ihrem Freund nicht, daß er sich zu jung, zu nichtig und klein zeigt. Viele Frauen haben so viele übertriebene Vorstellungen, daß sie in ihrem Idol immer einen Gott zu finden wünschen, und nur solche Frauen, die einen Mann um seinetwillen lieben, bevor sie ihn um ihretwillen lieben, beten alles in ihm an, seine kleinen und großen Züge. Lucien hatte noch nicht erkannt, daß bei Madame de Bargeton die Liebe auf Hochmut gepfropft war. Er unterließ es, sich klarzumachen, was es beeutete, wenn Louise während dieser Reise manchmal lächelte, und zwar immer dann, wenn er, statt seine Freudensprünge zu verbergen, sich wie eine junge Ratte, die aus ihrem Loch herausgekommen ist, gehenließ.

Die Reisenden kamen vor Tagesanbruch an und stiegen in der Rue de l'Échelle im Hôtel du Gaillard-Bois ab. Sie waren beide so ermüdet, daß Louise keinen anderen Gedanken hatte, als sich hinzulegen, und ihn auch ausführte, nicht ohne Lucien aufgetragen zu haben, eine Stube über den Zimmern zu nehmen, in denen sie wohnte. Lucien schlief bis vier Uhr nachmittags. Madame de Bargeton ließ ihn wecken, sie wollte speisen, er kleidete sich rasch an, als er vernahm, wie spät es war, und fand Louise in einem jener schäbigen Zimmer, die die Schande von Paris sind, wo aller angeblichen Eleganz zum Trotz es noch kein einziges Hotel gibt, in dem ein reicher Reisender sich wie zu Hause fühlen kann. Seine Augen waren nach dem heftigen Erwachen sowieso nicht klar; aber auch ohne diesen Umstand erkannte er seine Louise kaum wieder, in diesem kalten sonnenlosen Zimmer mit den verblichenen Vorhängen, dem abgenutzten Parkett und dem verbrauchten alten Mobiliar, das den schlechtesten Geschmack oder die Herkunft von Versteigerungen verriet. Es gibt bestimmte Leute, die nicht mehr dasselbe Aussehen und nicht mehr denselben Wert haben, sobald sie von den Gesichtern, den Dingen, den Räumen getrennt sind, die ihnen als Rahmen dienten. Lebende Physiognomien haben ihre eigene Atmosphäre, so wie das Helldunkel der flämischen

Gemälde notwendig ist für die Lebendigkeit der Figuren, die das Genie der Malerei geschaffen hat. Und mit den Leuten aus der Provinz verhält es sich fast immer genauso. Sodann gab sich Madame de Bargeton würdevoller und nachdenklicher, als sie in einem Augenblick sein durfte, wo ihrem Glück kein Hindernis mehr im Wege stand. Lucien konnte sich nicht beklagen: Gentil und Albertine bedienten sie. Die Mahlzeit zeichnete sich nicht mehr durch die Fülle und die Gediegenheit aus, die man in der Provinz trifft. Die Schüsseln, an denen die Knauserigkeit gespart hatte, kamen aus einem Restaurant der Nachbarschaft, sie waren gehaltlos, sie waren zugeteilt. Paris zeigt sich in diesen kleinen Dingen, zu denen Leute von mäßigem Vermögen verurteilt sind, nicht von seiner besten Seite. Lucien wartete das Ende der Mahlzeit ab, um an Louise, deren Veränderung er sich nicht erklären konnte, eine Frage zu stellen. Er täuschte sich nicht. Während ihres Schlafes war ein erschwerendes Ereignis eingetreten. Die Reflexion ist ein Ereignis im Seelenleben.

Gegen zwei Uhr nachmittags hatte sich Sixte du Châtelet im Hotel gezeigt, Albertine wecken lassen und den Wunsch nach einer Unterredung mit Madame de Bargeton zu erkennen gegeben, und kaum war Louise mit ihrer Toilette fertig, so war er bereits wieder dagewesen. Sie, die der Meinung gewesen war, kein Mensch kenne ihren Schlupfwinkel, hatte ihn gegen drei Uhr empfangen, nicht wenig begierig, den Grund dieser seltsamen Überraschung kennenzulernen.

»Ich bin Ihnen auf die Gefahr hin gefolgt, mir das Mißfallen meiner Vorgesetzten zuzuziehen«, sagte er gleich bei der Begrüßung, »aber ich sah die Gefahr voraus, in die Sie sich begeben. Wenn ich auch meine Stellung verlieren sollte, so will ich doch wenigstens nicht, daß Sie sich zugrunde richten.«

»Was wollen Sie sagen?« hatte Anaïs gerufen, und er hatte mit sanfter Resignation geantwortet:

»Ich sehe sehr wohl, daß Sie Lucien lieben, denn man muß einen Mann heiß lieben, um an nichts zu denken, um alle Rücksichten zu vergessen, die gerade Ihnen so wohl bekannt sind! Glauben Sie denn, teure, angebetete Naïs, daß Sie bei Madame d'Espard oder in irgendeinem anderen Salon von Paris empfangen werden, sobald man erfährt, daß Sie aus Angoulême so gut wie geflüchtet sind, in Begleitung eines jungen Mannes, unmittelbar nach dem Duell zwischen Monsieur de Bargeton und Monsieur de Chandour? Die Reise Ihres Mannes nach l'Escarbas wird als Trennung ausgelegt werden. In allen diesen Fällen ist es ja die Regel, daß sich die Herren aus unseren Kreisen zuerst für ihre Frau schlagen und sie dann freigeben. Lieben Sie Monsieur de Rubempré, ebnen Sie ihm den Weg, machen Sie alles mit ihm, was Sie nur wollen, aber bleiben Sie nicht mit ihm zusammen! Wenn hier jemand wüßte, daß Sie im selben Wagen gereist sind, würden Sie von der Welt, an der Ihnen liegt, auf die schwarze Liste gesetzt. Und dann, Naïs, bringen Sie nicht noch mehr dieser Opfer für einen jungen Mann, den Sie noch mit niemandem sonst verglichen haben, der noch nicht auf die Probe gestellt worden ist und Sie hier vielleicht wegen einer Pariserin vergißt, wenn er glaubt, daß die neue Bekanntschaft für seinen Ehrgeiz förderlicher als die alte sei. Ich will dem, den Sie lieben, nicht schaden, aber Sie müssen mir erlauben, Ihre Interessen über die seinen zu stellen und Ihnen zu sagen: Studieren Sie ihn! Machen Sie sich die ganze

Tragweite Ihres Entschlusses klar! Wenn Sie die Türen geschlossen finden, wenn die Frauen Sie nicht empfangen wollen, so sollen Sie wenigstens so viele Opfer nicht bedauern, sondern mit Grund denken dürfen, daß der, dem Sie sie bringen, ihrer immer würdig sein und sie verstehen wird. Madame d'Espard ist um so prüder und strenger, als sie selbst von ihrem Mann getrennt lebt, ohne daß man den Grund dieser Trennung hätte erfahren können; aber die Navarreins, die Blamont-Chauvrys, die Lenoncourts, alle ihre Verwandten haben zu ihr gehalten, die steifsten Aristokraten gehen zu ihr und laden sie gern ein, in einer Art, daß der Marquis d'Espard unrecht hat. Beim ersten Besuch, den Sie ihr machen, werden Sie erkennen, wie richtig meine Warnung ist. Ich kenne Paris und kann Ihnen alles voraussagen. Sobald Sie das Haus der Marquise betreten, werden Sie verzweifelt sein, weil Madame d'Espard darüber unterrichtet ist, daß Sie im Hôtel du Gaillard-Bois mit dem Sohn eines Apothekers abgestiegen sind, mag er sich nun Monsieur de Rubempré nennen oder nicht. Sie werden hier mit ganz anders verschlagenen und erfahrenen Nebenbuhlerinnen als Amélie zu tun haben, und alle diese Damen werden sich gründlich darüber unterrichten, wer Sie sind, wo Sie wohnen, woher Sie kommen und was Sie tun. Ich sehe, Sie haben auf das Inkognito gerechnet; aber Sie gehören zu den Persönlichkeiten, für die das Inkognito nicht besteht. Treffen Sie Angoulême nicht überall? Die Abgeordneten der Charente kommen zur Eröffnung der Kammern; der pensionierte General lebt in Paris; und allgemein genügt es, wenn ein einziger Mensch aus Angoulême Sie bemerkt: Ihr Leben wird auf seltsame Weise abbrechen, und Sie werden nichts mehr als

Luciens Geliebte sein. Wenn Sie meiner in irgendeiner Beziehung bedürfen, so bin ich beim Generaleinnehmer, Rue du Faubourg-Saint-Honoré, zwei Schritte von Madame d'Espard. Ich kenne die Marschallin de Carigliano, Madame de Sérizy und den Ratspräsidenten genug, um Sie dort vorzustellen, aber Sie werden bei Madame d'Espard so viele Menschen treffen, daß Sie mich gar nicht brauchen. Statt zu wünschen, in dem oder jenem Salon verkehren zu können, werden Sie in allen Salons begehrt sein.«

Du Châtelet konnte sprechen, ohne daß ihn Madame de Bargeton unterbrach: sie vermochte sich der Richtigkeit seiner Bemerkungen nicht zu entziehen, die Königin von Angoulême hatte tatsächlich auf das Inkognito gerechnet.

»Sie haben recht, lieber Freund«, sagte sie, »aber was soll ich tun?«

»Lassen Sie mich«, antwortete Châtelet, »Ihnen eine möblierte, passende Wohnung suchen. Sie werden so weit billiger als in den Hotels wohnen und in Ihren eigenen vier Wänden sein. Und wenn Sie meinem Rat folgen, beziehen Sie sie schon heute abend.«

»Aber wie haben Sie meinen Aufenthalt hier erfahren?« fragte sie.

»Ihre Kutsche war leicht zu erkennen, und außerdem bin ich Ihnen gefolgt. In Sèvres gab der Postillion, der Sie fuhr, Ihre Adresse dem meinen. Werden Sie mir erlauben, Ihr Quartiermacher zu sein? Ich werde Ihnen bald ein Briefchen schicken und Ihnen sagen, wo ich Sie untergebracht habe.«

»Gut, tun Sie das«, antwortete sie.

Diese Worte schienen zu nichts zu verpflichten, aber sie waren eine Entscheidung. Der Baron du Châtelet hatte die

Sprache der Welt mit einer Frau von Welt gesprochen. Er hatte sich in der ganzen Eleganz eines Parisers gezeigt, ein hübsches Cabriolet mit einem ausgezeichneten Tier hatte ihn herbeigeführt. Zufällig trat Madame de Bargeton ans Fenster, um über ihre Lage nachzudenken, und sah den alten Geck einsteigen. Ein paar Augenblicke später bot sich Lucien, rasch geweckt und rasch angezogen, ihren Blicken: in seiner Nankinghose vom letzten Jahr, mit seinem kümmerlichen, kleinen Rock. Er war schön, aber lächerlich gekleidet. Man stecke den Apoll von Belvedere oder den Antinous in das Gewand eines Wasserträgers, und man wird von den göttlichen Linien des griechischen oder römischen Meißels nicht mehr viel sehen können. Die Augen vergleichen, bevor das Herz dieses sich mechanisch vollziehende Urteil berichtigen kann. Der Gegensatz zwischen Lucien und du Châtelet war zu groß, als daß er auf Louise keinen Eindruck gemacht hätte. Als die Mahlzeit gegen sechs Uhr beendet war, forderte Madame de Bargeton Lucien durch ein Zeichen auf, sich neben sie auf ein häßliches Kanapee zu setzen, das mit rotem, gelbgeblümtem Kaliko überzogen war, und sagte:

»Mein Lucien, glaubst du nicht auch, daß wir eine Torheit begangen haben, die für uns beide verhängnisvoll wird, wenn wir sie nicht sofort wiedergutmachen? Wir dürfen, mein liebes Kind, weder zusammen wohnen noch zugeben, daß wir zusammen hierhergekommen sind. Deine Zukunft hängt im hohen Grad von meiner Stellung ab, und ich darf sie in keinem Fall verderben. Deshalb beziehe ich noch heute abend eine Wohnung, die ganz in der Nähe liegt. Du bleibst ruhig hier im Hotel, und wir können uns jeden Tag sehen, ohne daß jemand etwas daran findet.«

Sie setzte dem jungen Mann, der große Augen machte, die Vorschriften der Welt auseinander. Ohne zu wissen, daß eine Frau, die auf ihre Torheit zurückkommt, auf ihre Liebe verzichtet, begriff er, daß er nicht mehr der Lucien von Angoulême war. Louise sprach nur von sich, von ihren Interessen, von ihrem Ruf, von der Welt; und um ihre Selbstsucht zu entschuldigen, versuchte sie, ihn glauben zu machen, daß es sich nur um ihn handelte. Er besaß keine Rechte über Louise, die so rasch wieder Madame de Bargeton geworden war, und er besaß, was schwerer wog, keine Macht! Er konnte die dicken Tränen, die aus seinen Augen tropften, nicht zurückhalten.

»Wenn ich für dich die Hoffnung auf Ruhm bin, so bist du für mich noch mehr, meine einzige Hoffnung und meine ganze Zukunft. Soviel weiß ich, wenn du meinen Erfolg willst, so müßtest du auch mein Mißgeschick auf dich nehmen, und diese Einsicht allein trennt uns schon.«

»Du kritisierst mein Verhalten«, sagte sie, »du liebst mich nicht.«

Lucien sah sie mit einem so schmerzlichen Ausdruck an, daß sie nicht umhinkonnte, ihm zu sagen: »Lieber Kleiner, ich bleibe, wenn du willst, wir richten uns zugrunde und verzichten auf den Beistand der Welt. Aber wenn wir beide im Elend sind, beide ohne Hilfsmittel, und wenn der Mißerfolg uns nach l'Escarbas zurückgetrieben hat, denn man muß alles ins Auge fassen, dann erinnere dich, mein liebes Herz, daß ich dieses Ende vorausgesehen und daß ich dir vorgeschlagen habe, zuerst nach den Vorschriften der Welt den Erfolg zu suchen, indem man sich diesen Vorschriften unterwirft.«

»Louise«, antwortete er und umschlang sie, »es erschreckt mich, dich so besonnen zu sehen. Bedenke, daß ich ein Kind bin, daß ich mich deinem teuren Willen ganz hingegeben habe. Ich, ich möchte über Menschen und Dinge aus aller Kraft triumphieren; aber wenn ich mit deiner Hilfe rascher zum Ziel komme als allein, will ich gern alles dir zu verdanken haben. Verzeihe mir! Ich habe zu viele Hoffnungen auf dich gesetzt, um nicht alles zu fürchten. Für mich ist eine Trennung der Vorläufer des Augenblicks, in dem du dich von mir abwendest, und dieser Augenblick wäre der Tod.«

»Liebes Kind«, erwiderte sie, »die Welt verlangt wenig von dir; worum handelt es sich denn? Darum, daß du nicht hier schläfst. Im übrigen kannst du den ganzen Tag bei mir bleiben, ohne daß man daran etwas aussetzen wird.«

Ein paar Liebkosungen beruhigten Lucien vollends. Eine Stunde später kam Gentil mit einem Briefchen, durch das Châtelet Madame de Bargeton unterrichtete, daß er eine Wohnung für sie in der Rue Neuve-du-Luxembourg gefunden hatte. Sie ließ sich die Lage der Straße, die nicht weit von der Rue de l'Échelle entfernt war, erklären und sagte zu Lucien: »Wir sind Nachbarn.« Zwei Stunden später stieg sie in einen Wagen, den du Châtelet ihr schickte, um nach Hause zu fahren. Die Wohnung war prunkvoll, aber unbequem; sie gehörte zu denen, die von den Tapezierern eingerichtet und an reiche Abgeordnete oder an vornehme Fremde für einen kurzen Pariser Aufenthalt vermietet werden.

Lucien kehrte gegen elf Uhr in sein kleines Hotel zurück und hatte noch immer von Paris nichts als den Teil der Rue Saint-Honoré gesehen, der sich zwischen der Rue Neuve-du-Luxembourg und der Rue de l'Échelle befindet. Er ging in dem schäbigen kleinen Zimmer schlafen, das er unwillkürlich mit den prächtigen Räumen Louises verglich. Als er Madame de Bargeton verlassen hatte, war der Baron du Châtelet gerade von einem Ball beim Minister der Auswärtigen Angelegenheiten im ganzen Glanz der Abendtoilette zurückgekehrt, um Madame de Bargeton über alle Abmachungen, die er in ihrem Namen getroffen hatte, zu unterrichten. Louise war unruhig geworden, der Luxus erschreckte sie. Die Provinzgewohnheiten hatten Macht über sie gewonnen, sie pflegte ihre Rechnungen bis auf die Einzelheiten durchzugehen und hielt so sehr auf Ordnung, daß sie in Paris für geizig gelten mußte. Sie hatte an die zwanzigtausend Franc in Form eines Wechsels auf den Generaleinnehmer mitgenommen und rechnete damit, daß diese Summe ihre besonderen Ausgaben vier Jahre lang decken würde; nun fürchtete sie schon, nicht genug zu haben und Schulden machen zu müssen. Châtelet teilte ihr mit, daß die Wohnung nicht mehr als sechshundert Franc im Monat koste.

»Eine Bagatelle«, sagte er, als sie auffuhr, »für fünfhundert Franc im Monat steht ein Wagen zu Ihrer Verfügung, das macht alles in allem fünfzig Louis. Sie brauchen nur noch an Ihre Kleidung zu denken. Eine Frau, die in der großen Welt verkehrt, kann nicht anders vorgehen. Wenn Sie wünschen, daß Monsieur de Bargeton Generaleinnehmer wird oder eine Stellung im Hofstaat erhält, dürfen Sie nicht zu bescheiden auftreten. Hier gibt man nur den Reichen. Es ist sehr gut, daß Gentil da ist und Sie begleiten kann und Albertine, die Kammerzofe, erspart; Dienstboten sind in Paris ein Ruin. Sie werden selten zu Hause essen, sobald Sie einmal eingeführt sind.«

Madame de Bargeton und der Baron plauderten von Paris. Du Châtelet erzählte die Neuigkeiten vom Tag und die tausend Nichtigkeiten, die man kennen muß, wenn man zur Pariser Gesellschaft gehören will. Dann gab er Naïs Ratschläge, in welchen Geschäften sie einkaufen sollte: Für die Straßenhüte kam Herbault in Betracht, für die Abend- und Theaterhüte Juliette; er schrieb ihr die Adresse der Schneiderin auf, die Victorine ersetzen konnte; kurzum, er gab ihr zu verstehen, daß aus einer Dame von Angoulême eine Pariserin werden mußte. Dann verabschiedete er sich und hatte das Glück, seinen Geist noch einmal leuchten zu lassen.

»Morgen«, sagte er nachlässig, »habe ich sicher in irgendeinem Schauspiel eine Loge frei und werde Sie und Monsieur de Rubempré abholen, denn Sie müssen mir erlauben, daß ich Ihnen die Honneurs von Paris mache.«

›In seinem Charakter ist mehr Großzügigkeit, als ich dachte‹, sagte sich Madame de Bargeton, weil er auch Lucien einlud.

Im Juni wissen die Minister nicht, was sie mit ihren Theaterlogen tun sollen, die regierungstreuen Abgeordneten und ihre Auftraggeber sind mit der Ernte beschäftigt, die Bekannten, die den Vorrang haben, halten sich auf dem Land auf oder reisen; so kommt es, daß zu dieser Jahreszeit die schönsten Theaterlogen zweideutige Gäste sehen, die von den Habitués abgelehnt werden und dem Publikum einen verbrauchten Charakter geben. Du Châtelet hatte schon gedacht, daß er dank diesem Umstand ohne große Geldauslagen Naïs die Vergnügungen verschaffen konnte, nach denen die Leute aus der Provinz am begierigsten sind.

Als Lucien sich am nächsten Tag meldete, traf er zum ersten Mal Louise nicht an. Madame de Bargeton war ausgegangen, um ein paar notwendige Einkäufe zu machen. Sie hatte getreu der Anweisung Châtelets die Berühmtheiten aufgesucht, die voller Würde in Fragen der weiblichen Toilette Rat erteilen, erwartete sie doch jeden Augenblick Antwort von der Marquise d'Espard zu erhalten. Obwohl sie das Selbstvertrauen besaß, das lang geübte Herrschaft über die eigene Person verleiht, so hatte sie doch eine außerordentliche Furcht, provinziell zu erscheinen. Ihr Feingefühl sagte ihr, daß die Beziehungen zwischen Frauen von den ersten Eindrücken abhängen; und wenn sie auch überzeugt war, daß sie sich sofort mit Frauen vom Rang der Marquise auf gleichen Fuß stellen würde, so war sie doch auf Wohlwollen bei ihrem ersten Auftreten angewiesen und wünschte vor allem, nichts zu unterlassen, was zum Erfolg beitragen konnte. Sie war daher Châtelet unendlich dankbar, daß er ihr die Mittel angegeben hatte, die ihr erlaubten, sofort wie eine echte Pariserin aufzutreten.

Durch einen seltsamen Zufall begrüßte die Marquise die Gelegenheit, einer Dame aus der Familie ihres Mannes einen Dienst zu erweisen. Der Marquis d'Espard hatte sich ohne offensichtlichen Grund von der Welt zurückgezogen; er beschäftigte sich weder mit seinen Angelegenheiten noch mit der Politik, noch mit seiner Familie, noch mit seiner Frau. Die Marquise, die auf diese Weise ihre Freiheit erlangt hatte, fühlte das Bedürfnis, die Billigung der großen Welt zu erlangen, und war glücklich, daß sie bei dieser Gelegenheit den Marquis ersetzen und sich zur Gönnerin seiner Familie erheben konnte. Sie war entschlossen, diese Rolle so offenkundig wie möglich zu spielen, damit die Verstöße ihres Mannes ausgeglichen wurden. Noch am selben Tag schrieb sie an »Madame de Bargeton, geborene Nègrepelisse« eines jener hübschen Briefchen, die so sehr durch ihre Form bestechen, daß man einige Zeit braucht, um den Mangel an Inhalt zu erkennen. Sie schrieb, sie sei glücklich über einen Umstand, der ihr jemanden zuführe, von dem sie habe sprechen hören und den sie kennenzulernen wünsche, denn in Paris seien die Freundschaften zu oberflächlich, als daß sie nicht froh sein müsse, wenn sie noch einen Menschen auf Erden fände, den sie lieben könne; und wenn das nicht sein dürfe, so müsse sie noch eine Illusion mit den anderen begraben. Sie stelle sich der Cousine völlig zur Verfügung, der sie ohne eine Erkältung, durch die sie ans Haus gefesselt werde, schon ihre Aufwartung gemacht hätte. Sie habe aber bereits viel an sie gedacht, schon das bringe einander nahe.

Während seines ersten Streifzuges über die Boulevards und durch die Rue de la Paix beschäftigte sich Lucien, wie alle Fremden, weit mehr mit den Dingen als mit den Leuten. In Paris lenkt zuerst die Massenhaftigkeit die Aufmerksamkeit auf sich; der Luxus der Geschäfte, die Höhe der Häuser, die Flut der Wagen, der Gegensatz zwischen größter Üppigkeit und äußerstem Elend packen den Zuschauer. Während er in der Menge dahintrieb, in der er niemanden kannte, empfand er als Mensch der Phantasie eine ungeheure Verkleinerung seines Selbst. Leute, die in der Provinz irgendwie ein Ansehen genießen und bei jedem Schritt an ihre Wichtigkeit erinnert werden, gewöhnen sich nicht an diesen völligen und plötzlichen Verlust ihres Wertes. Zu Hause etwas und in Paris nichts sein, das sind zwei Zustände, die nach Übergängen verlangen; wer zu unvermittelt aus dem einen in den anderen gerät, verliert sein Selbstbewußtsein. Einem jungen Poeten, der für jede Empfindung ein Echo, für jeden Gedanken einen Vertrauten, für den geringsten Eindruck eine teilnehmende Seele gefunden hatte, mußte Paris wie eine abscheuliche Wüste vorkommen. Lucien hatte es unterlassen, seinen schönen blauen Anzug zu holen, so daß ihn das Gefühl, schlecht oder gar schäbig gekleidet zu sein, lähmte, als er sich zu Madame de Bargeton zu der Stunde begab, wo sie wieder zu Hause sein mußte. Er fand den Baron du Châtelet vor, der sie beide in den Rocher de Cancale zum Diner führte.

Von dem Pariser Wirbel betäubt, wußte er Louise nichts zu sagen, während sie zu dritt im Wagen saßen; aber er drückte ihr die Hand, und sie antwortete freundschaftlich auf alle Gedanken, die er so ausdrückte. Nach Tisch führte Châtelet seine Gäste ins Vaudeville. Lucien empfand ein stilles Unbehagen beim Anblick du Châtelets, er verwünschte den Zufall, der den Baron nach Paris gebracht hatte. Der Steuerdirektor nannte als Grund seiner Reise den Ehrgeiz, dem er opferte; er hoffe, Unterstaatssekretär in einer der Verwaltungen zu werden und als sogenannter Meister der Bittschriften in den Staatsrat eintreten zu können; er wolle feststellen, was es mit den Versprechungen auf sich habe, die man ihm gemacht hatte, denn ein Mann wie er konnte nicht Steuerdirektor bleiben; er ziehe es vor, nichts zu sein, Abgeordneter zu werden, wieder in die Diplomatie einzutreten. Er wuchs sichtlich; Lucien hatte das unbestimmte Gefühl, daß er an diesem alten Geck die Überlegenheit des Mannes von Welt anerkennen müsse, zumal hier in Paris; vor allem beschämte es ihn, daß er jenem sein Vergnügen danken mußte.

Wo der Dichter unsicher und bedrückt war, fühlte der ehemalige Sekretär der Prinzessin sich wie ein Fisch im Wasser. Du Châtelet lächelte über das Zögern, die Verwunderung, die Fragen, die kleinen Verstöße, deren sich sein Nebenbuhler auf dem ungewohnten Boden schuldig machte – ganz wie die alten Seebären sich über die Neulinge lustig machen, die noch keinen Teer gerochen haben. Das Vergnügen, das Lucien bei seinem ersten Besuch in einem Pariser Theater empfand, wog das Mißvergnügen auf, dem ihn seine Verwirrung aussetzte. Dieser Abend wurde dadurch für ihn bemerkenswert, daß er insgeheim eine große Menge seiner Gedanken über das Provinzleben ausschied. Der Kreis erweiterte sich, die Gesellschaft nahm andere Maße an. Die Nachbarschaft einiger hübscher Pariserinnen, die so elegant, so frisch gekleidet waren, bewirkte, daß er die altmodische Art, mit der Madame de Bargeton sich trotz ihrer ehrgeizigen Absichten anzog, feststellte: Weder die Stoffe noch der Schnitt, noch die Farben entsprachen dem, was hier getragen wurde. Wenn er ihre Frisur, die ihn in Angoulême so sehr verführt hatte, mit den zarten Erfindungen verglich, durch die sich hier jede Frau auszeichnete, kam er zu dem Schluß, daß seine Freundin einem schlechten Geschmack anhing.

›Wird sie so bleiben?‹ fragte er sich, ohne zu wissen, daß sie den Tag damit verbracht hatte, eine Verwandlung vorzubereiten. In der Provinz kann man weder wählen noch vergleichen: der tägliche Umgang verleiht den Gesichtern eine Schönheit auf Übereinkunft. Wird eine Frau, die in der Provinz für schön gilt, nach Paris verpflanzt, so zieht sie nicht die geringste Aufmerksamkeit auf sich, denn sie ist nur schön unter dem Gesichtspunkt des Sprichwortes: Unter den Blinden gilt der Einäugige als König. Die Augen Luciens vollzogen den Vergleich, den Madame de Bargeton tags zuvor zwischen ihm und Châtelet gezogen hatte.

Ihrerseits erlaubte sich Madame de Bargeton seltsame, den Geliebten betreffende Überlegungen. Trotz seiner ungewöhnlichen Schönheit fehlte es dem armen Dichter an Haltung.

Sein Rock, dessen Ärmel zu kurz waren, seine abscheulichen Provinzhandschuhe, seine enge Weste machten ihn in den Augen der jungen Herren im ersten Rang vollkommen lächerlich: Madame de Bargeton fand, daß er jämmerlich aussah. Châtelet, der sich ihr mit Zurückhaltung widmete und mit einer Sorgfalt über sie wachte, die auf eine tiefe Leidenschaft schließen ließ; Châtelet, elegant und ungezwungen wie ein Schauspieler, der wieder die Bretter des Theaters unter den Füßen fühlt, gewann in zwei Tagen den Boden zurück, den er in sechs Monaten verloren hatte. Obwohl die gewöhnliche Auffassung dahin geht, daß Gefühle nicht rasch wechseln, besteht doch kein Zweifel, daß zwei Liebende sich rascher trennen als finden. Bei Madame de Bargeton und bei Lucien vollzog sich gegenseitig eine Entzauberung, und der Grund war Paris, dessen Leben in den Augen des Dichters wuchs, dessen Gesellschaft in denen Louises ein neues Aussehen gewann. Bei ihm und bei ihr bedurfte es nur noch eines Zwischenfalls, damit die Bande, die sie verknüpften, zerschnitten wurden. Der Schlag, der Lucien schwer traf, ließ nicht lange auf sich warten. Madame de Bargeton setzte den Dichter vor seinem Hotel ab und kehrte mit du Châtelet nach Hause zurück, was dem armen Verliebten entsetzlich mißfiel.

›Was werden sie von mir sagen?‹ dachte er, während er zu seinem elenden Zimmer hinaufstieg.

»Der arme Junge ist nicht gerade unterhaltend«, sagte du Châtelet lächelnd, als die Tür hinter Lucien zufiel.

»So verhält es sich bei allen, die eine Gedankenwelt in Herz und Hirn bergen. Menschen, die so viele Träume in einem Werk niederzulegen haben, tragen eine gewisse Verachtung für das zur Schau, was dem Geist Abbruch tut, die Unterhaltung«, meinte die stolze Nègrepelisse, die noch den Mut hatte, Lucien zu verteidigen – weniger um Luciens als um ihrer selbst willen.

»Ich stimme Ihnen darin gern bei«, erwiderte der Baron, »aber wir leben mit Personen und nicht mit Büchern. Sehen Sie, teure Naïs, ich merke wohl, daß noch nichts zwischen Ihnen und ihm besteht, und ich bin darüber entzückt. Wenn Sie sich entschließen, ein Interesse zu fassen, das Ihnen bisher gefehlt hat, so flehe ich Sie an, wählen Sie nicht dieses angebliche Genie. Wenn Sie sich täuschten! Wenn Sie in ein paar Tagen, nach einem Vergleich mit den echten Talenten und den wirklich bemerkenswerten Männern, denen Sie begegnen werden, erkennen müßten, daß Sie, teuerste, schönste Sirene, statt eines lorbeergekrönten Dichters einen kleinen Affen ohne Manieren, ohne Bedeutung gewählt haben! In l'Houmeau hatte er Geist, aber in Paris entpuppt er sich am Ende als ein ganz gewöhnlicher Junge. Schließlich werden hier jede Woche Bände von Versen veröffentlicht, deren geringster noch mehr wert ist als Monsieur Chardons ganzes Dichten. Ich bitte Sie, warten Sie ab und vergleichen Sie. Morgen, Freitag, ist Oper«, schloß er, als der Wagen in die Rue Neuve-du-Luxembourg einbog. »Madame d'Espard verfügt über die Loge der vornehmsten Kammerherren und wird Sie ohne Zweifel einladen. Um Sie in Ihrem Glanz zu sehen, werde ich mich in der Loge unserer Freundin de Sérizy einfinden. Man gibt die *Danaïden*.«

»Auf Wiedersehen«, sagte sie.

Am nächsten Tag versuchte Madame de Bargeton ein passendes Tageskostüm zusammenzustellen, sie wollte ihre Cousine, Madame d'Espard, besuchen. Eine leichte Kälte herrschte, sie fand in ihren alten Angoulêmer Sachen nichts Besseres als ein Kostüm aus grünem Samt, das ziemlich extravagant besetzt war. Seinerseits empfand Lucien die Notwendigkeit, seinen berühmten blauen Anzug zu holen, nachdem ihm sein dürftiger Rock zuwider geworden war.

Er war entschlossen, immer gut angezogen zu gehen, vielleicht traf er mit der Marquise d'Espard zusammen oder wurde einfach in ihren Salon mitgenommen. Er mietete eine Kutsche, um sein Paket zu holen. In zwei Stunden gab er drei oder vier Franc aus, was zur Folge hatte, daß er sich Gedanken über die Ausgaben machte, die das Leben in Paris erforderte. Nachdem er seinen besten Anzug angezogen hatte, ging er in die Rue Neuve-du-Luxembourg und traf an der Tür Gentil in Begleitung eines prächtig aufgeplusterten Lakaien.

»Ich war auf dem Weg zu dem jungen Herrn, die gnädige Frau schickt mich mit diesem Billett an Sie«, sagte Gentil, der an den Pariser Ton nicht gewohnt war und nur die biederen Sitten der Provinz kannte. Der Lakai hielt den Dichter für einen Diener. Lucien öffnete den Brief und erfuhr, daß Madame de Bargeton den Tag bei der Marquise d'Espard verbrachte und am Abend in die Oper ging; aber sie forderte Lucien auf, sich im Theater einzufinden, ihre Cousine erlaube ihr, ihm einen Platz zur Verfügung zu stellen, und sei entzückt, ihm zu einem Vergnügen zu verhelfen.

›Sie liebt mich doch! Meine Befürchtungen waren töricht‹, sagte sich Lucien, ›sie stellt mich heute abend ihrer Cousine vor.‹

Er kannte sich vor Freude nicht mehr aus und wollte den Tag, der mit diesem frohen Abend abschloß, froh verbringen. Er schlug die Richtung nach den Tuilerien ein, in denen er spazierenzugehen gedachte, bis es Zeit war, bei Véry zu speisen. Man stelle sich ihn vor, wie er, beschwingt vor lauter Glück, auf der Terrasse geflügelten Schritts auf und ab ging und ihnen allen zuschaute, den Spaziergängern, den hübschen Frauen mit ihren Anbetern, den eleganten Paaren, die sich untergefaßt hatten und einander mit einem Blick grüßten. Welcher Unterschied zwischen dieser Terrasse und Beaulieu! Selbst die Vögel dieses prächtigen Käfigs stachen die von Angoulême aus! Alle Farben des indischen oder amerikanischen Gefieders strahlten und stellten das Grau Europas in den Schatten. Lucien verbrachte zwei schreckliche Stunden in den Tuilerien, er beschäftigte sich mit seiner Person und schätzte sich ein. Nachdem er erkannt hatte, daß es einen Anzug für den Vormittag und einen für den Abend gab, machte sich der Dichter, der schnell begriff und einen scharfen Blick hatte, klar, wie häßlich sein Plunder war, wie schäbig sein Rock wirkte, den der veraltete Schnitt an sich schon lächerlich machte, der Rock mit dem faden Blau, dem abscheulich sitzenden Kragen, den zu lange getragenen und verzogenen Schößen, den Knöpfen, die rot geworden waren, den Falten, die schon verdächtig weiß schimmerten. Und dann war die Weste zu kurz und von einem so unmöglichen provinziellen Sitz, daß er, um sie zu verbergen, hastig den Rock zuknöpfte. Und schließlich sah er Nankinghosen nur bei den gewöhnlichen Leuten. Die Leute, die zählen wollten, trugen entzückende Phantasiestoffe oder ein immer tadelloses Weiß!

Außerdem trugen alle Herren straffe Hosenstege, während die seinigen sich sehr schlecht mit den Absätzen vertrugen, ja in offener Feindschaft mit ihnen standen. Er trug eine weiße Krawatte mit bestickten Enden; seine Schwester hatte ähnliche bei den Herren Hautoy und de Chandour gesehen und sich beeilt, die Muster nachzuahmen. Nicht nur trat, die würdigen Herren, einige alte Finanzleute und ein paar strenge Beamte ausgenommen, niemand am Vormittag mit weißer Krawatte auf; der arme Lucien mußte es auch noch erleben, daß jenseits des Gitters auf der Gehseite der Rue de Rivoli der Ausläufer eines Krämers mit dem Korb auf dem Kopf vorüberkam und dieselbe Binde wie er trug, deren Enden irgendein angebetetes Grisettchen gestickt hatte. Bei diesem Anblick erhielt Lucien einen Stoß vor die Brust oder dasjenige noch immer etwas unbestimmte Organ, in das sich unsere Gefühle flüchten und an das, seitdem es Gefühle gibt, in der Erregung die Menschen die Hand legen, ob es sich um Freude oder Schmerz handelt.

Man glaube nicht, daß ich hier einen zu kindlichen Zug erzähle! Gewiß, die Reichen, die solche Leiden nie gekannt haben, werden ihn komisch oder unglaubwürdig finden; aber der Kummer des Unglücklichen verdient nicht weniger Aufmerksamkeit als die Krisen, die das Leben der Mächtigen und Bevorzugten der Erde erschüttern. Und schließlich,

Schmerz ist Schmerz. Das Leid vergrößert alles. Man vertausche die Ausdrücke und setze an Stelle eines mehr oder weniger schönen Kostüms ein Ordensband, eine Auszeichnung, einen Titel, und man wird finden, daß diese dem Anschein nach so nebensächlichen Dinge manchem Mann in hoher Stellung schwere Stunden bereitet haben. Die Frage des Anzugs spielt außerdem eine bedeutende Rolle bei denen, die den Anschein erwecken wollen, als besäßen sie, was sie nicht besitzen, eine Haltung, die oft das beste Mittel ist, um es später wirklich zu besitzen. Luciens Stirn bedeckte sich mit kaltem Schweiß bei dem Gedanken, daß er am Abend in diesem Anzug vor der Marquise d'Espard erscheinen sollte, vor der Verwandten eines sogenannten ersten Kammerherrn, vor einer Frau, bei der die Berühmtheiten aller Gattungen, die ausgewählten Berühmtheiten verkehrten.

›Ich sehe wie der Sohn eines Apothekers, wie ein echter Ladenstutzer aus!‹ sagte er wütend zu sich selbst, als er die eleganten, koketten, zierlichen Familiensöhne des Faubourg Saint-Germain vorübergehen sah, die sich alle durch eine anmutige Haltung, eine besondere Miene von den anderen Sterblichen unterschieden und es zugleich verstanden, sich jeder seinen eigenen Rahmen zu schaffen, der seinen Wert hervorhob. Alle brachten ihre Vorzüge durch ein In-Szene-Setzen zur Geltung, mit dem sich in Paris die jungen Leute ebensogut wie die Frauen auskennen. Lucien hatte von seiner Mutter die körperliche Vornehmheit geerbt, deren Vorrechte ihm nun so sehr in die Augen stachen; aber der Kristall steckte noch ungeschliffen im Stein. Seine Haare waren schlecht geschnitten. Statt seine Figur durch geschmeidiges

Fischbein straff zu erhalten, steckte er in einem abscheulichen Hemdkragen, und die dünne Krawatte half ihm nicht, trotz seiner Betrübnis, den Kopf hoch zu tragen. Keine Frau hätte angesichts der gewöhnlichen Stiefel, die er aus Angoulême mitgebracht hatte, erraten, daß er einen hübschen Fuß besaß. Kein junger Mann hätte ihn um seine Taille beneidet, da sie in einem blauen Sack saß, den er bis dahin für einen Rock gehalten hatte. Er erblickte wunderbare Knöpfe auf Hemden, die strahlend weiß leuchteten, sein Hemd war rot! Alle diese eleganten Herren trugen die wunderbarsten Handschuhe, er aber die eines Gendarmen. Hier schwang jemand einen reizend beschlagenen Stock, dort trug ein anderer in den Manschetten die niedlichsten goldenen Knöpfe. Der eine ließ, während er mit einer Frau sprach, die entzückendste Peitsche spielen, und die frischen Falten seines Beinkleides, das ein paar Spritzer aufwies, seine klirrenden Sporen, sein kleiner, eingehaltener Rock wiesen darauf hin, daß er im nächsten Augenblick eines von zwei Pferden besteigen würde, die von einem Groom geführt wurden, der nicht größer als eine Faust war. Wieder ein anderer zog aus der Tasche seiner Weste eine Uhr, die flach wie ein Fünffrancstück war, und schaute nach der Zeit wie ein Mann, der zu früh oder zu spät an ein Stelldichein denkt.

Während Lucien alle diese ihm unbekannten niedlichen Einzelheiten beobachtete, öffnete sich vor ihm die Welt der notwendigen Überflüssigkeiten, und er zitterte bei dem Gedanken, daß man ein großes Kapital braucht, um den Beruf eines jungen Herrn auszuüben. Je mehr er die glücklichen und ungezwungenen Mienen all dieser Leute bewunderte, desto stärker kam ihm zum Bewußtsein, wie ganz anders er wirken mußte; wie jemand, der nicht weiß, wohin ihn sein Weg führt, der nach dem Palais Royal fragt, wenn er davorsteht, und vor dem Louvre einen Mann anhalten wird, der ihm zur Antwort gibt: Sie brauchen nur hineinzugehen. Lucien sah sich von dieser Welt durch einen Abgrund getrennt; er fragte sich, mit welchen Mitteln er ihn überschreiten konnte, denn er wünschte dieser schlanken, feinen Pariser Jugend zu gleichen. Die jungen Patrizier grüßten Frauen, die göttlich gekleidet und göttlich schön waren, Frauen, für die Lucien sich hätte in Stücke hauen lassen, wenn er dafür eines einzigen Kusses teilhaftig geworden wäre – ganz wie der Page der Gräfin von Königsmarck. Im Dämmer seiner Erinnerungen stand Louise, wenn er sie mit diesen Fürstinnen verglich, wie eine alte Frau da.

Er begegnete einigen dieser Frauen, von denen man in der Geschichte des neunzehnten Jahrhunderts sprechen wird, deren Geist, Schönheit und Liebschaften nicht weniger berühmt als die der Königinnen einer vergangenen Zeit sein werden. Er sah ein wunderbares Mädchen vorübergehen, Mademoiselle des Touches, die unter dem Namen Camille Maupin so bekannt war, eine ungewöhnliche Schriftstellerin, die sich ebensosehr durch ihre Schönheit wie durch ihre geistige Überlegenheit auszeichnete und deren Name von den Spaziergängern und den Frauen leise wiederholt wurde.

›Sieh hin, da geht der Glanz des Lebens vorüber‹, dachte er.

Was war Madame de Bargeton neben diesem Engel an Jugend, Hoffnung, Zukunft, neben diesem Engel mit dem zarten Lächeln, dessen schwarzes Auge tief wie der Himmel, heiß wie die Sonne war! Eben sah er dieses Lächeln, sie plauderte mit Madame Firmiani, einer der reizendsten Frauen von Paris. Eine Stimme in seiner Brust sagte ihm: Intelligenz ist der Hebel, mit dem man die Welt bewegt. Aber eine andere Stimme war lauter und ließ ihn wissen, daß der Stützpunkt auch für die Intelligenz das Geld ist. Es trieb ihn, das Trümmerfeld seiner Träume und den Schauplatz seiner Niederlage zu verlassen; er schlug die Richtung nach dem Palais Royal ein, nachdem er sich erkundigt hatte, wußte er doch in seinem Viertel noch nicht Bescheid.

Er trat bei Véry ein und bestellte, um sich an die Freuden von Paris zu gewöhnen, ein Mahl, das ihn für seine Verzweiflung entschädigte. Eine Flasche Bordeaux, Ostender Austern, ein Fisch, ein Rebhuhn, ein Gericht Makkaroni, Früchte waren das Nonplusultra seiner Wünsche. Er genoß diese kleine Ausschweifung, indem er daran dachte, daß er am Abend bei der Marquise d'Espard eine Probe seines Geistes ablegen und den schlechten Eindruck seiner seltsamen Gewandung dadurch wettmachen mußte, daß er seine seelischen Reichtümer ausbreitete. Er wurde aus seinen Träumen durch die Rechnung gerissen, die ihm die fünfzig Franc nahm, mit denen er in Paris weit zu kommen gedacht hatte. Die Mahlzeit kostete soviel, wie er in Angoulême während eines Monats brauchte. Daher zog er die Tür dieses Palastes respektvoll hinter sich zu und dachte, daß er ihn nie mehr betreten werde.

›Ève hatte recht‹, sagte er sich, während er durch die Galerie nach Hause ging, um neues Geld zu holen, ›die Pariser Preise sind nicht die von l'Houmeau.‹

Er bewunderte die Auslagen der Schneider und dachte an die Toiletten, die er am Morgen gesehen hatte; ›nein, ich werde nicht in diesem Anzug vor Madame d'Espard erscheinen.‹ Er lief, so schnell seine Beine ihn trugen, bis zum Hotel, sprang die Treppe hinauf, nahm dreihundert Franc an sich und kehrte zum Palais Royal zurück, um sich von Kopf bis Fuß einzukleiden. Er hatte im Palais Royal in zehn Läden alles gesehen, was er brauchte, Stiefel, Wäsche, Westen, den Haarschneider nicht zu vergessen. Der erste Kleiderkünstler, bei dem er eintrat, ließ ihn so viele Anzüge probieren, wie er wollte, und überzeugte ihn, daß sie alle von der letzten Mode waren. Als Lucien hinausging, besaß er einen grünen Rock, eine weiße Hose und eine Phantasieweste für die Summe von zweihundert Franc. Rasch hatte er ein paar Stiefel gefunden, die sich elegant seinem Fuß anpaßten. Zuletzt nach allen Einkäufen bestellte er den Coiffeur nach Hause, wo die einzelnen Waren allmählich eintrafen. Um sieben Uhr abends stieg er in eine Droschke und ließ sich in die Oper bringen, wie ein Heiliger in einem Passionsspiel frisiert, mit dem Bewußtsein, daß Weste und Binde sich sehen lassen konnten, aber ein wenig durch das Futteral beengt, in dem er zum ersten Mal steckte. Wie Madame de Bargeton ihn angewiesen hatte, fragte er nach der Loge der Kammerherren. Beim Anblick eines Mannes, der mit seiner entliehenen Eleganz einem Brautdiener glich, bat der Aufseher ihn, seine Karte zu zeigen.

»Ich habe keine.«

»Sie können nicht eintreten«, erwiderte man ihm trocken.

»Aber ich gehöre zur Gesellschaft der Madame d'Espard«, sagte er.

»Wir sind nicht angewiesen, das zu wissen«, gab der Angestellte zurück, der nicht umhinkonnte, ein unmerkliches Lächeln mit seinen Kollegen von der Aufsicht zu tauschen.

In diesem Augenblick fuhr ein Wagen vor. Ein Lakai, den Lucien nicht erkannte, stellte ein Trittbrett an das Coupé, dem zwei Damen in großer Toilette entstiegen. Lucien, der sich nicht von dem Aufseher eine Zurechtweisung zuziehen wollte, machte ihnen Platz.

»Aber die Dame da ist die Marquise d'Espard, die Sie zu kennen behaupten«, sagte der Aufseher ironisch zu Lucien.

Lucien fühlte sich um so mehr bedrückt, als Madame de Bargeton ihn in seinem neuen Putz nicht zu erkennen schien; aber als er sie anredete, lächelte sie ihm zu und sagte:

»Das trifft sich ausgezeichnet, kommen Sie!«

Die Leute von der Kontrolle hatten wieder ihre unbewegte Miene angenommen. Lucien folgte Madame de Bargeton, die gleich auf der breiten Treppe der Oper ihren Rubempré der Cousine vorstellte.

Die Loge der Kammerherren ist hinten im Saal in einen der Flügel eingebaut. Man wird von allen Seiten gesehen, und man sieht nach allen Seiten. Lucien setzte sich hinter die Cousine auf einen Stuhl und war glücklich, im Dunkeln zu sein.

»Monsieur de Rubempré«, wandte sich die Marquise im schmeichelhaftesten Ton an ihn, »Sie sind zum ersten Mal in der Oper, Sie müssen alles mit einem Blick erfassen, nehmen Sie diesen Platz, setzen Sie sich vor uns, wir erlauben es.«

Lucien gehorchte, der erste Akt ging zu Ende.

»Sie haben Ihre Zeit gut angewandt«, flüsterte ihm Louise ins Ohr, noch ganz von der Verwandlung, die mit ihm vorgegangen war, überrascht.

Louise war dieselbe geblieben. Die Gesellschaft einer Modedame, der Marquise d'Espard, welche die Madame de

Bargeton von Paris war, schadete ihr. Im Glanz der Pariserin wurden die Unvollkommenheiten der Frau der Provinz so deutlich, daß Lucien, dank seiner doppelten Aufklärung durch die hier versammelte vornehme Welt und durch eine so hervorragende Frau wie die Marquise, endlich die arme Anaïs de Nègrepelisse so sah, wie sie wirklich war und so wie die Pariser sie sahen, als eine große, trockene, verblühte Frau, mit zu erhitztem Gesicht und zu rotem Haar, eine knochige, gewundene, anspruchsvolle, gezierte Frau, die mit jedem Wort die Provinzlerin verriet und vor allem schlecht angezogen war. In der Tat, die Falten eines alten Pariser Kostüms zeugen noch von Geschmack, man kann es sich erklären, man errät, was es einmal war; ein altes Kostüm aus der Provinz dagegen läßt sich nicht erklären, es ist lächerlich. Das Kleid und die Frau waren ohne Anmut und ohne Frische, der Samt war fleckig wie die Haut.

Lucien, der sich schämte, dieses Knochengerüst geliebt zu haben, beschloß, den ersten Tugendanfall seiner Louise abzuwarten und sie dann zu verlassen. Mit seinen ausgezeichneten Augen sah er, daß sich alle Gläser auf die Loge richteten, die aristokratischer als jede andere war. Gewiß prüften die elegantesten Damen Madame de Bargeton, denn sie lächelten alle beim Sprechen. Wenn Madame d'Espard an den Bewegungen und am Lächeln der Damen bemerkte, wem der Spott galt, so blieb sie doch vollkommen unbeweglich. Erstens mußte alle Welt in ihrer Gefährtin die arme Verwandte aus der Provinz erkennen, deren Besuch jede Pariser Familie in Verlegenheit bringen kann. Zweitens hatte ihre Cousine ihr von Toilettendingen gesprochen und dabei einige Angst zu erkennen gegeben, sie aber die Cousine beruhigt, da sie wohl sah, daß Anaïs, sobald sie einmal richtig angezogen war, bald wie eine echte Pariserin auftreten würde. Es fehlte Madame de Bargeton zwar an Übung, aber sie besaß den angeborenen Stolz einer vornehmen Dame und jenes Etwas, das man als Rasse bezeichnen kann. Am nächsten Montag würde sie Vergeltung üben. Und schließlich wußte die Marquise, daß die Zuschauer nur von dem Verwandtschaftsverhältnis der beiden Damen zu erfahren brauchten, um ihren Spott zurückzustellen und das Urteil von einer neuen Prüfung abhängig zu machen.

Lucien ahnte nichts von der Verwandlung, die mit Louise vor sich gehen sollte, sobald sie einen Schal um den Hals schlang, ein hübsches Kostüm trug, sich elegant frisierte und den Ratschlägen der Madame d'Espard folgte. Während sie die große Treppe des Opernhauses hinaufstiegen, hatte die Marquise ihrer Cousine schon gesagt, daß sie das Taschentuch nicht entfaltet in der Hand tragen dürfe. Der gute oder schlechte Ton macht tausend Vorschriften dieser Art, deren Sinn eine Frau von Geist sofort erfaßt, während andere Frauen ihn nie begreifen. Und Madame de Bargeton, die sowieso den besten Willen mitbrachte, besaß genug Geist, um ihre Verstöße zu erkennen, und noch etwas mehr.

Da Madame d'Espard sicher war, daß ihre Schülerin ihr Ehre machen werde, war sie bereit gewesen, sie zu formen. Kurzum, die beiden Frauen hatten einen Pakt auf Grund ihres gegenseitigen Interesses geschlossen. Madame de Bargeton brachte von einem Augenblick zum andern dem Idol des Tages einen Kult entgegen; die Manieren, der Geist und die Beziehungen der Marquise hatten sie verführt, geblendet, gebannt. Sie hatte gefühlt, daß Madame d'Espard die geheime Macht der großen Dame von Ehrgeiz besaß, und hatte sich gesagt, daß sie als Trabant dieser Sonne ihren Weg machen werde; daher ihre aufrichtige Bewunderung. Die Marquise war durchaus nicht unempfindlich für diese naive Unterordnung, sie hatte Anteilnahme für die Cousine gefühlt, nachdem sie die schwache, arme Frau in ihr erkannt hatte; sie begrüßte es, eine Schülerin gefunden zu haben, mit der sie Schule machen konnte, und verlangte nichts Besseres, als in Madame de Bargeton eine Art Gesellschaftsdame, eine Sklavin zu gewinnen, die ihr Lob sang; das ist ein größerer Glücksfall unter Pariser Damen als unter Schriftstellern ein ergebener Kritiker. Aber die Neugierde des Publikums war zu offensichtlich, als daß der Ankömmling sie nicht bemerkt hätte, und Madame d'Espard war höflich genug, um seine Aufmerksamkeit abzulenken.

»Wenn man uns besucht«, sagte sie, »erfahren wir vielleicht, welchem Umstand wir die Ehre verdanken, daß die Damen sich so mit uns beschäftigen...«

»Ich vermute, daß mein altes Samtkleid und mein Angoulêmer Gesicht die Pariserinnen amüsieren«, erwiderte Madame de Bargeton lachend.

»Nein, es handelt sich nicht um Sie, sondern um etwas, das ich mir nicht erkläre«, gab die Marquise zurück und betrachtete den Dichter, was sie zum ersten Male tat: sie fand ihn nun merkwürdig angezogen.

»Da ist Monsieur du Châtelet«, sagte in diesem Augenblick Lucien und zeigte mit dem Finger auf Madame de Sérizys Loge, in die der neu aufgebügelte Geck gerade trat.

Madame de Bargeton biß sich vor Verdruß auf die Lippen,

denn die Marquise konnte einen Blick und ein erstauntes Lächeln nicht unterdrücken, das so verächtlich zu sagen schien: Woher kommt der junge Mann? Louise fühlte sich in ihrer Liebe gedemütigt, und das ist für eine Französin die schlimmste Empfindung, die sie ihrem Geliebten nicht verzeiht. In dieser Welt, in der die kleinen Dinge groß werden, genügt eine Bewegung, ein Wort, um einen Anfänger zu vernichten. Das hauptsächlichste Verdienst der tadellosen Manieren und des guten Tons der hohen Gesellschaft besteht darin, daß sie eine Harmonie aufrechterhalten, in der alles wohl begründet ist und nichts stört. Sogar wer, sei es aus Unwissenheit, sei es aus irgendeiner Einstellung, die Gesetze der hier geübten Wissenschaft nicht befolgt, versteht doch, daß auf diesem Gebiet ein einziger Mißton genau wie in der Musik die ganze Kunst in Frage stellt, die darauf angewiesen ist, daß jede einzelne Vorschrift eingehalten wird, da sonst das Gebäude zusammenstürzt.

»Wer ist der Herr?« fragte die Marquise und zeigte auf Châtelet. »Kennen Sie schon Madame de Sérizy?«

»Es ist die berühmte Madame de Sérizy, die so viele Abenteuer gehabt hat und doch überall empfangen wird.«

»Eine unerhörte Sache, meine Teure«, erwiderte die Marquise, »eine erklärliche, aber unerklärte Sache! Die Männer, die am meisten gefürchtet werden, sind ihre Freunde, und weshalb? Niemand wagt diesem Geheimnis auf den Grund zu gehen. Der Herr ist also der Löwe von Angoulême?«

»Aber Baron du Châtelet«, sagte Anaïs, die aus Eitelkeit in Paris ihrem Anbeter den Titel gab, den sie ihm zu Hause bestritt, »ist ein Mann, der viel von sich hat reden machen. Er ist Monsieur de Montriveaus Gefährte.«

»Oh«, meinte die Marquise, »ich höre diesen Namen nie, ohne an die arme Duchesse de Langeais zu denken, die wie eine Sternschnuppe verschwand. Da sind«, fuhr sie fort und wies auf eine Loge, »Monsieur de Rastignac und Madame de Nucingen, die Frau eines Lieferanten, Bankiers, Geschäftsmannes, Sammlers im größten Stil, kurzum, eines Menschen, der sich in der Pariser Welt durch sein Vermögen Geltung zu schaffen sucht und, wie man sagt, es skrupellos zu vermehren weiß; er gibt sich unendliche Mühe, um an seine Ergebenheit für die Bourbonen glauben zu machen, er hat auch schon versucht, bei mir Zutritt zu erlangen. Indem sie Madame de Langeais' Loge nahm, glaubte seine Frau, sie übernehme auch die Anmut, den Geist und den Erfolg der Herzogin. Immer die Fabel von der Elster, die die Federn des Pfaus anlegt!«

»Wie machen es Monsieur und Madame de Rastignac, von denen wir wissen, daß sie keine tausend Écu Rente besitzen, ihren Sohn in Paris zu erhalten?« fragte Lucien Madame de Bargeton und wunderte sich über die Eleganz und den Luxus, den die Kleidung des jungen Mannes verriet.

»Es ist leicht zu sehen, daß Sie aus Angoulême kommen«, antwortete die Marquise, ohne die Lorgnette zu senken.

Lucien begriff nicht, er war ganz in den Anblick der Logen versunken und erriet, daß dort Madame de Bargeton und er der Gegenstand der allgemeinen Neugierde waren. Louise ihrerseits fühlte sich tief von dem Umstand getroffen, daß die Marquise so wenig Aufhebens von Luciens Schönheit machte.

›Er ist also nicht so schön, wie ich glaubte‹, sagte sie sich. Von da bis zu der Feststellung, daß er auch weniger Geist besaß, als sie gemeint hatte, war nur ein Schritt. Der Schleier war gefallen. Châtelet, der in der Nachbarloge die Duchesse de Carigliano besuchte, grüßte zu Madame de Bargeton hinüber, die mit einem Neigen des Kopfes antwortete. Eine Frau von Welt sieht alles, und die Marquise bemerkte die überlegene Haltung du Châtelets. In diesem Augenblick traten hintereinander vier Personen in die Loge der Marquise, vier Pariser Berühmtheiten.

Der erste war Monsieur de Marsay, berühmt durch die Leidenschaften, die er einflößte, bemerkenswert vor allem durch seine mädchenhafte Schönheit, eine weichliche, feminine Schönheit, die aber durch einen festen, ruhigen, raubtierhaften und starren Blick, gleich dem eines Tigers, aufgehoben wurde. Man liebte ihn, und er flößte Furcht ein. Auch Lucien war schön; aber bei ihm war der Blick so sanft, das blaue Auge war so hell, daß man sich geneigt fühlte, ihm die zwingende Kraft abzusprechen, der sich so viele Frauen unterordnen. Außerdem brachte noch nichts den Dichter zur Geltung, während de Marsay mit seiner geistigen Bestimmtheit, mit einer Sicherheit des Erfolges und dazu in einer so sehr mit seinem Wesen übereinstimmenden Toilette auftrat, daß er ringsum jeden Nebenbuhler erdrückte. Man kann also ermessen, wie Lucien neben ihm bestand, steif, bemüht elegant gekleidet und von dem Unbehagen gelähmt, das ihm seine neuen Kleider gaben. De Marsay hatte das Recht erworben, impertinente Dinge zu sagen – er hatte es durch den Geist erworben, mit dem er sie sagte, und durch die vollkommene Art, wie er sie sagte. Aus der Aufnahme, welche die Marquise ihm bereitete, zog Madame de Bargeton sofort einen Schluß auf die Macht seiner Persönlichkeit.

Der zweite war einer der beiden Vandenesses, derselbe, der mit Lady Dudley so sehr ins Gerede gekommen war, ein junger Mann von sanftem, bescheidenem, aber nicht geistlosem Auftreten, dessen Wirkung auf allen Eigenschaften beruhte, die de Marsay nicht besaß; die Cousine der Marquise, Madame de Mortsauf, hatte ihn dieser warm empfohlen.

Der dritte war der General de Montriveau, der den Untergang der Duchesse de Langeais verschuldet hatte. Der vierte war Monsieur de Canalis, einer der berühmtesten Dichter der Zeit, ein junger Mann, dessen Stern noch im Aufsteigen begriffen war und der mehr Wert darauf legte, Edelmann als großer Dichter zu sein, außerdem als Verehrer der Madame d'Espard auftrat, um seine Leidenschaft für die Duchesse de Chaulieu zu verbergen. Er gab sich bezaubernd, war aber bereits nicht frei von Ziererei, und man ahnte schon den maßlosen Ehrgeiz, der ihn später in die Stürme des politischen Lebens warf. Seine Schönheit, die beinahe an die eines geschminkten Knaben erinnerte, seine einschmeichelnden Manieren verhüllten nur schlecht seine abgründige Selbstsucht und die Berechnung, zu der ihn seine damals noch unsichere Existenz zwang; indessen trug ihm in diesem Augenblick der Umstand, daß er sich an Madame de Chaulieu, eine Frau von über vierzig Jahren, heftete, die Gunst des Hofes, den Beifall des Faubourg Saint-Germain und die Angriffe der Liberalen ein, die ihn einen Sakristeidichter nannten.

Angesichts dieser vier bemerkenswerten Erscheinungen verstand Madame de Bargeton, weshalb die Marquise Lucien so wenig Beachtung schenkte. Und dann, als die Unterhaltung begann, als jeder dieser feinen, gewählten Geister sich durch Bemerkungen enthüllte, die mehr Tiefe und Sinn als alles enthielten, was Anaïs während eines ganzen Monats in der Provinz vernahm; als insbesondere der große Dichter Sätze von sich gab, die spüren ließen, welche Kräfte sich in dieser Generation regten, und doch zugleich gar nicht prosaisch waren, verstand Louise, was du Châtelet ihr tags zuvor gesagt hatte: Lucien war nichts mehr. Jeder sah den armen Unbekannten mit einer so grausamen Gleichgültigkeit an, er stand so offenkundig als ein Fremder da, der die Sprache nicht beherrschte, daß die Marquise sich seiner erbarmte.

»Erlauben Sie mir«, sagte sie zu Canalis, »Ihnen Monsieur de Rubempré vorzustellen. Sie nehmen in der literarischen Welt eine zu hohe Stellung ein, als daß Sie sich weigern könnten, einem Anfänger mit Wohlwollen zu begegnen. Monsieur de Rubempré trifft soeben aus Angoulême ein und bedarf sicherlich Ihrer Fürsprache bei denen, die hier dem Talent den Weg bahnen. Er hat noch keine Feinde, die ihm dadurch zum Erfolg verhelfen könnten, daß sie ihn befehden. Es wäre gewiß ein ungewöhnlicher Versuch, der Sie vielleicht reizt, ihm durch Freundschaft zu verschaffen, was Sie selbst durch den Haß der anderen erreichten.«

Die vier jungen Männer nahmen Lucien, während die Marquise von ihm sprach, in Augenschein. De Marsay führte, obwohl er nur zwei Schritte von ihm stand, sein Lorgnon ans Auge, um ihn zu betrachten; sein Blick ging von Lucien zu Madame de Bargeton und von Madame de Bargeton zu Lucien; er stellte durch einen spöttischen Gedanken, der beide ins Herz traf, eine Verbindung her, er prüfte sie wie zwei merkwürdige Tiere, dann lächelte er. Dieses Lächeln war ein Dolchstoß für den großen Mann aus der Provinz.

Félix de Vandenesse schien sich zu erbarmen, Montriveau warf Lucien einen Blick zu, der ihn bis auf die Nieren prüfte.

»Marquise«, antwortete Monsieur de Canalis und verbeugte sich, »ich werde Ihnen gehorchen, obwohl wir ein persönliches Interesse daran haben, keinen Nebenbuhler zu begünstigen; aber Ihnen ist das Wunder gelungen, Sie haben die Wilden gezähmt.«

»Vorzüglich! Machen Sie mir das Vergnügen und kommen Sie Montag mit Monsieur de Rubempré zu mir zu Tisch; Sie plaudern da besser als hier über Literatur. Ich werde mir Mühe geben und ein paar der Tyrannen zusammenbringen, die den Ruhm machen, auch ein paar Berühmtheiten selbst, zum Beispiel den Dichter von *Ourika* und einige junge, gutgesinnte Poeten.«

»Marquise«, erwiderte de Marsay, »wenn Sie Monsieur de Rubempré seines Geistes wegen unter die Fittiche nehmen, werde ich es seiner Schönheit wegen tun; ich will ihm Ratschläge geben, die den glücklichsten Dandy von Paris aus ihm machen werden. Ist das geschehen, so kann er es noch immer mit der Laufbahn des Dichters versuchen, wenn sie ihm Vergnügen bereitet.«

Madame de Bargeton dankte ihrer Cousine durch einen Blick.

»Ich wußte nicht, daß Sie auf Leute von Geist eifersüchtig sind«, sagte Montriveau zu de Marsay, »das Glück tötet die Dichter.«

»Ist das der Grund, warum Sie sich zu verheiraten wünschen?« wandte sich der Dandy an Canalis, um zu sehen, ob sich Madame d'Espard getroffen fühlte.

Canalis zuckte die Achseln, und Madame d'Espard, Madame de Chaulieus Nichte, lachte. Lucien, der sich in seinem Anzug wie eine ägyptische Statue in ihrem Futteral fühlte, verzweifelte, weil er keine Antwort fand. Schließlich wandte er sich mit seiner sanften Stimme an die Marquise und sagte:

»Ihre Güte, Frau Marquise, verurteilt mich dazu, nur Erfolge zu verbuchen.«

In diesem Augenblick trat du Châtelet ein und ergriff die Gelegenheit, bei der Marquise mit Hilfe Montriveaus, der einer der Könige von Paris war, Fuß zu fassen. Er begrüßte Madame de Bargeton und bat Madame d'Espard um Nachsicht für die Freiheit, mit der er ihre Loge betrat: Er war so lange von seinem Reisegefährten getrennt! Montriveau und er sahen sich zum ersten Mal wieder, nachdem sie sich mitten in der Wüste verlassen hatten.

»Sich in der Wüste verlassen und in der Oper wiedertreffen!« sagte Lucien.

»Ein wahres Theaterwiedersehen«, meinte Canalis. Montriveau stellte Baron du Châtelet der Marquise vor, und die Marquise bereitete dem ehemaligen Sekretär der kaiserlichen Hoheit einen um so schmeichelhafteren Empfang, als er, wie sie bemerkt hatte, bereits in drei Logen gut aufgenommen worden war, Madame de Sérizy nur mit zuverlässigen Leuten verkehrte und er schließlich der Gefährte Montriveaus war. Dieser dritte Umstand hatte einen so großen Wert, daß Madame de Bargeton dem Ton, den Blicken und dem Benehmen der vier Herren entnehmen konnte, daß sie ohne Zögern du Châtelet als einen der Ihrigen anerkannten. Naïs verstand von einem Augenblick auf den anderen das sultanhafte Auftreten du Châtelets in der Provinz.

Endlich geruhte du Châtelet Lucien zu bemerken und begrüßte ihn mit einer jener trockenen, kalten Verbeugungen, durch die ein Mann den anderen in Verruf bringt, indem er den Leuten von Welt zu verstehen gibt, welch niederen Platz jener in der Gesellschaft einnimmt. Er begleitete seinen Gruß mit einer sardonischen Miene, durch die er zu fragen schien: »Durch welchen Zufall kommst du hierher?« Du Châtelet wurde gut verstanden, denn de Marsay beugte sich zu Montriveau und sagte ihm so, daß der Baron es verstehen konnte, ins Ohr: »Fragen Sie ihn doch, wer der merkwürdige junge Mensch sein mag, der wie eine Puppe im Schaufenster eines Schneiders gekleidet ist.«

Du Châtelet flüsterte einen Augenblick mit seinem Gefährten, es sah aus, als erneuere er die Bekanntschaft, aber ohne Zweifel teilte er seinen Nebenbuhler in vier Stücke. Von dem Geist überrascht, von der Schlagfertigkeit benommen, mit der diese Männer ihre Antworten gaben, sann Lucien über das nach, was man den Zug, den Einfall nennt, und nicht zum wenigsten über die Unbekümmertheit der Antworten und die Leichtigkeit des Auftretens. Der Luxus, der ihn am Morgen bei den Dingen erschreckt hatte, hier fand er ihn in den Ideen wieder. Er fragte sich, wie diese Leute es anstellten, im Handumdrehen treffende Gedanken und Erwiderungen zu finden, auf die er erst nach langem Nachdenken gekommen wäre. Und dann, die fünf Herren der Gesellschaft, in deren Kreis er saß, waren nicht nur im Wort zu Hause, sondern auch in ihrer Kleidung, die Kleider waren weder neu noch alt. Nichts stach hervor, und doch zog alles den Blick auf sich. Ihr Luxus von heute war der von gestern, er mußte auch der von morgen sein. Lucien erriet, daß er wie ein Mann aussah, der sich zum erstenmal in seinem Leben angezogen hat.

»Mein Lieber«, sagte de Marsay zu Félix de Vandenesse, »dieser kleine Rastignac steigt wie ein Papierdrache auf! Schon ist er bei der Marquise de Listomère, er macht Fortschritte, er betrachtet uns durchs Lorgnon. – Er kennt Sie ohne Zweifel?« wandte sich der Dandy an Lucien, sah ihn aber nicht an.

»Es ist unwahrscheinlich«, antwortete Madame de Bargeton, »daß der Name des großen Mannes, auf den wir stolz sind, nicht bis zu ihm gedrungen sein soll; seine Schwester hat neulich Monsieur de Rubempré bei uns sehr schöne Verse vorlesen hören.«

Félix de Vandenesse und de Marsay grüßten die Marquise und begaben sich zu Madame de Listomère, der Schwester der Vandenesses. Der zweite Akt begann, alle zogen sich zurück, Madame d'Espard, ihre Cousine und Lucien waren wieder allein. Von den Herren gingen die einen zu ihren Damen, um ihnen, deren Neugierde schon aufs höchste gestiegen war, zu erklären, wer Madame de Bargeton war; die anderen berichteten von dem Dichter, der über Nacht aufgetaucht war, und spotteten über seinen Anzug. Canalis kehrte in die Loge der Duchesse de Chaulieu zurück und ließ sich nicht mehr sehen.

Lucien war glücklich, daß das Schauspiel die Aufmerksamkeit ablenkte. Alle Befürchtungen, die Madame de Bargeton Luciens wegen hegte, wurden durch das Entgegenkommen vermehrt, mit dem ihre Cousine den Baron du Châtelet aufgenommen hatte. Es unterschied sich durchaus von der gönnerhaften Höflichkeit, die auf Luciens Teil entfallen war. Während des zweiten Aktes blieb die Loge der

Madame de Listomère voll Gästen, man unterhielt sich lebhaft, offenbar über Madame de Bargeton und Lucien. Der junge Rastignac hatte allem Anschein nach die Rolle des amüsanten Unterhalters übernommen, er stellte sich in den Dienst jenes Pariser Lachens, das sich jeden Tag auf eine neue Weide stürzt und keine Ruhe gibt, bis das Thema von heute in kürzester Zeit verbraucht und alt geworden ist. Madame d'Espard wußte, daß man denen, die sie betreffen, Bosheiten nicht lange vorenthält, und sie erwartete unruhig das Ende des Aktes.

Wenn die Gefühle sich mit sich selbst beschäftigen, wie es bei Lucien und Madame de Bargeton der Fall war, kommt es rasch zu den seltsamsten Gebilden; seelische Revolutionen vollziehen sich mit äußerster Schnelligkeit. Louise erinnerte sich an die klugen und politischen Worte, mit denen du Châtelet bei der Rückkehr aus dem Vaudeville von Lucien gesprochen hatte. Jeder Satz war eine Voraussage gewesen, und Lucien tat alles, um sie nicht Lügen zu strafen. Als der arme Junge, dessen Schicksal ein wenig dem Jean-Jacques Rousseaus glich, seine Illusionen über Madame de Bargeton verlor, wie Madame de Bargeton ihre Illusionen über ihn verloren hatte, ahmte er auch darin Rousseau nach, daß er sich von Madame d'Espard blenden ließ: er verliebte sich auf der Stelle ein wenig in sie. Junge Leute oder Männer, die die Erregungen der Jugend nicht vergessen haben, werden verstehen, daß diese Leidenschaft sehr wahrscheinlich und natürlich war. Die reizenden Umgangsformen, die gewählte Sprache, die feine Stimme, die ganze geschmeidige, vornehme, hochgestellte und beneidete Frau, kurzum diese Königin stand vor dem Dichter, wie einst in Angoulême Madame de Bargeton vor ihm gestanden hatte. Sein beweglicher Charakter bewirkte, daß er sich augenblicklich eine so hohe Beschützerin wünschte; das sicherste Mittel war, die Frau zu besitzen, er hätte dann alles gehabt! Es hatte ihm in Angoulême nicht an Erfolg gefehlt, warum sollte es ihm in Paris an Erfolg fehlen? Unwillkürlich und trotz der zauberhaften Vorgänge auf der Bühne, die ganz neu für ihn waren, ging sein Blick jeden Augenblick zu der, die das Ziel seiner Wünsche war; und je mehr er sie anschaute, um so unaufhörlicher wünschte er, sie anzuschauen.

Madame de Bargeton fing einen dieser funkelnden Blicke auf; sie begann Lucien zu beobachten und sah, daß er sich mehr mit der Marquise als mit dem Schauspiel beschäftigte. Sie hätte sich in guter Haltung dareingefunden, für die fünfzig Töchter des Danaos verlassen zu werden; aber als ein Blick, der noch ehrgeiziger, noch brennender, noch bedeutsamer als die anderen war, ihr verriet, was in Luciens Herzen vor sich ging, wurde sie eifersüchtig, aber weniger im Hinblick auf die Zukunft als auf die Vergangenheit.

›Mich hat er nie so angesehen‹, dachte sie, ›mein Gott, Châtelet hatte recht!‹ Sie erkannte nun den Irrtum ihrer Liebe. Wenn eine Frau so weit kommt, daß sie ihre Schwäche bereut, nimmt sie einen Schwamm und löscht alles aus ihrem Leben aus, was ihr unangenehm ist. Obwohl jeder Blick Luciens sie in Zorn versetzte, blieb sie ruhig.

Im Zwischenakt kehrte de Marsay zurück und brachte Monsieur de Listomère mit. Der gesetzte Mann und der junge Geck ließen die hochmütige Marquise bald wissen, daß der Brautdiener im Sonntagsrock, dem sie unglücklicherweise einen Platz in ihrer Loge bewilligt hatte, sich sowenig Monsieur de Rubempré nennen konnte, wie ein Jude einen Taufnamen hatte. Lucien war der Sohn eines Apothekers namens Chardon. Monsieur de Rastignac, der in den Angoulêmer Angelegenheiten gut Bescheid wußte, hatte schon zwei Logen zum Lachen gebracht, auf Kosten der Art Mumie, die als Cousine der Marquise auftrat, und der Vorsicht, die diese dadurch bewies, daß sie einen Apotheker mit sich führte – ohne Zweifel, um ihr künstliches Leben durch Tränkchen fristen zu können. Und zuletzt gab de Marsay ein paar von den tausend Spöttereien zum besten, auf die jederzeit die Pariser verfallen – sie werden ebenso rasch vergessen wie gesagt, aber hinter diesen hier stand du Châtelet, der Drahtzieher und Verräter.

»Meine Teure«, flüsterte im Schutz des Fächers Madame d'Espard Madame de Bargeton zu, »verzeihen Sie, sagen Sie mir, ob Ihr Schützling wirklich Monsieur de Rubempré heißt?«

»Er hat den Namen seiner Mutter angenommen«, antwortete Anaïs verlegen.

»Und wie heißt der Vater?«

»Chardon.«

»Und was trieb dieser Chardon?«

»Er war Apotheker.«

»Ich zählte darauf, meine liebe Freundin, daß Paris sich unmöglich über eine Frau, mit der ich verkehre, lustig machen kann. Es ist mir nicht angenehm, Leute in meine Loge eintreten zu sehen, die entzückt sind, mich Seite an Seite mit dem Sohn eines Apothekers zu finden. Wenn es Ihnen recht ist, brechen wir zusammen auf, und dies im Augenblick.«

Madame d'Espard nahm eine recht verächtliche Miene an,

ohne daß Lucien erraten konnte, inwiefern er diesen Wechsel veranlaßt hatte. Er dachte, seine Weste verstoße gegen den Geschmack, was stimmte; oder der Schnitt seines Rokkes sei übertrieben, was noch mehr stimmte. Er sagte sich mit ehrlicher Bitterkeit, daß er zu einem geschickteren Schneider gehen müsse, und war entschlossen, am nächsten Morgen den berühmtesten aufzusuchen, damit er am kommenden Montag neben den Herren bestehen konnte, die er bei der Marquise treffen sollte. Die Überlegungen, denen er sich hingab, hinderten ihn nicht, aufmerksam den Vorgängen auf der Bühne zu folgen, wo man beim dritten Akt war. Während er den Prunk des einzigartigen Schauspiels beobachtete, träumte er weiter von Madame d'Espard. Er war verzweifelt über ihre plötzliche Kälte, die seltsam genug von der intellektuellen Glut abstach, mit der er in diese neue Liebe sprang, unbekümmert um die ungeheuren Schwierigkeiten, die er wohl bemerkte und zu besiegen entschlossen war. Er riß sich aus seiner Versunkenheit, um sein neues Idol anzusehen, aber als er den Kopf wandte, fand er sich allein; er hatte ein leichtes Geräusch vernommen, eben schloß sich die Tür, Madame d'Espard entführte ihre Cousine. Lucien war über diesen plötzlichen Aufbruch ungeheuer überrascht, dachte aber nicht lange darüber nach, weil er ihn für vollkommen unerklärlich hielt.

Als die beiden Frauen in ihren Wagen gestiegen waren und durch die Rue de Richelieu nach dem Faubourg Saint-Honoré fuhren, fragte die Marquise mit schlecht verhohlenem Zorn: »Mein liebes Kind, woran denken Sie? Aber warten Sie doch ab, bis der Apothekersohn wirklich berühmt ist, und interessieren Sie sich dann für ihn. Die Duchesse de

Chaulieu gibt ihr Interesse für Canalis noch nicht zu, und dabei ist er berühmt und von Adel. Der Junge da ist weder Ihr Sohn noch Ihr Geliebter, nicht wahr?« erkundigte sich die hochfahrende Frau und warf ihrer Cousine einen ebenso forschenden wie klaren Blick zu.

›Welches Glück für mich, daß ich den kleinen Übeltäter auf Abstand gehalten und ihm nichts bewilligt habe!‹ dachte Madame de Bargeton.

»Also«, fuhr die Marquise fort, die dem Ausdruck der Augen ihrer Cousine die Antwort entnahm, »lassen Sie es dabei, ich beschwöre Sie. Er maßt sich einen hervorragenden Namen an? Aber das ist eine Kühnheit, die von der Gesellschaft bestraft wird. Ich will annehmen, daß es der Name seiner Mutter ist, aber bedenken Sie, meine Teure, daß nur der König das Recht hat, durch einen Erlaß den Namen der Rubempré dem Sohn eines Fräuleins aus diesem Hause zu verleihen; da sie unter ihrem Stand geheiratet hat, so wäre das eine ungeheure Gunst, und um sie zu erlangen, bedarf es eines riesigen Vermögens, erwiesener Dienste, sehr hoher Fürsprache. Der Sonntagsstaat eines Krämers, in den der junge Mann sich geworfen hat, beweist, daß er weder reich ist noch vornehmen Geschmack besitzt; sein Gesicht ist schön, aber er machte mir einen reichlich abgeschmackten Eindruck, er versteht sich weder zu bewegen noch zu sprechen; kurzum, er besitzt keine Erziehung. Wie kommt es nur, daß Sie ihn in Ihren Schutz genommen haben?«

Madame de Bargeton, die Lucien verleugnete, wie Lucien sie vor sich selbst verleugnet hatte, fühlte eine entsetzliche Furcht bei dem Gedanken aufsteigen, daß die Marquise die Wahrheit über ihre Reise erfahren könnte.

»Teuerste Cousine, ich bin verzweifelt, daß ich Sie bloßgestellt habe.«

»Man stellt mich nicht bloß«, sagte lächelnd Madame d'Espard, »ich denke nur an Sie.«

»Aber Sie haben ihn auf Montag an Ihren Tisch geladen.«

»Ich werde krank sein«, erwiderte lebhaft die Marquise, »unterrichten Sie ihn davon, ich werde an meiner Tür Anweisung geben und seine beiden Namen nennen.«

Lucien hatte den Einfall, sich während der Pause ins Foyer zu begeben, da er jedermann das gleiche tun sah. Zunächst bemerkte er, daß keiner der Herren, die in die Loge der Madame d'Espard gekommen waren, ihn grüßte oder auch nur zu bemerken schien, der Dichter aus der Provinz fand es sehr seltsam. Dann sah er, daß Châtelet, an den er sich zu heften suchte, ihn aus dem Augenwinkel beobachtete und fortwährend mied. Nachdem er sich durch einen Vergleich mit den übrigen Herren überzeugt hatte, daß sein Anzug recht lächerlich war, setzte er sich wieder in die Ecke seiner Loge und brachte den Rest der Vorstellung damit zu, sich der Reihe nach in das prunkhafte Schauspiel des Balletts im fünften, durch seine Hölle so berühmten Akt, in den Saal mit allen seinen Logen und in seine eigenen Überlegungen zu versenken, die angesichts der Pariser Gesellschaft recht tiefschürfend waren.

›Das ist also mein Königreich‹, dachte er, ›das ist die Welt, die ich erobern muß.‹

Er kehrte zu Fuß nach Hause zurück und ließ noch einmal alles an sich vorüberziehen, was die Persönlichkeiten, die Madame d'Espard ihre Aufwartung machten, gesagt hatten, ihre Haltung, ihre Bewegungen, ihr Eintritt und Abgang, alles stand mit einer erstaunlichen Treue vor seinem geistigen Auge.

Am nächsten Tag war das erste, was er tat, daß er sich gegen Mittag zu Staub begab, dem damals berühmtesten Schneider. Seine Bitte und sein bares Geld setzten durch, daß der Anzug bis zu dem berühmten Montag fertig war. Staub ging so weit, ihm einen hinreißend sitzenden Rock, eine Weste und ein Beinkleid für den entscheidenden Tag zu versprechen. Lucien bestellte sich bei einer Weißnäherin Hemden, Taschentücher, kurzum, eine kleine Ausstattung, und ließ einen berühmten Schuhmacher Maß für Stiefel und Schuhe nehmen. Er kaufte einen hübschen Stock bei Verdier, Handschuhe und Hemdenknöpfe bei Madame Irlande; kurzum, er versuchte, sich auf die Höhe eines echten Dandy zu versetzen. Als er seine Launen befriedigt hatte, ging er in die Rue Neuve-du-Luxembourg und erfuhr, daß Louise ausgegangen war.

»Sie speist bei der Marquise d'Espard und wird spät zurückkehren«, sagte ihm Albertine.

Lucien aß für zwei Franc in einem Speisehaus des Palais Royal und legte sich früh schlafen. Am Sonntag läutete er um elf Uhr bei Louise, sie war noch nicht aufgestanden.

Um zwei Uhr stellte er sich abermals ein.

»Die gnädige Frau empfängt noch nicht«, sagte Albertine, »aber sie hat mir ein Briefchen für Sie gegeben.«

»Sie empfängt noch nicht«, wiederholte Lucien, »aber ich bin nicht irgend jemand...«

»Ich weiß nicht«, gab Albertine ziemlich anmaßend zur Antwort.

Lucien, den weniger die Antwort Albertines als der Umstand überraschte, daß Madame de Bargeton ihm schrieb, ergriff das Briefchen und las unterwegs folgende Zeilen, die ihm jeden Mut nahmen:

Madame d'Espard fühlt sich nicht wohl, sie wird Sie Montag nicht empfangen können; ich selbst bin leidend, gehe aber trotzdem zu ihr, um ihr Gesellschaft zu leisten. Ich bin über dieses kleine Mißgeschick untröstlich, vertraue aber auf Ihr Talent, Sie werden auch so Ihren Weg machen.

›Und ohne Unterschrift!‹ dachte Lucien, der in den Tuilerien zur Besinnung kam, ohne überhaupt gemerkt zu haben, daß er sich bewegte. Die Gabe des zweiten Gesichts, die Menschen von Talent eigentümlich ist, ließ ihn die Katastrophe erraten, der dieser kalte Brief entsprungen war. In seine Gedanken verloren, ging er geradeaus und betrachtete die Denkmäler der Place Louis xv. Das Wetter war schön. Die hübschesten Wagen fuhren an ihm vorüber in Richtung der großen Avenue des Champs-Élysées. Er ließ sich vom Strom der Spaziergänger treiben und sah bei dieser Gelegenheit die drei- oder viertausend Wagen, die an einem schönen Sonntag hier zusammenkommen und ein zweites Longchamps hervorzaubern. Vom Prunk der Pferde, der Toiletten und der Livreen betäubt, ging er immer weiter und erreichte schließlich den im Bau befindlichen Triumphbogen.

Wie ward ihm, als er auf dem Rückweg Madame d'Espard und Madame de Bargeton in einer prachtvoll bespannten Kalesche auf sich zukommen sah! Hinter den Damen wiegten sich die Federn des Lakaien, dessen grüne mit Gold bestickte Livree er zuerst erkannt hatte. Die Wagenreihe kam ins Stocken, Lucien erblickte die verwandelte Louise und erkannte sie nicht wieder. Die Farben ihrer Toilette waren so gewählt, daß sie ihren Teint zur Geltung brachten; das Kostüm war entzückend, die Frisur so geschmackvoll, daß sie ihr vorzüglich stand; und der Hut, ein Meisterwerk, behauptete sich neben dem von Madame d'Espard, die in der Mode tonangebend war. Es gibt eine mit Worten nicht zu umschreibende Art, einen Hut zu tragen: Man setze ihn etwas zu weit nach hinten, und es wirkt herausfordernd; man setze ihn zu weit nach vorn, und es sieht zu unbestimmt aus; wenn er auf der Seite sitzt, wird man zu sehr an eine Amazone erinnert; eine Frau, die sich zu kleiden weiß, trägt ihren Hut, wie sie will, und wirkt immer gut. Madame de Bargeton hatte dieses merkwürdige Problem sofort gelöst. Ein hübscher Gürtel machte ihre Figur schlank. Sie hatte die Bewegungen und Manieren ihrer Cousine angenommen und lehnte sich auf dieselbe Art zurück; an einem Finger der rechten Hand trug sie an einer kleinen Kette ein elegantes Riechfläschchen, und indem sie damit spielte, hatte sie Gelegenheit, ungezwungen die feine Hand und zugleich die tadellosen Handschuhe sehen zu lassen. Kurzum, sie glich in allen Dingen Madame d'Espard, ohne daß sie diese nachgeäfft hätte; sie war der Marquise würdig, die ihrerseits stolz auf die Schülerin zu sein schien. Keinem der Spaziergänger entging der prächtige Wagen mit den vereinigten Wappen der d'Espards und Blamont-Chauvrys.

Lucien staunte über die vielen Leute, welche die beiden Cousinen grüßten; er wußte nicht, daß ganz Paris, das aus zwanzig Salons besteht, bereits über die Verwandtschaft von

Madame de Bargeton mit Madame d'Espard unterrichtet war. Junge Herren zu Pferd, unter denen Lucien de Marsay und Rastignac bemerkte, gaben der Kutsche das Geleit nach dem Bois. Er erkannte unschwer an den Gesten der beiden Gecken, daß sie Madame de Bargeton zu ihrer Umwandlung beglückwünschten. Madame d'Espard strahlte vor Gesundheit: ihre Unpäßlichkeit war also nur ein Vorwand gewesen, um Lucien nicht zu empfangen, und sie hatte das Diner offenbar nicht verschoben. Der aufgebrachte Dichter näherte sich dem Wagen, ging langsam und grüßte, als er in Sichtweite der beiden Damen war. Madame de Bargeton übersah ihn, die Marquise musterte ihn mit dem Lorgnon und erwiderte seinen Gruß nicht. Die Ablehnung, die er bei der Pariser Aristokratie erfuhr, hatte einen anderen Sinn als jene, die er aus Angoulême kannte. Dort hatten sich die Junker zwar Mühe gegeben, ihn zu verletzen, ihn aber für einen Mann von Bedeutung gehalten; für Madame d'Espard dagegen existierte er nicht einmal. Was ihm jetzt widerfuhr, war kein richterliches Urteil, sondern Diktatur. Tödliche Kälte ergriff den armen Dichter, als de Marsay das Lorgnon auf ihn richtete; der Pariser Löwe ließ das Glas auf eine so besondere Art fallen, daß Lucien an das Messer der Guillotine denken mußte. Der Wagen fuhr vorüber. Wut und der Wunsch nach Rache bemächtigten sich des Ausgestoßenen: wenn er Madame de Bargeton vor sich gehabt hätte, würde er sie erwürgt haben; er versetzte sich in die Empfindung Fouquier-Tinvilles, des öffentlichen Anklägers der Revolution, der zahllose Menschen auf das Schafott geschickt hatte; und was de Marsay betraf, dachte er sich eine der raffinierten Foltern aus, wie die Wilden sie erfinden. Canalis ritt vorüber, der elegante, schmeichlerische Dichter, und grüßte die hübschesten Frauen.

›Mein Gott, Gold um jeden Preis‹, sagte sich Lucien. Gold ist die einzige Macht, vor der diese Welt kniet. – ›Nein!‹ rief ihm sein Gewissen zu, ›der Ruhm bezwingt sie, und der Ruhm bedeutet Arbeit! Arbeit, das ist das, was David gefordert hat. Mein Gott, warum bin ich hier? Aber ich werde triumphieren, ich werde wie sie alle hier im eigenen Wagen mit dem Lakaien hintenauf fahren! Ich werde ein Dutzend Marquisen wie diese d'Espard besitzen!‹

Während er sich in seine Wut verbiß, speiste er bei Hurbain für vierzig Sou. Am nächsten Morgen um neun Uhr begab er sich zu Louise mit der Absicht, sie wegen ihres barbarischen Verhaltens zur Rede zu stellen, doch nicht nur war Madame de Bargeton für ihn unsichtbar, der Pförtner ließ ihn nicht einmal vor. Er stellte sich in die Straße und lauerte ihr bis Mittag auf. Um zwölf Uhr trat du Châtelet aus dem Haus, erblickte den Dichter und mied ihn. In seiner Aufregung folgte ihm Lucien; als du Châtelet sich gestellt sah, machte er kehrt und grüßte in der offenkundigen Absicht, nach dieser Höflichkeit weiterzugehen.

»Ich bitte um Verzeihung«, sagte Lucien, »bewilligen Sie mir eine Sekunde, um mit Ihnen zu reden. Sie haben mir Ihre Freundschaft bezeigt, ich nehme sie noch einmal in Anspruch, um den leichtesten aller Dienste von Ihnen zu erbitten. Sie kommen von Madame de Bargeton, erklären Sie mir, weshalb ich bei ihr und Madame d'Espard in Ungnade gefallen bin.«

»Monsieur Chardon«, erwiderte du Châtelet mit falscher Freundlichkeit, »wissen Sie, weshalb die Damen Sie in der Oper verlassen haben?«

»Nein«, sagte der arme Dichter.

»Es ist sehr einfach, Sie haben bei Ihrem ersten Auftreten von allem Anfang an Monsieur de Rastignac gegen sich gehabt. Als man den jungen Dandy nach Ihnen fragte, erklärte er mit dürren Worten, daß Sie Monsieur Chardon und nicht Monsieur de Rubempré sind, daß Ihre Mutter Wöchnerinnen pflegt, daß Ihr Vater Apotheker in l'Houmeau, einem Vorort von Angoulême, war, daß Ihre Schwester ein reizendes Mädchen ist, das die schönsten Hemden näht, und daß sie im Begriff steht, einen Buchdrucker in Angoulême namens Séchard zu heiraten. So ist die Welt. Tauchen Sie in ihr auf, und sie bespricht den Fall. Monsieur de Marsay ging zu Madame d'Espard in die Loge und machte sich über Sie lustig. Alsbald flohen die Damen, die durch Sie bloßgestellt zu werden fürchteten. Versuchen Sie nicht, den Zutritt bei ihnen zu erzwingen. Madame de Bargeton würde von ihrer Cousine nicht mehr empfangen werden, wenn sie weiter mit Ihnen verkehrte. Sie haben Talent, sehen Sie zu, daß Sie auf diesem Wege Vergeltung üben. Die Welt mißachtet Sie, mißachten Sie die Welt. Ziehen Sie sich in eine Dachkammer zurück, schreiben Sie dort ein Meisterwerk, schaffen Sie sich irgendeine Macht, und die Welt wird Ihnen zu Füßen liegen. Dann können Sie die Wunden vergelten, die sie Ihnen geschlagen hat. Je mehr Freundschaft Madame de Bargeton Ihnen erwies, desto weiter entfernte sie sich von Ihnen. Das ist so bei Frauen. Aber es handelt sich jetzt nicht darum, ihre Freundschaft zurückzuerobern, es handelt sich darum, sie nicht zur Feindin zu bekommen, und ich will Ihnen das Mittel angeben. Sie hat Ihnen geschrieben; senden Sie ihr alle ihre Briefe zurück, sie wird für diese eines Edelmanns würdige Handlung empfänglich sein; später, wenn Sie sie brauchen, ist sie Ihnen nicht feindlich gesinnt. Ich meinerseits habe eine so hohe Meinung von Ihrer Zukunft, daß ich Sie überall verteidigt habe und daß ich auch jetzt, wenn ich etwas für Sie tun kann, immer zu jedem Dienst bereit bin.«

Lucien war so düster, so bleich, so zermürbt, daß er dem alten Geck, den die Pariser Luft verjüngt hatte, nicht den Gruß voll trockenster Höflichkeit zurückgab, den er von ihm empfing. Er ging in sein Hotel, wo Staub in eigener Person auf ihn wartete, der weniger gekommen war, um ihn die Kleider probieren zu lassen, als um sich bei der Wirtin des Gaillard-Bois zu erkundigen, wie es um die Zahlungsfähigkeit seines neuen Kunden stehe. Lucien war mit der Post angekommen, Madame de Bargeton hatte ihn vergangenen Donnerstag in ihrem Wagen vom Vaudeville nach Hause gebracht. Diese Tatsachen genügten. Staub nannte Lucien »Herr Graf« und zeigte ihm, mit welcher Sorgfalt er für ihn gearbeitet hatte.

»In diesem Anzug«, sagte er, »kann ein junger Herr sich ruhig in den Tuilerienanlagen zeigen, binnen vierzehn Tagen heiratet er eine reiche Engländerin.«

Dieser Scherz im Stil eines deutschen Schneiders und die Vollkommenheit seiner Ware, die Feinheit des Tuchs, die blendende Erscheinung, die dem jungen Mann aus dem Spiegel entgegentrat, das alles milderte Luciens Niedergeschlagenheit. Er tröstete sich damit, daß Paris die Hauptstadt des Zufalls war, und er glaubte einen Augenblick an den Zufall. Lagen in seinem Koffer nicht der Versband und der *Bogenschütze Karls* IX.? Er glaubte wieder an seine Zukunft. Staub versprach den Rock und das übrige für Montag.

Am nächsten Tag stellten sich der Schuhmacher, die

Näherin und der Schneider abermals ein, alle mit der Rechnung bewaffnet. Lucien, der nicht wußte, wie er sie verabschieden sollte, und noch unter dem Zauber der neuen Sachen stand, bezahlte; aber als er bezahlt hatte, blieben ihm nur noch dreihundertsechzig Franc von den zweitausend, mit denen er nach Paris gekommen war – vor acht Tagen! Gleichwohl zog er sich um und machte einen Spaziergang zur Terrasse des Feuillants, wo ihm eine Genugtuung zuteil wurde. Er war so gut gekleidet, so anmutig, so schön, daß mehrere Frauen ihn beachteten; auf zwei oder drei machte er einen solchen Eindruck, daß sie sich nach ihm umdrehten.

Lucien studierte das Auftreten und Benehmen der jungen Leute und nahm Unterricht in guten Manieren, ohne seine dreihundertsechzig Franc vergessen zu können. Am Abend, als er allein in seinem Zimmer saß, kam er auf den Einfall, während einer Mahlzeit im Hotel über seine Zukunft nachzudenken; er bestellte die einfachsten Gerichte und hielt sich für sparsam. Dann verlangte er, entschlossen auszuziehen, seine Rechnung und sah, daß sie auf hundert Franc lautete.

Am nächsten Morgen begab er sich ins Quartier Latin, das ihm von David als billig empfohlen worden war. Nachdem er lange gesucht hatte, fand er in der Rue de Cluny, nahe bei der Sorbonne, in einem schäbigen möblierten Haus ein Zimmer zu dem Preis, den er anlegen wollte. Er beglich seine Rechnung im Hotel und zog im Laufe des Tages in die Rue de Cluny. Der Umzug kostete ihn nur eine Droschke.

Nachdem er sein armseliges Zimmer in Besitz genommen hatte, schnürte er alle Briefe von Madame de Bargeton zu einem Päckchen, legte es vor sich auf den Tisch und ließ, bevor er den Begleitbrief schrieb, die verhängnisvolle Woche

vor seinem Auge vorüberziehen. Er sagte sich nicht, daß er
der erste gewesen war, der seine Liebe leichtsinnig verleugnet hatte, ohne sich darum zu kümmern, was aus seiner
Louise in Paris werden sollte; er sah nicht sein Unrecht, er
sah seine gegenwärtige Lage, er klagte Madame de Bargeton
an. Statt ihn aufzuklären, hatte sie ihn verstoßen. Er überließ sich seinem Ärger, er wurde stolz und schrieb ihr auf
dem Höhepunkt seines Zorns folgenden Brief:

*Was würden Sie, gnädige Frau, sagen, wenn eine Ihrer
Schwestern Gefallen an einem armen, furchtsamen Jungen
fände, dessen Herz all den hohen Vorstellungen geöffnet
ist, die er später als Mann Illusionen nennen wird, und
wenn sie durch ihr verführerisches Wesen, durch den Zauber ihres Geistes und dadurch, daß sie ihm ihre mütterliche Liebe zuzuwenden scheint, dieses Kind aus seiner
Bahn wirft? Es kostet sie ja nichts, ihm die lockendsten
Versprechungen zu machen und Schlösser vor ihm aufzubauen, an denen er sich berauscht; sie reißt ihn mit sich, sie
bemächtigt sich seiner, sie wirft ihm sein geringes Vertrauen vor, und zu anderen Zeiten bezaubert sie ihn durch
Schmeicheleien; das Kind läßt seine Familie im Stich und
folgt ihr blindlings; sie führt es an das Gestade eines ungeheuren Meeres, heißt es lächelnd ein gebrechliches Boot
besteigen und allein, ohne Beistand, in die stürmische See
hinausfahren; sie aber bleibt auf dem Felsen zurück, bricht
in Gelächter aus und wünscht ihm gute Fahrt. Diese Frau
sind Sie, dieses Kind bin ich. In den Händen des Kindes
befindet sich ein Andenken, das an die unvorsichtige Zeit
erinnern könnte, in der Sie Ihre Gunst oder gar Hingabe*

zu versprechen schienen. Es könnte der Fall eintreten, daß Sie erröten müßten, wenn Sie dem Kind begegnen, das noch immer mit den Wogen zu kämpfen hat; Sie würden vielleicht daran denken, daß Sie es einst an Ihr Herz preßten. Wenn Sie diesen Brief lesen, steht es Ihnen frei, sich einer solchen Erinnerung zu überlassen. Es steht Ihnen ebenso frei, alles zu vergessen. Nach den Hoffnungen, die Ihre Hand in den Himmel malte, nehme ich die Wirklichkeit wahr, ich finde sie im Schmutz von Paris, und sie heißt Elend. Während Sie strahlend und angebetet durch die große Welt schreiten, an deren Schwelle Sie mich geführt haben, friere ich in der armseligen Dachkammer, in die Sie mich schleuderten. Aber vielleicht empfinden Sie ein Bedauern im Reigen der Feste und Vergnügungen, vielleicht denken Sie an das Kind, das um Ihretwillen in den Abgrund stürzte. Gnädige Frau, denken Sie ohne Reue an das Kind! Aus seinem Elend reicht das Kind Ihnen das einzige, was ihm bleibt, seine Verzeihung und einen letzten Blick. Denn in der Tat, es bleibt mir nichts dank Ihnen. Nichts? Hat dieses Nichts nicht ausgereicht, um die Welt zu erschaffen? Der Genius darf Gott nachahmen: Ich beginne mit seiner Milde, ohne zu wissen, ob ich seine Kraft besitzen werde. Sie brauchen nur dann zu zittern, wenn ich ein schlechtes Ende nehme, dann wären Sie die Mitschuldige meiner Vergehen. Oh, ich beklage Sie, weil Sie keinen Anteil an dem Ruhm haben werden, dem ich mich nun verschreibe, die Arbeit soll mir helfen.

Nach diesem Brief voller Pathos, aber auch voll der düsteren Würde, in die sich ein einundzwanzigjähriger Künstler so gern versenkt, kehrten Luciens Gedanken zu seiner Familie zurück. Er sah die hübsche Wohnung und die Einrichtung, für die David einen Teil seines Vermögens geopfert hatte, und die kleinen ruhigen, bescheidenen, bürgerlichen Freuden stiegen vor ihm auf, deren er teilhaftig gewesen war; die Schatten seiner Mutter, seiner Schwester und Davids nahten sich ihm. Er gedachte der Tränen, die sie bei seiner Abreise vergossen hatten, und er weinte selbst, denn er war allein in Paris, ohne Freunde, ohne Beschützer.

Ein paar Tage später ging folgender Brief an seine Schwester ab:

Meine teure Ève, Schwestern haben das traurige Vorrecht, daß Brüder, die sich der Kunst widmen, ihnen mehr Kummer als Freude aufbürden, und ich beginne zu fürchten, daß ich Dir sehr zur Last falle. Habe ich nicht schon Euch alle, die sich für mich opferten, mißbraucht? Was mich in der Einsamkeit, in der ich jetzt lebe, aufrechterhalten hat, war der Gedanke an die Vergangenheit und die Freuden der Familie. Ich durchfliege den Raum, der uns nun trennt, mit der Schnelligkeit eines Adlers, der zu seinem Nest zurückkehrt, um wieder die Luft echter Liebe zu atmen, nachdem ich in der Welt, die Paris heißt, das erste Elend und die erste Enttäuschung kennengelernt habe. Hat das Licht bei Euch geflackert? Ist die Glut aus dem Kamin gesprungen? Hat es Euch in den Ohren geklungen? Hat meine Mutter gesagt, Lucien denkt an uns? Hat David geantwortet, er schlägt sich mit Menschen und Dingen? Meine Ève, ich schreibe diesen Brief nur Dir allein. Dir allein wage ich das Gute und Böse zu gestehen, das mir zustößt, und eines macht mich so erröten wie das andere, denn hier ist das Gute ebenso selten, wie das Böse es sein sollte. Vernimm vieles in wenigen Worten: Madame de Bargeton hat sich meiner geschämt, mich verleugnet, verabschiedet, zurückgestoßen, am neunten Tag ihrer Ankunft. Als sie mich erblickte, wandte sie den Kopf ab, und ich, der ihr in die Welt folgte, in die sie mich zu bringen suchte, ich habe siebzehnhundertsechzig Franc von den zweitausend ausgegeben, die Ihr so mühsam in Angoulême für mich zusammengebracht habt. Paris ist ein seltsamer Schlund; man kann für achtzehn Sou essen, und die einfachste Mahlzeit in einem eleganten Restaurant kostet fünfzig Franc; es gibt Westen und Hosen für vier Franc fünfzig Sou, die Modeschneider liefern sie nicht unter hundert Franc. Man zahlt einen Sou, um die Rinnsteine zu überschreiten, wenn es regnet. Die kleinste Wagenfahrt ist nicht unter zweiunddreißig Sou zu haben. Nachdem ich im guten Viertel wohnte, zog ich heute ins Hôtel de Cluny in der Rue de Cluny, in einer der ärmsten und dunkelsten Gassen von Paris, die zwischen drei Kirchen und den alten Gebäuden der Sorbonne eingezwängt ist. Ich nenne ein möbliertes Zimmer im vierten Stock mein eigen, und obwohl es recht schmutzig und schlecht ausgestattet ist, kostet es noch immer fünfzehn Franc im Monat. Mein Frühstück besteht aus einem Brötchen für zwei Sou und etwas Milch, die einen Sou kostet, aber ich esse sehr gut für zweiundzwanzig Sou im Restaurant eines gewissen Flicoteaux, das an dem Platz vor der Sorbonne liegt. Bis zum Winter werden meine Ausgaben, alles in allem, nicht mehr als sechzig Franc betragen, ich hoffe es wenigstens. Auf diese

Weise können meine zweihundertvierzig Franc für die vier ersten Monate reichen. Bis dahin habe ich sicher den Bogenschützen Karls ix. *und die* Marguerites *verkauft. Macht Euch daher meinetwegen keine Sorgen. Wenn die Gegenwart kalt, kahl, lieblos ist, so ist doch die Zukunft blau, reich und glänzend. Fast alle großen Männer haben die Prüfungen erduldet, die auch mich nicht niederdrücken sollen. Plautus, ein großer komischer Dichter, war Müllerbursche. Machiavelli schrieb den* Fürsten *abends, nachdem er sich den ganzen Tag unter Arbeitern geplagt hatte. Auch der große Cervantes, der in der Schlacht von Lepanto den Arm verlor und von den Schreiberseelen seiner Zeit der alte, ruhmlose Einarmige genannt wurde, obwohl er zum Erfolg jenes berühmten Tages beigetragen hatte, ließ zehn Jahre zwischen dem ersten und zweiten Teil seines herrlichen* Don Quichotte *verfließen, weil er keinen Buchhändler finden konnte. So schlimm ist es heute nicht mehr. Kummer und Elend lauern nur auf das unbekannte Talent; aber wenn ein Schriftsteller sich Bahn gebrochen hat, wird er reich, auch ich werde reich werden; im übrigen lebe ich ganz in meiner Gedankenwelt und verbringe den halben Tag in der Bibliothek Sainte-Geneviève, wo ich mir die Bildung erwerbe, die mir fehlt, und ohne die ich nicht weit käme. Heute fühle ich mich darum fast glücklich. In ein paar Tagen habe ich mich vergnügt in meine Lage gefunden. Schon mit Tagesbeginn setze ich mich an meine Arbeit, die mir Freude macht; das materielle Leben ist gesichert, ich sehe nicht, wie man mich jetzt verwunden könnte, nachdem ich auf die Welt verzichtet habe, in der meine Eitelkeit jeden Augenblick verletzt wurde. Die berühmten Männer eines Zeitalters müssen immer bereit sein, im verborgenen zu leben. Gleichen sie nicht den Vögeln im Wald? Sie singen, sie schmücken die Natur, und niemand darf sie bemerken. So will auch ich tun, wenn mir nur erlaubt wird, meine ehrgeizigen Pläne zu verwirklichen. Ich bedaure Madame de Bargeton nicht. Eine Frau, die sich so benimmt, verdient nicht, daß man ihrer gedenkt. Ich bedaure auch nicht, Angoulême verlassen zu haben. Diese Frau tat recht, als sie mich in Paris verließ und mich zwang, auf eigenen Füßen zu stehen. Paris ist die Stadt der Schriftsteller, der Denker, der Dichter. Nur hier wird der Ruhm geboren, und ich bin Zeuge vieler großer Karrieren. Nur hier kann ein Schriftsteller in den Museen und Sammlungen die lebenden Meisterwerke der Vergangenheit finden, die die Phantasie anregen. Nur hier bieten ungeheure Bibliotheken, die während des ganzen Tages geöffnet sind, dem Geist die Weide, auf der er seine Kenntnisse sammeln kann. Kurzum, in Paris atmen die Dinge einen Geist aus, dessen Niederschlag die literarischen Werke von morgen sind. Man erfährt im Café, im Theater in einer halben Stunde mehr als in der Provinz in zehn Jahren. Hier ist tatsächlich alles Schauspiel, Vergleichsgegenstand und Anschauungsunterricht. Außerordentlich billig, außerordentlich teuer, das ist Paris, wo jede Biene ihren Kelch, jede Seele die Nahrung findet, die sie braucht. Wenn ich also im Augenblick leide, bereue ich doch nicht. Im Gegenteil, eine große Zukunft breitet sich vor mir aus und erquickt mein schmerzendes Herz. Leb wohl, teure Schwester; rechne nicht mit regelmäßigen Briefen: eine der Beson-*

derheiten von Paris besteht darin, daß man wirklich nicht weiß, wie die Zeit vergeht. Das Leben wickelt sich mit erschreckender Schnelligkeit ab. Ich umarme die Mutter, David und Dich zärtlicher denn je.

Der Name Flicoteaux haftet in manchem Gedächtnis. Unter den Studenten, die während der ersten zwölf Jahre der Restauration im Quartier Latin wohnten, gibt es wenige, die diesen Tempel des Hungers und des Elends nicht besucht hätten. Die Mahlzeit, die aus drei Gängen bestand, kostete achtzehn Sou, einschließlich einer kleinen Karaffe Wein oder einer Flasche Bier, und zweiundzwanzig Sou mit einer Flasche Wein. Wenn dieser Freund der Jugend kein ungeheures Vermögen gemacht hat, ist sein Grundsatz schuld, der auch in fetten Buchstaben auf den Speisekarten der Konkurrenz stand und besagte, daß Brot nach Belieben zur Verfügung stehe – die Diskretion wurde in Wahrheit bis zur Indiskretion ausgenutzt. Mancher berühmte Mann kann Flicoteaux seinen Nährvater nennen, und manches Mannes Herz muß von unaussprechlichen Gefühlen bewegt werden, wenn er das Schaufenster mit den kleinen Scheiben erblickt, das auf die Place de la Sorbonne und die Rue Neuve-de-Richelieu geht. Flicoteaux II. und Flicoteaux III. haben bis zu den Julitagen noch nicht daran gerührt, weder an die braune Wandfarbe noch an das ganze alte, ehrwürdige Aussehen; welch tiefe Verachtung für den Wert, den Scharlatane auf das Äußere legen! Statt für den Magen machen sie Reklame für die Augen, fast in allen Speisehäusern von heutzutage. Der ehrliche Flicoteaux legte nicht auf Stroh einen Haufen Geflügel, der nie gebraten wurde, nicht jene phantastischen

Fische, die das Scherzwort rechtfertigen: Ich habe einen schönen Karpfen gesehen, in acht Tagen kaufe ich ihn. An Stelle dieser Erstlinge, die besser Letztlinge heißen würden und nur für Feldwebel und ihren dörflichen Besuch aufgebaut werden, stellte er mit allem Zubehör geschmückte Salatschüsseln ins Fenster oder andere mit gekochten Pflaumen, die das Herz des Betrachters ergötzten, der sicher sein konnte, daß es das hier gab, was anderswo mehr auf den Karten als vor dem Gast steht, einen Nachtisch. Die Sechspfundbrote, in vier Teile geschnitten, beruhigten den, der dem Versprechen des nichtberechneten Brotes mißtraut hätte.

Derart war der Luxus eines Speisehauses, dem zu seiner Zeit Molière zur Unsterblichkeit verholfen hätte, schon um des drolligen Namens willen. Flicoteaux lebt, er wird leben, solange die Studenten zu leben begehren. Man setzt sich zum Essen hin, zu nichts sonst; aber man ißt, wie man arbeitet, sehr eifrig und im übrigen düster oder vergnügt, je nach Charakter oder Umständen. Dieses berühmte Speisehaus bestand damals aus zwei Räumen, die mit dem Winkelmaß gezogen waren, langen, niedrigen und engen Räumen; der eine empfing sein Licht von dem Platz, der andere von der Gasse. In jedem standen die gleichen Tische, die aus dem Refektorium einer Abtei gekommen zu sein schienen; ihre Länge hatte etwas Mönchisches. Die Mundtücher, die den regelmäßigen Kostgängern dienten, steckten in metallisch glänzenden Moiréhüllen und trugen Nummern. Flicoteaux I. wechselte seine Tischtücher nur am Sonntag; aber Flicoteaux II. wechselte sie, sagt man, zweimal die Woche, seitdem die Konkurrenz den Bestand der Dynastie bedrohte.

Dieses Restaurant ist eine Werkstatt mit ihrem Arbeitszeug und nicht der Festsaal, zu dem Eleganz und Vergnügen gehören: keiner bleibt länger darin, als er muß. Alles geht mit der größten Schnelligkeit vor sich; die Kellner haben keine Zeit, herumzustehen, sie werden gebraucht, sie sind beschäftigt. Die Kost bietet wenig Abwechslung. Immer gibt es Kartoffeln; wäre in Irland oder auf der ganzen Welt keine mehr aufzutreiben, bei Flicoteaux fände man sie. Sie tritt hier seit dreißig Jahren in jener blonden, von Tizian geliebten Tönung auf, mit gehackter Petersilie bestreut und mit einer Eigenschaft ausgezeichnet, um die sie die Frauen beneiden werden: 1840 sieht sie noch so aus wie 1814.

Hammelrippchen und Rinderbrust spielten auf dieser Speisekarte die gleiche Rolle wie bei Véry Birkhahn und Störschnitte: Man muß sie als Ausnahmegerichte schon am Morgen bestellen. Das weibliche Rind beherrscht das Feld, und sein Söhnchen, das Kalb, tritt in den verschiedensten Formen auf. Wenn Weißling und Makrele reichlich ins Netz gehen, merkt man es bei Flicoteaux, wo alles in Zusammenhang mit den Wechselfällen der Landwirtschaft und den Launen der französischen Jahreszeiten steht. Man erfährt da Dinge, von denen die Reichen, die Müßiggänger, die Naturunkundigen keine Ahnung haben. Der Student im Quartier Latin besitzt die gründlichsten Kenntnisse in der Gartenkunde; er weiß, wann Bohnen und Erbsen gut ausfallen, wann Kraut und Salat sich auf den Wagen häufen oder die Möhre versagt. Eine alte verleumderische Legende, die gerade wieder umging, als Lucien seinen Einzug hielt, schrieb das Auftreten der Beefsteaks einer vermehrten Sterblichkeit der Pferde zu.

Wenige Pariser Restaurants bieten ein abwechslungsreicheres Bild. Man trifft hier nur Jugend, die noch Vertrauen hat und das Elend fröhlich erträgt, obwohl auch die ernsten, leidenschaftlichen, düsteren und unruhigen Gesichter nicht fehlen. Auf Kleidung wird wenig Wert gelegt, gutgekleidete Gäste fallen auf. Jeder weiß sofort, worum es sich handelt: Stelldichein, Theater oder Besuch in den höheren Regionen. Man erzählt sich von mehreren Freundschaften, die später, wie man sehen wird, berühmt geworden sind. Junge Landsleute, die an demselben Tisch sitzen, ausgenommen, tragen die Besucher im allgemeinen eine Würde zur Schau, die nicht leicht zu durchbrechen ist – vielleicht hat die katholische Strenge des Weins daran Schuld, der sich jeder Ausgelassenheit widersetzt. Wer bei Flicoteaux Stammgast war, erinnert sich an mehrere düstere, geheimnisvolle Persönlichkeiten, die sich in die Schwaden des schrecklichsten Elends hüllten. Sie kamen zwei Jahre lang zum Essen und verschwanden, ohne daß irgendein Licht auf diese dunklen Pariser Existenzen gefallen wäre, aller Neugierde zum Trotz. Die bei Flicoteaux geschlossenen Freundschaften wurden in den Kaffeehäusern der Nachbarschaft bei der Flamme eines Punschs besiegelt oder beim Dampf eines Täßchens Mokka, zu dem ein Schuß Kirschwasser gehört.

Während der ersten Tage seines Aufenthalts im Hôtel de Cluny trat Lucien wie jeder Neuling schüchtern und zurückhaltend auf. Nach dem kostspieligen Versuch, in der eleganten Welt Fuß zu fassen, warf er sich mit dem ersten Eifer auf die Arbeit, der so rasch unter den Schwierigkeiten und Ablenkungen erlischt, die Paris allen bietet, den Verschwendern wie den Armen, und die nur überwindet, wer die wilde Energie des wahren Talents und den verbissenen Willen des Ehrgeizes besitzt.

Lucien traf schon gegen halb fünf bei Flicoteaux ein, nachdem er erkannt hatte, wie vorteilhaft es war, zu den ersten zu gehören; die Menüs waren abwechslungsreicher, man konnte noch nach seinem Geschmack wählen. Wie alle poetischen Seelen hatte er einen Lieblingsplatz, die Wahl verriet Urteilsvermögen. Gleich am ersten Tag hatte er sich für einen Tisch neben der Kasse entschieden, weil die Gesichter und ebenso die erhaschten Gespräche ihm verrieten, daß da Literaten wie er saßen. Überdies sagte ihm eine Art Instinkt, daß die Nähe der Kasse ihm erlauben werde, mit dem Besitzer in Kontakt zu treten. Man würde Bekanntschaft schließen, und in der Not konnte er Kredit bekommen. Er setzte sich so an einen kleinen, eckigen Tisch, auf dem nur für zwei Gäste gedeckt war, und zwar sauberer als an den anderen Tischen. Sein Tischgenosse war ein magerer, blasser junger Mann, wahrscheinlich ebenso arm wie er; die schönen, aber schon etwas verblühten Gesichtszüge, die müde Stirn sprachen von Enttäuschungen und einer Seele, in der die Keime verdorrten. Lucien fühlte sich von dem Fremden gewaltig angezogen.

Der junge Mensch, der erste, mit dem der Dichter aus Angoulême ein paar Worte wechseln konnte, nachdem er eine Woche lang mit kleinen Höflichkeiten um ihn geworben hatte, hieß Étienne Lousteau. Gleich Lucien hatte er seine Heimat, eine Stadt in der Landschaft Berry, verlassen, um nach Paris zu gehen, das war jetzt zwei Jahre her. Manchmal sprach er lebhaft, mit funkelnden Augen von literarischen Zuständen, es waren bittere Anklagen. Als er aus Sancerre kam, wie Lucien Ruhm, Macht und Geld suchend, stand die Tragödie schon fest.

Nachdem sie ein paar Tage zusammengesessen hatten, sah Lucien ihn nur noch dann und wann, bis er fünf oder sechs Tage lang ganz fortblieb. Er tauchte wieder auf, und Lucien hoffte, ihn am nächsten Tag wiederzusehen; aber am nächsten Tag war der Platz von einem Unbekannten besetzt.

Wenn junge Leute sich gestern gesehen haben, wirkt die Wärme der Unterhaltung bis heute nach; die Unterbrechungen aber zwangen Lucien, jedesmal das Eis von neuem zu brechen, und verzögerten die Vertraulichkeit, die in den ersten Wochen wenig Fortschritte machte. Von der Dame an der Kasse erfuhr Lucien, daß sein künftiger Freund Redakteur bei einem kleinen Blatt war, für das er Artikel über neue Bücher und Berichte über die Stücke schrieb, die am Ambigu-Comique, in der Gaîté, im Panorama-Dramatique gespielt wurden. Der junge Mann wurde augenblicklich eine Persönlichkeit in den Augen Luciens, der sich vornahm, eine etwas intimere Unterhaltung mit ihm zu beginnen und ein paar Opfer zu bringen; diese Freundschaft war für einen Anfänger Gold wert.

Der Journalist zeigte sich vierzehn Tage lang nicht. Lucien wußte noch nicht, daß Étienne nur dann bei Flicoteaux aß, wenn er kein Geld hatte – daher dieser finstre, unfrohe Ausdruck und diese Kälte, denen Lucien durch sein einschmeichelndes Lächeln und seine sanften Worte zu begegnen suchte. Gleichwohl verlangte die neue Beziehung reifliches Nachdenken, denn der kleine Journalist führte offenbar ein kostspieliges Leben mit vielen Gläschen Likör, Tassen Kaffee, Bechern Punsch, Theaterabenden und Soupers. Lucien hingegen befleißigte sich in diesen ersten Tagen des Aufenthalts im Quartier Latin des Lebens eines armen Jungen, den seine ersten Pariser Erfahrungen scheu gemacht haben. Nachdem er die Preise der Speisen und Getränke studiert hatte, wagte er nicht, dem Beispiel Étiennes zu folgen; er fürchtete, sich zu verschwenderischen Ausgaben hinreißen zu lassen. Er war der Religion der Provinz noch untertan, beim geringsten schlechten Gedanken richteten sich Ève und David, seine Schutzengel, vor ihm auf und erinnerten ihn an die Hoffnungen, die auf ihn gesetzt wurden, an das Glück, das er seiner alten Mutter schuldete, an alle Erwartungen, zu denen sein Talent berechtigte.

Er verbrachte die Vormittage in der Bibliothek Sainte-Geneviève, wo er sich in geschichtliche Studien versenkte. Schon gleich am Anfang hatte er gemerkt, daß ihm in seinem Roman vom *Bogenschützen Karls* IX. grobe Irrtümer unterlaufen waren. Wenn die Bibliothek geschlossen wurde, kehrte er in sein kaltes, düsteres Zimmer zurück, um die Arbeit zu ändern, umzuschreiben, um ganze Kapitel zu kürzen. Nachdem er bei Flicoteaux gegessen hatte, ging er hinunter zur Passage du Commerce und las im Lesekabinett von Blosse die Werke der zeitgenössischen Literatur, die Zeitungen, die periodischen Zeitschriften, die Versbände, um auf dem laufenden zu bleiben; um Mitternacht kehrte er in sein armseliges Hotel zurück, ohne für Licht und Heizung etwas ausgegeben zu haben. Diese Lesestunden änderten seine Vorstellungen so sehr, daß er seine geliebten Blumensonette, die *Marguerites*, einer Durchsicht unterzog und gründlich überarbeitete; es blieben keine hundert Verse übrig.

So führte er vorerst das unschuldige reine Leben des armen Provinzkindes, dem Flicoteaux im Vergleich zu den Gewohnheiten im Vaterhause üppig erscheint, dem lange

Spaziergänge ein Genuß sind – Spaziergänge in den Alleen des Jardin du Luxembourg, wo es verstohlenen Blicks und schweren Herzens nach den hübschen Frauen ausschaut. Das Quartier Latin ist seine Welt, es arbeitet und träumt von der Zukunft. Aber Lucien, der als Dichter geboren war, stand bald vor unermeßlichen Wünschen, und er stand hilflos davor, schon die Verlockung der Theaterplakate ging über seine Kräfte. Das Théatre-Français, das Vaudeville, die Opéra-Comique verschlangen sechzig Franc von seinen Ersparnissen, obwohl er nur einen Stehplatz im Parterre nahm. Wo ist der Student, der der Versuchung widerstehen konnte, Talma in den Rollen zu sehen, die durch ihn unsterblich geworden sind?

Das Theater ist die erste Liebe aller Künstlerseelen, und es bezauberte Lucien. Schauspieler und Schauspielerinnen erschienen ihm als wichtige Persönlichkeiten; er hielt es für unmöglich, die Rampe zu überschreiten und familiär mit ihnen zu verkehren. Sie, denen er so große Genüsse verdankte, waren für ihn wunderbare Wesen, die von den Zeitungen mit Recht als wichtigste Angelegenheit im Staat behandelt wurden. Dramatischer Dichter werden, sich gespielt sehen, was für ein Märchentraum! Ein paar Verwegene wie Casimir Delavigne verwirklichten ihn!

Das waren fruchtbare Gedanken, und wenn auch auf Phasen der Selbstsicherheit Augenblicke der Verzweiflung folgten, so bewirkten diese doch, daß er fleißig und sparsam blieb und sich gegen das Wühlen gar manchen heftigen Triebes behauptete. Seine Selbstzucht ging so weit, daß er das Palais Royal mied, diesen Ort der Verderbnis, wo er an einem einzigen Tag fünfzig Franc bei Véry und nahezu fünfhundert

Franc für Kleidung verschwendet hatte. Wenn er der Versuchung nachgab, Fleury, Talma, die beiden Baptiste oder Michot zu sehen, ging er nicht weiter als bis zu dem dunklen Gang, wo man sich um halb sechs anstellte; wer zu spät kam, mußte für vierzig Sou einen Platz in der Nähe der Kasse kaufen. Wie oft hallten mehr als einem enttäuschten Studenten, der zwei Stunden gewartet hatte, die Worte in den Ohren: »Alles ausverkauft!« War das Schauspiel zu Ende, so kehrte Lucien mit gesenktem Kopf nach Hause zurück, ohne in die Straßen mit den käuflichen Mädchen einen Blick zu werfen. Mag sein, daß er auch des einen oder anderen jener Abenteuer teilhaftig wurde, die so einfach sind, aber in der jungen eingeschüchterten Phantasie eine so ungeheure Rolle spielen.

Als er eines Tages, von dem Tiefstand seiner Kasse erschreckt, seine Barschaft zählte, bedeckte sich seine Stirn mit Angstschweiß bei dem Gedanken, daß er einen Verleger ausfindig machen und sich nach bezahlter Arbeit umsehen mußte. Der junge Journalist, den er einseitig zu seinem Freund ernannt hatte, kam nicht mehr zu Flicoteaux. Lucien wartete auf einen Zufall, der nicht eintrat. In Paris dürfen nur Leute mit einem großen Bekanntenkreis mit dem Zufall rechnen; je mehr Beziehungen man hat, desto größer wird die Aussicht auf Erfolg, auch der Zufall hält es mit den stärksten Bataillonen. Als Mann, dem noch die in der Provinz geübte Voraussicht im Blute lag, wollte Lucien nicht den Augenblick herankommen lassen, wo er mittellos dastand: Er beschloß, den Stier bei den Hörnern zu packen.

An einem ziemlich kalten Septembermorgen ging er durch die Rue de la Harpe zum Wasser, unter dem Arm trug er seine beiden Manuskripte. Er folgte dem Quai des Augustins und betrachtete abwechselnd die Fluten der Seine und die Läden der Buchhändler, als wenn ein guter Genius ihm geraten hätte, sich lieber ins Wasser als auf die Literatur zu werfen. Nach quälendem Zögern, nach einem vertieften Studium der mehr oder weniger harmlosen, ergötzlichen, verdrießlichen, vergnügten oder niedergeschlagenen Gestalten, die er hinter den Scheiben oder in den Türen sah, faßte er ein Haus ins Auge, vor dem geschäftige Gehilfen Bücherballen aufluden. Die Wände waren mit Ankündigungen bedeckt: »Hier zu kaufen: *Einsiedler,* von Vicomte d'Arlincourt, dritte Auflage. – *Léonide,* von Victor Ducange, fünf Bände in Duodez auf feinstem Papier, Preis 12 Franc. – *Moralische Abhandlungen,* von Kératry.«

›Die sind glücklich!‹ dachte Lucien.

Es war die Zeit, wo die Affiche, die neue und originelle Erfindung des berühmten Ladvocat, einschlug und an allen Mauern prangte. Paris wurde bald mit Nachahmungen überschwemmt, die eine neue Einnahmequelle öffneten. Stürmischen und zitternden Herzens raffte Lucien, der einst in Angoulême so groß gewesen und nun in Paris so klein war, seinen Mut zusammen und betrat den Laden, in dem sich Gehilfen, Kunden und Buchhändler drängten. – ›Und vielleicht Autoren!‹ dachte er. ›Ich möchte Monsieur Vidal oder Monsieur Porchon sprechen‹, sagte er zu einem Gehilfen.

Er hatte das Schild gelesen, auf dem in großen Buchstaben stand: *Vidal und Porchon, Buchhändler und Kommissionäre für Frankreich und das Ausland.*

»Die Herren sind beide beschäftigt«, erwiderte der Gehilfe, der es eilig hatte.

»Ich werde warten.«

Er blieb im Laden und sah sich die Ballen an. Zwei Stunden lang beschäftigte er sich damit, die Titel zu studieren, die Werke zu öffnen, hier und da eine Seite zu lesen. Schließlich lehnte er sich an ein grünverhängtes Fenster, hinter dem er Vidal oder Porchon vermutete. Er hörte folgende Unterhaltung: »Wollen Sie mir fünfhundert Stück abnehmen? Ich lasse sie Ihnen in diesem Fall für fünf Franc und gebe dreizehn zum Preis von zwölf.«

»Das würde welchen Preis bedeuten?«

»Mindestens sechzehn Sou.«

»Vier Franc vier Sou«, sagte Vidal oder Porchon zu dem, der seine Bücher anbot.

»Ja«, sagte der Verkäufer.

»Auf Rechnung?« fragte der Käufer.

»Nicht übel! Und Sie bezahlen mich nach achtzehn Monaten in Jahreswechseln?«

»Nein, in sofort fälligen«, antwortete Vidal oder Porchon.

»Welcher Termin? Neun Monate?« erkundigte sich der Buchhändler oder Autor, der ohne Zweifel ein Buch anbot.

»Nein, mein Lieber, zwölf«, meinte einer der Verleger.

Es wurde einen Augenblick still.

»Sie setzen mir das Messer an die Kehle!« rief der Unbekannte.

»Werden wir in einem Jahr fünfhundert Stück von *Léonide* unterbringen?« gab der Buchhändler dem Verleger Victor Ducanges zurück. »Wenn es nach den Verlegern ginge, wären wir Millionäre, mein lieber Kollege; aber es geht nach dem Publikum. Man gibt einen Roman von Walter Scott für achtzehn Sou, bei Abnahme von drei Stück für zwölf Sou, und Sie wollen, daß ich Ihren Ladenhüter teurer verkaufe?

Wenn Ihnen daran liegt, daß ich den Roman da unter die Leute bringe, räumen Sie mir einen Vorteil ein. – Vidal!«

Ein dicker Mann verließ die Kasse, hinter dem Ohr steckte die Feder.

»Wie viele *Ducange* hast du auf deiner letzten Reise untergebracht?« fragte ihn Porchon.

»Zweihundert, *Alte Männchen von Calais*, aber um sie abzusetzen, mußte ich zwei andere Bücher, für die man uns ungünstigere Bedingungen gemacht hatte, zurückstellen; jetzt liegen sie da, die Ladenhüter.« Später erfuhr Lucien, daß mit dem Spottnamen Ladenhüter von den Buchhändlern die Werke bezeichnet wurden, die in der tiefen Einsamkeit der Magazine in den Regalen liegenblieben.

»Du weißt übrigens«, sagte Vidal weiter, »daß Picard Romane herausbringt. Man verspricht uns zwanzig Prozent Ermäßigung auf den gewöhnlichen Buchhändlerpreis, um den Erfolg zu erleichtern.«

»Nun gut, auf zwölf Monate«, sagte der Verleger kläglich, von der letzten vertraulichen Mitteilung Vidals ganz niedergeschmettert.

»Abgemacht?« fragte Porchon den Unbekannten.

»Ja.«

Der Buchhändler ging. Lucien hörte, wie Porchon zu Vidal sagte: »Dreihundert sind bestellt; wir ziehen die Bezahlung hinaus, wir verkaufen *Léonide* zum Einheitspreis von hundert Sou, verlangen Begleichung innerhalb sechs Monaten, und…«

»Und«, sagte Vidal, »haben fünfzehnhundert Franc gewonnen.«

»Oh, ich sah, daß er in Verlegenheit ist.«

»Er reitet sich herein! Er zahlt Ducange viertausend Franc für zweitausend Stück.«

Lucien vertrat Vidal den Weg auf der Schwelle dieses Käfigs.

»Meine Herren«, sagte er zu den beiden Teilhabern, »ich habe die Ehre.«

Die Buchhändler erwiderten seinen Gruß kaum.

»Ich habe einen Roman aus der französischen Geschichte geschrieben, im Stil Walter Scotts, der Titel lautet: *Der Bogenschütze Karls IX*. Wären Sie bereit, ihn zu erwerben?«

Porchon warf Lucien einen unbeteiligten Blick zu und legte die Feder aufs Pult. Vidal schaute ihn schroff an und gab die Antwort: »Wir sind keine Verleger, wir sind nur Buchhändler. Wenn wir Bücher auf eigene Rechnung herstellen, sind das Geschäftsunternehmungen, für die wir uns an gemachte Namen wenden. Außerdem erwerben wir nur ernsthafte Werke, geschichtliche Darstellungen, Zusammenfassungen.«

»Aber mein Buch ist sehr ernsthaft, es handelt sich darum, die Kämpfe der Katholiken, die für die absolute Regierung waren, und der Protestanten, die die Republik errichten wollten, in das richtige Licht zu rücken.«

»Monsieur Vidal!« rief ein Gehilfe.

Vidal verschwand.

»Ich bezweifle nicht, daß Ihr Buch ein Meisterwerk ist«, ergriff Porchon mit einer reichlich unhöflichen Bewegung das Wort, »aber wir geben uns nur mit bestellter Arbeit ab. Suchen Sie die Buchhändler auf, die Manuskripte kaufen. Der Vater Doguereau zum Beispiel in der Rue du Coq, beim Louvre, verlegt Romane. Wenn Sie sich früher bemerkbar gemacht hätten, wären Sie mit Pollet bekannt geworden, er ist der Konkurrent Doguereaus und der Buchhändler in den Galeries de Bois.«

»Ich habe auch einen Gedichtband.«

»Monsieur Porchon!« rief man.

»Gedichte!« schrie Porchon voll Zorn. »Und für wen halten Sie mich?« fügte er hinzu, indem er Lucien ins Gesicht lachte und nach hinten verschwand.

Lucien überschritt den Pont Neuf, als Beute von tausend Empfindungen. Was er von dem Kauderwelsch verstanden hatte, ließ ihn erraten, daß für die Buchhändler Bücher dasselbe waren wie für den Weißwarenhändler Nachtmützen, eine Ware, die man billig einkauft und teuer verkauft.

›Ich habe mich getäuscht‹, dachte er, konnte sich aber nicht dem Eindruck entziehen, daß Literatur eine brutal materialistische Sache war. Er stand in der Rue du Coq vor einem bescheidenen Laden, an dem er schon vorübergegangen war und der in gelben, grün unterlegten Buchstaben die Inschrift trug: Doguereau, Buchhändler. Er erinnerte sich, diesen Namen auf dem Titelblatt mehrerer Romane gesehen zu haben, die ihm im Lesekabinett von Blosse in die Hand gekommen waren.

Er betrat das Geschäft mit jener inneren Erregung, die allen Phantasiemenschen eigentümlich ist, wenn sie wissen, daß sie einen Kampf zu bestehen haben. Er fand im Laden einen seltsam aussehenden Greis vor, eine jener ursprünglichen Gestalten aus dem Buchhandel des Kaiserreichs. Doguereau trug einen schwarzen Anzug mit großgemusterten Schößen, die wie Fischschwänze abstanden.

Die Weste aus gemeinem Tuch wies ebenfalls große Vierecke aus verschiedenen Farben auf, aus dem Übertäschchen hingen eine Stahlkette und ein Kupferschlüssel bis auf die weite schwarze Hose hinab. Die Uhr mußte die Größe eines Gänseeis haben. Dieses Kostüm wurde vervollständigt durch Tuchstrümpfe von eisengrauer Farbe und Schuhe mit silbernen Schnallen. Der Greis trug den Kopf unbedeckt, die ergrauenden Haare waren poetisch verteilt. Der Vater Doguereau, wie Porchon ihn genannt hatte, sah mit seinem Rock, der Hose und den Schuhen wie ein Professor der schöngeistigen Wissenschaften aus, mit der Weste, der Uhr und den Strümpfen wie ein Kaufmann. Die Physiognomie entsprach dieser merkwürdigen Verbindung: Er hatte den belehrenden, rechthaberischen, hohlen Ausdruck eines Lehrers der Beredsamkeit und die lebhaften Augen, den argwöhnischen Mund, die unbestimmte Unruhe des Buchhändlers.

»Monsieur Doguereau?« fragte Lucien.

»Zu Diensten.«

»Ich habe einen Roman geschrieben.«

»Sie sind sehr jung«, sagte der Buchhändler.

»Ich glaube nicht, daß mein Alter etwas zur Sache tut.«

»Sie haben recht«, erwiderte der Alte und nahm das Manuskript. »Teufel, *Der Bogenschütze Karls IX.*, ein guter Titel. Also, junger Mann, erzählen Sie mir den Inhalt in zwei Worten.«

»Es ist ein geschichtliches Werk im Stil Walter Scotts, in dem ich den Streit zwischen den Protestanten und den Katholiken als einen Kampf zwischen zwei Regierungssystemen darstelle, der Thron war damals ernsthaft bedroht. Ich habe Partei für die Katholiken ergriffen.«

»Aber, aber, junger Mann, das sind ja Ideen! Nun gut, ich

werde Ihr Werk lesen, ich verspreche es. Ich hätte einen Roman im Stil der Madame Radcliffe vorgezogen; aber wenn Sie ein guter Arbeiter sind, wenn Sie ein wenig Stil, wenn Sie Einfälle, Gedanken und Darstellungskraft haben, verlange ich nichts Besseres, als Ihnen nützlich zu sein. Was brauchen wir? Gute Manuskripte.«

»Wann kann ich wiederkommen?«

»Ich gehe heute abend aufs Land, übermorgen bin ich zurück und habe Ihre Arbeit gelesen; wir können, wenn Sie wollen, noch am selben Tag verhandeln.«

Da er so entgegenkommend war, hatte Lucien den unglücklichen Einfall, das Manuskript mit den Versen herauszuziehen.

»Oh, Sie sind Dichter – ich mag Ihren Roman nicht mehr«, sagte der Greis und hielt ihm sein Manuskript hin, »die Reimer versagen, wenn sie Prosa machen wollen. Bei der Prosa gibt es keine Flickworte, da muß man unbedingt etwas sagen.«

»Aber Walter Scott hat auch Verse gemacht...«

»Das ist wahr«, sagte Doguereau, dessen Zorn sich legte; er erriet die Bedürftigkeit des jungen Menschen und behielt das Manuskript: »Wo wohnen Sie? Ich werde Sie aufsuchen.«

Lucien gab seine Adresse, ohne dem alten Mann den geringsten Hintergedanken zuzuschreiben. Er erkannte in ihm nicht den Buchhändler der alten Schule, der Voltaire und Montesquieu am liebsten in einer Dachkammer eingeschlossen und vor Hunger hätte sterben sehen.

»Ich komme auf dem Heimweg sowieso durch das Quartier Latin«, meinte der Alte, nachdem er die Adresse gelesen hatte.

›Der brave Mann!‹ dachte Lucien beim Abschied. ›Ich habe also jemanden getroffen, der es mit den jungen Leuten gut meint und etwas versteht. Habe ich es nicht schon David gesagt: Das Talent macht in Paris seinen Weg.‹

Er kehrte glücklich und beschwingt zurück, er träumte vom Ruhm. Ohne an die trüben Worte zu denken, die er im Laden von Vidal und Porchon aufgefangen hatte, sah er sich schon im Besitz von mindestens zwölfhundert Franc. Zwölfhundert Franc bedeuteten ein Jahr Aufenthalt in Paris, ein Jahr, in dem er neue Bücher schreiben konnte. Wie viele Pläne baute er auf diese Hoffnung! Wie vielen Träumen von gesichertem Leben und Arbeit hing er nach! In Gedanken richtete er sich ein, und um ein weniges machte er schon Anschaffungen.

Um seine Ungeduld abzulenken, verbrachte er die ganze Zeit im Lesekabinett von Blosse. Zwei Tage später stellte sich Doguereau in dem Hotel, in dem sein künftiger Walter Scott wohnte, ein. Er war überrascht von dem Stil, in dem Lucien sein erstes Werk geschrieben hatte, er war entzückt von der Übertreibung der Charaktere, die damals, als das Drama aufkam, zeitgemäß war; und die heftige Einbildungskraft, mit der ein junger Autor immer sein erstes Werk ausstattet, hatte Eindruck auf ihn gemacht. Er war entschlossen, tausend Franc für die gesamten Rechte auf den *Bogenschützen Karls IX.* zu zahlen und Lucien durch einen Vertrag für mehrere Bücher zu verpflichten. Beim Anblick des Hotels besann sich der alte Fuchs.

›Ein junger Mensch, der hier wohnt, hat nur bescheidene Ansprüche, er liebt Studium und Arbeit. Ich kann ihm nicht mehr als achthundert Franc geben.‹

Die Wirtin, die er nach Monsieur Lucien de Rubempré fragte, antwortete: »Vierter Stock!«

Der Buchhändler hob die Nase und erblickte über dem vierten Stock nur den Himmel.

›Der junge Mann‹, dachte er, ›ist ein hübscher, ja sogar schöner Bursche; wenn man ihm zuviel Geld gibt, zerstreut er sich und arbeitet nicht mehr. In unserem gemeinsamen Interesse werde ich ihm sechshundert Franc anbieten, aber in Geld, nicht in Noten.‹

Er stieg die Treppe hinauf und klopfte dreimal an die Tür Luciens, der sofort öffnete. Das Zimmer war von einer trostlosen Nacktheit; auf dem Tisch stand ein Milchtopf, daneben lag ein Zweisoubrot. Diese Armut verfehlte nicht ihre Wirkung auf den Buchhändler:

›Mag er‹, dachte er, ›nur weiter so einfach, so bedürfnislos, so frugal leben.‹ – »Ich freue mich, Sie zu sehen«, sagte er, »Sie leben, wie Jean-Jacques lebte, mit dem Sie in mehr als einer Hinsicht Ähnlichkeit haben. In solchen Wohnungen leuchtet die innere Flamme und werden die guten Werke geschrieben. So sollten alle Schriftsteller leben, statt in den Cafés und Restaurants zu schlemmen, wo sie ihre Zeit, ihr Talent und unser Geld verlieren.«

Er setzte sich:

»Junger Mann, Ihr Roman ist nicht schlecht. Ich bin Professor für Rhetorik gewesen, ich kenne die französische Geschichte. Es sind ausgezeichnete Sachen in Ihrem Buch, Sie werden es zu etwas bringen.«

»Oh, Monsieur Doguereau.«

»Nein, wie ich Ihnen sage, wir können zusammen Geschäfte machen. Ich kaufe Ihnen Ihren Roman ab...«

Lucien schwoll das Herz im Busen, er zitterte vor Freude; er setzte den Fuß auf die erste Sprosse der literarischen Leiter, er wurde endlich gedruckt.

»Ich kaufe Ihnen den Roman für vierhundert Franc ab«, sagte Doguereau honigsüß und mit einem Blick, in den er Edelmut zu legen versuchte.

»Für den Band?« fragte Lucien.

»Für den Roman«, antwortete Doguereau, ohne über Luciens Überraschung erstaunt zu sein, »aber«, fügte er hinzu, »ich zahle bar. Sie verpflichten sich, mir sechs Jahre lang jährlich zwei Romane zu schreiben. Wenn der erste in sechs Monaten abgesetzt wird, bezahle ich Ihnen für die nächsten Arbeiten sechshundert Franc. Auf diese Weise beziehen Sie, wenn Sie jährlich zwei Bücher schreiben, hundert Franc im Monat, Sie werden abgesichert sein, Sie werden sich glücklich fühlen. Ich habe Autoren, denen ich nur dreihundert Franc für den Roman zahle. Ich gebe zweihundert Franc für eine Übersetzung aus dem Englischen. Früher wäre das ein unerhörter Preis gewesen.«

»Wir können uns nicht einigen, geben Sie mir bitte mein Manuskript zurück«, sagte Lucien eisig.

»So sind die jungen Leute«, meinte der alte Buchhändler, »Sie haben keinen Einblick in die Geschäfte. Ein Verleger, der den ersten Roman eines Schriftstellers bringt, setzt sechzehnhundert Franc für Druckkosten und Papier aufs Spiel. Es ist leichter, einen Roman zu schreiben, als eine solche Summe zu finden. Ich habe hundert Romanmanuskripte zu Hause, aber nicht hundertsechzigtausend Franc in meiner Kasse. Lieber Gott, ich bin seit zwanzig Jahren Buchhändler, aber ich habe in dieser Zeit nicht soviel verdient. Man wird nicht reich, wenn man Romane druckt. Vidal und Porchon nehmen sie uns nur zu Bedingungen ab, die von Tag zu Tag schwerer werden. Wo Sie Ihre Zeit darangeben, muß ich zweitausend Franc hinlegen. Wenn wir uns täuschen, denn *habent sua fata libelli*, verliere ich zweitausend Franc; Sie brauchen nur eine Ode gegen den Stumpfsinn des Publikums zu schreiben. Denken Sie über das nach, was ich Ihnen gesagt habe, und suchen Sie mich dann auf. – Sie werden mich aufsuchen«, wiederholte der Buchhändler würdevoll, um auf eine hochmütige Bewegung Luciens zu antworten; »weit entfernt, einem Buchhändler zu begegnen, der zweitausend Franc für einen jungen Unbekannten aufs Spiel setzt, werden Sie nicht einmal einen Gehilfen finden, der sich die Mühe macht, Ihr Geschreibsel zu lesen. Ich, der es gelesen hat, kann Ihnen mehrere Verstöße gegen die Sprache nachweisen...«

Lucien schien gedemütigt.

»Wenn ich Sie wiedersehe«, fuhr er fort, »haben Sie hundert Franc verloren, denn dann gebe ich Ihnen nur noch hundert Écu.«

Er erhob sich, grüßte, aber auf der Schwelle sagte er: »Wenn Sie nicht Talent und Zukunft hätten, wenn ich mich nicht für fleißige junge Leute interessierte, hätte ich Ihnen nicht so günstige Bedingungen gemacht. Hundert Franc im Monat, vergessen Sie das nicht! Schließlich ist ein Roman in der Schublade kein Pferd im Stall, es frißt keinen Hafer. Dafür bringt er auch nichts ein.«

Lucien nahm sein Manuskript, schleuderte es auf den Boden und schrie: »Lieber stecke ich es in den Ofen!«

»Hitzkopf von einem Dichter!« sagte der Alte.

Lucien verschlang sein Brot, schlürfte seine Milch und verließ das Haus. Sein Zimmer war nicht groß genug, er hätte sich darin um sich selbst gedreht, wie ein Löwe in seinem Käfig im Jardin des Plantes. In der Bibliothek Sainte-Geneviève, die er aufzusuchen gedachte, hatte er immer in derselben Ecke einen jungen Mann von etwa fünfundzwanzig Jahren bemerkt, der mit jener Zähigkeit arbeitete, die durch nichts zerstreut und gestört wird und an der sich die wirklichen geistigen Arbeiter erkennen. Der junge Mann kam ohne Zweifel seit langem dahin, die Angestellten und der Bibliothekar selbst behandelten ihn mit Zuvorkommenheit; der Bibliothekar ließ ihn Bücher mitnehmen, die der Unbekannte am nächsten Tag zurückbrachte. Lucien erriet in ihm einen Bruder von gleichem Elend, von gleichen Hoffnungen. Klein, mager und bleich, versteckte er eine schöne Stirn unter einem dichten, schwarzen, ungepflegten Schopf; er hatte schöne Hände, er zog den Blick der Gleichgültigen durch eine unbestimmte Ähnlichkeit mit Bonaparte auf sich, wie ihn Robert Lefebvre gestochen hat. Dieser Stich ist ein ganzes Gedicht voll brennender Schwermut, verhaltenem Ehrgeiz und heimlicher Tatkraft. Man betrachte es gut! Man wird Kraft und Verschwiegenheit, Größe und Feinheit darauf finden. Die Augen strahlen denselben Geist aus, den die Augen von Frauen haben. Der Blick sucht begierig den Raum zu durchdringen und Schwierigkeiten zu besiegen. Man würde es ebensolange betrachten, wenn der Name Bonaparte nicht darunterstände.

Der junge Mensch, der diesen Stich verkörperte, trug gewöhnlich eine lange Hose zu grobbesohlten Schuhen, einen Rock aus gemeinem Tuch, eine schwarze Binde, eine halb graue, halb weiße Tuchweste, die bis zum Hals zugeknöpft war, und einen billigen Hut. Seine Verachtung für jede unnütze Kleidung war offenkundig.

Dieser geheimnisvolle Unbekannte, der das Siegel trug, das der Genius auf die Stirn seiner Sklaven drückt, verkehrte auch bei Flicoteaux mit der größten Regelmäßigkeit; er speiste dort, um zu leben, ohne auf die Nahrungsmittel zu achten, die ihm vertraut zu sein schienen, und er trank Wasser. Überall, sei es in der Bibliothek, sei es bei Flicoteaux, trat er mit einer Würde auf, die ohne Zweifel dem Bewußtsein entsprang, mit irgendeiner großen Arbeit beschäftigt zu sein, die Würde machte ihn unnahbar. Sein Blick verkündigte den Denker. Auf seiner edel geschnittenen Stirn wohnte die Besinnlichkeit. Seine schwarzen, lebhaften Augen, die gut und rasch sahen, verrieten die Gewohnheit, auf den Grund der Dinge zu dringen. Einfach in seinen Bewegungen, hatte er eine ernste Haltung.

Lucien empfand unwillkürlich Respekt vor ihm. Sie hatten schon mehrere Male, wenn sie die Bibliothek oder das Speisehaus betraten oder verließen, einander betrachtet, als ob sie sich ansprechen wollten, aber weder der eine noch der andere war mutig genug gewesen. Der schweigsame junge Mann saß im Hintergrund des Saales, der auf den Platz vor der Sorbonne ging. Lucien hatte also nicht mit ihm anknüpfen können, obwohl er die Anziehungskraft des jungen Arbeiters fühlte, der alle Merkmale der Überlegenheit an sich trug. Sie waren beide, wie sie später erkannten, kindliche und furchtsame Naturen, allen Ängsten ausgesetzt, deren Erregungen den einsiedlerischen Menschen gefallen. Sie wären vielleicht nie in Verbindung getreten, wenn sie sich nicht jetzt, nach der schweren Enttäuschung, die Lucien erfahren hatte, getroffen hätten. Als Lucien in die Rue des Grès einbog, kam ihm der Unbekannte entgegen und sagte:

»Die Bibliothek ist geschlossen, ich weiß nicht, weshalb.«

Lucien, dem noch die Tränen in den Augen standen, dankte dem Unbekannten mit einer jener Bewegungen, die soviel beredter sind als das Wort und unter jungen Leuten alsbald die Herzen öffnen. Sie gingen nebeneinander die Rue des Grès hinab, in Richtung Rue de la Harpe.

»Ich werde einen Spaziergang im Luxembourg machen«, sagte Lucien, »wenn man sein Zimmer verlassen hat, fällt es schwer, zur Arbeit zurückzukehren.«

»Ja, man wird nicht ungestraft aus dem Zusammenhang gerissen«, gab der Unbekannte zur Antwort. »Haben Sie Kummer?«

»Es ist mir ein seltsames Abenteuer zugestoßen«, sagte Lucien.

Er berichtete seinen Besuch am Quai, darauf den bei dem alten Buchhändler und das Angebot, das ihm eben gemacht worden war; er nannte seinen Namen und fügte ein paar Mitteilungen über seine Lage hinzu. Seit einem Monat etwa hatte er sechzig Franc für den Unterhalt, dreißig Franc im Hotel, zwanzig Franc für Theater, zehn Franc für das Lesekabinett ausgegeben, in summa hundertzwanzig Franc; es blieben ihm nur noch hundertzwanzig Franc.

»Ihre Geschichte«, sagte der Unbekannte, »ist meine eigene und die von tausend bis zwölfhundert jungen Leuten, die jedes Jahr aus der Provinz nach Paris kommen. Wir sind noch nicht am schlimmsten dran. – Sehen Sie das Theater?« fragte er und zeigte auf die Giebel des Odéon. »Eines Tages zog in eines der Häuser am Platz ein Mann von Talent, der durch alle Höllen des Elends gegangen war; er war verheiratet, während wir wenigstens diese schwerste Belastung noch nicht kennen, und liebte seine Frau; sein Reichtum oder, wenn Sie wollen, seine Armut bestand in zwei Kindern; erstickte in Schulden, aber er vertraute auf seine Feder. Er bietet dem Odéon ein Lustspiel in fünf Akten an, es wird angenommen und gleich angesetzt, die Schauspieler beginnen die Proben, und der Direktor beschleunigt sie. Das sind fünf glückliche Umstände, sie stellen fünf Dramen dar, die noch größere Schwierigkeiten bieten, als wenn man fünf Akte schreibt. Der arme Dichter – er wohnt in einer Dachkammer, die Sie von hier sehen können – schöpfte seine letzten Hilfsquellen aus, um während der Einrichtung des Stückes zu leben, seine Frau versetzt die Kleider, die Familie ißt nur Brot. Am Tag der letzten Probe, am Tag vor der Aufführung, schuldete das Paar ringsum im Viertel dem Bäcker, der Milchfrau, dem Pförtner fünfzig Franc. Der Mann hatte nur behalten, was er unbedingt brauchte: einen Rock, ein Hemd, eine Hose, eine Weste und Stiefel. Des Erfolgs sicher nimmt er Abschied von seiner Frau und sagt ihr, daß die Zeit des Elends vorüber ist: ›Nichts steht uns mehr im Weg!‹ Da sagt die Frau: ›Es brennt, sieh nur, das Odéon brennt.‹ Und das Odéon brannte. Beklagen Sie sich also nicht. Sie haben Kleider, Sie sind nicht mit Frau und Kind belastet, Sie tragen hundertundzwanzig Franc für alle Fälle in der Tasche, und Sie schulden niemandem etwas. Das Stück brachte es im Théâtre Louvois auf hundertfünfzig Vorstellungen. Der König gab dem Autor eine Pension. Buffon hat gesagt, Genie ist Geduld. Geduld ist in der Tat beim Menschen das, was der

Methode am nächsten kommt, der die Natur folgt. Und was ist Kunst? Nichts anderes als konzentrierte Natur.«

Die jungen Leute gingen im Luxembourg auf und ab, Lucien erfuhr den später so berühmt gewordenen Namen des Unbekannten, der sich Mühe gab, ihn zu trösten. Es war Daniel d'Arthez, der heute einer der bekanntesten Schriftsteller des Zeitalters und dazu einer jener seltenen Menschen ist, die nach dem Wort eines Dichters »großes Talent und großen Charakter vereinen«.

»Man wird kein großer Mann, ohne sich einzusetzen«, erklärte ihm Daniel mit seiner sanften Stimme; »das Genie tränkt das Werk mit seinen Tränen. Das Talent ist eine seelische Erscheinung, die wie alle Geschöpfe in der Jugend den Kinderkrankheiten ausgesetzt wird. Die Gesellschaft stößt die unvollständigen Begabungen zurück, ganz wie die Natur die Schwachen oder Mißgestalteten hinwegrafft. Wer sich über die Menschen erheben will, muß auf einen Kampf gefaßt sein und darf vor keiner Schwierigkeit scheuen. Ein großer Schriftsteller ist mit einem Wort ein Märtyrer, der nicht sterben wird. Sie tragen auf der Stirn das Siegel des Genius«, sagte d'Arthez zu Lucien mit einem Blick, der ihn ganz umfaßte; »wenn Sie nicht im Herzen den Willen tragen, wenn Sie nicht die Engelsgeduld besitzen, wenn Sie nicht ein paar Schritte vor dem Ziel, zu dem Ihr unbegreifliches Schicksal Sie treibt, wenn Sie nicht vor dem Ziel, gleich der Schildkröte, die überall die Richtung nach ihrem teuren Meer sucht, ins Unendliche streben, so tun Sie besser, noch heute zu verzichten.«

»Sie selbst sind also auf harte Prüfungen gefaßt?« fragte Lucien.

»Auf Prüfungen jeder Art, auf Verleumdung, auf Verrat,

auf die Ungerechtigkeit meiner Nebenbuhler, auf Schamlosigkeiten, auf Listen, auf die Härte des Gewerbes«, erwiderte der junge Mann resigniert; »was bedeutet ein erster Versuch, wenn Sie Tüchtiges leisten?«

»Wollen Sie mein Buch lesen und mir Ihr Urteil sagen?« fragte Lucien.

»Ja«, antwortete d'Arthez, »ich wohne in der Rue des Quatre-Vents, in einem Haus, in dem einer der bedeutendsten Männer unserer Zeit, ein Phänomen der Wissenschaft, Desplein, der größte Chirurg, den man kennt, sein erstes Martyrium erlitt, damals, als er sich mit den ersten Schwierigkeiten des Lebens und des Ruhms, den Paris zu vergeben hat, herumschlug. Die Erinnerung an ihn gibt mir jeden Abend die Dosis Mut, die ich jeden Morgen brauche. Ich lebe in dem Zimmer, in dem er oft wie Rousseau Brot und Kirschen gegessen hat, aber ich wohne ohne Thérèse darin. Kommen Sie in einer Stunde, ich werde dann zu Hause sein.«

Die beiden Dichter gingen auseinander, indem sie sich die Hand mit einer Wärme drückten, die voll unaussprechlicher Melancholie war. Lucien holte sein Manuskript. Daniel d'Arthez ging aufs Pfandhaus und versetzte seine Uhr, um zwei Bund Holz zu kaufen, es war kalt, sein neuer Freund sollte ein Feuer vorfinden. Lucien war pünktlich und betrat ein Haus, das schlechter als sein Hotel aussah; ein dunkler Gang führte zu einer Treppe, die gleichfalls im Finstern lag. Das Zimmer Daniels im fünften Stock wies zwei armselige Fenster auf, zwischen denen ein Regal aus schwarzem Holz stand; es war mit Pappkästen gefüllt, die alle Schilder trugen. Eine schmale Pritsche aus bemaltem Holz, im Stil der Anstaltspritschen, dazu ein beim Trödler gekaufter Nachttisch und zwei Roßhaarsessel nahmen den Hintergrund des Zimmers ein, dessen schottische Tapete von Zeit und Rauch gefirnißt worden war. Zwischen dem Kamin und dem einen Fenster stand ein langer Tisch, den Papiere bedeckten. Dem Kamin gegenüber erblickte man eine armselige Kommode aus Mahagoni. Ein Teppich aus einem Gelegenheitskauf bedeckte die Fliesen und erlaubte, an der Heizung zu sparen. Ein gewöhnlicher Schreibtischsessel, dessen rotes Leder durch den Gebrauch weiß geworden war, und sechs schäbige Stühle vervollständigten das Mobiliar. Auf dem Kamin bemerkte Lucien einen alten vierkerzigen Leuchter mit Lichtschirm. Auf die Frage, warum er Kerzen benutze, da doch sonst alles auf die äußerste Dürftigkeit hinwies, erwiderte d'Arthez, er könne den Geruch der Talglichter nicht vertragen. Dieser Umstand verriet eine große Feinheit der Sinne, die wieder auf die empfindlichste Veranlagung schließen ließ.

Die Vorlesung dauerte sieben Stunden, Daniel hörte andächtig zu, ohne ein Wort zu sagen oder eine Bemerkung zu machen – einer der seltensten Beweise von gutem Geschmack, die ein Schriftsteller geben kann.

»Nun?« fragte Lucien, als er das Manuskript auf den Kamin legte.

»Sie sind auf dem richtigen, auf dem guten Weg«, erwiderte der junge Mann ernst; »aber Sie müssen das Werk überarbeiten. Wenn Sie nicht der Nachäffer Walter Scotts sein wollen, müssen Sie sich Ihren eigenen Stil schaffen, bis jetzt haben Sie nur nachgeahmt. Sie beginnen wie Scott, mit langen Gesprächen, um Ihre Personen einzuführen; wenn sie gesprochen haben, gehen Sie zur Beschreibung und zur Handlung über. Diese Methode der Gegensätze ist in jedem

Drama unentbehrlich, aber im Roman kommt sie zuletzt. Ändern Sie den Aufmarsch. Ersetzen Sie die weitschweifige Unterhaltung, die bei Scott prachtvoll, aber bei Ihnen farblos ist, durch Schilderungen, für die sich unsere Sprache so gut eignet. Der Dialog müßte bei Ihnen die erwartete Folge sein, auf die alle Vorbereitungen hinweisen. Beginnen Sie sofort mit der Handlung. Fassen Sie einen Gegenstand ruhig bald in der Mitte, bald am Ende an, kurzum, bringen Sie Abwechslung und bleiben Sie nicht immer bei derselben Manier. Sie werden etwas ganz Neues geben und dabei auf die französische Geschichte doch den dramatisierten Dialog des Schotten anwenden können. Walter Scott ist ohne Leidenschaft, er kennt sie nicht, oder vielleicht wurde sie ihm von den scheinheiligen Anschauungen seines Landes verboten. Für ihn ist die Frau die eingefleischte Pflicht. Bis auf ein paar ganz seltene Ausnahmen sind seine Heldinnen einander vollständig gleich, er arbeitet in einer einzigen Manier. Sie kommen alle von Clarisse Harlowe her; und indem er ihnen allen dieselbe Idee zugrunde legte, konnte er stets nur dasselbe Exemplar abziehen, das er mehr oder weniger lebhaft färbte. Die Frau trägt durch die Leidenschaft die Unordnung in die Gesellschaft. Die Leidenschaft bringt eine unendliche Zahl von Geschehnissen hervor. Schildern Sie die Leidenschaften, und Sie erschließen sich die ungeheuren Quellen, auf die der große Scott verzichtete, um in allen Familien des prüden Englands gelesen zu werden. In Frankreich können Sie die verführerischen Fehler und den ganzen Glanz des Katholizismus den düsteren Gestalten des Calvinismus in der leidenschaftlichsten Periode unserer Geschichte gegenüberstellen. Von Karl dem Großen an verlangt jede ausgesprochene Regierung zum allermindesten ein Werk, manchmal aber vier oder fünf, wie zum Beispiel Louis XIV., Heinrich IV., Franz I. Auf diese Weise liefern Sie eine sehr malerische Geschichte Frankreichs und zeichnen die Kostüme, die Möbel, die Häuser, das innere und private Leben, während Sie zugleich dem Geist der Zeit nachgehen, und brauchen nicht umständlich allbekannte Tatsachen zu erzählen. Sie sind imstand, eine eigene Auffassung zu geben und die landläufigen Irrtümer zu verbessern, die das Gesicht der meisten von unseren Königen entstellen. Haben Sie in Ihrem ersten Werk den Mut, die große, prachtvolle Gestalt Katharinas, die Sie den Verurteilten opferten, ins Licht zu rücken, und schildern Sie Karl IX., wie er war, und nicht, wie die protestantischen Schriftsteller ihn gesehen haben. Zehn Jahre Arbeit, und Sie haben es zu Ruhm und Geld gebracht.«

Es war neun Uhr geworden, Lucien tat, wie sein neuer Freund insgeheim getan hatte, er opferte sein Geld und lud ihn bei Édon zum Essen ein, was zwölf Franc kostete. Während sie speisten, vertraute Daniel Lucien seine Hoffnungen an und berichtete von seinen Studien. D'Arthez leugnete, daß es Talent ohne tiefe metaphysische Kenntnisse gab. Er war gegenwärtig damit beschäftigt, aus allen Philosophien der Alten und Neuen sich das Beste anzueignen. Er wollte wie Molière ein gründlicher Philosoph sein, bevor er Lustspiele schrieb. Er studierte die geschriebene Welt und die lebende, das Reich des Gedankens und der Tat. Er hatte zu Freunden gelehrte Naturforscher, junge Ärzte, politische Schriftsteller und Künstler – einen ganzen Kreis von ernsten, fleißigen und hoffnungsvollen Menschen.

Er lebte von gewissenhaft geschriebenen und schlecht bezahlten Artikeln für biographische, enzyklopädische und naturwissenschaftliche Nachschlagewerke; um sich ernähren und in seine Gedankenarbeit versenken zu können. Er hatte ein Werk unter den Händen, das er einzig zu dem Zweck unternahm, die Hilfsmittel der Sprache zu ergründen. Er schrieb daran nach Laune und Stimmung und immer nur an den Tagen, an denen er niedergedrückt war. Es handelte sich um ein psychologisches Werk voll hoher Gesichtspunkte, das in Form eines Romans angelegt war.

Obwohl Daniel nur mit Zurückhaltung von sich sprach, machte er einen ungeheuren Eindruck auf Lucien. Als sie gegen elf Uhr das Restaurant verließen, empfand Lucien bereits die tiefste Freundschaft für diese ganz unpathetische Energie und für eine Natur, die nicht zu wissen schien, wie ungewöhnlich sie war. Der Dichter untersuchte nicht die Ratschläge Daniels, er befolgte sie buchstäblich. Er war einem Talent begegnet, das schon dank den philosophischen Studien und einer unveröffentlichten, persönlichen und einsiedlerischen Kritik seine Form gefunden hatte; er fühlte, daß der Freund die Tore der Phantasie vor ihm aufstieß. Die Lippen des Provinzlers waren von glühender Kohle berührt worden, und das Wort des Pariser Arbeiters traf im Kopf des Dichters aus Angoulême auf fruchtbaren Boden. Lucien setzte sich hin und schmolz sein Werk um.

Glücklich, in der Wüste von Paris ein Herz gefunden zu haben, das so reich und großzügig wie sein eigenes fühlte, tat der große Mann aus der Provinz das, was alle nach Liebe hungernden jungen Leute tun: Er heftete sich wie eine chronische Krankheit an d'Arthez; er holte ihn ab, wenn er in die Bibliothek ging, er ging mit ihm an den schönen Tagen im

Luxembourg spazieren, er gab ihm jeden Abend das Geleit bis zu seinem elenden Zimmer, nachdem er mit ihm bei Flicoteaux gegessen hatte, kurzum, er drängte sich an ihn, wie in den eisigen Ebenen Rußlands sich ein Soldat an den andern gedrängt hatte. Während der ersten Tage seiner Bekanntschaft mit Daniel stellte Lucien nicht ohne Betrübnis fest, daß seine Anwesenheit am Tisch der Intimen eine gewisse Verlegenheit bewirkte. Die Gespräche dieser überlegenen Menschen, von denen d'Arthez ebenso bestimmt wie begeistert sprach, hielten sich in den Grenzen seiner Zurückhaltung, die im Widerspruch zu den sichtbaren Zeichen ihrer lebhaften Freundschaft stand. Wenn Lucien sie unauffällig verließ, fühlte er sich bedrückt von der Strenge, mit der sie ihn ausschlossen, und von der Neugierde, die diese unbekannten Leute in ihm wachriefen, nannten sich doch alle nur bei ihren Vornamen.

Alle trugen wie d'Arthez auf der Stirn das Zeichen einer besonderen Begabung. Nach geheimen Widerständen, die Daniel bekämpfte, wurde Lucien endlich in einen Kreis von großen Geistern aufgenommen. Er lernte sie nun kennen, die durch die lebhafteste Sympathie, durch den Ernst ihrer geistigen Existenz zusammengehalten wurden und sich beinahe jeden Abend bei d'Arthez vereinigten. Alle errieten seine Laufbahn als großer Schriftsteller. Sie betrachteten ihn als ihr Oberhaupt, seitdem sie einen der außerordentlichsten Köpfe dieser Zeit, ein mystisches Genie, verloren hatten, das aus Gründen, die hier nicht erzählt zu werden brauchen, in seine Provinz zurückgekehrt war und von dem Lucien oft unter dem Namen Louis erzählen hörte. Man wird leicht verstehen, wie sehr diese Persönlichkeiten das Interesse und die Neugierde eines Dichters hatten erwecken müssen, wenn man Näheres über diejenigen erfährt, die seither wie d'Arthez berühmt geworden sind; andere wieder gingen zugrunde.

Unter denen, die noch leben, war Horace Bianchon, damals Internist am Spital, heute einer der Leuchten der Pariser Schule und zu bekannt, als daß man seine Persönlichkeit schildern oder seinen Charakter und die Natur seines Geistes auseinandersetzen müßte. Dann kam Léon Giraud, der tiefe Philosoph, der kühne Theoretiker, der alle Systeme heranzieht, untersucht, formuliert, und sie zu Füßen seines Idols, der Menschheit, legt; ein Mann, der immer groß ist, sogar noch da, wo er irrt, weil die Ehrlichkeit ihn adelt. Dieser unermüdliche Arbeiter, dieser gewissenhafte Gelehrte ist das Haupt einer moralphilosophischen und politischen Schule geworden, über deren Verdienste die Zeit allein ein Urteil abgeben kann. Wenn seine Überzeugungen ihn in Regionen geführt haben, wohin seine Freunde ihm nicht folgten, so ist er doch ihr treuer Kamerad geblieben. Die Kunst wurde von Joseph Bridau vertreten, einem der besten Maler der jungen Schule. Ohne die geheimen Leiden, zu denen ihn seine allzu empfängliche Natur verurteilte, hätte Joseph, dessen letztes Wort übrigens noch nicht gesagt ist, die Linie der großen Meister der italienischen Schule fortführen können. Er besitzt den zeichnerischen Geist Roms und den malerischen Venedigs; aber die Liebe tötet ihn und legt nur sein Herz frei. Die Liebe schießt ihm ihre Pfeile in das Gehirn, verwirrt sein Leben und läßt ihn die seltsamsten Zickzackwege gehen. Wenn seine augenblickliche Geliebte ihn zu glücklich oder zu elend macht, schickt Joseph in die Ausstellung bald Skizzen, bei denen die Farbe die Zeichnung belastet, bald Gemälde, die er unter der Wucht seines imaginären Kummers beenden wollte und bei denen die Zeichnung ihn so sehr beschäftigt hat, daß sie der Farbe entbehren, über die er doch so leicht verfügt. Er führt fortwährend das Publikum und seine Freunde in die Irre. Hoffmann hätte ihn geliebt wegen seiner Launen, seiner Phantasie und wegen seiner kühnen Vorstöße auf dem Gebiet der Kunst. Wenn sein Werk durchgearbeitet ist, erntet er Bewunderung, er kostet sie aus, und er ist dann ganz verwundert, wenn er kein Lob mehr für die mißlungenen Werke erhält, in denen die Augen seiner Seele all das sehen, was für das Auge des Publikums nicht da ist. Launisch im höchsten Grade, zerstörte er vor seinen Freunden ein fertiges Bild, das er zu sehr geglättet fand. »Das ist zu sehr gemacht«, sagte er, »das ist zu schülerhaft.« Originell und zuweilen erhaben, empfindet er alles Unglück und alles Glück nervöser Naturen, bei denen die Vollkommenheit zur Krankheit umschlägt. Er ist ein geistiger Bruder Sternes, nur daß dieser der Literatur angehörte. Seine Worte und seine Gedanken haben eine unerhörte Kraft. Er ist voller Beredsamkeit und versteht zu lieben, jedoch mit all seinen Launen, die er auf seine Gefühle wie auf sein Schaffen überträgt. Dem Freundeskreis war er um dessentwillen teuer, was die bürgerliche Welt seine Mängel genannt hätte. Und schließlich war Fulgence Ridal da, unter den zeitgenössischen Autoren derjenige, der die größte komische Schlagkraft besitzt, ein Dichter, der sich um den Ruhm nicht kümmert, auf die Bühne nur seine gewöhnlichsten Werke wirft und die besten Szenen in der Vorratskammer seines Hirns bewahrt, die er nur für sich und seine Freunde öffnet. Vom Publikum verlangt er nur das Geld, das zu seiner Unabhängigkeit notwendig ist, und er hat geschworen, daß er nichts mehr tun werde, sobald er dieses Geld besitzt. Träge und fruchtbar wie Rossini, durch seine Anlage gezwungen, wie alle großen komischen Dichter, zum Beispiel Molière und Rabelais, bei jedem Ding das Für und Wider zu betrachten, war er ein Skeptiker; er konnte lachen und lachte über alles. Fulgence Ridal ist ein großer praktischer Philosoph. Seine Kenntnis der Welt, seine Beobachtungsgabe, seine Geringschätzung des Ruhms haben ihm das Herz nicht vertrocknet. Er ist ebenso tätig für andere wie gleichgültig gegen seine Interessen; setzt er sich in Bewegung, so tut er es für einen Freund. Um seine wahrhaft rabelaismäßige Maske nicht Lügen zu strafen, haßt er weder eine gute Tafel, noch sucht er sie; er ist zugleich melancholisch und fröhlich. Seine Freunde nennen ihn den Hund des Regiments, und diese Bezeichnung ist vortrefflich. Drei andere, die von mindestens ebenso hohem Rang wie die eben im Profil gezeichneten Freunde waren, sollten zu verschiedenen Zeiten untergehen: zuerst Meyraux, der starb, nachdem er den berühmten Streit zwischen Cuvier und Geoffroy Saint-Hilaire hervorgerufen hatte, jene große Frage, die die wissenschaftliche Welt in zwei Lager spaltete, ein paar Monate vor dem Tod dessen, der für die auf sich selbst beschränkte, rein forschende Wissenschaft eintrat und den Pantheismus ablehnte, der doch lebt und in Deutschland verehrt wird. Meyraux war der Freund des erwähnten Louis, den ein frühzeitiger Tod bald der geistigen Welt rauben sollte.

Neben diesen beiden Männern, die bereits vom Tod gezeichnet waren und heute unbekannt sind, obwohl ihr Genius sie zu den höchsten Gipfeln der Wissenschaft führte, muß man Michel Chrestien nennen, den hochgesinnten Republikaner, der von der Gründung des geeinten Europas träumte und 1830 eine große Rolle in der Bewegung Saint-Simons spielte. Politiker von der Kraft eines Saint-Just und Danton, aber einfach und sanftmütig wie ein junges Mädchen, ein Träumer, der zur Liebe bestimmt war, mit einer melodischen Stimme begabt, die Mozart, Weber oder Rossini begeistert hätte und ihn befähigte, gewisse Lieder Bérangers so zu singen, daß jedes Herz vor Liebe oder Hoffnung schwoll, fristete Michel Chrestien, der arm wie Lucien, wie Daniel, wie alle seine Freunde war, sein Leben mit der Anspruchslosigkeit eines Diogenes. Er verfertigte Register für große Werke, Prospekte für die Buchhändler und verriet im übrigen so wenig von seinen Anschauungen wie ein Grab von den Geheimnissen des Todes. Dieser fröhliche Zigeuner des Geistes, dieser große Staatsmann, der vielleicht das Gesicht der Welt verändert hätte, starb im Kloster Saint-Merri wie ein einfacher Soldat. Die Kugel irgendeines Händlers tötete da einen der adligsten Menschen, die je über den Boden Frankreichs gewandelt sind. Michel Chrestien starb für andere Lehren als seine eigenen. Sein europäischer Bund bedrohte die Aristokratie aller Länder weit mehr, als die republikanische Propaganda es vermochte; er war in höherem Grad auf Vernunft gegründet als die abscheulichen Forderungen unbegrenzter Freiheit, die von unsinnigen jungen Leuten als den angeblichen Erben des Konvents aufgestellt werden. Er war ein Plebejer von Adel, und alle, die ihn kannten, weinten ihm nach; keiner unter ihnen, der nicht, und zwar oft, an sein politisches Genie denkt, das unbekannt blieb. Aus diesen neun Personen bestand der

Kreis, der den Grundsatz der gegenseitigen Achtung und Freundschaft so streng befolgte, daß die feindlichsten Ideen und Lehren sich friedlich vertrugen. Daniel d'Arthez, der aus picardischem Adel stammte, trat für die Monarchie mit derselben Überzeugung ein, mit der Michel Chrestien von den vereinigten Staaten Europas sprach. Fulgence Ridal scherzte über die philosophischen Lehren Léon Girauds, der seinerseits d'Arthez das Ende des Christentums und der Familie voraussagte. Michel Chrestien, der an die Religion Christi, des göttlichen Gesetzgebers der Gleichheit, glaubte, verteidigte die Unsterblichkeit der Seele gegen Bianchon, der sich nur auf sein Seziermesser verließ.

Es gab immer Erörterungen, aber nie Streit. Über keinen hatte die Eitelkeit Macht, weil ihnen niemand zuhörte als sie selbst. Sie teilten sich ihre Arbeiten mit und fragten einander um Rat, mit der anbetungswürdigen Offenheit der Jugend. Handelte es sich um eine ernsthafte Angelegenheit? Der Opponent verließ seine Meinung, um sich in die Ideen seines Freundes zu versetzen, und war um so geeigneter, ihm zu helfen, als Unparteilichkeit für ein fremdes Werk und einen fremden Gedanken von ihm verlangt wurde. Fast allen war derselbe unheftige, duldsame Geist gemeinsam; schon durch diese beiden Eigenschaften verrieten sie ihren Rang. Der Neid, diese abscheuliche Zuflucht für unsere getäuschten Hoffnungen, unser versagendes Talent, unsere verfehlten Erfolge, unsere zurückgewiesenen Ansprüche, war ihnen unbekannt. Im übrigen ging jeder seinen eigenen Weg. Daher fühlte sich jeder wohl, der wie Lucien in ihre Gesellschaft aufgenommen wurde. Echtes Talent ist immer gutherzig und kindlich, offen und gar nicht rechthaberisch;

es liebt wohl die zugespitzten Worte, aber es sucht nie zu verletzen. Nachdem die erste Zurückhaltung überwunden war, empfand man es als unendlich wohltuend, in dieser jungen Elite zu verkehren. Die Vertraulichkeit schloß nicht das Bewußtsein aus, das jeder von seinem Wert hatte; da jeder sich stark genug fühlte, um je nach den Umständen zu verpflichten oder verpflichtet zu werden, traten sich alle mit der größten Bereitwilligkeit entgegen. Die Unterhaltungen, die voll Reiz waren und nie ermüdeten, umfaßten die verschiedensten Gegenstände. Die Worte trafen wie ein gut beschwingter Pfeil ins Herz, und sie flogen schnell. Das große Elend der äußeren Lebensumstände und der Reichtum an geistigen Werten brachten einen seltsamen Gegensatz hervor. Niemand dachte hier in anderer Absicht an die Wirklichkeiten des Lebens, als um aus ihnen den Stoff zu freundschaftlichen Scherzen zu ziehen. Eines Tages, als frühzeitige Kälte eintrat, hatten fünf der Freunde, die zu d'Arthez kamen, denselben Gedanken gehabt: Jeder brachte unter dem Mantel Holz mit, ganz wie bei jenen ländlichen Mahlzeiten, zu denen jeder Eingeladene seinen Anteil mitbringen muß und alle Welt dieselbe Pastete hervorzieht. Sie alle besaßen jene moralische Anmut, die sich in der Form wiederfindet und nicht weniger als Arbeit und nächtliche Studien den jungen Gesichtern einen himmlischen Glanz verleiht; ihre leicht verhärmten Züge waren von der Reinheit des Lebens und vom Feuer der Gedanken gezeichnet. Sie alle hatten hohe Dichterstirnen. Ihre lebhaften, glänzenden Augen zeugten von einem fleckenlosen Leben. Die Leiden der Armut wurden von ihnen so heiter ertragen, mit solcher Hingabe umschlungen, daß sie nie die eigentümliche Ruhe auf den Gesichtern der jungen Leute trübten, welche von schweren Fehlern noch verschont waren und sich durch keine jener feigen Handlungen erniedrigt hatten, deren Ursache schlecht ertragenes Elend ist, der Ehrgeiz, gleichviel durch welche Mittel emporzukommen, und die leichte Gefälligkeit, mit der die Literaten sich zum Verrat bereit finden oder ihn verzeihen.

Was die Freundschaft unlöslich macht und ihren Reiz verdoppelt, ist ein Gefühl, das der Liebe fehlt, die Gewißheit. Diese jungen Leute waren einander sicher; der Feind des einen wurde der Feind aller, sie hätten ihre wichtigsten Interessen darangegeben, um der heiligen Interessengemeinschaft ihrer Herzen zu gehorchen. Einer Feigheit unfähig, konnten sie jeder Anschuldigung ein eindrucksvolles Nein entgegenstellen und einander voll Überzeugung verteidigen. Gleich durch den Herzensadel und von gleicher Kraft in allen Dingen des Gefühls, vermochten sie auf dem Boden der Wissenschaft und des Geistes alles zu denken und sich alles zu sagen; daher die Unschuld ihres Umgangs und die Fröhlichkeit ihrer Worte. Da sie wußten, daß jeder den andern verstand, ließen sie ihrem Geist freien Lauf; daher gab es auch keine Steifheit unter ihnen, sie vertrauten sich Leid und Freud an, sie waren mit vollem Herzen bei dem, was hier gedacht und erduldet wurde. Die Unlust, mit der sie einen neuen Teilnehmer aufnahmen, läßt sich begreifen. Sie waren sich ihrer Zukunft und der frohen Gegenwart zu bewußt, als daß sie ohne weiteres bereit gewesen wären, ihren Kreis durch neue, unbekannte Elemente stören zu lassen.

Dieser Bund, der gleichmäßig auf Gefühlen und Interessen beruhte, dauerte zwanzig Jahre, ohne daß er einen Stoß erlitten oder an getäuschten Hoffnungen zugrunde gegangen wäre. Allein der Tod, der Louis Lambert, Meyraux und Michel Chrestien aus seiner Mitte riß, konnte der Plejade Abbruch tun. Als im Jahre 1832 Chrestien ausschied, begaben sich Horace Bianchon, Daniel d'Arthez, Léon Giraud, Joseph Brideau, Fulgence Ridal ungeachtet aller Gefahren nach Saint-Merry, um seinen Leichnam zu holen und ihm die letzten Ehren zu erweisen, den herrschenden politischen Anschauungen zum Trotz. Sie begleiteten die teuren Reste nachts auf den Père-Lachaise. Horace Bianchon überwand alle Schwierigkeiten und wich vor keiner zurück, er ging zu allen Ministern und gestand ihnen die alte Freundschaft, die ihn mit dem verstorbenen Anhänger des Föderalismus verband. Die rührende Szene grub sich in das Gedächtnis der wenigen Freunde, die sich um die fünf berühmten Männer geschart hatten. Wenn man den eleganten Kirchhof durchwandelt, bemerkt man ein für immer gekauftes Stück Boden und darauf einen Rasenhügel, der ein schwarzes Holzkreuz trägt; auf diesem stehen in roten Buchstaben die zwei Worte: *Michel Chrestien*. Es ist das einzige Denkmal in diesem Stil. Die fünf Freunde hatten geglaubt, den einfachen Mann in dieser einfachen Form ehren zu müssen.

In der kalten Dachkammer wurden also die heißesten Träume geträumt und verwirklicht. Brüder, die sich alle auf den verschiedenen Gebieten der Wissenschaft auszeichneten, gaben einander voll Offenheit Unterricht, verschwiegen nichts, nicht einmal ihre schlechten Gedanken, besaßen alle eine unermeßliche Bildung und waren alle durch das Fegefeuer des Elends gegangen. Nachdem Lucien einmal von ihnen aufgenommen und zu ihresgleichen ernannt worden war, vertrat er Dichtung und Schönheit. Er las Sonette vor, die Bewunderung fanden; man bat ihn um ein Sonett, wie er Michel Chrestien um ein Lied bat. So fand Lucien in der Wüste von Paris eine Oase in der Rue des Quatre-Vents.

Zu Beginn des Monats Oktober hatte Lucien den Rest seines Geldes für die Anschaffung von ein wenig Holz ausgegeben und sah sich ohne Hilfsmittel in einem Augenblick, wo er aus allen Kräften zu arbeiten begehrte: Er wollte seinen Roman umschreiben. Daniel d'Arthez seinerseits heizte mit gepreßter Rinde und ertrug das Elend tapfer: Er beklagte sich nicht, er war ordentlich wie eine alte Jungfer und glich einem Geizhals, soviel Methode hatte er. Sein Mut stachelte Lucien an, der eine unüberwindliche Abneigung fühlte, von seinen schlimmen Umständen zu sprechen, nachdem er kaum in den Kreis eingetreten war.

Eines Morgens ging er in die Rue du Coq, um den *Bogenschützen Karls IX.* an Doguereau zu verkaufen, traf den Buchhändler aber nicht an. Lucien wußte nicht, wie viel Nachsicht große Geister besitzen. Jeder seiner Freunde begriff die den Poeten eigentümlichen Schwächen, die Augenblicke der Niedergeschlagenheit, die sich einstellen, wenn die Seele durch die Versenkung in die Natur, die darzustellen ihre Aufgabe ist, in einen Zustand der Überreizung geriet. Die jungen Männer, die so streng gegen ihr eigenes Ungemach waren, zeigten sich mild bei den Schmerzen Luciens. Sie hatten begriffen, daß ihm das Geld fehlte. Deshalb krönte der Kreis die schönen Abende der Unterhaltung, der tiefen Betrachtungen, der Gedichte, der Geständnisse, des hohen Flugs in die Gefilde des Geistes, in die Zukunft der Nationen, in die Geschichte, durch einen Zug, der beweist, wie wenig Lucien seine neuen Freunde verstanden hatte.

»Lucien, mein Freund«, sagte Daniel zu ihm, »du bist gestern nicht zu Flicoteaux gekommen, und wir wissen, weshalb.«

Lucien konnte nicht verhindern, daß ihm ein paar Tränen auf die Wange tropften.

»Du hast uns dein Vertrauen entzogen«, sagte Michel Chrestien, »machen wir ein Kreuz in den Kamin...«

»Wir haben alle«, meinte Bianchon, »eine unerwartete Arbeit gefunden, ich habe für Desplein einen reichen Kranken gehütet, d'Arthez hat einen Artikel für die *Revue encyclopédique* geschrieben, Chrestien wollte am Abend in den Champs-Élysées mit einem Taschentuch und vier Kerzen singen, fand aber jemanden, der Politiker werden will und ihn eine Broschüre schreiben ließ, für die er dem neuen Machiavelli sechshundert Franc gab; Léon Giraud lieh fünfzig Franc bei seinem Buchhändler, Joseph hat Zeichnungen verkauft, und Fulgence läßt sein Stück am Sonntag spielen, wo es einen vollen Saal bringt.«

»Hier sind zweihundert Franc«, sagte Daniel, »nimm sie, und laß dir so etwas nicht wieder einfallen.«

»Er ist imstand und umarmt uns, als ob wir etwas Besonderes getan hätten«, meinte Chrestien.

Um begreiflich zu machen, mit welchem Entzücken Lucien unter dieser lebenden Enzyklopädie himmlischer Geister lebte, wird es genügen, die Antworten abzudrucken, die er auf seinen an die Familie geschriebenen Brief erhielt, ein Meisterwerk an Empfänglichkeit mit gutem Willen, ein Schrei, den sein Unglück ihm entlockt hatte.

David Séchard an Lucien:

Mein lieber Lucien, Du findest einliegend einen Wechsel auf neunzig Tage und an Dich zahlbar. Du kannst diese zweihundert Franc bei Monsieur Métivier, dem Papierhändler in der Rue Serpente einlösen, er ist unser Pariser Korrespondent. Mein guter Lucien, wir haben absolut nichts. Meine Frau hat die Leitung der Druckerei übernommen und unterzieht sich ihrer Aufgabe mit einer Geduld, einer Tatkraft und einer Hingabe, die mich den Himmel für diesen Engel segnen läßt. Sie selbst hat festgestellt, daß wir nicht in der Lage sind, Dir die geringste Beihilfe zu senden. Aber ich glaube, daß Du auf dem besten Weg bist und in Gemeinschaft mit so großen Herzen und Seelen Deine Bestimmung nicht verfehlen kannst. Ich vertraue auf die hohe Intelligenz der Herren Daniel d'Arthez, Michel Chrestien und Léon Giraud und auch auf Meyraux, Bianchon und Ridal, die wir durch Deinen lieben Brief kennengelernt haben. Ohne Èves Wissen habe ich also diesen Wechsel unterschrieben, den ich am Fälligkeitstag ohne Zweifel werde einlösen können. Verlasse Deinen vorgeschriebenen Weg nicht, er ist schwer, aber er wird Dich zum Ruhm führen. Ich würde lieber tausend Foltern erleiden, als mir vorstellen zu müssen, daß Du in einer der Pfützen von Paris versunken bist, ich habe ihrer genug gesehen. Sei weiterhin mutig genug, um schlechte Orte und schlechte Menschen zu meiden, vor allem die Leichtsinnigen und gewisse Literaten, die ich während meines Aufenthalts nach ihrem Wert schätzen lernte. Kurzum, sei der würdige Schüler der wunderbaren Men-

schen, die mir durch Deine Schilderung lieb geworden sind. Du wirst den Lohn bald ernten. Leb wohl, mein vielgeliebter Bruder, Du hast mich froh gemacht, ich erwartete nicht soviel Mut von Dir.

David

Ève Séchard an Lucien:

Mein Freund, Dein Brief hat uns alle weinen lassen. Die edlen Herzen, denen Dein Schutzengel Dich zugeführt hat, mögen unsere Tränen trocknen. Eine Mutter und eine arme junge Frau bitten Gott jeden Abend und jeden Morgen, daß er diese Freunde Dir erhalten möge, und wenn die inbrünstigen Gebete bis zu seinem Thron steigen, kann es nicht anders sein, als daß Ihr alle die Wirkung verspürt. Ja, mein Bruder, die Namen Deiner Freunde haben sich in unsere Herzen eingegraben. Gewiß werde ich sie eines Tages sehen. Sollte ich zu Fuß gehen müssen, so will ich mich aufmachen und ihnen für ihre Freundschaft danken, sie hat meine Schmerzen gelindert. Wir hier mühen uns wie arme Arbeiter. Mein Mann, diese große unbekannte Seele, die ich täglich mehr liebe, weil ich von Stunde zu Stunde neue Schätze in seinem Herzen entdecke, zieht sich von der Druckerei zurück, und ich ahne die Gründe: Deine schlimme Lage, unsere eigene und die unserer Mutter töten ihn. Unser angebeteter David wird wie Prometheus von einem Geier zerfleischt, der Kummer schlägt ihm die Krallen in das Fleisch. Er beachtet es kaum, er hofft auf das Glück. Er stellt den ganzen Tag Versuche an, die die Fabrikation des Papiers betreffen;

er hat mich gebeten, für ihn die Geschäfte zu führen, bei denen er mir hilft, soweit seine Arbeit es zuläßt. Und ach, ich bin schwanger. Das ist ein Umstand, der mich mit der tiefsten Freude erfüllt hätte; in der Lage, in der wir uns alle befinden, macht er mich traurig. Meine arme Mutter ist wieder jung geworden, sie hat wieder die Kraft gefunden, um ihren schweren Beruf als Krankenpflegerin auszuüben. Ohne die Sorgen um die Zukunft wären wir glücklich. Vater Séchard weigert sich, seinem Sohn einen Heller zu geben; David suchte etwas Geld bei ihm zu leihen, um es Dir zu schicken, denn Dein Brief hatte ihn in Verzweiflung gestürzt: ›Ich kenne Lucien, er wird den Kopf verlieren und Torheiten begehen‹, sagte er, ich habe ihn ausgescholten. ›Mein Bruder sollte den guten Weg verlassen?‹ antwortete ich ihm. ›Lucien weiß, daß ich vor Kummer sterben würde.‹ Die Mutter und ich haben, ohne daß David etwas ahnt, ein paar Gegenstände verpfändet; die Mutter wird sie einlösen, sobald sie Geld in die Hand bekommt. Wir haben so hundert Franc erhalten, die ich Dir mit der Post schicke. Wenn ich Deinen ersten Brief nicht beantwortet habe, so darfst Du mir nicht böse sein, mein Freund, wir mußten auch noch nachts arbeiten, ich meinerseits arbeite wie ein Mann. Ich wußte gar nicht, daß ich soviel Kraft habe. Madame de Bargeton hat weder Herz noch Seele; sie hätte, auch wenn sie Dich nicht mehr liebte, noch immer die Pflicht gehabt, über Dich zu wachen und Dir beizustehen, nachdem sie Dich aus unseren Armen gerissen und in dieses entsetzliche Pariser Meer geworfen hat, wo nur Gott helfen kann, wenn man unter so vielen Menschen und soviel Gier wahren Freunden begegnen soll. Du mußt ihr nicht nachtrauern. Ich wünschte Dir, mein zweites Ich, eine hingebende Frau, aber jetzt, wo diese Freunde meine Rolle übernommen haben, bin ich ruhig. Lieber junger Adler, entfalte Deine Flügel, wir werden auf Dich stolz sein; daß wir Dich lieben, weißt Du schon.

Ève

Mein teures Kind, ich kann Dich nach dem, was Deine Schwester sagt, nur segnen und Dir versichern, daß alle meine Gedanken und alle meine Gebete nur Dir gelten, die anderen, die ich täglich sehe, müssen sich beeinträchtigt fühlen. Es gibt Herzen, die den Abwesenden recht geben, und so ist das Herz Deiner

Mutter

Auf diese Weise konnte Lucien seinen Freunden nach zwei Tagen das Darlehen zurückgeben, das sie ihm in einer so anmutigen Form geliehen hatten. Nie vielleicht fand er das Leben schöner, aber seinen tiefblickenden und empfindlichen Freunden entging nicht, daß seine Eigenliebe sich befriedigt fühlte.

»Man möchte glauben, daß du Angst hast, uns etwas schuldig zu sein«, meinte Fulgence.

»Oh, die Freude, die er offenbar empfindet, wiegt viel schwerer in meinen Augen«, sagte Michel Chrestien, »sie bestätigt die Beobachtung, die ich gemacht habe: Lucien ist eitel.«

»Dafür ist er Dichter«, sagte d'Arthez.

»Werft ihr mir alle ein so natürliches Gefühl vor?«

»Man muß ihm zugute halten, daß er es nicht vor uns verborgen hat«, sagte Léon Giraud. »Er ist noch freimütiger, aber ich fürchte, daß er uns später aus dem Weg geht.«

»Und weshalb sollte ich das tun?« fragte Lucien.

»Wir lesen in deinem Herzen«, antwortete Joseph Bridau.

»Du hast«, erklärte ihm Michel Chrestien, »einen gefährlichen Geist in dir, der in deinen Augen alles rechtfertigen wird, was unseren Grundsätzen aufs äußerste widerspricht: Statt ein Sophist des Gedankens wirst du ein Sophist der Tat sein.«

»Ja, davor habe ich Angst«, bestätigte d'Arthez. »Lucien, du wirst dir so lange beweisen, daß du recht hast, bis du groß vor dir dastehst, und dann wirst du Handlungen begehen, die nicht gebilligt werden können. Nie wirst du dich im Einklang mit dir finden.«

»Und worauf stützt ihr euer Verhör?« fragte Lucien.

»Deine Eitelkeit, lieber Dichter, ist so groß, daß du selbst noch die Freundschaft darunter leiden läßt«, rief Fulgence. »Jede Eitelkeit dieser Art verrät eine entsetzliche Selbstsucht, und Selbstsucht ist Gift für die Freundschaft.«

»Ihr wißt also nicht, wie ich euch liebe!« erwiderte Lucien.

»Wenn du uns liebtest, wie wir dich lieben, hättest du uns nicht mit soviel Eifer und Aufwand zurückgegeben, was zu geben uns eine Freude war.«

»Hier leiht man sich nichts, hier gibt man«, sagte rücksichtslos Joseph Bridau.

»Glaube nicht, daß wir roh sind, mein liebes Kind«, sagte Michel Chrestien, »wir sehen nur in die Zukunft. Wir fürchten, daß du eines Tages die Freude an einer kleinen Rache der Freude an unserer guten Freundschaft vorziehst. Lies den *Tasso* Goethes, das größte Werk dieses Genius, und du wirst finden, daß die Dichter glänzende Stoffe, Feste, Triumphe und Glanz lieben. Sei Tasso, aber ohne seine Torheit. Die Welt und ihre Vergnügungen rufen dich, bleibe hier. Wende alles, was du an eitlen Wünschen hast, an das Reich des Geistes. Torheit für Torheit – für deine Handlungen das Gute, das Lasterhafte für die Ideen. Das ist besser, als nach dem Rezept d'Arthez' gut zu denken und sich schlecht aufzuführen.«

Lucien senkte den Kopf; seine Freunde hatten recht. »Ich gestehe, daß ich nicht so stark bin, wie ihr seid«, sagte er und sah sie mit einem Blick an, der ihre Herzen gewann, »ich habe nicht die Schultern, um Paris zu bestehen, um mutig zu kämpfen. Die Natur hat uns verschiedene Temperamente und Fähigkeiten gegeben, und ihr wißt besser als sonst jemand, daß Vorzüge und Fehler ihre Kehrseite haben. Schon bin ich müde, euch gestehe ich es.«

»Wir werden dir beistehen«, erwiderte d'Arthez, »das ist der Sinn treuer Freundschaft.«

»Die Hilfe, die mir zuteil wurde, ist unsicher, und wir sind alle gleich arm; bald werde ich wieder in Not sein. Chrestien, der auf das Honorar des ersten besten angewiesen ist, hat keinen Einfluß im Buchhandel. Für Bianchon kommen Geschäftsdinge nicht in Betracht. D'Arthez kennt nur die wissenschaftlichen oder Fachverleger, die keinen Einfluß auf die Romanverleger haben. Horace, Fulgence, Ridal und Bridau arbeiten auf einem Gebiet, das sie mit den Buchhändlern gar nicht in Berührung bringt. Ich muß einen Entschluß fassen.«

»So halte dich an unseren eigenen: Dulden!« sagte Bianchon. »Mutig dulden und der Arbeit vertrauen!«

»Aber was für euch nur dulden heißt, heißt für mich der Tod«, antwortete Lucien lebhaft.

»Bevor der Hahn dreimal gekräht hat«, meinte Léon Giraud lächelnd, »wird dieser Mensch die Sache der Arbeit für die des Müßiggangs und der Laster von Paris verraten haben.«

»Wohin hat euch denn die Arbeit geführt?« fragte Lucien lachend.

»Wenn man von Paris nach Italien aufbricht, findet man Rom nicht auf halbem Wege«, antwortete Joseph Bridau. »Du möchtest, daß die Erbsen gleich in Butter gedämpft wachsen.«

»So wachsen sie nur für die Erstgeborenen der Pairs von Frankreich. Wir aber säen sie, gießen sie und ernten bessere«, sagte Michel Chrestien.

Die Unterhaltung wurde lustig und wechselte das Thema. Diese scharfsichtigen Geister, diese empfindsamen Herzen wollten Lucien, der jetzt begriff, wie schwer sie zu täuschen waren, den kleinen Streit vergessen lassen. Er verfiel bald einer inneren Enttäuschung, die er seinen Freunden sorgsam verbarg, da er sie für unversöhnliche Mentoren hielt. Sein südländischer Geist, der so leicht die Skala der Gefühle durcheilte, ließ ihn die gegensätzlichsten Entschlüsse fassen.

Wiederholt sprach Lucien davon, es mit dem Journalismus zu versuchen, und immer sagten seine Freunde: »Davor hüte dich, wir raten dir wohl.«

»Es wäre das Ende des hübschen, liebenswerten Lucien, den wir kennen«, erklärte d'Arthez.

»Du würdest dem unaufhörlichen Wechsel von Genuß und Arbeit, den das Leben des Zeitungsmannes ausmacht, nicht widerstehen; und widerstehen, das ist die Voraussetzung allen Könnens. Du wärst so entzückt, die Macht auszuüben, die Werke des Geistes zum Tod verurteilen oder ihnen zum Leben verhelfen zu können, daß du in zwei Monaten zum reinen Journalisten würdest. Journalist sein heißt Prokonsul in der Republik der Literatur sein. Wer alles sagen kann, wird bald alles tun! Das ist eine Maxime Napoleons, und man versteht sie.«

»Steht ihr mir nicht zur Seite?« fragte Lucien.

»Darauf wird es nicht mehr ankommen«, rief Fulgence, »als Journalist würdest du nicht mehr an uns denken, als die verwöhnte Operntänzerin in ihrem mit Seide ausgeschlagenen Wagen an ihr Dorf, an die Kühe und die Holzschuhe denkt. Du besitzt nur zu sehr die Eigenschaften des Journalisten: glänzenden Vortrag und Raschheit des Gedankens. Du würdest nie ein geistreiches Wort unterdrücken, auch wenn es deinen Freund träfe. Wenn ich die Journalisten im Foyer des Theaters sehe, erfaßt mich Grauen. Der Journalismus ist eine Hölle, ein Abgrund, in dem alle Lügen, aller Verrat, alle Ungerechtigkeit lauern, niemand bleibt rein, der ihn durchschreitet, es sei denn, daß ihn wie Dante der göttliche Lorbeer Vergils schützt.«

Je mehr der Kreis Lucien von diesem Weg abriet, desto größer wurde sein Verlangen, die Gefahr kennenzulernen und den Gang zu wagen; er fing an, den Streit in sich auszutragen. War es nicht lächerlich, wenn er noch einmal die kümmerlichen Verhältnisse hinnahm, ohne etwas zu versuchen? Nach dem Mißerfolg seines ersten Romans fühlte er sich wenig verlockt, einen zweiten zu schreiben. Und außerdem, wovon sollte er leben, während er ihn schrieb? Ein Monat Entbehrungen hatte das Quantum Geduld erschöpft, das ihm gegeben war. Konnte er nicht mit Anstand das tun, was die Journalisten ohne Würde und Gewissen taten? Das Mißtrauen der Freunde setzte ihn herab, er wollte ihnen seine Seelenstärke beweisen. Eines Tages würde vielleicht er ihnen helfen, war vielleicht er der Herold ihres Ruhmes.

»Außerdem, was ist eine Freundschaft, die vor der Mitschuld zurückweicht?« fragte er eines Abends Michel Chrestien, den er zusammen mit Léon Giraud nach Hause begleitet hatte.

»Wir schrecken vor nichts zurück«, erwiderte Michel Chrestien; »wenn du das Unglück hättest, deine Geliebte zu töten, würde ich dir helfen, die Spuren zu verwischen, und könnte dich noch schätzen; aber wenn du Spion würdest, würde ich voll Abscheu vor dir fliehen, denn du wärest aus System feig und niederträchtig. Und damit hast du den Journalismus in zwei Worten. Ein Freund kann eine Verirrung verzeihen, die der unüberlegten Leidenschaft entspringt, aber er muß unversöhnlich bleiben, wo einer den Entschluß faßte, Seele, Geist und Denken zu verschachern.«

»Könnte ich nicht Journalist werden, um meinen Gedichtband und meinen Roman zu verkaufen, und dann sofort den Journalismus wieder verlassen?«

»Machiavelli würde das tun, aber nicht Lucien de Rubempré«, sagte Léon Giraud.

»Ich werde euch beweisen, daß ich Machiavelli sein kann«, rief Lucien nun aus. Michel faßte Léon an der Hand und sagte:

»Du stürzt ihn ins Verderben. Lucien, du hast dreihundert Franc, davon kannst du bequem drei Monate leben. Arbeite, schreibe einen zweiten Roman, d'Arthez und Fulgence werden dir beim Entwurf helfen, du wirst neue Kräfte fühlen, du wirst ein großer Romanschriftsteller werden. Und ich will in eines jener Bordelle des Geistes eintreten, ein Vierteljahr Journalist werden, deine Bücher an irgendeinen Buchhändler verkaufen, dessen Veröffentlichungen ich nur anzugreifen brauche, ich werde Artikel schreiben und auch dir welche verschaffen; wir organisieren einen Erfolg, du wirst ein großer Mann sein und doch unser Lucien bleiben.«

»Wie gering achtest du mich, da du überzeugt bist, daß ich da zugrunde gehen werde, wo du dich in Sicherheit bringst«, sagte der Dichter.

»Gott im Himmel, verzeihe ihm, er ist ein Kind!« antwortete Michel Chrestien.

Nachdem Lucien sich an diesen bei d'Arthez verbrachten Abenden den Kopf frei geredet hatte, studierte er die Artikel der kleinen Blätter, die das Publikum durch witzige Einfälle zu unterhalten suchten. Überzeugt, daß er es mit den geistreichen Redakteuren zum mindesten aufnehmen konnte, machte er insgeheim den Versuch mit der gleichen Gedankengymnastik und verließ eines Morgens das Haus, stolz auf den Einfall, einen jener kommandierenden Generäle aufzusuchen und ihm seine Dienste anzubieten. Er zog seine besten Kleider an und hoffte, während er über die Brücken ging, daß die Schriftsteller, Zeitungsleute und Autoren, kurz, seine künftigen Brüder, ein wenig mehr Entgegenkommen und Interesse für ihn hatten als die beiden verschieden gearteten Vertreter des Buchhandels, an denen seine ersten Hoffnungen gescheitert waren. Er würde Sympathien, irgendeine gute, freundliche Zuneigung antreffen, ähnlich der, die ihm im Kreis der Rue des Quatre-Vents begegnet war. Wieder fühlte er mit allen Fasern die Erregung, mit der Phantasiemenschen an geschäftliche Dinge gehen; er erreichte die Rue Saint-Fiacre in der Nähe des Boulevard Montmartre und stand vor dem Haus, in dem sich die Räume der kleinen Zeitung befanden. Beim Anblick dieses Gebäudes schlug ihm das Herz wie einem Studenten, der ein schlechtes Haus betritt. Die Geschäftsräume lagen im Zwischenstock, er stieg hinauf und betrat ein Zimmer, das von einer Wand, die unten aus Brettern, oben aus Gittern bestand, in zwei gleiche Hälften geteilt wurde. Er erblickte einen einarmigen Invaliden, der mit der Hand mehrere Stöße Papier auf dem Kopf festhielt und zwischen den Zähnen das Markenheft hielt, das die Steuerverwaltung in ihrer Weisheit verlangt. Dieser arme Mann, mit einem gelben Gesicht und roten Geschwülsten, denen er den Spitznamen *Coloquinte* verdankte, wies ihm hinter dem Gitter den Cerberus des Blatts.

Diese Persönlichkeit war ein alter dekorierter Offizier; die Nase sah aus einem grauen Bart hervor, auf dem Kopf trug er ein schwarzes Seidenkäppchen, der Körper steckte in einem weiten blauen Rock wie die Schildkröte unter ihrem Panzer.

»Der Herr wünscht zu abonnieren? Von welchem Tag an?« fragte der ehemals kaiserliche Offizier.

»Ich komme nicht wegen eines Abonnements«, erwiderte Lucien und erblickte auf der nächsten Tür eine Karte mit den Worten: *Redaktion,* und darunter: *Kein Eintritt.*

»Eine Reklamation, ohne Zweifel«, meinte nun der Soldat Napoleons, »o ja, wir sind mit Mariette nicht glimpflich umgegangen. Was wollen Sie, ich weiß noch heute den Grund nicht. Aber wenn Sie darauf bestehen, bin ich bereit«, schloß er mit einem Blick auf den Degen und Pistolen, die als moderner Kriegsschmuck in einer Ecke eine Gruppe bildeten.

»Das ist noch weniger meine Absicht«, sagte Lucien, »ich komme, um mit dem Herausgeber zu sprechen.«

»Vor vier ist niemals jemand hier.«

»Sehen Sie, mein alter Giroudeau, ich finde elf Spalten, was bei fünf Franc das Stück fünfundfünfzig Franc ausmacht. Ich habe vierzig bekommen, also schulden Sie mir noch fünfzehn Franc, wie ich Ihnen sagte.«

Diese Worte wurden von einem kleinen dürftigen Menschen gesprochen, dessen Gesicht hell wie das Weiß eines schlecht gekochten Eies war. Zwei mattblaue, aber erschreckend boshafte Augen saßen darin. Die schmächtige Gestalt verschwand hinter der undurchsichtigen Figur des alten Militärs.

Lucien erstarrte, als er die Stimme des jungen Menschen vernahm: es war das Miauen einer Katze darin und die asthmatische Heiserkeit einer Hyäne.

»Ja, mein Söhnchen«, erwiderte der verabschiedete Offizier, »aber Sie zählen die Titel und den leeren Zwischenraum mit, während ich von Finot Anweisung habe, die Linien zusammenzurechnen und durch die Spaltenzahl zu teilen. Nach dieser, ich gebe zu, etwas einschneidenden Operation kommen drei Spalten weniger heraus.«

»Er zahlt die leeren Zwischenräume nicht, der Jude! Aber seinem Teilhaber gegenüber bringt er sie in Anrechnung. Ich werde Étienne Lousteau und Vernou benachrichtigen.«

»Ich kann nicht eigenmächtig vorgehen, mein Kleiner«, erwiderte der Offizier. »Wie, wegen fünfzehn Franc erbosen

Sie sich gegen Ihren Brotgeber, Sie, der Artikel so schlecht schreibt, wie ich Zigarren rauche! Zahlen Sie Ihren Freunden einen Punsch weniger, oder gewinnen Sie beim Billard eine Partie mehr, dann ist alles in Ordnung!«

»Finot macht Ersparnisse, die ihm teuer zu stehen kommen werden«, gab der Redakteur zurück, der aufstand und sich entfernte.

»Sollte man nicht glauben, er wäre Voltaire und Rousseau?« sagte der Kassierer zu sich selbst, dann erblickte er den Dichter aus der Provinz.

»Ich werde um vier Uhr wiederkommen«, meinte Lucien.

Während der Unterhaltung der beiden hatte er an den Wänden die Bilder Benjamin Constants, des Generals Foy, der siebzehn berühmtesten Redner der liberalen Partei und Karikaturen auf die Regierung angesehen. Vor allem hatte er der Tür zum Allerheiligsten seine Aufmerksamkeit gewidmet; dort also wurde das geistreiche Blatt gemacht, das jeden Tag etwas zum Lachen brachte und das Recht ausübte, die Könige, die wichtigsten Ereignisse ins Lächerliche zu ziehen und alles durch ein Scherzwort in Frage zu stellen.

Er machte einen Gang über die Boulevards; das war ein ganz neues Vergnügen für ihn, es lenkte ihn so sehr ab, daß er noch nicht gefrühstückt hatte, als die Zeiger der Uhrmacher auf vier standen. Er kehrte in die Rue Saint-Fiacre zurück, stieg hinauf und öffnete die Tür; der alte Soldat war fortgegangen, der Invalide saß über seinen Stempelmarken, aß eine Brotkruste und hütete den Platz ebenso resigniert wie früher beim Militär, wo er auch nichts von den Befehlen des Kaisers verstanden hatte. Lucien kam auf den kühnen Einfall, diese gefährliche Schildwache zu täuschen, er stülpte den Hut auf den Kopf und öffnete, als wenn er zum Haus gehörte, die Tür zum Heiligtum.

Das Redaktionszimmer bot seinen begierigen Blicken einen runden Tisch, auf dem eine grüne Decke lag, und sechs Stühle aus Vogelkirschholz, deren Stroh noch neu war. Das farbige Parkett des Raums war noch nicht geputzt worden, sah aber sauber aus, was auf einen geringen öffentlichen Verkehr schließen ließ. Auf dem Kamin bemerkte er einen Spiegel, eine verstaubte Ladentischuhr, zwei Leuchter, in die zwei Kerzen lieblos gebohrt waren, und verstreute Visitenkarten. Auf dem Tisch lagen alte Zeitungen um ein Tintenfaß, dessen vertrocknete Tinte das Aussehen von Lack hatte, die Federhalter waren in Form einer Sonne ausgebreitet. Er las ein paar Artikel, die in einer unleserlichen und fast hieroglyphischen Handschrift auf häßliche Papierfetzen gekritzelt und oben von den Setzern eingerissen worden waren – es ist dies das Zeichen für die abgesetzten Artikel. Auf anderem Papier von grauer Farbe konnte er Karikaturen bewundern, die ganz witzig von Leuten gezeichnet worden waren, die ohne Zweifel dadurch die Zeit hatten töten wollen, daß sie jemanden töteten, und sei es auch nur mit der Feder. Auf grünliches Manuskriptpapier waren mit Stecknadeln neun verschiedene Zeichnungen geheftet, Karikaturen auf den *Einsiedler*, ein Buch, das damals einen ungeheuren Erfolg in Europa hatte und den Journalisten zum Hals heraushängen mußte.

»Der *Einsiedler* erscheint in der Provinz und verblüfft die Frauen. – Der *Einsiedler* wird in einem Schloß gelesen. – Wirkung des *Einsiedlers* auf die Haustiere. – Der *Einsiedler* bei den Wilden, der *Einsiedler* in China, wo der Autor ihn in Peking dem Kaiser überreicht. – Der *Einsiedler* in seinen

Bergen, wo er Élodie vergewaltigt.« Lucien fand diese Karikatur recht schamlos, aber sie brachte ihn zum Lachen. – »Der *Einsiedler* bei den Zeitungen, er schreitet in einer Prozession unter dem Thronhimmel. – Der *Einsiedler* bringt eine Druckerpresse zum Platzen, der Setzer wird verletzt. – Von hinten gelesen erstaunt der *Einsiedler* die Akademiker durch seine bemerkenswerten Schönheiten. Auf ein Kreuzband war ein Redakteur gezeichnet, der seinen Hut hinhielt; darunter stand: »Finot, meine hundert Franc?« Als Unterschrift ein Name, der berühmt geworden ist, aber nie mit Achtung genannt werden wird.

Zwischen dem Kamin und dem Fenster standen ein Sekretär, ein Mahagoniholzsessel und ein Papierkorb, vor dem Kamin lag ein kleiner Läufer; alles war mit einer dicken Staubschicht bedeckt. Die Fenster hatten nur kleine Vorhänge. Oben auf dem Sekretär lagen etwa zwanzig Gegenstände, die im Lauf des Tages abgelegt worden waren, Stiche, Noten, Tabaksdosen, ein Exemplar der neunten Auflage des *Einsiedlers* und ein Dutzend gesiegelte Briefe. Als Lucien dieses seltsame Inventar aufgenommen und sich aufs Geratewohl ein paar Gedanken überlassen hatte, schlug es fünf. Er kehrte zu dem Invaliden zurück und fragte ihn aus. Coloquinte hatte seine Kruste verzehrt und wartete mit der Geduld der Schildwache auf den Offizier, der seine Dekorationen vielleicht auf dem Boulevard spazierenführte. In diesem Augenblick erschien auf der Türschwelle eine Frau, nachdem man schon auf der Treppe das Rascheln ihres Kleides und den so leicht erkennbaren weiblichen Schritt vernommen hatte. Sie war recht hübsch.

»Monsieur«, wandte sie sich an Lucien, »ich weiß, weshalb Sie die Hüte von Mademoiselle Virginie so loben, und ich komme, um zunächst für ein Jahr zu abonnieren; aber sagen Sie mir die Bedingungen, die Sie ihr gemacht haben.«

»Verzeihen Sie, ich gehöre nicht zur Zeitung.«

»Oh.«

»Ein Abonnement ab Oktober?« fragte der Invalide.

»Womit ist die Dame nicht zufrieden?« ließ sich nun der alte Offizier im Hintergrund vernehmen. Er begann mit der schönen Modistin zu verhandeln. Als Lucien, der ungeduldig wurde, in das erste Zimmer ging, vernahm er den Schlußsatz:

»Mit dem größten Vergnügen, Monsieur. Mademoiselle Florentine soll in meinen Laden kommen und aussuchen, was ihr beliebt. Ich habe hübsche Bänder. Also alles ist abgemacht: Sie loben nicht mehr Virginie, eine Seifensiederin, die nie eine Hutform zu erfinden versteht, während ich, lieber Gott...«

Lucien hörte eine Anzahl Taler in die Kasse fallen. Der Offizier begann seine tägliche Rechnung.

»Seit einer Stunde warte ich«, machte sich der ziemlich erboste Dichter bemerkbar.

»Sie sind nicht gekommen«, erwiderte der Veteran Napoleons und bezeigte höflich seine Teilnahme, »es wundert mich nicht, schon seit einiger Zeit bekomme ich sie nicht mehr zu sehen. Wir sind in der Mitte des Monats. Diese Gesellschaft kommt nur, wenn man zahlt, am neunundzwanzigsten oder dreißigsten.«

»Und Monsieur Finot?« fragte Lucien, der den Namen des Herausgebers behalten hatte.

»Ist zu Hause, Rue Feydeau. Coloquinte, mein Alter,

bringe alles zu ihm, was heute gekommen ist, wenn du zur Druckerei gehst.«

»Wo wird denn die Zeitung hergestellt?« fragte Lucien mehr sich als den Offizier.

»Die Zeitung?« sagte der Angestellte, der von dem Invaliden den Rest des Steuermarkengeldes empfing. »Die Zeitung?« Er räusperte sich. »Morgen, Alter, mußt du um sechs in der Druckerei sein und auf die Austräger aufpassen. – Die Zeitung, Monsieur, wird auf der Straße, bei den Autoren, in der Druckerei hergestellt, zwischen elf und zwölf Uhr nachts. Zur Zeit des Kaisers, Monsieur, war diese Art, mit schlechtem Papier zu spekulieren, unbekannt. Der hätte Ihnen einen Korporal mit vier Mann ins Haus geschickt und sich das Phrasengedresch nicht gefallen lassen. Aber genug geschwatzt. Wenn mein Neffe dabei auf seine Rechnung kommt und man für den Sohn des anderen schreibt, hmhm, so ist das noch nicht das Schlimmste. Aber die Abonnenten kommen in Scharen, ich verlasse den Posten.«

»Monsieur, Sie scheinen mit der Redaktion dieser Zeitung vertraut zu sein?«

»Unter dem finanziellen Gesichtspunkt«, sagte der Soldat, räusperte sich wieder und spuckte aus, »je nach dem Talent, drei oder fünf Franc die Spalte zu fünfzig Zeilen zu vierzig Buchstaben, ohne die Zwischenräume. Was die Redakteure betrifft, so sind das merkwürdige Pistölchen, kleine junge Leute, die ich nicht einmal beim Train hätte haben wollen und die, weil sie weißes Papier vollkritzeln, einen alten Kapitän von den Dragonern der Kaiserlichen Garde, einen ehemaligen Bataillonschef, der mit Napoleon in alle Hauptstädte Europas einzog, verachten.«

Der Soldat Napoleons bürstete seinen blauen Rock und gab zu verstehen, daß er ausgehen wollte. Lucien hatte den Mut, sich ihm in den Weg zu stellen.

»Ich möchte Redakteur werden«, sagte er, »und versichere Ihnen, daß ich größten Respekt vor einem Kapitän der Kaiserlichen Garde empfinde, das waren Männer aus Bronze.«

»Gut gesagt, mein Junge«, erwiderte der Offizier und klopfte Lucien auf den Bauch, »aber in welche Klasse von Redakteuren wollen Sie eintreten?«

Inzwischen hatte der Haudegen besagten Bauch zur Seite gedrängt und stieg schon die Treppe hinab; er blieb erst unten wieder stehen, wo er sich beim Pförtner seine Zigarre ansteckte.

»Wenn Abonnements kommen, nehmen Sie sie in Empfang, und schreiben Sie sie auf, Mutter Chollet«, sagte er, dann wandte er sich zu Lucien, der ihm gefolgt war, und fuhr fort: »Immer das Abonnement, ich kenne nur das Abonnement. Finot ist mein Neffe, der einzige in der Familie, der etwas für mich getan hat. Darum, wer Streit mit Finot sucht, hat es mit dem alten Giroudeau zu tun, Kapitän bei den Gardedragonern, ehemals einfacher Soldat bei der Sambre- und Meuse-Armee, fünf Jahre lang Waffenmeister im ersten Husarenregiment, damals bei der italienischen Armee! Eins, zwei und der gute Mann wäre bei den Schatten«, fügte er hinzu und ahmte die Ausfälle des Fechters nach: »Also mein Kleiner, wir haben verschiedene Sorten von Redakteuren: Es gibt den Redakteur, der redigiert und sein Gehalt empfängt, den Redakteur, der redigiert und nichts hat, worunter wir einen Volontär verstehen, und schließlich den Redakteur, der nichts redigiert und nicht der Dümmste ist, er wenigstens macht keine Fehler, er tritt als Schriftsteller auf, er gehört zur Zeitung, er lädt uns zum Essen ein, er streicht in den Theatern herum, er hält eine Schauspielerin aus, es geht ihm sehr gut. Was wollen Sie werden?«

»Nun, Redakteur, der ordentlich arbeitet und demgemäß ordentlich bezahlt wird.«

»Ganz wie alle Rekruten, die Marschall werden wollen! Glauben Sie dem alten Giroudeau: nach links ausgeschwärmt und trapp, trapp, um nur so rasch wie der brave Mann da Nägel in der Gosse zu sammeln. Er hat gedient, man sieht es an seiner Haltung. Ist es nicht eine Schande, daß ein alter Soldat so in Paris sein Leben fristen muß? Gerechter Gott, man ist nur ein Lump, man hat nicht zum Kaiser gehalten! Kurzum, mein Kleiner, der Mann, den Sie heute morgen sahen, hat vierzig Franc im Monat verdient, erwarten Sie mehr? Und wenn man Finot hört, ist er der witzigste unter seinen Redakteuren.«

»Als Sie mit der Sambre- und Meuse-Armee gingen, sagte man Ihnen da, daß die Sache gefährlich sei?«

»Das will ich wohl meinen!«

»Also?«

»Also, gehen Sie zu meinem Neffen Finot, einem braven Burschen, dem anständigsten Burschen, den Sie treffen können, vorausgesetzt, daß Sie ihn treffen, denn er treibt sich wie ein Fisch herum. Sie müssen wissen, in seinem Beruf handelt es sich nicht darum, zu schreiben, sondern darum, die anderen schreiben zu lassen. Es scheint, daß es angenehmer ist, sich mit Schauspielerinnen zu vergnügen, als Papier zu beschmieren. Wirklich, merkwürdige Leute! Ich habe die Ehre.«

Der Kassierer schwang einen jener gefährlichen, mit Blei ausgegossenen Stöcke, mit denen sich schon Germanicus bewaffnet hatte, und ließ Lucien auf dem Pflaster stehen. Der junge Mann war nicht weniger über den Eindruck erstaunt, den eine Redaktion auf ihn machte, als bei Vidal und Porchon über die letzte Phase eines literarischen Werks. Lucien suchte Andoche Finot, den Herausgeber der Zeitung zehnmal in der Rue Feydeau auf, traf ihn aber niemals an. Kam er früh, so war Finot noch nicht nach Hause gekommen, mittags war Finot unterwegs: in dem und dem Café, hieß es. Lucien ging ins Café und fragte die Bedienung nach Überwindung seines höchsten Widerstrebens nach Finot: Finot war eben fortgegangen. Lucien wurde es müde, hinter Finot herzujagen, und betrachtete ihn schließlich als ein Fabelwesen; er fand es einfacher, bei Flicoteaux auf Étienne Lousteau zu warten. Der junge Journalist würde ohne Zweifel das Mysterium, in das seine Zeitung gehüllt war, aufklären.

Seit dem hundertmal gesegneten Tag, an dem Lucien Daniel d'Arthez kennengelernt hatte, hatte er seinen Platz bei Flicoteaux gewechselt; die beiden Freunde saßen am selben Tisch und unterhielten sich gedämpft über hohe Literatur, über Romanmotive und über die Art, sie am besten einzuführen, darzustellen und zu entwickeln. Daniel d'Arthez war in diesen Tagen gerade damit beschäftigt, das Manuskript des *Bogenschützen Karls IX.* durchzusehen. Er schrieb ganze Kapitel um, fügte die schönen Seiten ein, die sich nun darin befinden, und entwarf die großartige Vorrede, die vielleicht das Stärkste an dem Buch ist und damals soviel Licht auf die Bestrebungen der jungen Literatur warf.

Eines Tages sah Lucien, der mit Daniel Hand in Hand

saß, Étienne Lousteau den Entenschnabel der Tür umdrehen. Lucien ließ sofort die Hand Daniels los und sagte zu dem Kellner, er möge das Essen an seinen alten Platz neben der Kasse bringen. D'Arthez warf auf Lucien einen jener engelhaften Blicke, in denen der Vorwurf hinter die Verzeihung zurücktritt; der Dichter fühlte sich getroffen und nahm die Hand Daniels von neuem, um sie zu drücken.

»Es handelt sich für mich um eine wichtige Angelegenheit, ich werde dir berichten«, sagte er.

Lucien saß bereits an seinem alten Platz, als Lousteau den seinen einnahm; er grüßte zuerst, die Unterhaltung kam in Fluß und entwickelte sich so lebhaft, daß Lucien fortging, um das Manuskript seines Versbandes zu holen, während Lousteau sein Mahl beendete. Der Journalist hatte ihm erlaubt, seine *Marguerites* vorzulesen; Lucien setzte auf sein etwas zur Schau getragenes Wohlwollen Hoffnung, vielleicht kam er zu einem Verleger oder konnte in die Zeitung eintreten. Als er zurückkehrte, saß Daniel traurig in einer Ecke des Restaurants und schaute ihn schwermütig an. Der Gedanke an sein Elend und der Ehrgeiz bewirkten, daß Lucien tat, als sähe er seinen Bundesbruder nicht, er folgte Lousteau.

Es war noch hell. Der Journalist und sein Anhänger gingen in den Jardin du Luxembourg und setzten sich in jenem Teil des Gartens auf eine Bank, der von der großen Allee des Observatoriums zur Rue de l'Ouest führt. Die Straße war damals ein einziger Sumpf hinter Brettern, Häuser standen nur auf der Seite der Rue de Vaugirard, und der Durchgang wurde so wenig benutzt, daß zu der Stunde, wo Paris speist, ein Liebespaar sich da in aller Ruhe streiten und das Pfänderspiel der Versöhnung treiben konnte, ohne gesehen zu werden. Der einzige Störenfried war unter Umständen der Veteran, der an dem Pförtchen der Rue de l'Ouest Wache stand, vorausgesetzt, daß der ehrwürdige Soldat auf den Gedanken kam, die Strecke, auf der er hin- und herging, auszudehnen. In diesem Laubengang, auf einer Holzbank zwischen zwei Linden, hörte sich Étienne die Sonette an, die Lucien aus seinem Band auswählte.

Étienne Lousteau, der nach zweijähriger Lehrzeit den Fuß als Redakteur in den Steigbügel gesetzt hatte und mit ein paar Berühmtheiten jener Tage Freundschaft hielt, war in den Augen Luciens eine bedeutende Persönlichkeit. Deshalb hielt es der Dichter aus der Provinz für nötig, eine Art Vorrede zu geben, während er das Manuskript aufschnürte.

»Sie wissen«, sagte er, »das Sonett ist eine der schwierigsten Kunstgattungen. Es ist wenig gepflegt worden. Niemand in Frankreich konnte sich neben Petrarca stellen, dem seine soviel geschmeidigere Sprache zustatten kommt: Wo unser Positivismus, verzeihen Sie dieses Wort, ein Hindernis darstellt, erlaubt das Italienische jedes Gedankenspiel. Die Vorstellung, mit einer Sammlung von Sonetten auf den Plan zu treten, reizte mich. Victor Hugo hat die Ode gewählt, Canalis bevorzugt die flüchtige Lyrik, Béranger besitzt ein Monopol auf das Lied, Casimir Delavigne hängt der Tragödie an und Lamartine der Meditation, ich entschied mich für das Sonett.«

»Folgen Sie der klassischen oder der romantischen Richtung?« fragte Lousteau.

Luciens erstauntes Gesicht verriet eine so vollständige Unkenntnis des Standes der Dinge in der Republik der Literatur, daß Lousteau es für nötig hielt, ihn aufzuklären.

»Mein Lieber, Sie treffen in einem Augenblick ein, wo eine erbitterte Schlacht tobt, Sie müssen sich sofort entscheiden. Die Literatur ist zunächst in verschiedene Stufen eingeteilt, aber unsere großen Namen in zwei Lager. Die Royalisten sind romantisch, die Liberalen sind klassisch. Der Gegensatz der literarischen Meinungen geht Hand in Hand mit dem der politischen; es folgt daraus ein Krieg, der mit allen Waffen geführt wird, Tinte fließt in Strömen, Witzworte fliegen wie Pfeile, Verleumdungen, Epigramme stehen in beliebiger Menge zur Verfügung, ob man nun zu den aufsteigenden oder absteigenden Talenten gehört. Infolge einer merkwürdigen Verkehrung rufen die romantischen Royalisten nach der Freiheit der Literatur und der Abschaffung der herkömmlichen Gesetze; die Liberalen wollen die sogenannten Einheiten, den Alexandriner und das klassische Thema bewahren. In jedem Lager streben also literarische und politische Überzeugungen auseinander. Wenn Sie sich eklektisch zwischen den Parteien halten wollen, erreichen Sie nur, daß niemand für Sie eintritt. Welche Gruppe wählen Sie?«

»Welche ist die stärkste?«

»Die liberalen Zeitungen haben viel mehr Leser als die royalistischen und ministeriellen Blätter; aber Canalis dringt durch, obwohl er als frommer Monarchist auftritt, obwohl Hof und Geistlichkeit auf seiner Seite sind. Sonette, das ist Literatur noch aus der Zeit vor Boileau«, meinte er, als er sah, daß Lucien von dem Gedanken, zwischen zwei Bannern wählen zu müssen, erschrak. »Seien Sie romantisch. Die Romantiker setzen sich aus jungen Leuten zusammen, die Klassischen sind Perücken, die Romantiker werden den Sieg davontragen.«

Das Wort Perücke war die letzte Wortschöpfung des romantischen Journalismus im Kampf mit dem Gegner.

»Das Gänseblümchen!« sagte nun Lucien und wählte das erste der beiden Sonette, die am Anfang standen.

> Pâquerettes des prés, vos couleurs assorties
> Ne brillent pas toujours pour égayer les yeux;
> Elles disent encor le plus chers de nos vœux
> En un poème où l'homme apprend ses sympathies:
>
> Vos étamines d'or par de l'argent serties
> Révèlent les trésors dont il fera ses dieux;
> Et vos filets, où coule un sang mystérieux,
> Ce que coûte un succès en douleurs ressenties!
>
> Est-ce pour être éclos le jour où du tombeau
> Jésus, ressuscité, sur un monde plus beau
> Fit pleuvoir des vertus en secouant ses ailes,
>
> Que l'automne revoit vos courts pétales blancs
> Parlant à nos regards de plaisirs infidèles,
> Ou pour nous rappeler la fleur de nos vingt ans?

Lucien regte sich über die vollkommene Unbeweglichkeit auf, mit der Lousteau das Sonett anhörte; er kannte noch nicht die entwaffnende Regungslosigkeit, die jeder annimmt, der gewohnheitsmäßig Kritiker ist, und die alle Journalisten zur Schau tragen, von Prosa, Dramen und Versen übersättigt, wie sie sind. Der Dichter, der den Beifall gewohnt war, schluckte seine Enttäuschung hinunter und las das Sonett, dem Madame de Bargeton und ein paar Freunde ihres Kreises den Vorzug gegeben hatten:

›Das wird ihm vielleicht ein Wort entreißen‹, dachte er.

Zweites Sonett
LA MARGUERITE

Je suis la marguerite, et j'étais la plus belle
Des fleurs dont s'étoilait le gazon velouté.
Heureuse, on me cherchait pour ma seule beauté,
Et mes jours se flattaient d'une aurore éternelle.

Hélas! malgré mes vœux, une vertu nouvelle
A versé sur mon front sa fatale clarté;
Le sort m'a condamnée au don de vérité,
Et je souffre et je meurs: la science est mortelle.

Je n'ai plus de silence et n'ai plus de repos;
L'amour vient m'arracher l'avenir en deux mots,
Il déchire mon cœur pour y lire qu'on l'aime.

Je suis la seule fleur qu'on jette sans regret:
On dépouille mon front de son blanc diadème,
Et l'on me foule aux pieds dès qu'on a mon secret.

Der Dichter schaute diesmal seinen Aristarch an, aber Étienne Lousteau betrachtete die Baumschule.

»Nun?« fragte Lucien.

»Lesen Sie weiter! Höre ich Ihnen nicht zu? In Paris ist es ein Lob, wenn man zuhört, ohne etwas zu sagen.«

»Sie haben genug?« meinte Lucien.

»Fahren Sie fort«, erwiderte ziemlich barsch der Zeitungsmann.

Lucien las das folgende Sonett, aber mit dem Tod im Herzen, die Kaltblütigkeit Lousteaus lähmte ihn völlig. Wenn er im literarischen Leben besser bewandert gewesen wäre, hätte er gewußt, daß unter solchen Umständen Schweigen oder Barschheit die Eifersucht eines Autors auf eine gelungene Arbeit verraten, während Bewunderung darauf schließen läßt, daß seine Eigenliebe einen mittelmäßigen Nebenbuhler nicht fürchtet.

Dreißigstes Sonett
LE CAMÉLIA

Chaque fleur dit un mot du livre de nature:
La rose est à l'amour et fête la beauté,
La violette exhale une âme aimante et pure,
Et le lis resplendit de sa simplicité.

Mais le camélia, monstre de la culture,
Rose sans ambroisie et lis sans majesté,
Semble s'épanouir, aux saisons de froidure,
Pour les ennuis coquets de la virginité.

Cependant au rebord des loges de théâtre,
J'aime à voir, évasant leurs pétales d'albâtre,
Couronne de pudeur, de blancs camélias

Parmi les cheveux noirs des belles jeunes femmes
Qui savent inspirer un amour pur aux âmes,
Comme les marbres grecs du sculpteur Phidias.

»Was denken Sie von meinen armen Sonetten?« erkundigte sich Lucien förmlich.

»Wollen Sie die Wahrheit hören?« sagte Lousteau.

»Ich bin jung genug, um sie gern zu hören, und mein Ehrgeiz ist zu groß, als daß ich nicht darauf begierig wäre; ich werde mich nicht erzürnen, aber auch nicht verzweifeln«, antwortete Lucien.

»Nun gut, meiner Lieber, die Verschlingungen des ersten Sonetts verraten eine Arbeit, die in Angoulême gemacht wurde und Sie jedenfalls zuviel Arbeit gekostet hat, als daß Sie darauf verzichten möchten; das zweite und dritte Sonett verweisen schon auf Paris. Aber lesen Sie noch ein anderes«, fügte er mit einer Geste hinzu, die den großen Mann aus der Provinz reizend dünkte.

Mit frischem Mut trug er das Sonett vor, das d'Arthez und Bridau, vielleicht um seiner Farbe willen, bevorzugten.

Fünfzigstes Sonett
LA TULIPE

Moi, je suis la tulipe, une fleur de Hollande;
Et telle est ma beauté que l'avare Flamand
Paye un de mes oignons plus cher qu'un diamant,
Si mes fonds sont bien purs, si je suis droite et grande.

Mon air est féodal, et, comme une Yolande
Dans sa jupe à longs plis étoffée amplement,
Je porte des blasons peints sur mon vêtement:
Gueules fascé d'argent, or avec pourpre en bande;

Le jardinier divin a filé de ses doigts
Les rayons du soleil et la pourpre des rois
Pour me faire une robe à trame douce et fine.

Nulle fleur du jardin n'égale ma splendeur,
Mais la nature, hélas! n'a pas versé d'odeur
Dans mon calice fait comme un vase de Chine.

»Nun?« fragte Lucien nach einem Augenblick des Schweigens, den er für zu lang hielt.

»Mein Lieber«, begann Étienne Lousteau nachdrücklich, während er die Spitzen der Stiefel betrachtete, die Lucien aus Angoulême mitgebracht hatte und die bereits ziemlich abgenutzt aussahen, »ich hielte es für gut, wenn Sie mit Ihrer Tinte die Stiefel da schwärzten, es spart die Wichse, und wenn Sie aus Ihren Federn Zahnstocher schnitten; das macht den Eindruck, daß man gut gespeist hat, und man kann dann ruhig von Flicoteaux hierher in diese hübschen Anlagen gehen. Drittens gebe ich Ihnen den Rat, sich nach einer Stellung umzusehen. Werden Sie ein kleiner Schreiber auf einem Bureau, wenn Sie Herz haben, werden Sie Handlungsgehilfe, wenn Sie Schwung in den Hüften besitzen, oder Soldat, wenn Sie die Militärmusik lieben. Sie haben das Zeug für drei Dichter, aber bis Sie durchgedrungen sind, haben Sie auch sechsmal die Zeit, Hungers zu sterben, wenn Sie darauf zählen, von den Einkünften Ihrer Gedichte zu leben. Aus Ihren allzu jugendlichen Reden zu schließen, wollen Sie ja tatsächlich mit Ihrem Tintenfaß Münzen herausschlagen. Ich fälle kein Urteil über Ihre Gedichte, Sie überragen alles, was in den Läden der Buchhändler modert, um ein beträchtliches. Die schönen Nachtigallen, die wegen ihres Büttenpapiers ein wenig teurer als die anderen Vögel verkauft werden, lassen sich fast alle zuletzt an den Ufern der Seine nieder, wo Sie ihren Gesang studieren können, wenn Sie eines Tages eine recht lehrsame Pilgerfahrt durch die Quais machen, von der Auslage Vater Jérômes am Pont Notre-Dame bis zum Pont Royal. Sie finden da alles, poetische Versuche, Eingebungen, Aufschwünge, Hymnen, Gesänge, Balladen, Oden, kurzum, die letzten sieben Jahrgänge des heiligen Hühnerhofs, alias Musen, voll Staub und voll Wagenspritzer und von allen Müßiggängern betastet, die die Vignette auf dem Titelblatt sehen wollen. Sie kennen niemanden, Sie haben keine Beziehung zu irgendeiner Zeitung, Ihre Gänseblümchen werden keusch gefaltet bleiben, ganz wie Sie sie da in der Hand halten, sie werden nie in der Sonne der Öffentlichkeit aufblühen, nie wird der berühmte Dauriat, der Buchhändler der Größen, der König der Läden des Bois, sie anmutig binden. Mein armes Kind, ich bin wie Sie hierhergekommen, das Herz voll Illusionen, voll Liebe zur Kunst, voll Begierde nach dem Ruhm. Ich fand die Wirklichkeit des Handwerks, den Widerstand der Verleger und als größten Aktivposten die ganze Kümmerlichkeit des Lebens. Mein Überschwang, den ich jetzt zu konzentrieren lerne, meine erste Glut hinderten mich, den Mechanismus der Welt zu sehen; es blieb nichts übrig, als ihn zu sehen – als sich an all den Rädern wund zu stoßen, über die Zapfen, auf denen er ruht, zu stolpern, sich an seinem Öl die Hände schmutzig zu machen, das Klirren der Ketten und Flügel zu vernehmen. Wie ich werden Sie erfahren, daß hinter den schönen Kulissen Menschen, Leidenschaften und Bedürfnisse ihr Wesen treiben. Sie werden notgedrungen in schlimme Kämpfe verwickelt werden, Werk steht gegen Werk, Mann gegen Mann, Partei gegen Partei, und man muß systematisch kämpfen, sonst sieht man sich von seinen Freunden im Stich gelassen. Es sind anrüchige Kämpfe, die die Seele entzaubern, das Herz zersetzen und müde machen, weil sie nur Verlust bedeuten; denn Ihr Einsatz dient oft nur dazu, einen Mann voranzubringen, den Sie hassen, oder einem Talent zweiten Ranges wider Ihren Willen zum Ruf eines Genies zu verhelfen. Das literarische Leben hat seine Kulissen. Das Parterre klatscht Beifall, gleichgültig, ob der Erfolg der Überrumpelung oder dem Verdienst verdankt wird; Sie aber müssen alles sehen, die Mittel, die immer niederträchtig sind, die geschminkten Statisten, die Handreicher und die gemieteten Beifallklatscher. Sie sind noch im Parterre. Es ist noch Zeit, verzichten Sie auf den Wunsch, den Fuß auf die erste Stufe des Throns zu setzen, den sich so viele ehrgeizige Bewerber streitig machen. Tun Sie das, so entehren Sie sich nicht wie ich um des Unterhalts willen.« Eine Träne befeuchtete die Augen Étienne Lousteaus an.

»Wissen Sie, wie ich lebe?« fuhr er mit einem Unterton der Wut fort. »Das wenige Geld, das meine Familie mir geben konnte, war bald aufgezehrt. Ich stand ohne jedes Hilfsmittel da, nachdem ich beim Théâtre Français ein Stück eingereicht hatte. Im Théâtre Français genügt die Fürsprache eines Prinzen oder eines sogenannten ersten Edelmanns der Kammer des Königs nicht, um auf den Spielplan gesetzt zu werden: Die Schauspieler beugen sich nur vor dem, der ihre Eigenliebe bedroht. Wenn Sie die Macht haben, das Gerücht in Umlauf zu bringen, daß der erste Liebhaber an Asthma leidet, die erste Liebhaberin eine Fistel hat, werden Sie morgen gespielt. Ich weiß nicht, ob ich, der neben Ihnen sitzt, in zwei Jahren über diese Macht verfüge – dazu braucht man zu viele Freunde. Wo, wie und mit welchen Mitteln mein Brot verdienen, das war eine Frage, die ich mir vorlegte, als ich den Hunger nahen fühlte. Nach einer Unmenge von Versuchen, nachdem ich einen anonymen Roman geschrieben hatte, für den Doguereau zweihundert Franc zahlte, er verdient nicht viel daran, wurde mir bewiesen, daß der Journalismus allein mich ernähren konnte. Aber wie da Einlaß finden? Ich werde Ihnen nicht erzählen, wie viele nutzlose Schritte ich unternahm, und nicht, wie ich sechs Monate lang als überzähliger Volontär arbeitete, mir sagen lassen mußte, daß ich die Leser vor den Kopf stieße, während ich sie doch im Gegenteil unterhielt. Übergehen wir diese schlechte Zeit. Ich berichte heute fast umsonst über Boulevardtheater in der Zeitung, die Finot gehört, der noch zwei- oder dreimal im Monat im Café Voltaire frühstückt (aber Sie gehen nicht dahin!), Finot ist der Hauptschriftsteller. Ich lebe vom Verkauf der Karten, die die Direktoren dieser Theater mir geben, um sich meiner Fürsprache bei der Zeitung zu versichern, und vom Verkauf der Bücher, die mir die Buchhändler zur Besprechung schicken. Und schließlich, wenn Finot zufriedengestellt ist, handle ich mit den Tributen in natura der Kaufleute, für oder gegen die er mir zu schreiben erlaubt. Purgirwasser, Paste der Sultanin, Brasilianische Mischung, alles bekannte Firmen, zahlen für einen witzigen Artikel zwanzig oder dreißig Franc. Ich muß dem Buchhändler zusetzen, der dem Blatt zu wenig Exemplare gibt; das Blatt braucht für sich allein zwei, die Finot verkauft, ich verlange zwei Stück. Ein Buchhändler, der mit Exemplaren geizt, ist geliefert, auch wenn er ein Meisterwerk veröffentlicht. Anrüchig, nicht wahr? Aber ich lebe von diesem Handwerk, ich wie hundert andere auch. Glauben Sie nicht, daß die politische Welt viel schöner als die literarische sei: Hier wie dort ist alles Korruption, jeder ist verdorben oder verdirbt jemanden. Wenn es sich um ein etwas ansehnliches Unternehmen handelt, bezahlt mich der Buchhändler, aus Furcht, daß ich ihn angreife. Daher richten sich meine Einkünfte nach den Besprechungen. Wenn die Besprechung feurig ist, fließt das Geld zu, und ich bewirte dann meine Freunde. Ist stille Zeit im Buchhandel, so speise ich bei Flicoteaux. Die Schauspielerinnen zahlen auch für das Lob, aber die geschicktesten bezahlen die Kritiken; stillgeschwiegen werden ist das, was sie am meisten fürchten. Daher bringt auch eine Kritik, die immer wieder schaden kann, mehr ein als ein glattes Lob, das am nächsten Tag vergessen wird. Die Polemik, mein Lieber, ist das tägliche Brot der berühmten Leute. Als Wegelagerer im Bereich der Unternehmer, der Verleger und der Theaterleute verdiene ich fünfzig Écu im Monat, kann einen Roman für fünfhundert Franc verkaufen und beginne, als ein Mann zu gelten, den man fürchten muß. Wenn ich, statt bei Florine auf Kosten eines Drogenhändlers zu leben, der den Mylord spielt, in meinen eigenen Möbeln sitze und bei einer großen Zeitung das Feuilleton in die Hand bekomme, an diesem Tag, mein Lieber, wird Florine eine große Schauspielerin, und was mich betrifft, so kann ich noch alles werden, Minister oder ehrlicher Mann, beides steht mir frei.« Er warf den Kopf zurück, als schüttele er alle Demütigungen ab, und schleuderte auf die Bäume den Blick eines erbarmungslosen Anklägers. »Und bei den Theatern liegt ein Trauerspiel! Und in der Kiste liegt eine Dichtung, die nie das Licht erblicken wird! Und ich war gut! Ich war reinen Herzens! Meine Geliebte ist eine Schauspielerin vom Panorama Dramatique, und doch träumte ich einmal von Freundschaft mit den hervorragendsten Damen der großen Welt. Kurzum, wenn der Buchhändler meiner Zeitung ein Exemplar verweigert, verreiße ich ein Buch, das ich in Wirklichkeit schön finde.«

Lucien drückte, zu Tränen gerührt, Étienne die Hand. Der Journalist stand auf und schlug den Weg nach der großen Allee des Observatoriums ein. Hier gingen die beiden Dichter auf und ab, als wollten sie ihren Lungen mehr Luft zuführen. Étienne fuhr fort:

»Außerhalb der literarischen Welt kennt kein Mensch die entsetzliche Odyssee, auf der man zu dem gelangt, was man, je nach den Talenten, als Beliebtheit, Mode, Ansehen, Renommee, Berühmtheit, Popularität bezeichnen muß. Es handelt sich da um ein Phänomen, das durch das Zusammentreffen von tausend Zufällen entsteht; die Zufälle wechseln so rasch, daß keine zwei Männer den gleichen Weg machen. Canalis und Nathan stellen jeder einen Einzelfall dar, der nicht wiederkehrt. D'Arthez, der sich zu Tode arbeitet, wird durch irgendeinen anderen Zufall berühmt werden. Das Ansehen, dem alle so eifrig nachjagen, ist fast immer eine gekrönte Dirne. In den Niederungen der Literatur tritt sie als das arme Mädchen auf, das an den Straßenecken friert; in den mittleren Regionen ist sie die ausgehaltene Frau, die aus den anrüchigen Winkeln des Journalismus kommt – einer solchen Frau zum Beispiel diene ich als Zuhälter. Für die Erfolgreichen ist sie die glänzende und hochfahrende Kurtisane, die in eigenen Möbeln sitzt, dem Staat Steuern zahlt, die großen Herren bei sich sieht und nach ihrer Laune gängelt, Livree und Wagen hat, ihre aufgebrachten Gläubiger warten lassen kann! Auch für mich war sie das, was sie heute noch für Sie ist, der Engel mit den bunten Flügeln, dem weißen Gewand, der grünen Palme in der einen Hand, dem flammenden Schwert in der anderen, halb mythologische Figur, halb die arme Tugend, die in der Vorstadt wohnt, vom Edelmut lebt und unbefleckt zum Himmel zurückkehrt, wenn sie nicht beschmutzt, niedergetreten, mißbraucht, vergessen auf dem Armenfriedhof verscharrt wird. Aber solche Männer mit eherner Stirn und mit Herzen, die durch keine schlimme Erfahrung ermatten, sind selten in dem Land, das Sie zu unseren Füßen sehen«, schloß er und wies auf die große Stadt, die in der Dämmerung rauchte.

Vor Lucien tauchten die Freunde auf, und er fühlte sich bewegt, aber Lousteau setzte seine böse Klage fort und ließ ihm keine Zeit:

»Sie sind selten und leben verstreut in diesem gärenden Teig, sie sind selten wie unter den Millionen Liebespaaren die wenigen, die wirklich zu lieben verstehen, selten wie ehrlich erworbenes Vermögen in der Welt der Geldleute, selten wie ein reiner Mensch unter den Zeitungsmännern. Die Erfahrungen des ersten, der mir das sagte, was ich Ihnen sage, waren für mich verloren, wie meine Erfahrungen ohne Zweifel Ihnen nichts nützen werden. Jedes Jahr kommt die gleiche, wenn nicht anschwellende Schar von glühenden jungen Menschen aus der Provinz nach Paris, wo sie aufrechten Hauptes und stolzen Herzens zur Eroberung der Mode ausziehen, dieser Turandot aus *Tausendundeinem Tag*; es gibt ja unzählige, die Prinz Kalaf sein wollen. Aber keiner löst das Rätsel. Alle stürzen in den Abgrund des Elends, in den Schlamm der Zeitungen, in den Sumpf der Verleger. Sie werden Bettler, die Gedenkartikel, Einfälle, Vermischtes für die Blätter liefern oder Bücher schreiben, die von zielbewußten Händlern in Holzpapier bestellt werden, von Leuten, die den Mist, der in vierzehn Tagen sich zusammenkratzen läßt, einem Meisterwerk vorziehen, das sich nur langsam verkauft. Nie werden Schmetterlinge aus diesen Larven, die von Schande und Niedertracht leben, die bereit sind, ein werdendes Talent zu zerreißen oder zu loben, auf Anweisung eines Paschas vom *Constitutionnel*, von der *Quotidienne*, von den *Débats*, auf Befehl der Buchhändler, auf Bitten eines eifersüchtigen Kollegen und oft nur für ein Mittagessen. Diejenigen, die die Hindernisse überwinden, vergessen den

Jammer des Anfangs. Ich, der mit Ihnen spricht, habe sechs Monate lang Artikel geschrieben, die ein elender Bürger für seine eigenen ausgab, worauf er, dank meinem Geist, ein Feuilleton bekam. Er hat mir nicht die Mitarbeit angeboten, er hat mir nicht einmal fünf Franc gegeben, aber ich bin gezwungen, ihm die Hand hinzustrecken und seine Hand zu drücken.«

»Und weshalb?« fragte Lucien stolz.

»Weil mir daran liegen kann, zehn Zeilen in seinem Feuilleton unterzubringen«, erwiderte Lousteau kalt; »kurzum, mein Lieber, in der Literatur heißt das Geheimnis des Erfolges nicht Arbeit, sondern Ausbeutung fremder Arbeit. Die Eigentümer der Zeitung sind Unternehmer, wir sind die Maurergehilfen. Je mittelmäßiger daher ein Mensch ist, desto rascher kommt er zum Ziel; ist er doch bereit, wenn es sein muß, Kröten herunterzuschlucken, auf alles einzugehen, den kleinen Leidenschaften der Sultane der Literatur zu schmeicheln; zum Beispiel ist da jüngst aus Limoges Hector Merlin gekommen, der schon Politik in einem Blatt des rechten Zentrums macht und an unserer kleinen Zeitung mitarbeitet. Ich sah, wie er den Hut aufhob, den der Chefredakteur hatte fallen lassen. Dank der Fähigkeit, niemanden vor den Kopf zu stoßen, wird er sich durch alle Gegensätze hindurchschlängeln und geborgen sein, bevor es zum Aufmarsch kommt. Sie tun mir leid. Wenn ich Sie ansehe, sehe ich mich selbst, wie ich war, und ich bin sicher, daß Sie in einem oder zwei Jahren sein werden, wie ich bin. Gewiß glauben Sie an irgendeine geheime Eifersucht, an irgendein persönliches Interesse, das mich zu diesen bittern Ratschlägen treibt, aber die Ratschläge sind diktiert – von der Verzweiflung des Verdammten, der seine Hölle nicht mehr verlassen kann. Keiner würde wagen, Ihnen das zu sagen, was ich Ihnen sage, ein Mann, der wie ein zweiter Hiob auf dem Schutthaufen steht und sein Gewand zerreißt: Seht meine Schwären!«

»Hier kämpfen oder anderswo, ich muß kämpfen«, sagte Lucien.

»So erfahren Sie«, erwiderte Lousteau, »daß es ein erbarmungsloser Kampf sein wird, wenn Sie Talent haben, denn Ihr größter Vorzug wäre, keines zu besitzen. Heute macht Sie Ihr Gewissen noch streng, aber morgen wird es sich vor denen krümmen, die Ihnen den Erfolg unter den Händen hinwegnehmen, die mit einem Wort Ihnen das Leben geben können und das Wort nicht sprechen werden, denn, glauben Sie mir, der beliebte Schriftsteller ist hochfahrender und härter gegen den Nachwuchs als der blutsaugerische Verleger. Wo der Verleger nur einen Verlust sieht, fürchtet der Autor einen Nebenbuhler: jener weist ihn nur ab, aber dieser vernichtet ihn. Um große Werke zu schreiben, werden Sie, mein armes Kind, Ihrem übervollen Herzen alle Säfte, alle Energie abzapfen und in Ströme schwarzer Tinte verwandeln, um daraus Leidenschaften, Gefühle, Sätze zu machen. Ja, Sie werden schreiben, statt zu handeln, Sie werden singen, statt zu kämpfen. Sie werden in Ihren Büchern lieben, hassen, leben; aber was dann, wenn Sie Ihr Können an Ihren Stil, Ihr Gold und Ihren Purpur an Ihre Personen gewandt haben? Dann gehen Sie in Lumpen durch die Gassen von Paris und sind glücklich, in Nachahmung des Standesbeamten einem Adolphe oder René, einer Corinne, Clarisse oder Manon zu einem Namen verholfen zu haben. Ihr Leben und Ihr

Magen sind verpfuscht, und nur Ihre Geschöpfe leben, aber auch sie werden verleumdet, verraten, verkauft, von den Journalisten in die Lagunen des Vergessens verbannt und von ihren besten Freunden ins Leichentuch gehüllt werden. Werden Sie den Tag abwarten können, an dem Ihre Geschöpfe wieder auferstehen, von wem, wann und wie wieder erweckt? Es gibt ein großartiges Buch, das der Ungläubigkeit, ich meine *Obermann*, der einsam durch die Wüste der Bücherläden irrt, und den die Buchhändler ironisch einen Ladenhüter nennen. Wann wird Ostern für ihn kommen? Niemand weiß es. Vor allem versuchen Sie einen Buchhändler zu finden, der Mut genug hat, Ihre Sonette zu drucken. Es handelt sich nicht darum, daß er sie bezahlt, sondern daß er sie druckt. Sie werden dann merkwürdige Dinge erleben.«

Die ungeschminkte Erklärung, aus der man die Töne der verschiedensten Leidenschaften heraushören konnte, brach wie eine Lawine über Lucien herein und durchdrang ihn mit eisiger Kälte. Er stand einen Augenblick stumm da. Dann barst sein Herz unter dem Druck und fühlte etwas wie die Schönheit der zu überwindenden Schwierigkeiten. Er preßte die Hand Lousteaus und rief ihm zu: »Ich werde mich durchsetzen!«

»Gut!« erwiderte der Zeitungsschreiber. »Noch ein Christ, der in die Arena hinabsteigt, um sich den wilden Tieren auszuliefern. Mein Lieber, heute abend findet im Panorama Dramatique eine Erstaufführung statt; sie fängt erst um acht Uhr an, es ist jetzt sechs, ziehen Sie Ihren guten Anzug an, zeigen Sie sich von Ihrer besten Seite. Dann holen Sie mich ab, ich wohne Rue de la Harpe, über dem Café Servel, im vierten Stock. Zuerst gehen wir zu Dauriat. Da Sie durchhalten wollen, mache ich Sie heute abend mit einem der Könige der Verleger und ein paar Zeitungsleuten bekannt. Nach dem Schauspiel essen wir bei meiner Freundin mit Bekannten zu Nacht, es wird kein Gastmahl sein. Aber Sie treffen da Finot, den Herausgeber und Eigentümer meines Blattes. Sie kennen das Scherzwort Minettes vom Vaudeville: Die Zeit ist, was man eine große Magere nennt? Nun, für uns ist auch der Zufall ein großer Magerer, man muß ihn in Versuchung führen.«

»Ich werde diesen Tag nie vergessen«, sagte Lucien.

»Bewaffnen Sie sich mit Ihrem Manuskript, und werfen Sie sich in Schale, weniger Florines als des Verlegers wegen.«

Die Kameradschaftlichkeit, die dem Ausbruch des Sittenschilderers gefolgt war, rührte Lucien ebenso tief wie einst an derselben Stelle die ernsten frommen Worte seines Freundes d'Arthez. Von der Aussicht auf einen unmittelbar bevorstehenden Kampf zwischen den Menschen und sich belebt, glaubte er in seiner Unerfahrenheit nicht an die Wirklichkeit der Zustände, die der Journalist ihm ausgemalt hatte. Er wußte nicht, daß er zwischen zwei Wegen, zwischen zwei Systemen stand, deren Sinnbild sein Freundeskreis und der Journalismus waren: Der eine Weg war lang, ehrenhaft, sicher; der andere mit Klippen besetzt und gefährlich, er führte über Schlamm, in dem sein Gewissen sich beschmutzen mußte. Er war so geschaffen, daß er den kürzesten, dem Anschein nach angenehmsten Weg einschlug, die rasch zur Entscheidung führenden Mittel ergriff. Er sah in diesem Augenblick keinen Unterschied zwischen der edlen Freundschaft seines d'Arthez und der leichten Kameradschaftlichkeit Lousteaus.

Sein beweglicher Geist erkannte in der Zeitung eine Waffe, die in Reichweite lag, und er fühlte sich geschickt genug, sie zu handhaben, daher griff er nach ihr. Der neue Freund berührte seinen Arm mit einer Lässigkeit, die ihm sehr herzlich erschien. Wie konnte er wissen, daß unter den Presseleuten jeder Freunde braucht wie der General Soldaten? Lousteau, der seine Entschlossenheit sah, gab ihm das Handgeld, um ihn an sich zu fesseln. Der Journalist hatte mit seinem ersten Freund zu tun wie Lucien mit seinem ersten Beschützer; der eine wollte Leutnant, der andere Soldat werden.

Lucien kehrte glücklich in sein Hotel zurück, wo er dieselbe sorgfältige Toilette machte wie an dem verhängnisvollen Tag, an dem er sich in der Loge der Marquise d'Espard in der Oper hatte zeigen wollen. Schon standen ihm die Kleider besser, er war in sie hineingewachsen. Er zog die helle Hose an, die so wunderbar anlag, seine hübschen Quastenstiefel, die ihn vierzig Franc gekostet hatten, und den Ballrock. Die blonden Haare, die so fein und üppig waren, ließ er frisieren, parfümieren und zu schimmernden Locken formen. Seine Stirn schmückte er mit dem Bewußtsein, Wert und Zukunft zu haben. Er ließ auch seine Frauenhände behandeln, ihre mandelförmigen Nägel glänzten rosig. Weiß und zart schmiegte sich die Rundung des Kinns an die schwarze Seide des Kragens. Nie stieg ein hübscherer junger Mensch vom Quartier Latin in die Stadt hinab.

Schön wie ein griechischer Gott, nahm Lucien eine Droschke und war um Dreiviertel sieben an der Tür des Hauses, in dem sich das Café Servel befand. Die Pförtnerin hieß ihn, vier Treppen hinaufzuklettern, und gab ihm ziemlich verwickelte Fingerzeige für das Gelände. Mit ihnen bewaffnet fand er nicht ohne Mühe am Ende eines langen dunklen Gangs eine offene Tür und erkannte das klassische Zimmer des Quartier Latin.

Die Dürftigkeit der jungen Leute verfolgte ihn auch hier wie in der Rue de Cluny bei d'Arthez, bei Chrestien und überall. Aber überall hat sie das Gepräge, das ihr der Charakter des Bewohners gibt. Hier war sie düster. Ein Nußbaumbett ohne Vorhänge, vor dem ein häßlicher Teppich aus einem Gelegenheitskauf lag; an den Fenstern Vorhänge, die gelb vom Rauch eines schlecht brennenden Kamins und vom dem der Zigarren waren; auf dem Kamin eine Carcel-Lampe, ein Geschenk Florines, das bis jetzt dem Leihhaus entgangen war; eine Mahagonikommode ohne Glanz, ein mit Papieren bedeckter Tisch, darauf zwei oder drei zerschlissene Federn und keine anderen Bücher als die gestern oder heute mitgebrachten: das war die Einrichtung dieser Kammer, in der es keinen Gegenstand von Wert gab, dafür in der Ecke eine ruhmlose Versammlung abgetretener Stiefel und löchriger alter Strümpfe; in einer anderen Ecke lagen Zigarrenstummel, schmutzige Taschentücher, Hemden auf zwei Haufen und Krawatten in drei Auflagen. Das ganze Zimmer war ein literarisches Lager mit negativer Möblierung und von der erstaunlichsten Nacktheit. Auf dem Kaminmantel lagen ein Rasiermesser, ein paar Pistolen und eine Zigarrenkiste herum. An der Wand kreuzten sich zwei Floretts unter einer Maske. Drei Stühle und zwei Sessel, die kaum des häßlichsten Hotels dieser Gasse würdig waren, vervollständigten die Ausstattung. Zugleich schmutzig und trostlos sprach das Zimmer von einem Leben ohne Ruhe und ohne Haltung: Man schlief und man arbeitete darin mit gleicher Hast; es war ein Zufluchtsloch, weiter nichts, wer es betrat, wünschte es sofort zu verlassen. Welcher Unterschied zwischen dieser zynischen Unordnung und dem sauberen, anständigen Elend bei d'Arthez! Aber Lucien hörte nicht auf die warnende Stimme, denn Étienne sagte scherzend, um die Nacktheit des Lasters zu verbergen:

»Das ist eine Hundehütte, das Vorderhaus befindet sich in der Rue de Bondy, unser Drogenhändler hat es für Florine eingerichtet, und heute abend findet die Einweihung statt.«

Étienne Lousteau trug eine schwarze Hose, gutgewichste Stiefel und einen bis zum Hals zugeknöpften Rock; das Hemd, das er offenbar mit Hilfe Florines wechselte, wurde von einem Samtkragen verborgen, und er bürstete seinen Hut, um ihm einen neuen Anstrich zu geben.

»Gehen wir«, sagte Lucien.

»Noch nicht, ich warte auf einen Buchhändler, der mir Geld bringen soll, man wird vielleicht spielen. Ich habe keinen Sou, und außerdem brauche ich Handschuhe.«

Man vernahm die Schritte eines Mannes, der durch den Gang kam.

»Da ist er«, sagte Lousteau, »Sie werden die Gestalt sehen, die die Vorsehung annimmt, wenn sie sich den Dichtern naht. Bevor Sie Dauriat, den Buchhändler der eleganten Welt, in seinem Glanz erblicken, machen Sie die Bekanntschaft des Buchhändlers vom Quai des Augustins, des Mannes, der einen Ramschladen in Papier hat, des Normannen, der gestern noch mit Salat handelte. – Treten Sie ein, alter Türke!« rief Lousteau.

»Ich bin schon da«, antwortete mit einer geborstenen Stimme der Buchhändler.

»Mit Geld?«

»Geld? Gibt es im Buchhandel nicht mehr«, sagte der junge Mann, der Lucien neugierig anblickte.

»Zunächst schulden Sie mir fünfzig Franc«, fuhr Lousteau fort, »dann sind hier zwei Exemplare einer *Ägyptischen Reise,* die allerorten gerühmt wird und eine Menge Holzschnitte besitzt, ein gutes Geschäft, denn Finot ist für zwei Artikel bezahlt worden, die ich schreibe. Ferner zwei der letzten Romane von Victor Ducange, den man im Marais verschlingt, ferner zwei Exemplare des zweiten Werks eines Anfängers, Paul de Kock, der in derselben Art schreibt, und schließlich zweimal die *Isolde von Dôle,* eine hübsche Provinzarbeit. Alles in allem hundert Franc zum festen Preis. Also schulden Sie mir hundert Franc, mein lieber Freund Barbet.«

Barbet betrachtete die Bücher, wobei er Schnitt und Einband sorgfältig prüfte.

»Sie sind aufs beste erhalten«, rief Lousteau, »die *Reise* ist nicht aufgeschnitten, auch der Paul de Kock nicht, auch der Ducange nicht, auch das Buch auf dem Kamin dort nicht, die Betrachtungen über die Symbole; ich gebe Ihnen das Zeug obendrein.«

»Ich bin neugierig, womit Sie Ihre Artikel schreiben wollen«, sagte Lucien.

Barbet schaute Lucien mit der tiefsten Verwunderung an und warf Étienne einen spöttischen Blick zu: »Man sieht, daß der Herr nicht das Unglück hat, vom Fach zu sein.«

»Nein, Barbet, das ist er nicht, er ist ein Dichter, ein großer Dichter, der Canalis, Béranger und Delavigne übertreffen wird; er wird es weit bringen, bis nach Saint-Cloud, wenn er nicht vorher ins Wasser geht.«

»Wenn ich einen Rat zu geben hätte«, sagte Barbet, »so würde ich Monsieur nahelegen, die Verse zu lassen und sich an die Prosa zu machen. Man will keine Verse mehr am Quai.«

Barbet trug einen schäbigen Überrock, der nur einen Knopf hatte, sein Kragen war fettig, er behielt den Hut auf dem Kopf, seine halbgeöffnete Weste ließ ein gutes Hemd aus starker Leinwand sehen. Dem runden Gesicht fehlte es trotz der habgierigen Augen nicht an Wohlwollen, aber im Blick lag die unbestimmte Unruhe der Leute, die gewohnt sind, daß man Geld von ihnen verlangt, und die es haben. In sein Fett gewickelt, machte er den Eindruck eines umgänglichen Mannes. Nachdem er Gehilfe gewesen war, hatte er vor zwei Jahren am Quai einen kümmerlichen kleinen Laden eröffnet, von dem aus er die Journalisten, die Autoren, die Drucker besuchte, um überall die eingesandten Bücher billig zu kaufen und so zehn bis zwanzig Franc am Tag zu verdienen. Im Vertrauen auf seine Ersparnisse lag er auf der Lauer nach einem guten Geschäft, kaufte den Schriftstellern, die in Verlegenheit waren, für den fünften oder sechsten Teil des Wertes die Wechsel der Buchhändler ab, bestellte bei denselben Buchhändlern zu heruntergehandelten Preisen ein paar Werke und bezahlte sie mit ihren eigenen Wechseln. Er hatte studiert, und seine Bildung diente ihm dazu, Gedichte und moderne Romane sorgfältig zu meiden. Er bevorzugte die kleinen Unternehmungen, die nützlichen Bücher, deren ganze Auflage tausend Franc kostete und die er nach Wunsch absetzen konnte, zum Beispiel *Die französische Geschichte für Kinder*, die *Buchhaltung in zwanzig Stunden*, die *Botanik für junge Mädchen*.

Er hatte sich schon zwei- oder dreimal gute Bücher entgehen lassen, da er sich nicht zum Ankauf eines Manuskriptes entschließen konnte, obwohl die Autoren zwanzigmal zu ihm bestellt worden waren. Wenn man ihm seine Feigheit vorwarf, wies er auf den Bericht eines berühmten Prozesses hin, den er den Zeitungen entnahm und der ihn nichts kostete, dafür aber zweitausend oder dreitausend Franc eintrug. Barbet war der ängstliche Buchhändler, der von Nüssen und Brot lebt, der selten seine Unterschrift gibt, der die Rechnungen herunterdrückt, der seine Bücher selbst austrägt, man weiß nicht, wohin, aber sie unterbringt und Geld mit ihnen verdient. Er war der Schrecken der Drucker, die nicht wußten, wie sie ihn fassen konnten: Er zog ihnen den Rabatt ab und verkürzte ihre Rechnungen, wenn er merkte, daß sie Geld brauchten; danach gab er ihnen keine Aufträge mehr, da er irgendeine List fürchtete.

»Wollen wir also weiter Geschäfte machen?« fragte Lousteau.

»Mein Kleiner«, antwortete Barbet vertraulich, »in meinem Laden stehen sechstausend Bände unverkauft. Wie jener alte Buchhändler sagt, sind Bücher keine Franc. Dem Buchhandel geht es schlecht.«

»Wenn Sie in seinen Laden gingen, mein lieber Lucien«, meinte Étienne, »fänden Sie auf einem Tisch aus Eichenholz, der aus der Zwangsversteigerung irgendeines Ausschanks stammt, eine Kerze, die nicht geschnäuzt ist, weil sie so länger Licht hält. In diesem Licht, das kein Licht ist, werden Sie eine Reihe leerer Fächer bemerken. Zum Hüter des Nichts ist ein Junge in blauem Kittel bestellt, der in die Hände haucht, die Füße sich warm zu stampfen sucht oder auf dem Stuhl sitzt und wie ein Droschkenkutscher seinen Rock bürstet. Sehen Sie sich um, Sie werden nicht mehr Bücher als hier finden. Niemand errät, welche Ware da gehandelt wird.«

»Hier haben Sie einen Dreimonatswechsel auf hundert Franc«, sagte Barbet, der ein Lächeln nicht unterdrücken konnte, und zog das mit der Stempelmarke versehene Formular aus seiner Tasche, »dafür nehme ich Ihre Schmöker. Sehen Sie, ich kann kein Bargeld geben, der Absatz ist zu schlecht, aber ich dachte mir, daß Sie mich brauchen, und habe, da ich keinen blanken Heller hatte, einen Wechsel unterschrieben, Ihnen zu Gefallen, denn ich gebe nicht gern meine Unterschrift.«

»Sie verlangen auch noch, daß ich Ihnen dankbar bin?« fragte Lousteau.

»Obwohl man Wechsel nicht mit Gefühlen bezahlt, nehme ich Ihre Dankbarkeit doch an«, erwiderte Barbet.

»Aber ich brauche Handschuhe, und die Parfümgeschäfte werden so niederträchtig sein und Ihren Wechsel zurückweisen«, sagte Lousteau. »Geben Sie acht, ich habe da in der ersten Schublade der Kommode einen prächtigen Stich; er ist achtzig Franc wert, ein Probeabzug und zugleich ein Hauptstück, denn ich habe schon einen recht witzigen Artikel darüber geschrieben. ›Hypokrates weist die Geschenke des Artaxerxes zurück‹, ein Thema für alle Ärzte, die die übertriebenen Angebote der Pariser Satrapen zu hoch finden. Unter dem Stich liegen noch an die dreißig Romanzen. Nehmen Sie alles zusammen, und geben Sie mir vierzig Franc.«

»Vierzig Franc!« wiederholte der Buchhändler und stieß einen Schrei wie ein erschrecktes Huhn aus. »Höchstens zwanzig, und auch die sind vielleicht noch aus dem Fenster geworfen.«

»Wo sind die zwanzig Franc?« fragte Lousteau.

»Wahrhaftig, ich weiß nicht, ob ich soviel bei mir habe«, gab Barbet zurück und leerte seine Taschen. »Da sind sie, Sie plündern mich, Sie haben eine Macht über mich...«

»Gehen wir«, sagte Lousteau, nahm Luciens Manuskript und zog längs der Schnur einen Tintenstrich.

»Haben Sie noch etwas?« fragte Barbet.

»Nichts, mein kleiner Shylock. – Ich werde dir zu einem ausgezeichneten Geschäft verhelfen, bei dem du tausend Écu verlieren sollst, weil du mich so bestohlen hast«, sagte Étienne leise zu Lucien.

»Und Ihre Artikel?« fragte Lucien, als sie zum Palais Royale fuhren.

»Bah! Sie wissen nicht, wie schnell man das hinter sich bringt. Was die *Reise nach Ägypten* anbelangt, so habe ich das Buch aufgeschlagen und hier und da ein wenig gelesen, ohne es aufzuschneiden, und ich habe dabei elf grammatikalische Fehler entdeckt. Ich werde eine Spalte schreiben mit dem Inhalt, daß der Autor zwar die auf den sogenannten Obelisken, ägyptischen Steinblöcken also, eingravierte Entensprache gelernt hat, seiner eigenen Sprache aber nicht mächtig ist, und ich werde es ihm beweisen. Ich werde schreiben, daß, anstatt uns von Naturgeschichte und Altertümern zu sprechen, er sich besser mit der Zukunft Ägyptens, mit dem Fortschritt der Zivilisation und mit den Mitteln hätte beschäftigen sollen, Ägypten wieder an Frankreich zu binden, das es einmal erobert und dann wieder verloren hat und jetzt durch moralischen Einfluß noch einmal an sich ketten kann. Dazu ein patriotisches Butterbrot, und das Ganze gespickt mit Tiraden über Marseille, den Orient und unseren Handel.«

»Aber was würden Sie sagen, wenn er das alles geschrieben hätte?«

»Dann würde ich sagen, daß er sich hätte mit der Kunst beschäftigen und das Land mit seinen Reizen und Eigenheiten schildern sollen, anstatt uns mit Politik zu langweilen. Der Kritiker wird nun sentimental. Die Politik, sagt er, nimmt überhand, sie langweilt uns, man begegnet ihr überall. Ich würde meine Sehnsucht nach jenen reizenden Reisebeschreibungen aussprechen, in denen man uns die Schwierigkeiten der Navigation, den Zauber des offenen Meeres und die Freuden beim Überqueren des Äquators erklärt, all das, was diejenigen wissen müssen, die niemals reisen werden. Bei aller Würdigung macht man sich über die Reisenden lustig, die einen vorüberziehenden Vogel, einen fliegenden Fisch, ein Fischerboot, die ermittelten geographischen Punkte und die entdeckten Untiefen als große Ereignisse rühmen. Man fragt noch einmal nach wissenschaftlichen Tatsachen, von denen niemand etwas versteht und die wie alles, was tiefgründig, geheimnisvoll und unbegreiflich ist, faszinieren. Der Abonnent lacht, er ist zufrieden. Was die Romane anbelangt, so ist Florine die größte Romanleserin auf der Welt, sie gibt mir eine Analyse, und ich haspele meinen Artikel nach ihrem Urteil herunter. Ist sie gelangweilt worden von dem, was sie das ›Schreibergewäsch‹ nennt, so gebe ich ein gemäßigtes Urteil ab und erbitte ein weiteres Exemplar von dem Buchhändler, der es mir aus Freude darüber, einen günstigen Artikel zu erhalten, auch zuschickt.«

»Guter Gott, aber die Kritik, die heilige Kritik!« sprach Lucien, beseelt von den Lehren des Freundeskreises.

»Mein Lieber«, sagte Lousteau, »die Kritik ist eine Bürste, die man für feine Stoffe nicht verwenden kann, weil sie alles zerstören würde. Aber lassen wir das jetzt! Sehen Sie diesen Strich?« fragte er und hielt Lucien das Manuskript des Versbandes hin; »ich habe die Schnur durch ein wenig Tinte mit dem Papier verbunden. Wenn Dauriat Ihr Manuskript liest, wird er die Schnur nicht so legen, daß sie genau auf den Strich paßt; das Paket ist also so gut wie versiegelt. Sie werden eine nützliche Erfahrung machen. Allein und ohne Fürsprecher werden Sie bei diesem Mann nicht zum Ziel kommen, sowenig wie die unbekannten jungen Leute, die bei zehn Buchhändlern anklopfen, bevor einer ihnen einen Stuhl anbietet.«

Lucien hatte die Richtigkeit dieser Bemerkung schon kennengelernt. Lousteau bezahlte den Kutscher, indem er ihm drei Franc gab, zur Verblüffung Luciens, der solche Freigebigkeit nach solchem Elend nicht verstand. Dann betraten die beiden Freunde eine der beiden Galerien des Bois, wo damals die Buchhändler, die mit Neuigkeiten handelten, ihr Zelt aufgeschlagen hatten. Zu jener Zeit stellten die Galerien des Bois eine der größten Sehenswürdigkeiten von Paris dar.

Es wird nicht überflüssig sein, ein Bild dieser anrüchigen Stätte zu zeichnen, die sechsunddreißig Jahre lang eine so große Rolle im Pariser Leben gespielt hat, so daß es wenig Leute über vierzig Jahre geben wird, denen eine für die heutige Jugend ganz unglaubwürdige Beschreibung nicht noch immer Freude macht. Eine dreifache Reihe von Buden bildete zwei Galerien, die etwa zwölf Fuß hoch waren. Die in der Mitte gelegenen Buden gingen auf die beiden Galerien, deren Luft stickig war und durch deren immer schmutzige Dachscheiben wenig Licht fiel. Diese Höhlen hatten infolge des Zustroms der Besucher einen solchen Preis erreicht, daß einige für tausend Écu vermietet wurden, obwohl sie kaum sechs Fuß breit und acht bis zehn lang waren. Die Buden, die auf den Garten und auf den Hof gingen, waren mit kleinen grünen Gittern umzogen, vielleicht um zu verhindern, daß die Menge durch ihre bloße Berührung die schlechten Gipswände eindrückte, aus denen die Hinterfront der Läden bestand. Auf diesem Zwischenraum von zwei oder drei Fuß Breite wuchsen die bizarrsten Erzeugnisse einer der Wissenschaft unbekannten Botanik und vermischten sich mit denen einiger anderer blühenden Industrien. Ein Stück Altpapier krönte einen Rosenstrauch derart, daß die Blumen der Beredsamkeit ihren Duft von den verkümmerten Blüten bezogen, die in diesem schlecht gepflegten, aber zum Nachteil der Nase reichlich gegossenen Garten wuchsen. In den Büschen glühten Bänder oder die Zettel, die man in die Hand gedrückt bekommt, in allen Farben. Modereste erstickten die Vegetation: Sie fanden ein Schleifenband auf einem Grasbüschel und waren enttäuscht, wenn sie die Seidenschleife bemerkten, in der sie eben noch eine Dahlie bewundert hatten. Von der Hofseite wie vom Garten her bot der Anblick dieses phantastischen Baus alles, was der Pariser Schmutz an Sonderlichkeiten hervorgebracht hat: verwaschene Mörtelwände, geflickte Gipsflächen, alte Anstriche, sonderbare Anschläge. Nicht zuletzt verunreinigte das Pariser Publikum die grünen Laubengänge sowohl zum Park als auch zum Hof hin.

So schien von zwei Seiten eine übelriechende, abstoßende Borde die empfindlichen Leute vom Besuch der Galerien abzuhalten; aber die empfindlichen Leute schreckten vor diesen scheußlichen Dingen ebensowenig zurück wie in den Märchen die Prinzen vor den Drachen und den Hindernissen der bösen Fee. Durch die Galerien führte wie heute ein Durchgang, und wie heute begannen sie mit Säulenhalbbogen, die vor der Revolution begonnen und dann aus Geldmangel nicht weitergeführt worden waren. Die schöne steinerne Galerie, die zum Théâtre Français führt, bildete damals einen engen Durchgang von übermäßiger Höhe, der so schlecht bedeckt war, daß es oft hereinregnete. Man nannte sie die Galerie Vitrée, die Glasgalerie, um sie von den Galeries de Bois, den Holzgalerien, zu unterscheiden. Diese Dächer waren überall in so schlechtem Zustand, daß das Haus Orléans in einen Prozeß mit einem berühmten Kaschmirhändler verwickelt wurde, dem eines Nachts ein großer Posten Ware verregnete. Der Kaufmann gewann den Prozeß. Bisweilen spannte man einfach zwei geteerte Leinwanddecken aus. Der Boden der gläsernen Galerie, wo Chevet den Grundstock zu seinem Vermögen legte, und der der hölzernen Galerie war der natürliche Boden von Paris, vermehrt um den Schmutz, den die Stiefel und Schuhe der Passanten herbeitrugen. Fortwährend stieß man auf Täler und Gebirge von verhärtetem Kot, den die Kaufleute unermüdlich zusammenfegten; man mußte an diese Art der Fortbewegung gewöhnt sein. Diese traurige Anhäufung von Gassenkot, diese von Regen und Staub verdreckten Scheiben, die niedrigen Buden, die außen mit Lumpen verhängt waren, der Schmutz der halbfertigen Mauern, all diese Dinge, die an ein Zigeunerlager erinnerten, an die Jahrmarktsbuden und an die provisorischen Verschläge, mit denen man in Paris Gebäude umgibt, die nicht weitergebaut werden, kurzum, dieses Zerrbild paßte wunderbar zu den verschiedenen Gewerben, die sich unter diesem frechen und schamlosen Schuppen tummelten, der von Geschnatter und närrischer Heiterkeit erfüllt war und wo seit der Revolution von 1789 bis zur Revolution von 1830 bedeutende Geschäfte gemacht wurden.

Zwanzig Jahre lang tagte gegenüber, im Erdgeschoß des Palais, die Börse. Alles wurde hier gemacht und vernichtet, die öffentliche Meinung, der Ruf, politische und finanzielle Geschäfte. Man gab sich vor und nach der Börse ein Stelldichein in den Galerien. Das Paris der Bankiers und Kaufleute füllte oft den Hof des Palais Royal und flutete, wenn es regnete, in die Galerien hinein, deren Akustik bewirkte, daß jedes Gelächter widerhallte und daß man an dem einen Ende sofort wußte, worüber am anderen gestritten wurde.

Es gab hier Buchhändler, Dichtung, Politik und Prosa, Modemagazine und schließlich Freudenmädchen, die nur am Abend kamen. Es war das Paradies der Nachrichten und der Bücher, des jungen und des alten Ruhms, der Verschwörungen der Tribüne und der Lügen der Buchhändler. Hier wurden die Neuerscheinungen dem Publikum verkauft, das sich darauf versteifte, sie nur hier zu kaufen. Hier sind an einem einzigen Abend mehrere tausend Exemplare irgendeiner der Schmähschriften Paul-Louis Couriers oder jener *Abenteuer einer Königstochter* abgesetzt worden, mit denen das Haus Orléans den Kampf gegen die Verfassung Louis' XVIII. begann. Zu der Zeit, als Lucien hier in Erscheinung trat, hatten einige Läden ziemlich elegante Schaufenster; doch gehörten diese Läden zu den Reihen, die nach dem Hof oder nach dem Park zu gingen. Bis zu dem Tag, als diese seltsame Kolonie unter dem Hammer des Architekten Fontaine zerstört wurde, waren die zwischen den beiden Galerien gelegenen Läden vollkommen offen, wie Jahrmarktsbuden in der Provinz von Pfeilern getragen, so daß man die beiden Galerien durch die Waren oder verglasten Türen hindurch sehen konnte. Da es unmöglich war, dort zu heizen, hatten die Kaufleute nur Fußöfchen und bildeten selbst die Feuerwache, denn jede Unvorsichtigkeit konnte in einer Viertelstunde diese Republik sonnengedörrter Bretter in Flammen aufgehen lassen; ohnehin war sie schon von der Prostitution wie entflammt und mit Gaze, Musselin und Papier vollgestopft, die zuweilen von einem Luftzug durcheinandergewirbelt wurden.

Die Läden der Modistinnen waren mit unbeschreiblichen Hüten gefüllt, die weniger zum Verkauf als zur Schau auszuliegen schienen, hingen sie doch alle zu Hunderten an eisernen, oben wie Pilze geformten Spießen, waren mit ihren tausend Farben der Flaggenschmuck der Galerie. Zwanzig Jahre lang haben alle Spaziergänger sich gefragt, auf welchen Köpfen diese staubigen Hüte wohl ihre Tage beschlossen. Arbeiterinnen, die im allgemeinen häßlich, aber ausgelassen waren, ahmten in den Rufen, die sie den Frauen nachriefen, die Sprache der Hallen nach. Eine Grisette stand auf einem Hocker und lockte zungenfertig und mit blitzenden Augen die Passanten: »Kaufen Sie einen hübschen Hut, Madame? Darf ich Ihnen etwas verkaufen, Monsieur?« Ihr reiches, farbenprächtiges Vokabular erfuhr durch die Modulation ihrer Stimme, ihre Blicke und ihre Kritik an den Passanten Variationen. Die Buchhändler und die Modistinnen lebten in gutem Einvernehmen. In dieser so hochtrabend Galerie Vitrée genannten Passage fand man die seltsamsten Gewerbe. Hier etablierten sich die Bauchredner, die Scharlatane aller Gattungen, die Schausteller, bei denen man nichts sieht, und jene, die uns die ganze Welt zeigen. Hier trat zum ersten Mal ein Mann auf, der dann auf den Jahrmärkten seine siebenoder achthunderttausend Franc verdiente. Er hatte als Aushängeschild eine Sonne, die sich in einem schwarzen Rahmen drehte und um die herum in roten Buchstaben zu lesen war: »Hier sieht der Mensch, was Gott nicht sehen kann. Preis: zwei Sou.« Der Ausrufer ließ niemanden allein eintreten, auch nie mehr als zwei Personen auf einmal. Einmal drinnen, stand man mit der Nase direkt vor einem großen Spiegel. Plötzlich, gleich einem Mechanismus, dessen Feder absurrt, erscholl eine Stimme, die den Berliner Hoffmann erschreckt hätte: »Sie sehen hier, meine Herrschaften, was Gott in aller Ewigkeit nicht sehen kann, nämlich Ihresgleichen. Gott hat nicht seinesgleichen!« Man ging beschämt davon, ohne zu wagen, sich seine Dummheit einzugestehen. Aus all den kleinen Eingängen drangen ähnliche Stimmen, die Cosmoramas, Ansichten von Konstantinopel, Marionettenvorstellungen, schachspielende Automaten und Hunde anpriesen, die die schönste Frau der Gesellschaft herausfanden. Der Bauchredner Fitz-James hatte dort im Café Borel seine Blütezeit, ehe er sich auf dem Montmartre sterben legte, mitten unter den Schülern der École Polytechnique. Es gab hier Obst- und Blumenverkäuferinnen, einen berühmten Schneider, dessen Uniformstickereien am Abend wie Sonnen flimmerten. Vom Morgen bis zwei Uhr nachmittags waren die Galeries de Bois still, düster und verlassen. Die Kaufleute plauderten dort wie zu Hause.

Die Pariser Bevölkerung fand sich gegen drei Uhr, zur Börsenstunde, ein. Dann begannen die jungen Leute, die nach Literatur hungrig waren und kein Geld besaßen, ihre kostenlose Lektüre. Die Angestellten, deren Aufgabe es war, die ausgestellten Bücher zu bewachen, duldeten diese Sitte. Wenn es sich um einen Band von zweihundert Seiten handelte, wie etwa *Smarra, Peter Schlemihl, Johann Sbogar* oder *Jocko*, dann war er in zwei Sitzungen verschlungen. Damals gab es keine Lesekabinette; wenn man ein Buch lesen wollte, mußte man es kaufen; daher wurden auch Romane zu jener Zeit in einer Höhe abgesetzt, die heute märchenhaft erschiene. Man kann also in jenen den wißbegierigen und armen jungen Menschen gemachten Almosen einen französischen Zug sehen. Mit Anbruch der Nacht erreichte die Anziehungskraft des Bazars ihren Höhepunkt. Aus allen anliegenden Gassen strömte eine Unmenge von Dirnen zusammen, die sich hier frei bewegen durften. Aus allen Teilen von Paris eilten die Freudenmädchen in das Palais. Die Galeries de Pierre gehörten privilegierten Häusern, die dank besonderer Abgaben das Recht hatten, zwischen soundso vielen Säulengängen und davor im Garten Geschöpfe auszustellen, die wie Prinzessinnen gekleidet waren. Die Galeries des Bois hingegen waren der Prostitution überlassen, und das Palais bedeutete damals den Tempel des käuflichen

Gewerbes schlechthin. Jede Frau konnte das Palais ungehindert mit ihrer Beute verlassen; daher traf sich abends in den Galeries de Bois eine so beträchtliche Menge, daß man wie bei einer Prozession oder beim Maskenball im Schritt gehen mußte. Es störte niemanden und ermöglichte die Prüfung. Die Frauen kleideten sich auf eine Weise, die nicht mehr existiert; sie waren bis zur Mitte des Rückens und auch auf der Brust sehr tief ausgeschnitten. Ihre seltsamen Frisuren, mit denen sie die Blicke auf sich zu lenken suchten – die eine kam als Spanierin, die andere mit Locken wie ein Pudel, die dritte mit glatten Bändern –, die Beine in den engen weißen Strümpfen und den irgendwie immer sichtbaren Waden, diese ganze anrüchige Poesie ist verlorengegangen. Der Freimut, mit dem gefragt und geantwortet wurde, der herkömmliche Zynismus, der mit dem Ort in Einklang stand, findet sich weder auf dem Maskenball der Oper noch auf den heute so berühmten Bällen wieder. Es war abscheulich, und es war fröhlich. Das Fleisch der Schultern und der Brüste stach aus dem Dunkel der männlichen Kleidung hervor und brachte die wunderbarsten Gegensätze hervor.

Das Durcheinander der Stimmen und das Geräusch der vielen Tritte erzeugten einen dumpfen Lärm, den man von der Mitte des Parks aus hörte, wie ein Basso continuo, in den sich das Lachen der Freudenmädchen oder die Schreie irgendeines Streites mischten. Die untadeligsten Personen, die hervorragendsten Männer wurden hier von galgengesichtigen Leuten mit den Ellenbogen gestoßen. Diese ungeheuerliche Vermischung hatte eine unwiderstehliche Wirkung selbst auf die unempfindlichsten Menschen. Daher ist ganz Paris bis zum letzten Augenblick dorthin gekommen und ging auf den Holzplanken spazieren, die der Architekt über die Keller legen ließ, während diese errichtet wurden. Unendliches und einmütiges Bedauern begleitete den Sturz dieser abscheulichen hölzernen Bauten.

Der Buchhändler Ladvocat hatte sich seit einigen Tagen an der Ecke der Passage niedergelassen, die diese Galerien in der Mitte teilte, vor Dauriat, einem heute vergessenen kühnen jungen Mann, der den Weg ebnete, auf dem seither sein Konkurrent glänzte. Der Laden Dauriats befand sich in einer der Reihen, die nach dem Park lagen, der Ladvocats ging nach dem Hof zu. In zwei Räume unterteilt, bot Dauriats Laden ein geräumiges Lager für seine Buchhandlung, der andere Teil diente ihm als Kontor.

Lucien, der zum ersten Mal abends an diesen Ort kam, fühlte sich von dem Anblick geblendet, dem niemand aus der Provinz und kein junger Mann widersteht. Er verlor bald seinen Begleiter.

»Wärst du so schön, wie der da, so sollte es nicht dein Schaden sein«, sagte ein Mädchen zu einem Alten und zeigte auf Lucien. Lucien schämte sich wie der Hund eines Blinden, er ließ sich in dem Strom mit einem schwer zu beschreibenden Gefühl der Betäubung und Überreizung treiben. Von den Blicken der Frauen aufgepeitscht, von dem weißen runden Fleisch, das sich so schamlos brüstete, verführt, preßte er sein Manuskript an sich, damit es ihm nicht gestohlen wurde, die Unschuld!

»Was tun Sie da?« rief er, als jemand seinen Arm berührte, und glaubte, seine Verse hätten einen Schriftsteller angelockt. Er erkannte seinen Freund Lousteau, der zu ihm sagte: »Habe ich nicht gesagt, daß Sie hier enden würden?«

Mit diesen Worten schob er ihn in den Laden, der mit Bittstellern gefüllt war, die auf eine Unterredung mit dem Sultan des Buchhandels lauerten. Die Drucker, die Papierhändler und die Zeichner stellten sich um die Angestellten und besprachen laufende Geschäfte oder neue Pläne mit ihnen.

»Sehen Sie, da ist Finot, der Herausgeber meines Blattes; der junge Mann, mit dem er plaudert, ist ein talentierter Bursche, Félicien Vernou, witzig und böse wie eine geheime Krankheit.«

»Nun, alter Junge, ich denke gerade an deine Premiere«, sagte Finot und kam mit Vernou auf Lousteau zu, »ich habe über die Loge verfügt.«

»Du hast sie Braulard verkauft?«

»Und was macht das? Du wirst schon unterkommen. Was läßt du dir von Dauriat geben? Wir haben abgemacht, daß wir Paul de Kock unter die Leute bringen wollen, Dauriat hat zweihundert Stück genommen, und Victor Ducange verweigert ihm einen Roman, weil Dauriat, wie er sagt, einen neuen Autor derselben Art züchten will. Du wirst Paul de Kock über Ducange setzen.«

»Aber ich habe mit Ducange ein Stück in der Gaîté«, sagte Lousteau.

»Dann erklärst du ihm, daß der Artikel von mir ist, daß ich sehr scharf schrieb, daß du ihn gemildert hast, und er ist dir noch Dank schuldig.«

»Könntest du nicht durchsetzen, daß Dauriats Kassierer diesen kleinen Wechsel auf hundert Franc einlöst?« fragte Étienne Finot. »Du weißt, wir speisen zusammen, um die neue Wohnung Florines einzuweihen.«

»Ach ja, du bewirtest uns«, erwiderte Finot und gab sich den Anschein, als falle ihm das jetzt erst ein; dann wandte er sich an den Kassierer und reichte ihm die Anweisung Barbets mit den Worten: »Gabusson, geben Sie dem Herrn da für mich neunzig Franc. Löse den Wechsel ein, mein Alter.«

Lousteau nahm die Feder des Kassierers, während dieser das Geld vorzählte, und unterschrieb. Lucien, der ganz Auge und Ohr war, entging nicht eine Silbe von dieser Unterhaltung.

»Das ist noch nicht alles, mein lieber Freund«, fuhr Étienne fort, »ich bedanke mich nicht bei dir, wir gehen ja durch dick und dünn zusammen. Ich muß den jungen Herrn hier Dauriat vorstellen, und deine Aufgabe wäre es, das zu erreichen.«

»Worum handelt es sich?« fragte Finot.

»Um einen Gedichtband«, antwortete Lucien.

»Oh«, sagte Finot und schrak zurück.

»Der Herr«, meinte Vernou mit einem Blick auf Lucien, »hat noch nicht lange mit Buchhändlern zu tun, sonst hätte er sein Manuskript schon längst in die unterste Schublade seiner Kommode geworfen.«

Ein schöner junger Mensch, Émile Blondet, der jüngst im *Journal des Débats* mit aufsehenerregenden Artikeln debütiert hatte, trat ein und begrüßte Finot und Lousteau mit einem Handschlag, Vernou mit einer leichten Verbeugung.

»Soupiere mit uns um Mitternacht bei Florine«, forderte Lousteau ihn auf.

»Gern«, antwortete der junge Mann, »aber wer ist dabei?«

»Florine und Matifat, der Drogist; Du Bruel, der Florine eine Rolle gegeben hat, damit sie zum ersten Mal auftreten kann; ein kleiner alter Herr, der Vater Cardot und sein Schwiegersohn Camusot; und schließlich Finot.«

»Kann man sich auf deinen Drogisten verlassen?«

»Er wird uns keine Drogen vorsetzen«, sagte Lucien.

»Sehr geistreich«, meinte Blondet ernsthaft und schaute Lucien an; »es gibt ein Souper, Lousteau?«

»Ja.«

»Wir werden etwas zu lachen haben.«

Lucien war bis über die Ohren rot geworden.

»Hast du noch lange zu tun, Dauriat?« fragte Blondet, indem er an die Scheibe der Tür zu Dauriats Bureau klopfte.

»Mein Freund, ich stehe zur Verfügung.«

»Gut«, sagte Lousteau zu seinem Günstling, »der junge Mann da, der fast nicht älter als Sie ist, gehört zur Redaktion der *Débats*. Er ist einer der Könige der Kritik. Er wird gefürchtet, Sie werden gleich sehen, daß Dauriat ihn umwedelt, das wird die Gelegenheit sein, dem Pascha der Vignetten und der Druckerei unsere Angelegenheit auseinanderzusetzen. Sonst würden wir um elf Uhr noch immer vergeblich warten. Der Andrang wächst mit jedem Augenblick.«

Lucien und Lousteau stellten sich nun in die Nähe von Blondet, Finot, Vernou und bildeten eine Gruppe in der äußersten Ecke des Ladens.

»Was macht er?« fragte Blondet Gabusson, den ersten Gehilfen, der aufstand, um ihn zu begrüßen.

»Er kauft eine Wochenschrift, um sie in neuem Gewand dem Einfluß der *Minerve* entgegenzustellen, die ausschließlich Eymery dient, und auch dem *Conservateur*, der zu verblendet romantisch ist.«

»Wird er gut bezahlt?«

»Aber wie immer – zuviel!« antwortete der Kassierer.

Ein junger Mann trat ein; er hatte soeben einen ausgezeichneten Roman erscheinen lassen, der den größten Absatz gehabt und den schönsten Erfolg gebracht hatte, die zweite Auflage wurde jetzt für Dauriat gedruckt. Der junge Mann, dessen bizarre und ungewöhnliche Erscheinung den Künstler verriet, machte auf Lucien einen lebhaften Eindruck.

»Das ist Nathan«, flüsterte Lousteau dem Provinzdichter ins Ohr.

Ungeachtet des wilden Stolzes seiner Physiognomie, die damals noch in der Blüte der Jugend stand, sprach Nathan mit abgezogenem Hut mit den Journalisten und verbeugte sich beinahe demütig vor Blondet, den er erst vom Sehen her kannte. Blondet und Finot behielten die Hüte auf dem Kopf.

»Ich bin glücklich über die Gelegenheit, die mir der Zufall verschafft...«

»Er ist so verwirrt, daß er einen Pleonasmus macht«, sagte Félicien zu Lousteau.

»... und die es mir erlaubt, Ihnen für den schönen Artikel zu danken, den Sie mir im *Journal des Débats* zu widmen so freundlich waren. Die Hälfte des Erfolges verdanke ich sicher Ihnen.«

»Nein, mein Lieber, nein«, erwiderte Blondet und versteckte die Gönnerschaft hinter Gutmütigkeit, »Sie haben Talent, der Teufel soll mich holen, und ich bin entzückt, Ihre Bekanntschaft zu machen.«

»Da Ihr Artikel erschienen ist, laufe ich nicht mehr Gefahr, den Mächtigen zu schmeicheln, wir können jetzt ungezwungener miteinander verkehren. Wollen Sie mir die

Ehre und das Vergnügen erweisen und morgen mit mir dinieren? Finot wird auch dabeisein. Lousteau, mein alter Junge, du wirst mir keinen Korb geben?« fügte Nathan hinzu und schüttelte Étienne die Hand. »Sie gehen einen schönen Weg«, wandte er sich wieder an Blondet, »Sie setzen die Linie der Dussault, der Fiévée, der Geoffroy fort! Hoffmann hat über Sie mit Claude Vignon, seinem Schüler und einem meiner Freunde, gesprochen und gesagt, daß er ruhig sterbe, da das *Journal des Débats* ewig leben wird. Man muß Sie ungeheuer bezahlen?«

»Hundert Franc die Spalte«, antwortete Blondet, »das ist wenig, wenn man gezwungen ist, die Bücher zu lesen, und zwar hundert zu lesen, bis man eines findet, mit dem man sich beschäftigen kann, ich denke an Ihr Buch. Es hat mir Freude gemacht, mein Ehrenwort.«

»Und ihm fünfzehnhundert Franc eingebracht«, sagte Lousteau zu Lucien.

»Sie treiben auch Politik?« fuhr Nathan fort.

»Ja, hier und da«, erwiderte Blondet.

Lucien, der sich hier wie ein Embryo vorkam, hatte das Buch Nathans bewundert und den Autor wie einen Gott verehrt; er war bestürzt über soviel Feigheit vor dem Kritiker, dessen Name und Bedeutung ihm unbekannt waren. ›Würde ich mich je so aufführen, muß man seine Würde vergessen?‹ dachte er. ›Setze deinen Hut auf, Nathan, du hast ein schönes Buch und der Kritiker nur einen Artikel geschrieben.‹

Das waren Gedanken, die ihm das Blut durch die Adern trieben. Er bemerkte in jedem Augenblick furchtsame junge Leute und bedürftige Autoren, die mit Dauriat sprechen wollten, aber beim Anblick des vollen Ladens verzweifelten und mit den Worten: ich werde wiederkommen, fortgingen. Zwei oder drei Politiker unterhielten sich über die Einberufung der Kammern und über die politischen Zustände, sie wurden von ein paar politischen Berühmtheiten umgeben. Die Wochenschrift, derentwegen Dauriat verhandelte, hatte das Recht, über Politik zu schreiben. Damals schmolz die Zahl dieser geistigen Tribünen zusammen. Eine Zeitung stellte ein Privileg dar, das ebenso begehrt war wie die Berechtigung zur Führung eines Theaters.

Einer der einflußreichsten Aktionäre des *Constitutionnel* befand sich in der Gruppe der Politiker. Lousteau entledigte sich bewunderungswürdig seines Amtes als Cicerone. So wuchs Dauriat von Satz zu Satz in Luciens Vorstellung, der in diesem Laden Politik und Literatur vereint sah. Beim Anblick eines hervorragenden Dichters, der hier die Muse an einen Journalisten verscherbelte, der die Kunst demütigte, wie die Frau unter diesen schändlichen Galerien gedemütigt und prostituiert wurde, empfing der große Mann aus der Provinz eine furchtbare Lehre. Geld! Das war die Lösung aller Rätsel. Lucien fühlte sich allein, unbekannt und nur durch den Faden einer zweifelhaften Freundschaft dem Erfolg und dem Glück verbunden. Er klagte seine feinfühligen, wahren Freunde an, ihm die Welt in falschen Farben geschildert zu haben, ihn gehindert zu haben, sich mit der Feder in der Hand in dieses Getümmel zu stürzen. Ich wäre jetzt schon Blondet, rief es in seinem Inneren. Lousteau, der über den Gipfeln des Luxembourg wie ein verwundeter Adler geschrien hatte und der ihm so groß erschienen war, hatte jetzt nur noch sehr geringe Ausmaße. Der Modebuchhändler, der alle diese Existenzen ermöglichte, schien ihm hier der bedeutende Mann zu sein.

Der Dichter, der noch immer sein Manuskript in der Hand hielt, war das Opfer einer Erregung, die sich wenig von Furcht unterschied. In der Mitte des Ladens standen auf Holzgestellen, denen Marmorfasern angemalt waren, die Büsten von Byron, Goethe und Monsieur de Canalis, von dem Dauriat einen Band zu erlangen hoffte und der an dem Tag, an dem er den Laden betrat, die Höhe ermessen konnte, die der Buchhandel ihm zubilligte. Unwillkürlich fühlte Lucien seinen eigenen Wert sinken, sein Mut wurde schwächer. Er ahnte den Einfluß, den dieser Dauriat auf sein Geschick haben sollte, und erwartete ungeduldig den Augenblick, in dem er ihn sehen würde.

Ein kleiner dicker, fetter Mann mit einem Gesicht, das dem eines römischen Prokonsuls glich, aber einen gutmütigen Zug aufwies, an den sich die Leichtgläubigen hielten, trat ein und sagte: »Also Kinder, jetzt bin ich Eigentümer der einzigen Wochenschrift, die zu haben war und zweitausend Abonnenten besitzt.«

»Witzbold! Der Stempelmarke nach sind es siebenhundert, und das ist schon recht schön«, sagte Blondet.

»Mein allerheiligstes Ehrenwort, es sind zwölfhundert. Ich habe zweitausend gesagt«, fügte er leiser hinzu, »weil die Papierlieferanten und Drucker da sind. Ich hätte dir mehr Takt zugetraut, mein Kleiner«, fuhr er laut fort.

»Werden Sie Teilhaber nehmen?« fragte Finot.

»Je nachdem«, antwortete Dauriat, »willst du ein Drittel für vierzigtausend Franc?«

»Das ginge, wenn Sie als Redakteure Émile Blondet,

Claude Vignon, Scribe, Théodore Leclercq, Félicien Vernou, Jay, Jouy, Lousteau –«

»Und warum nicht Lucien de Rubempré!« unterbrach der Dichter aus der Provinz kühn Finot.

»...und Nathan nehmen«, schloß Finot seinen Satz.

»Und warum nicht die Spaziergänger draußen?« wandte sich der Buchhändler mit einem Stirnrunzeln an Lucien. »Mit wem habe ich die Ehre?« fragte er und schaute ihn herausfordernd an.

»Einen Augenblick, Dauriat«, antwortete Lousteau, »ich bin es, der Ihnen den Herrn zuführt. Während Finot Ihren Vorschlag überlegt, hören Sie mich an.«

Lucien fühlte seinen Rücken naß vor Schweiß werden, als er die kalte und unzufriedene Miene des gefährlichen Padischah des Buchhandels sah, der Finot duzte, obwohl Finot Sie zu ihm sagte, der den gefürchteten Blondet mit »Mein Kleiner« anredete und der Nathan vertraulich wie ein König die Hand hingestreckt hatte.

»Eine neue Sache, mein Kleiner«, rief Dauriat, »aber du weißt, daß ich elfhundert Manuskripte habe, ja, meine Herren, man hat mir elfhundert Manuskripte angeboten, fragen Sie Gabusson. Ich werde bald eine eigene Verwaltung für die Aufbewahrung der Manuskripte und ein Bureau von Lektoren für die Prüfung brauchen; man wird in Sitzungen über die Tauglichkeit abstimmen, mit Anwesenheitslisten und einem Sekretär für das Protokoll, die reinste Filiale der Akademie, und die Akademiker werden in den hölzernen Galerien besser als im Institut bezahlt werden.«

»Das ist ein Gedanke«, sagte Blondet.

»Ein schlechter Gedanke«, fuhr Dauriat fort, »es ist nicht

mein Geschäft, die Elaborate derer auszubeuten, die unter euch Literaten werden, wenn es weder zum Kapitalisten noch zum Schuhmacher, weder zum Unteroffizier noch zum Lakai, weder zum Beamten noch zum Gerichtsvollzieher reicht. Hier tritt man nur mit einem fertigen Ruf ein! Werdet berühmt, und es soll am Goldstrom nicht fehlen. In den letzten zwei Jahren habe ich drei große Männer gemacht, und alle drei zeigten sich undankbar! Nathan spricht von sechstausend Franc für die zweite Auflage seines Buches, während ich doch allein für Artikel dreitausend Franc ausgegeben und keine tausend eingenommen habe. Die beiden Artikel Blondets haben mich tausend Franc und ein Diner zu fünfhundert Franc gekostet.«

»Wenn alle Buchhändler wie Sie sprechen, wie kann man dann ein Erstlingswerk verlegen?« fragte Lucien, in dessen Augen Blondet gewaltig an Wert verlor, als er die Ziffer hörte, mit der Dauriat die Artikel in den *Débats* bezahlt hatte.

»Das geht mich nichts an«, erwiderte Dauriat mit einem mörderischen Blick auf den schönen Lucien, der ihn freundlich ansah, »ich gebe mich nicht damit ab, zweitausend Franc für ein Buch aufs Spiel zu setzen, um ebensoviel zu gewinnen; ich mache Spekulationen in Literatur, ich veröffentliche vierzig Bände zu je zehntausend Stück wie Panckoucke und die Baudouins. Meine Macht und die Artikel, die ich durchsetze, bringen ein Geschäft von dreihunderttausend Franc zustande statt der elenden zweitausend. Das Manuskript, das ich für hunderttausend Franc kaufe, ist billiger als das des unbekannten Autors, dem ich sechshundert Franc gebe. Wenn ich nicht ganz ein Mäzen bin, so habe ich doch Anrecht auf die Dankbarkeit der Literaten: mir verdanken sie es, wenn der Preis der Manuskripte um mehr als das Doppelte gestiegen ist. Ich erzähle Ihnen das, mein Kleiner, weil Sie ein Freund Lousteaus sind«, sagte Dauriat zu dem Dichter und klopfte ihn mit einer unerträglichen Vertraulichkeit auf die Schulter. »Wenn ich mit allen Schriftstellern spräche, die mich zum Verleger wünschen, müßte ich meinen Laden schließen, denn ich verbrächte meine Zeit mit Unterhaltungen, die zwar äußerst angenehm, aber viel zu teuer wären. Ich bin noch nicht reich genug, um jeden Monolog der Eigenliebe anzuhören, das geschieht nur im Theater, in den klassischen Trauerspielen.«

In den Augen des Dichters aus der Provinz unterstrich die Eleganz, mit der dieser schreckliche Dauriat gekleidet war, die unbarmherzige Logik seiner Worte.

»Was haben Sie da in der Hand?« fragte der Verleger Lousteau.

»Einen ausgezeichneten Versband.«

Kaum hatte Dauriat das gehört, so wandte er sich mit einer Talmas würdigen Bewegung zu Gabusson und sagte: »Gabusson, mein Freund, von heute an gilt für den Fall, daß irgend jemand Manuskripte anbietet – ihr anderen hört ihr das?« rief er den drei Gehilfen zu, die beim Klang der cholerischen Stimme ihres Brotgebers hinter den Bücherstößen hervorkamen. »Hört ihr«, fuhr er fort, während er seine Nägel und seine übrigens schöne Hand betrachtete, »sobald jemand mit einem Manuskript kommt, werdet ihr augenblicklich fragen, ob es Verse oder Prosa enthält. Antwortet er Verse, so gebt ihm sofort den Laufpaß, Verse sind, wie das Wort es sagt, die Würmer des Buchhandels.«

»Ausgezeichnet, hübsch gesagt, Dauriat«, riefen die Journalisten.

»Nein, wirklich«, erklärte der Buchhändler und ging mit Luciens Manuskript in der Hand auf und ab, »Sie können sich die schlechte Wirkung nicht vorstellen, die der Erfolg Lord Byrons, Lamartines, Victor Hugos, Casimir Delavignes, Canalis' und Bérangers hervorgebracht hat. Die Folge ist ein förmlicher Ansturm der Barbaren. Ich bin sicher, daß in diesem Augenblick den Verlegern tausend Versbände vorliegen, die mit unterbrochenen Geschichten beginnen und weder Kopf noch Schwanz haben, alles in Nachahmung des Korsaren oder Laras. Seit zwei Jahren gibt es so viele Dichter wie Maikäfer. Ich habe in dem letzten Jahr zwanzigtausend Franc daran verloren. Fragen Sie nur Gabusson. Mag sein, daß es in der Welt unsterbliche Dichter gibt, ich kenne sogar welche, die ihr Kinn aus Rosen und Lilien noch nicht zu rasieren brauchen«, meinte er mit einem Blick auf Lucien, »aber im Buchhandel, junger Mann gibt es nur vier Dichter, Béranger, Casimir Delavigne, Lamartine und Victor Hugo; denn Canalis ist ein Dichter auf Grund von Zeitungsartikeln.«

Lucien fand nicht den Mut, sich aufzurichten und vor diesen einflußreichen Leuten, die herzlich lachten, seinen Stolz zu beweisen. Er begriff, daß er nichts Lächerlicheres tun konnte, als seinem heftigen Gelüste nachzugeben und dem Buchhändler an die Kehle zu springen; aber welche Wohltat, ihm den sorgfältigen Knoten der Krawatte in Unordnung zu bringen, die goldene Kette von der Brust zu reißen und die Uhr zu zerstampfen. In seinem Zorn schwor er Rache und tödlichen Haß, während er dem Verleger zulächelte.

»Also, worum handelt es sich?« lenkte Dauriat ein.

»Es sind Sonette; Petrarca würde die Hände über dem Kopf zusammenschlagen«, sagte Lousteau.

»Wie verstehst du das?« meinte Dauriat.

»Wie alle Welt«, antwortete Lousteau, worauf ein feines Lächeln alle Lippen umspielte. Lucien vermochte sich nicht zu erzürnen, aber er schwitzte in seinem Harnisch.

»Nun gut, ich werde sie lesen«, erklärte Dauriat mit einer königlichen Handbewegung, die die ganze Bedeutung dieses Zugeständnisses ausdrückte, »wenn deine Sonette auf der Höhe des neunzehnten Jahrhunderts sind, werde ich einen großen Dichter aus dir machen, mein Kleiner.«

»Falls sein Geist seiner Schönheit entspricht, ist das Risiko nicht schlimm«, sagte einer der berühmtesten Redner der Abgeordnetenkammer, der mit einem der Redakteure des *Constitutionnel* und dem Herausgeber der *Minerve* plauderte.

»General«, erwiderte Dauriat, »was ist der Ruhm? Für zwölftausend Franc Artikel und für dreitausend Franc Diners, erkundigen Sie sich beim Autor des *Einsiedlers*. Wenn Benjamin de Constant einen Artikel über den jungen Poeten schreiben will, bin ich bereit, den Band zu verlegen.«

Beim Wort General und bei der Erwähnung des berühmten Benjamin Constant nahm der Laden in den Augen des großen Mannes aus der Provinz die Ausmaße des Olymp an.

»Lousteau, ich habe mit dir zu reden«, sagte Finot, »aber ich treffe dich ja im Theater. Dauriat, ich mache die Sache, stelle aber Bedingungen. Gehen wir in Ihr Zimmer.«

»Komm, mein Kleiner«, forderte Dauriat ihn auf und ließ

Finot vorangehen, wobei er zehn anderen, die auf ihn warteten, durch eine Handbewegung zu verstehen gab, wie beschäftigt er war. Als er die Tür hinter sich zuziehen wollte, stellte ihn Lucien in seiner Ungeduld und sagte:

»Sie behalten mein Manuskript, wann kann ich die Antwort erwarten?«

»Nun, mein kleiner Dichter, frage in drei oder vier Tagen nach, wir werden sehen.«

Lucien wurde von Lousteau fortgezogen, der ihm nicht die Zeit ließ, von Vernou, Blondet, Raoul Nathan, dem General Foy oder Benjamin Constant, dessen Werk über die Hundert Tage gerade erschienen war, Abschied zu nehmen. Lucien warf nur einen flüchtigen Blick auf den blonden, feinen Kopf, das längliche Gesicht, die geistvollen Augen, den angenehmen Mund, kurzum, den Mann, der zwanzig Jahre lang der Potemkin Madame de Staëls gewesen war und Krieg gegen die Bourbonen führte, nachdem er Krieg gegen Napoleon geführt hatte, aber an seinem Sieg verbluten sollte.

»Was für eine Bude!« rief Lucien aus, als er in einem Kabriolett neben Lousteau saß.

»Ins Panorama Dramatique, und zwar im Galopp! Du bekommst dreißig Sou«, sagte Étienne zum Kutscher. »Dauriat ist ein Gauner, der für rund anderthalb Millionen Franc Bücher im Jahr verkauft, er ist sozusagen der Minister der Literatur«, antwortete Lousteau, dessen Eigenliebe angenehm erregt war und der sich vor Lucien als Herr aufspielte. »Seine Habgier, die ebenso groß wie die Barbets ist, stürzt sich auf die Masse. Dauriat hat Umgangsformen, er ist großmütig, aber er ist eitel; was seinen Geist betrifft, so setzt er sich aus allem zusammen, was über ihn gesagt wird; seinen

Laden zu besuchen ist immer ein Gewinn, man trifft die besten Namen der Zeit. Ein junger Mann lernt da mehr in einer Stunde, als wenn er zehn Jahre lang über Büchern sitzt, mein Lieber. Man bespricht Artikel, die erschienen sind, man braut diejenigen zusammen, die man schreiben wird, man kommt in Beziehung zu berühmten oder einflußreichen Leuten, die einem nützlich sein können. Heute braucht man, um vorwärtszukommen, unbedingt Beziehungen. Alles ist Zufall, Sie sehen es ja. Nichts ist gefährlicher, als Geist in seinem Winkel allein zu haben.«

»Aber was für eine Anmaßung!« sagte Lucien.

»Ach was, wir lachen alle über Dauriat«, erwiderte Étienne. »Sie haben ihn nötig, er setzt Ihnen den Fuß auf den Nacken; er hat das *Journal des Débats* nötig. Émile Blondet läßt ihn wie einen Kreisel tanzen. Wenn Sie in die Literatur eintreten, werden Sie noch ganz andere Dinge erleben! Aber was sagte ich Ihnen?«

»Ja, Sie haben recht«, bestätigte Lucien, »ich litt in dieser Bude noch mehr, als ich nach Ihren Darstellungen erwartete.«

»Warum leiden? Woran wir unser Herzblut setzen, die Arbeit, die in den langen Nächten unser Hirn zerrüttet, die Streifzüge durch die weiten Ebenen des Gedankens, das Denkmal, das wir uns aus unserem Schweiß errichten, das alles wird für die Verleger ein gutes oder ein schlechtes Geschäft. Verkaufen oder nicht verkaufen, das ist nur für sie die Frage. Ein Buch ist ihnen nichts als eine Kapitalanlage. Je besser ein Buch ist, desto weniger Aussicht auf Absatz hat es. Jeder hervorragende Mensch erhebt sich über die Masse, sein Erfolg hängt also von der Zeit ab, die für eine Würdigung nötig ist. Kein Buchhändler will warten. Das Buch von heute muß morgen verkauft sein. Das ganze System bringt es mit sich, daß die Verleger gehaltvolle Bücher ablehnen, weil es zu lange dauert, bis die Wirkung sich einstellt.«

»D'Arthez hat recht«, rief Lucien.

»Sie kennen d'Arthez?« fragte Lousteau. »Ich sehe nichts Gefährlicheres als diese einsamen Leute, die glauben, sie könnten die Welt zu sich heranziehen. Sie sind schuld, wenn die jungen Menschen fanatisch werden und sich auf ein Selbstgefühl versteifen, das zunächst der ungeheuren Kraft, die man in sich fühlt, schmeichelt; sie mit ihrem Gerede vom nachträglichen Ruhm sind schuld, wenn der Anfänger sich nicht in dem Alter einsetzt, wo Einsatz noch möglich und vorteilhaft ist. Ich bin für das System Mohammeds, der einsah, daß man zum Berg gehen muß, wenn der Berg nicht zu einem kommt.«

Diese Bemerkung, die der Vernunft den Vorrang gab, war geeignet, Lucien in seinem Zweifel zu bestärken, ob er die von dem Kreis der alten Freunde gepredigte demütige Armut oder die Maxime Lousteaus bevorzugen sollte. Der Dichter schwieg, bis der Wagen sein Ziel erreichte.

Das Panorama Dramatique, an dessen Stelle heute ein Haus steht, war ein reizendes Theater, das am Boulevard du Temple gegenüber der Rue de Charlot lag. Zwei Direktoren hatten darin bereits Bankrott gemacht, obwohl Bouffé, der eine der Schauspieler, die sich in die Erbschaft Potiers teilten, und Florine, die fünf Jahre später berühmt wurde, dort zuerst aufgetreten sind. Die Theater haben wie die Menschen ihr Verhängnis. Das Panorama Dramatique mußte mit der Konkurrenz des Ambigu, der Gaîté, der Porte-Saint-

Martin und der Vaudevilletheater rechnen; es konnte sich nicht gegen sie halten und litt an den Einschränkungen der ihm erteilten Konzession und an dem Mangel an guten Stücken. Die Autoren wollten um eines Theaters von problematischer Lebensdauer willen nicht mit den bestehenden Bühnen brechen, aber die Direktion hoffte auf das neue Stück, eine Art komischen Melodramas, dessen Verfasser Du Bruel war, der bis dahin mit ein paar Berühmtheiten zusammengearbeitet und dieses Stück als sein eigenes Werk angeboten hatte. Florine, die bis dahin in der Gaîté als Statistin seit einem Jahr kleine Rollen mit gutem Erfolg gespielt hatte, ohne jedoch ein Engagement zu erhalten, war für das Panorama zu haben gewesen, weil sie hier debütieren konnte. In derselben Lage war eine andere Schauspielerin namens Coralie. Als die beiden Freunde das Haus betraten, erhielt Lucien einen Beweis für die Macht der Presse.

»Der Herr gehört zu mir«, sagte Étienne zu dem Kontrolleur, der sich tief verneigte und dem Journalisten berichtete, daß es nicht leicht sein werde, noch Plätze zu finden, es sei denn in der Loge des Direktors.

Étienne und Lucien verloren ein paar Minuten dadurch, daß sie durch die Gänge irrten und mit den Schließerinnen verhandelten.

»Gehen wir hinein und sprechen wir mit dem Direktor, der uns mit in seine Loge nehmen wird. Außerdem stelle ich Sie der Heldin des Abends, Florine, vor.«

Auf ein Zeichen Lousteaus öffnete der Orchesterschließer ein verstecktes Türchen in einer dicken Wand, Lucien folgte seinem Freund und gelangte aus dem hellen Gang unvermittelt in das schwarze Loch, das in fast allen Theatern die Verbindung zwischen dem Saal und den Kulissen herstellt. Nachdem er ein paar feuchte Stufen hinaufgestiegen war, stand er vor dem seltsamsten Schauspiel. Die Enge der Kulissenrahmen, die Höhe des Theaters, die Lämpchen an den Leitern, die aus der Nähe so abscheulichen Dekorationen, die geschminkten Schauspieler, deren Kostüme so bizarr und aus so grobem Stoff waren, die Arbeiter in ihren öligen Kitteln, die hängenden Schnüre, der Regisseur, der mit dem Hut auf dem Kopf auf und ab lief, die herumsitzenden Statisten, die Kulissen im Hintergrund, die Feuerwehrmänner, dieses ganze Durcheinander von komischen, armseligen, schmutzigen, abstoßenden, grellen Dingen glich so wenig dem, was Lucien auf seinem Platz vom Theater gesehen hatte, daß sein Erstaunen keine Grenzen kannte. Man spielte gerade ein derbes Melodrama mit dem Titel *Bertram* zu Ende, die Nachahmung einer Tragödie Maturins, die von Nodier, Lord Byron und Walter Scott außerordentlich geschätzt wurde, es in Paris aber zu keinem Erfolg gebracht hatte.

»Halten Sie meinen Arm, wenn Sie nicht in eine Versenkung fallen, nicht einen Balken auf den Kopf bekommen, nicht einen Palast umwerfen, nicht an einer Hütte hängenbleiben wollen«, sagte Étienne zu Lucien. »Ist Florine in ihrer Loge, mein Schatz?« fragte er eine Schauspielerin, die auf das Stichwort wartete.

»Ja, mein Herz. Ich danke dir für das, was du über mich gesagt hast. Du bist so nett, seit Florine hier ist.«

»Achtung, dein Stichwort kommt, Kleine«, antwortete Lousteau. »Vorwärts, hoch das Näschen! Und daß du mir gut sagst: ›Halte ein, Unglücklicher!‹ Denn es stehen zweitausend Franc Einnahmen auf dem Spiel.«

Lucien sah sprachlos, wie die Schauspielerin sich zusammenraffte und mit einer Stimme, die ihn vor Schrecken erstarren ließ, ›Halte ein, Unglücklicher‹ sagte. Es war nicht mehr dieselbe Frau.

»Das also ist das Theater«, sagte er zu Lousteau.

»Wie der Laden in den hölzernen Galerien und wie eine Literaturzeitung, eine wahre Hexenküche«, erwiderte sein neuer Freund.

Nathan erschien.

»Für wen kommen Sie denn hierher?« fragte ihn Lousteau.

»Ich habe in der *Gazette* die kleinen Theater, in Erwartung von etwas Besserem«, erwiderte Nathan.

»Soupieren Sie doch heute abend mit uns, und zeigen Sie sich erkenntlich, indem Sie Florine gut behandeln«, schlug Lousteau ihm vor.

»Ganz zu Ihren Diensten«, versicherte Nathan.

»Sie wissen, daß sie jetzt in der Rue de Bondy wohnt.«

»Wer ist denn der schöne junge Mensch, den du bei dir hast, mein kleiner Lousteau«, fragte die Schauspielerin, als sie von der Bühne wieder hinter die Kulissen kam.

»Ein großer Dichter, Liebste, ein Mann, der berühmt werden will. Da Sie an demselben Tisch sitzen sollen, Monsieur Nathan, stelle ich Ihnen Monsieur Lucien de Rubempré vor.«

»Sie tragen einen schönen Namen«, sagte Raoul zu Lucien.

»Lucien? Monsieur Raoul Nathan«, stellte Étienne ihn seinem neuen Freund vor.

»Darf ich Ihnen sagen, daß ich Sie erst vor zwei Tagen las

und daß ich nicht verstanden habe, wie jemand, der ein solches Buch und solche Verse geschrieben hat, so demütig vor einem Journalisten stehen kann.«

»Ich erwarte Sie mit Ihrem ersten Buch«, gab Nathan mit einem feinen Lächeln zurück.

»Sieh an, die Ultra und die Liberalen drücken sich die Hand«, rief Vernou beim Anblick des Trios.

»Am Morgen bin ich der Meinung meines Blattes«, sagte Nathan, »aber am Abend denke ich, was ich will, in der Nacht sind alle Redakteure grau.«

»Étienne«, wandte sich Félicien an Lousteau, »Finot ist mit mir gekommen, er sucht dich. Da ist er schon.«

»Aha, es gibt also keinen Platz mehr?« fragte Finot.

»Sie finden immer einen in unseren Herzen«, versicherte ihm die Schauspielerin mit dem zuvorkommendsten Lächeln.

»Du bist also schon von deiner Liebe geheilt, meine kleine Florville? Es hieß doch, du habest dich von einem russischen Prinzen entführen lassen.«

»Entführt man heute Frauen?« sagte die Florville, dieselbe, die *Halte ein, Unglücklicher* deklamiert hatte. »Wir sind zehn Tage in Saint Mandé geblieben, es kostete den Fürsten eine Entschädigung für den Direktor. Der Direktor«, meinte sie lachend, »hofft, daß der Himmel ihm viele russische Fürsten schicken wird, die ihm eine so mühelose Einnahme verschaffen.«

»Und du, mein Kind«, fragte Finot eine hübsche Bäuerin, die ihnen zuhörte, »wo hast du die Brillanten gestohlen, die du an den Ohren trägst? Hast du einen indischen Prinzen gefunden?«

»Nein, aber einen Wichsefabrikanten, einen Engländer, der schon wieder fort ist. Man hat nicht immer wie Florine und Coralie einen reichen Kaufmann zur Hand, den sein Haushalt langweilt; die haben es gut.«

»Du wirst das Stichwort verfehlen, Florville«, rief Lousteau, »die Wichse deiner Freundin steigt dir in den Kopf.«

»Wenn du Erfolg haben willst, so schreie nicht wie eine Furie: ›Er ist gerettet!‹, sondern komme ganz ruhig heraus, gehe bis zur Rampe, und sage mit Bruststimme: ›Er ist gerettet!‹, ganz wie die Pasta in *Tancrède* ›O Patria‹ sagt! So geh doch!« fügte er hinzu und stieß sie voran.

»Keine Zeit mehr, der Effekt ist hin!« meinte Vernou.

»Was hat sie getan? Der Saal klatscht wie toll Beifall«, sagte Lousteau.

»Sie hat sich auf die Knie geworfen und ihre Brust gezeigt, damit arbeitet sie immer«, erklärte die »Witwe« des Wichsefabrikanten.

»Der Direktor gibt uns seine Loge, wir treffen uns dort wieder«, sagte Finot zu Étienne.

Lousteau führte nun Lucien durch das Labyrinth der Kulissen, Gänge und Treppen bis in den dritten Stock, wo sie mit Nathan und Félicien Vernou ein Zimmerchen betraten.

»Guten Tag und guten Abend meine Herren«, sagte Florine. »Höre«, wandte sie sich rückwärts an einen dicken, kurzen Mann, der in der Ecke stand, »die Herren sind hier die Schiedsrichter über meine Zukunft und halten mein Los in ihrer Hand, aber morgen früh liegen sie hoffentlich unter unserem Tisch, wenn Monsieur Lousteau nichts vergessen hat.«

»Ich höre«, sagte Étienne zu ihr, »daß Sie Blondet von den

Débats bei sich sehen werden, den echten Blondet, Blondet selbst, kurzum, Blondet.«

»Oh, mein kleiner Lousteau, das ist hübsch, laß dich umarmen«, rief sie und fiel ihm um den Hals.

Bei dieser Bezeugung nahm Matifat, der dicke Mensch, eine ernste Miene an. Mit ihren sechzehn Jahren war Florine mager. Ihre Schönheit, die ganz einer Knospe voll Versprechungen glich, konnte nur Künstlern gefallen, die der Skizze den Vorzug vor dem ausgeführten Gemälde geben. Das reizende Mädchen trug in seinen Zügen schon die ganze für sie so charakteristische Feinheit und erinnerte damals stark an Goethes Mignon. Matifat, der reiche Drogist aus der Rue des Lombards, hatte gedacht, eine kleine Boulevardschauspielerin sei nicht sehr verschwenderisch, aber in elf Monaten hatte Florine ihn sechzigtausend Franc gekostet. Nichts erschien Lucien unbegreiflicher als dieser brave, biedere Kaufmann, der wie der Gott Terminus hier in dem Winkel des zehn Quadratfuß großen Raumes stand, der mit einer hübschen Tapete beklebt war und mit einem großen Standspiegel, einem Diwan, zwei Stühlen, einem Teppich, einem Kamin und einer Menge Schränke ausgestattet. Eine Zofe legte die letzte Hand an die Toilette Florines, die in einem Intrigenstück eine spanische Gräfin spielte.

»Das Mädchen wird in fünf Jahren die schönste Schauspielerin von Paris sein«, sagte Nathan zu Félicien.

»Unberufen, ihr lieben Leute«, sagte Florine zu den drei Journalisten, »denkt morgen an mich, heute denke ich an euch und habe zum Beispiel dafür gesorgt, daß Wagen da sind, denn ihr sollt betrunken wie am Aschermittwoch nach Hause kommen. Matifat hat Weine geliefert, Weine, sage ich euch, die Louis' XVIII. würdig sind, und als Koch hat er den des preußischen Gesandten gemietet.«

»Wir sind auf Außerordentliches gefaßt beim Anblick des Herrn«, sagte Nathan.

»Er weiß, daß er die gefährlichsten Leute von Paris bewirtet«, antwortete Florine.

Matifat betrachtete Lucien nicht ohne Sorge, die große Schönheit des jungen Mannes erregte seine Eifersucht.

»Aber da ist jemand, den ich nicht kenne«, sagte Florine mit einem Blick auf Lucien, »wer von euch hat aus Florenz den Apollo von Belvedere mitgebracht? Der Herr ist schön wie eine Figur von Girodet.«

»Der Herr ist ein Dichter aus der Provinz, ich vergaß, ihn vorzustellen«, antwortete Lousteau, »Sie selbst sind heute Abend so schön, daß man unmöglich an die kindischen, braven Förmlichkeiten denken kann.«

»Ist er reich, da er Gedichte schreibt?« fragte Florine.

»Arm wie Hiob«, sagte Lucien.

»Das ist sehr verführerisch«, meinte die Schauspielerin.

Du Bruel, der Autor des Stücks, ein kleiner, schmächtiger junger Mann im Überrock, der zugleich etwas vom Bürokraten, vom Eigentümer und vom Wechselagenten an sich hatte, trat plötzlich ein.

»Meine kleine Florine, Sie beherrschen doch Ihre Rolle, hoffe ich? Daß Sie ja nicht steckenbleiben! Achten Sie auf den Auftritt im zweiten Akt, der sehr viel Bestimmtheit und Feinheit verlangt. Sagen Sie ›Ich liebe Sie nicht‹ so, wie wir es besprochen haben.«

»Warum nimmst du Rollen mit solchen Sätzen an?« wandte sich Matifat an Florine.

Ein allgemeines Gelächter war die Antwort auf die Bemerkung des Drogisten.

»Was macht dir das«, sagte sie, »da ich sie ja nicht dir an den Kopf werfe, du dummes Tier! Er macht mein Glück mit seinen Bemerkungen«, fügte sie mit einem Blick auf die Schriftsteller hinzu; »so wahr ich ein ehrliches Mädchen bin, ich würde ihm für jede Dummheit ein Goldstück bezahlen, wenn ich nicht fürchtete, mich damit zugrunde zu richten.«

»Ja, aber dabei wirst du mich ansehen, wie wenn du deine Rolle wiederholst, und das macht mir angst«, antwortete der Drogist.

»Dann werde ich meinen kleinen Lousteau ansehen«, sagte sie.

Eine Glocke läutete in den Gängen.

»Geht alle«, befahl Florine, »ich will die Rolle durchlesen und versuchen, ob ich sie verstehe.«

Lucien und Lousteau gingen zuletzt hinaus. Lousteau küßte Florine auf die Schultern, und Lucien hörte die Schauspielerin sagen:

»Unmöglich, heute abend. Der alte Esel hat seiner Frau gesagt, daß er aufs Land geht.«

»Finden Sie sie nett?« fragte Étienne Lucien.

»Aber, mein Lieber, dieser Matifat!« rief Lucien.

»Kindskopf, Sie wissen noch nichts vom Pariser Leben«, antwortete Lousteau. »Dinge, die man nicht ändern kann, nimmt man hin. Es ist genau, wie wenn Sie eine verheiratete Frau lieben, basta. Man legt sich die Sache zurecht.«

Étienne und Lucien betraten eine Proszeniumsloge im Erdgeschoß, in der sie den Direktor und Finot antrafen. Gegenüber, auf der anderen Seite des Saales, saßen Matifat, einer seiner Freunde namens Camusot, ein Seidenhändler und Beschützer Coralies, und ein biederer kleiner alter Mann, der sein Schwiegervater war. Diese drei Männer aus dem Bürgerstand reinigten die Gläser ihrer Lorgnetten und schauten ins Parterre, dessen Lärm sie beunruhigte. Die Logen boten das merkwürdige Gesellschaftsbild wie bei allen Premieren, es setzte sich zusammen aus Journalisten und ihren Freundinnen, ausgehaltenen Frauen und ihren Besitzern, ein paar alte Habitués, die bei keiner Erstaufführung fehlten, und Angehörigen der Gesellschaft, die diese Aufregung liebten. In einer Loge des ersten Rangs saß der Generaldirektor mit seiner Familie, der Du Bruel in einer Finanzverwaltung seine Sinekure verschafft hatte.

Lucien fiel seit heute mittag von einem Erstaunen in das nächste. Das literarische Leben, das ihm seit zwei Monaten als so arm, so dürftig, im Zimmer Lousteaus so hart, in den Galeries de Bois so würdelos und so anmaßend in einem erschienen war, umgab sich nun plötzlich mit seltsamem Prunk. Diese Mischung von Erhabenem und Niederem, von Kompromissen, Überlegenheit und Feigheit, von Verrat und Vergnügen, von Größe und Knechtschaft war ein Schauspiel, dem er atemlos beiwohnte.

»Glauben Sie, daß das Stück Du Bruels Ihnen Geld einbringt?« fragte Finot den Direktor.

»Es ist ein Intrigenstück, in dem Du Bruel auf den Spuren Beaumarchais' wandelt. Das Publikum des Boulevards liebt diese Gattung nicht, es verlangt kräftige Erregung. Der Geist wird hier nicht geschätzt. Alles hängt heute abend von Florine und Coralie ab, von ihrer Anmut und Schönheit, die ja entzückend sind. Sie tragen beide recht kurze Röcke, sie tanzen einen spanischen Pas, sie können das Publikum mit sich reißen. Die Aufführung heute ist ein Lotteriespiel. Wenn die Zeitungen mir im Fall des Erfolges ein paar geistreiche Artikel schreiben, kann ich dreihunderttausend Franc einnehmen.«

»Ich sehe schon, es wird nur ein Achtungserfolg werden«, sagte Finot.

»Es gilt, eine Intrige zu überwinden, die die drei Theater in der Nachbarschaft angesponnen haben, man wird sogar pfeifen; aber ich habe Vorkehrungen getroffen. Ich habe die feindlichen Claqueure bestochen, sie werden ungeschickt pfeifen. Zwei Kaufleute haben, um Coralie und Florine einen Triumph zu verschaffen, jeder hundert Karten gekauft und an Bekannte verteilt, die fähig sind, die Clique vor die Tür zu setzen, die sich nicht wehren wird; das Publikum erwärmt sich bei solchen Gelegenheiten.«

»Zweihundert Karten! Was für kostbare Leute!« rief Finot.

»Ja, noch zwei so hübsche Schauspielerinnen mit so reichen Freunden, und ich mache Geschäfte.«

Seit zwei Stunden hörte Lucien von nichts anderem als dem Allheilmittel Geld sprechen. Im Theater und im Buchhandel, im Buchhandel wie in der Zeitung war von allem die Rede, nur nicht von Kunst und Ruhm. Sein Herz lag gleichsam unter dem großen Münzhammer und erzitterte unter seinen Schlägen. Während das Orchester die Ouvertüre spielte und das Parterre bald zischte, bald klatschte, dachte er an die ruhigen, reinen Bilder der Heimat, an David, der ihm von der Herrlichkeit der Kunst, dem edlen Ruhm des Genius, dem Ruhm mit den weißen Flügeln erzählt hatte. Und bei der

Erinnerung an die Abende im Kreis der Pariser Freunde stahl sich eine Träne in die Augen des Dichters.

»Was haben Sie?« fragte Lousteau.

»Ich sehe die Poesie in einem Sumpf.«

»Noch immer Illusionen?«

»Aber muß man sich denn demütigen und diese grobschlächtigen Matifats und Camusots ertragen, wie die Schauspielerinnen die Journalisten ertragen und wir die Buchhändler?«

»Mein Kleiner«, flüsterte Étienne ihm ins Ohr und zeigte auf Finot, »sehen Sie sich diesen schweren Burschen da an, ohne Geist und Talent, aber gierig, um jeden Preis auf Reichtum aus und ein geschickter Geschäftsmann; in Dauriats Laden hat er mir vierzig Prozent abgenommen, und das mit einer Miene, als wäre er mir gefällig. Dieser Mann hat Briefe, in denen etliche künftige Genies wegen hundert Franc vor ihm auf den Knien liegen.«

Der Ekel würgte Lucien, der sich an jene Zeichnung in der Redaktion erinnerte: Finot, meine hundert Franc?

»Lieber sterben«, sagte er.

»Lieber leben«, antwortete Étienne.

Der Vorhang hob sich, und der Direktor ging hinaus, um hinter den Kulissen einige Anweisungen zu geben.

»Mein Lieber«, sagte nun Finot zu Étienne, »ich habe Dauriats Wort, ich beteilige mich mit einem Drittel an der Wochenschrift. Ich zahle dreißigtausend Franc bar ein, dafür werde ich Chefredakteur und Herausgeber. Eine glänzende Sache. Blondet hat mir gesagt, daß man noch strenger gegen die Presse vorgehen will, nur die bereits existierenden Zeitungen bleiben am Leben. In sechs Monaten wird man eine Million brauchen, um ein neues Blatt zu gründen. Ich habe deshalb abgeschlossen, ohne über mehr als zehntausend Franc zu verfügen. Höre mich an. Wenn du erreichst, daß Matifat die Hälfte meines Anteils, ein Sechstel, für dreißigtausend Franc kauft, mache ich dich zum Chefredakteur meines kleinen Blattes, mit monatlich zweihundertfünfzig Franc. Du sollst mein Strohmann sein. Ich will jederzeit die Möglichkeit haben, die Haltung des Blattes zu bestimmen und meine Interessen zu vertreten, ohne daß man es merkt. Alle Artikel werden dir mit fünf Franc die Spalte bezahlt; wenn du selbst sie mit drei honorierst, kannst du dir jeden Tag eine Einnahme von fünfzehn Franc verschaffen, der Redakteur kostet ja nichts. Das sind noch einmal vierhundertfünfzig Franc im Monat. Aber niemand darf mir hineinreden, wenn ich jemand oder etwas in meinem Blatt angreifen oder verteidigen lasse, dafür kannst du deinen Freundschaften und Feindschaften nachgehen, wenn sie meiner Politik nicht in die Quere kommen. Vielleicht bin ich regierungsfreundlich oder Ultra, ich weiß es noch nicht; aber ich will unter der Hand meine liberalen Beziehungen behalten. Ich sage dir alles, du bist kein Spielverderber. Vielleicht verschaffe ich dir die Kammerberichte an meiner jetzigen Zeitung, denn ich werde sie nicht weiterführen können. Also, sieh zu, daß Florine das kleine Geschäft unter der Hand macht, aber rasch und energisch, ich muß innerhalb von achtundvierzig Stunden widerrufen, wenn ich nicht zahlen kann. Dauriat hat das zweite Drittel an seinen Drucker und an seinen Papierlieferanten verkauft. Sein eigenes Drittel hat er umsonst und verdient noch zehntausend Franc dazu, da das Ganze ihn nicht mehr als fünfzigtausend kostet. Und in einem Jahr kann man das Patent vielleicht für zweihunderttausend Franc an den Hof verkaufen, wenn er, wie man behauptet, den guten Einfall hat, die Zeitungen zu unterdrücken.«

»Du hast Glück«, rief Lousteau.

»Wenn du durch das Elend gegangen wärest, das ich erdulden mußte, würdest du das nicht sagen. Aber jetzt, siehst du, leide ich an einem unheilbaren Kummer: Ich bin der Sohn eines Hutmachers, der in der Rue du Coq noch immer Hüte verkauft. Nur eine Revolution kann mich hochbringen, und in Ermangelung einer sozialen Umwälzung muß ich Millionen haben. Ich weiß nicht, ob von diesen beiden Dingen die Revolution nicht das leichtere ist. Wenn ich den Namen deines Freundes trüge, wäre ich in gutem Fahrwasser. – Still, da ist der Direktor. Addio«, schloß er und erhob sich, »ich gehe zur Oper, morgen muß ich mich vielleicht duellieren: ich schreibe und zeichne mit F einen heftigen Artikel gegen zwei Tänzerinnen, die zwei Generäle zu Freunden haben. Ich greife, und nicht sanft, die Oper an.«

»Ach was!« sagte der Direktor.

»Doch, jeder knausert mit mir. Der eine entzieht mir meine Logen, der andere weigert sich, fünfzig Abonnements zu nehmen. Ich habe der Oper mein Ultimatum gestellt: Ich verlange jetzt hundert Abonnements und vier Logen im Monat. Wenn sie annimmt, hat mein Blatt achthundert beziehende und tausend zahlende Abonnenten. Ich kenne das Mittel, um noch zweihundert andere Abonnements zu bekommen, im Januar sind wir bei zwölfhundert.«

»Sie richten uns noch zugrunde«, rief der Direktor.

»Sie sind im Rückstand mit Ihren zehn Abonnements. Ich

habe zwei günstige Artikel für Sie im *Constitutionnel* untergebracht.«

»Oh, ich beklage mich nicht über Sie!«

»Bis morgen abend«, wandte sich Finot wieder an Lousteau. »Gib mir Antwort im Théâtre Français, wo eine Premiere stattfindet; und da ich den Artikel nicht werde schreiben können, laß dir meine Plätze auf der Redaktion geben. Ich ziehe dich vor, du hast dich für mich ins Zeug gelegt, ich bin dankbar. Félicien Vernou will auf sein Gehalt ein Jahr lang verzichten und für zwanzigtausend Franc zu einem Drittel Eigentümer meines Blattes werden, es ist mir aber lieber, wenn ich unbeschränkter Herr bleibe. Addio.«

»Guter Gott, was für eine Räuberhöhle! Und Sie wollen wirklich dieses entzückende Mädchen zu solch einem Geschäft mißbrauchen?« sagte Lucien mit einem Blick auf Florine, die ihm zehn dafür zurückwarf.

»Sie wird es glänzend abwickeln. Sie kennen nicht die Hingebung und die Klugheit der lieben Geschöpfe«, antwortete Lousteau.

»Sie machen alle ihre Fehler gut, sie sühnen alle Vergehen durch die Stärke und Größe ihrer Liebe, wenn sie lieben«, fuhr der Direktor fort, »die Leidenschaft einer Schauspielerin ist deswegen etwas so Schönes, weil sie den größten Gegensatz zu ihrer Umgebung bildet.«

»Ja, es ist, als fände man im Schmutz einen Diamanten, der einer Krone würdig ist«, gab Lousteau zurück.

»Aber«, meinte der Direktor, »Coralie ist zerstreut. Ihr Freund hat, ohne daß er es weiß, Eindruck auf das Mädchen gemacht und wird sie um den Erfolg bringen. Schon achtet sie nicht mehr auf die Stichworte und hat bereits zweimal den Souffleur überhört. – Mein verehrter Herr, ich bitte Sie, setzen Sie sich zurück«, sagte er zu Lucien. »Wenn Coralie in Sie verliebt ist, werde ich ihr sagen, daß Sie gegangen sind.«

»Im Gegenteil«, rief Lousteau, »sagen Sie ihr, daß Lucien zum Souper kommt, daß sie mit ihm machen kann, was sie will, und sie wird wie Mademoiselle Mars spielen.«

Der Direktor ging hinaus.

»Mein Freund, ich verstehe Sie nicht«, wandte sich Lucien an Étienne, »Sie machen sich kein Gewissen daraus, durch Mademoiselle Florine dem Drogisten dreißigtausend Franc abnehmen zu lassen und ihm dafür die Hälfte dessen anzubieten, was Finot für denselben Betrag gekauft hat?«

Lousteau ließ Lucien nicht ausreden. Er sagte:

»Woher kommen Sie eigentlich, mein liebes Kind? Der Drogist ist kein Mensch, er ist ein Geldschrank, zu dem Florine den Schlüssel hat.«

»Aber Ihr Gewissen?«

»Das Gewissen, mein Lieber, ist ein Stock, mit dem man auf seinen Nachbarn losschlägt, aber nicht auf sich selbst. Was zum Teufel wollen Sie eigentlich? Der Zufall vollbringt für Sie an einem Tage das Wunder, auf das ich zwei Jahre lang wartete, und Sie haben nichts Besseres zu tun, als über die Mittel zu streiten? Wenn Florine ihre Sache gut macht, werde ich Chefredakteur mit einem Fixum von zweihundertundfünfzig Franc; ich nehme dann die großen Theater für mich, lasse die Vaudevillebühnen Vernou und gebe Ihnen Gelegenheit, den Fuß in den Bügel zu setzen: Sie können statt meiner die Boulevardtheater nehmen. Sie bekommen drei Franc für die Spalte, schreiben täglich eine, das macht neunzig Franc im Monat; an Barbet können Sie für sechzig Franc Bücher verkaufen und im Monat von Ihren Theatern zehn Eintrittskarten, im ganzen vierzig, verlangen, die Sie für vierzig Franc an einen Theater-Barbet verkaufen, ich werde Ihnen den Mann zuführen. Kurz, Sie stehen sich auf zweihundert Franc im Monat. Und um sich Finot nützlich zu machen, können Sie seiner neuen Wochenschrift einen Artikel für hundert Franc geben, vorausgesetzt, daß Sie auch höhere Ware liefern, denn dort zeichnet man und gibt sich etwas anständiger als in dem kleinen Blatt. Damit würden Sie auf dreihundert Franc stehen. Mein Lieber, es gibt Leute von Talent, wie den armen d'Arthez, der jeden Tag bei Flicoteaux ißt, es gibt, sage ich, Leute, die zehn Jahre brauchen, bevor sie hundert Écu verdienen. Sie bringen mit Ihrer Feder viertausend Franc im Jahr zusammen, ohne die Einnahmen aus dem Buchhandel zu rechnen, wenn Sie für die Verleger schreiben. Ein Unterpräfekt hat nur dreitausend Franc Gehalt und amüsiert sich in seiner Provinz wie ein Stock in der Ecke. Ich rede gar nicht davon, daß Sie umsonst in die Theater kommen, denn dieses Vergnügen wird bald eine Last; aber Sie haben auch Zutritt zu den Kulissen von vier Bühnen. Zeigen Sie ein oder zwei Monate lang Härte und Geist, und die Schauspielerinnen werden Sie mit Einladungen überhäufen, die Liebhaber Ihnen den Hof machen, und bei Flicoteaux werden Sie nur an den Tagen speisen, wenn Ihnen die dreißig Sou in der Tasche fehlen und Sie einmal nicht eingeladen sind. Um fünf Uhr im Luxembourg wußten Sie nicht, was anfangen, und jetzt stehen Sie schon im Begriff, eine von den hundert bevorzugten Persönlichkeiten zu werden, die die französische Meinung bilden. Binnen drei

Tagen können Sie mit Hilfe von dreißig witzigen Sätzen erreichen, daß ein Mensch sein Leben verflucht; Sie können sich bei allen Schauspielerinnen Ihrer vier Theater eine sichere Liebesrente verschaffen; Sie können ein gutes Stück durchfallen machen und ganz Paris überreden, in ein schlechtes zu laufen. Wenn Dauriat Ihren Versband nicht annimmt, können Sie ihn zu sich bestellen, er wird demütig und unterwürfig sofort kommen und Ihnen zweitausend Franc für das Buch sofort auf den Tisch legen. Bringen Sie in drei verschiedenen Zeitungen drei Artikel, die auf einige der Spekulationen Dauriats zielen oder auf ein Buch, mit dem er rechnet, und Sie werden erleben, daß er wie eine Clematis an Ihrer Mansarde klettert und sich festrankt. Und schließlich Ihr Roman: Die Buchhändler, die alle im Augenblick Sie mehr oder weniger höflich vor die Tür setzen, werden einander in Ihrem Zimmer auf die Füße treten, und das Manuskript, für das Vater Doguereau vierhundert Franc bieten würde, wird bei einer Versteigerung bis auf viertausend kommen. Wenn d'Arthez endlich ebenso gelehrt wie Bayle und ein ebenso großer Schriftsteller wie Rousseau geworden ist, werden wir unser Glück schon gemacht haben und Herr über sein Glück und seinen Ruhm sein. Finot wird Abgeordneter und Eigentümer einer großen Zeitung sein und wir das, was wir sein wollten, Mitglieder der Pairskammer oder Häftlinge im Schuldturm.«

»Und Finot wird seine große Zeitung den Ministern verkaufen, die ihm am meisten Geld geben, wie er seine Lobreden an Madame Bastienne verkauft und Mademoiselle Virginie heruntersetzt und beweist, daß die Hüte jener besser als die sind, die das Blatt zuerst rühmte!« antwortete Lucien und erinnerte sich an den Auftritt, dessen Zeuge er gewesen war.

»Sie haben kein Hirn«, antwortete Lousteau trocken; »vor drei Jahren ging Finot auf zerrissenen Sohlen, aß bei Tabar für achtzehn Sou, broschierte einen Prospekt für zehn Franc, und sein Rock hielt ihm auf dem Leib dank einem Geheimnis, das ebenso undurchdringlich wie das der unbefleckten Empfängnis war. Heute besitzt er eine eigene Zeitung, die auf hunderttausend Franc geschätzt wird; mit allen Abonnenten, ob sie nun zahlen oder beziehen oder nur zahlen, und den indirekten Steuern, die sein Onkel ausschreibt, verdient er zwanzigtausend Franc im Jahr; er bewirtet jeden Tag einen Tisch voll Leuten aufs glänzendste, seit einem Monat hält er sein eigenes Kabriolett, und jetzt leitet er auch noch eine Wochenschrift und ist zu einem Sechstel, wohlgemerkt umsonst, ihr Eigentümer; er bezieht ein Monatsgehalt von fünfhundert Franc, zu denen tausend Franc für die Redaktion kommen, die seine Teilhaber zahlen müssen. Sobald Finot bereit ist, Ihnen fünfzig Franc für den Bogen zu zahlen, werden Sie der erste sein, der sich glücklich schätzt, ihm drei Artikel umsonst zu geben. Wenn Sie sich in einer ähnlichen Lage befinden, dann können Sie Finot beurteilen, man kann nur von seinesgleichen beurteilt werden. Haben Sie nicht eine ungeheure Zukunft, wenn Sie blind gehorchen und angreifen, falls Finot den Angriff befiehlt, oder loben, falls er Lob befiehlt? Wenn Sie Rache zu üben haben, können Sie Ihren Freund oder Ihren Feind mit einem Satz, der jeden Morgen in unserer Zeitung erscheint, rädern. Sie brauchen mir nur zu sagen: Lousteau, laß uns diesen Kerl da vernichten! Sie werden Ihr Opfer dann noch einmal umbringen mit einem großen Artikel in der Wochenzeitung. Und wenn die Angelegenheit für Sie bedeutsam ist, so wird Finot, dem Sie sich nützlich erwiesen haben, Sie einen letzten tödlichen Schlag in einer großen Zeitung mit zehn- oder zwölftausend Abonnenten führen lassen.«

»Sie glauben also, daß Florine ihren Drogisten dazu bewegen kann, auf den Handel einzugehen?« fragte Lucien verblüfft.

»Bestimmt; wir sind jetzt beim Zwischenakt, ich werde sie inzwischen instruieren, und heute nacht wird alles in Ordnung gebracht. Wenn sie erst einmal unterrichtet ist, wird Florine all meinen Verstand und den ihren aufbieten.«

»Und dieser rechtschaffene Kaufmann, der dort mit offenem Mund Florine bewundert, ahnt nicht, daß man ihn um dreißigtausend Franc beschneiden wird! ...«

»Wieder so eine Dummheit! Wird er denn etwa bestohlen?« rief Lousteau aus. »Mein Lieber, wenn das Ministerium die Zeitung kauft, dann hat der Drogist in sechs Monaten vielleicht fünfzigtausend Franc für seine dreißigtausend. Auch wird Matifat nicht die Zeitung im Auge haben, sondern die Interessen Florines. Wenn man erfährt, daß Matifat und Camusot (denn sie teilen sich das Geschäft) Eigentümer einer Zeitschrift sind, dann werden alle Zeitungen wohlwollende Artikel über Florine und Coralie bringen. Florine wird berühmt werden, vielleicht bekommt sie ein Engagement für zwölftausend Franc an einem anderen Theater. Am Ende wird dann Matifat monatlich die tausend Franc sparen, die ihn die Geschenke und die Diners für die Journalisten kosten. Sie verstehen nichts von den Menschen und nichts vom Geschäft.«

»Armer Kerl!« sagte Lucien. »Er hofft auf eine genußreiche Nacht.«

»Und er wird von tausend Erwägungen hin und her gerissen sein«, fuhr Lousteau fort, »bis er Florine den Erwerb des von Finot gekauften Sechstels bewiesen hat. Und ich bin dann am nächsten Tag Chefredakteur und verdiene tausend Franc im Monat. Das ist dann das Ende meiner Not!« rief der Liebhaber Florines.

Lousteau ging hinaus und ließ Lucien bestürzt zurück, in einen Abgrund von Gedanken versunken über die harte Wirklichkeit des Daseins. Nachdem er in den Galeries de Bois die Schliche des Buchhandels und die Brutstätte des Ruhms gesehen hatte, nachdem er hinter den Kulissen des Theaters spazierengegangen war, wurde dem Dichter die Kehrseite der Gewissen offenbar, das Räderwerk des Pariser Lebens, der Mechanismus aller Dinge. Als er Florine auf der Bühne bewunderte, hatte er Lousteau sein Glück geneidet. Matifat hatte er bald vergessen. Eine unbestimmbare Zeit, vielleicht fünf Minuten, verweilte er so. Es war ihm eine Ewigkeit. Glühende Gedanken entflammten seine Seele, und seine Sinne waren erregt vom Anblick der Schauspielerinnen mit ihren lüsternen, stark geschminkten Augen und ihren weiß leuchtenden Dekolletés; sie trugen wollüstig kurze Reifröcke mit lockerem Faltenwurf, in roten Strümpfen mit grünen Nähten zeigten sie ihre Beine in einer Art, die das Parkett in Unruhe bringen konnte. Zwei Versuchungen wälzten sich auf parallelen Linien heran, wie zwei Ströme, die sich bei einer Überschwemmung vereinigen wollen; sie verschlangen den Dichter, der in der Ecke der Loge lehnte, den Arm auf den roten Samt der Brüstung gestützt, die

Augen wie gebannt auf den Vorhang gerichtet und den Entzückungen dieses aus Blitzen und Wolken bestehendent Lebens um so aufgeschlossener, als es nach der tiefen Nacht seines arbeitsamen, düsteren und eintönigen Lebens wie ein Feuerwerk erstrahlte. Plötzlich drang durch das Loch im Vorhang der Glanz eines leidenschaftlichen Auges auf ihn und weckte ihn aus seiner Betäubung. Er erkannte den brennenden Blick Coralies, senkte den Kopf und betrachtete Camusot, der in die gegenüberliegende Loge zurückkehrte. Dieser Liebhaber war ein guter, dicker, feister Seidenhändler aus der Rue des Bourdonnais, Richter am Handelsgericht, Vater von vier Kindern, in zweiter Ehe lebend, Besitzer von achtzigtausend Livre Rente, sechsundfünfzig Jahre alt, dessen Haare wie eine Nachtmütze auf dem Kopf saßen. Er trug die biedere Miene eines Mannes zur Schau, der seinen Lebensabend genoß, nachdem er tausendundeine Widerwärtigkeit des Handels heruntergeschluckt hatte.

Diese Stirn von der Farbe frischer Butter, diese blühenden Wangen eines Mönches waren sozusagen nicht breit genug, um den ganzen Jubel zu fassen, den er empfand; er war ohne seine Frau da und hörte den rasenden Beifall, der Coralie galt. In Coralie faßten sich alle Eitelkeiten des reichen Bürgers zusammen, er hatte bei ihr die Empfindungen eines großen Herrn der alten Zeit. Er schrieb sich den halben Erfolg der Schauspielerin zu, und das um so mehr, als er ihn bezahlt hatte. Den nötigen Rückhalt gab ihm die Anwesenheit seines Schwiegervaters, eines kleinen Herrn mit gepuderten Haaren, munteren Augen und sehr würdiger Haltung.

Lucien fühlte von neuem sein Widerstreben, er erinnerte

sich der reinen, hochgespannten Liebe, die er ein Jahr lang für Madame de Bargeton empfunden hatte. Diese Liebe, die der Dichter, entfaltete ihre weißen Flügel, tausend Gedenkfeiern erhoben sich in seinem Herzen, er sank in seine Träumerei zurück. Der Vorhang ging auf, Florine und Coralie standen auf der Bühne.

»Meine Liebe, er denkt an dich wie an den Großtürken!« flüsterte Florine, während Coralie eine Antwort gab.

Lucien mußte lachen und betrachtete Coralie. Die reizende Schauspielerin gehörte zu jenem Typus, der nach Belieben die Männer faszinierte. Sie vereinigte alle Vorzüge der jüdischen Rasse in sich, mit ihrem ovalen Gesicht von der Farbe blonden Elfenbeins, dem granatroten Mund und dem Kinn, das fein wie ein Kelchrand war. Unter Lidern, die das Feuer hüteten, unter aufgebogenen Wimpern drang ein Blick hervor, schmachtend oder brennend, wie die Glut der Wüste. Die Augen, um die ein Kreis in den Tönen der Oliven spielte, wurden von geschwungenen, starken Brauen überwölbt. Die nachtschwarzen Flechten, die dieselben Lichter wie Lack trugen, umschlossen eine braune Stirn, auf der so erhabene Gedanken ruhten, daß man an ein Genie dachte. Aber wie viele Schauspielerinnen besaß Coralie keinen Geist trotz ihrer Kulissenironie und keine Bildung trotz ihrer Boudoirerfahrung; sie hatte den Geist der Sinne und die Güte der Frauen, die der Liebe ergeben sind. Im übrigen hielt man sich nicht lange bei der Moral auf angesichts ihrer runden, glatten Arme, der wie Spindeln auslaufenden Finger, der goldgetönten Schultern, der vom Hohen Lied besungenen Brust, des geschmeidigen Halses und der Beine, die von einer bewunderungswürdigen Eleganz waren und durch Strümpfe von roter Seide schimmerten. Die orientalische Poesie dieser Schönheiten wurde noch durch das herkömmliche spanische Kostüm unserer Theater hervorgehoben. Der ganze Saal hing an ihren Hüften, die der kurze Rock fest umschloß, und an ihrer andalusischen Kruppe, die sich herausfordernd wölbte.

Es gab einen Augenblick, da Lucien bei der Überlegung, daß dieses Geschöpf für ihn allein spielte und Camusot überhaupt nicht sah, die sinnliche Liebe über die reine, den Genuß über das Verlangen stellte und der Dämon der Ausschweifung ihm schneidende Gedanken einflüsterte. ›Ich weiß nichts von der Liebe‹, dachte er, ›die sich im Wohlleben, im Wein, in den materiellen Genüssen wälzt. Ich habe bisher mehr die Vorstellungen als handelnd gelebt. Ein Mann, der alles darstellen will, muß alles kennen. Ich erwarte mein erstes üppiges Mahl, meine erste Orgie in einer seltsamen Welt; warum nicht einmal mich mit den so berühmten Freuden bekannt machen, in die sich die Grandseigneurs des vergangenen Jahrhunderts mit den käuflichen Frauen stürzten? Botschafter setzen den Fuß in diese Unterwelt und kümmern sich nicht um das Gestern und nicht um das Morgen. Ich wäre ein Tropf, wenn ich empfindlicher als die Fürsten wäre, zumal da ich noch niemanden liebe.‹ Er dachte nicht mehr an Camusot. Nachdem er Lousteau den tiefsten Ekel an der abstoßenden Teilung zu erkennen gegeben hatte, sank er in den Abgrund, verlor sich an die Begierde, vom Jesuitismus der Leidenschaft verführt.

»Coralie ist auf Sie versessen«, sagte Lousteau, der wieder eintrat, »überhaupt richtet Ihre antike Schönheit eine unerhörte Verwüstung in den Kulissen an. Sie können sich glücklich schätzen, mein Lieber. Wenn Coralie achtzehn Jahre alt ist, kann sie in wenigen Tagen erreichen, daß man ihr sechzigtausend Franc im Jahr anbietet. Sie ist noch sehr vernünftig. Von ihrer Mutter vor drei Jahren für sechzigtausend Franc verkauft, kennt sie erst den Kummer und nicht das Glück. Sie ging aus Verzweiflung ans Theater, aus Abscheu vor de Marsay, ihrem ersten Erwerber. Der König unserer Dandys hat sie bald im Stich gelassen; damals fand sie unseren guten Camusot, den sie gar nicht mag. Aber er ist wie ein Vater zu ihr, sie erduldet ihn und läßt sich lieben. Sie hat schon die vorteilhaftesten Vorschläge zurückgewiesen und hält sich an Camusot, der sie nicht quält. Sie sind also ihre erste Liebe. Bei Ihrem Anblick fuhr ein Blitz durch sie, und sie weint über Ihre Kälte. Florine sitzt nun bei ihr in der Loge und versucht, ihr Vernunft beizubringen. Das Stück wird durchfallen, Coralie hat ihre Rolle vergessen, und das Engagement am Gymnase, das Camusot vorbereitet hat, schwimmt davon.«

»Armes Mädchen!« sagte Lucien, dessen Eitelkeit durch diesen Bericht geschmeichelt wurde und dem das Herz vor Selbstbewußtsein schwoll. »Ich muß sagen, an einem Abend geschehen mir mehr Dinge als in den ersten achtzehn Jahren meines Lebens«, und Lucien erzählte die Geschichte seiner Liebe zu Madame de Bargeton und seines Hasses gegen den Baron Châtelet.

»Schau an, der Zeitung fehlt es gerade an einem Sündenbock, der Baron kommt uns wie gerufen. Ein Stutzer aus dem Kaiserreich, ein regierungstreuer Kandidat, das paßt uns, ich habe ihn häufig in der Oper gesehen. Übrigens bemerke ich da auch Ihre große Dame, sie sitzt oft in der Loge der Marquise d'Espard. Der Baron macht Ihrer früheren Liebe den Hof, dem Knochengestell. – Warten Sie, Finot schickt mir eben einen Boten, weil die Zeitung noch keine Kopie hat, ein Streich eines unserer Redakteure, des kleinen Hector Merlin, dem man die leeren Linien nicht mitbezahlen will. In seiner Verzweiflung braut Finot einen Artikel gegen die Oper zusammen. Mein Lieber, schreiben Sie den Artikel über das Stück, hören Sie gut hin, denken Sie nach. Ich ziehe mich in das Kabinett des Direktors zurück, um drei Spalten über Ihre hochmütige Schöne und den Baron zu schreiben, die sich morgen nicht freuen werden.«

»So macht man also eine Zeitung, und hier macht man sie?« fragte Lucien.

»Immer so«, antwortete Lousteau, »in den zehn Monaten, in denen ich dazugehöre, hat die Zeitung um acht Uhr abends noch nie eine Kopie gehabt.«

Bei den Buchdruckern nennt man Kopie das zu setzende Manuskript, zweifellos, weil man annimmt, daß die Autoren nur eine Kopie ihrer Arbeit schicken. Vielleicht ist es auch eine ironische Übersetzung des lateinischen *copia*, denn an Fülle fehlt es immer!

»Die große Aufgabe, die nie gelöst wird, besteht darin, ein paar Nummern im voraus fertig zu haben«, fuhr Lousteau fort, »jetzt schlägt es zehn, und noch ist keine Zeile da. Ich muß Vernou und Nathan sagen, daß sie uns ein paar Dutzend Pfeile zurechtschneiden, die wir auf die Abgeordneten, auf den Kanzler, auf die Minister und im Notfall auf unsere Freunde schießen können. Im Notfall würde man seinen Vater umbringen, man ist wie ein Korsar, der seine Kanonen mit den erbeuteten Talern lädt, um nicht zu sterben. Legen

Sie Geist in Ihren Artikel, und Sie werden bei Finot einen tüchtigen Schritt weiterkommen, er ist dankbar aus Berechnung, es gibt keine bessere und anhaltendere Dankbarkeit.«

»Was für Leute sind die Journalisten!« rief Lucien. »Wie soll man sich an einen Tisch setzen und Geist haben!«

»Ganz wie man ein Lämpchen anzündet – bis das Öl ausgeht.«

Als Lousteau die Logentür öffnete, traten der Direktor und Du Bruel ein.

»Teurer Herr«, begann der Autor des Stückes zu Lucien, »erlauben Sie mir, Coralie zu sagen, daß Sie nach dem Souper mit ihr gehen werden? Anderenfalls ist mein Stück verloren. Das arme Mädchen weiß nicht mehr, was es sagt oder tut, sie weint, wenn sie lachen muß, und lacht, wenn sie weinen soll. Man hat schon gepfiffen. Sie können das Stück noch retten. Und überdies, das Vergnügen, das Sie erwartet, ist ja kein Unglück.«

»Ich bin nicht gewohnt, mit Rivalen zu teilen«, gab Lucien zur Antwort.

»Um Gottes willen, sagen Sie ihr das ja nicht«, bat der Direktor den Autor, »Coralie ist imstande und wirft Camusot zum Fenster hinaus – der beste Weg, um sich zu ruinieren. Der würdige Seidenhändler gibt Coralie zweitausend Franc im Monat und bezahlt alle ihre Kostüme und die Claqueure dazu.«

»Da das Versprechen mich zu nichts verpflichtet, so retten Sie Ihr Stück«, sagte Lucien wie ein Sultan.

»Aber weisen Sie ja das reizende Kind nicht ab«, bat Du Bruel.

»Nun, ich muß den Artikel über Ihr Stück schreiben und

will Gutes darüber sagen können, sei es!« erklärte der Dichter.

Der Autor verschwand, nachdem er Coralie durch ein Zeichen verständigt hatte; sie spielte von nun an wunderbar. Bouffé, der in der Rolle des Alkaden zum ersten Mal sein Talent für diese Altersrollen bewiesen hatte, trat unter tosendem Beifall hervor und sagte: »Meine Herren, das Stück, das wir Ihnen vorzuspielen die Ehre hatten, stammt von den Herren Raoul und de Curcy.«

»Aha, Nathan gehört dazu«, meinte Lousteau, »seine Anwesenheit wundert mich nicht mehr.«

»Coralie, Coralie!« rief das Parkett, das sich erhoben hatte. Aus der Loge der beiden Kaufleute kam eine Donnerstimme, die schrie: »Und Florine! – Florine und Coralie!« wiederholten ein paar Stimmen. Der Vorhang ging von neuem auf, Bouffé erschien mit den beiden Schauspielerinnen, denen Matifat und Camusot je einen Kranz zuwarfen; Coralie hob ihren auf und streckte ihn Lucien hin. Für Lucien waren diese zwei Stunden im Theater wie ein Traum. Trotz ihrer Abscheulichkeit hatten die Kulissen das Werk dieser Faszination begonnen. Der noch unschuldige Dichter hatte die Luft der Liederlichkeit und den Hauch der Wollust geatmet. In diesen schmutzigen, mit Maschinen verstellten Gängen, in denen ölige Zuglampen rauchen, herrscht eine Art Pest, die die Seele verzehrt. Das Leben ist hier nicht mehr heilig und nicht mehr wirklich. Man lacht über alle ernsten Dinge, und die unmöglichen Dinge scheinen wahr. Auf Lucien wirkte all das wie ein Narkotikum, und Coralie versetzte ihn vollends in einen freudigen Rausch.

Der Kronleuchter erlosch, in dem Saal waren nur noch die

Schließerinnen, die ein seltsames Geräusch machten, indem sie die Fußbänkchen fortnahmen und die Türen verschlossen. Die Rampe erlosch wie eine einzige Kerze und verströmte einen üblen Geruch. Der Vorhang ging auf, eine Laterne wurde vom Gewölbe herabgelassen, die Feuerwehrleute begannen mit den Aufsehern die Runde. Auf den Feenzauber, auf das Schauspiel der hübschen Frauen, die alle Logen füllten, auf die Lichterfülle, auf den Prunk der Dekorationen und neuen Kostüme folgten die Kälte, der Schauer, die Dunkelheit, die Leere. Es war abscheulich.

»Nun, kommst du endlich, mein Kleiner?« fragte Lousteau von drüben.

Lucien war in einer unbeschreiblichen Verwirrung.

»Klettere hier über die Loge«, rief der Journalist ihm zu.

Lucien befand sich mit einem Sprung auf der Bühne. Er erkannte Florine und Coralie kaum wieder; mit ihren auswattierten Mänteln und den schwarzen Tüllhüten glichen sie großen Insekten.

»Wollen Sie mir Ihren Arm geben?« fragte Coralie zitternd.

»Gern«, antwortete Lucien und fühlte das Herz der Schauspielerin schlagen, als hätte er einen Vogel an seine Brust gedrückt.

Das Mädchen drängte sich an den Dichter, wollüstig wie eine Katze, die sich am Bein ihres Herrn reibt.

»Wir werden also zusammen zu Abend essen!« sagte sie. Alle vier verließen das Theater durch das Pförtchen der Schauspieler, Coralie stieg mit Lucien in die Droschke, in der sich schon Camusot und sein Schwiegervater, Monsieur Cardot, befanden. Den vierten Platz bot sie Du Bruel an. Der Direktor fuhr mit Florine, Matifat und Lousteau.

»Abscheulich, so eine Droschke«, sagte Coralie.

»Warum haben Sie keine Equipage?« fragte Du Bruel.

»Warum?« erwiderte sie schlecht gelaunt. »Ich will das nicht vor Monsieur Cardot sagen, der zweifellos seinen Schwiegersohn erzogen hat. Würden Sie es für möglich halten, daß Monsieur Cardot, klein und alt, wie er ist, Florine nicht mehr als fünfhundert Franc im Monat gibt, gerade genug, um ihre Miete, ihre Schminke und ihre Überschuhe zu bezahlen? Der alte Marquis de Rochegude, der sechshunderttausend Livre Rente hat, bietet mir seit zwei Monaten ein Coupé an. Aber ich bin eine Künstlerin und kein käufliches Mädchen.«

»Sie werden übermorgen einen Wagen haben, Mademoiselle Coralie«, sagte Camusot als vollkommener Kavalier, »Sie haben mich bis jetzt nur nicht darum gebeten.«

»Bittet man um so etwas? Läßt man eine Frau, die man verehrt, durch den Schmutz waten und setzt sie der Gefahr aus, sich die Beine zu brechen? Nur die Ritter von der Elle lieben den Schmutz am Saum eines Kleides.«

Während Coralie diese Worte mit einer Schärfe sagte, die dem armen Camusot das Herz brach, fand sie das Bein Luciens und preßte es zwischen ihren Knien, sie nahm seine Hand und drückte sie. Dann schwieg sie und genoß offenbar aufs tiefste diese Berührung; es gibt im Leben dieser armen Geschöpfe solche Augenblicke, in denen sie sich für allen Kummer, für alles Unglück entschädigen und in ihrer Seele eine glücklicherweise den anderen Frauen unbekannte Poesie des krassen Gegensatzes spüren.

»Zuletzt haben Sie ebensogut wie Mademoiselle Mars gespielt«, sagte Du Bruel zu Coralie.

»Ja«, meinte Camusot, »am Anfang kam ihr wohl etwas in die Quere, aber in der Mitte des zweiten Aktes wurde sie hinreißend. Die Hälfte Ihres Erfolges verdanken Sie ihr.«

»Die Hälfte ihres Erfolges verdankt sie mir«, erwiderte Du Bruel.

»Sie streiten sich um den Bart des Kaisers«, sagte Coralie ärgerlich. Sie benutzte einen Augenblick der Dunkelheit, um Luciens Hand an die Lippen zu führen; er fühlte, daß Tränen sie benetzten. Das bewegte ihn bis in das Mark seiner Knochen. Wenn die liebende Kurtisane menschlich wird, äußert sie Erregungen, die der Engel würdig sind.

» Monsieur de Rubempré schreibt über den Abend«, fuhr Du Bruel fort, »er hat Gelegenheit, unserer teuren Coralie das höchste Lob zu spenden.«

»Ja, erweisen Sie uns diesen kleinen Dienst«, bat Camusot mit der Stimme eines Mannes, der auf den Knien fleht. »Sie werden in mir immer, jederzeit Ihren erkenntlichen Diener finden.«

»Aber lassen Sie ihm doch seine Unabhängigkeit«, rief die Schauspielerin aufgebracht. »Er wird schreiben, was er will. Papa Camusot, kaufen Sie mir einen Wagen, aber nicht einen Lobspruch.«

»Er wird Sie gar nichts kosten«, erwiderte Lucien höflich, »ich habe nie in einer Zeitung geschrieben, ich verstehe mich nicht auf die Gebräuche, meine Feder ist noch jungfräulich.«

»Nicht übel, man kann gespannt sein«, sagte Du Bruel.

»Mein Herz für deine Feder, meine erste Liebe gegen deinen ersten Artikel«, flüsterte Coralie ihm in dem kurzen Augenblick zu, in dem sie mit Lucien allein im Wagen saß.

Dann ging sie in Florines Schlafzimmer, um sich umzuziehen; ihre Sachen waren schon gebracht worden. Lucien kannte den Luxus nicht, den die reich gewordenen Kaufleute an die Schauspielerinnen oder an ihre Mätressen wenden, wenn sie das Leben genießen wollen. Obwohl Matifat, dessen Reichtum hinter dem seines Freundes Camusot zurückblieb, sich nicht gerade als großzügig erwiesen hatte, war Lucien beim Anblick der Räume doch überrascht. Das Speisezimmer war von einem Künstler dekoriert worden. Er sah an den Wänden eine grüne Bespannung mit vergoldeten Nägeln, schöne Lampen, Blumentische voll blühender Gewächse und im Salon, dessen gelbe Seide braune Verzierungen trug, ausgezeichnete Stücke im Modestil, einen Kronleuchter von Thomire, einen Teppich mit persischen Mustern; die Uhr, die Kandelaber, das Feuer: alles verriet guten Geschmack. Matifat hatte mit der Überwachung Grindot betraut, einen jungen Architekten, der ein Haus für ihn baute und der, mit der Bestimmung dieser Wohnung bekannt, besondere Sorgfalt darauf verwandt hatte.

Lucien begriff plötzlich, daß der Zustand der Dachkammer, in der Lousteau wohnte, den Journalisten gleichgültig ließ, war er doch hier der heimliche König und genoß all diese schönen Dinge. Er trug dieses Bewußtsein recht offen zur Schau, während er am Kamin mit dem Direktor plauderte, der Du Bruel beglückwünschte.

»Die Kopie, die Kopie!« schrie Finot und trat ein. »Nichts ist für die Setzer da, mit meinem Artikel werden sie bald fertig sein.«

»Geduld«, meinte Étienne, »im Boudoir Florines werden wir einen Tisch und Feuer finden. Wenn Monsieur Matifat uns Papier und Tinte verschaffen will, machen wir das Blatt, während Florine und Coralie sich umkleiden.«

Cardot, Camusot und Matifat beeilten sich, Federn, Messer und alles, was die beiden Schriftsteller brauchten, zu suchen. Eine der hübschesten Tänzerinnen jener Zeit, Tullia, stürzte jetzt in den Salon.

»Mein liebes Kind«, sagte sie zu Finot, »man bewilligt dir deine hundert Abonnements, sie kosten die Direktion nichts, sie sind schon beim Chor, beim Orchester und beim Ballett untergebracht. Dein Blatt ist so witzig, daß niemand sich beklagen wird. Du bekommst auch deine Logen. Hier ist der Preis für das erste Vierteljahr«, schloß sie und hielt ihm zwei Banknoten hin. »Habe ich es gut gemacht?«

»Ich bin verloren!« rief Finot. »Jetzt habe ich keinen Leitartikel mehr, denn meinen Angriff muß ich nun zurückziehen.«

»Vorzüglich, reizende Laïs«, rief Blondet, der der Tänzerin mit Nathan, Vernou und Claude Vignon folgte, »du ißt mit uns, oder ich zerdrücke dich, kleiner Schmetterling, der du ja bist.«

»Um Gottes willen, liebe Freunde, Du Bruel, Nathan, Blondet, rettet mich«, flehte Finot, »ich brauche fünf Spalten.«

»Zwei fülle ich mit dem Stück«, sagte Lucien.

»Mein Thema gibt eine her«, sagte Lousteau.

»Also, Nathan, Vernou, Du Bruel, sorgt ihr für den witzigen Teil am Schluß. Ich laufe in die Druckerei. Ein Glück, daß Tullia mit dem Wagen gekommen ist.«

»Aber der Herzog sitzt darin mit einem deutschen Gesandten«, sagte sie.

»Laden wir die beiden ein«, meinte Nathan.

»Ein Deutscher, der trinkt viel, der hört gut zu, und wir werden ihm so viele Torheiten sagen, daß er an seinen Hof berichtet«, rief Blondet.

»Wer ist von uns allen gesetzt genug, um hinunterzugehen und ihn einzuladen?« fragte Finot. »Vorwärts, Du Bruel, du bist ein Bürokrat, geleite den Herzog de Rhétoré und den Gesandten herauf, und gib Tullia den Arm. Mein Gott, ist sie heute abend schön!«

»Wir werden dreizehn sein«, sagte Matifat und wurde blaß.

»Nein, vierzehn«, rief Florentine, die eintrat, »ich will Mylord Cardot überwachen.«

»Außerdem«, sagte Lousteau, »ist Claude Vignon mit Blondet gekommen.«

»Ich habe ihn zum Trinken hergebracht«, antwortete Blondet und nahm ein Tintenfaß, »und ihr gebt euren Geist her für die sechsundfünfzig Flaschen Wein, die wir trinken werden«, wandte er sich an Nathan und Vernou, »vor allem feuert Du Bruel an, er ist Vaudevillist; wenn ihr ihn genug anspornt, wird er ein paar bissige Pointen von sich geben.«

Lucien, den der Wunsch trieb, vor so bemerkenswerten Personen seine Probe abzulegen, schrieb an dem runden Tisch in Florines Boudoir beim Licht der rosa Kerzen, die Matifat angesteckt hatte, seinen ersten Artikel:

Der Alkade in Verlegenheit

Erstaufführung im Panorama Dramatique. – Eine neue Schauspielerin: Mademoiselle Florine. – Mademoiselle Coralie. – Bouffé.

Man kommt, man geht, man spricht, man sucht etwas und findet es nicht, alles ist in Bewegung. Der Alkade hat seine Tochter verloren und findet seine Mütze, aber die Mütze paßt ihm nicht, es muß die Mütze eines Diebes sein. Wo ist der Dieb? Man kommt, man geht, man spricht, man sucht von neuem. Der Alkade findet zu guter Letzt einen Mann ohne seine Tochter und seine Tochter ohne einen Mann, was dem Beamten genügt, aber nicht dem Publikum. Die Ruhe kehrt wieder ein, der Alkade will den Mann ausforschen. Der alte Alkade setzt sich in einen großen Alkadensessel und zupft seine Alkadenärmel zurecht. Spanien ist das einzige Land, wo Alkaden an so große Ärmel geknüpft sind, wo man um den Hals der Alkaden jene Krausen sieht, die auf den Theaterbühnen von Paris schon den halben Mann bedeuten. Dieser Alkade, dieser kleine trippelnde Greis, ist Bouffé, Bouffé, der Nachfolger Potiers, ein junger Schauspieler, der die ältesten Greise so gut spielt, daß er die ältesten Männer zum Lachen brachte. Seine kahle Stirn, seine meckernde Stimme, die schlotternden Spitzen auf dem schmächtigen Leib: das war die Quintessenz von hundert Greisen. Er ist so alt, der junge Schauspieler, daß er erschreckt, man hat Angst, sein Alter möchte sich wie eine ansteckende Krankheit verbreiten. Und was für ein prächtiger Alkade, so dumm und so wichtig, so dumm und so würdig! Wie salomonisch als Richter, wie sehr weiß er, daß alles, was wahr ist, gleich darauf falsch sein kann! Er hatte ganz das Zeug, der Minister eines verfassungsmäßigen Königs zu sein! Bei jeder Frage des Alkalden gibt der Unbekannte eine Frage zurück, und Bouffé antwortet, indem der Alkalde, befragt durch die Antwort, durch seine

Fragen alles aufklärt. Diese außerordentlich komische Szene, die einen Hauch von Molière atmet, hat den ganzen Saal in Heiterkeit versetzt. Alles auf der Bühne schien in Einklang; aber ich kann Ihnen nicht sagen, was klar und was dunkel ist: Die Tochter des Alkaden wurde von einer echten Andalusierin gespielt, spanisch ihre Blicke, spanisch ihr Teint, spanisch ihre Taille und der Gang, kurzum, eine Spanierin von Kopf bis Fuß, im Strumpfband der Dolch, im Herzen die Liebe und auf der Brust das Kreuz am Band. Beim Aktschluß fragte mich jemand nach dem Gang des Stückes. Ich gab zur Antwort: Sie trägt rote Strümpfe mit grünen Zwickeln, sie hat ein Füßchen, so groß, in Schuhen von Lack und das schönste Bein von Andalusien! Weiß Gott, daß jedem beim Anblick dieser Alkadentochter das Wasser im Mund zusammenlief, man war nahe daran, auf die Bühne zu springen und ihr seine Hütte und sein Herz oder dreißigtausend Livre Rente und seine Feder anzutragen. Diese Andalusierin ist die schönste Schauspielerin von Paris. Coralie, da ich ihren Namen nennen muß, ist die Frau, um Gräfin oder Grisette zu werden. Was ihr besser stünde, weiß man nicht. Sie wird, was sie werden will, sie ist geboren, um alles zu tun, Besseres kann man von einer Schauspielerin am Boulevard nicht sagen.

Im zweiten Akt traf eine Spanierin aus Paris ein, ein Kameengesicht mit mörderischen Augen, ich habe meinerseits gefragt, woher sie kam, man hat mir geantwortet, daß sie aus der Kulisse stammt und Mademoiselle Florine heißt; aber meiner Treu, ich konnte es nicht glauben, soviel Feuer war in ihren Bewegungen, soviel Glut in ihrer

Liebe. Florine hatte zwar keine roten Strümpfe mit grünen Zwickeln, noch trug sie Schuhe von Lack, sie trug eine Mantille und einen Schleier und trug sie wunderbar, ganz die große Dame. Sie führte uns vor, wie die Tigerin die Krallen einzieht und zum Kätzchen wird. An den scharfen Worten, die die beiden Spanierinnen sich zuwarfen, habe ich erraten, daß es sich um irgendein Eifersuchtsdrama handelt. Als alles in Ordnung kommen wollte, hat die Dummheit des Alkaden alles wieder durcheinandergeworfen. Diese ganze Welt von Fackelträgern, Dienern, Figaros, Herrn, Alkaden, Mädchen und Frauen begann abermals zu kommen, zu gehen, zu suchen. Die Intrige schürzte sich von neuem, und ich ließ sie sich entschürzen, denn die eifersüchtige Florine und die glückliche Coralie verwickelten mich von neuem in die Falten, die ihre Röckchen warfen, zogen mich von neuem in den Kreis, den ihre Mantille beschrieb, und wenn ich etwas sah, so waren es die Spitzen ihrer kleinen Füße.

Ich erlebe auch den dritten Akt, ohne ein Unglück anzurichten, ohne nach dem Polizeikommissar zu rufen, ohne den Zuschauerraum in Aufruhr zu bringen, und ich glaube seither an die Macht der öffentlichen Moral und den Einfluß der Religion, womit man sich in der Kammer der Abgeordneten soviel beschäftigt, der zufolge es keine Moral in Frankreich mehr gibt. Es wurde mir klar, daß es sich um einen Mann handelt, der zwei Frauen liebt, ohne von ihnen geliebt zu werden, oder einen Mann, der von ihnen geliebt wird, ohne sie zu lieben, oder einen Mann, der die Alkaden nicht liebt, es sei denn, daß die Alkaden ihn nicht lieben, aber gewiß ist er ein braver Mann, der jemanden liebt, entweder sich selbst oder in Gottes Namen den lieben Gott, denn er wird Mönch. Wenn Sie mehr wissen wollen, müssen Sie schon ins Panorama Dramatique gehen. Das müssen Sie überhaupt tun, das erste Mal, um Ihr kaltes Blut an den rotgrünen Seidenstrümpfen, an den Füßchen der Verführung, an den Glutaugen zu erwärmen und Zeuge zu sein, wie eine reizende Pariserin aussieht. Und dann ein zweites Mal, um das Stück zu genießen, in dem man dank jenem Greis und jenem verliebten Herrn bis zu Tränen lacht. Unter beiden Gesichtspunkten hat das Stück Erfolg gehabt.

Während Lucien diese Seite schrieb, die im Journalismus durch ihre neue, originale Art Revolution machte, verfaßte Lousteau einen Artikel, ein sogenanntes Sittenbild unter dem Titel *Der Dandy a. D.*, der folgendermaßen begann:

Der Geck aus dem Kaiserreich ist immer ein langer, dünner Mann, der ein Korsett und das Kreuz der Ehrenlegion trägt. Er heißt Potelet oder so ähnlich, und um beim heutigen Hof gut angeschrieben zu sein, hat sich der Baron von Kaisers Gnaden ein »du« beigelegt: Er ist du Potelet und im übrigen bereit, im Fall einer Revolution wieder Potelet schlechthin zu werden. Zweideutig wie sein Name macht er dem Faubourg Saint-Germain den Hof, nachdem er der ruhmreiche, nützliche und angenehme Schleppenträger einer Schwester jenes Mannes gewesen ist, dessen Namen zu nennen mir die Scham verbietet. Wenn du Potelet seine Dienstleistungen bei der Kaiserlichen Hoheit leugnet, so singt er doch noch die Romanzen seiner vertrauten Wohltäterin.

In diesem Stil ging der Artikel weiter, nach dem Geschmack der Zeit; später wurde die Gattung unglaublich ausgebildet, besonders vom *Figaro*. Lousteau spann den Vergleich zwischen Madame de Bargeton, der von Baron Châtelet der Hof gemacht wurde, und einem Knochengerüst weiter aus, und der Witz, ohne den es dabei nicht ablief, gefiel, ohne daß man die beiden Personen zu kennen brauchte. Châtelet wurde mit einem Reiher verglichen, seine Freundin mit einem Tintenfisch, der Reiher konnte den Tintenfisch nicht verschlingen, sondern ließ ihn fallen und in drei Stücke zerbrechen – das reizte unwiderstehlich zum Lachen. Dieser Scherz, der durch mehrere Nummern ging, machte, wie man weiß, einen gewaltigen Lärm in Faubourg Saint-Germain und war einer der tausendundein Gründe für die der Pressegesetzgebung beigemessene Strenge.

Eine Stunde später kehrten Blondet, Lousteau und Lucien in den Salon zurück, wo der Herzog, der Gesandte und die vier Frauen, die drei Kaufleute, der Direktor, Finot und die drei Schriftsteller plauderten. Ein Lehrling mit der Papiermütze seines Standes war schon da, um die Kopien zu holen.

»Die Arbeiter wollen gehen, wenn ich nichts bringe«, sagte er.

»Hier sind zehn Franc, sie sollen warten«, antwortete Finot.

»Wenn ich sie ihnen gebe, Herr Direktor, betrinken sie sich, und dann ist es aus mit der Nummer.«

»Ein erschreckend kluger Junge«, meinte Finot.

Der Gesandte sagte dem Jungen eine glänzende Zukunft voraus, wurde aber durch den Eintritt der drei Schriftsteller unterbrochen. Blondet las einen außerordentlich geistvollen Artikel gegen die Romantiker vor. Derjenige Lousteaus brachte die Zuhörer zum Lachen, der Duc de Rhétoré empfahl, um den Faubourg Saint-Germain nicht zu sehr aufzubringen, die Einfügung eines lobenden Wortes für Madame d'Espard.

»Und Sie, lesen Sie uns nun Ihre Arbeit vor«, sagte Finot zu Lucien.

Als Lucien, der vor Angst zitterte, geendet hatte, hallte der Salon von Beifall wider, die Schauspielerinnen umarmten den Neuling, die drei Kaufleute preßten ihn so heftig an sich, daß er beinahe erstickte. Du Bruel schüttelte ihm mit einer Träne im Auge die Hand, und der Direktor lud ihn zu Tisch ein.

»Es gibt keine Kinder mehr«, sagte Blondet. »Da Chateaubriand schon für Victor Hugo den Ausdruck ›erhabenes Kind‹ geprägt hat, bin ich gezwungen, Ihnen ganz einfach zu sagen, daß Sie ein Mann von Geist, Herz und Stil sind.«

»Er gehört zum Blatt«, erklärte Finot, dankte Étienne und warf ihm den feinen Blick des Unternehmers zu.

»Und nun Ihre gewiß sehr witzigen Worte«, wandte sich Lousteau an Blondet und Du Bruel.

»Folgendes hat Du Bruel geschrieben«, sagte Nathan.

Man weiß, wie sehr der Vicomte d'A... das Publikum beschäftigt; gestern sagte der Vicomte Démosthènes: »Sie lassen mich vielleicht demnächst in Ruhe.«

Eine Dame sagte zu einem Ultra, der die Rede des Monsieur Pasquier tadelte, weil sie das System Decazes fortsetzt: »Ja, aber er hat sehr monarchische Waden.«

»Wenn das so beginnt, brauche ich nicht mehr zu hören, alles geht gut«, sagte Finot und übergab die Blätter dem Jungen. Dann wandte er sich zu der Gruppe der Schriftsteller, die Lucien bereits etwas schief ansahen: »Das Blatt ist ein wenig zusammengestoppelt, aber es ist unsere beste Nummer.«

»Der junge Mann ist intelligent«, erklärte Blondet.

»Sein Artikel ist gut«, bestätigte Claude Vignon.

»Zu Tisch«, rief Matifat.

Der Duc de Rhétoré reichte Florine seinen Arm, Coralie nahm den Luciens, und die Tänzerin hatte auf der einen Seite Blondet, auf der anderen den deutschen Gesandten, der sagte:

»Ich verstehe nicht, warum Sie Madame de Bargeton und den Baron Châtelet angreifen, der Baron ist, wie man sagt, zum Präfekten der Charente und zum Staatsrat ernannt worden.«

»Madame de Bargeton hat Lucien wie einen Bettler vor die Tür gesetzt«, sagte Lousteau.

»Einen so schönen Menschen!« meinte der Gesandte.

Das Silbergeschirr war neu, das Porzellan echtes Sèvres, die Tücher aus Damast, man konnte sich kein reicheres Souper denken. Es war von Chevet geliefert worden, die Weine kamen von dem berühmtesten Händler des Quai Saint-Bernard, einem Freund Camusots, Matifats und Cardots. Lucien, der zum ersten Mal den Pariser Luxus sah, fiel gewissermaßen von einer Überraschung in die nächste und verbarg sein Erstaunen als Mann von Geist, Herz und Stil, der er nach der Behauptung Blondets war.

Auf dem Weg durch den Salon hatte Coralie Florine zugeflüstert: »Mach Camusot tüchtig betrunken, damit er einschläft und hierbleiben muß.«

»Du hast also deinen Journalisten gekapert?« antwortete Florine.

»Nein, Beste, ich liebe ihn!« gab Coralie mit einer reizenden kleinen Bewegung der Schultern zurück.

Diese Worte, von der fünften Todsünde hinterbracht, hatten Lucien in den Ohren geklungen. Coralie war wundervoll gekleidet, und ihre Toilette hob geschickt ihre speziellen Reize hervor; denn jede Frau hat ihre ganz eigenen Vorzüge. Sie trug wie Florine ein Kleid aus Seidenmusselin, einem entzückenden Stoff, der noch weitgehend unbekannt war und mit dem als erster Camusot aufwartete, der als Chef des Cocon-d'Or einer der Pariser Schutzengel der Fabriken in Lyon war. So steigerten die Liebe und die Kleidung, die Schminke und das Parfum die verführerischen Reize der glücklichen Coralie. Ein zu erwartendes Vergnügen, das uns nicht entgleiten wird, wirkt unendlich verlockend auf junge Menschen. Vielleicht ist die Gewißheit in ihren Augen der ganze Reiz verrufener Häuser, vielleicht ist sie das Geheimnis langwährender Treue? Die reine, aufrichtige Liebe, kurzum, die erste Liebe, vereint mit jener phantastischen Leidenschaftlichkeit, die diese armen Geschöpfe anstachelt, wie auch die Bewunderung für Luciens Schönheit verliehen Coralie den Geist des Herzens.

Als man sich zu Tisch setzte, beugte sie sich zu Lucien und sagte: »Ich würde dich auch lieben, wenn du häßlich und krank wärst!«

Welche Musik für die Ohren eines Dichters! Camusot verschwand, und Lucien sah nur noch Coralie. Konnte ein Mann, der ganz Freude und Empfindung war, der gelangweilt war von der Eintönigkeit der Provinz, angezogen von den Pariser Abgründen, überdrüssig der Armut, der erzwungenen Enthaltsamkeit, seines mönchischen Lebens in der Rue de Cluny und seiner ergebnislosen Arbeiten, konnte er sich diesem glänzenden Fest entziehen? Lucien war mit einem Bein in Coralies Bett und mit dem anderen im Fangleim der Zeitung, der er beständig nachgelaufen war, ohne sie erreichen zu können. Nachdem er so oft vergeblich in der Rue du Sentier Wache bezogen hatte, fand er die Zeitung bei Tisch, frisch und fröhlich, zwischen Weinflaschen. Er war für all seinen Schmerz gerächt worden durch einen Artikel, der schon am nächsten Tag zwei Herzen durchbohren sollte, die er selbst, jedoch vergeblich, mit seinem Zorn und Schmerz hatte überschütten wollen. Mit einem Blick auf Lousteau dachte er: ›Der ist dein Freund‹, und ahnte nicht, daß Lousteau ihn schon als gefährlichen Nebenbuhler zu fürchten begann. Lucien hatte einen Fehler begangen, als er seinen ganzen Geist zeigte, ein etwas gedämpfterer Artikel hätte ihm denselben Dienst erwiesen. Blondet glich den Neid Lousteaus dadurch aus, daß er Finot erklärte, man müsse mit dem Talent verhandeln, wenn es von solcher Stärke sei. Dieser Ausspruch bestimmte das Verhalten Lousteaus, der beschloß, der Freund Luciens zu bleiben und sich mit Finot zu verständigen: Man mußte einen so gefährlichen Neuling ausbeuten, indem man ihm den Brotkorb nicht zu niedrig hängte. Die Verständigung der beiden Männer vollzog sich in denkbar kürzester Form und Zeit, der eine flüsterte dem anderen ins Ohr: »Er hat Talent.« – »Er wird Ansprüche erheben.« – »Oh.« – »Gut.«

»Ich soupiere niemals ohne ein gewisses Angstgefühl mit französischen Journalisten«, sagte der deutsche Diplomat mit einer ruhigen und würdigen Offenherzigkeit zu Blondet, den er bei der Comtesse de Montcornet gesehen hatte. »Es gibt ein Wort von Blücher, das zu verwirklichen Ihnen obliegt.«

»Erzählen Sie«, bat Nathan.

»Als Blücher mit Saacken 1814 auf der Höhe von Montmartre eintraf – verzeihen Sie, meine Herren, daß ich diesen für Sie unangenehmen Tag erwähne –, erklärte Saacken, der zum Typus des brutalen Soldaten gehörte: ›Jetzt werden wir Paris anzünden.‹ – ›Das lassen Sie ruhig bleiben, der Krebs da unten ist schon tödlich genug für Frankreich‹, erwiderte Blücher und zeigte auf die heiße, rußige Stadt im Tal der Seine. – Ich segne Gott, daß es in meinem Land keine Zeitungen mehr gibt«, fuhr der Gesandte nach einer Pause fort, »ich habe mich noch nicht von dem Schrecken erholt, den der Setzerlehrling mir verursachte, der mit zehn Jahren den Verstand eines alten Diplomaten zeigt. Kurzum, ich habe heute abend das Gefühl, mit Löwen und Tigerinnen zu soupieren, die mir zuliebe ihre Krallen einziehen.«

»Ohne Zweifel«, antwortete Blondet, »haben wir die Macht, Europa zu beweisen, daß Eure Exzellenz heute abend ein Schlängchen von sich gespien und es Mademoiselle Tullia, der hübschesten unserer Tänzerinnen, anzusetzen versäumt haben, das alles mit ein paar Bemerkungen über Eva, die Bibel, die erste und die letzte Sünde verbrämt. Aber haben Sie keine Furcht, Sie sind unser Gast.«

»Der Einfluß und die Macht der Zeitung stecken noch in den Kinderschuhen«, sagte Finot, »aber er wird rasch in die Höhe schießen. In zehn Jahren gibt es nichts mehr, was sich ihm entziehen kann, die Kritik wird alles erhellen, sie –«

»Sie wird alles entblättern«, unterbrach ihn Blondet.

»Das ist ein Wort«, sagte Claude Vignon.

»Sie wird die Könige machen«, sagte Lousteau.

»Sie wird Monarchien stürzen«, sagte der Gesandte.

»Wenn die Presse nicht existierte, müßte man sie also erfinden«, sagte Blondet, »aber sie ist schon da, und wir leben davon.«

»Sie werden daran sterben«, sagte der Diplomat. »Sehen Sie nicht, daß die Überlegenheit der Massen, vorausgesetzt, Sie klären diese Massen auf, die Bedeutung des Individuums schmälern wird? Daß, wenn Sie das Räsonnement in die Herzen der niederen Klassen säen, Sie Revolten ernten und deren erste Opfer sein werden? Was zerschlägt man in Paris, wenn es einen Aufstand gibt?«

»Die Laternen«, sagte Nathan. »Aber wir sind zu gering, um Furcht zu haben; wir werden nur Kratzer abbekommen.«

»Sie sind ein zu geistreiches Volk, um irgendeiner Regierung zu gestatten, sich zu entfalten«, sprach der Gesandte. »Sonst würden Sie mit Ihren Federn Europa zurückerobern, nachdem Ihr Schwert es nicht zu behaupten vermochte.«

»Die Zeitungen sind ein Übel«, sagte Claude Vignon, »man könnte das Übel nutzbar machen, aber die Regierung will es bekämpfen. Es wird ein schwerer Kampf werden. Wer wird unterliegen? Das ist die Frage.«

»Die Regierung«, sagte Blondet, »ich sage es Tag für Tag und bin schon ganz heiser. In Frankreich ist der Geist stärker als alles, und die Zeitungen haben mehr Geist als alle geistreichen Leute zusammen.«

»Blondet, Blondet«, sagte Finot, »du gehst zu weit! Es sind Abonnenten hier.«

»Du bist Eigentümer eines dieser Giftlager, du kannst schon Furcht haben, aber ich kümmere mich wenig darum, wer mich bezahlt.«

»Blondet hat recht«, sprach Claude Vignon. »Anstatt ein Priesteramt zu sein, ist die Zeitung zu einem Mittel für die Parteien geworden, man hat aus ihr ein Geschäft gemacht, und wie alle Geschäfte ist sie ohne Glauben und Moral. Jede Zeitung ist, wie Blondet sagt, ein Laden, wo man dem Publikum Worte in der Farbe verkauft, die es haben will. Wenn es eine Zeitung für Bucklige gäbe, würde sie abends und morgens die Schönheit, die Güte und die Notwendigkeit der Buckligen beweisen. Eine Zeitung wird nicht mehr gemacht, um aufzuklären, sondern um zu schmeicheln. So werden alle Zeitungen nach einer gewissen Zeit feige, heuchlerisch, infam, verlogen und mörderisch; sie bringen die Ideen, die Systeme und die Menschen um und blühen dadurch auf. Die Zeitungen haben die Gunst aller Vernunftwesen: Das Übel wird geschehen, ohne daß jemand daran schuld ist. Ich, Vignon, und ihr, Lousteau, Blondet, Finot, wir sind die Aristides, die Platos, die Catos, die Männer Plutarchs, wir sind alle unschuldig, wir werden uns die Hände von jeder Schandtat sauberwaschen. Napoleon hat den Grund dieses moralischen oder, wenn Sie wollen, unmoralischen Phänomens in einem erhabenen Ausspruch dargelegt, bei seinen Studien über den Konvent: ›Die kollektiven Verbrechen belasten niemanden.‹ Die Zeitung kann sich das abscheulichste Verhalten erlauben, niemand glaubt sich damit persönlich zu beschmutzen.«

»Aber die Regierung wird einschränkende Gesetze erlassen, die sie schon vorbereitet«, sagte Du Bruel.

»Ha, was kann das Gesetz gegen den französischen Geist,

das durchdringendste aller Zersetzungsmittel, ausrichten!« erwiderte Nathan.

»Die Ideen können nur durch Ideen neutralisiert werden«, fuhr Vignon fort. »Terror und Despotismus allein können den französischen Geist unterdrücken, dessen Sprache sich wunderbar zu Anspielungen, zum Doppelsinn eignet. Je repressiver das Gesetz sein wird, desto stärker wird der Geist hervorbrechen wie der Dampf aus einer Kolbenmaschine. Also erweist uns der König eine Wohltat; wenn die Zeitung gegen ihn ist, war es der Minister, der alles gemacht hat, und umgekehrt. Wenn die Zeitung eine schändliche Verleumdung aufbringt, hat man sie ihr hinterbracht. Beim einzelnen, der sich beklagt, wird sie davonkommen, indem sie sich mit der großen Freiheit entschuldigt. Wird sie vor Gericht gezogen, so beklagt sie sich darüber, daß man keine Berichtigung verlangt hat; aber verlangen Sie einmal eine – die Zeitung lehnt lachend ab und behandelt ihr Verbrechen als Bagatelle. Zuletzt verhöhnt sie ihr Opfer, wenn es recht bekommt. Wenn sie bestraft wird und eine zu hohe Entschädigung zu zahlen hat, denunziert sie den Kläger als einen Feind der Freiheit, des Landes und der Aufklärung. Sie schreibt dann, Monsieur Soundso sei ein Dieb, indem sie erklärt, er sei der ehrenhafteste Mann des Königreiches. So sind ihre Verbrechen Bagatellen, ihre Angreifer Ungeheuer! Und zu gegebener Zeit kann die Zeitung die Leute, die sie jeden Tag lesen, glauben machen, was sie will. Dann wird nichts, was ihr mißfällt, patriotisch sein, und sie wird niemals unrecht haben. Sie wird sich der Religion gegen die Religion bedienen, der Verfassung gegen den König; sie wird die Obrigkeit verhöhnen, wenn die Obrigkeit ihr zusetzt, und sie loben, wenn die Obrigkeit dem Volksbegehren entgegenkommt. Um Abonnenten zu gewinnen, wird sie die rührendsten Geschichten erfinden und wie Bobèche Possenspiele aufführen. Eher würde die Zeitung ihren Vater lebendig und mit Haut und Haaren ihren Scherzen preisgeben, als darauf zu verzichten, ihr Publikum zu interessieren und zu amüsieren. Sie wird der Schauspieler sein, der die Asche seines Sohnes in die Urne legt, um wirklich zu weinen; die Mätresse, die alles ihrem Geliebten opfert.«

»Mit einem Wort, sie ist das Volk im Folioformat«, rief Blondet dazwischen.

»Das heuchlerische Volk ohne Großmut«, fuhr Vignon fort. »Sie wird Talent aus ihrer Mitte verbannen, wie Athen Aristides verbannt hat. Wir werden sehen, wie die Zeitungen, heute noch von Ehrenmännern geleitet, dereinst unter die Herrschaft der Mittelmäßigkeit geraten, die jene gummiartige Geduld und Feigheit haben, welche edlen Geistern abgeht, oder unter die der Gewürzkrämer, die Geld haben, um sich Federn zu kaufen. Wir erleben das schon heute! Aber in zehn Jahren wird der erstbeste dem Gymnasium entkommene Bursche sich für einen großen Mann halten; er wird die Kolumne einer Zeitung besteigen, um seine Vorgänger zu ohrfeigen, er wird sie wegzerren, um ihren Platz zu bekommen. Napoleon tat sehr recht daran, der Presse den Maulkorb anzulegen. Ich wette, daß die Blätter der Opposition einer durch sie hochgekommenen Regierung mit den gleichen Gründen und den gleichen Artikeln, die sie heute gegen die Minister des Königs ins Feld führen, wütend bekämpfen würden, sobald diese Regierung ihnen irgend etwas verweigern sollte. Je mehr Zugeständnisse man den Journalisten macht, desto größere Ansprüche stellen die Zeitungen. An die Stelle der Parvenüs werden ausgehungerte und arme Journalisten treten. Die Wunde ist unheilbar, sie wird immer bösartiger und breitet sich immer mehr aus; aber je größer das Übel sein wird, desto eher wird es geduldet werden, bis eines Tages, wie in Babylon, durch ihre Massenhaftigkeit Verwirrung in den Zeitungen um sich greifen wird. Alle, die wir hier sind, wissen wir, daß die Zeitungen in der Undankbarkeit weiter gehen werden als die Könige, daß sie in Spekulation und Berechnung weiter gehen werden als der schmutzigste Handel; daß sie unsere geistige Kraft verschlingen werden, um jeden Morgen ihre drei Sechstel Hirn zu verkaufen. Aber wir werden alle für sie schreiben, wie andere eine Quecksilbermine ausbeuten, obwohl sie wissen, daß sie daran sterben müssen. Sehen Sie dort neben Coralie den jungen Mann... wie heißt er doch? Lucien! Er ist schön, er ist ein Dichter und, was für ihn noch wertvoller ist, ein Mann von Geist. Nun gut! Er wird ein paar dieser Bordelle des Denkens betreten, die man Zeitungen nennt, er wird dort seine besten Gedanken vergeuden, er wird dort sein Hirn austrocknen, seine Seele verderben, er wird dort jene anonymen Niederträchtigkeiten begehen, die im Krieg der Ideen die Kriegslisten, die Plünderungen, die Brandstiftungen und die Schiffsmanöver der Condottieri ersetzen. Wenn er dann wie tausend andere seine Schöpfungskraft für den Profit der Aktionäre verausgabt hat, werden diese Gifthändler ihn verhungern lassen, wenn er dürstet, und verdursten lassen, wenn er hungert.«

»Danke«, sagte Finot.

»Aber mein Gott«, sprach Claude Vignon, »ich wußte

das, ich bin im Zuchthaus, und die Ankunft eines neuen Sträflings bereitet mir Vergnügen. Blondet und ich, wir sind stärker als diese Herren Soundso, die auf unsere Talente spekulieren, und werden dennoch immer von ihnen ausgebeutet werden. Wir haben ein Herz unter unserer Intelligenz, uns fehlen die brutalen Eigenschaften des Ausbeuters. Wir sind faul, nachdenklich, krittelig: Man wird unser Hirn aufsaugen und uns schlechten Betragens bezichtigen!«

»Ich hatte geglaubt, daß Sie lustiger sein würden«, rief Florine.

»Florine hat recht«, sagte Blondet, »überlassen wir die Heilung der öffentlichen Krankheiten den Scharlatanen von Staatsmännern. So wie Charlet sagte: ›Auf die Weinlese spucken? Nie und nimmer!‹«

»Wißt ihr, wie Vignon mir vorkommt?« sagte Lousteau und wies auf Lucien. »Wie eine dieser dicken Frauen aus der Rue du Pélican, die zu einem Gymnasiasten sagt: ›Mein Kleiner, du bist zu jung, um hierherzukommen...‹«

Über diesen Einfall wurde gelacht, aber Coralie gefiel er besonders. Die Kaufleute tranken und aßen, während sie zuhörten.

»Was ist das für eine Nation, in der man soviel Gutes und soviel Schlechtes antrifft!« sagte der Gesandte zum Duc de Rhétoré. »Meine Herren, Sie sind Verschwender, die sich nicht ruinieren können.«

So fehlte es Lucien durch die Fügung des Zufalls an keiner Warnung vor dem Gefälle des Abgrunds, in den er stürzen sollte. D'Arthez hatte den Dichter auf den erhabenen Weg der Arbeit geführt, indem er Gefühle weckte, vor denen alle Hindernisse verschwanden. Lousteau selbst hatte aus Egoismus versucht, ihn vom Journalismus fernzuhalten, indem er ihm diesen und die Literatur in ihrem wahren Licht schilderte. Lucien hatte an soviel geheime Verderbnis nicht glauben wollen. Aber er konnte nicht mehr zweifeln, nachdem die Journalisten das Übel selbst ausgebreitet und die Eingeweide ihrer Nährmutter durchwühlt hatten. Er lernte an diesem Abend die Dinge sehen, wie sie sind. Statt vor dieser Verderbnis im Herzen des französischen Volkes selbst wie Blücher angesichts von Paris von Schrecken ergriffen zu werden, riß ihn der Geist seiner neuen Freunde mit. Sie verbargen ihre Laster unter einer Damaszener Rüstung und wappneten sich mit dem strahlenden Helm der kalten Analyse; er fand sie den ernsten, nachhaltigen Männern des Kreises um d'Arthez überlegen. Dazu kam, daß er zum ersten Mal die Genüsse des Reichtums kostete und ahnte, was gutes Leben bedeutete. Seine anspruchsvollen Instinkte erwachten, er trank die gewähltesten Weine, er lernte die köstlichen Gerichte der feinen Küche kennen, er sah einen Minister, einen Herzog mit seiner Tänzerin, er sah neben ihnen Journalisten, denen sie die Macht ihres Standes bestätigten; er fühlte den brennenden Wunsch, diese Welt von Königen zu beherrschen, er fand die Kraft in sich, sie zu besiegen. Und dann diese Coralie, die nach einem Wort von ihm lechzte; er hatte sie beim Licht der festlichen Kerzen, erhitzt von Speisen und Weinen, einer Prüfung unterzogen und sie wunderbar gefunden, die Liebe machte sie so schön! Außerdem war sie nicht nur eine schöne Frau, sondern auch die schönste Schauspielerin von Paris. Der alte Freundeskreis hielt einer so eindringlichen Versuchung nicht stand. Die natürliche Eitelkeit des Autors war durch Leute von Verständnis bestärkt worden, seine künftigen Nebenbuhler hatten ihn gelobt. Der Erfolg seines Artikels und die Eroberung Coralies waren zwei Triumphe, die auch einen weniger jungen Kopf als den seinen verwirrt hätten.

Während der Unterhaltung hatten alle tüchtig gegessen und viel getrunken. Lousteau goß seinem Nachbarn Camusot zwei- oder dreimal Kirsch in den Wein, ohne daß jemand darauf achtete, und er stachelte die Eigenliebe des alten Mannes auf, damit er noch mehr trank. Dieser Schachzug gelang so gut, daß der Kaufmann die Absicht nicht merkte, sondern sich auf seinem Gebiet für einen ebenso großen Witzbold wie die Zeitungsleute auf dem ihren hielt. Die zweideutigen Worte begannen mit den Leckereien des Nachtisches und dem Genuß der Weine. Der Diplomat, der ein Mann von Geist war, machte dem Duc de Rhétoré und der Tänzerin ein Zeichen, sobald er die Geschmacklosigkeiten vernahm, die bei diesen lustigen Gesellen den Anfang des Gelages bedeuteten; die drei Personen verschwanden. Sobald Camusot den Kopf verloren hatte, flohen Coralie und Lucien, die während des ganzen Mahles sich wie ein fünfzehnjähriges Pärchen benommen hatten, über die Treppe und warfen sich in eine Droschke. Da Camusot unter dem Tisch lag, glaubte Matifat, er sei mit der Schauspielerin zusammen verschwunden; er ließ seine Gäste weiter rauchen, trinken, lachen, streiten und folgte Florine in ihr Schlafzimmer. Der Tag überraschte die Zecher oder vielmehr Blondet allein, den unentwegten Trinker; er konnte noch sprechen und schlug den Schläfern eine Huldigung an die rosenfingrige Morgenröte vor.

Lucien war an solche Pariser Ausschweifungen nicht gewöhnt; als er die Treppe hinunterging, gehorchte ihm seine

Vernunft zwar noch, aber an der frischen Luft schlug die Trunkenheit über ihm zusammen, es kam zu einer häßlichen Szene: Coralie und ihre Kammerzofe mußten den Dichter in den ersten Stock des schönen Hauses der Rue de Vendôme, in dem die Schauspielerin wohnte, hinaufschleppen. Auf der Treppe überfiel ihn Übelkeit, und er hätte sich beinahe erbrochen.

»Rasch, Bérénice«, rief Coralie, »Tee, mach Tee.«

»Es ist nichts, es ist nur die Luft«, sagte Lucien, »und dann, ich habe noch nie soviel getrunken.«

»Armes Kind, es ist unschuldig wie ein Lamm«, meinte Bérénice, eine dicke Normannin, die ebenso häßlich wie Coralie schön war.

Zu guter Letzt wurde Lucien, ohne daß er es merkte, in Coralies Bett gelegt; von Bérénice unterstützt, hatte die Schauspielerin ihren Dichter mit der Sorgfalt und Liebe einer Mutter entkleidet; er wiederholte immer wieder: »Es ist nichts, es ist nur die Luft, danke, Mama.«

»Wie hübsch er ›Mama‹ sagt«, rief Coralie und küßte ihn auf das Haar.

»Wie süß, einen solchen Engel zu lieben, wo haben Sie ihn aufgefischt? Ich glaubte gar nicht, daß es einen Mann gibt, der ebenso schön wie Sie ist«, sagte Bérénice.

Lucien wollte schlafen, er wußte nicht, wo er war, und sah nichts. Coralie flößte ihm ein paar Tassen Tee ein, dann ließ sie ihn ruhen.

»Weder die Pförtnerin noch sonst jemand hat uns gesehen?« fragte sie die Zofe.

»Nein, ich wartete auf Sie.«

»Victoire weiß nichts?«

»Ebensowenig«, sagte Bérénice.

Zehn Stunden später, gegen Mittag, erwachte Lucien unter den Augen Coralies, die ihn im Schlaf betrachtet hatte. Der Dichter wurde sich dessen bewußt. Die Schauspielerin war noch in ihrem schönen Kleid, das abscheulich befleckt war und aus dem sie nun eine Reliquie machen wollte. Lucien fühlte die Hingabe und die Zartheit der wahren Liebe, die nach ihrer Belohnung verlangte. Er schaute Coralie an. Sie war in einem Augenblick entkleidet und glitt wie eine Natter zu Lucien. Um fünf Uhr schlummerte der Dichter von göttlicher Lust gewiegt, noch das Zimmer der Schauspielerin vor Augen, eine hinreißende Schöpfung des Luxus in Weiß und Rosa, eine Welt der Wunder und der koketten Einfälle, die alles übertrafen, was er schon bei Florine bewundert hatte. Coralie war auf. Um sieben Uhr mußte sie im Theater sein und ihre Rolle als Andalusierin wieder spielen. Sie hatte auch jetzt ihren in den Armen der Lust schlummernden Dichter betrachtet und sich nicht genug an dieser neuen, edlen Liebe weiden können, die die Sinne mit dem Herzen und das Herz mit den Sinnen vereinte, um beide zu entrücken. Diese Idealisierung, die erlaubt, hienieden zu zweit zu fühlen und als ein Wesen im Himmel zu lieben, war ihre Absolution. Und wo war im übrigen die Frau, der die übermenschliche Schönheit Luciens nicht als Entschuldigung gedient hätte? Als sie vor dem Lager kniete und glücklich über ihre reine Liebe war, fühlte die Schauspielerin sich geheiligt. Bérénice störte die geweihte Stunde.

»Camusot ist da, er weiß, daß Sie hier sind«, rief sie.

Lucien sprang auf, mit seiner angeborenen Großmut darauf bedacht, Coralie nicht zu schaden. Bérénice hob einen

Vorhang, Lucien betrat einen köstlichen Toilettenraum, in den Bérénice und ihre Herrin mit unerhörter Schnelligkeit seine Kleider trugen. Als der Kaufmann erschien, fielen Coralies Blicke auf die Stiefel des Dichters, Bérénice hatte sie vor das Feuer gestellt, damit sie gewärmt wurden; vorher hatte sie sie heimlich geputzt. Dienerin und Herrin hatten die verräterischen Schuhe vergessen. Bérénice warf Coralie einen besorgten Blick zu, bevor sie hinausging. Coralie warf sich auf ihr kleines Sofa und forderte Camusot auf, ihr gegenüber in einem Schaukelstuhl Platz zu nehmen. Der brave Mann, der Coralie anbetete, sah die Schuhe und wagte nicht, die Augen zu seiner Gebieterin zu heben.

›Muß ich wegen dieses Paares Schuhe eine Szene machen und Coralie verlassen? Es hieße übertrieben handeln. Es gibt überall Schuhe. Diese hier paßten besser in eine Auslage oder an die Füße eines jungen Herrn, der auf dem Boulevard spazierengeht. Allerdings, hier, ohne diese Füße, verraten sie manches, was nicht zur Treue paßt. Aber ich bin fünfzig Jahre alt, ich muß blind wie die Liebe sein.‹

Das war ein unentschuldbarer Monolog der Feigheit. Die Stiefel stachen ihm in die Augen, sie stachen ihm ins Herz.

»Was haben Sie?« fragte Coralie.

»Nichts«, antwortete er.

»Klingeln Sie«, meinte sie mit einem Lächeln über seine Feigheit. »Bérénice«, sagte sie zu der eintretenden Normannin, »geben Sie mir die Feuerzange für diese verdammten Stiefel. Vergessen Sie nicht, sie heute in meine Loge zu bringen.«

»Wie – das sind Ihre Stiefel?« fragte Camusot, der sich erleichtert fühlte.

»Was glaubten Sie sonst?« antwortete sie hochmütig. »Der

alte Papa glaubt es wahrhaftig«, sagte sie zu Bérénice. »Ich habe in dem Stück von dem Dingsda eine Männerrolle, etwas mir ganz Neues. Der Theaterschuhmacher hat mir die Stiefel gebracht, damit ich einen Versuch mache, ob ich darin gehen kann, die Stiefel nach Maß sind noch nicht fertig. Ich habe das Zeug probiert, sie haben mir so weh getan, daß ich sie auszog, jetzt muß ich sie doch wieder anziehen.«

»Ziehen Sie sie nicht an, wenn sie so drücken«, sagte Camusot, den die Stiefel bedrückt hatten.

Bérénice fiel ein: »Das war ja eben das reinste Martyrium, wie sie geweint hat, Monsieur Camusot. Wenn ich ein Mann wäre, dürfte eine Frau, die ich liebe, nie weinen. Sie täte besser daran, ganz weiches Saffianleder zu nehmen. Aber der Direktor ist so knickerig! Monsieur Camusot müßte ihm das mit dem Saffian sagen.«

»Ja, ja«, meinte der Kaufmann. »Sie stehen gerade auf?« fragte er Coralie.

»Ja, ich bin erst um sechs Uhr nach Hause gekommen, nachdem ich Sie überall gesucht habe; um Ihretwillen habe ich die Droschke sieben Stunden lang warten lassen. So sorgen Sie sich um mich! Mich über den Flaschen vergessen! Ich muß mich schonen, da ich jetzt jeden Abend spiele, solange der *Alkade* Geld bringt. Ich habe auch keine Lust, den jungen Mann und seinen Artikel Lügen zu strafen!«

»Ein schöner Mensch, noch ein halbes Kind«, sagte Camusot.

»Finden Sie? Ich mag diese Art von Männern nicht, sie sind zu weiblich; und dann verstehen die jungen Leute auch nicht zu lieben wie ihr alten Seebären. Sie langweilen sich wohl sehr?«

»Bleibt Monsieur Camusot zu Tisch?« fragte Bérénice.

»Nein, ich habe noch einen ganz verpappten Mund.«

»Sie waren ja in einem hübschen Zustand gestern! Wissen Sie, Papa Camusot, mein erster Grundsatz ist: nur keinen Mann, der getrunken hat.«

»Du wirst dem jungen Mann ein Geschenk machen«, sagte der Kaufmann.

»O ja, auf diese Art schenke ich lieber als auf die Florines. Also, Scheusal, das man liebt, jetzt gehen Sie entweder, oder geben Sie mir einen Wagen, damit ich nicht länger Zeit verliere.«

»Morgen sollen Sie ihn haben, wenn Sie mit Ihrem Direktor im Rocher de Cancale dinieren. Morgen ist ja Sonntag, und das neue Stück wird nicht gespielt.«

»Kommen Sie, ich will jetzt etwas essen«, sagte Coralie und zog Camusot fort.

Eine Stunde später wurde Lucien von Bérénice befreit. Sie war Coralies Gespielin gewesen, ihre Beleibtheit hinderte sie nicht, verschlagen und nie um einen Ausweg verlegen zu sein.

»Bleiben Sie hier, Coralie wird allein kommen, sie will Camusot sogar den Laufpaß geben, wenn er Sie langweilt«, sagte Bérénice zu Lucien, »aber Sie, Herzenskind, Sie sind zu gut, als daß Sie sie ruinieren wollten. Sie hat mir das gesagt, sie ist bereit, alles hinzuwerfen und dieses Paradies zu verlassen, um mit Ihnen in Ihrer Dachkammer zu leben. Und dabei waren genug Eifersüchtige und Neider da, die ihr sagten, daß Sie keinen Heller besitzen und daß Sie im Quartier Latin leben. Ich würde mitkommen, sehen Sie, ich würde euch die Wirtschaft führen, aber es ist mir doch gelungen, dem armen Kind ein wenig zuzureden. Nicht wahr, Monsieur, Sie sind zu verständig, um eine solche Torheit zuzulassen? Sie werden bald merken, daß der andere, der Dicke, nichts als den gefühllosen Körper hat und daß Sie der Liebling, der Gott sind, dem man die Seele schenkt. Wenn Sie wüßten, wie meine Coralie reizend ist, wenn ich ihr die Rollen abhöre! Ein Herzchen, ein Zuckerkind! Sie hat verdient, daß der liebe Gott ihr einen seiner Engel sandte, sie war ja lebensüberdrüssig. Sie ist so unglücklich mit ihrer Mutter gewesen, die sie schlug und dann verkaufte. Ja, Monsieur, eine Mutter ihr eigenes Kind. Wenn ich eine Tochter hätte, würde ich sie wie meine kleine Coralie pflegen, die ja wirklich mein Kind ist. Jetzt sehe ich sie zum ersten Mal glücklich, zum ersten Mal hat sie auch ordentlich Beifall gehabt. Nach dem, was Sie geschrieben haben, hat man, scheint es, dafür gesorgt, daß heute bei der zweiten Aufführung tüchtig geklatscht wird. Während Sie schliefen, war Braulard da und hat mit ihr gearbeitet.«

»Wer?« fragte Lucien, der diesen Namen schon gehört zu haben glaubte.

»Der Chef der Claqueure, der mit ihr die Stellen besprochen hat, wo der Beifall einsetzen soll. Florine nennt sich zwar ihre Freundin, könnte ihr aber doch einen Streich spielen und den ganzen Beifall für sich nehmen wollen. Der Boulevard ist in Aufregung über Ihren Artikel. – Ist das nicht ein Bett für die Liebe eines Prinzen?« fragte sie und legte ein mit Spitzen besetztes Kissen auf das Lager.

Sie steckte die Kerzen an. Von deren Licht geblendet, glaubte Lucien tatsächlich in das Schlafzimmer einer Fee versetzt zu sein. Camusot hatte aus seinem Geschäft die kostbarsten Stoffe genommen, um die Wände und Fenster zu behängen. Der Dichter ging auf einem königlichen Teppich. Auf dem Schnitzwerk des Palisanderholzes schimmerte das Licht. Auf dem Marmorkamin standen die teuersten Dinge. Die Bettvorlage bestand aus einem Schwanenfell, das mit Marder besetzt war. Pantöffelchen aus schwarzem Samt mit purpurrotem Seidenfutter sprachen von den Freuden, die den Dichter der *Marguerites* erwarteten. Von der Decke hing eine herrliche, mit Seide bespannte Lampe. Überall standen die wunderbarsten Blumentische mit weißem Heidekraut und Kamelien, die nicht rochen. Der ganze Raum war ein Sinnbild der Unschuld, man wäre nie auf den Gedanken gekommen, daß eine Schauspielerin ihn bewohnte. Bérénice sah, daß Lucien sprachlos war.

»Es ist hübsch hier?« fragte sie mit schmeichelnder Stimme. »Und für die Liebe ist dieses Zimmer besser als eine Dachkammer, nicht wahr? Reden Sie ihr ihren Einfall aus«, sagte sie noch einmal und führte Lucien vor einen prächtigen Tisch, auf dem die Speisen standen, die sie heimlich hereingetragen hatte, damit die Köchin nichts von der Anwesenheit eines Liebhabers erfuhr.

Lucien speiste vorzüglich von getriebenem Silber und von bemalten Tellern, von denen jeder einen Louis gekostet hatte. Dieser Luxus übte dieselbe Wirkung auf seine Seele aus wie auf einen Gymnasiasten das nackte Fleisch und die weißen straffen Strümpfe eines Straßenmädchens.

»Dieser Camusot ist ein Glückspilz!« rief er.

»Ein Glückspilz?« fragte Bérénice. »Er gäbe sein ganzes Vermögen, wenn er Ihre Stelle einnehmen und seine grauen Haare gegen Ihre blonden Locken eintauschen könnte.«

Sie setzte Lucien den köstlichsten Bordeaux vor, der je für einen reichen Engländer aus dem Keller geholt worden war, dann nötigte sie ihn, sich wieder hinzulegen und, bis Coralie kam, ein Schläfchen zu machen; Lucien hatte in der Tat Lust, in dem wunderbaren Bette zu ruhen. Bérénice, die den Wunsch in den Augen des Dichters gelesen hatte, freute sich für ihre Herrin. Um halb elf erwachte Lucien unter einem Blick der Liebe. Coralie stand in der wollüstigsten Nachttoilette vor ihm. Lucien hatte geschlafen, Lucien fühlte nur noch einen Rausch, den der Liebe. Bérénice zog sich zurück, ihre letzte Frage war: »Wann soll ich morgen wecken?«

»Um elf bringst du uns das Frühstück ans Bett, vor zwei Uhr bin ich für niemanden zu sprechen.«

Am nächsten Tag um zwei waren die Schauspielerin und ihr Geliebter angekleidet und für ihre Gäste bereit, der Dichter schien seiner Gönnerin gerade einen Besuch abzustatten. Coralie hatte Lucien gebadet, gekämmt, frisiert und angezogen. Sie hatte in die Stadt geschickt und von Colliau zwölf schöne Hemden, zwölf Krawatten, zwölf Taschentücher und dazu in einer Zedernholzschachtel ein Dutzend Handschuhe kommen lassen. Als sie einen Wagen vorfahren hörte, lief sie mit Lucien ans Fenster. Sie sahen Camusot aus seinem prächtigen Coupé steigen.

»Ich hätte nicht geglaubt, daß man einen Mann und den Luxus so hassen kann«, sagte sie.

»Ich bin zu arm, um zu erlauben, daß du dich für mich zugrunde richtest«, antwortete Lucien und kroch so unter das kaudinische Joch.

»Mein armer kleiner Kater«, sagte sie und drückte Lucien an ihr Herz, »du liebst mich wirklich? – Ich habe Monsieur de Rubempré aufgefordert, mich abzuholen«, wandte sie sich an Camusot. »Ich dachte, wir könnten zusammen in die Champs-Élysées fahren und den Wagen ausprobieren.«

»Fahrt allein«, erwiderte Camusot trübe, »ich esse nicht mit euch, meine Frau hat Namenstag, ich hatte es vergessen.«

»Armer Musot, wie wirst du dich langweilen«, sagte sie und fiel dem Kaufmann um den Hals.

Sie war berauscht von dem Gedanken, daß sie sich mit Lucien allein in diesem schönen Coupé zeigen sollte, daß sie mit ihm allein in den Bois fahren durfte; in ihrer Freude schien sie Camusot zu lieben, sie überhäufte ihn mit tausend Zärtlichkeiten.

»Ich wollte, ich könnte Ihnen jeden Tag einen Wagen schenken«, sagte der arme Mann.

»Vorwärts, mein Freund, es ist zwei Uhr«, forderte die Schauspielerin Lucien mit einer anbetungswürdigen Geste auf, denn sie sah, daß er beschämt war.

Sie zog Lucien die Treppe hinab, der Kaufmann folgte ihnen, wie ein Seehund schnaufend, ohne sie erreichen zu können. Auf den Dichter wartete der erregendste aller Genüsse: Coralie, die in ihrem Glück strahlend war, zeigte der Stadt an seiner Seite sich und eine Toilette, deren Geschmack und Eleganz vollkommen war. Das Paris der Champs-Élysées bewunderte das Paar. In einer Allee des Bois de Boulogne begegnete ihr Wagen der Kutsche der Damen d'Espard und de Bargeton, die Lucien erstaunt ansahen. Er legte in seinen Blick die Verachtung des Dichters, der seines Ruhmes sicher ist und seine Macht gebrauchen wird. Der Augenblick, in dem er diesen beiden Frauen in einem Blick einige der Rachegedanken hinübersenden konnte, die sie selbst in sein Herz gepflanzt hatten, war einer der köstlichsten seines Lebens und bestimmte vielleicht sein Schicksal. Lucien wurde erneut von den Furien des Stolzes gepackt: Er wollte wieder in der großen Welt erscheinen, dort glänzende Rache nehmen, und alle gesellschaftlichen Belanglosigkeiten, die der Arbeiter, der Freund des Kreises um d'Arthez, noch unlängst verachtet hatte, nahmen wieder von seiner Seele Besitz. Er begriff jetzt die volle Bedeutung des Angriffs, den Lousteau für ihn geführt hatte: Lousteau hatte seinen Leidenschaften gedient, wohingegen der Freundeskreis, dieser kollektive Mentor, sie zum Wohle der langweiligen Tugenden, zum Wohle der Arbeit, die Lucien unnütz zu finden begann, kasteite. Arbeiten! Ist das nicht der Tod für die Seelen, die nach Genuß hungern? Mit welcher Leichtigkeit gleiten doch die Schriftsteller in das *far niente*, in das Wohlleben, in die Wonnen des luxuriösen Lebens der Schauspielerinnen und der leichten Mädchen. Lucien empfand eine unwiderstehliche Lust, das Leben dieser beiden erfüllten Tage fortzusetzen. Das Mahl im Rocher de Cancale war vorzüglich. Es nahmen an ihm die Gäste Florines teil, nur der Gesandte, der Herzog und die Tänzerin fehlten, auch Camusot war nicht da, dafür aber zwei berühmte Schauspieler und Hector Merlin, in Begleitung seiner Geliebten, einer entzückenden Frau, die sich Madame du Val-Noble nannte, die schönste und eleganteste der Damen, die damals in Paris die Welt der Außenseiter bildeten und heute züchtiger »Loretten« genannt werden. Lucien, der seit achtundvierzig Stunden in einem Paradies lebte, erfuhr vom Erfolg seines Artikels. Gefeiert und beneidet, wie er war, fand er seine ganze Sicherheit. Sein Geist sprühte, er wurde der Lucien de Rubempré, der mehrere Monate lang in der Literatur und in der Welt der Künstler glänzte. Finot, der einen unvergleichlichen Instinkt für das Talent hatte, der Menschenfresser, der frisches Fleisch riecht, machte ihm den Hof und versuchte, ihn in die Schar der Journalisten einzureihen, über die er gebot. Lucien biß auf den Köder an. Coralie durchschaute das Manöver des Unternehmers, der sich vom Geist anderer nährte, und wollte Lucien warnen.

»Nimm nichts an«, sagte sie zu ihrem Dichter, »warte ab, sie wollen dich ausbeuten, wir sprechen heute abend darüber.«

»Keine Gefahr«, erwiderte Lucien, »ich fühle mich stark genug, um ebenso schlau und gerissen zu sein wie sie.«

Finot, der sich gewiß nicht wegen der leeren Zeilen mit Hector Merlin überworfen hatte, machte Lucien mit ihm bekannt. Coralie und Madame du Val-Noble sympathisierten miteinander, sie überhäuften sich mit Herzlichkeiten. Madame du Val-Noble lud Lucien und Coralie zu sich ein. Hector Merlin, der gefährlichste aus diesem ganzen Journalistenkreis, war ein kleiner trockener Mann mit zusammengekniffenen Lippen; ein maßloser Ehrgeiz schwelte in ihm, in seiner Eifersucht war er nie glücklicher, als wenn die Kollegen einander Böses antaten; er verstand jede Spaltung auszunutzen und zu vergrößern, er hatte viel Geist, aber wenig Willen; den Willen ersetzte er durch den Instinkt, der die Emporkömmlinge dorthin führt, wo Gold und Macht winken. Lucien und er mißfielen sich gegenseitig. Der Grund war leicht einzusehen. Merlin sprach laut, Lucien dachte leise. Beim Nachtisch schien das Band der herzlichsten Freundschaft alle diese Männer zu umschlingen, aber jeder von ihnen glaubte sich dem anderen überlegen. Lucien, der Neuling, fand noch viel Zuvorkommenheit. Man plauderte sehr offenherzig, allein Hector Merlin lachte nicht. Lucien fragte ihn, weshalb er so zurückhaltend sei.

»Wie ich sehe, treten Sie in die Welt der Literatur und der Zeitung mit Illusionen ein. Sie glauben an Freunde. Wir sind alle Freund und Feind zueinander, ganz nach den Umständen. Wir richten die Waffe, mit der wir die anderen treffen sollten, zuerst gegen uns. Sie werden bald bemerken, daß Sie durch schöne Gefühle nichts erlangen können. Wenn Sie gut sind, machen Sie sich ja böse. Seien Sie aus Berechnung mürrisch. Wenn niemand Ihnen dieses oberste Gesetz genannt hat, vertraue ich es Ihnen an, sehen Sie darin das Zeichen eines nicht so geringen Vertrauens. Wenn Sie geliebt werden wollen, so verlassen Sie Ihre Freundin nie, ohne sie ein wenig zum Weinen gebracht zu haben. Um in der Literatur vorwärtszukommen, muß man immer tadeln, sogar seine Freunde, und die Eigenliebe treffen: alle Welt wird Sie dann umschmeicheln.«

Hector Merlin war glücklich, als er sah, daß seine Worte den Neuling ins Herz trafen. Man spielte. Lucien verlor sein ganzes Geld. Coralie entführte ihn, und in den Entzückungen der Liebe vergaß er die schrecklichen Erregungen des Spiels, das später in ihm eines seiner Opfer finden sollte. Als er am nächsten Tag Coralie verließ und ins Quartier Latin zurückkehrte, fand er in seiner Börse das verlorene Geld. Diese Aufmerksamkeit bedrückte ihn zuerst, und er wollte umkehren, um ein Geschenk zurückzugeben, das ihn demütigte; aber er war schon in der Rue de la Harpe, er setzte seinen Weg zum Hôtel de Cluny fort. Während er ging, beschäftigte er sich mit diesem Zug Coralies und sah darin einen Beweis für die mütterliche Liebe, der man bei dieser Art von Frauen begegnete, wenn die Leidenschaft sie erfaßt hatte. Bei ihnen bestimmte die Leidenschaft alle Empfindungen. Das Ende seiner Überlegungen war, daß er zuletzt einen Grund fand, die Gabe anzunehmen; er sagte sich: ›Ich liebe sie, wir leben wie Mann und Frau zusammen, ich werde sie nie verlassen!‹

Wer kein Diogenes ist, versteht wohl unschwer, was in Lucien vorging, die Gedanken Luciens, als er die schmierige, übelriechende Treppe seines Hotels hinaufging, das knarrende Schloß seiner Tür öffnete, den schmutzigen Boden und den abscheulichen Kamin seines elenden nackten Zimmers erblickte. Er fand auf dem Tisch das Manuskript seines Romans und folgende Zeilen von Daniel d'Arthez vor:

Unsere Freunde sind mit Deinem Werk, lieber Dichter, beinahe zufrieden. Sie sagen, daß Du es mit mehr Vertrauen Deinen Freunden und Feinden vorlegen kannst. Wir haben Deinen hübschen Artikel über die Premiere gelesen, Du wirst in der Literatur ebensoviel Neid erwecken wie bei uns Bedauern.

Daniel

»Bedauern, was will er damit sagen?« rief Lucien, von dem höflichen Ton des Briefchens überrascht. War er schon ein Fremder für den Kreis? Nachdem er die köstlichen Früchte verschlungen hatte, die ihm die Eva der Kulissenwelt bot, hielt er nur um so mehr an der Achtung seiner Freunde aus der Rue des Quatre-Vents fest. Er versank in Nachdenken und verglich die Gegenwart in dieser Kammer mit der Zukunft in Coralies Zimmer. Von mahnenden und verführerischen Überlegungen gequält, setzte er sich an den Tisch und begann das Manuskript durchzusehen. Wie erstaunt war er, als er feststellte, daß von Kapitel zu Kapitel die geschickte und liebevolle Feder dieser großen noch unbekannten Geister seine Armut in Reichtum verwandelt hatte. Ein gefüllter, strafferer, belebter Dialog ersetzte die Unterhaltungen, von denen er nun verstand, daß sie nicht viel mehr als Geschwätz waren. Seine ein wenig weichen Charakterzeichnungen waren von kräftiger Hand gehoben und mit Wärme gefüllt worden, an Stelle seiner wortreichen Beschreibungen fand er Inhalt und Lebendigkeit. Er hatte ein ungebildetes und schlecht gekleidetes Kind hingegeben und fand ein entzückendes Mädchen in weißem Kleid mit Gürtel und rosiger Schärpe wieder. Die Nacht überraschte ihn, mit Tränen in den Augen starrte er auf diese Blätter, empfand den Wert einer solchen Lektion, bewunderte die Verbesserungen, durch die er mehr über Literatur und die Kunst erfuhr, als seine vier Jahre Lektüre, Vergleiche und Studien ihn gelehrt hatten. Die Verbesserung einer mißlungenen Zeichnung, ein lebendiger Konturstrich sagen stets mehr als alle Theorien und Betrachtungen.

»Was für Freunde, welche Hochherzigkeit! Wie bin ich glücklich!« rief er und verschloß das Manuskript.

Dem natürlichen Überschwang seiner lebhaften Seele folgend, eilte er zu Daniel. Auf der Treppe mußte er denken, daß er dieser Menschen, die durch nichts von dem Weg der Tugend abgelenkt werden konnten, weniger würdig war als früher. Eine Stimme sagte ihm, daß Daniel, angenommen, er würde Coralie lieben, Camusot nicht mit in Kauf genommen hätte. Er kannte auch die tiefe Verachtung des Kreises für die Zeitungsleute und fühlte sich schon ein wenig als Journalist. Die Freunde waren, mit Ausnahme Meyraux', der eben fortgegangen war, versammelt, auf ihren Gesichtern malte sich Verzweiflung.

»Was habt ihr?« fragte Lucien.

»Wir erfahren soeben etwas Entsetzliches: Der stärkste Geist unserer Zeit, der, den wir am meisten liebten, er, der seit zwei Jahren für uns das Licht in der Finsternis war...«

»Louis Lambert«, sagte Lucien.

»...befindet sich in einem Zustand des Starrkrampfs, der uns keine Hoffnung läßt«, vollendete Bianchon den Satz.

»Er stirbt, gefühllosen Leibes, aber das Haupt im Himmel«, fügte Michel Chrestien feierlich hinzu.

»Er stirbt, wie er gelebt hat«, sagte d'Arthez.

»Die Liebe war der Feuerbrand, der die Welt seines Hirnes verzehrte«, meinte Léon Giraud.

»Ja«, bestätigte Joseph Bridau, »sie hob ihn in eine Höhe, in der er unserem Blick entschwindet.«

»Uns muß man beklagen«, sagte Fulgence Ridal.

»Vielleicht wird er doch wieder gesund«, rief Lucien.

»Nach dem, was Meyraux uns gesagt hat, gibt es keine Heilung«, antwortete Bianchon, »sein Kopf ist der Schauplatz von Vorgängen, auf die die Medizin keinen Einfluß hat.«

»Es gibt aber Substanzen...«, sagte d'Arthez.

»Ja, da er nur kataleptisch ist, können wir ihn blödsinnig machen«, sagte Bianchon.

»Wäre der Genius des Bösen bereit, einen anderen Kopf

als Opfer zu nehmen! Ich würde den meinigen geben!« rief Michel Chrestien.

»Und was würde aus dem europäischen Staatenbund?« fragte d'Arthez.

»Du hast recht«, erwiderte Chrestien, »bevor man Mensch sein darf, gehört man der Menschheit.«

»Ich kam, um euch allen zu danken«, sagte Lucien, »ihr habt meine Scheidemünze in Gold verwandelt.«

»Zu danken? Für wen hältst du uns?« fragte Bianchon.

»Wir waren es, die das Vergnügen hatten«, sagte Fulgence.

»Und nun bist du also Journalist«, wandte sich Léon Giraud an ihn, »die Nachricht von deinem Eintritt ist bis ins Quartier Latin gedrungen.«

»Noch nicht«, antwortete Lucien.

»Um so besser«, gab Michel Chrestien zurück.

»Ich habe es euch gesagt«, fuhr d'Arthez fort, »Lucien gehört zu denen, die den Preis eines reinen Gewissens kennen. Gibt es eine bessere Wegzehrung, als abends, wenn man sein Haupt auf das Kissen legt, sich sagen zu können: Ich habe nicht über das Werk eines anderen zu Gericht gesessen, ich habe niemandem weh getan; mein Geist hat nicht wie ein geschliffener Dolch die Seele eines Unschuldigen durchbohrt; mein Witz hat niemandes Glück geopfert, nicht einmal die Freude der Dummheit gestört, sie hat nicht ungerecht zu noch größerem Ehrgeiz angespornt; ich habe den leichten Triumph der Epigramme verschmäht, mit einem Wort, ich habe nie meine Überzeugungen verleugnet.«

»Ich glaube«, antwortete Lucien, »man kann so sein, auch wenn man bei einer Zeitung arbeitet. Wenn ich nichts anderes zum Leben hätte, müßte ich danach greifen dürfen.«

»Oh, oh, oh«, machte Fulgence, jedesmal einen Ton höher, »wir strecken die Waffen.«

»Er wird Journalist werden«, sagte Léon Giraud ernst. »Ach, Lucien, wenn du es mit uns sein wolltest! Wir stehen im Begriff, eine Zeitung zu veröffentlichen, in der weder die Wahrheit noch die Gerechtigkeit beleidigt werden sollen, in der wir die Menschheitsgedanken verbreiten werden, vielleicht –«

»Ihr werdet nicht einen Abonnenten bekommen«, unterbrach ihn der junge Machiavelli.

»Wir werden fünfhundert bekommen, die fünfhunderttausend wert sind«, antwortete Chrestien.

»Ihr braucht ein großes Kapital«, fuhr Lucien fort.

»Nein, wohl aber Hingabe«, sagte d'Arthez.

»Ein Coiffeurladen!« rief Chrestien, der komisch an Luciens Haar zu schnüffeln begann; »man hat dich in einem prächtigen Wagen gesehen, davor die Pferde eines Gesellschaftslöwen, darin das Liebchen eines Prinzen, Coralie!«

»Und?« fragte Lucien. »Ist Schlimmes dabei?«

»Du sagst das, als ob Schlimmes dabei wäre.«

»Ich hätte«, sagte d'Arthez, »für Lucien eine Beatrice gewünscht, eine edle Frau, die ihn im Leben stützen könnte.«

»Aber, Daniel, ist die Liebe sich nicht überall im Leben gleich?« fragte der Dichter.

»In diesem Punkt«, erwiderte der Republikaner, »bin ich Aristokrat. Ich könnte nicht eine Frau lieben, die ein Schauspieler im Angesicht des Publikums auf die Wange küßt, eine Frau, die in den Kulissen geduzt wird, die zu einem Parterre herabsteigt und ihm zulächelt, die die Röcke hebt und tanzt und als Mann auftritt, um zu zeigen, was ich allein sehen will. Oder, wenn es schon eine solche Frau sein soll, müßte sie das Theater verlassen, und ich würde sie durch meine Liebe reinigen.«

»Und wenn sie das Theater nicht verlassen könnte?«

»Stürbe ich vor Kummer, Eifersucht, tausend Betrübnissen. Man kann seine Liebe nicht aus dem Herzen reißen, wie man einen Zahn aus dem Kiefer reißt.«

Lucien wurde düster und nachdenklich. ›Wenn sie erfahren, daß ich mir Camusot gefallen lasse, verachten sie mich‹, dachte er.

»Mit einem Wort, du könntest ein großer Schriftsteller sein, aber du wirst es nie über den kleinen Plauderer bringen«, erklärte ihm der wilde Republikaner mit einer schrecklichen Ehrlichkeit, nahm seinen Hut und ging hinaus.

»Er ist hart, Michel Chrestien«, sagte der Dichter.

»Hart und heilsam wie die Zange des Zahnarztes«, antwortete Bianchon; »Michel schaut in deine Zukunft, und vielleicht weint er jetzt über dich auf der Straße.«

D'Arthez blieb sanft und tröstete; er versuchte Lucien aufzurichten. Eine Stunde später verließ der Dichter den Kreis, mißhandelt von seinem Gewissen, das ihm zurief: Du wirst Journalist, wie die Hexe Macbeth zuruft: Du wirst König! Auf der Straße warf er einen Blick zum matt erleuchteten Fenster des geduldigen d'Arthez hinauf und kehrte niedergeschlagen, unruhig nach Hause zurück. Ein Vorgefühl sagte ihm, daß er seine wahren Freunde zum letzten Mal ans Herz gedrückt hatte.

Als er von dem Platz vor der Sorbonne her zur Rue de Cluny ging, erkannte er die Equipage Coralies. Um ihren Dichter einen Augenblick zu sehen, um ihm ein kurzes guten Abend zu sagen, war die Schauspielerin vom Boulevard du Temple zur Sorbonne gekommen. Er eilte hinauf und fand Coralie in Tränen, die ihr der Anblick entlockt hatte. Sie verlangte sein Elend zu teilen, sie weinte, während sie die Wäsche, ihr Geschenk, in die abscheuliche Kommode ordnete. Diese Verzweiflung war so wahr, so groß, gab soviel Liebe zu erkennen, daß Lucien, dem man die Schauspielerin vorgeworfen hatte, in ihr eine Heilige sah, die bereit war, den Kelch der Armut zu leeren.

Um ihn besuchen zu können, hatte das anbetungswürdige Geschöpf einen Vorwand gefunden; sie teilte ihm mit, daß das Trio Camusot, Coralie und Lucien das Trio Matifat, Florine und Lousteau seinerseits zu einem Souper einladen müsse, und fragte Lucien, ob er sonst jemanden auffordern wolle, der ihm nützlich sei. Lucien gab zur Antwort, daß er sich mit Lousteau besprechen wolle. Nach ein paar Minuten brach Coralie auf, wobei sie Lucien verbarg, daß unten Camusot wartete. Um acht Uhr des nächsten Morgens suchte Lucien Étienne auf, traf ihn nicht an und eilte zu Florine. Der Journalist und die Schauspielerin empfingen ihren Freund in dem hübschen Schlafzimmer, in dem sie sich ehelich eingerichtet hatten, dann setzten sie sich zu dritt an einen üppigen Frühstückstisch.

»Aber, mein Kleiner«, sagte Lousteau, nachdem Lucien von dem Souper Coralies gesprochen hatte, »ich rate dir, mit mir Félicien Vernou aufzusuchen, ihn einzuladen und dich so eng an ihn anzuschließen, als das mit einem solchen Burschen möglich ist. Félicien verschafft dir vielleicht Zutritt zu dem politischen Blatt, dessen Feuilleton er besorgt; er soll dir dazu verhelfen, daß du mit großen Artikeln über dem Strich glänzen kannst. Das Blatt gehört wie unseres der liberalen Partei, der volkstümlichen Partei; übrigens, wenn du dich auf die regierungstreue Seite schlagen wolltest, könntest du auch nichts Besseres tun, um dir Respekt zu verschaffen. Hector Merlin und seine Dame, die Val-Noble, bei der ein paar große Herren, die jungen Dandys und die Millionäre verkehren, haben dich doch wohl auch mit Coralie eingeladen?«

»Ja«, antwortete Lucien, »wie dich und Florine.«

Lousteau und Lucien waren nach dem Trinkgelage vom Freitag und dem Diner vom Sonntag zum Du übergegangen.

»Also gut, wir treffen Merlin in der Zeitung, er hält sich eng an Finot, du tust gut daran, den Umgang mit ihm zu suchen und ihn zu eurem Souper einzuladen; er wird dir vielleicht in kurzem von Nutzen sein, denn mißgünstige Leute wie er brauchen alle Welt, und er wird zu Diensten bereit sein, damit du ihm im gegebenen Fall deine Feder zur Verfügung stellst.«

»Ihr erstes Auftreten hat Aufsehen genug gemacht, um den Weg für Sie freizumachen«, sagte Florine zu Lucien, »beeilen Sie sich, den Augenblick zu nutzen, sonst sind Sie rasch vergessen.«

»Das Geschäft«, fuhr Lousteau fort, »das große Geschäft ist abgeschlossen. Dieser Finot, ein Mann ohne jedes Talent, ist Herausgeber und Chefredakteur von Dauriats Wochenzeitung, Eigentümer eines Sechstels, das ihn nichts kostet, und er hat sechstausend Franc Jahresgehalt. Ich bin seit heute morgen Chefredakteur unserer kleinen Zeitung, mein Lieber. Alles ist so gekommen, wie ich es an dem Abend vorausgesehen habe: Florine war superb, sie würde mit dem Fürsten Talleyrand gleichziehen.«

»Wir packen die Männer bei ihrer Lust«, sagte Florine,

»die Diplomaten packen sie nur bei ihrer Eigenliebe; die Diplomaten sehen, wie sie sich zieren, wir aber sehen, wie sie Dummheiten machen, also sind wir die Stärkeren.«

»Zum Abschluß«, sprach Lousteau, »hat Matifat das einzige Bonmot seines Drogistenlebens losgelassen: ›Das Geschäft‹, sagte er, ›fällt nicht aus meinem Handel heraus!‹«

»Ich vermute, Florine hat ihm souffliert«, rief Lucien.

»Also, mein Teuerster«, fuhr Lousteau fort, »du hast den Fuß im Steigbügel.«

»Sie sind ein Sonntagskind«, sagte Florine. »Wie viele junge Leute sehen wir, die jahrelang in Paris herumhocken, ohne einen einzigen Artikel in einer Zeitung unterzubringen! Mit Ihnen ist es wie mit Émile Blondet. Ich sehe schon, wie Sie in sechs Monaten Ihren Kopf aufsetzen«, fügte sie hinzu, wobei sie sich eines Ausdrucks aus ihrem Argot bediente und ihm ein spöttisches Lächeln zuwarf.

»Ich bin nun schon drei Jahre in Paris«, sagte Lousteau, »und erst seit gestern gibt mir Finot ein festes Monatsgehalt von dreihundert Franc für die Chefredaktion, zahlt er mir hundert Sou die Spalte und hundert Franc die Seite in seinem Wochenblatt.«

»Nun, Sie sagen ja gar nichts?« rief Florine und sah Lucien an.

»Wir werden sehen«, antwortete Lucien.

»Mein Lieber«, erklärte Lousteau unzufrieden, »ich habe alles für dich eingefädelt, als wenn du mein Bruder wärst. Aber für Finot stehe ich nicht ein. Sechzig Bewerber werden ihm in den nächsten zwei Tagen die Schwelle mit billigen Vorschlägen überlaufen. Ich habe für dich zugesagt, lehne ab, wenn du magst. Du hast keine Ahnung von deinem Glück«, fuhr der Journalist nach einer Pause fort, »du wirst Mitglied eines Kreises, dessen Mitglieder die Feinde in verschiedenen Zeitungen angreifen und dabei einander unterstützen.«

»Suchen wir zuerst Félicien Vernou auf«, sagte Lucien, den es drängte, sich mit diesen gefährlichen Raubvögeln zu verbinden.

Lousteau ließ einen Wagen holen, die beiden Freunde begaben sich in die Rue Mandar, wo Vernou im zweiten Stock eines Passagehauses wohnte. Lucien war sehr erstaunt, diesen strengen, verwöhnten, anspruchsvollen Kritiker in einem Eßzimmer von letzter Gewöhnlichkeit zu finden, in einem Raum mit einer billigen, backsteingemusterten Tapete, mit Aquatintastichen in vergoldeten Rahmen; am Tisch saß eine Frau, die zu häßlich war, um nicht die rechtmäßige Gattin zu sein; zwei kleine Kinder standen in zwei jener Stühle, die mit einem Gitter zum Halten versehen sind. Verärgert darüber, daß man ihn in einem Schlafrock überraschte, der aus den Resten eines Kattunkleides der Frau gefertigt war, begrüßte Félicien sie mürrisch.

»Hast du gefrühstückt, Lousteau?« fragte er, während er Lucien einen Stuhl anbot.

»Wir kommen von Florine«, sagte Étienne, »wir haben bei ihr gefrühstückt.«

Lucien sah immer wieder zu Madame Vernou hinüber, die verzweifelte Ähnlichkeit mit einer guten, dicken Köchin hatte. Sie fiel durch ihre weiße Haut auf, aber auch durch ihre maßlose Gewöhnlichkeit.

Madame Vernou trug ein Spitzentuch auf einem Nachthäubchen, über dessen Bänder ihre dicken Wangen quollen. Das gürtellose Hauskleid wurde nur am Hals durch einen

Knopf gehalten und fiel in großen Falten herab; es umhüllte sie so schlecht, daß man nicht umhinkonnte, sie mit einem Prellstein zu vergleichen. Sie war geradezu zum Verzweifeln gesund, die Backen schimmerten beinahe violett, und die Finger glichen Blutwürsten. Beim Anblick dieser Frau verstand Lucien, warum Vernou sich so unfrei unter Menschen gab. Krank an seiner Ehe, ohne die Kraft, Frau und Kinder zu verlassen, aber genug Künstler, um immer unter ihnen zu leiden, konnte dieser Schriftsteller niemandem einen Erfolg verzeihen, mußte mit allem unzufrieden sein, da er unaufhörlich mit sich selbst unzufrieden war. Lucien verstand die säuerliche Miene, die das neidische Gesicht zusammenzog, die Schärfe seiner Antworten, die Härte seiner Worte, die immer wie ein Stilett spitz und geschliffen waren.

»Gehen wir in mein Kabinett«, sagte Félicien und erhob sich, »es handelt sich wohl um etwas Literarisches.«

»Ja und nein«, erwiderte Lousteau, »es handelt sich um ein Souper, alter Knabe.«

»Ich komme von Coralie mit dem Auftrag...«, sagte Lucien. Bei diesem Namen schaute Madame Vernou auf. »...Sie für morgen in acht Tagen einzuladen«, fuhr Lucien fort. »Sie werden dieselbe Gesellschaft wie neulich bei Florine finden, vermehrt um Madame du Val-Noble, Hector Merlin und ein paar andere Leute. Wir wollen spielen.«

»Aber an diesem Tag sollen wir ja zu Madame Mahoudeau gehen«, sagte die Frau.

»Was macht das schon?« fragte Vernou.

»Wenn wir nicht hingingen, würde sie sich ärgern, und du brauchst sie zur Lombardierung deiner Buchhändlerwechsel.«

»Mein Lieber, du siehst hier eine Frau, die nicht begreift, daß ein Souper um Mitternacht kein Hindernis ist, auf einen Abend zu gehen, der um elf Uhr aufhört. Mit dieser Muse arbeite ich«, fügte er hinzu.

»Sie haben soviel Phantasie«, erwiderte Lucien und machte sich schon durch diese eine Bemerkung Vernou zum tödlichen Feind.

»Also abgemacht«, meinte Lousteau, »aber das ist nicht alles. Monsieur de Rubempré wird einer der Unseren, ebne ihm den Weg, und stelle ihn deinem Verleger als einen Mann vor, der sich auf die hohe Literatur versteht, lasse ihn zwei Artikel im Monat schreiben.«

»Ja, wenn er zu uns gehören, unsere Feinde angreifen, unsere Freunde verteidigen will, wie wir angreifen und verteidigen, dann will ich heute abend in der Oper von ihm sprechen«, antwortete Vernou.

»Also auf morgen, Kleiner«, sagte Lousteau und drückte Vernou herzlich die Hand. »Wann erscheint dein Buch?«

»Das hängt von Dauriat ab, ich bin fertig«, antwortete der Familienvater.

»Bist du zufrieden?«

»Ja und nein.«

»Wir werden nachhelfen«, sagte Lousteau, stand auf und verabschiedete sich von der Frau seines Kollegen.

Zu diesem plötzlichen Aufbruch wurde er durch das Geschrei der beiden Kinder genötigt, die sich ihre Suppe ins Gesicht gossen und mit den Löffeln schlugen.

»Du hast eben eine Frau gesehen, die, ohne es zu wissen, manche Verwüstung in der Literatur anrichten wird«, sagte Étienne zu Lucien. »Der arme Vernou verzeiht uns seine

Frau nicht. Man sollte ihn im öffentlichen Interesse von ihr befreien. Man würde damit eine Sintflut von boshaften Artikeln und von Epigrammen gegen alles, was Erfolg hat, vermeiden. Wie in jenem Stück von Picard wird sich Vernou nie schlagen, unbeschadet seines Rechtes, auf die anderen loszuschlagen. Er ist fähig, sich ein Auge auszureißen, wenn sein bester Freund dadurch gezwungen wird, sich beide Augen auszureißen; er braucht immer eine Beute, auf die er den Fuß setzt; nur wenn es jemandem schlechtgeht, lächelt er. Weil er bürgerlich ist, greift er Fürsten, Herzöge, den ganzen Adel an; weil er verheiratet ist, greift er die Junggesellen an, und dazu predigt er immer Moral, empfiehlt die häuslichen Freuden und die Pflichten des Bürgers. Kurzum, der moralische Kritiker wird nie sanft mit jemandem umgehen, nicht einmal mit den Kindern. Er lebt in der Rue Mandar mit einer Frau, die einem Stück von Molière entsprungen zu sein scheint, und zwei kleinen Vernous, die häßlich wie die Eulen sind; er sucht sich über den Faubourg Saint-Germain, in den er nie den Fuß setzen wird, lustig zu machen und läßt seine Herzoginnen in der Sprache seiner Frau auftreten. Das ist der Mann, der über die Jesuiten herzieht, den Hof beleidigt, ihm die Absicht unterstellt, die Feudalrechte und das Erstgeburtsrecht wiederherzustellen, und der einen Kreuzzug zugunsten der Gleichheit predigen wird: Er, der niemanden als seinesgleichen anerkennt. Wenn er Junggeselle wäre, in der Gesellschaft verkehrte, die Allüren der mit dem Kreuz der Ehrenlegion geschmückten und mit Pensionen dotierten royalistischen Dichter hätte, wäre er ein Optimist. Der Journalismus hat tausend ähnliche Ausgangspunkte. Er ist ein großes Katapult, das von kleinen Haßgefühlen in Gang gesetzt wird. Hast du jetzt Lust, dich zu verheiraten? Vernou hat kein Herz mehr, die Galle hat alles aufgezehrt. Daher ist er der Journalist schlechthin, ein Tiger mit zwei Händen, der alles zerreißt, als ob die Tollwut seine Feder befallen hätte.«

»Er ist ein Weiberfeind«, sagte Lucien. »Hat er Talent?«

»Er hat Geist, er ist ein Artikelschreiber. Vernou geht mit Artikeln schwanger, er wird immer Artikel schreiben und nichts als Artikel. Selbst durch die hartnäckigste Arbeit könnte aus seiner Prosa nie ein Buch erwachsen. Félicien ist unfähig, ein Werk zu entwerfen, seine Teile zu ordnen und seine Personen harmonisch in einer Handlung zu vereinen, die ihren Beginn, ihre Verwicklungen hat und auf einen Höhepunkt zuläuft. Er hat Ideen, aber er kennt die Tatsachen nicht; seine Helden werden philosophische oder liberale Utopien sein. Sein Stil schließlich ist von einer gewollten Originalität, seine aufgeblasenen Sätze müßten zusammenfallen, sobald die Kritik mit ihrer Nadel hineinstechen würde. Daher fürchtet er die Zeitungen ungemein, wie alle, die den Lug und Trug des Lobes brauchen, um sich über Wasser zu halten.«

»Was du gleich für einen Artikel verfaßt!« rief Lucien.

»Solche darf man sich nur erzählen, mein Junge, aber niemals schreiben.«

»Du wirst Chefredakteur.«

»Wo soll ich dich absetzen?« fragte Lousteau.

»Bei Coralie.«

»Ah, wir sind verliebt«, meinte Lousteau. »Ganz falsch! Mach aus Coralie, was ich aus Florine mache, eine Freundin mit einem Haushalt, aber die Freiheit über alles!«

»Du würdest selbst die Heiligen verdammen«, sagte Lucien lachend.

»Dämonen verdammt man nicht«, antwortete Lousteau.

Der leichte, funkelnde Ton seines neuen Freundes, seine Lebensauffassung, seine Paradoxe, die er mit den Glaubenssätzen des Pariser Machiavellismus mischte, wirkten auf Lucien ein, ohne daß er es merkte. In der Theorie erkannte der Dichter die Gefahr solcher Gedanken, in der Wirklichkeit fand er sie angenehm. Auf dem Boulevard du Temple angekommen, verabredeten die beiden Freunde, sich zwischen vier und fünf Uhr in der Redaktion zu treffen, wo sie zweifellos Hector Merlin vorfinden würden.

Lucien fühlte sich in der Tat im Bann der neuen Leidenschaft. Wenn eine Kurtisane wirklich liebt, wirft sie ihren Anker in den zartesten Gründen der Seele aus, paßt sich mit unglaublicher Geschmeidigkeit allen Wünschen und Begierden an und verstärkt noch die Neigung zum weichlichen Leben, aus dem sie ihre Stärke zieht. Lucien dürstete bereits nach den Pariser Freuden, er liebte bereits das bequeme, verschwenderische und prunkvolle Leben, das die Schauspielerin ihm in ihrem Haus bereitete. Er traf Coralie und Camusot in einem Freudentaumel an. Das Gymnase bot Coralie für nächste Ostern ein Engagement mit Bedingungen an, die weit über die Hoffnungen der Schauspielerin hinausgingen.

»Diesen Erfolg verdanken wir Ihnen«, sagte Camusot.

»Ja, ohne ihn wäre der *Alkade* durchgefallen, ohne seinen Artikel säße ich noch für sechs Jahre am Boulevard fest«, rief Coralie.

Sie fiel Lucien vor Camusots Augen um den Hals. Lucien fühlte, so kurz die Umarmung war, die süße Erschlaffung und das Verlangen, das die Schauspielerin durchdrang: Sie liebte ihn! Wie alle, die einen großen Schmerz empfinden, schlug Camusot die Augen nieder und stellte bei dieser Gelegenheit fest, daß die Naht an Luciens Stiefelschäften gelb war; die berühmten Schuhmacher haben ihre eigene Farbe, dieses Gelb war ihm aufgefallen, als er neulich seinen Gedanken über die unerklärliche Anwesenheit eines Stiefelpaares vor Coralies Kamin nachgehangen hatte. Es war ihm damals nicht entgangen, daß auf das weiße weiche Leder der inneren Seite in schwarzen Buchstaben die Adresse eines damals bekannten Schuhmachers gedruckt war: Gay, Rue de la Michaudière.

»Ihre Stiefel sind sehr schön«, sagte er zu Lucien.

»Alles an ihm ist schön«, antwortete Coralie.

»Ich möchte bei Ihrem Stiefelmacher arbeiten lassen.«

»Das Neuste! Wollen Sie Stiefel wie ein junger Mann tragen? Sie gäben einen hübschen Burschen ab. Bleiben Sie ruhig bei Ihren Stiefeln mit Aufschlägen, die zu einem Mann passen, der Frau, Kind und Mätresse hat.«

»Wenn Sie einen Stiefel ausziehen wollten, würden Sie mir einen beträchtlichen Dienst erweisen«, fuhr Camusot hartnäckig fort.

»Ich könnte sie nicht ohne Haken anziehen«, erwiderte Lucien und wurde rot.

»Bérénice soll sie holen, sie werden schon in der Nähe sein«, sagte der Kaufmann recht spöttisch.

»Papa Camusot«, sagte Coralie und warf ihm einen Blick voll böser Verachtung zu, »bekennen Sie sich doch wenigstens zu Ihrer Feigheit! Vorwärts, lassen Sie uns alles wissen, was Sie denken! Sie finden, daß die Stiefel von Monsieur Lucien meinen gleichen? – Ich verbiete Ihnen, Ihre Stiefel auszuziehen«, wandte sie sich an Lucien. »Ja, Monsieur Camusot, ja, es sind absolut dieselben Stiefel, die neulich vor meinem Kamin standen. Und Monsieur Lucien wartete in meinem Toilettenzimmer auf sie, er war die ganze Nacht hier gewesen. Das denken Sie doch, nicht wahr? Denken Sie es ruhig, ich will, daß Sie es denken. Ich betrüge Sie. Was weiter? Es gefällt mir so.«

Sie setzte sich, ohne irgendwie zornig zu sein, mit der unbefangensten Miene und sah Camusot und Lucien an, die ihrerseits sie nicht anzusehen wagten.

»Ich glaube nur das, was ich nach Ihrem ausdrücklichen Wunsch glauben soll. Scherzen Sie nicht, ich habe unrecht«, sagte Camusot.

»Entweder bin ich ein schamloses Frauenzimmer, das über Nacht ein Auge auf den Herrn geworfen hat, oder ich bin ein armes elendes Geschöpf, das zum ersten Mal die wirkliche Liebe empfunden hat, nach der sich alle Frauen sehnen. In beiden Fällen muß man mich verlassen oder nehmen, wie ich bin«, sagte sie mit einer königlichen Bewegung, die den Kaufmann vernichtete.

»Sollte das wahr sein?« sagte Camusot, der um die erbarmende Lüge bat, als er an der Haltung Luciens sah, daß Coralie nicht scherzte.

»Ich liebe Mademoiselle Coralie«, sagte Lucien.

Als Coralie diese mit bewegter Stimme abgegebene Erklärung vernahm, sprang sie auf und fiel ihrem Dichter um den Hals, schloß ihn in ihre Arme, sah den Seidenhändler an und zeigte ihm die herrliche Liebesgruppe, die sie mit Lucien bildete.

»Armer Musot, nimm alles wieder, was du mir gegeben hast, ich will nichts von dir, ich liebe dieses Kind wie toll, nicht wegen seines Geistes, sondern wegen seiner Schönheit. Ich ziehe das Elend mit ihm den Millionen mit dir vor.«

Camusot ließ sich in einen Sessel fallen, verbarg den Kopf in den Händen und schwieg.

»Wollen Sie, daß wir fortgehen?« fragte sie wie rasend.

Lucien fuhr es kalt den Rücken herunter, als er sich mit einer Frau, einer Schauspielerin und einem Haushalt belastet sah.

»Bleibe hier, behalte alles, Coralie«, antwortete der Kaufmann mit einer schwachen, schmerzlichen Stimme, die aus der Seele kam, »ich will nichts nehmen. Es stecken für sechzigtausend Franc Sachen in der Wohnung, aber es wäre mir unerträglich, dich im Elend zu wissen. Wie groß auch das Talent des jungen Herrn sein mag, eine Existenz kann er dir damit nicht gründen. So geht es uns Alten! Laß mir, Coralie, das Recht, dich manchmal zu besuchen, ich kann dir nützlich sein. Außerdem, ich vermag nicht ohne dich zu leben, ich gestehe es.«

Die Sanftmut des armen Mannes, der in dem Augenblick, wo er sich für ganz glücklich hielt, alles verlor, rührte Lucien, aber nicht Coralie.

»Komm, mein armer Musot, komm, sooft du willst«, sagte sie, »wenn ich dich nicht zu betrügen brauche, kann ich dich aufrichtiger lieben.«

Camusot schien zufrieden zu sein, daß er aus diesem irdischen Paradies nicht vertrieben wurde; er mußte in ihm leiden, hoffte aber, vielleicht später wieder in seine Rechte eingesetzt zu werden; das Pariser Leben war so reich an Zufällen und Verführungen, der alte verschlagene Kaufmann dachte, daß früher oder später dieser schöne junge Mensch untreu werden würde; um ihn zu beobachten, um ihn vor Coralie zu überführen, wollte er der Freund der Schauspielerin bleiben. Diese Feigheit der edlen Leidenschaft erschreckte Lucien. Camusot lud das Paar zu Véry im Palais Royal ein, die Einladung wurde angenommen.

»Welches Glück!« rief Coralie, als Camusot gegangen war. »Keine Dachkammer mehr im Quartier Latin; du bleibst hier, wir trennen uns nicht; du nimmst, um die Form zu wahren, eine kleine Wohnung in der Rue Charlot, und dann: Dem Mutigen gehört das Glück.«

Sie tanzte ihren spanischen Schritt mit einer Glut, die ihre unbändige Leidenschaft verriet.

»Ich kann fünfhundert Franc im Monat verdienen, wenn ich viel arbeite«, sagte Lucien.

»Ich bekomme ebensoviel vom Theater, ohne die Gratifikationen. Für die Kleidung wird immer Camusot sorgen, er liebt mich! Mit fünfzehnhundert Franc im Monat werden wir jeder wie Krösus leben.«

»Und die Pferde und der Kutscher und das Personal?« fragte Bérénice.

»Ich mache Schulden!« rief Coralie.

Sie ergriff Lucien und tanzte eine Gigue mit ihm.

»Jetzt heißt es, die Bedingungen Finots annehmen«, meinte Lucien.

»Gut, gehen wir, ich ziehe mich an und bringe dich zu deiner Zeitung, ich warte auf dem Boulevard.«

Lucien setzte sich auf ein Sofa, sah der Schauspielerin bei ihrer Toilette zu und versank in das tiefste Nachdenken. Er hätte Coralie lieber freigegeben, als die Verpflichtung einer solchen Ehe auf sich zu nehmen; aber sie war so schön, so anziehend, daß die Aussichten dieses ungezwungenen Lebens ihn verführten und er dem Glück den Handschuh ins Gesicht warf.

Bérénice wurde angewiesen, Luciens Umzug und Einzug zu überwachen. Dann nahm die frohlockende, die schöne, die glückliche Coralie ihren geliebten Dichter am Arm und durchkreuzte ganz Paris, um die Rue Saint-Fiacre zu erreichen. Lucien kletterte die Treppe hinauf und trat gebieterisch ins Bureau. Coloquinte, der noch immer über seinen Stempelmarken saß, und der alte Giroudeau erklärten ihm so hinterhältig wie früher, daß niemand da war.

»Aber die Redakteure müssen sich irgendwo treffen, um die Nummern zu besprechen«, meinte Lucien.

»Wahrscheinlich, aber die Redaktion geht mich nichts an«, antwortete der Kapitän der kaiserlichen Garde und übertrug brummend seine Ziffern.

Durch einen Zufall, ob einen glücklichen oder unglücklichen, bleibe dahingestellt, trat Finot ein, um Giroudeau mitzuteilen, daß er zum Schein abgesetzt sei, und ihm erhöhte Wachsamkeit anzuempfehlen. Dann ergriff er Luciens Hand, drückte sie und erklärte seinem Onkel, daß der Dichter zur Zeitung gehörte und Versteckspielen nicht mehr nötig war.

»Oh, der Herr gehört zur Zeitung!« rief Giroudeau, den das Benehmen seines Neffen überraschte. »Nun, der junge Herr hat nicht lange gebraucht, um bei uns Fuß zu fassen.«

»Bauen wir gleich vor, damit Étienne Sie nicht zu kurz hält«, sagte Finot mit einem Blinzeln zu Lucien. »Sie sollen drei Franc für die Spalte in allen Rubriken, auch für die Theaterberichte, bekommen.«

»Das hat noch niemand erhalten«, erklärte Giroudeau und sah Lucien erstaunt an.

»Er übernimmt die vier Boulevardtheater. Sorge dafür, daß die Logen ihm nicht weggeschnappt werden und daß er seine Karten bekommt. – Ich empfehle Ihnen trotzdem, sie sich nach Hause schicken zu lassen«, wandte er sich an Lucien. »Er übernimmt außerdem zehn Artikel für ›Verschiedenes‹, ungefähr zwei Spalten groß, für fünfzig Franc im Monat, ein Jahr lang. Sind Sie einverstanden?«

»Ja«, antwortete Lucien, dem die Hände durch die Umstände gebunden waren.

»Onkel«, sagte Finot zu dem Kassierer, »setze den Vertrag auf, wir unterschreiben ihn nachher.«

»Wer ist der Herr?« fragte Giroudeau, indem er aufstand und seine schwarze Seidenkappe zog.

»Monsieur Lucien de Rubempré, Verfasser des Artikels über den *Alkaden*«, sagte Finot.

»Junger Mann«, rief der alte Soldat und klopfte Lucien an die Stirn, »Sie haben da Goldminen. Ich bin nicht Literat, aber Ihren Artikel habe ich gelesen, er hat mir Vergnügen bereitet. Sagen Sie nichts, das nenne ich gute Laune. Ich habe auch gleich gesagt: Das führt uns Abonnenten zu! Wir haben fünfzig Stück verkauft.«

»Ist mein Vertrag mit Étienne Lousteau in zwei Exemplaren fertig und zur Unterschrift bereit?« erkundigte sich Finot.

»Ja«, sagte Giroudeau.

»Datiere den Vertrag mit Monsieur de Rubempré auf gestern, damit Lousteau vor einer vollzogenen Tatsache steht«, fuhr Finot fort, nahm den Arm seines neuen Redakteurs mit einem Anschein von Kameradschaftlichkeit, die den Dichter verführte, und zog ihn auf die Treppe, wo er sagte:

»Sie setzen sich damit in ein gemachtes Nest. Ich werde Sie selbst meinen Redakteuren vorstellen. Heute abend soll Lousteau Sie bei den Theatern einführen. Sie können monatlich hundertfünfzig Franc an unserem kleinen Blatt verdienen, dessen Leitung Lousteau übernimmt, stellen Sie sich gut mit ihm. Der Spitzbube wird bereits unzufrieden sein, daß ich Sie über ihn hinweg angestellt habe; aber Sie besitzen Talent, und ich will nicht, daß Sie auf die Gnade eines Chefredakteurs angewiesen sind. Unter uns, Sie können mir bis zu zwei Bogen im Monat für meine Wochenschrift geben, ich zahle Ihnen zweihundert Franc dafür. Sprechen Sie mit niemandem über diese Abmachung, alle wären auf die Bevorzugung eines Neulings neidisch und würden sich auf mich stürzen. Machen Sie aus den zwei Bogen vier Artikel, zeichnen Sie zwei mit Ihrem Namen, zwei mit einem Pseudonym, damit es nicht aussieht, als nähmen Sie anderen das Brot weg; aber Sie halten zu mir, nicht wahr? Ich kann auf Sie zählen?«

Lucien drückte ihm mit maßloser Freude die Hand.

»Tun wir, als hätten wir nicht miteinander gesprochen«, flüsterte ihm Finot ins Ohr, als er im fünften Stock am Ende eines langen Ganges die Tür zu einer Mansarde aufstieß.

Lucien bemerkte Lousteau, Félicien Vernou, Hector Merlin und zwei andere Redakteure, die er nicht kannte; alle saßen um einen Tisch mit grüner Decke, vor dem lodernden Feuer, auf Stühlen oder in Sesseln, rauchend und lachend. Der Tisch war mit Papieren bedeckt, er trug ein richtiges Tintenfaß mit Tinte, daneben lagen ziemlich verbrauchte, aber benutzte Federn. Es wurde dem jungen Zeitungsmann vor Augen geführt, daß hier das große Werk stattfand.

»Meine Herren«, sagte Finot, »der Zweck dieser Zusammenkunft ist, unseren lieben Lousteau als meinen Nachfolger in der Chefredaktion einzuführen. Ich muß diesen Posten niederlegen, aber obwohl meine Anschauungen einer notwendigen Wandlung unterliegen, damit ich Herausgeber der Zeitschrift werde, deren Bestimmung Ihnen bekannt ist, bleiben meine Überzeugungen unverändert, auch meine Freundschaft zu Ihnen. Wir gehören wie in der Vergangenheit auch in der Zukunft zusammen. Die Umstände sind veränderlich, die Grundsätze sind fest. Die Grundsätze sind der feste Pol, um den sich die Zeiger des politischen Barometers drehen.«

Alle Redakteure brachen in Gelächter aus.

»Wer hat dir das beigebracht?« fragte Lousteau.

»Blondet.«

»Regen, Wind, Sturm, schön und beständig«, sagte Merlin, »wir durchlaufen alles zusammen.«

»Verhaspeln wir uns nicht in Metaphern! Wer einen Artikel zu bringen hat, wird Finot finden. Hier Ihr jüngster Kollege, ich habe mit ihm abgeschlossen, Lousteau«, sagte er und wies auf Lucien.

Jeder beglückwünschte Finot zu seinem Aufstieg und seiner neuen Aufgabe.

»Du läßt uns schalten und walten?« fragte man.

»Soviel ihr wollt!« antwortete Finot.

»Ja, aber die Zeitung darf nicht zurückweichen«, erklärte Lousteau, »Monsieur Châtelet hat sich aufgeregt, wir wollen ihn eine Woche lang nicht zu Atem kommen lassen.«

»Was ist geschehen?« fragte Lucien.

»Er kam und verlangte Rechenschaft«, antwortete Vernou, »er stieß auf den Vater Giroudeau, der mit der größten Kaltblütigkeit Philippe Bridau als den Verfasser des Artikels bezeichnete, worauf Philippe den Baron fragen ließ, wann und auf was er sich zu schlagen gedenke. Dabei ist die Sache stehengeblieben. Wir sind gerade dabei, eine Entschuldigung für die nächste Nummer zusammenzustellen. Jeder Satz ist ein Dolchstoß.«

»Pack ihn nur kräftig an, er wird dann zu mir kommen«, meinte Finot, »und ich kann ihm einen Dienst erweisen, indem ich euch zu beschwichtigen verspreche; er hat Beziehungen zum Minister, und wir können ihm etwas abknöpfen, eine Stelle für einen Hilfsprofessor oder einen Tabakverschleiß. Ausgezeichnet, daß er angebissen hat. Wer von euch will in meinem Blatt einen Leitartikel über Nathan schreiben?«

»Geben Sie ihn Lucien«, sagte Lousteau. »Hector und Vernou bringen ähnliche Artikel in ihren Blättern.«

»Auf Wiedersehen, meine Herren, unter vier Augen bei Barbin«, sagte Finot lachend.

Lucien bekam ein paar Komplimente anläßlich seines Eintritts in die gefürchtete Körperschaft der Journalisten, und Lousteau stellte ihn als einen Mann vor, auf den man zählen konnte.

»Meine Herren, Lucien lädt Sie in Scharen zu einem Souper bei seiner Freundin, der schönen Coralie, ein.«

»Coralie geht ans Gymnase«, sagte Lucien zu Étienne.

»Hört ihr? Wir erklären uns bereit, etwas für Coralie zu tun. Gebt in allen Zeitungen ein paar Zeilen über ihr Engagement, und sprecht von ihrem Talent. Sagt, daß der Direktor des Gymnase Takt und Geschicklichkeit besitzt – können wir auch von seinem Geist reden?«

»Er soll ihn haben«, erwiderte Merlin, »von Frédéric liegt ein Stück dort, das er mit Scribe geschrieben hat.«

»Dann ist der Direktor der vorausschauendste und umsichtigste Spekulant«, sagte Vernou.

»Aufgepaßt, meine Herren«, rief Lousteau, »schreiben Sie Ihren Artikel über das Buch Nathans nicht, ohne daß wir uns verständigt haben, wir müssen an den Vorteil unseres neuen Gefährten denken. Lucien hat zwei Bücher unterzubringen, eine Sammlung Sonette und einen Roman. Zeigt, was ein Artikelchen in der Zeitung vermag! Bevor drei Monate vergangen sind, muß er ein großer Dichter sein! Wir benutzen seine Sonette, um mit den Oden, Balladen, Meditationen, der ganzen Romantik aufzuräumen.«

»Eine lustige Sache, wenn die Sonette nichts taugen«, sagte Vernou. »Was halten Sie von Ihren Sonetten, Lucien?«

»Antworten Sie ehrlich«, fiel einer der fremden Redakteure ein.

»Sie sind gut«, antwortete Lousteau, »mein Ehrenwort.«

»Um so besser«, meinte Vernou, »ich werde sie gegen die Jamben der Sakristeidichter, von denen ich allmählich genug habe, ausspielen.«

»Wenn Dauriat heute abend die Sonette nicht nimmt, lassen wir Artikel auf Artikel gegen seinen Nathan los.«

»Und was wird Nathan dazu sagen?« rief Lucien.

Die fünf Redakteure brachen in Gelächter aus.

»Er wird entzückt sein, warten Sie ab, wie wir das machen«, sagte Vernou.

»Der junge Herr gehört also zu uns?« fragte einer der beiden Redakteure, die Lucien nicht kannte.

»Ja, ja, Frédéric, es ist ernst. – Du siehst, Lucien«, sagte Étienne, »wie wir dich behandeln. Denk daran, wenn die Reihe an dich kommt. Wir lieben alle Nathan, und doch greifen wir ihn an. Und jetzt, laßt uns das Reich Alexanders teilen. Frédéric, willst du das Théâtre Français und das Odéon?«

»Wenn die Herren damit einverstanden sind.«

Alle nickten, aber Lucien sah neidische Blicke.

»Ich behalte die große, die italienische und die komische Oper«, sagte Vernou.

»Gut, dann nimmt Hector die Vaudevillebühnen«, sagte Lousteau.

»Und ich bekomme kein Theater?« rief der andere Lucien unbekannte Redakteur.

»So mag Hector dir die Varietés lassen und Lucien die Porte Saint-Martin«, sagte Étienne; »laß ihm die Porte Saint-Martin; er ist versessen auf Fanny Beaupré«, wandte er sich an Lucien, »du nimmst dafür den Cirque Olympique. Für mich bleiben Bobino, die Funambules und Madame Saqui. Was haben wir für die nächste Nummer?«

»Nichts.«

»Nichts?«

»Nichts!«

»Meine Herren, strengen Sie für meine erste Nummer Ihren Geist an. Der Baron Châtelet und sein Stockfisch reichen nicht acht Tage lang. Der Verfasser des *Einsiedlers* ist ebenfalls recht abgenutzt.«

»Sosthenes-Demosthenes zieht auch nicht mehr«, meinte Vernou.

»Wir brauchen frische Tote«, sagte Frédéric.

»Meine Herren, wenn wir die tugendhaften Männer von der Rechten lächerlich machten? Wenn wir behaupteten, daß Monsieur de Bonald Schweißfüße hat?« rief Lousteau.

»Oder fangen wir mit einer Reihe von Porträts der regierungsfrommen Redner an«, schlug Hector Merlin vor.

»Tue das, mein Kleiner«, sagte Lousteau, »du kennst sie, sie gehören zu deiner Partei, du kannst deinem Groll freien Lauf lassen. Nimm dir Beugnot, Syrieys de Mayrinhac und andere vor. Die Artikel können auf Lager liegen, wir kommen dann nicht in Verlegenheit.«

»Wenn wir ein verweigertes Begräbnis mit mehr oder weniger erschwerenden Umständen erfänden?« fragte Hector.

»Wandeln wir nicht auf den Spuren der großen konstitutionellen Blätter, die ihre eigenen Enten züchten«, antwortete Vernou.

»Enten?« fragte Lucien.

»Wir nennen Enten«, erwiderte Hector, »eine Mitteilung, die ganz den Anschein der Wahrheit hat, die aber dazu dient, die Tagesneuigkeiten etwas zu heben, wenn sie zu wünschen übriglassen. Die Ente ist eine Entdeckung Franklins, Franklin hat den Blitzableiter, die Ente und die Republik entdeckt. Er führte mit seinen Übersee-Enten die Enzyklopädisten so vorzüglich an der Nase herum, daß Raynal in seiner *Indischen Philosophiegeschichte* zwei dieser Enten als authentische Tatsachen wiedergab.«

»Das wußte ich nicht«, sagte Vernou. »Was für zwei Enten?«

»Die Geschichte von dem Engländer, der seine Befreierin, eine Negerin, verkauft, nachdem er sie geschwängert hat, um mehr Geld für sie zu bekommen. Dann die rührende Rede der jungen unehelichen Mutter, die den Prozeß gewinnt. Als Franklin nach Paris kam, gestand er seine Enten bei Necker ein, zur Bestürzung der französischen Philosophen. So hat die neue Welt die alte zweimal angeführt.«

»Die Zeitung«, sagte Lousteau, »hält für wahr, was wahrscheinlich ist. Wir leben davon.«

»Die Kriminaljustiz auch«, meinte Vernou.

»Also auf heute abend um neun Uhr hier«, sagte Merlin.

Man stand auf, drückte einander die Hand, und die Sitzung schloß unter den herzlichsten Freundschaftsbezeugungen.

»Was hast du denn mit Finot angefangen«, fragte Étienne beim Hinuntergehen Lucien, »daß er einen Vertrag mit dir gemacht hat? Du bist der einzige, an den er sich gebunden hat.«

»Ich nichts, er schlug vor«, antwortete Lucien.

»Wenn du mit ihm Abmachungen getroffen hast, bin ich zufrieden, wir sind zusammen nur um so stärker.«

Im Erdgeschoß stießen Étienne und Lucien auf Finot. Dieser zog Lousteau sogleich in den Vorderraum der Redaktion.

»Unterschreiben Sie Ihren Vertrag«, sagte Giroudeau zu Lucien und gab ihm die beiden Bogen, »der neue Direktor soll glauben, daß er schon gestern abgeschlossen wurde.«

Während Lucien den Vertrag las, hörte er, daß Étienne und Finot sich ziemlich lebhaft über die Naturalien stritten, die dem Blatt zuflossen. Étienne verlangte seinen Anteil an diesen Steuern, die Giroudeau erhob. Die beiden trafen zweifellos eine Übereinkunft, denn sie trennten sich in voller Harmonie.

»Um acht Uhr, in den Galeries de Bois«, sagte Étienne zu Lucien.

Ein junger Mann, schüchtern und unruhig wie unlängst Lucien, bewarb sich als Redakteur. Lucien sah mit heimlichem Vergnügen, wie Giroudeau mit dem Neuling die gleichen Späße trieb, durch die der alte Militär ihn getäuscht hatte. Sein Eigeninteresse ließ ihn vollkommen die Notwendigkeit dieser Schliche verstehen, die eine nahezu unüberwindliche Schranke zwischen den Anfängern und der Mansarde errichteten, in welche die Auserkorenen Einlaß fanden.

»Es gibt schon jetzt nicht genug Geld für die Redakteure«, sagte er zu Giroudeau.

»Wenn Sie mehr wären, hätte jeder von Ihnen noch weniger«, erwiderte der Hauptmann. »Also!«

Der pensionierte Offizier schwenkte seinen Stock mit dem Bleikopf, ging brummend hinaus und schien verdutzt, als er Lucien in die schöne Equipage steigen sah, die auf dem Boulevard wartete.

»Jetzt seid ihr die Offiziere und wir die Zivilisten«, meinte der Soldat.

»Mein Ehrenwort«, sagte Lucien zu Coralie, »diese jungen Menschen scheinen mir die harmlosesten Kinder der Welt zu sein. Also, ich bin Journalist mit der Gewißheit, sechshundert Franc im Monat verdienen zu können, wofür ich allerdings wie ein Pferd arbeiten muß. Aber ich bringe meine zwei Bücher an und schreibe neue, und die Freunde garantieren für den Erfolg. Ich sage wie du, Coralie: Dem Mutigen gehört das Glück.«

»Es wird dir gelingen, mein Kleiner, hüte dich aber, so

gut zu sein, wie du schön bist, es wäre dein Verderben. Sei schlecht mit den Menschen, das ist das richtige Verhalten.«

Coralie und Lucien machten eine Fahrt in den Bois de Boulogne, wo sie abermals der Marquise d'Espard, Madame de Bargeton und dem Baron Châtelet begegneten. Madame de Bargeton schenkte Lucien einen verführerischen Blick, der als ein Gruß gelten konnte. Camusot hatte das beste Diner der Welt bestellt. Das Gefühl, von ihm befreit zu sein, bewirkte, daß Coralie reizend zu dem armen Seidenhändler war; er erinnerte sich nicht, sie in den vierzehn Monaten ihrer Verbindung je so hinreißend und anziehend gesehen zu haben. ›Wir sollten zusammenbleiben‹, dachte er, ›trotz allem!‹

Er bot Coralie heimlich eine in das Staatsschuldenbuch einzutragende Rente von sechstausend Franc an, von der seine Frau nichts wissen sollte, vorausgesetzt, daß Coralie seine Geliebte blieb; dafür wollte er über ihre Liebe zu Lucien hinwegsehen.

»Einen Engel wie ihn verraten? Aber schau ihn doch an, und dann dich, armer Pavian!« sagte sie und wies auf Lucien, der von den Weinen, die Camusot ihm vorgesetzt hatte, leicht berauscht war.

Camusot beschloß zu warten, bis die Armut ihm die Frau zurückgäbe, die die Armut ihm schon einmal ausgeliefert hatte. »Ich werde also nur dein Freund sein«, sagte er und küßte sie auf die Stirn.

Lucien ließ Coralie und Camusot allein, um in die Galeries de Bois zu gehen. Welche Wandlung hatte seine Einweihung in die Mysterien der Zeitung in seinem Geist hervorgebracht! Er tauchte ohne Furcht in die Masse, die durch die

Galerien wogte, er trug eine hochfahrende Miene zur Schau, weil er eine Geliebte hatte, er trat bei Dauriat lässig ein, weil er Journalist war. Er traf eine große Gesellschaft an, er gab die Hand Blondet, Nathan, Finot, der ganzen Literatur, mit der er seit einer Woche auf du und du stand; er hielt sich für eine Persönlichkeit und für mehr als seine Kameraden; er hatte gerade soviel Wein getrunken, daß er sich wunderbar aufgelegt fühlte, er zeigte seinen Geist und bewies, daß er mit den Wölfen zu heulen verstand. Gleichwohl wurde ihm nicht die stumme oder offene Anerkennung zuteil, mit der er gerechnet hatte; er stellte eine erste Eifersucht bei diesen Menschen fest, die sich, vielleicht weniger unruhig als neugierig, fragten, wie weit ein neues Talent gehen und welchen Anteil es an der Beute verlangen werde. Allein Finot, der in Lucien eine Mine sah, die es auszubeuten galt, und Lousteau, der Rechte auf ihn zu haben glaubte, lächelten dem Dichter zu. Lousteau, der bereits das Gehabe eines Chefredakteurs angenommen hatte, klopfte stark an die Scheiben der Tür, die zu Dauriats Kabinett führte.

»Noch einen Augenblick, mein Freund«, sagte der Buchhändler, als er über die grünen Vorhänge schaute und ihn erkannte. Der Augenblick dauerte eine Stunde; nun traten Lucien und sein Freund in das Allerheiligste.

»Lassen Sie hören, haben Sie an unseren Freund gedacht?« fragte der neue Chefredakteur.

»Gewiß«, sagte Dauriat und lehnte sich sultanhaft in den Sessel zurück. »Ich habe den Band durchgesehen, ich habe ihn einem Mann von Geschmack zu lesen gegeben, der ein Mann von Urteil ist, ich selbst maße mir nicht an, etwas davon zu verstehen. Ich, mein Lieber, ich kaufe den Ruhm fertig wie jene Engländer die Liebe. Sie sind ein ebenso großer Dichter, wie Sie hübsch sind, mein Kleiner. Beim Ehrenwort eines Mannes, nicht etwa eines Buchhändlers, Ihre *Marguerites* sind großartig, man merkt ihnen nicht die Arbeit an, was selten ist, wenn man Inspiration und Schwung hat. Kurzum, Sie verstehen zu reimen, eine der guten Eigenschaften der neuen Schule. Ihre Verse geben einen schönen Band, aber es ist kein Geschäft, ich kann mich nur mit großen Sachen abgeben. Die Gewissenhaftigkeit verbietet mir, Ihre Sonette zu nehmen, ich könnte nichts für sie tun, es ist nicht genug da, um die Ausgaben, die ein Erfolg kostet, zu rechtfertigen. Außerdem wollen Sie ja in Zukunft keine Verse mehr schreiben, Ihr Buch bleibt vereinzelt. Sie sind jung, junger Mann! Sie bringen mir den ewigen ersten Versband, den bei Austritt aus der Schule alle Schriftsteller schreiben; sie halten zuerst daran fest, dann machen sie sich darüber lustig. Ihr Freund Lousteau muß in seinen alten Strümpfen auch so einen Band liegen haben. Ist es nicht so, Lousteau?« fragte Dauriat Étienne und blinzelte ihm zu.

»Wie könnte ich sonst in Prosa schreiben?« fragte Lousteau.

»Sehen Sie wohl, er hat mir nie etwas davon gesagt, aber unser Freund kennt den Verlag und die Geschäfte. Für mich«, wandte er sich schmeichelnd an Lucien, »kommt es nicht darauf an zu wissen, ob Sie ein großer Dichter sind; Sie haben viel, wirklich viel Talent; wenn ich mit meinem Verlag am Anfang stünde, würde ich den Fehler begehen und Sie verlegen. Aber heute muß ich zuerst daran denken, daß meine Geldgeber und Grundstücksmakler mir den Brotbeutel höher hängen würden; im letzten Jahr habe ich mehr als zwanzigtausend Franc verpulvert, und sie wollen nichts mehr von Kunst wissen, ich bin in ihrer Hand. Trotzdem ist das nicht der springende Punkt. Ich räume ein, daß Sie ein großer Dichter sind; werden Sie auch ein fruchtbarer sein? Werden Sie regelmäßig Sonette ausbrüten? Werden Sie es auf zehn Bände bringen, werden Sie ein gutes Geschäft sein? Und da heißt die Antwort: Nein, Sie werden prächtige Prosa schreiben, Sie haben zuviel Geist, um ihn an Flickworte zu verschwenden, Sie müssen dreißigtausend Franc im Jahr bei der Zeitung verdienen und werden sie nicht für die dreitausend ausschlagen, die Ihnen Ihre Strophen, Zeilen und das ganze Zeug einbringen, und auch das nur mit Mühe!«

»Sie wissen, Dauriat, daß Rubempré zum Blatt gehört?« fragte Lousteau.

»Ja, ich habe seinen Artikel gelesen, und in seinem eigenen wohlverstandenen Interesse lehne ich seine *Marguerites* ab! Ja, bevor sechs Monate vergangen sind, werde ich Ihnen für die Artikel, die ich bei Ihnen bestellen will, mehr Geld zu verdienen gegeben haben, als Ihre unverkäufliche Poesie je einbringt!«

»Und der Ruhm?« rief Lucien.

Dauriat und Lousteau brachen in Gelächter aus. »Zum Teufel auch, er hat noch Illusionen«, sagte Lousteau.

»Der Ruhm«, antwortete Dauriat, »bedeutet für den Buchhändler zehn Jahre warten und die Aussicht auf einen Verlust oder Gewinn von hunderttausend Franc. Falls Sie einen Narren finden, der Ihre Gedichte druckt, werden Sie heute in einem Jahr, wenn Sie das Ergebnis erfahren, achtungsvoll an mich denken.«

»Sie haben das Manuskript da?« fragte Lucien kalt.

»Da liegt es, mein Freund«, erwiderte Dauriat, dessen Benehmen immer süßlicher geworden war.

Lucien ergriff die Rolle, ohne auf den Zustand des Bindfadens zu achten, so sehr war er überzeugt, daß Dauriat die Sonette gelesen hatte.

Er ging mit Lousteau hinaus und schien weder niedergeschmettert noch auch nur unzufrieden zu sein.

Dauriat begleitete die beiden Freunde in den Laden, wobei er von seiner Zeitung und der Lousteaus sprach. Lucien spielte lässig mit dem Manuskript.

»Du glaubst, daß Dauriat die *Marguerites* las oder lesen ließ?« flüsterte Étienne ihm ins Ohr.

»Gewiß.«

»Schau die Siegel an.«

Lucien stellte fest, daß die Tintenstriche und die Schnur noch genau aufeinanderlagen.

»Welches Sonett hat Ihnen am besten gefallen?« wandte sich Lucien bleich vor Zorn und Wut an den Verleger.

»Alle sind bemerkenswert, mein Freund, aber das über die Marguerite ist entzückend mit seinem feinen, delikaten Schluß. Gerade an dieser Stelle habe ich mir gedacht, daß Ihre Prosa den größten Erfolg haben muß. Ich empfahl sie auch sofort Finot. Schreiben Sie uns Artikel, wir zahlen gut. Sehen Sie, an den Ruhm denken, das ist ausgezeichnet, man soll aber auch an das Handfeste denken und alles nehmen, was sich bietet. Wenn Sie reich sind, können Sie immer noch Verse schreiben.«

Der Dichter ging rasch hinaus, um seine Wut nicht ausbrechen zu lassen.

»Kindskopf«, sagte Lousteau, der ihm gefolgt war, »beruhige dich, sieh in den Menschen das, was sie sind, Mittel zum Zweck. Willst du Vergeltung?«

»Um jeden Preis.«

»Hier ist ein Exemplar von Nathans Buch, Dauriat gab es mir eben, die zweite Auflage erscheint morgen. Lies es, und verreiß es in einem Artikel. Vernou kann Nathan nicht leiden, dessen Erfolg nach seiner Meinung dem künftigen Erfolg seines eigenen Buches schadet. Eine der fixen Ideen dieser kleinen Geister besteht in dem Glauben, unter der Sonne sei nicht Platz für zwei Erfolge. Er wird deinen Artikel in das große Blatt bringen, an dem er mitarbeitet.«

»Aber was kann man gegen Nathan sagen? Sein Buch ist schön«, rief Lucien.

»Lerne dein Handwerk erst kennen«, antwortete Lousteau lachend. »Das Buch muß, und wenn es ein Meisterwerk wäre, unter deiner Lupe eine stumpfsinnige Nichtigkeit, ein gefährliches und ungesundes Machwerk werden.«

»Mein Gott, auf welche Weise?«

»Nenne, was schön ist, häßlich.«

»Zu einem solchen Gewaltstreich bin ich nicht fähig.«

»Mein Lieber, ein Journalist ist ein Akrobat, du mußt dich an die Verrenkungen gewöhnen. Da ich ein guter Kerl bin, will ich dir verraten, wie man es machen muß. Also aufgepaßt. Zuerst findest du das Buch gut, und wenn es dir Spaß macht, sagst du bei dieser Gelegenheit, was du davon hältst. Das Publikum wird denken, dieser Kritiker ist nicht eifersüchtig, ohne Zweifel urteilt er unparteiisch. Das Publikum hält dich von da an für einen Mann, der seinem Gewissen folgt. Nachdem du die Achtung des Lesers erworben hast, bedauerst du, den Weg tadeln zu müssen, auf den solche Bücher unsere Literatur drängen. Lenkt Frankreich, erklärst du, nicht den Geist der ganzen Welt? Bis heute lehrten seit Jahrhunderten die französischen Schriftsteller Europa die Kunst der Zergliederung, der philosophischen Durchleuchtung, gaben sie den Ideen die große, eindrucksvolle Form. Hier fügst du für den Bürger ein Lob Voltaires, Rousseaus, Diderots, Montesquieus und Buffons bei, du setzt auseinander, wie unerbittlich in Frankreich die Sprache ist, nenne sie ein Glanzlicht, das auf den Gedanken aufgesetzt wird, ergehe dich in Sentenzen wie: Ein großer Schriftsteller ist in Frankreich immer ein großer Mann, die Sprache zwingt ihn dazu, immer seinen Gedanken herauszuarbeiten, bei den anderen Völkern ist es nicht so. Ziehe Rabener heran, einen deutschen Moralisten und Satiriker, und vergleiche ihn mit La Bruyère. Nichts steht einem Kritiker so gut an, wie wenn er von einem unbekannten fremden Autor spricht. Kant ist das Piedestal für Cousin. Bist du erst auf diesem Gebiet, so suchst du ein abschließendes Wort für alle diese Talente der Vergangenheit, nenne sie zum Beispiel Schriftsteller des Geistes. Mit diesem Wort bewaffnet, gehst du gegen die lebenden Autoren vor und setzt auseinander, daß heute eine neue Literatur aufkommt, in der man den Dialog, die leichteste aller literarischen Formen, mißbraucht und ebenso die Beschreibung, die von der Pflicht, Gedanken zu haben, entbindet. Du setzt die Romane Voltaires, Diderots, Sternes und Lesages, die alle so inhaltlich und eindringlich sind, dem modernen Roman entgegen, in dem sich alles in Bildern auflöst und den Walter Scott viel zu sehr dramatisiert hat. In dieser Gattung macht sich die Erfindung zu breit. Der Roman im Stil Walter Scotts ist nur eine Gattung, aber nicht eine Lebensanschauung, sagst du. Du verdammst diese gefährliche Gattung, in der die Ideen verdünnt und ausgewalzt werden; es ist eine Gattung, die jedem zugänglich wird, in der jeder mit billigen Mitteln als Autor auftreten kann, nenne sie die Phantasieliteratur. Mit diesem Argument kannst du Nathan erschlagen, du brauchst nur nachzuweisen, daß er ein Nachahmer ist, der bloß dem Anschein nach Talent besitzt. Der große gedrängte Stil des achtzehnten Jahrhunderts fehlt seinem Buch. Beweise, daß die Geschehnisse die Gefühle überwuchern. Erregung ist noch nicht das Leben, das Malerische noch nicht der Gedanke! Gib ein paar von diesen Sentenzen zum besten, das Publikum wiederholt sie sofort. Bei allem Verdienst erscheint dir das Buch verhängnisvoll und gefährlich, es öffnet der Menge die Pforten des Ruhmestempels; deute an, daß du im Hintergrund schon ein ganzes Heer kleiner Autoren siehst, die sich dieser Form bedienen werden. Hier kannst du dich nun mit den pathetischsten Worten gegen den Verfall des Geschmacks ergehen und das Lob der Herren Étienne, Jouy, Tissot, Gosse, Duval, Jay, Benjamin Constant, Aignan, Baour-Lormian, Villemain, der Koryphäen der napoleontreuen liberalen Partei einfügen, unter deren Fittichen Vernous Blatt steht. Male aus, wie diese ruhmreiche Phalanx dem Einfall der Romantiker widersteht, die Rechte des Gedankens und des Stils gegen das Malerische und das Wortreiche vertritt, die Schule Voltaires fortsetzt und gegen die Schule der Engländer und Deutschen steht, ganz wie die siebzehn Redner der Linken die Nation gegen die Ultras der Rechten verteidigen. Im Schatten dieser Namen, die von der ungeheuren Mehrheit aller Franzosen, die immer für die Opposition der Linken sein werden, kannst du Nathan vernichten, dessen Werk ungeachtet aller hohen Schönheiten in Frankreich einer ideenlosen Literatur Bürgerrecht zu verleihen sucht. Du verstehst, jetzt handelt es sich nicht mehr um Nathan und sein Buch, sondern um den Ruhm des Landes. Die Pflicht aller ehrenhaften und mutigen Schriftsteller ist es, sich den ausländischen Importen heftig zu widersetzen. Hierbei schmeichelst du den Abonnenten. Deiner Meinung nach ist Frankreich ein schlauer Fuchs, den zu überlisten nicht einfach ist. Wenn der Verleger aus Gründen, in die du dich nicht einlassen willst, einen Erfolg erschlichen hat, so hat das wahre Publikum bald Gericht gehalten über die Irrtümer der fünfhundert Einfaltspinsel, die seine Vorhut bilden. Du wirst sagen, daß der Verleger, nachdem er das Glück hatte, eine Auflage dieses Buches zu verkaufen, sehr wagemutig ist, eine zweite davon zu machen, und du wirst bedauern, daß ein so geschickter Verleger so wenig die Neigungen des Landes kennt. Das sind deine Zutaten. Würze mir diese Erwägungen mit Geist, schärfe sie mit einem kleinen Schuß Essig, und Dauriat schmort in der Bratpfanne der Artikel. Aber vergiß nicht, am Schluß Nathan als einen Mann zu beklagen, der einem Irrtum aufgesessen ist und dem, wenn er diesen Weg verläßt, die Literatur der Gegenwart noch schöne Werke verdanken wird.«

Lucien hörte Lousteau sprachlos zu; bei den Worten des Journalisten fiel es ihm wie die Schuppen von den Augen, er entdeckte literarische Wahrheiten, die er nicht einmal geahnt hatte.

»Aber, was du mir sagst«, rief er, »ist ja vollständig richtig und vernünftig.«

»Könntest du sonst Nathans Buch in Stücke reißen?«

fragte Lousteau. »Ich habe dir nur ein Beispiel gegeben, wie man ein Werk zertrümmern kann, ich habe dir sozusagen die Spitzhacke des Kritikers gezeigt. Es gibt noch viele andere Methoden, deine Erziehung wird sich machen. Wenn du gezwungen wirst, unbedingt von jemandem zu sprechen, den du nicht liebst – bisweilen sind dem Eigentümer und dem Herausgeber einer Zeitung die Hände gebunden –, wendest du die Methode an, die wir die Leitartikelmethode nennen. Du setzt an die Spitze den Titel des Buches, dessen Besprechung dir übertragen wurde; du beginnst mit allgemeinen Betrachtungen, worin du von den Griechen und Römern sprechen kannst, dann sagst du am Schluß: ›Diese Betrachtungen führen uns zu dem Buch des Monsieur Soundso, wir werden in einem zweiten Artikel darüber schreiben.‹ Der zweite Artikel wird nie erscheinen. Man erwürgt so das Buch zwischen zwei Versprechungen. Heute schreibst du nicht einen Artikel gegen Nathan, sondern gegen Dauriat, ein kräftiger Hieb mit der Pike ist nötig. Einem guten Buch schadet er nicht, aber ein schlechtes fliegt in tausend Stücke: Im ersten Fall wird nur der Verleger geschädigt, im zweiten leistest du dem Publikum einen Dienst. Für die politische Kritik gelten dieselben Methoden.«

Étiennes erbarmungsloser Unterricht riß Wände in Luciens Seele ein, er begriff sofort die Möglichkeiten des Handwerks.

»Gehen wir auf die Redaktion«, sagte Lousteau, »wir treffen dort die Freunde und können überlegen, wie wir Nathan in Grund und Boden schießen, es macht ihnen Spaß, du wirst sehen.«

In der Rue Saint-Fiacre stiegen sie zusammen in die

Mansarde, wo die Redaktion war, und Lucien sah mit ebensoviel Überraschung wie Vergnügen, wie bereit seine Kameraden waren, Nathans Buch zu vernichten. Hector Merlin nahm ein Stück Papier, auf das er folgende Zeilen schrieb:

Man kündigt die zweite Ausgabe von Monsieur Nathans Buch an. Wir hatten die Absicht, über dieses Werk zu schweigen, aber da anscheinend ein Erfolg vorliegt, werden wir einen Artikel veröffentlichen, der sich weniger mit dem Buch als solchem als mit den Tendenzen der jungen Literatur beschäftigt.

Er trug das Blatt sogleich in die Setzerei.

An die Spitze der kleinen Ausfälle, die für die nächste Nummer bestimmt waren, stellte Lousteau diesen Satz:

Der Buchhändler Dauriat bringt die zweite Auflage des Buches Nathans auf den Markt? Er kennt also nicht den Grundsatz der Juristen: Non bis in idem? *Ehre der Tollkühnheit!*

Étiennes Worte waren eine Erleuchtung für Lucien gewesen, der seinen Wunsch, Rache an Dauriat zu nehmen, über sein besseres Wissen setzte. Drei Tage lang blieb er in Coralies Zimmer, um vor dem Kamin zu arbeiten, von Bérénice gepflegt und in den Ruhepausen von der schweigenden Coralie gehegt. Am dritten Tag beendete er einen kritischen Artikel von ungefähr drei Spalten, worin er sich zu einer überraschenden Höhe erhob. Er eilte auf die Zeitung, es war neun Uhr abends, und las den Redakteuren seine Arbeit vor. Man hörte ihm mit großem Ernst zu. Félicien sagte nicht ein Wort, er ergriff das Manuskript und sprang die Treppe hinunter.

»Was ist mit ihm?« rief Lucien.

»Er bringt deinen Artikel in die Druckerei«, sagte Hector Merlin, »es ist ein Meisterwerk, an dem nicht ein Wort zu streichen, nicht eine Zeile hinzuzufügen ist.«

»Man muß dir nur den Weg zeigen!« erklärte Lousteau.

»Ich möchte die Miene sehen, die Nathan morgen macht, wenn er das liest«, sagte ein anderer Redakteur, dessen Gesicht eine angenehme Genugtuung verriet.

»Man muß sich gut mit ihm stellen«, sagte Merlin.

»Der Artikel ist also gut?« fragte Lucien lebhaft.

»Blondet und Vignon werden erblassen«, sagte Lousteau.

»Ich habe hier noch einen kleinen Artikel, den ich für euch schrieb und der, wenn er gefällt, eine Reihe ähnlicher Arbeiten eröffnen kann«, bemerkte Lucien.

»Lies auch das vor«, sagte Lousteau.

Lucien las nun einen jener reizenden Artikel, die das Glück des kleinen Blattes machten; er malte darin in zwei Spalten einen Ausschnitt aus dem Pariser Leben, eine Gestalt, einen Typus, ein tägliches Ereignis oder ein paar besondere Vorfälle. Die Probe, die er zum besten gab, trug die Überschrift »In den Pariser Straßen« und war in jener neuen, originellen Manier geschrieben, deren Geheimnis darin bestand, daß der Gedanke dem Zusammenstoß der Worte entsprang und das Klirren der Adverbien und Adjektive schon allein die Aufmerksamkeit erweckte. Der Artikel war ebenso verschieden von dem ernsten und tiefen Aufsatz über Nathan, wie die *Persischen Briefe* Montesquieus vom *Geist der Gesetze* verschieden sind.

»Du bist der geborene Journalist«, sagte Lousteau zu ihm, »das geht morgen in Satz, liefere so viele von diesen Arbeiten, wie du willst.«

»Hört«, sagte Merlin, der zurückgekehrt war, »Dauriat ist schön wütend über die beiden Granaten, die wir ihm in seinen Laden gepfeffert haben. Ich war bei ihm, er verfluchte Finot, als er von ihm hörte, daß er dir seine Zeitung verkauft hat. Ich nahm ihn zur Seite und sagte ihm: ›Die *Marguerites* werden Sie teuer zu stehen kommen! Ein Mann von Talent bietet sich Ihnen an, und Sie werfen ihn hinaus, während wir ihn mit offenen Armen aufnehmen.‹«

»Dauriat wird sich unter deinem Artikel krümmen«, sagte Lousteau zu Lucien. »Du siehst, mein Junge, was die Zeitung ist? Aber um deine Rache steht es gut! Der Baron Châtelet war hier und wollte deine Adresse wissen, heute morgen stand ein blutiger Artikel gegen ihn im Blatt, der alte Geck hat keine guten Nerven, er ist verzweifelt. Du hast die Zeitung nicht gelesen? Der Artikel ist witzig: Hier: *Leichenbegräbnis des Reihers, der trauernde Tintenfisch.* Madame de Bargeton heißt in der Gesellschaft nur noch der Tintenfisch und Châtelet nur noch der Baron Reiher.«

Lucien nahm das Blatt und mußte lachen, als er das kleine Meisterwerk der Verspottung las, das er Vernou verdankte.

»Die beiden werden bald die Waffen strecken«, sagte Hector Merlin.

»Während man das Blatt zusammenstellt«, sagte Lousteau, »will ich einen Rundgang mit dir machen und dich in allen Theatern, die zu deinem Bereich gehören, vorn am Eingang und hinten in den Kulissen vorstellen; dann treffen wir Florine.«

Arm in Arm gingen sie von Theater zu Theater. Überall wurde Lucien als Redakteur auf den Thron gesetzt, von den Direktoren umschmeichelt, von den Schauspielerinnen lorgnettiert – alle wußten schon, welche Wirkung ein einziger Artikel von ihm gehabt hatte: Coralie war vom Gymnase mit fünfzehntausend Franc Jahresgehalt, Florine vom Panorama mit achttausend Franc verpflichtet worden. Die vielen Huldigungen hoben Lucien in seinen eigenen Augen und ließen ihn die Macht erkennen, die er besaß. Um elf Uhr kamen die beiden Freunde ins Panorama Dramatique, wo Lucien mit einer Lässigkeit auftrat, die Sensation machte. Nathan war da. Nathan streckte Lucien die Hand hin, der sie nahm und drückte.

»Die Herren über mein Schicksal!« sagte er und sah Lucien und Lousteau an. »Sie wollen mich also verscharren?«

»Warte doch bis morgen, mein Lieber. Du wirst sehen, wie Lucien dich angefaßt hat, auf Ehrenwort, du wirst zufrieden sein. Wenn die Kritik so ernst wie diese ist, gewinnt das Buch.«

Lucien wurde rot vor Scham.

»Geht er sehr hart mit mir um?« fragte Nathan.

»Er spricht grundsätzlich«, sagte Lousteau.

»Also keine Abfuhr?« fuhr Nathan fort. »Hector Merlin sagte im Foyer des Vaudeville, daß kein guter Fetzen an mir bleibt.«

»Lassen Sie ihn reden, und warten Sie ab«, rief Lucien und rettete sich in die Loge Coralies, die gerade in ihrem anziehenden Kostüm die Bühne verließ.

Als Lucien am nächsten Morgen mit ihr beim Frühstück saß, hörte er ein Kabriolett durch die einsame Straße fahren, es mußte ein eleganter Wagen sein, das Pferd hatte jenen leichten Schritt und jene besondere Art anzuhalten, die auf reine Rasse schließen lassen. Vom Fenster aus bemerkte Lucien nun das prächtige englische Tier Dauriats und diesen selbst, der beim Aussteigen dem Groom die Zügel reichte.

»Der Verleger!« rief Lucien seiner Geliebten zu.

»Laß ihn warten«, befahl Coralie sofort Bérénice.

Lucien lachte, als er sah, wie wunderbar das Mädchen sein Interesse zum eigenen machte, und umarmte sie mit echter Empfindung – sie hatte Geist gezeigt. Die Schnelligkeit, mit welcher der anmaßende Verleger sich einstellte, die plötzliche Demut dieses Königs der Pfuscher gingen auf Umstände zurück, die fast ganz in Vergessenheit geraten waren, so sehr hatte sich der Buchhandel in den letzten fünfzehn Jahren gewandelt. Von 1816 bis 1827, als die Lesekabinette blühten, in denen anfangs Zeitungen auflagen, später gegen Zahlung einer Gebühr alle Neuerscheinungen gelesen werden konnten, hatte der Buchhandel, der unter dem Druck der verschärften Pressegesetze nach der neuen Erfindung der Anzeige griff, kein anderes Mittel, um die Öffentlichkeit zu erreichen, als die Artikel, die für Geld in den Feuilletons oder im übrigen Teil der Blätter erschienen. Bis zum Jahre 1822 besaßen die französischen Zeitungen einen so geringen Umfang, daß die größten kaum an die kleinsten von heute heranreichten. Um der Tyrannenherrschaft der Journalisten zu begegnen, benutzten Dauriat und Ladvocat zuerst die Inserate, durch die sie die Aufmerksamkeit des Pariser Publikums auf sich zogen; sie verwandten Phantasiebuchstaben, bizarre Farbgebungen, Vignetten und später die Lithographie, die aus dem Plakat ein Gedicht für das Auge machten – und oft eine Enttäuschung für die Börse des Käufers. Die Plakate wurden so originell, daß einer der Sammler, die in Wahrheit Leute mit Zwangsvorstellungen sind, eine vollständige Sammlung aller Pariser Plakate besitzt.

Dieses Mittel, das zuerst auf die Fenster der Läden und Lädchen beschränkt blieb, dann aber ganz Frankreich eroberte, wurde zugunsten der Anzeige verlassen. Aber das Plakat, das noch in die Augen fällt, wird, wenn die Anzeige und mit ihr oft das Werk vergessen ist, immer bestehen bleiben, zumal seitdem es gelang, es auf die Mauer selbst zu zeichnen oder zu malen. Die Anzeige, die jedem, der zahlt, zur Verfügung steht und die vierte Seite der Zeitungen in ein Gefilde verwandelt hat, das für den Fiskus ebenso einträglich wie für die Spekulation ist, wurde unter dem Druck der Stempelmarke, des Postregals und der Kautionen geboren. Diese Einschränkungen, die Erfindung des Monsieur de Villèle, der damals die Zeitung hätte töten können, indem er sie vulgarisierte, schufen im Gegenteil eine Art von Privileg und machten die Gründung neuer Blätter fast unmöglich. 1821 waren die Zeitungen also unumschränkte Herrscher über den Gedanken und den, der ihn verlegte. Eine Anzeige von ein paar Zeilen, die in die Pariser Nachrichten kam, wurde mit Gold bezahlt. In den Büroräumen der Redaktionen und abends auf dem Schlachtfeld der Druckereien, wenn es sich beim Umbruch entschied, ob dieser oder jener Artikel fortgelassen werden sollte, gab es so viele Intrigen, daß die großen Verleger einen Literaten unterhielten, der diese Artikelchen abfassen mußte, bei denen es darauf ankam, mit wenigen Worten viel auszudrücken. Diese unbekannten Journalisten, die nur nach dem Erscheinen bezahlt wurden, blieben oft die ganze Nacht in den Druckereien, um darüber zu wachen, daß die großen Artikel, die oft auf den merkwürdigsten Wegen erschlichen waren, oder die kurzen Nachrichten von ein paar Zeilen nicht fortblieben.

Heute haben sich die Zustände in der Literatur und im Verlag so geändert, daß viele Leute nicht glauben würden, was über die ungeheuren Anstrengungen, Verführungen, Feigheiten und Intrigen zu sagen ist, denen sich um dieser Anzeigen willen die Verleger, die Autoren, die Märtyrer des Ruhms und alle diese Sträflinge unterziehen mußten, die zum Erfolg auf Ewigkeit verurteilt sind. Diners, Schmeicheleien, Geschenke, alles wurde für die Journalisten aufgeboten. Die folgende Anekdote wird besser als alle Behauptungen das enge Bündnis zwischen Kritik und Verlagsbuchhandel veranschaulichen.

Ein Mann von hohem Stil, darauf aus, in der Politik Karriere zu machen, und zu jener Zeit jung, galant und Redakteur einer großen Zeitung, wurde zum Liebling eines bekannten Verlagshauses. An einem Sonntag auf dem Lande, wo der wohlhabende Verleger den bedeutendsten Redakteuren der Zeitungen seine Gastfreundschaft erwies, entführte die damals junge und hübsche Herrin des Hauses den berühmten Schriftsteller in ihren Park. Der Erste Kommis, ein kühler Deutscher, ernst und methodisch, nur an die Geschäfte denkend, ging mit einem Feuilletonisten Arm in Arm spazieren und plauderte über ein Unternehmen, über das er ihn konsultierte; das Gespräch führt sie außerhalb des Parks, sie erreichen den Wald. Inmitten des Dickichts sieht der Deutsche etwas, was seiner Herrin ähnelt. Er nimmt sein Lorgnon, bedeutet dem jungen Redakteur, zu schweigen und wegzugehen, und entfernt sich dann selbst vorsichtig. »Was haben Sie gesehen?« fragt ihn der Schriftsteller. »Fast nichts«, antwortet er. »Unser großer Artikel kommt durch. Morgen werden wir mindestens drei Spalten in den *Débats* haben.«

Eine weitere Tatsache soll diese Macht der Artikel verdeutlichen. Ein Buch des Monsieur de Chateaubriand über den letzten Stuart lag unverkäuflich bei einem Buchhändler; da bewirkte ein einziger Artikel, den ein junger Mann im *Journal des Débats* veröffentlichte, daß das Buch innerhalb einer Woche ausverkauft war. In einer Zeit, in der man ein Buch, das man lesen wollte, kaufen mußte, setzten gewisse liberale Werke zehntausend Exemplare ab, da sie von allen Blättern der Opposition gelobt wurden; allerdings bestanden die belgischen Nachdrucke noch nicht. Die Angriffe der Freunde Luciens und sein Artikel stoppten den Verkauf von Nathans Buch. Nathan litt nur in seiner Eigenliebe, er hatte nichts zu verlieren, Dauriat hatte ihn bezahlt; aber Dauriat konnte dreißigtausend Franc verlieren. Das Verlegergeschäft läßt sich in folgendem Satz zusammenfassen: Ein Ries Papier hat unbedruckt einen Wert von fünfzehn Franc, bedruckt den von hundert Sou oder hundert Écu, der Erfolg entscheidet. Damals entschied oft ein Artikel für oder wider diese Geldfrage. Dauriat, der fünfhundert Ries zu verkaufen hatte, beeilte sich daher, vor Lucien die Waffen zu strecken. Aus dem Sultan wurde im Handumdrehen ein Sklave. Nachdem er eine Zeitlang hatte warten müssen, wobei er so laut wie möglich auftrat und mit Bérénice verhandelte, erreichte er, daß Lucien ihn empfing. Der stolze Verleger nahm die lachende Miene des

Höflings an, der den Hof betritt, sie war eine Mischung aus Dünkel und Biederkeit.

»Laßt euch nicht stören, meine teuren Engel«, sagte er, »nein, sind sie reizend, die beiden Turteltauben! Wenn man ihn so sieht, sollte man nicht glauben, daß der junge Mann mit dem Mädchengesicht ein Tiger ist, der mit einem Zugriff seiner Tatzen einen Ruf zerreißt – übrigens, wohl genauso, wie er seiner Freundin den Schlafrock zerreißt, wenn sie ihn ihm nicht schnell genug auszieht.« Er brach in ein Gelächter aus, dann setzte er sich neben Lucien, sagte aber vorher zu Coralie: »Ich bin Dauriat.« Er hielt es für nötig, seinen Namen in die Waagschale zu werfen, da er sich nicht freundlich genug empfangen fühlte.

»Haben Sie gefrühstückt, wollen Sie uns Gesellschaft leisten?« fragte die Schauspielerin.

»Ich nehme gern an, es läßt sich bei Tisch besser sprechen«, antwortete Dauriat, »außerdem gibt mir das, hoffe ich, das Recht, Sie mit meinem Freund Lucien bei mir zu sehen – denn wir müssen jetzt Freunde werden, wie Hand und Handschuh.«

»Bérénice, Austern, Zitronen, frische Butter und Champagner«, rief Coralie.

»Sie sind zu klug, um nicht zu wissen, was mich herführt«, sagte Dauriat und sah Lucien an.

»Sie wollen meinen Versband nehmen?«

»Ja«, antwortete Dauriat, »vor allem aber legen wir auf beiden Seiten die Waffen nieder.«

Er zog eine elegante Brieftasche hervor und entnahm ihr drei Tausendfrancscheine, die er Lucien auf einem Teller aufs verbindlichste anbot.

»Der Herr ist zufrieden?« fragte er.

»Gewiß«, sagte der Dichter, der ein unbekanntes Glücksgefühl beim Anblick dieser unverhofften Summe empfand. Er bezwang sich, aber er hatte Lust, zu singen und herumzuspringen, er glaubte an die Wunderlampe, an Zauberer, er glaubte an seinen eigenen Genius.

»Die *Marguerites* gehören also mir?« fragte der Verleger. »Aber ich erwarte, daß Sie niemals eine meiner Veröffentlichungen angreifen.«

»Die Sonette gehören Ihnen, meine Feder kann ich nicht verpfänden, sie gehört meinen Freunden, wie ihre Feder mir gehört.«

»Nun gut. Sie werden ja nun einer meiner Autoren. Alle meine Autoren sind meine Freunde. Sie werden nichts gegen mich unternehmen, ohne mich zu unterrichten, damit ich dem Angriff zuvorkommen kann.«

»Einverstanden.«

»Auf Ihren Ruhm!« sagte Dauriat und hob sein Glas.

»Ich sehe, daß Sie die *Marguerites* gelesen haben«, meinte Lucien.

Dauriat ließ sich nicht aus der Fassung bringen.

»Meine Kinder, die *Marguerites* kaufen, ohne sie zu kennen, ist die größte Schmeichelei, die sich ein Verleger gestatten kann. In sechs Monaten werden Sie ein großer Dichter sein, es wird Ihnen nicht an Artikeln fehlen, man fürchtet Sie, ich brauche nichts zu tun, um Ihr Buch zu verkaufen. Ich stehe heute auf demselben geschäftlichen Standpunkt wie vor vier Tagen. Ich habe mich nicht geändert, Sie haben sich geändert. In der letzten Woche waren Ihre *Marguerites* für mich Spreu, heute sind sie Weizen.«

»Gewiß, gewiß«, antwortete Lucien, den das fürstliche Vergnügen, eine schöne Geliebte zu haben, und die Gewißheit des Erfolges spöttisch und hinreißend unverschämt machten, »wenn Sie meine *Marguerites* nicht gelesen haben, so haben Sie doch meinen Artikel gelesen.«

»Ja, mein Freund, wäre ich sonst so rasch gekommen? Er ist leider glänzend, dieser schreckliche Artikel. Sie haben ein ungeheures Talent, mein Kleiner. Glauben Sie mir, benutzen Sie die Woge, die Sie hebt«, sagte er mit einer Freundlichkeit, die kaum die Unverschämtheit der Antwort durchschimmern ließ. »Aber haben Sie die Zeitung bekommen, haben Sie sie gelesen?«

»Noch nicht«, sagte Lucien, »dabei ist es das erste größere Stück Prosa, das ich veröffentliche; ich denke, Hector wird sie in die Rue Charlot geschickt haben.«

»Hier, lies«, sagte Dauriat und ahmte Talma im Manlius nach.

Lucien griff nach dem Blatt, aber Coralie entriß es ihm.

»Mir die Jungfernschaft deiner Feder, du weißt«, sagte sie lachend.

Dauriat umschmeichelte und umwarb Lucien nach allen Kräften, denn er fürchtete ihn. Er lud ihn daher mit Coralie zu einem großen Diner ein, das er Ende der Woche den Zeitungsleuten gab. Er nahm das Manuskript mit sich und bat »seinen« Dichter, zu ihm zu kommen, wann es ihm paßte, um den Vertrag zu unterschreiben, den er bereithalten werde. Immer den königlichen Manieren treu, durch die er oberflächlichen Menschen zu imponieren suchte, und lieber Mäzen als Verleger, ließ er die drei Tausendfrancscheine zurück, ohne eine Quittung zu verlangen, sie vielmehr gleichgültig zurückweisend. Dann küßte er Coralie die Hand und ging.

»Nun, mein kleiner Engel, hättest du viele von diesen Lappen zu sehen bekommen, wenn du in deinem Loch dort in der Rue de Cluny und bei deinen Schmökern in der Bibliothek geblieben wärest?« fragte Coralie Lucien, der ihr seine ganze Vergangenheit erzählt hatte. »Mir scheint, deine kleinen Freunde aus der Rue des Quatre-Vents sind große Gimpel.«

Seine Freunde waren Gimpel! Und Lucien hörte lachend zu. Er hatte seinen Artikel gedruckt gelesen, er hatte soeben die unaussprechliche Freude der Schriftsteller kennengelernt, diese erste Befriedigung des Selbstbewußtseins, die dem Geist nur einmal schmeichelt. Während er den Artikel las und wieder las, begriff er seine Tragweite besser. Der Druck ist für das Manuskript das, was das Theater für die Frauen ist: Er setzt die Schönheiten und die Nachteile ins Licht, er tötet ebensogut, wie er zum Leben erweckt; ein Fehler springt so lebhaft in die Augen wie ein guter Gedanke.

In seinem Rausch dachte Lucien nicht mehr an Nathan; Nathan war sein Sprungbrett, er schwelgte in Freude, er sah sich reich. Für ein Kind, das neulich noch die Rampen zwischen Beaulieu und Angoulême herabgeschritten und nach l'Houmeau in das alte Haus Postels zurückgekehrt war, wo die ganze Familie mit zwölfhundert Franc im Jahr lebte, bedeutete die Summe, die Dauriat auf den Tisch gelegt hatte, den siebten Himmel. Ein Erinnern, das noch lebendig war, aber unter den fortwährenden Genüssen des Pariser Lebens rasch verblassen mußte, führte ihn zur Place du Mûrier zurück. Er sah seine schöne, seine edle Schwester Ève, seinen David und seine arme Mutter; alsbald schickte er Bérénice auf die Post, aus Furcht, wenn er zögerte, seiner Mutter die fünfhundert Franc nicht senden zu können. Ihm und Coralie erschien diese Zurückzahlung als eine gute Handlung. Die Schauspielerin umarmte Lucien, sie nannte ihn das Muster eines Sohnes und Bruders, sie erdrückte ihn mit ihren Liebkosungen; ein Zug wie dieser begeistert die guten Mädchen, die alle das Herz auf der Hand tragen.

»Wir haben jetzt«, sagte sie, »eine Woche lang jeden Tag ein Diner, wir wollen ausspannen, du hast genug gearbeitet.«

Als Frau, die sich am Neid der Genossinnen weiden wollte, führte sie ihren schönen Lucien zu Staub; sie fand, daß er nicht gut genug gekleidet war. Von da begaben sich die Verliebten in den Bois de Boulogne, dann speisten sie bei Madame du Val-Noble, wo Lucien Rastignac, Bixiou, des Lupeaulx, Finot, Blondet, Vignon, den Baron Nucingen, Beaudenord, Philippe Bridau, Conti, den großen Musiker, und alles traf, was zur Welt der Künstler, Spekulanten und überhaupt zu denen gehörte, die sich von starker Arbeit durch starke Erregungen erholten. Sie alle nahmen Lucien mit offenen Armen auf. Seiner sicher, entfaltete Lucien seinen Geist, ohne die Absicht zu verraten, und wurde als starker Geist begrüßt – ein Lob, das damals unter diesen Halbkameraden Mode war.

»Man muß erst sehen, was er für Eingeweide hat«, sagte Théodore Gaillard zu einem vom Hof begünstigten Dichter, der ein kleines royalistisches Blatt plante; es erschien später unter dem Titel *Réveil.*

Nach Tisch begleiteten die zwei Journalisten ihre Freundinnen in die Oper, wo Merlin eine Loge hatte; die ganze Gesellschaft folgte ihnen. So zeigte sich Lucien im Triumph da, wo er ein paar Monate vorher so tief gefallen war. Er zeigte sich im Foyer, indem er Merlin und Blondet den Arm gab, und schaute den Dandys ins Gesicht, die ihn damals verspottet hatten. Er setzte Châtelet den Fuß auf den Nakken! De Marsay, Vandenesse, Manerville, die Löwen der Zeit, wechselten ein paar herausfordernde Blicke mit ihm. Ohne Zweifel hatte man in der Loge der Madame d'Espard, wo Rastignac lange blieb, von dem schönen, dem eleganten Lucien gesprochen, denn die Marquise und Madame de Bargeton lorgnettierten Coralie. Rief sein Anblick ein Bedauern im Herzen seiner ehemaligen Freundin hervor? Diese Frage beschäftigte Lucien: als er die Corinne von Angoulême sah, durchzitterte ihn derselbe Wunsch nach Rache wie an dem Tag, an dem er die Verachtung dieser Frau und ihrer Cousine in den Champs-Élysées hatte über sich ergehen lassen müssen.

»Sind Sie mit einem Amulett aus Ihrer Provinz gekommen?« fragte ihn Blondet, der ein paar Tage später um elf Uhr bei ihm eintrat; Lucien lag noch im Bett. »Seine Schönheit«, erklärte er Coralie, die er auf die Stirn küßte, »richtet Verheerungen an vom Keller bis zum Speicher, unten und oben. Ich komme, um Sie in Beschlag zu nehmen, mein Lieber; gestern, in der italienischen Oper, hat die Comtesse de Montcornet mich gebeten, Sie bei ihr einzuführen. Sie werden einer reizenden jungen Frau, bei der Sie die Elite der Welt treffen, nicht einen Korb geben?«

»Wenn Lucien vernünftig ist«, sagte Coralie, »so geht er

nicht zu Ihrer Comtesse. Was hat er nötig, sich in die Welt schleppen zu lassen, in der er sich nur langweilen würde.«

»Wollen Sie ihn unter Verschluß halten?« fragte Blondet. »Sind Sie auf die großen Damen eifersüchtig?«

»Ja«, rief Coralie, »sie sind schlechter als wir.«

»Woher weißt du das, mein Kätzchen?« erkundigte sich Blondet.

»Von ihren Männern«, antwortete sie; »Sie vergessen, daß ich de Marsay ein halbes Jahr genossen habe.«

»Glauben Sie, mein Kind«, sagte Blondet, »daß mir daran liegt, bei Madame de Montcornet einen so schönen Menschen einzuführen? Wenn Sie dagegen sind, habe ich nichts gesagt. Aber es handelt sich, glaube ich, weniger um eine Frau als darum, bei Lucien Gnade für einen armen Teufel zu erlangen, den Schutzschild der Zeitung. Der Baron Châtelet ist abgeschmackt genug, Artikel ernst zu nehmen. Die Marquise d'Espard, Madame de Bargeton und der Salon der Comtesse de Montcornet interessieren sich für den Reiher, und ich versprach, Laura und Petrarca auszusöhnen.«

»Oh«, rief Lucien, der sein Blut rascher strömen fühlte und den erregenden Genuß der befriedigten Rache empfand, »ich habe ihnen also doch den Fuß auf den Nacken gesetzt! Ihr habt mich gelehrt, meine Feder, meine Freunde, die gefährliche Macht der Presse anzubeten. Ich habe noch nicht über den Tintenfisch und den Reiher geschrieben. Ja, mein Kleiner«, sagte er und faßte Blondet um die Hüfte, »ja, ich werde hingehen, aber erst wenn das Paar die Wucht eines so leichten Dinges gefühlt hat!« Er nahm die Feder, mit der er den Artikel über Nathan geschrieben hatte, und schwang sie.

»Morgen sollen sie zwei kleine Spalten zu lesen bekommen, und dann wollen wir sehen. Keine Sorge, Coralie, es handelt sich nicht um Liebe, sondern um Rache, und die Rache soll vollkommen sein.«

»Endlich ein Mann!« sagte Blondet. »Wenn du wüßtest, Lucien, wie selten man in dem blasierten Paris eine solche Leidenschaft findet, bekämst du Achtung vor dir selbst. Dein Stolz gefällt mir, du bist auf dem besten Weg zur Macht.«

»Er wird sein Ziel erreichen«, sagte Coralie. »Er hat doch in den sechs Wochen schon ein ganzes Stück Weg zurückgelegt.«

»Und wenn ihn nur noch ein Leichnam von seinem Zepter trennt, kann er sich den Leib Coralies zur Thronstufe machen.«

»Ihr liebt euch wie im Goldenen Zeitalter«, sagte Blondet. »Ich gratuliere dir zu deinem großen Artikel«, fuhr er fort und sah Lucien an. »Er ist voller Neuigkeiten. Du bist jetzt zum Meister geworden.«

Lousteau kam mit Hector Merlin und Vernou, ihr Besuch schmeichelte Lucien außerordentlich. Félicien brachte Lucien hundert Franc, das Honorar für seinen Artikel. Die Zeitung hatte es sich etwas kosten lassen, es galt das Wohlwollen eines Schriftstellers zu erwerben, der so gute Arbeit lieferte. Angesichts dieser Versammlung von Journalisten hatte Coralie sofort ein Frühstück im Cadran Bleu, dem nächsten Restaurant, bestellen lassen. Als Bérénice meldete, daß alles da war, führte Coralie ihre Gäste in das schöne Speisezimmer. Nachdem der Champagner allen die Zunge gelöst hatte, wurde der Anlaß zu dem Besuch der Kameraden offenbar.

»Du willst dir«, sagte Lousteau, »Nathan nicht zum Feinde machen? Nathan ist Journalist, er hat seine Freunde, er könnte dir bei deiner ersten Veröffentlichung einen bösen Streich spielen. Du willst doch deinen Roman verkaufen. Wir haben Nathan heute morgen gesehen, er ist verzweifelt; setz dich hin und schreib einen Artikel, in dem du mit dem Lob nicht sparst.«

»Wie, nachdem ich gegen sein Buch geschrieben habe, soll ich nun –«

Blondet, Merlin, Lousteau, Vernou, alle unterbrachen ihn durch lautes Gelächter.

»Du hast ihn eingeladen, übermorgen hier bei dir zu speisen«, sagte Blondet.

»Dein Artikel«, erklärte ihm Lousteau, »ist nicht gezeichnet. Félicien, der nicht ein solcher Neuling ist wie du, hat ein C. daruntergesetzt, damit kannst du in Zukunft alle Artikel zeichnen, die du seinem Blatt, einem reinen Blatt der Linken, gibst. Wir gehören alle zur Opposition. Félicien war zart genug, deine künftigen Ansichten nicht festzulegen. Bei Hector, dessen Blatt zum rechten Zentrum gehört, kannst du mit einem L. zeichnen. Man greift anonym an, aber man lobt mit vollem Namen.«

»Das Unterzeichnen macht mir keine Sorge«, sagte Lucien, »aber ich weiß nicht, was ich zum Lob des Buches sagen soll.«

»Hast du geglaubt, was du geschrieben hast?« fragte Hector.

»Ja.«

»Mein Kleiner«, sagte Blondet, »ich hielt dich für stärker. Mein Ehrenwort, als ich deine Stirn sah, schrieb ich dir die

Allmacht der großen Geister zu, die alle die Kraft haben, bei jedem Ding die zwei Seiten zu sehen. Mein Kleiner, in der Literatur hat jede Idee zwei Enden, und niemand kann bestimmt sagen, welches die Lichtseite, welches die Schattenseite ist. Alles im Reich des Geistes ist zweiseitig, die Ideen sind durch die Zahl zwei teilbar, Janus ist der Gott der Kritik und das Symbol des Genies. Nur Gott ist dreifaltig! Was Molière und Corneille so hoch hebt, ist die Fähigkeit, Alceste ja und Philinte nein sagen zu lassen, Octave und Cinna teilen sich ebenso. Rousseau hat in der *Nouvelle Héloïse* einen Brief für und einen gegen das Duell geschrieben, wagst du seine wirkliche Meinung zu bestimmen? Wer von uns könnte zwischen Clarissa und Lovelace, zwischen Hector und Achill entscheiden? Wer ist der Held Homers, was ist die Auffassung Richardsons? Die Kritik muß ein Werk unter jedem Gesichtspunkt prüfen, kurzum, wir sind die geborenen Berichterstatter.«

»Sie glauben wirklich an das, was Sie schreiben?« fragte ihn Vernou spöttisch. »Aber wir sind Händler mit Worten und leben von unserem Handel. Wenn Sie ein großes, schönes Werk, mit einem Wort, ein Buch schreiben wollen, können Sie Ihre Gedanken, Ihre Seele hineinbringen, Sie können sich mit ihm identisch erklären und es verteidigen; aber Artikel, die heute gelesen, morgen vergessen werden, haben in meinen Augen keinen anderen Sinn, als daß man sie bezahlt. Wenn Sie das dumme Zeug wichtig nehmen, dann schlagen Sie wohl das Kreuz und rufen den Heiligen Geist an, bevor Sie einen Prospekt verfassen?«

Alle schienen über die Bedenken Luciens erstaunt zu sein und taten ein übriges, um sein fadenscheiniges Gewand zu zerreißen und ihm dafür die männliche Toga der Zeitungsleute anzulegen.

»Weißt du, womit sich Nathan getröstet hat, als er deinen Artikel las?« fragte Lousteau.

»Woher soll ich das wissen?«

»Nathan meinte: ›Die kleinen Artikel vergehen, die guten Bücher bestehen.‹ In zwei Tagen sitzt er an deinem Tisch; er muß sich dir zu Füßen werfen, er muß die Hand küssen, die ihn schlug, und dir sagen, daß du ein großer Mann bist.«

»Das wäre eine tolle Sache«, sagte Lucien.

»Toll? Sag lieber notwendig.«

»Ich will schon«, erklärte nun Lucien, der ein wenig angetrunken war, »aber wie fängt man das an?«

»Schreibe für Merlins Zeitung drei schöne Spalten, worin du dich selbst widerlegst«, sagte Lousteau. »Nathan wird dich als seinen besten Freund umarmen, Dauriat war schon da und brachte dir dreitausend Franc, der Streich gelang. Jetzt brauchst du die Achtung und die Freundschaft Nathans. Hereinfallen soll dabei nur der Buchhändler. Wir dürfen nur unsere Feinde opfern und verfolgen. Wenn es sich um jemanden handelte, der seinen Namen ohne uns erworben hat, um ein unbequemes Talent, dem man die Flügel beschneiden müßte, würden wir auf diesen zweiten Artikel keinen Wert legen, aber Nathan ist einer unserer Freunde. Blondet hatte ihn im *Mercure* angreifen lassen, nur um des Vergnügens willen, in den *Débats* antworten zu können. Erfolg: Die erste Auflage ist vergriffen!«

»Meine Freunde, so wahr ich ein ehrlicher Mensch bin, ich fühle mich unfähig, zwei lobende Worte über dieses Buch zu schreiben.«

»Du wirst noch hundert Franc bekommen«, sagte Merlin, »Nathan wird dir schon zehn Louis eingebracht haben, ohne einen Artikel zu zählen, den du in der Zeitschrift Finots bringen kannst und für den dir Dauriat hundert Franc und die Redaktion ebensoviel zahlen wird – alles in allem zwanzig Louis.«

»Aber was soll ich nur sagen?« fragte Lucien.

Blondet sammelte sich und sagte: »Beginne etwa folgendermaßen: ›Der Neid, der sich an alle Leistungen heftet wie der Wurm an die süßen Früchte, hat versucht, dieses Buch herabzuwürdigen. Um ihm Fehler nachzuweisen, war die Kritik gezwungen, Theorien aufzustellen und zwei Arten der Literatur zu unterscheiden: diejenige, die den Ideen nachgeht, und diejenige, die das Malerische sucht.‹ Erkläre, daß auf der höchsten Stufe die Kunst darin besteht, die Idee mit dem Bild zu verschmelzen. Indem du den Nachweis zu führen suchst, daß das Bild allein den poetischen Ausdruck erlaubt, bedauerst du, daß unsere Sprache so unpoetisch ist, und sprichst von den Vorwürfen, die das Ausland unserem Positivismus macht – jetzt lobe Canalis und Nathan für den Dienst, den sie Frankreich erweisen, indem sie seine Sprache entprosaisieren. Unterstütze diese Behauptung durch den Nachweis, daß wir einen Schritt über das achtzehnte Jahrhundert hinaus getan haben. Erfinde den Fortschritt, auf nichts fällt der Bürger so herein! Der Roman, der Empfindung, Stil und Bild verlangt, ist die ungeheuerste Schöpfung der modernen Zeit. Er setzt sich anstelle der Komödie, die mit ihren alten Gesetzen bei unseren heutigen Sitten nicht mehr möglich ist. Er spannt das Tatsächliche und das Gedankliche gleichmäßig ein, er verlangt den Geist La Bruyères und dessen scharfe Moral, die deutlichen Charaktere Molières, die großen Aufregungen Shakespeares und die Ausmalung der zartesten Nuancen der Leidenschaft – das ist die einzige Mine, die unsere Vorgänger uns zur Ausbeutung gelassen haben. Deshalb ist der Roman von heute der kalten, mathematischen Erörterung und der trockenen Analyse des achtzehnten Jahrhunderts weit überlegen. Das achtzehnte Jahrhundert hat alles in Frage gestellt, das neunzehnte empfindet die Notwendigkeit, Schlüsse zu ziehen: Es zieht sie aus der Wirklichkeit, aber aus einer Wirklichkeit, die lebt und die sich ausbreitet; er führt die Leidenschaft ein, ein Element, das Voltaire noch unbekannt war. Ausfall gegen Voltaire. Was Rousseau betrifft, so hat er Überlegungen und Systeme in Kleider gesteckt. Julie und Claire sind Entelechien, sie haben weder Fleisch noch Knochen. Du kannst über dieses Thema hinausgehen und sagen, daß wir dem Frieden, den Bourbonen, eine junge und originelle Literatur verdanken, denn du schreibst für eine Zeitung des rechten Zentrums. Mach dich über die Erfinder von Systemen lustig. Schließlich kannst du mit einer edlen Regung ausrufen: Es gibt so viele Irrtümer und Lügen bei unseren Kollegen! Und warum? Um ein schönes Werk herabzuwürdigen, um das Publikum zu täuschen und zu dem Schluß zu kommen: Ein Buch, das Absatz findet, findet keinen Absatz. *Pro pudor!* Schmettere ein *Pro pudor!* Dieser rechtschaffene Fluch animiert den Leser. Wehklage schließlich über den Niedergang der Kritik! Schlußfolgerung: Es gibt nur eine einzige Literatur: Unterhaltungsliteratur. Nathan hat einen neuen Weg beschritten, er hat seine Zeit verstanden und entspricht ihren Bedürfnissen. Das Erfordernis unserer Zeit ist das Drama.

Das Drama ist die Stimme eines Jahrhunderts, in dem die Politik ein ständiges Mimenspiel ist. Haben wir nicht, wirst du sagen, in zwanzig Jahren die vier Dramen der Revolution, des Direktoriums, des Kaiserreiches und der Restauration gesehen? Von da gehst du zur begeisterten Lobeshymne über, und die zweite Auflage wird abgesetzt. Paß auf: Nächsten Samstag lieferst du eine Seite für unsere Zeitschrift und zeichnest sie mit deinem vollen Namen de Rubempré. Erkläre folgendes: Es ist den guten Büchern eigentümlich, daß sie zur Diskussion reizen. Jüngst hat die und die Zeitung das und das über Nathans Buch gesagt, der und der hat ihm kräftig geantwortet. Du kritisierst so die beiden Kritiker C. und L., du spendest mir nebenbei ein kleines Lob für meinen ersten Artikel in den *Débats* und versicherst schließlich, daß Nathans Werk das schönste Buch der Epoche ist. Du verdienst auf diese Weise in einer Woche vierhundert Franc und hast noch obendrein das Vergnügen, wenigstens an einer Stelle die Wahrheit sagen zu können. Vernünftige Leute werden entweder C. oder L. oder Rubempré oder vielleicht allen dreien recht geben. Die Mythologie, die sicher eine der größten Erfindungen ist, hat die Wahrheit in einen tiefen Brunnen verwiesen – braucht man nicht Eimer, um sie daraus hervorzuziehen? Du lieferst dem Publikum statt eines Eimers drei – verstanden, mein Kleiner?«

Lucien saß betäubt da, Blondet küßte ihn auf beide Wangen und sagte: »Ich gehe jetzt in meinen Laden.« Jeder ging in seinen Laden. Für jeden dieser starken Geister war die Zeitung nur ein Laden. Abends wollten sich alle in den Galeries de Bois treffen, wo Lucien den Vertrag mit Dauriat unterschreiben sollte. Florine und Lousteau, Lucien und Coralie,

Blondet und Finot speisten im Palais Royal, wo Du Bruel den Direktor des Panorama Dramatique bewirtete.

»Sie haben recht«, rief Lucien, als er allein mit Coralie war, »die Menschen sind Mittel zum Zweck für den, dessen Geist stark ist. Vierhundert Franc für drei Artikel. Doguereau gab sie nur mit Mühe für ein Buch, das mich zwei Jahre Arbeit gekostet hat.«

»Kritisiere, vergnüge dich!« sagte Coralie. »Bin ich nicht heute abend in Andalusien, morgen eine Zigeunerin, einen dritten Tag ein Mann? Mach es wie ich, spiele ihnen das für ihr Geld vor, was sie sehen wollen, und im übrigen laß uns glücklich sein.«

Von der Paradoxie verführt, setzte Lucien seinen Geist auf das launische Maultier, das ein Sohn des Pegasus und der Eselin Bileams ist. Er galoppierte durch die Gefilde des Gedankens, während er im Bois spazierenging, und entdeckte in Blondets These ewige Wahrheiten. Er speiste, wie glückliche Menschen speisen, er unterschrieb bei Dauriat einen Vertrag, durch den er alle Rechte auf das Manuskript der *Marguerites* abtrat, alle Bestimmungen schienen in Ordnung zu sein; dann machte er einen Gang zur Zeitung, wo er zwei Spalten hinwarf, schließlich kehrte er in die Rue de Vendôme zurück.

Am nächsten Morgen zeigte es sich, daß die Gedanken vom Tag zuvor sich in seinem Kopf entwickelt hatten, wie es bei allen Geistern geschieht, die in Saft stehen, aber ihre Fähigkeit noch wenig erprobt haben. Lucien begann den neuen Artikel voll Eifer, die Arbeit bereitete ihm Vergnügen. Unter seiner Feder entfalteten sich die Schönheiten, die dem Widerspruch entspringen. Er wurde geistreich und spöttisch, er erhob sich zu Betrachtungen über Gefühl und Bild in der Literatur, die neu waren. Da es ihm nicht an Feinheit und Erfindungsgabe fehlte, zog er, um Nathan zu loben, seine eigenen ersten Empfindungen aus der Zeit heran, in der er im literarischen Lesekabinett das Buch Nathans verschlungen hatte. Dann verwandelte sich der unbarmherzige Kritiker und Spötter in den Dichter, der in ein paar Schlußsätzen majestätisch Weihrauch streute.

»Hundert Franc, Coralie!« sagte er und zeigte ihr die acht Blätter, die er geschrieben hatte, während sie sich ankleidete.

Von dem Schwung, der ihn trug, beflügelt, schrieb er mit dünner Feder den bösen Artikel gegen Châtelet und Madame de Bargeton, den er Blondet versprochen hatte. Er wurde an diesem Tag eines der geheimsten und größten Genüsse des Journalisten teilhaftig: das Epigramm zu spitzen, die kalte Klinge zu glätten und den Griff für den Leser kunstvoll zu schnitzen. Das Epigramm ist die geistige Projektion des Hasses – des Hasses, der aus allen schlechten Eigenschaften des Menschen kommt, wie die Liebe aus allen seinen guten. Daher gibt es niemanden, der sich nicht mit Geist zu rächen weiß, weil es niemanden gibt, der nicht Liebe sucht. Trotz seiner Leichtigkeit und Gewöhnlichkeit ist dieser Geist in Frankreich immer einer guten Aufnahme sicher. Der Artikel Luciens vollendete den Ruf der Zeitung als einer Stätte aller Bosheiten und Gehässigkeiten; er traf zwei Menschen bis ins innerste Herz, er warf Madame de Bargeton, die einst die Laura des Dichters gewesen war, und den Baron Châtelet, seinen Nebenbuhler, beinahe zu Boden.

»Machen wir eine Spazierfahrt durch den Bois, die Pferde

sind angespannt und stampfen«, sagte Coralie, »du arbeitest dich noch zu Tod.«

»Bringen wir Hector den Artikel über Nathan. Die Zeitung ist wahrhaftig wie die Lanze des Achilles, die dieselben Wunden heilte, die sie schlug«, meinte Lucien, während er ein paar Formulierungen verbesserte.

Die beiden Verliebten verließen das Haus und zeigten ihren Glanz demselben Paris, das – wie lange war es her? – Lucien verleumdet hatte und jetzt begann, sich mit ihm zu beschäftigen. Paris mit sich beschäftigen und begriffen haben, wie ungeheuer diese Stadt ist und wie schwer es fällt, etwas in ihr zu bedeuten, diese Vorstellung machte Lucien trunken.

»Mein Kleiner«, sagte die Schauspielerin, »halten wir bei deinem Schneider, um ihn zu mahnen oder deine neuen Sachen anzuprobieren, wenn sie schon fertig sind. Wenn du zu deinen schönen Damen gehst, sollst du das Scheusal de Marsay, den kleinen Rastignac, die Ajuda-Pinto, Maxime de Trailles, Vandenesse, all diese Stutzer, in den Schatten stellen. Vergiß nicht, daß deine Geliebte Coralie ist, aber mach mir keine Sprünge, verstehst du?«

Zwei Tage später, am Abend vor dem Souper, das Lucien und Coralie ihren Freunden geben wollten, wurde im Ambigu ein neues Stück gespielt, über das Lucien zu berichten hatte. Nach Tisch gingen Lucien und Coralie zu Fuß von der Rue de Vendôme zum Panorama Dramatique auf der Seite des Boulevard du Temple, wo das Türkische Café lag, das damals ein Treffpunkt aller Spaziergänger war. Lucien hörte sein Glück und die Schönheit seiner Geliebten rühmen. Die einen nannten Coralie die schönste Frau von Paris, die anderen fanden Lucien ihrer würdig. Der Dichter fühlte sich in seinem Milieu. Dieses Leben war sein Leben. Der alte Freundeskreis – er erinnerte sich kaum noch an ihn. Er fragte sich, ob die großen Geister, die er zwei Monate vorher so sehr bewundert hatte, mit ihren Ideen und ihrer Strenge nicht ein wenig lächerlich waren. Die Bezeichnung Gimpel, die Coralie entschlüpft war, hatte sich in seinen Geist gesenkt und trug schon ihre Früchte.

Er brachte Coralie in ihre Loge und strich durch die Kulissen, wo alle Schauspielerinnen ihn, den Sultan, mit heißen Blicken und schmeichlerischen Worten bedachten.

»Ich muß ins Ambigu und meine Pflicht tun«, sagte er.

Das Ambigu war gefüllt, es gab keinen Platz mehr für Lucien. Lucien ging hinter die Bühne und erklärte bitter, daß man ihm keinen Platz geben wollte. Der Regisseur, der ihn noch nicht kannte, erwiderte, man habe seinem Blatt zwei Logenplätze gesandt, und schickte ihn fort.

»Ich werde über das Stück nach dem berichten, was ich höre«, sagte Lucien aufgebracht.

»Sind Sie verrückt?« fragte die erste Liebhaberin den Regisseur. »Das ist der Geliebte Coralies!«

Auf diesen Wink der Schauspielerin wandte sich der Regisseur an Lucien und sagte:

»Einen Augenblick, ich spreche sofort mit dem Direktor.«

So bewiesen die geringsten Kleinigkeiten Lucien die ungeheure Macht seiner Zeitung und schmeichelten seiner Eitelkeit. Der Direktor kam und bewog den Duc de Rhétoré und die verwöhnte Tullia, Lucien in ihrer Loge einen Platz anzubieten. Der Herzog willigte sofort ein, als er Lucien erkannte.

»Sie haben zwei Leute zur Verzweiflung getrieben«, wandte er sich an ihn und sprach vom Baron Châtelet und Madame de Bargeton.

»Was wird erst morgen sein?« antwortete Lucien. »Bis jetzt haben meine Freunde nur geplänkelt, ich fahre heute nacht das schwere Geschütz auf. Morgen werden Sie sehen, weshalb wir uns über Potelet lustig machen. Der Artikel trägt die Überschrift: *Potelet von 1811 an Potelet von 1821*. Châtelet stellt sich als der Typus dar, der seinen Wohltäter verleugnet, indem er zu den Bourbonen überläuft. Nachdem ich sie habe fühlen lassen, was ich kann, werde ich zu Madame de Montcornet gehen.«

Lucien führte mit dem jungen Herzog eine Unterhaltung, die vor Geist sprudelte; sein Ehrgeiz befahl ihm, dem großen Herrn zu beweisen, wie sehr Madame d'Espard und Madame de Bargeton fehlgegangen waren, als sie ihn mißachteten; aber er verriet seine Empfindlichkeit, als er von Rhétoré boshaft Chardon genannt wurde, und suchte seine Rechte auf den Namen Rubempré darzulegen.

»Sie sollten«, erklärte ihm der Herzog, »auf die Seite der Royalisten gehen, Sie haben sich als Mann von Geist gezeigt, seien Sie jetzt ein Mann von Verstand. Es gibt nur einen Weg, um vom König eine Verordnung zu erreichen, durch die Ihnen Titel und Name Ihrer mütterlichen Vorfahren zurückgegeben werden: Sie müssen sich auf die guten Dienste berufen können, die Sie dem Hof erwiesen haben. Die Liberalen werden Sie niemals zum Comte de Rubempré machen! Sehen Sie, die Restauration wird der Presse, der einzigen Macht, die sie zu fürchten hat, den Garaus machen. Man hat schon zu lange gewartet, sie müßte schon längst den Maulkorb tragen. Benutzen Sie Ihre letzten Tage der Freiheit, um zu bewirken, daß man Sie fürchtet. In ein paar Jahren sind ein Name und ein Titel in Frankreich ein sichererer Besitz als Talent. Sie können so alles haben: Geist, Rang und Schönheit, Sie können Ihren Weg bis zu Ende gehen. Seien Sie heute nur deswegen liberal, um Ihren Royalismus mit Vorteil zu verkaufen.«

Der Herzog bat Lucien, die Einladung anzunehmen, die der Gesandte, mit dem er bei Florine gespeist hatte, ihm schicken würde.

Lucien wurde von einem Augenblick zum anderen von den Hinweisen des vornehmen Herrn verführt und von der Vorstellung verzaubert, daß sich vor ihm Türen öffneten, von denen er noch vor ein paar Monaten geglaubt hatte, daß sie ihm für immer verschlossen worden seien. Er bewunderte die Macht des Gedankens. Presse und Intelligenz waren das Mittel der gegenwärtigen Gesellschaft. Lucien begriff, daß vielleicht Lousteau schon bereute, ihm die Pforten des Tempels geöffnet zu haben. Er überlegte bereits aus eigenem Interesse, daß man Schranken errichten müsse, die ein schwer zu überwindendes Hindernis für die Provinzler waren, die sich auf Paris stürzten. Angenommen, ein junger Dichter hätte sich ihm genähert wie er sich Étienne, so wagte er nicht zu entscheiden, welche Aufnahme er ihm bereitet hätte.

Der junge Herzog bemerkte, daß Lucien angestrengt nachdachte, und täuschte sich nicht über den Grund: Er hatte vor diesem ehrgeizigen Menschen ohne festen Willen, aber nicht ohne Begierde nach Genuß den ganzen politischen Horizont geöffnet, wie die Journalisten ihm von der Höhe des Tempels gleich dem Versucher Christi die Welt der

Literatur mit allen ihren Reichtümern gezeigt hatten. Lucien ahnte nichts von der kleinen Verschwörung derer, die durch seine Zeitung verwundet worden waren und zu der Monsieur de Rhétoré gehörte. Der junge Herzog hatte die Gesellschaft der Madame d'Espard erschreckt, als er von Luciens Geist sprach. Von Madame de Bargeton beauftragt, ihn zu sondieren, war er ins Ambigu gegangen, in der Hoffnung, ihn hier zu treffen. Während des Soupers bei Florine hatte er Einblick in Luciens Charakter gewonnen und beschloß jetzt, ihn bei seiner Eitelkeit zu packen und seine diplomatischen Fähigkeiten an ihm zu erproben. Nach dem Theater eilte Lucien auf die Redaktion, um seinen Bericht zu schreiben. Er lieferte aus Berechnung eine strenge und beißende Kritik, er wollte seine Macht prüfen. Das Melodrama war mehr wert als das von neulich, aber er brannte darauf festzustellen, ob er, wie man ihm gesagt hatte, die Kraft hatte, ein gutes Stück zu vernichten und einem schlechten zum Erfolg zu verhelfen.

Als er am nächsten Morgen beim Frühstück die Zeitung ausbreitete und Coralie eben noch gesagt hatte, daß er das Ambigu in Grund und Boden kritisiert habe, war er nicht wenig erstaunt, nach seinem Artikel über Madame de Bargeton und Châtelet auf eine Kritik zu stoßen, die während der Nacht so abgeschwächt worden war, daß zwar die geistreiche Analyse erhalten blieb, der Gesamteindruck aber günstig für das Theater war und dessen Kassen füllen mußte. Seine Wut ließ sich nicht beschreiben, er nahm sich vor, ein energisches Wort mit Lousteau zu sprechen. Er hielt sich schon für unentbehrlich und schwor sich, nicht zu dulden, daß man ihn unterordnete und wie einen Tropf ausbeutete.

Um endgültig seine Macht zu begründen, schrieb er den Artikel, in dem er alle Auffassungen über das Buch Nathans zusammenfaßte und abwog. Und da er im Zug war, verfaßte er eines jener Bildchen aus den Pariser Straßen. In ihrer Glut legen die jungen Journalisten ihre ganze Liebe in die ersten Beiträge und berauben sich so aller Blüten ihres Gartens. Da der Direktor des Panorama die Erstaufführung eines Vaudevilles angesetzt hatte, damit Florine und Coralie zu ihrem Abend kamen, mußte man vor dem Souper spielen. Lousteau trat ein, um den Artikel zu holen, den Lucien nach der Generalprobe im voraus über das Stück geschrieben hatte. Lucien las das Sittenbildchen vor, Étienne küßte ihn auf beide Augen und nannte ihn die Vorsehung der Zeitung, die in der Tat den größten Vorteil aus diesen reizenden Arbeiten zog.

»Wie kommst du denn dazu, meine Artikel zu ändern und ihres Sinnes zu berauben?« fragte Lucien, der diese Arbeit eigens geschrieben hatte, um seiner Beschwerde mehr Nachdruck zu geben.

»Ich?« rief Lousteau.

»Wer sonst hat meine Kritik geändert?«

»Mein Lieber«, erwiderte Lousteau lachend, »du bist noch nicht auf dem laufenden. Das Ambigu nimmt uns zwanzig Abonnements ab, wovon wir nur neun liefern, an den Direktor, den Kapellmeister, den Regisseur, ihre Freundinnen und drei Miteigentümer des Theaters. Jedes Boulevardtheater zahlt so achthundert Franc. Ebensoviel sind die Logenplätze Finots wert, die Abonnements der Schauspieler und Autoren nicht zu zählen. Der Bursche zieht also achttausend Franc aus den Boulevards. Rechne aus, was erst die großen

Theater einbringen. Verstehst du? Wir müssen große Nachsicht üben.«

»Ich verstehe, daß ich nicht schreiben darf, was ich denke.«

»Was kümmert's dich, wenn dabei dein Weizen blüht!« rief Lousteau. »Außerdem, mein Lieber, was hast du gegen das Theater? Du brauchst einen Grund, wenn du das Stück von gestern verreißen willst. Verreißt man aus bloßem Vergnügen, so stellt man die Zeitung bloß. Wenn wir uns zum Richter aufspielen wollten, verlören wir alle Wirkung. Hat der Direktor einen Verstoß begangen?«

»Er hat mir keinen Platz freigehalten.«

»Gut«, sagte Lousteau, »ich werde dem Direktor deinen Artikel zeigen und ihm sagen, daß ich dich besänftigt habe; die Wirkung wird größer sein, als wenn er gedruckt worden wäre. Verlange morgen Karten von ihm; er wird dir vierzig Blankokarten im Monat geben, und ich führe dich zu einem Mann, mit dem du dich in dieser Sache verständigen wirst, er wird sie dir mit fünfzig Prozent Rabatt abkaufen. Man treibt mit den Theaterkarten denselben Handel wie mit den Büchern. Du wirst einen zweiten Barbet, einen Claqueführer, kennenlernen; er wohnt nicht weit von hier, wir haben Zeit, komm.«

»Aber, mein Lieber, Finot treibt ein schmutziges Handwerk, wenn er so in der Literatur wegelagert und indirekte Steuern erhebt. Früher oder später –«

»Ja, woher kommst du denn?« rief Lousteau. »Wofür hältst du Finot? Unter seiner falschen Freundlichkeit, unter seiner Unwissenheit und Dummheit steckt die ganze Schlauheit des Hutfabrikanten, der er war. Hast du nicht in seinem

Käfig, in der Zeitung, einen alten Soldaten des Kaiserreichs gesehen, seinen Onkel? Dieser Onkel ist nicht nur ein anständiger Mann, sondern hat auch das Glück, als ein Tölpel zu gelten. Er ist der Mann, der bei allen geschäftlichen Schiebungen bloßgestellt wird. In Paris bedeutet es für jemanden, den der Ehrgeiz treibt, einen Glücksfall und bares Geld, wenn er eine Kreatur findet, die bereit ist, sich bloßstellen zu lassen. Es gibt in der Politik wie im Journalismus eine Menge Fälle, in die der Chef nicht hineingezogen werden darf. Wenn Finot eine politische Persönlichkeit würde, würde sein Onkel sein Sekretär werden und in seinem Namen die Abgaben erheben, die von den großen Geschäften in die Kassen der Redaktion fließen. Giroudeau, den man auf den ersten Blick für einen unbedeutenden Menschen hält, ist verschlagen genug, um die Rolle des undurchdringlichen Strohmanns zu spielen. Er ist auf dem Posten, um zu verhindern, daß wir von den Schauspielschülern und jedem, der etwas haben will, überlaufen werden; ich glaube nicht, daß es in einer anderen Redaktion einen so geschickten Mann gibt.«

»Ja, er spielt seine Rolle gut«, sagte Lucien, »ich habe ihn bei der Arbeit gesehen.«

Étienne und Lucien begaben sich in die Rue du Faubourg du Temple, wo der Chefredakteur vor einem Haus stehenblieb, das einen angenehmen Anblick bot.

»Ist Monsieur Braulard zu Hause?« fragte er den Portier.

»Wie, der Anführer der Claque ist ein Herr?« sagte Lucien.

»Mein Lieber, Braulard hat eine Einnahme von zwanzigtausend Franc, er besitzt die Unterschrift der dramatischen

Autoren der Boulevardtheater, die alle bei ihm wie bei einem Bankier ein offenes Konto unterhalten. Mit den Freikarten dieser Autoren und der Redakteure treibt er einen lebhaften Handel. Höre ein wenig Statistik, das ist eine ganz nützliche Wissenschaft, wenn man sie nicht mißbraucht. Fünfzig Freikarten täglich ergeben zweihundertfünfzig Stück bei fünf Theatern; eins ins andere gerechnet mögen sie vierzig Sou wert sein, Braulard zahlt den Autoren am Tag hundertfünfundzwanzig Franc, der Rest gehört ihm. Die Freikarten der Autoren bringen ihm so im Monat beinahe viertausend Franc ein, im Jahr achtundvierzigtausend Franc. Nimm an, daß für zwanzigtausend Franc Karten liegenbleiben, denn er kann sie nicht immer alle absetzen. Es gibt Tage, an denen das Wetter zu schön und das Stück zu schlecht ist. Wir werden wohl richtig vermuten, wenn wir annehmen, daß Braulard rund dreißigtausend Franc allein an dieser Sache verdient. Dazu kommen seine Claqueure, auch die ein blühender Industriezweig. Florine und Coralie sind ihm tributpflichtig; wenn sie sich weigerten, würde sich beim Auftritt und beim Abgang keine Hand rühren.«

Lousteau gab diese Erklärung leise, während sie die Treppe hinaufstiegen.

»Paris ist eine seltsame Gegend«, meinte Lucien, der feststellte, daß hier in allen Ecken das Geschäft lauerte.

Ein sauberes Dienstmädchen ließ die beiden Journalisten ein. Der Kartenhändler, der vor einem großen Rollschreibtisch saß, erhob sich beim Anblick Lousteaus von seinem Sessel. Er trug einen Rock aus grauem Molton, lange Hosen und rote Pantoffeln, ganz wie ein Arzt oder ein Anwalt. Lucien erkannte den reich gewordenen Mann aus dem Volk: ein gewöhnliches Gesicht, graue, verschlagene Augen, die Hände des berufsmäßigen Klatschers, ergrauende Haare, eine heisere Stimme und eine Haut, die alle Spuren der Ausschweifung trug.

»Sie kommen sicher für Mademoiselle Florine und der Herr für Mademoiselle Coralie, ich kenne Sie wohl. Seien Sie unbesorgt«, wandte er sich an Lucien, »ich kaufe die Leute des Gymnase und werde darüber wachen, daß man Ihrer Freundin keinen Streich spielt.«

»Wir werden nicht nein sagen, mein lieber Braulard«, antwortete Lousteau, »aber wir kommen heute wegen der Freikarten der Boulevardtheater, ich als Chefredakteur, mein Freund als Kritiker.«

»Gewiß, Finot hat ja seine Zeitung verkauft, ich kenne die Einzelheiten, er versteht sich auf Geschäfte, ich habe ihn auf Ende der Woche eingeladen. Wenn Sie mir die Ehre und das Vergnügen erweisen wollen, auch Ihrerseits zu kommen, dürfen Sie Ihre Gattinnen mitbringen, es wird nicht langweilig sein, ich erwarte Adèle Dupuis, Ducange, Frédéric Du Petit-Méré, Mademoiselle Millot, meine Freundin; wir wollen viel lachen und noch mehr trinken.«

»Ducange wird bedrückt sein, er hat seinen Prozeß verloren.«

»Ich habe ihm zehntausend Franc geliehen, der Erfolg von *Calas* wird sie mir zurückgeben, daher habe ich ihm eingeheizt! Ducange ist ein Mann von Geist und Einfällen.«

Lucien glaubte zu träumen, als er diesen Menschen das Talent eines Autors loben hörte.

»Coralie hat gewonnen«, wandte sich Braulard mit der Miene eines unfehlbaren Richters an ihn. »Wenn sie verständig ist, werde ich sie heimlich bei ihrem ersten Auftritt im Gymnase gegen die Kabale stützen. Hören Sie zu. Auf den Galerien werden gutgekleidete Herren sitzen, die eifrig lächeln und zustimmende Bemerkungen machen, es gibt kein besseres Mittel, um die Stimmung anzuregen. Sie gefällt mir, Ihre Coralie, und Sie müssen mit ihr zufrieden sein, sie hat viel Gefühl. Sie wissen, daß ich jeden auszischen lassen kann, wenn ich will.«

»Regeln wir zuerst die Frage der Freikarten«, sagte Lousteau.

»Nun gut, ich werde am Anfang jedes Monats Ihren Freund aufsuchen und sie ihm abkaufen. Ich mache ihm dieselben Bedingungen wie Ihnen. Sie haben fünf Theater, man wird Ihnen dreißig Karten geben, das macht im Monat etwa fünfundsiebzig Franc. Vielleicht wünschen Sie einen Vorschuß«, fragte er und zog aus dem Schreibtisch die Kasse.

»Nein, nein«, antwortete Lousteau, »wir lassen dieses Geld für die schlechten Tage liegen.«

Braulard wandte sich wieder an Lucien und sagte:

»Ich werde in diesen Tagen mit Coralie arbeiten, und wir werden uns gut verstehen.«

Lucien sah sich nicht ohne tiefes Erstaunen in dem Kabinett um, er erblickte eine Bibliothek, Stiche und gute Möbel. Als er durch den Salon ging, merkte er, daß auch hier die Einrichtung die richtige Mitte zwischen Dürftigkeit und Luxus hielt. Das Speisezimmer schien der Raum zu sein, auf den am meisten Wert gelegt wurde, er scherzte darüber.

»Aber Braulard ist ein Feinschmecker«, sagte Lousteau. »Seine Diners, die in der dramatischen Literatur erwähnt werden, stehen im Einklang mit seiner Kasse.«

»Ich habe gute Weine«, erwiderte Braulard bescheiden. »Aha, da kommen meine Schergen«, meinte er. Man hörte auf der Treppe heisere Stimmen und scharrende Schritte.

Beim Hinausgehen zog vor Lucien die anrüchige Schar der Claqueure und Kartenverkäufer vorbei, alles Leute in Mützen, abgetragenen Hosen und fadenscheinigen Röcken, Galgengesichter in allen Schattierungen von Blau und Grün, schmutzige, verkümmerte Erscheinungen mit langen Bärten und Augen, die zugleich wild und listig blickten, die fürchterliche Hefe der Boulevards, die am Tag Sicherheitsketten oder Goldwaren für einen Franc verkauft und abends in den Theatern klatscht, kurzum, ihr Brot mit jedem Mittel zu verdienen sucht.

»Sieh sie dir an, die den Ruhm der Schauspielerinnen und der Dichter machen! Von nahem ist er wahrlich nicht schöner als unser eigener«, rief Lousteau lachend.

»Es ist schwer«, erwiderte Lucien, als er wieder zu sich kam, »sich in Paris über irgend etwas Illusionen zu bewahren. Alles wird besteuert, verkauft, alles fabriziert, sogar der Erfolg.«

Luciens Gäste waren Dauriat, der Direktor des Panorama, Matifat und Florine, Camusot, Lousteau, Finot, Nathan, Hector Merlin und Madame du Val-Noble, Félicien Vernou, Blondet, Vignon, Philippe Bridau, Mariette, Giroudeau, Cardot und Florentine, Bixiou. Dazu hatte er seine alten Freunde aus dem Quartier Latin eingeladen. Tullia, die Tänzerin, die, wie es hieß, gegen Du Bruel nicht abgeneigt war, nahm ebenfalls teil, aber ohne ihren Herzog, ferner die Eigentümer der Zeitungen, an denen Nathan, Merlin, Vignon und Vernou mitarbeiteten. Die Gäste bildeten eine Schar von dreißig Personen, das Speisezimmer Coralies war gefüllt. Gegen acht Uhr, als alle Kerzen brannten, nahmen die Möbel, die Bespannungen, die Blumen jenen festlichen Schimmer an, der dem Pariser Luxus den Zauber eines Traumes verleiht. Lucien empfand als Herr, dem das alles gehörte, ein unbeschreibliches Gefühl des Glücks, der befriedigten Eitelkeit und der großen Hoffnungen; er dachte nicht darüber nach, wer hier den Zauberstab geschwungen hatte.

Florine und Coralie, die mit der verwegenen Gewähltheit und dem ganzen Prunk der Schauspielerinnen gekleidet waren, lächelten dem Dichter aus der Provinz wie zwei Engel zu, die vor ihm die Tore des Hauses der Träume öffneten. Und Lucien stand fast träumend da. In wenigen Monaten hatte sein Leben so sehr ein anderes Aussehen angenommen, hatte er so rasch die äußerste Armut mit der äußersten Üppigkeit vertauscht, daß in manchen Augenblicken eine Unruhe über ihn kam, ganz wie man im Traum weiß, daß man schläft. Aber sein Auge drückte beim Anblick dieser schönen Wirklichkeit ein Vertrauen aus, dem Neider den Namen Geckenhaftigkeit gegeben hätten. Er selbst hatte sich verändert. Seine Farbe war blasser, sein Blick schmelzender geworden, seine Tage verliefen in gleichmäßigem Glück, und Madame d'Espard hatte von ihm gesagt, man sehe ihm an, daß er nichts entbehre, am wenigsten die Liebe. Seine Schönheit war noch größer geworden.

Sein Herz und sein Geist hatten sich gleichermaßen verwandelt, er dachte nicht mehr daran, angesichts seiner Erfolge über die Mittel und Wege zu streiten. Die Nationalökonomen, die mit dem Pariser Leben vertraut sind, werden mit Recht die Lebenshaltung, die in diesem Hause galt, verdächtig finden; betrachten wir die Grundlagen, auf denen sich das materielle Glück der Schauspielerin und ihres Dichters aufbaute. Camusot hatte, ohne sich bloßzustellen, Coralies Lieferanten angehalten, ihr mindestens ein Vierteljahr lang Kredit zu gewähren. Die Pferde, die Dienerschaft, alles lief wie im Märchen ruhig weiter und lud die beiden Kinder zum Genuß ein; sie überließen sich ihm voll Entzücken.

Coralie nahm Lucien an der Hand und ließ ihn einen ersten Blick auf das Feenschauspiel des Speisezimmers werfen, auf das schimmernde Gedeck, auf die vierzig Kerzen der Kandelaber, auf die königlichen Leckerbissen des Nachtischs; die Gänge selbst wurden von Chevet geliefert. Lucien küßte Coralie auf die Stirn und zog sie an sein Herz.

»Ich werde bald imstand sein, dir soviel Liebe und Hingebung zu vergelten.«

»Wozu an die Zukunft denken, bist du nicht zufrieden?«

»Ich wäre undankbar.«

»Lächle wie eben, und du bist mir nichts schuldig«, gab sie zurück und bot mit der Geschmeidigkeit einer Schlange ihre Lippen seinem Mund.

Florine, Lousteau, Matifat und Camusot waren damit beschäftigt, die Spieltische zu ordnen. Die Freunde Luciens trafen ein, sie alle nannten sich schon seine Freunde. Man spielte von neun bis zwölf. Zu seinem Glück kannte Lucien kein einziges Spiel, aber Lousteau verlor tausend Franc und lieh sie von Lucien, der sich dieser Bitte nicht entziehen zu können glaubte. Gegen zehn Uhr traten Michel, Fulgence und Joseph ein. Lucien, der sie in eine Ecke zog, um mit ihnen zu plaudern, fand, daß sie kalt und ernst, um nicht zu sagen gezwungen aussahen. D'Arthez hatte nicht kommen können, er beendete sein Buch. Léon Giraud war mit der Vorbereitung der ersten Nummer seiner Zeitschrift beschäftigt. Der Kreis hatte seine drei Künstler geschickt, die sich bei einem Gelage wohl weniger heimatlos vorkamen.

»Also, Kinder«, sagte Lucien mit einem leichten Ton der Überlegenheit, »ihr werdet sehen, daß ich doch meinen Weg mache.«

»Um so besser, wenn ich mich getäuscht habe«, sagte Michel.

»Du lebst in Erwartung besserer Dinge mit Coralie zusammen?« fragte ihn Fulgence.

»Ja«, antwortete Lucien und suchte sich unbefangen zu geben, »Coralie hatte einen armen Teufel von reichem Fabrikanten, der sie anbetete, sie hat ihn vor die Tür gesetzt. Ich bin glücklicher als dein Bruder Philippe, der nicht weiß, wie er Mariette lenken soll«, fügte er mit einem Blick auf Bridau hinzu.

»Kurzum«, meinte Fulgence, »du bist jetzt ein Mann wie jeder andere, du wirst deinen Weg machen.«

»Ein Mann, der für euch derselbe bleiben wird, wie immer seine Lage auch sei«, erwiderte Lucien.

Michel und Fulgence blickten sich mit einem spöttischen Lächeln an, das Lucien sah; er begriff, wie lächerlich seine Worte gewesen waren.

»Coralie ist wunderbar schön«, rief Bridau, »das gäbe ein herrliches Bild!«

»Und sie ist gut«, fiel Lucien ein. »Bei meiner Ehre, sie ist ein Engel, aber du sollst sie malen, nimm sie, wenn du willst, als Modell für die Venezianerin, die von einem alten Weib dem Senator zugeführt wird.«

»Alle Frauen, die lieben, sind engelsgleich«, sagte Michel Chrestien. Da stürzte sich Raoul Nathan auf Lucien mit geradezu wilden Freundschaftsbezeugungen, nahm seine Hände und drückte sie.

»Teurer Freund«, sagte er, »Sie sind nicht nur ein großer Mann, Sie haben auch Herz, was heute seltener als Talent ist. Sie opfern sich für Ihre Freunde, auf Leben und Tod gehöre ich Ihnen und werde nie vergessen, was Sie diese Woche für mich getan haben.«

Lucien war auf dem Gipfel der Freude, als er von einem Mann, mit dem sich die Welt beschäftigte, so umschmeichelt wurde, und blickte die alten Freunde überlegen an. Dieser Auftritt Nathans war der Mitteilung zu verdanken, die Merlin ihm von dem Artikel gemacht hatte, der zugunsten seines Buches am nächsten Tag in der Zeitung erscheinen sollte.

»Ich habe den Angriff gegen Sie nur unter der Bedingung geführt, daß ich selbst erwidern durfte«, sagte Lucien Nathan ins Ohr. »Ich bin ganz der Ihre.«

Er kehrte zu seinen drei Freunden zurück, beglückt über diesen Vorfall, welcher seinen Satz, über den Fulgence gelacht hatte, rechtfertigte.

»Wenn d'Arthez sein Buch veröffentlicht, bin ich in der Lage, ihm nützlich zu sein«, sagte er, »diese Möglichkeit allein würde mich veranlassen, bei der Zeitung zu bleiben.«

»Läßt sie dir deine Freiheit?« fragte Michel.

»Soweit es die Umstände erlauben, wenn man unentbehrlich ist«, erwiderte Lucien mit falscher Bescheidenheit.

Gegen Mitternacht setzte man sich zu Tisch, und das Gelage begann. Die Reden waren bei Lucien zwangloser als bei Matifat, denn niemand wußte etwas von dem Gegensatz der

Auffassung, die zwischen den alten Freunden und den Zeitungsleuten bestand. Die jungen Leute, die durch den täglichen Gebrauch des Für und Wider verdorben waren, wurden handgemein und warfen sich die krassesten Axiome an den Kopf, wie sie damals in den Zeitungen an der Tagesordnung waren. Vignon, der für die Kritik Höhe und Würde verlangte, wandte sich gegen die Neigung der kleinen Blätter, das Recht der Persönlichkeit bedingungslos auszuüben, er sagte, es werde nicht mehr lange dauern, bis die Schriftsteller sich ganz in Verruf gebracht hätten. Lousteau, Merlin und Finot sprangen nun offen für dieses System ein, das in der Sprache der Journalisten Blague ließ, und behaupteten, durch nichts werde man in der Öffentlichkeit bekannter.

»Wer diese Prüfung übersteht, der allein erweist sich als stark«, erklärte Lousteau.

»Und außerdem«, rief Merlin, »die starken Geister brauchen wie die römischen Triumphatoren einen Chor von Beleidigungen, der sie umtobt.«

»Sofort wird jeder, den man verspottet, sich für einen Triumphator halten«, meinte Lucien.

»Ganz dein Fall, Lucien!« rief Finot.

»Und unsere Sonette«, mischte sich Michel Chrestien ein, »mit denen du wie Petrarca zu triumphieren hoffst!«

Dauriat machte ein Wortspiel auf *L'or* (das Gold) und *Laure* (Laura), das ihm den allgemeinen Beifall eintrug.

»*Faciamus experimentum in anima vili*«, antwortete ihm Lucien lächelnd.

»Wehe denen, über die in den Zeitungen nicht gestritten wird, wehe denen, die beim ersten Auftreten schon gekrönt werden! Sie stehen wie Heilige in der Nische, und niemand schenkt ihnen die geringste Aufmerksamkeit«, sagte Vernou.

»Man wird ihnen sagen, was Champcenetz dem Marquis de Genlis sagte, der seine Frau zu verliebt ansah: ›Gehen Sie weiter, Monsieur, man hat Ihnen schon gegeben‹«, erläuterte Blondet.

»In Frankreich tötet der Erfolg«, sagte Finot, »wir sind zu eifersüchtig aufeinander, um nicht den Triumph des Nachbarn zu vergessen und vergessen zu machen.«

»In der Tat ist es der Widerspruch, der der Literatur Leben einhaucht«, sagte Vignon.

»Wie in der Natur, wo das Leben dem Kampf zweier Prinzipien entspringt«, rief Flugence, »der Triumph des einen ist der Tod des anderen.«

»Wie in der Politik«, fügte Michel Chrestien hinzu.

»Wir haben es gerade bewiesen«, meinte Lousteau; »Dauriat wird diese Woche zweitausend Stück von Nathans Buch verkaufen. Weshalb? Das angegriffene Buch wird gut verteidigt werden.«

Merlin zog einen Abzug der nächsten Nummer hervor und sagte: »Warum sollte ein Artikel wie dieser nicht eine Auflage bedeuten?«

»Lesen Sie mir den Artikel vor«, bat Dauriat, »ich bin überall Verleger, sogar bei Tisch.«

Merlin las den beschwingten Artikel Luciens, die ganze Gesellschaft klatschte Beifall.

»Wäre er ohne den ersten möglich gewesen?« fragte Lousteau.

Dauriat entfaltete den Abzug des dritten Artikels und las vor. Finot folgte aufmerksam der Abhandlung, die in der zweiten Nummer seiner Zeitschrift erscheinen sollte; in seiner Eigenschaft als Herausgeber fand er nicht genug Worte für sein Lob. Er sagte:

»Meine Herren, wenn Bossuet in unserem Jahrhundert lebte, hätte er nicht anders geschrieben.«

»Das will ich meinen«, antwortete Merlin, »Bossuet würde heute Journalist.«

»Auf das Wohl Bossuets des Zweiten!« rief Vignon und trank Lucien ironisch zu.

»Auf meinen Kolumbus!« antwortete Lucien und wandte sich an Dauriat.

»Bravo!« rief Nathan.

»Ein Spitzname?« fragte Merlin boshaft und sah zugleich Finot und Lucien an.

»Wenn ihr so fortfahrt«, sagte Dauriat, »können wir euch nicht folgen, und diese Herren« – er meinte Matifat und Camusot – »werden nichts mehr verstehen. Mit dem Witz verhält es sich wie mit der Baumwolle; zu feiner Faden reißt, hat Bonaparte gesagt.«

»Mein Herren«, sagte Lousteau, »wir sind Zeugen eines unbegreiflichen, unerhörten, wirklich überraschenden Vorgangs. Bewundert ihr nicht die Geschwindigkeit, mit der unser Freund sich von einem Provinzmann in einen Zeitungsmann verwandelt hat?«

»Er war der geborene Journalist«, sagte Dauriat.

»Kinder«, erklärte nun Finot, stand auf und schwang eine Flasche Champagner in der Hand, »wir haben alle den Eintritt unseres jungen Gastgebers in den Stand ermutigt und ermuntert. Unsere Hoffnungen wurden übertroffen. In zwei Monaten hat er durch die schönen Artikel, die wir kennen, seine Probe bestanden. Ich schlage vor, ihn in aller Form zu taufen.«

»Einen Kranz aus Rosen, um seinen doppelten Sieg zu feiern!« rief Bixiou und schaute Coralie an.

Coralie gab Bérénice ein Zeichen, die Zofe der Schauspielerin brachte eine Schachtel künstlicher Rosen und danach Blumen, mit denen sich die Trunkensten schmückten. Finot, der Hohepriester, schüttete ein paar Tropfen Champagner auf das hübsche blonde Haupt Luciens und sprach mit köstlicher Würde die feierlichen Worte: »Im Namen der Stempelmarke, der Kaution und der Buße taufe ich dich zum Journalisten. Mögen deine Artikel dir leicht werden!«

»Und ohne Abzug bezahlt werden!« fügte Merlin hinzu.

Lucien bemerkte die ablehnenden Gesichter Chrestiens, Bridaus und Ridals, die ihre Hüte nahmen und unter einem Geschrei von Verwünschungen das Zimmer verließen.

»Merkwürdige – Christen!« rief Merlin.

»Fulgence Ridal war ein tüchtiger Bursche«, sagte Lousteau, »aber sie haben ihn mit ihrer Moral verdorben.«

»Wer?« fragte Vignon.

»Schwerblütige junge Leute, die sich in einem philosophischen und religiösen ›Musico‹ der Rue des Quatre-Vents versammeln, wo man sich mit dem Sinn des Lebens beschäftigt«, antwortete Blondet.

»Oh, oh, oh!«

»Man untersucht, ob die Erde sich um sich selbst dreht oder ob es einen Fortschritt gibt«, fuhr Blondet fort. »Sie schwankten zwischen der geraden und der Kreislinie, das Dreieck der Bibel gefiel ihnen nicht, und es stand dann ein Prophet unter ihnen auf, der sich für die Spirale aussprach.«

»Leute, die zusammensitzen, können größere Dummheiten aushecken«, sagte Lucien, der die alten Freunde verteidigen wollte.

»Du hältst diese Theorien für unnütze Worte«, sagte Félicien Vernou, »aber es kommt der Augenblick, wo sie zu Gewehrschüssen oder zum Fallbeil der Guillotine werden.«

»Vorerst sind sie nur dabei, den göttlichen Gedanken hinter dem Champagner, den humanitären Sinn langer Hosen und den kleinen Dummkopf zu erforschen, der die Welt in Gang hält«, sagte Bixiou. »Sie sammeln gefallene große Männer auf, wie Vico, Saint-Simon und Fourier. Ich habe Angst, daß sie meinem armen Joseph Bridau den Kopf verdrehen.«

»Sie sind schuld daran, daß Bianchon, mein Landsmann und Schulfreund, mir die kalte Schulter zeigt...«, sagte Lousteau.

»Lehrt man dort die Gymnastik und die Orthopädie der Geister?« fragte Merlin.

»Das könnte sein«, antwortete Finot, »da Bianchon sich ihren Träumereien widmet.«

»Ha, er wird trotzdem ein großer Arzt werden«, sagte Lousteau.

»Ist ihr sichtbares Oberhaupt nicht d'Arthez«, fragte Nathan, »ein kleiner Mensch, der uns alle verschlingen soll?«

»Er ist ein Genie!« rief Lucien.

»Ein Glas Jerezwein ist mir lieber«, meinte Vignon lachend.

Jeder erklärte jetzt den Nachbarn seinen Charakter. Wenn Leute von Geist so weit sind, daß sie sich selbst erklären, und den Schlüssel zu ihrem Herzen anbieten, kann man sicher sein, daß sie in den Klauen der Trunkenheit liegen. Eine Stunde später gestanden alle, die nun die besten Freunde der Welt geworden waren, einander den Anspruch auf die Bezeichnung großer Mann, starker Charakter, Sieger über das Leben zu. Lucien hatte als Hausherr noch einige Klarheit bewahrt: Er hörte den Sophismen zu und ließ sie die Zerstörung seiner Moral beenden.

»Kinder«, sagte Finot, »die liberale Partei ist gezwungen, ihrer Polemik frischen Wind zuzuführen, denn im Augenblick läßt sich nichts gegen die Regierung sagen – ihr versteht, in welcher Verlegenheit sich die Opposition befindet. Wer von euch will eine Broschüre schreiben, in der die Wiederherstellung des Erstgeburtsrechtes verlangt wird – ein Schachzug gegen die geheimen Absichten des Hofes. Die Broschüre wird gut bezahlt werden.«

»Ich«, sagte Hector Merlin, »ich bin dieser Ansicht.«

»Deine Partei würde erklären, daß du sie bloßstellst«, erwidert Finot, »Félicien, übernimm du diese Broschüre; Dauriat wird sie herausgeben, wir wahren das Geheimnis.«

»Wieviel zahlt man?« fragte Vernou.

»Sechshundert Franc. Du zeichnest als Comte C.«

»Das läßt sich hören«, antwortete Vernou.

»Ich komme nicht aus dem Staunen heraus«, sagte Vignon, »wenn ich sehe, daß eine Regierung sich von Leuten wie uns ihre Ideen vorschreiben läßt.«

»Wenn das Ministerium«, erwiderte Finot, »die Dummheit begeht und sich in die Arena locken läßt, muß es tanzen; nimmt es sich zuviel heraus, schürt man den Unwillen, stachelt man die Massen auf. Die Zeitung läuft nie Gefahr, während die Regierung alles zu verlieren hat.«

»Frankreich existiert nicht mehr bis zu dem Tag, an dem die Zeitung außerhalb des Gesetzes gestellt wird«, sagte Vignon. »Ihr macht von Stunde zu Stunde Fortschritte, Finot. Ihr seid Jesuiten ohne den Glauben, die Festigkeit der Idee, die Zucht und die Einigkeit.«

Alle begaben sich wieder an die Spieltische. Bald verblaßten die Kerzen in der Morgenröte.

»Deine Freunde aus dem Quartier Latin waren trübsinnig wie Sträflinge, die zum Tod verurteilt sind«, sagte Coralie zu ihrem Geliebten.

»Sie waren die Richter«, antwortete Lucien.

»Sogar Richter sind lustiger«, meinte Coralie.

Luciens nächster Monat verging mit Gesellschaften zu allen Tageszeiten und Einladungen. Ein Strom, dem er nicht widerstehen konnte, zog ihn in einen Wirbel von Vergnügungen und leicht hingeworfenen Arbeiten. Er rechnete nicht mehr. Inmitten der Wechselfälle des Lebens rechnen, diese Fähigkeit des starken Willens ist mehr, als man von Dichtern erwarten darf, die schwache oder rein geistige Menschen sind. Wie die meisten Journalisten lebte Lucien in den Tag hinein, gab aus, was er einnahm, und dachte nicht an die regelmäßig wiederkehrenden Verpflichtungen des Pariser Lebens, die für diese Bohemiens so niederdrückend sind. Sein Anzug und sein Auftreten wetteiferten mit denen der berühmtesten Dandys der Zeit. Coralie verriet auch darin ihre Besessenheit, daß sie ihren Abgott zu schmücken begehrte; sie richtete sich zugrunde, um dem Dichter die elegante Ausstattung zu schenken, die er sich auf seinem ersten Spaziergang in die Tuilerien so sehr gewünscht hatte. Lucien erhielt herrliche Spazierstöcke, Lorgnetten, Boutons, Krawattenringe für den Straßenanzug, Fingerringe und feenhafte Westen für jeden Anlaß. Er galt bald als der vollkommene Dandy. An dem Tag, an dem er der Einladung des deutschen Diplomaten folgte, rief seine Verwandlung einen nicht mehr aussetzenden Neid bei den jungen Leuten hervor, die er dort traf und die alle Könige im Reich der Mode waren, wie de Marsay, Vandenesse, Ajuda-Pinto, Trailles, Rastignac, der Duc de Maufrigneuse, Beaudenard, Mancerville u. a. Die Männer von Welt sind aufeinander eifersüchtig wie Frauen. Die Comtesse de Montcornet und die Marquise d'Espard, für die das Diner gegeben wurde, hatten Lucien zwischen sich und überhäuften ihn mit Aufmerksamkeit.

»Warum nur verließen Sie die Gesellschaft?« fragte die Marquise. »Sie war so bereit, Sie aufzunehmen, ja zu feiern. Ich muß mich beklagen! Sie schuldeten mir einen Besuch, und ich erwarte ihn noch immer. Neulich sah ich Sie in der Oper, Sie geruhten weder mich zu sehen noch zu grüßen.«

»Ihre Cousine, Frau Marquise, gab mir so endgültig den Abschied –«

»Sie kennen die Frauen nicht«, unterbrach sie ihn, »Sie verletzen das sanfteste Herz und die edelste Seele, die ich kenne. Sie haben keine Ahnung von dem, was Louise für Sie tun wollte und wie fein sie ihren Plan einfädelte – er wäre gelungen!« setzte sie auf eine stumme Verneinung Luciens hinzu; »war es nicht klar, daß ihr Mann, der nun an der längst erwarteten Magenverstimmung gestorben ist, ihr früher oder später die Freiheit zurückgeben mußte? Glauben Sie, sie hätte Madame Chardon werden wollen? Der Titel einer Comtesse de Rubempré lohnte wohl die Mühe. Sehen Sie, die Liebe ist eine große Eitelkeit, die sich, zumal in der

Ehe, mit allen anderen Eitelkeiten ausgleichen muß. Angenommen, ich liebte Sie bis zur Besinnungslosigkeit, das heißt bis zu dem Wunsch, Sie zu heiraten, so wäre es doch recht hart für mich, Madame Chardon zu heißen. Das geben Sie doch zu? Jetzt kennen Sie die Schwierigkeiten des Pariser Lebens, Sie wissen, wie viele Umwege man machen muß, um zum Ziel zu gelangen – gestehen Sie, daß Louise für einen Unbekannten ohne Vermögen eine fast unmögliche Gunst zu erreichen suchte; sie durfte also nichts übereilen. Sie haben viel Geist, aber wenn wir lieben, haben wir noch mehr als der geistreichste Mann. Meine Cousine wollte diesen lächerlichen Châtelet dazu einspannen – ich verdanke Ihnen manchen vergnügten Augenblick, Ihre Artikel gegen ihn haben mich zum Lachen gebracht«, unterbrach sie sich.

Lucien wußte nicht mehr, was er denken sollte. Eingeweiht in die Verrätereien und Perfidien des Journalismus, kannte er die der Gesellschaft nicht; daher sollte er trotz seiner Umsicht böse Erfahrungen machen.

»Wie, Frau Marquise, Sie haben den Reiher nicht unter Ihre Fittiche genommen?« fragte er; seine Neugierde war erwacht.

»In der Gesellschaft ist man gezwungen, seinen schlimmsten Feinden Höflichkeiten zu erweisen, langweilige Leute unterhaltend zu finden, und wie oft opfert man dem Anschein nach seine besten Freunde, nur um ihnen besser dienen zu können. Sie sind doch noch ein großer Neuling! Sie, der Schriftsteller, wissen noch nicht, daß in der Welt jeder eine Maske trägt, tragen muß! Wenn meine Cousine Sie dem Reiher opferte, tat sie es, um seinen Einfluß für Sie nutzbar zu machen, denn der Baron ist beim Minister hoch angesehen. Damit Sie und er sich eines Tages miteinander aussöhnen können, haben wir ihm eingeredet, daß Ihre Angriffe ihm in gewissem Sinne Vorschub leisten. Man hat Châtelet für seine Leiden entschädigt. Wie des Lupeaulx zu den Ministern sagte: ›Solange die Zeitungen Châtelet lächerlich machen, lassen sie das Ministerium in Ruhe.‹«

»Monsieur Blondet hat mich hoffen lassen, daß ich Sie bei mir begrüßen kann«, wandte sich nun Madame de Moncornet an den nachdenklichen Lucien; »Sie treffen bei mir einige Künstler und Schriftsteller und eine Frau, die aufs lebhafteste Sie kennenzulernen wünscht, Mademoiselle des Touches, eines der wenigen Talente unseres Geschlechtes, zu der Sie zweifellos gehen werden. Mademoiselle des Touches oder, wenn Sie wollen, Camille Maupin, führt einen der bemerkenswertesten Salons, sie ist außerordentlich reich; man hat ihr gesagt, daß Sie ebenso schön wie geistvoll sind, sie brennt darauf, Ihnen zu begegnen.«

Lucien konnte nichts anderes tun, als sich lebhaft bedanken, und warf auf Blondet einen Blick voll Neid. Zwischen einer Frau von der Art der Comtesse de Montcornet und Coralie bestand ein ebenso großer Unterschied wie zwischen Coralie und einem Straßenmädchen. Madame de Moncornet, eine junge, schöne, kluge Dame, zeichnete sich vor allem durch den weißen Teint aus, der den Frauen des Nordens eigentümlich ist; ihre Mutter war eine geborene Prinzessin Scherbelow, weshalb der Gesandte sie, bevor man zu Tisch ging, mit den größten Aufmerksamkeiten bedacht hatte.

Die Marquise, die nachlässig einen Hühnerflügel zerteilte, nahm das Gespräch mit Lucien wieder auf und sagte: »Meine arme Louise war Ihnen so zugetan! Ich, ihre Vertraute, war in alle ihre Pläne eingeweiht: Sie hätte für Sie alles mögliche auf sich genommen. Aber Sie gaben ihr ihre Briefe zurück und gaben zu verstehen, daß Sie keinen Wert mehr auf ihre Freundschaft legten. Wir verzeihen Rücksichtslosigkeit, denn wer uns verwundet, sucht uns noch. Aber die Gleichgültigkeit! Die Gleichgültigkeit ist wie das Polareis, sie erstickt alles! Seien Sie ehrlich, gestehen Sie, daß Sie durch Ihren Fehler einen Schatz verloren haben! Wozu brechen? Selbst wenn Sie zurückgewiesen worden wären, hatten Sie doch Ihre Aufgabe zu erfüllen, das Recht auf Ihren Namen zurückzuerobern. Louise dachte an das alles.«

»Warum hat sie mir nie etwas gesagt?« fragte Lucien.

»Mein Gott, wie das so geht. Ich war es, die ihr den Rat gab, Sie nicht ins Vertrauen zu ziehen. Ich werde Ihnen auch den Grund sagen. Als ich Sie so wenig für die Welt geschaffen sah, wurde ich besorgt; ich fürchtete, daß Ihre Unerfahrenheit, Ihr Übereifer unsere Berechnungen und Pläne über den Haufen werfen würden. Können Sie sich erinnern, wie Sie waren? Gestehen Sie es, Sie wären heute meiner Meinung. Sie sind ein ganz anderer geworden. In diesem Punkt haben wir unrecht gehabt, aber unter tausend jungen Leuten fände man nicht einen, der mit soviel Geist soviel Geschmeidigkeit verbindet. Ich hatte nicht geglaubt, daß Sie eine so überraschende Ausnahme wären. Sie haben sich so gründlich verändert und so sehr den Pariser Manieren angepaßt, daß ich Sie vor einem Monat im Bois nicht erkannte.«

Lucien hörte der großen Dame mit einem unaussprechlichen Vergnügen zu; sie setzte zu diesen schmeichelhaften Worten eine so unbefangene und vertraute Miene auf, sie schien sich so stark für ihn zu interessieren, daß er an ein

Wunder glaubte ähnlich jenem ersten Abend im Panorama. Seit jenem glücklichen Abend lächelte alle Welt ihn an, er schrieb seiner Jugend die Macht eines Talismans zu und beschloß, die Marquise auf die Probe zu stellen, ohne sich hinters Licht führen zu lassen.

»Frau Marquise«, fragte er, »welches waren denn die Pläne, die heute Chimären geworden sind?«

»Louise wollte vom König eine Verordnung erreichen, die Ihnen den Namen und Titel Rubempré zurückgegeben hätte. Der Chardon sollte begraben werden. Dieser erste Erfolg, der damals so leicht zu erreichen war und heute infolge Ihrer oppositionellen Ansichten beinahe unmöglich geworden ist, hätte einen Glücksfall für Sie bedeutet. Sie werden solche Ideen als Kleinigkeiten ansehen, aber wir kennen die Welt und wissen, was es bedeuten will, wenn ein eleganter, ein hinreißender junger Mann den Titel Comte führt. Machen Sie die Probe, stellen Sie hier ein paar reichen Engländerinnen und Erbinnen Monsieur Chardon oder den Comte de Rubempré vor, und die Wirkung wird ganz verschieden sein. Der Comte de Rubempré findet, auch wenn er verschuldet ist, alle Herzen offen; Monsieur Chardon wird nicht einmal bemerkt. Wir haben diese Anschauungen nicht geschaffen, wir finden sie überall vor, sogar bei den Bürgern. Sie kehren Ihrem Glück den Rücken. Schauen Sie den hübschen jungen Menschen dort an, den Vicomte Félix de Vandenesse, er ist einer der beiden Privatsekretäre des Königs. Der König hat eine Vorliebe für begabte junge Menschen, und Vandenesses Gepäck war nicht größer als das Ihre, als er aus der Provinz nach Paris kam. Dabei besitzen Sie tausendmal mehr Geist als er – gehören Sie aber einer großen Familie an, haben Sie einen

Namen? Sie kennen des Lupeaulx, sein Name ähnelt Ihrem eigenen, er heißt Chardin, aber er würde nicht für eine Million das Stückchen Land verkaufen, eines Tages wird er Comte des Lupeaulx sein, und sein Enkel bringt es vielleicht zu einem großen Herrn. Wenn Sie weiter den falschen Weg verfolgen, auf den Sie sich verirrt haben, sind Sie verloren. Überlegen Sie, wieviel klüger Émile Blondet ist. Er gehört zu einer staatserhaltenden Zeitung, er ist bei allen gut angesehen, er darf ohne Gefahr mit den Liberalen verkehren, man kann sich auf ihn verlassen. Daher wird er auch früher oder später Erfolg haben, aber wie gesagt, er verstand seine Ansichten und seine Gönner zu wählen. Die hübsche Person neben Ihnen ist eine geborene de Troisville, die zwei Pairs und zwei Abgeordnete in ihrer Familie hat und dank ihrem Namen reich geheiratet hat; sie empfängt gern, sie hat Einfluß und wird die politische Welt für diesen kleinen Blondet in Bewegung setzen. Wohin führt Sie eine Coralie? In ein paar Jahren werden Sie durch Schulden und Genüsse erschöpft sein. Sie haben sich einen schlechten Gegenstand für Ihre Liebe gewählt, und Sie richten sich Ihr Leben falsch ein. Genau das hat mir neulich in der Oper die Frau gesagt, die Sie so tief verwundet haben. In ihrer Uneigennützigkeit dachte sie nicht an sich, sondern an Sie und an die bedauerliche Verschwendung, die Sie mit Ihrem Talent und Ihrer wunderbaren Jugend treiben.«

»Wenn ich es nur glauben könnte, Frau Marquise!« rief Lucien.

»Sagen Sie selbst, welches Interesse wir an einer Lüge hätten«, erwiderte die Marquise und warf Lucien einen hochmütigen, kalten Blick zu, der ihn in sein Nichts zurückstürzte.

Verwirrt nahm Lucien die Unterhaltung nicht mehr auf, die beleidigte Marquise sprach nicht mehr mit ihm. Er war ärgerlich, erkannte aber, daß er ungeschickt gewesen war; es sollte nicht mehr vorkommen. Er wandte sich Madame de Montcornet zu und begann ein Gespräch über Blondet, dessen Fähigkeiten er in den Himmel lobte. Die Grafin hörte ihm höflich zu und lud ihn auf einen Wink Madame d'Espards zu ihrem nächsten Abend ein – ob es ihm nicht Vergnügen mache, Madame de Bargeton zu sehen, die trotz ihrer Trauer kommen werde, es handele sich nicht um einen großen Abend, sondern um den täglichen Kreis der Intimen.

»Die Frau Marquise«, sagte Lucien, »behauptet, daß alles Unrecht auf meiner Seite ist. Sollte deshalb nicht an ihrer Cousine die Reihe sein, mir gütig entgegenzukommen?«

»Sorgen Sie dafür, daß die lächerlichen Angriffe aufhören, deren Gegenstand sie ist und die sie mit einem Mann ins Gerede bringen, über den sie sich lustig macht; der Friede wird dann rasch geschlossen sein. Sie scheinen angenommen zu haben, daß Sie von ihr verraten worden sind, aber ich habe mit meinen eigenen Augen gesehen, daß Ihr Weggang ihr zu Herzen ging. Stimmt es, daß sie die Provinz mit Ihnen und um Ihretwillen verlassen hat?«

Lucien sah Madame de Montcornet an; er wagte nicht, eine Antwort zu geben.

»Wie konnten Sie einer Frau mißtrauen, die Ihnen solche Opfer brachte? Schön und geistvoll wie sie ist, müßte sie auch so geliebt werden. Madame de Bargeton liebte in Ihnen weniger Ihre Person als Ihre Gaben. Glauben Sie mir, manche Frauen lieben den Geist eines Mannes vor seiner Schönheit«, sagte sie und schaute heimlich Émile Blondet an.

Lucien erkannte in dem Haus des Gesandten den Unterschied, der zwischen der Gesellschaft und den Kreisen besteht, in denen er seit einiger Zeit lebte. Der große Zug war ihnen gemeinsam, aber nicht seine Formen. In dieser Wohnung, einer der reichsten des Faubourg Saint-Germain, war ihm alles fremd und neu: die Höhe und Anordnung der Räume, die alten Vergoldungen der Salons, der Reichtum der Dekorationen und der gediegene Reichtum des Zubehörs; er hatte sich aber schon so sehr an den Luxus gewöhnt, daß ihn das alles gar nicht mehr in Erstaunen versetzte. Er hielt die richtige Mitte zwischen Selbstbewußtsein und Gefälligkeit. Er machte eine gute Figur und gefiel allen, die keinen Grund hatten, ihm feindlich gesinnt zu sein. Als die Tafel aufgehoben wurde, reichte er Madame d'Espard den Arm und wurde nicht zurückgewiesen. Rastignac, der sah, daß die Marquise Lucien entgegenkam, trat hinzu und erinnerte ihn an ihre Landsmannschaft und ihre erste Begegnung bei Madame du Val-Noble. Es hatte ganz den Anschein, als wolle der junge Adlige Freundschaft mit dem großen Mann aus der Provinz schließen; denn er forderte ihn auf, an einem der nächsten Tage bei ihm zu frühstücken, und bot sich an, ihn mit den jungen Modeherren bekannt zu machen. Lucien nahm seinen Vorschlag an.

»Unser teurer Blondet wird auch kommen«, sagte Rastignac.

Der Gesandte trat zu der Gruppe, in der der Marquis de Ronquerolles, der Duc de Rhétoré, de Marsay, der General Montriveau, Rastignac und Lucien standen.

»Ausgezeichnet«, sagte er mit seiner deutschen Offenherzigkeit, unter der sich eine gefürchtete Feinheit verbarg, »Sie haben Ihren Frieden mit Madame d'Espard gemacht; sie ist von Ihnen entzückt, und wir wissen alle« – er sah die Herren in der Runde an –, »wie schwer es ist, ihr zu gefallen.«

»Ja, aber sie betet den Geist an«, sagte Rastignac, »und mein berühmter Landsmann verkauft ihn.«

»Er wird bald einsehen, daß er ein schlechtes Geschäft macht«, fiel Blondet lebhaft ein, »er wird zu uns kommen und einer der unseren sein.«

Der ganze Chor wandelte dieses Thema ab. Die würdigen Herren gaben heroisch ein paar Redensarten zum besten, die jungen machten Witze auf Kosten der liberalen Partei.

»Er hat sicher Kopf oder Adler gespielt, als er nicht wußte, ob er sich für die Rechte oder Linke entscheiden sollte, aber jetzt wird er wählen«, fuhr Blondet fort.

Lucien mußte lachen, er erinnerte sich an die Szene mit Lousteau im Luxembourg.

»Er hat sich einen Étienne Lousteau zum Bärenfänger genommen«, fuhr Blondet fort, »den Raufbold eines kleinen Blattes, der in einer Spalte nur ein Hundertsoustück sieht, dessen Politik darin besteht, an die Rückkehr Napoleons zu glauben und, was mir noch einfältiger erscheint, an die Dankbarkeit und an den Patriotismus der Herren von der Linken. Als Rubempré müssen die Neigungen Luciens aristokratisch sein; als Journalist muß er für die Regierung sein, oder er wird niemals weder Rubempré noch Generalsekretär sein.«

Der Diplomat schlug ihm eine Partie Whist vor; Lucien erregte das größte Erstaunen, als er erklärte, daß er das Spiel nicht kenne.

»Mein Freund«, flüsterte Rastignac ihm ins Ohr, »kommen Sie an dem Tag, an dem Sie bei mir sehr mäßig frühstücken wollen, vorher, damit ich Ihnen das Whist zeigen kann, Sie entehren unsere gute Stadt Angoulême. Sie wissen, was Talleyrand sagte: ›Wer dieses Spiel nicht kennt, bereitet sich ein sehr unglückliches Alter.‹«

Man meldete des Lupeaulx an, einen Maître des requêtes, der in hoher Gunst stand und dem Ministerium geheime Dienste erwies – ein verschlagener und ehrgeiziger Mann, der sich überall anpaßte. Er begrüßte Lucien, den er schon bei Madame du Val-Noble getroffen hatte, und sein Gruß wirkte so freundschaftlich, daß Lucien getäuscht werden mußte. Dieser Mann, der sich als Politiker mit aller Welt gut stellte, um von niemandem unversehens angegriffen zu werden, begriff, als er Lucien in diesem Salon erblickte, daß der junge Journalist in der Gesellschaft ebensoviel Erfolg wie in der Literatur haben würde. Er hielt den Dichter für einen ehrgeizigen Menschen und widmete sich ihm so eifrig, als sei er nicht erst seit gestern mit ihm bekannt; man konnte seine Versprechungen beinahe ernst nehmen. Sein Grundsatz war, die Leute zu kennen, deren er sich entledigte, sobald er Konkurrenten in ihnen erkannte.

Lucien sah, daß die Gesellschaft ihn gut aufnahm. Er begriff, was er dem Duc de Rhétoré, dem Gesandten, Madame d'Espard und Madame de Montcornet verdankte. Er plauderte mit jeder dieser Damen ein paar Augenblicke, bevor er den Salon verließ, und breitete den ganzen Glanz seines Geistes vor ihnen aus.

»Was für ein Geck!« sagte des Lupeaulx zu der Marquise.

»Diese Frucht wird fallen, bevor sie reif ist«, wandte sich de Marsay lächelnd an Madame d'Espard; »Sie müssen geheime Gründe haben, um ihm so freundliche Augen zu machen.«

Als Lucien im Hof seinen Wagen bestieg, saß Coralie darin und erwartete ihn. Diese Aufmerksamkeit rührte ihn, er erzählte ihr seinen Abend. Zu seinem großen Erstaunen billigte die Schauspielerin die neuen Ideen, die in Luciens Kopf schon an der Arbeit waren, und redete ihm zu, sich unter das ministerielle Banner zu begeben.

»Bei den Liberalen hast du nur Prügel zu erwarten, sie machen Verschwörungen, sie haben den Duc de Berry getötet. Werden sie die Regierung stürzen? Niemals! Als ihr Gefolgsmann wirst du es zu nichts bringen, während du auf der anderen Seite Comte de Rubempré werden kannst. Du machst dich nützlich, läßt dich zum Pair ernennen und heiratest eine reiche Frau. Ultra ist die Parole aller, die etwas auf sich halten«, setzte sie hinzu und wandte den Ausdruck an, der für sie entscheidend war; »die Val-Noble, bei der ich zu Tisch war, hat mir gesagt, daß Théodore Gaillard tatsächlich sein kleines royalistisches Blatt, den *Réveil*, gründet, um den Spottreden eurer Zeitung und des *Miroir* entgegenzutreten. Wenn man ihm glauben will, sind Monsieur de Villèle und seine Partei am Ruder, bevor ein Jahr vergeht. Suche diesen Wechsel auszunützen, indem du dich mit ihnen verbindest, solange sie noch nichts sind, sage aber weder Étienne noch deinen Freunden etwas, die imstande wären, dir einen üblen Streich zu spielen.«

Acht Tage später fand sich Lucien bei Madame de Montcornet ein und wurde der heftigsten Erregung ausgesetzt, als er die Frau wiedersah, die er so sehr geliebt und dann durch seinen Angriff bis ins Innerste verwundet hatte. Auch Louise hatte sich verändert. Sie war wieder das geworden, was sie ohne ihren Aufenthalt in der Provinz immer gewesen wäre, die große Dame. Die Eleganz, die Gewähltheit, mit der sie ihre Trauerkleidung trug, ließen vermuten, daß ihre Witwenschaft ihr nicht schwerfiel. Lucien glaubte an dieser Haltung einigen Anteil zu haben, und er täuschte sich nicht; aber wie der Menschenfresser im Märchen war er nun an das frische Fleisch gewöhnt, er schwankte den ganzen Abend unentschlossen zwischen der schönen wollüstigen Coralie, die die Liebe um ihrer selbst willen liebte, und der trockenen, hochfahrenden, grausamen Louise. Er wagte die Schauspielerin nicht der großen Dame zu opfern. Auf dieses Opfer wartete Madame de Bargeton den ganzen Abend, empfand sie doch nun Liebe, als sie Lucien als einen so geistvollen und schönen Mann sah. Sie kam mit ihren hinterhältigen Worten, ihren koketten Mienen nicht auf ihre Kosten und verließ den Salon mit dem gebieterischen Verlangen nach Rache.

»Also, lieber Lucien«, sagte sie mit der ganzen Anmut, die eine Pariserin entfalten kann, »Sie sollten der sein, auf den ich stolz gewesen wäre, und Sie haben mich zu Ihrem ersten Opfer gemacht. Ich habe Ihnen verziehen, mein Kind, denn ich nahm an, daß sich in einer solchen Rache noch ein Rest von Liebe verbirgt.«

Mit diesem Satz, dessen Tonfall einer Königin wohl angestanden hätte, nahm Madame de Bargeton ihre alte überlegene Stellung wieder ein. Lucien, der sich tausendmal im Recht glaubte, mußte feststellen, daß er im Unrecht war. Es wurde weder von dem schlimmen Brief gesprochen, mit dem er die Freundschaft gekündigt hatte, noch von den Gründen dieses Bruches. Die Frauen der großen Gesellschaft haben ein wunderbares Talent, durch einen Scherz ihr Unrecht zu verringern. Sie verstehen die Kunst, mit einem Lächeln alles auszulöschen oder sich durch eine Frage überrascht zu stellen. Sie erinnern sich an nichts mehr, sie erklären alles, sie geben sich verwundert, sie beginnen zu fragen und zu erörtern, sie übertreiben, sie geben sich beleidigt, und am Schluß ist von ihrem Unrecht so viel geblieben wie nach der Wäsche von einem Flecken: man weiß genau, daß sie schwarz waren, aber im Handumdrehen sind sie weiß und unschuldig geworden. Man selbst ist froh, daß man nicht noch obendrein als jemand dasteht, der ein unsühnbares Verbrechen begangen hat. In einem Augenblick lebten Lucien und Louise wieder in der vollen Illusion über sich selbst und redeten die Sprache der Freundschaft; aber Lucien, der trunken von befriedigter Eitelkeit und trunken von Coralie war, die, es läßt sich nicht leugnen, ihm sein Leben leichtmachte, war nicht imstande, auf die Frage, zu der sich Louise nach einem Zögern und dann mit einem Seufzer entschloß, ob er glücklich sei, eine klare Antwort zu geben. Ein melancholisches Nein hätte sein Glück gemacht. Er glaubte geschickt zu verfahren, als er die Art Coralies erklärte; er berichtete, daß er um seiner selbst willen geliebt wurde, kurzum, er gab alle Torheiten von sich, die ein Mann in seiner Benommenheit zu sagen pflegt. Madame de Bargeton biß sich auf die Lippen. Alles war gesagt.

Madame d'Espard trat mit Madame de Montcornet zu ihrer Cousine. Lucien sah sich als den Helden des Abends umringt, die drei Frauen umschmeichelten und umwarben ihn mit unendlicher Kunst. Er hatte in dieser vornehmen Welt ebensoviel Erfolg wie im Journalismus. Die schöne Mademoiselle des Touches, die als Camille Maupin berühmt war und der Lucien von den Damen d'Espard und Bargeton vorgestellt wurde, lud ihn auf eines ihrer Mittwochsdiners ein, es war offensichtlich, daß seine vielbesprochene Schönheit den größten Eindruck auf sie machte. Lucien versuchte, zu beweisen, daß sein Geist seine Schönheit noch übertraf. Mademoiselle des Touches drückte ihre Bewunderung mit jener gespielten Naivität und mit jener künstlichen Wärme aus, durch die sich alle täuschen lassen, die das Pariser Leben nicht von Grund auf kennen; in Paris machen Gewohnheit und ununterbrochene Folge der Genüsse die Menschen nach dem Neuen lüstern.

»Wenn ich ihr so gut gefiele wie sie mir«, sagte Lucien zu Rastignac und de Marsay, »ließe sich der Roman abkürzen.«

»Sie verstehen beide zu gut, einen Roman zu schreiben, als daß Sie ihn erleben wollten«, antwortete Rastignac; »ist zwischen Schriftsteller und Schriftstellerin jemals Liebe möglich? Es wird immer einen Augenblick geben, wo man sich die spitzesten Dinge an den Kopf wirft.«

»Sie würden sich in ein hübsches Nest setzen«, meinte de Marsay lachend, »das reizende Mädchen ist zwar dreißig Jahre alt, hat aber eine Rente von fast achtzigtausend Livre. Ihre Launen sind entzückend, und ihre Schönheit wird sehr lange ihren besonderen Charakter behalten. Coralie ist eine kleine Närrin, gut genug, um Ihnen als Folie zu dienen, denn ein junger Mann darf nicht ohne Mätresse bleiben; aber wenn Sie nicht eine bemerkenswerte Eroberung in der Gesellschaft machen, schadet Ihnen die Schauspielerin auf Dauer nur. Vorwärts, mein Lieber, stechen Sie Conti aus, der sich anschickt, mit Camille Maupin zu singen; seit je hat der Dichter den Vorrang vor dem Musiker gehabt.«

Als Lucien Mademoiselle des Touches und Conti hörte, schwanden seine Hoffnungen.

»Conti singt gut«, sagte er zu des Lupeaulx.

Er kehrte zu Madame de Bargeton zurück, die ihn in den Salon führte, wo sich die Marquise befand.

»Nun, meine Liebe, wollen Sie sich nicht für ihn interessieren?« fragte Madame de Bargeton ihre Cousine.

»Dazu«, antwortete die Marquise mit einer zugleich hochmütigen und sanften Miene, »dazu wäre es nötig, daß Monsieur Chardon sich so aufführt, daß diejenigen, die ihn unter ihre Fittiche nehmen, nichts zu bereuen haben. Wenn er Wert auf die Verordnung legt, die ihm erlauben würde, den unansehnlichen Namen seines Vaters mit dem seiner Mutter zu vertauschen, müßte er doch wohl zum mindesten zu unserer Partei gehören.«

»Geben Sie mir zwei Monate Zeit, und ich habe alles vorbereitet«, sagte Lucien. Die Marquise erwiderte:

»Nun gut, ich will mit meinem Vater und mit meinem Onkel sprechen, die Dienst beim König tun, damit sie sich mit dem Kanzler in Verbindung setzen.«

Der Diplomat und diese beiden Frauen hatten die schwache Seite Luciens erraten. Der Dichter, dem der aristokratische Glanz in die Augen stach, war zutiefst gekränkt, wenn er sich Chardon nennen hörte, wenn er sah, daß alle Leute, die in den Salon traten, klangvolle Namen und klingende Titel führten. Der Schmerz wiederholte sich überall, wo er in den nächsten Tagen weilte. Dieselbe niederdrückende Empfindung stellte sich im übrigen ein, sooft er sich in seine eigene Welt begeben mußte, unmittelbar nachdem er die Kutsche und die Leute Coralies benutzt hatte, um in der Gesellschaft aufzutreten.

Er lernte reiten, und zwar aus keinem anderen Grund, als um an den Wagenschlag galoppieren zu können und Madame d'Espard, Mademoiselle des Touches und die Comtesse de Montcornet zu begrüßen, ein Vorrecht, um das er bei seiner Ankunft in Paris die jungen Herren so sehr beneidet hatte. Finot verschaffte mit Begeisterung seinem wichtigsten Redakteur eine Freikarte für die Oper, in der Lucien manchen seiner Abende verlor, dafür aber nun dem auserwählten Kreis der Dandys seiner Zeit angehörte. Wenn der Dichter Rastignac und seinen anderen Freunden aus dieser Sphäre ein üppiges Frühstück gab, beging er den Fehler, es bei Coralie zu veranstalten; er war zu jung, zu sehr Künstler und zu vertrauensvoll, um gewisse Nuancen der Haltung zu erfassen. Konnte eine Schauspielerin, die zwar ein ausgezeichnetes Mädchen war, aber keine Bildung besaß, ihm Lebensart beibringen? Der junge Mann aus der Provinz führte den jungen Parisern auf die offenkundigste Weise eine Interessengemeinschaft zwischen sich und der Schauspielerin vor, die den geheimen Neid aller weckte und von allen als schimpflich hingestellt wurde. Niemand spottete abends mehr darüber als Rastignac, der sich in der Welt mit ähnlichen Mitteln hielt, aber die Form so gut wahrte, daß er jeden, der eine Bemerkung gewagt hätte, als Verleumder behandeln konnte.

Lucien hatte sich beeilt, Whist zu lernen. Das Spiel wurde eine seiner Leidenschaften. Coralie, die nur darauf bedacht war, Nebenbuhlerinnen fernzuhalten, begünstigte seine verschwenderischen Neigungen mit jener Verblendung, die jeder vollkommenen Leidenschaft eigentümlich ist. Sie sah nur die Gegenwart und opferte alles, sogar die Zukunft, dem

Genuß des Augenblicks. Wirkliche Liebe weist fortwährend gemeinsame Züge mit der Kindheit auf: Sie ist ebenso unüberlegt, unklug, verschwenderisch und teilt mit ihr die Neigung zum Lachen und Weinen.

Zu jener Zeit blühte eine Gesellschaft reicher oder auch armer und immer unbeschäftigter junger Leute, die als Lebemänner bezeichnet wurden und in der Tat mit einer unglaublichen Sorglosigkeit dahinlebten, unerschrockene Esser und noch unerschrockenere Trinker, alle in der Kunst erfahren, das Geld mit vollen Händen zu verschwenden und sich die bedenklichsten Scherze zu erlauben. Ihre Tollheit war eher eine Raserei, sie schreckten vor keiner Unmöglichkeit zurück, brüsteten sich mit ihren Missetaten, überschritten aber doch nicht eine gewisse letzte Grenze; man konnte ihren Streichen die Originalität nicht abstreiten, man mußte sie ihnen verzeihen. Nichts klagt so sehr das Helotentum an, zu dem die Restauration die Jugend verurteilt hatte. Die jungen Leute, die nicht wußten, was sie mit ihren Kräften anfangen sollten, führten sie nicht nur dem Journalismus, den politischen Verschwörungen, der Literatur und der Kunst zu, sie verschwendeten sie auch bei den befremdlichsten Exzessen – soviel Saft und überschüssige Energie tobten in den jungen Franzosen. Wenn sie arbeiteten, verlangten sie nach Macht und Genuß; als Künstler verlangten sie nach Schätzen, als Müßiggänger nach leidenschaftlichen Erregungen – so oder so, sie verlangten nach einem Platz, und die Politik versagte ihn ihnen. Fast alle dieser sogenannten Lebemänner waren mit hervorragenden Fähigkeiten begabt; einige verloren sie bei diesem aufpeitschenden Leben, andere verstanden Widerstand zu leisten. Der berühmteste, der geistvollste von ihnen, Rastignac, schlug, von de Marsay geleitet, eine ernsthafte Laufbahn ein, in der er sich auszeichnete. Die Scherze, auf welche die jungen Leute verfielen, wurden so berühmt, daß sie den Stoff für verschiedene Lustspiele lieferten.

Lucien, den Blondet in diese Gesellschaft von Verschwendern einführte, nahm es an Glanz mit Bixiou auf, der einer der schlimmsten und unermüdlichsten Spötter der Zeit war. Einen ganzen Winter lang lebte Lucien in einem einzigen Zustand des Taumels, den nur die leichten Arbeiten des Journalismus unterbrachen. Er setzte die Reihe seiner kleinen Artikel fort und machte die größten Anstrengungen, um von Zeit zu Zeit eine wohldurchdachte Seite oder Kritik zu schreiben. Aber diese Stunden waren doch die seltene Ausnahme, der sich der Dichter nur gezwungenermaßen unterzog; die Frühstücke, die Diners, die Lustpartien, die Abende in der Gesellschaft, das Spiel beschlagnahmten seine ganze Zeit und Coralie den Rest, Lucien hatte es sich längst zum Grundsatz gemacht, nicht an das Morgen zu denken. Er sah, daß es seine angeblichen Freunde alle wie er selbst trieben, indem sie von den Prospekten lebten, die sie für teures Geld den Verlegern schrieben, oder von gewissen Artikeln, ohne die gewagte Spekulanten nicht auskamen; sie lebten alle in den Tag hinein und machten sich keine Sorgen über die Zukunft.

Nachdem er von den Zeitungsleuten und Literaten als gleichberechtigt aufgenommen worden war, stellte Lucien fest, daß er ungeheure Schwierigkeiten überwinden mußte, wenn er sich aus diesem Verhältnis herausarbeiten wollte: Jeder war bereit, ihn als seinesgleichen anzusehen, aber keiner, ihn höher steigen zu lassen. Unmerklich verzichtete er auf schriftstellerischen Ruhm und glaubte, durch die Politik das Glück rascher zu machen.

»Die Intrige weckt weniger Gegnerschaft als das Talent, dazu arbeitet sie zu sehr im stillen«, sagte ihm eines Tages Châtelet, mit dem er sich ausgesöhnt hatte; »die Intrige ist übrigens dem Talent überlegen, aus nichts macht sie etwas, während fast immer die ungeheuren Hilfsmittel des Talentes nur dazu dienen, einen Mann unglücklich werden zu lassen.«

Inmitten dieser Folge üppiger Tage, dieser Reihe von Gelagen, die ihn immer von der geplanten Arbeit abhielten, ließ Lucien seinen Leitgedanken nicht aus dem Auge: Er verkehrte eifrig in der Welt, er machte der Madame de Bargeton, der Marquise d'Espard, der Comtesse de Montcornet den Hof und fehlte auf keinem der Abende der Mademoiselle des Touches; er stattete einen Besuch zwischen zwei Vergnügungen ab oder zwischen zwei Gelagen, die entweder von den Autoren oder von den Verlegern gegeben wurden; er verließ seinen Salon, um sich zu einem Souper zu begeben, das irgendeiner Wette entsprungen war; die Anstrengung der ewigen Unterhaltungen und des Spiels verzehrten die wenigen Gedanken und Kräfte, die seine Exzesse ihm noch ließen. Der Dichter fand nicht mehr jene Klarheit des Geistes, jenen kühlen Kopf, die notwendig sind, wenn man die Dinge ringsum beobachten will, und es gelang ihm nicht mehr, die unbezahlbare Zurückhaltung an den Tag zu legen, ohne die ein Neuling verloren ist; schon ging es über seine Kräfte zu merken, daß Madame de Bargeton sich ihm wieder näherte oder verletzt von ihm entfernte, ihm Verzeihung gewährte oder ihn von neuem verdammte. Châtelet sah, wie viele Aussichten sein Nebenbuhler immer noch hatte, und wurde sein Freund, der dafür sorgte, daß er sich nicht aus der Zerstreuung wand und seine Energie verlor. Rastignac, der auf seinen Landsmann eifersüchtig war, fand in Châtelet einen Verbündeten und teilte seinerseits seine Pläne, deren Gegenstand Lucien war. Er war es gewesen, der ein paar Tage nach der Begegnung des Petrarca und der Laura von Angoulême bei Gelegenheit eines prächtigen Gelages im Rocher de Cancale den Dichter mit dem alten Gecken der Kaiserzeit versöhnt hatte.

Lucien, der stets in der Frühe zu Bett ging und spät am Tage aufstand, leistete einer Liebe, deren warmes Nest immer für ihn bereitet war, keinen Widerstand. Die Trägheit erschlaffte seinen Willen, die Augenblicke, in denen er seine Lage in ihrem wahren Licht sah und die schönsten Entschlüsse faßte, waren selten, zuletzt gab er völlig nach und reagierte noch nicht einmal mehr auf den stärksten Druck des Elends. Coralie ihrerseits war lange glücklich darüber gewesen, daß Lucien in diesem Taumel der Vergnügungen leben konnte. Sie hatte darin ein Pfand für die Dauer ihrer Verbindung gesehen und ihn in seinen Bedürfnissen absichtlich unterstützt; aber schließlich war das zarte Geschöpf mutig genug, um ihren Freund an die Arbeit zu mahnen; es geschah nun öfter, daß sie ihn darauf aufmerksam machte, wie wenig er in einem Monat verdient hatte. Das Paar hatte erschreckend schnell Schulden. Die fünfzehnhundert Franc, die er vom Honorar für die Sonette noch zu erwarten gehabt hatte, und die ersten fünfhundert Franc, die er verdiente, waren rasch aufgezehrt. In drei Monaten brachten seine Artikel dem Dichter nicht mehr als tausend Franc ein, und er glaubte ungeheuer dafür gearbeitet zu haben. Aber Lucien war schon so weit, daß er sich die scherzhafte Auffassung der Lebemänner über Schulden zu eigen machte. Schulden sind reizend bei jungen Leuten von fünfundzwanzig Jahren; später verzeiht sie ihnen niemand. Gewisse geborene Dichter von schwachem Willen, die sich fortwährend damit beschäftigen, Gefühlen nachzugehen und sie in Bildern auszudrükken, ermangeln des moralischen Sinns, der jedem Beobachter des Lebens unentbehrlich ist. Solche Dichter ziehen es vor, Eindrücke in ihrem Innern zu finden, es ist ihnen lästig, die Gesetze des Gefühlslebens bei anderen zu studieren. So kam es, daß Lucien sich nicht nach denjenigen seiner Freunde, der Lebemänner, erkundigte, die aus dem Kreis verschwanden, und daß er ebensowenig den Unterschied zwischen sich und ihnen sah: Die einen hatten eine Erbschaft zu erwarten, die anderen hatten bestimmte Hoffnungen; die einen besaßen anerkannte Talente, die anderen den unerschütterlichen Glauben an ihre Bestimmung und den wohlüberlegten Vorsatz, durch die Maschen der Gesetze zu schlüpfen. Lucien vertraute auf die tiefen Axiome Blondets: »Alles regelt sich von selbst. – Wer nichts hat, kann nichts verlieren. – Es kann uns nur das Geld entgehen, das wir nicht besitzen. – Wer sich vom Strom treiben läßt, landet schon irgendwo. – Ein Fuß im Bügel der Gesellschaft ist so gut wie ein Pferd im eigenen Stall.«

Gaillard und Merlin suchten in diesem Winter der Vergnügungen das Kapital, das sie zur Gründung des *Réveil* brauchten; die erste Nummer erschien erst im März 1822. Der Abschluß kam in Madame du Val-Nobles Salon zustande. Die elegante und witzige Kurtisane, die mit einem Blick auf ihre prächtige Wohnung sagte: »Hier die Zahlungen von tausendundeiner Nacht!«, übte einen gewissen Einfluß bei den Bankiers, den Großgrundbesitzern und Schriftstellern der royalistischen Partei aus, die alle gewohnt waren, in ihrem Salon zusammenzukommen, wenn sie gewisse Geschäfte regeln wollten. Merlin, dem die Chefredaktion des *Réveil* versprochen war, wünschte zu seiner rechten Hand Lucien zu haben, der sein intimer Freund geworden war und dem seinerseits das Feuilleton eines der regierungstreuen Blätter versprochen wurde. Dieser Frontwechsel im Leben Luciens vollzog sich in aller Stille und störte keine seiner Vergnügungen. Das arme Kind hielt sich für einen großen Politiker, da er diesen Theaterstreich so geschickt vorbereitete, und zählte auf die Freigebigkeit der Regierungsleute, die allein seine Schulden begleichen und Coralie von ihren geheimen Ängsten befreien konnten.

Die Schauspielerin verbarg, immer lächelnd, ihre Besorgnis; aber Bérénice, die kühner war, unterrichtete Lucien. Wie alle Dichter ließ sich der kommende große Mann einen Augenblick Angst einjagen und versprach zu arbeiten; er vergaß seine Versprechungen ebenso rasch und ertränkte seine flüchtige Sorge in Ausschweifungen. Als Coralie die umwölkte Stirn ihres Geliebten sah, schalt sie Bérénice und versicherte ihrem Dichter, daß alles in Ordnung sei. Madame d'Espard und Madame de Bargeton warteten auf die Bekehrung Luciens, um, wie sie sagten, durch Châtelet beim Minister die so heiß ersehnte königliche Verordnung durchzusetzen. Lucien hatte versprochen, seine *Marguerites* der Marquise zu widmen, die eine Auszeichnung zu würdigen schien, die selten geworden ist, seitdem die Schriftsteller eine Macht wurden. Sooft Lucien abends zu Dauriat ging und sich nach dem Stand seines Buches erkundigte, hatte der Verleger die ausgezeichnetsten Gründe, um den Druck zu verzögern. Er war mit der und der Arbeit beschäftigt, die ihm seine ganze Zeit nahm; man brachte gerade einen neuen Band von Canalis heraus, den man erst abwarten mußte; die zweite Folge der *Meditationen* Lamartines waren im Druck, und es ging doch nicht an, zwei bedeutende Versbände zugleich herauszugeben; der Dichter tat am besten, sich auf die Geschicklichkeit seines Verlegers zu verlassen. Unterdessen wurden die finanziellen Verpflichtungen Luciens so dringend, daß er seine Zuflucht zu Finot nahm, der ihm einen Vorschuß auf seine Artikel zahlte. Setzte abends bei Tisch der Dichterjournalist seine Lage den befreundeten Lebemännern auseinander, so ertränkten sie seine Bedenken in Fluten Champagners, der mit Witzen gekühlt war. Die Schulden! Kein großer Mann ohne Schulden! Die Schulden bedeuteten befriedigte Bedürfnisse, gebieterische Laster. Ein Mann kommt nur voran, wenn ihm die Eisenfaust der Geldverlegenheit im Nacken sitzt. »Den großen Männern das dankbare Leihhaus!« meinte Blondet.

»Alles wollen heißt alles schulden«, sagte Bixiou.

»Nein, alles schulden heißt alles gehabt haben!« erwiderte des Lupeaulx.

Die Lebemänner bewiesen diesem Kind, daß seine Schulden die goldenen Sporen waren, mit denen es die Pferde vor dem Wagen seines Glückes antrieb. Und dann immer Cäsar mit seinen vierzig Millionen Schulden und Friedrich der Große, dem sein Vater einen Dukaten im Monat gab, und immer die berühmten, die verderblichen Beispiele der großen Männer, die mit ihren Lastern und nicht in der Allmacht ihres Mutes und ihrer Entwürfe gezeigt wurden. Eines Tages beschlagnahmten verschiedene Gläubiger den Wagen, die Pferde und das Mobiliar Coralies, um sich für viertausend Franc schadlos zu halten. Als Lucien sich an Lousteau klammerte, der ihm tausend Franc schuldete, hielt ihm der Journalist Stempelpapiere hin, die Florine in dieselbe Lage wie Coralie versetzten; aber um sich erkenntlich zu zeigen, war Lousteau bereit, seinen Roman unterzubringen.

»Wie konnte es mit Florine so weit kommen?« fragte Lucien.

»Matifat hat es mit der Angst bekommen«, erwiderte Lousteau; »wir haben ihn ruiniert; aber wenn Florine will, soll er seinen Verrat teuer bezahlen. Ich werde dir die Geschichte erzählen.«

Drei Tage nach dem ergebnislosen Besuch bei Lousteau saßen die beiden Liebenden traurig am Frühstückstisch, der in Coralies schönem Schlafzimmer vor dem Kamin stand; Bérénice hatte im Feuer Eier in der Pfanne gebacken, denn die Köchin, der Kutscher, die Dienstboten waren gegangen. Das gepfändete Mobiliar durfte nicht angerührt werden. In der ganzen Wohnung gab es keinen Gegenstand von Gold oder Silber oder sonst etwas Wertvolles, alles hatte sich in Leihscheine verwandelt, die ein recht lesbares Bändchen bildeten. Bérénice hatte zwei Bestecke behalten.

Das kleine Blatt leistete Lucien und Coralie unschätzbare Dienste, denn der Schneider, die Modistin und die Schneiderin zitterten vor dem Gedanken, es sich mit einem Journalisten zu verderben, der die Macht hatte, ihr Geschäft in Verruf zu bringen. Lousteau trat während des Frühstücks ein und rief:

»Hurra! Hoch der *Bogenschütze Karls IX.!* Ich habe für hundert Franc Bücher an den Mann gebracht, Kinder, teilen wir.«

Er gab Coralie fünfzig Franc und ließ Bérénice ein reiches Frühstück holen.

»Gestern«, berichtete er, »waren Merlin und ich bei Verlegern eingeladen, und wir haben geschickt den Verkauf deines Romans eingeleitet. Du verhandelst mit Dauriat; aber Dauriat knausert, er will nur viertausend Franc für zweitausend Stück geben, und du verlangst sechstausend. Wir machten dich zweimal größer als Walter Scott. Oh, du hast unvergleichliche Romane im Kopf, du bietest nicht ein Buch, sondern ein Geschäft an; du bist nicht der Verfasser eines mehr oder weniger erfindungsreichen Romans, sondern einer ganzen Sammlung! Das Wort Sammlung schlug ein. Also vergiß deine Rolle nicht, du hast in der Schublade: *Die Grande Mademoiselle oder Frankreich unter Louis XIV. – Cotillon I. oder die ersten Tage Louis' XV. – Königin und Kardinal oder Sittenbild aus der Fronde. – Der Sohn Concinis oder eine Intrige Richelieus.* All diese Romane werden auf dem Umschlag angezeigt. Wir haben dafür das Wort: das Kind schaukeln. Die Bücher springen dem Publikum so lange aus den Umschlägen in die Augen, bis sie berühmt sind, und man ist dann größer durch das, was man nicht schreibt, als durch das, was man schreibt. Das ›In Vorbereitung‹ ist die Hypothek der Literatur. Lachen wir ein wenig! Hier ist Champagner, du verstehst, Lucien, daß die guten Männer Augen so groß wie deine Untertassen gemacht haben. – Hast du noch Untertassen?«

»Sie sind beschlagnahmt«, antwortete Coralie.

»Ich begreife und greife vor«, fuhr Lousteau fort, »die Verleger werden an alle deine Manuskripte glauben, wenn sie ein einziges sehen. Ein Verleger verlangt das Manuskript zu sehen und tut, als ob er es lesen wolle. Lassen wir den Verlegern ihre Methode: niemals lesen sie ein Buch, sonst würden sie nicht so viele veröffentlichen. Hector und ich haben durchblicken lassen, daß du für fünftausend Franc dreitausend Exemplare in zwei Auflagen geben würdest. Hol jetzt das Manuskript des *Bogenschützen,* übermorgen frühstücken wir mit den Verlegern und werden sie tüchtig einwickeln!«

»Wen hast du im Auge?« fragte Lucien.

»Zwei Partner, ganz brave Burschen und ziemlich gerissene Leute, Fendant und Cavalier. Der eine ist der frühere erste Gehilfe von Vidal und Porchon, der andere der geschickteste Reisende aus der ganzen Branche, vor einem Jahr haben sie sich zusammengetan. Zuerst verloren sie etwas Geld an der Übersetzung englischer Romane, jetzt hoffen sie auf die einheimischen Romane. Es heißt, daß die beiden Händler in bedrucktem Papier ausschließlich das Kapital anderer aufs Spiel setzen, aber ich glaube, es ist dir ziemlich gleichgültig, wem das Geld gehört, das man dir gibt.«

Auf den übernächsten Tag waren die beiden Journalisten in die Rue Serpente, im alten Viertel Luciens, zum Frühstück geladen. Lousteau hatte dort in der Rue de la Harpe noch immer sein Zimmer, das sich, als Lucien seinen Freund abholte, in demselben Zustand wie an jenem entscheidenden Abend befand. Aber er wunderte sich nicht mehr, seine Erziehung hatte ihn an die Wechselfälle des Journalistenlebens gewöhnt, er begriff nun alles. Der große Mann aus der Provinz hatte das Geld für mehr als einen Artikel erhalten und verspielt, und damit auch zugleich die Lust an dieser Arbeit verloren; er hatte mehr als eine Spalte nach den verschlagenen Anweisungen Lousteaus geschrieben. Er hatte sich in die Abhängigkeit von Barbet und Braulard begeben, an die er Bücher und Theaterkarten verkaufte; er schreckte vor keinem Lob und vor keinem Angriff zurück; er empfand in diesem Augenblick sogar etwas wie Freude bei dem Gedanken, daß er aus Lousteau soviel wie möglich herausschlug, bevor er sich von den Liberalen abwandte, die er nicht ohne Nutzen studiert hatte: um so besser konnte er sie verwunden. Seinerseits erhielt Lousteau zum Nachteil Luciens von Fendant und Cavalier eine Summe von fünfhundert Franc in Silber als Belohnung dafür, daß er den künftigen Walter Scott den beiden Verlegern, die auf der Suche nach einem französischen Scott waren, vermittelt hatte.

Das Haus Fendant und Cavalier war eines jener Unternehmen, die ohne Kapital gegründet wurden, wie es damals oft geschah und wie es noch oft geschehen wird, solange Papierlieferant und Drucker fortfahren, jemandem Kredit zu gewähren, bis er sieben oder acht Kartentrümpfe ausgespielt hat, die unter der Bezeichnung Verlagswerk laufen. Damals wie heute bekam der Autor Wechsel mit sechs, neun und zwölf Monaten Zahlungsfrist, eine Bezahlungsart, die dem Verkehr zwischen den Verlegern oder Buchhändlern selbst entspricht, ja hier sind noch längere Fristen üblich. Die Verleger bezahlen in der gleichen Münze die Papierfabrikanten und Drucker. Wenn man annahm, daß von den zwölf bis zwanzig Werken, auf die sich so während eines Jahres die Berechnungen aufbauten, zwei oder drei einen Erfolg brachten, so stand fest, daß der Ertrag der guten Geschäfte die schlechten ausglich. Wenn die Operationen alle zweifelhaft waren oder wenn die Verleger das Unglück hatten, mit einem guten Buch zu arbeiten, das erst verkauft wurde, wenn das ernste Publikum Geschmack an ihm fand; wenn die Diskontierung der Wechsel schwerfiel, wenn sie mit Zahlungseinstellungen rechnen mußten, so stellten sie doch ruhig ihre Bilanz auf, in die von vornherein alle diese Gesichtspunkte hineingearbeitet waren. So lagen alle Chancen zu ihren Gunsten, und sie würfelten auf dem grünen Tuch der Spekulation mit dem Geld anderer, nicht mit ihrem eigenen. Fendant und Cavalier befanden sich genau in dieser Lage. Cavalier hatte seine Kenntnisse eingebracht, Fendant seine Betriebsamkeit. Das Gesellschaftskapital verdiente diese Bezeichnung, denn es bestand aus ein paar tausend Franc, die ihre Freundinnen mühsam erspart hatten. Daraus bewilligten sie einander ansehnliche Gehälter, die gewissenhaft für Diners mit Journalisten oder Autoren und für Theaterbesuche eingesetzt wurden, besonders wichtigen Anlässen, wie sie behaupteten, weil bei der Gelegenheit Geschäfte abgeschlossen wurden. Diese Halbgauner galten beide als geschickte Leute, aber Fendant war schlauer als Cavalier. Cavalier reiste, wie es seinem Namen entsprach, Fendant führte die Geschäfte in Paris. Diese Verbindung zweier Verleger war, was sie immer sein wird, ein Zweikampf.

Die Partner hausten im Erdgeschoß eines der alten Häuser in der Rue Serpente; das Arbeitszimmer lag am Ende geräumiger Salons, die in Lagerräume verwandelt worden waren. Sie hatten schon eine Menge Romane veröffentlicht, darunter die Arbeiten eines englischen Schriftstellers, der in

Frankreich keinen Erfolg fand. Die Wirkung Walter Scotts zog die Aufmerksamkeit der Verleger auf England, dem von diesen Normannen eine zweite Eroberung drohte; sie suchten auf den Inseln nach Walter Scott, wie man später in Kieselerde nach Asphalt, in Sumpfland nach Erdharz suchte und Pläne mit zu bauenden Eisenbahnen schmiedete. Eine der größten Torheiten des Pariser Handels besteht darin, daß man den Erfolg in Analogien statt in Kontrasten zu finden glaubt. In Paris tötet der Erfolg den Erfolg. So kündigten Fendant und Cavalier ihren Roman *Die Strelitzen oder Rußland vor hundert Jahren* brav mit großen Buchstaben als Nachahmung Walter Scotts an. Sie hatten einen Erfolg nötig und sahen in Lucien den Journalisten mit den guten Beziehungen und in seinem Buch einen Artikel, dessen rascher Absatz sie über ein Monatsende bringen sollte.

Die beiden Journalisten trafen die beiden Partner in dem Arbeitszimmer, der Vertrag lag fertig auf dem Tisch, die Wechsel waren schon unterschrieben. Lucien staunte über diese Eilfertigkeit. Fendant war ein kleiner, magerer Mann, mit einer finsteren Physiognomie, er hatte ein Kalmückengesicht, eine niedere Stirn, eine aufgeworfene Nase, einen schmalen Mund, zwei kleine aufgeweckte schwarze Augen; das Gesicht sah gegerbt aus, die Haut war spröde, der Ton der Stimme glich dem einer gesprungenen Glocke, kurzum, der ganze Mann erinnerte an den Spitzbuben, wie er im Buche steht, aber er suchte diesen Eindruck durch honigsüßes Gerede zu mildern und erreichte in der Unterhaltung sein Ziel. Cavalier, ein rundlicher Junggeselle, den man eher für einen Postschaffner als für einen Buchhändler hätte halten können, hatte auffällig blonde Haare, ein erhitztes Gesicht, das fette Aussehen und die Beredsamkeit des ewigen Handlungsreisenden.

»Wir werden nicht erst zu verhandeln brauchen«, wandte sich Fendant an Lucien und Lousteau, »ich habe das Buch gelesen, es ist sehr literarisch und paßt so gut in unsere Absichten, daß ich das Manuskript bereits in die Druckerei gegeben habe. Den Vertrag ließ ich nach den verabredeten Gesichtspunkten aufsetzen, außerdem entfernen wir uns niemals von den darin ausgesprochenen Bedingungen. Unsere Wechsel lauten auf sechs, neun und zwölf Monate, Sie können sie leicht diskontieren, und wir werden sie danach einlösen. Wir haben uns das Recht vorbehalten, dem Werk einen anderen Titel zu geben; *Der Bogenschütze Karls IX.* gefällt uns nicht, er macht die Leser nicht neugierig genug, es gibt mehrere Könige mit Namen Karl, und im Mittelalter wimmelt es von Bogenschützen! Ja, wenn Sie *Der Soldat Napoleons* sagten, aber *Der Bogenschütze Karls IX.?* Cavalier müßte einen Kursus in französischer Geschichte veranstalten, um in der Provinz Exemplare abzusetzen.«

»Wenn Sie die Leute kennten, mit denen wir zu tun haben!« rief Cavalier.

»*Die Bartholomäusnacht* klänge besser«, fuhr Fendant fort, Cavalier meinte:

»*Katharina von Medici* oder *Frankreich unter Karl IX.* glichen einem Titel Walter Scotts mehr.«

»Das entscheiden wir, wenn das Buch gedruckt ist«, schloß Fendant.

»Halten Sie es, wie Sie wollen«, erwiderte Lucien, »der Titel muß mir nur zusagen.«

Der Vertrag wurde vorgelesen, die Kopien ausgetauscht

und Lucien steckte die Wechsel mit einer unvergleichlichen Befriedigung in die Tasche. Darauf stiegen sie alle vier zu Fendant hinauf, wo das gewöhnlichste aller Frühstücke auf sie wartete, Austern, Beefsteak, Nieren in Champagner und Brie, aber dazu gab es ausgezeichnete Weine, dank der Verbindung Cavaliers mit einem Weinvertreter. Als man sich zu Tisch setzte, tauchte der Drucker auf, dem die Herstellung des Romans anvertraut war. Das überraschte Lucien nicht wenig, brachte er ihm doch schon die ersten Seiten im Abzug.

»Wir haben es eilig«, sagte Fendant, »wir rechnen mit Ihrem Buch, wir brauchen, offen gestanden, einen gehörigen Erfolg.«

Das Frühstück, das gegen Mittag begann, endete erst um fünf.

»Wo Geld finden?« fragte Lucien Lousteau.

»Gehen wir zu Barbet.«

Die beiden Freunde begaben sich, ein wenig vom Wein erhitzt, an den Quai des Augustins.

»Coralie ist aufs äußerste von Florines Pech überrascht, Florine gestand es ihr erst gestern und schrieb es dir zu. Sie war so aufgebracht, daß sie erklärte, sie wolle dich verlassen«, sagte Lucien.

»Es ist leider so«, antwortete Lousteau, der seine Vorsicht vergaß und sich Lucien öffnete. »Du bist mein Freund, Lucien, du hast mir tausend Franc geliehen und sie erst einmal zurückgefordert. Laß dir raten, gehe dem Spiel aus dem Weg. Wenn ich nicht spielte, wäre ich ein glücklicher Mann. Ich schulde Gott und dem Teufel. An meinen Sachen kleben die Siegel der Gerichtsvollzieher. Und wenn ich ins Palais Royal gehe, muß ich die Klippen umschiffen.«

In der Sprache der jungen Leute hieß das, einen Umweg machen, um nicht an einem Laden eines Gläubigers vorbeizukommen, oder einen Ort zu meiden, an dem man ihm begegnen konnte. Lucien, der auch nicht durch alle Gassen mit der gleichen Sorglosigkeit ging, kannte den Zustand und lernte jetzt den Namen.

»Du hast große Schulden?«

»Kleinigkeit«, antwortete Lousteau, »dreitausend Franc würden mich retten. Ich wollte solide werden, nicht mehr spielen; um aus der Patsche zu kommen, habe ich ein wenig ›Chantage‹ gemacht.«

»Was heißt das?« fragte Lucien, dem diese Bezeichnung unbekannt war.

»Das ist eine Erfindung der englischen Presse, die jüngst nach Frankreich kam. Man macht irgend jemanden ausfindig, der aus einem bestimmten Grund nicht wünscht, daß man sich mit ihm beschäftigt. Eine Unmenge Leute haben mehr oder weniger große Vergehen auf dem Gewissen. In Paris gibt es viele verdächtige Vermögen, die auf den verschiedensten Wegen, oft durch verbrecherische Manöver, ergattert worden sind und den Stoff für die reizendsten Anekdoten lieferten. Der Mann, der die Chantage verübt, oder kurz der Chanteur, hat sich ein Beweisstück, ein wichtiges Dokument verschafft und bittet den reich gewordenen Glücksritter um ein Gespräch. Wenn dieser nicht eine bestimmte Summe zahlt, läßt der Chanteur durchblicken, daß er eine Zeitung zur Hand hat, die sich gern mit diesem Geheimnis beschäftigen wird. Der reiche Mann hat Angst, er zahlt, der Streich ist geglückt. Du bist in irgendeine gefährliche Operation verwickelt, ein paar Artikel würden genügen, um sie zu Fall zu bringen: Man schickt dir den Warner ins Haus, man schlägt dir vor, die Artikel zu kaufen. Mancher Minister hat diese Erfahrung gemacht, er verabredete, daß die Zeitung zwar seine politischen Handlungen, aber nicht seine Person angreift, andere wieder opfern ihre Person, bitten aber um Gnade für ihre Geliebte. Des Lupeaulx, der nette Maître des Requêtes, den du kennst, ist ewig mit solchen Verhandlungen beschäftigt. Der Bursche schafft sich, da er im Mittelpunkt der Macht sitzt, eine großartige Stellung dank seinen Beziehungen: Er ist der Mittelsmann der Presse und der Botschafter der Minister, er tritt als Retter auf, er dehnt diesen Handel bis auf die politischen Affären aus, er erkauft das Schweigen der Zeitungen durch eine Anleihe oder eine Konzession, bei der es keinen Wettbewerb und keine öffentliche Ausschreibung gibt, die Haifische der liberalen Bankwelt bekommen dafür ihren Teil ab. Du hast selbst Dauriat gegenüber ein wenig Chantage verübt, er gab dir dreitausend Franc, damit du Nathan nicht verreißt. Im achtzehnten Jahrhundert, als der Journalismus noch in den Windeln lag, machte man Chantage mit Hilfe von Schmähschriften, die von den Mätressen und großen Herren bezahlt wurden. Der Erfinder der Chantage ist Aretin, der bedeutende Venezianer, der die Könige in seine Tasche steckte wie heute eine Zeitung die Schauspieler.«

»Was hast du gegen Matifat unternommen, um zu deinen dreitausend Franc zu kommen?«

»Ich ließ Florine in sechs Zeitungen angreifen, und Florine beklagte sich bei Matifat. Matifat bat Braulard, den Grund für diese Angriffe ausfindig zu machen. Braulard ist von Finot hereingelegt worden. Finot, zu dessen Vorteil ich schob, erklärte dem Drogisten, daß du Florine im Interesse

Coralies verreißt. Giroudeau erklärte Matifat vertraulich, daß alles in Ordnung käme, wenn er seinen Sechstelanteil an der Zeitschrift Finots für zehntausend Franc verkaufen wolle. Finot versprach mir tausend Écu im Fall des Erfolgs. Matifat nahm den Vorschlag an, froh, zehntausend Franc von den dreißigtausend, die ihm als eine gewagte Ausgabe erschienen, wiederzuerlangen, seit ein paar Tagen erzählte ihm Florine, daß die Zeitschrift nicht einschlagen wolle. Statt von einer Dividende wurde schon von einer neuen Einzahlung gesprochen. Da mußte der Direktor des Panorama, bevor er die Bilanz aufstellte, ein paar Gefälligkeitswechsel an den Mann bringen: Er dachte an Matifat und erzählte ihm den Streich, den Finot plante. Matifat verließ als schlauer Geschäftsmann Florine, behielt sein Sechstel und wartet nun, bis wir zu ihm kommen, Finot und ich sind in heller Verzweiflung. Wir haben das Unglück gehabt, einen Mann anzugreifen, der nicht zu seiner Mätresse hält, ein elender Bursche ohne Herz und Seele. Zu allem Überdruß kann die Presse dem Handel, den Matifat treibt, nicht auf den Leib rücken, er ist für uns unangreifbar. Man kritisiert nicht einen Drogisten, wie man einen Hutfabrikanten, eine Modistin, ein Theater oder einen Künstler kritisiert. Kakao, Pfeffer, Farben, Opium können nicht herabgesetzt werden, Florine pfeift aus dem letzten Loch, das Panorama schließt morgen, sie weiß nicht, was aus ihr werden soll.«

»Dieser Umstand hat zur Folge, daß Coralie in ein paar Tagen am Gymnase auftritt, sie wird etwas für Florine tun können«, sagte Lucien.

»Ausgeschlossen«, erwiderte Lousteau, »Coralie ist nicht besonders klug, aber doch nicht dumm genug, um sich eine

Nebenbuhlerin heranzuzüchten. Unser Karren ist richtig verfahren. Aber Finot ist derartig darauf versessen, sein Sechstel wiederzuerlangen –«

»Warum nur?«

»Weil es ein ausgezeichnetes Geschäft ist. Er hat Aussicht, die Zeitschrift für dreihunderttausend Franc zu verkaufen. Finot besäße dann ein Drittel, dazu eine Vermittlungsgebühr, die er mit des Lupeaulx teilt. So komme ich dazu, ihm einen richtigen Chantagestreich vorzuschlagen.«

»Ich sehe, Chantage heißt: das Leben oder die Börse!«

»Noch viel besser, die Ehre oder die Börse«, sagte Lousteau. »Vorgestern erzählte ein kleines Blatt, dessen Besitzer man einen Kredit verweigert hatte, daß eine diamantenbesetzte Repetieruhr, die einer der vornehmsten Persönlichkeiten der Stadt gehört, merkwürdigerweise in die Hände eines Soldaten der königlichen Garde gekommen ist, und es stellte einen Bericht über dieses Abenteuer aus *Tausendundeiner Nacht* in Aussicht. Die vornehme Persönlichkeit beeilte sich, den Herausgeber zum Abendessen einzuladen. Der Herausgeber hat gewiß einen Gewinn gemacht, aber die Geschichte, die Erzählung von der Uhr verloren. Jedesmal, wenn die Presse wild gegen irgendeinen mächtigen Mann anrennt, kannst du davon ausgehen, daß dabei eine verweigerte Diskontierung oder eine andere Ablehnung eine Rolle spielt. Nichts fürchten die reichen Engländer mehr als eine solche am Privatleben ausgeübte Chantage, die englischen Zeitungen beziehen aus ihr ihre besten Einkünfte, sie sind noch viel korrupter als unsere Blätter. Wir sind Kinder! In England kauft man einen bloßstellenden Brief mit fünf- bis sechstausend Franc, um ihn mit entsprechendem Aufschlag zu verkaufen.«

»Was für ein Mittel hast du also ausfindig gemacht, um an Matifat heranzukommen?« fragte Lucien.

»Mein Lieber, der schmutzige Krämer hat Florine die merkwürdigsten Briefe geschrieben: Orthographie, Stil, Gedanken, alles ist von größter Komik. Matifat fürchtet seine Frau sehr; wir können, ohne ihn zu nennen, ohne ihm eine Handhabe zu geben, den guten Mann im Schoß seiner Familie treffen, wo er sich in Sicherheit glaubt. Male dir seine Wut aus, wenn er das erste Stück eines kleinen Sittenromans mit dem Titel *Die Liebschaften eines Drogisten* liest, nachdem er loyal von dem Zufall unterrichtet worden ist, der den Redakteuren des Blattes die Briefe in die Hände spielt, worin er von seinem kleinen Cupido spricht, ›niemals‹ mit zwei h schreibt und über Florine sagt, daß sie ihm hilft, die Wüste des Lebens zu durchqueren, wonach man sie für ein Kamel halten könnte. Kurz, es ist genug Stoff da, um die Leser vierzehn Tage lang so zum Lachen zu bringen, daß sie sich vor Krämpfen winden. Es bleibt nur noch, ihm zu verstehen zu geben, daß ein kleiner anonymer Brief seine Frau auf die Romanfortsetzung aufmerksam machen könnte. Wird Florine bereit sein, von Matifat als die Anstifterin betrachtet zu werden? Sie hat noch Grundsätze, das heißt noch Hoffnungen. Vielleicht behält sie die Briefe und verlangt nur ihren Anteil. Sie ist schlau, sie ist meine Schülerin. Aber wenn sie erfährt, daß es ernst wird, wenn Finot ihr ein angemessenes Geschenk oder Hoffnung auf ein Engagement macht, wird sie mir die Briefe ausliefern, die ich gegen klingende Taler an Finot weitergebe. Finot wird den Briefwechsel seinem Onkel in die Hand drücken und Giroudeau den Drogisten zur Kapitulation zwingen.«

Dieser vertrauliche Bericht ernüchterte Lucien, sein erster Gedanke war, daß er sehr gefährliche Freunde hatte; dann überlegte er, daß er sich mit ihnen nicht überwerfen dürfe, denn er konnte in eine Lage kommen, wo er ihre schlimme Macht brauchte, zum Beispiel, wenn Madame d'Espard, Madame de Bargeton und Châtelet ihn im Stich ließen.

Étienne und Lucien hatten den Quai erreicht und standen vor dem erbärmlichen Laden Barbets.

»Barbet«, sagte Étienne zu dem Buchhändler, »wir haben fünftausend Franc von Fendant und Cavalier auf sechs, neun und zwölf Monate. Wollen Sie die Wechsel diskontieren?«

»Ich nehme sie für dreitausend Franc«, antwortete Barbet mit unerschütterlicher Ruhe.

»Dreitausend Franc!« rief Lucien.

»Niemand wird Ihnen so viel geben«, erklärte der Buchhändler, »die Herren werden, bevor drei Monate vergehen, Bankrott machen; aber es liegen bei ihnen ein paar gute Werke, die nur langsam gehen; ich werde sie bar kaufen und mit den Wechseln bezahlen, so werde ich zweitausend Franc an Ware verdienen.«

»Willst du zweitausend Franc verlieren?« fragte Étienne Lucien.

»Nein«, wehrte Lucien ab, den diese erste Erfahrung erschreckte.

»Du machst einen Fehler«, erwiderte Étienne.

»Sie werden das Zeug nirgends unterbringen«, sagte Barbet, »Ihr Buch ist die letzte Karte, auf die Fendant und Cavalier setzen, sie können es nur drucken, wenn sie die Exemplare bei dem Drucker liegenlassen, ein Erfolg hält sie nur ein halbes Jahr über Wasser, früher oder später fliegen sie doch auf. Die Herren trinken mehr Kirschwasser, als sie Bücher verkaufen. Für mich bedeuten die Wechsel Bargeld, aber nicht für andere Geldleiher, die nach dem Wert jeder Unterschrift fragen. Das Geschäft des Wechselhändlers besteht darin zu wissen, ob drei Unterschriften im Falle des Bankrotts je dreißig Prozent geben. Zunächst bieten Sie nur zwei Unterschriften an, und die sind noch dazu keine zehn Prozent wert.«

Die beiden Freunde sahen sich an und waren überrascht, aus dem Munde dieses Faktotums eine Analyse zu vernehmen, in der sich in wenigen Worten der ganze Gehalt des Diskontgeschäfts fand.

»Keine Phrasen, Barbet«, sagte Lousteau. »Zu welchem Wechselhändler können wir gehen?«

»Wenn Sie meinen Vorschlag ablehnen, so gehen Sie zu Chaboisseau am Quai Saint-Michel; aber Sie kommen wieder, und dann gebe ich Ihnen nur noch zweitausendfünfhundert Franc.«

Étienne und Lucien begaben sich zum Quai Saint-Michel und betraten das Häuschen, in dem dieser Chaboisseau, einer der Diskontierer des Buchhandels, wohnte, und trafen ihn im zweiten Stock in einer originell möblierten Wohnung. Der Winkelbankier, der trotzdem Millionär war, liebte den griechischen Stil. Wie auf einem Bild Davids war die Wand mit einem purpurnen Stoff drapiert und bildete den Hintergrund für ein Bett von reinster Form. Die Sessel, die Tische, die Lampen, die Leuchter, die kleinsten Gegenstände, die alle zweifellos geduldig bei den Möbelhändlern zusammengesucht worden waren, atmeten die zarte, aber elegante Anmut des Altertums. Dieser mythologische Rahmen bildete einen seltsamen Gegensatz zu den Geschäften seines Bewohners. Unter den Leuten, die mit Geld handeln, findet man überhaupt die phantastischsten Menschen. Sie sind in einem gewissen Sinn die Libertins des Gedankens. Da sie alles besitzen können und infolgedessen blasiert sind, machen sie ungeheure Anstrengungen, um aus ihrer Gleichgültigkeit herauszukommen. Wer sie zu beobachten versteht, findet fast immer eine Manie und eine Liebe, durch die sie zugänglich sind. Chaboisseau hatte sich in seinem Altertum förmlich verschanzt. »Er paßt recht gut in seine Einrichtung«, sagte Étienne lächelnd zu Lucien. Chaboisseau war ein kleiner Mann mit gepuderten Haaren, er trug einen grünlichen Rock, eine haselnußfarbene Weste, eine schwarze Kniehose, gemusterte Strümpfe und Halbschuhe, die unter jedem Tritt knarrten. Nachdem er die Wechsel geprüft hatte, gab er sie Lucien bedächtig zurück und sagte sehr sanft:

»Die Herren Fendant und Cavalier sind reizende Leute, sehr kluge Leute, aber mir steht kein Geld zur Verfügung.«

»Mein Freund wird mit sich reden lassen«, meinte Étienne.

»Die günstigste Bedingung könnte mich nicht bewegen, diese Wechsel zu nehmen«, fuhr der kleine Mann fort, dessen Worte über Lousteaus Vorschlag wie das Messer der Guillotine über den Hals eines Menschen glitten.

Die Freunde zogen sich zurück; als sie das Vorzimmer durchschritten, wohin Chaboisseau sie vorsichtig begleitete, bemerkte Lucien einen Stoß alter Schmöker und darin das Werk des Architekten Ducerceau über die berühmtesten französischen Schlösser, deren Grundrisse in diesem Buch mit größter Genauigkeit aufgezeichnet sind.

»Verkaufen Sie das Werk?« fragte Lucien.

»Ja«, antwortete Chaboisseau, der aus einem Wechselankäufer Bücherverkäufer wurde.

»Zu welchem Preis?«

»Fünfzig Franc.«

»Das ist teuer, aber ich brauche es, und ich könnte nur mit einem der Wechsel bezahlen.«

»Sie haben einen Wechsel auf fünfhundert Franc, ich nehme ihn«, sagte Chaboisseau, der ohne Zweifel Fendant und Cavalier einen Betrag in dieser Höhe schuldete.

Die beiden Freunde kehrten in das griechische Zimmer zurück, wo Chaboisseau eine Rechnung aufstellte mit sechs Prozent Zinsen und sechs Prozent Spesen, was einen Abzug von dreißig Franc ausmachte; dazu kamen die fünfzig Franc für das Buch; er öffnete seine Kasse, die voller schöner Taler war, und zählte vierhundertzwanzig Franc auf den Tisch.

»Ich verstehe nicht«, sagte Lousteau, »entweder sind die Wechsel alle gut oder alle schlecht, warum diskontieren Sie nicht die anderen?«

»Ich diskontiere nicht, ich mache mich für einen Verkauf bezahlt«, antwortete der Mann.

Étienne und Lucien lachten noch über ihn, ohne ihn verstanden zu haben, als sie bei Dauriat eintraten, wo Lousteau Gabusson bat, ihnen jemanden zu nennen, der diskontieren konnte. Die beiden Freunde mieteten ein Kabriolett für eine Stunde und fuhren in den Faubourg Poissonnière mit einem Empfehlungsschreiben Gabussons versehen, der sie auf das seltsamste Original vorbereitet hatte.

»Wenn Samanon nicht Ihre Wechsel nimmt, diskontiert sie überhaupt niemand«, waren seine Worte gewesen.

Büchertrödler im Erdgeschoß, Kleidertrödler im ersten Stock, Händler mit verbotenen Stichen im zweiten, war Samanon auch noch Pfandleiher. Keine Figur aus den Romanen Hoffmanns, keiner der düsteren Geizhälse Walter Scotts kann mit der Erscheinung verglichen werden, die die Pariser Gesellschaft in diesem Menschen geschaffen hatte – wenn Samanon überhaupt ein Mensch war. Lucien konnte seinen Schrecken nicht verbergen, als er den kleinen vertrockneten Geist sah, dessen Knochen die gegerbte Haut förmlich durchstießen, eine Haut, die mit ihren vielen grünen oder gelben Flecken einem von nahem gesehenen Gemälde Tizians oder Veroneses glich. Das eine Auge war starr und vereist, das andere lebhaft und voll Feuer. Der Geizhals, der das tote Auge zum Diskontieren und das andere zum Verkauf der obszönen Stiche zu benutzen schien, trug eine flache Perücke, deren Schwarz rötlich schimmerte, während unter ihr die weißen Haare hervordrängten; seine gelbe Stirn war drohend gefaltet, aus den hohlen Wangen drangen die Backenknochen hervor, die noch weißen Zähne ragten über die Lippen wie die eines gähnenden Pferdes. Die Barthaare, die hart und spitz waren, mußten stechen wie Nadeln. Ein kleiner Rock, der nur noch Zunder war, eine gebleichte schwarze Krawatte, die der Bart abgescheuert hatte und die einen Hals sehen ließ, der so faltig wie der eines Truthahns war, ließen nicht gerade auf den Wunsch schließen, durch Toilettenkünste den Eindruck des Gesichtes vergessen zu machen. Samanon saß hinter einem außerordentlich schmutzigen Ladentisch und war damit beschäftigt, Schildchen auf die Rücken von ein paar ersteigerten Büchern zu kleben. Lucien und Lousteau tauschten beim Anblick dieses Mannes einen Blick aus, dann hielten sie ihm den Brief Gabussons und die Wechsel hin. Während Samanon las, trat ein Mann ein, dessen Ausdruck auf hohe Intelligenz schließen ließ, er trug einen Rock, der aus einer Zinkplatte geschnitten zu sein schien, so sehr beruhte er auf der Verbindung von tausend verschiedenen Stoffen.

»Ich brauche meine Jacke, meine schwarze Hose und meine Seidenweste«, sagte er zu Samanon und hielt ihm eine numerierte Karte hin. Samanon zog an dem Kupfergriff einer Schelle, und alsbald kam eine Frau herunter, die man nach der Frische ihrer Gesichtsfarbe für eine Normannin halten konnte.

»Leihe dem Herrn seine Kleider«, sagte er und zeigte auf den Fremden, »ich arbeite ganz gern mit Ihnen, aber einer Ihrer Freunde hat mir einen jungen Burschen zugeführt, der mich schön hereingelegt hat.«

»Man legt ihn herein!« wandte sich der Künstler an die beiden Journalisten und wies mit einer komischen Bewegung auf Samanon.

Der große Mann tat dasselbe, was die Lazzaroni tun, die für einen Festtag ihre Kleider aus dem Monte di pietà entlehnen, er zahlte dreißig Sou, nach denen die gelbe, schrundige Hand Samanons griff, um sie in die Kasse des Ladentischs zu befördern.

»Was für einen seltsamen Handel treibst du da?« fragte Lousteau den großen Künstler, der dem Opium verfallen war und, in seine Träume versunken, nichts schaffen konnte oder wollte.

»Der Alte leiht viel mehr als das Pfandhaus auf die Sachen, und außerdem kann man bei Gelegenheit die Kleider zurückleihen«, antwortete der Fremde. »Ich bin heute abend mit meiner Freundin bei Keller eingeladen. Dreißig Sou lassen sich leichter auftreiben als zweihundert Franc, und ich hole wieder einmal meinen Anzug, der im letzten halben Jahr dem mildtätigen Wucherer hundert Franc einbrachte. Samanon hat schon meine Bibliothek Buch für Buch verschlungen.«

»Und Sou für Sou«, meinte Lousteau lachend.

»Ich gebe fünfzehnhundert Franc«, sagte Samanon zu Lucien.

Lucien machte einen Satz, als wenn der Verleiher ihm ein glühendes Eisen ins Herz gestoßen hätte. Samanon prüfte die Wechsel aufmerksam, vor allem das Datum.

»Außerdem«, sagte er, »muß ich zuerst Fendant sehen und einen Blick in seine Bücher werfen. Man kann nicht viel bei Ihnen holen, Sie leben mit Coralie zusammen, und Ihre Sachen sind gepfändet.«

Lousteau schaute Lucien an, der seine Wechsel nahm und mit den Worten »Ich glaube, er ist der leibhaftige Teufel« den Laden verließ. Dann betrachtete er diesen Laden, über den alle Vorübergehenden spotten mußten, so jämmerlich war er, so schmutzig und abgenützt standen die Kasten mit den etikettierten Büchern da. Kurz danach verließ der große Unbekannte, der zehn Jahre später an dem ungeheuren, aber jeder Basis entbehrenden Unternehmen der Anhänger Saint-Simons teilnehmen sollte, gut gekleidet den Laden; er lächelte den beiden Journalisten zu und schlug zusammen mit ihnen den Weg nach der Panoramapassage ein, wo er seine Toilette vervollständigte und seine Stiefel wichsen ließ.

»Wenn man Samanon zu einem Papierhändler oder zu einem Drucker gehen sieht, sind sie verloren«, sagte er. »Samanon ist eine Art Tischler, der Maß für den Sarg nimmt.«

»Du wirst deine Wechsel überhaupt nicht mehr diskontieren können«, sagte Étienne zu Lucien.

»Wo Samanon nein sagt«, erklärte der Unbekannte, »sagt niemand mehr ja, denn er ist die *ultima ratio*.«

»Wenn du deine Wechsel nicht mit fünfzig Prozent unterbringen kannst«, fuhr Étienne fort, »mußt du sehen, daß du sie gegen Bargeld umtauschst.«

»Wie soll ich das anfangen?«

»Gib sie Coralie, sie legt sie Camusot vor. – Du empörst dich?« fragte Lousteau, als er Lucien auffahren sah. »Du bist kindisch! Wie kannst du zögern, wenn deine Zukunft auf dem Spiele steht!«

»Jedenfalls will ich dieses Geld hier Coralie bringen«, sagte Lucien.

»Noch eine Dummheit«, rief Lousteau, »mit vierhundert Franc kannst du nichts erreichen, wo du viertausend brauchst; behalte etwas, damit wir trinken können, wenn wir verlieren; jetzt gehen wir spielen.«

»Der Rat ist gut«, sagte der große Unbekannte.

Vier Schritte von Frascati entfernt übten diese Worte eine magische Wirkung aus. Die beiden Freunde schickten den Wagen fort und stiegen in die Spielsäle hinauf. Zuerst gewannen sie dreitausend Franc, fielen bis auf fünfhundert zurück und gewannen dreitausendsiebenhundert von neuem; dann erschöpften sie sich bis auf das letzte Fünffrancstück, gewannen abermals zweitausend und setzten sie auf »Gerade«, um sie mit einem Schlag verdoppeln zu können; »Gerade« war fünfmal nicht mehr an der Reihe gewesen, aber es kam auch jetzt nicht. Lucien und Lousteau stolperten nun die Treppe des berühmten Pavillons hinunter, in dem sie zwei Stunden mit verzehrenden Erregungen verbracht hatten. Es waren ihnen hundert Franc geblieben. Auf den Stufen des kleinen Peristyls, dessen beide Säulen eine Markise aus Eisenblech stützten, nach der mehr als ein Auge verliebt oder verzweifelt ausgeschaut hat, sagte Lousteau, der Luciens flammenden Blick sah: »Wir brauchen nur fünfzig Franc zum Essen.«

Die beiden Journalisten gingen wieder hinauf. In einer Stunde brachten sie es auf tausend Écu, sie setzten sie auf Rot, das fünfmal an der Reihe gewesen war, und gedachten ihren Mißgriff von vorhin wettzumachen. Schwarz kam heraus. Es war sechs Uhr.

»Essen wir für nur fünfundzwanzig Franc«, sagte Lucien.

Dieser neue Versuch verlief kurz, in zehn Sätzen waren die fünfundzwanzig Franc verloren. Lucien warf verzweifelt seine letzten fünfundzwanzig Franc auf seine Alterszahl und gewann. Nichts könnte das Zittern seiner Hand beschreiben, als er den Rechen ergriff, um die Taler an sich zu ziehen, die der Bankier Stück für Stück hinwarf. Er gab Lousteau zehn Louis und sagte: »Rette dich zu Véry!«

Lousteau verstand ihn und eilte fort, um das Diner zu bestellen. Lucien, der allein am Spieltisch zurückblieb, setzte seine dreißig Louis auf Rot und gewann. Von der geheimen Stimme beraten, die manchmal die Spieler hören, ließ er alles auf Rot stehen und gewann, er drohte vor Spannung zu zerspringen. Der Stimme zum Trotz setzte er die hundertzwanzig Louis auf Schwarz und verlor. Er hatte nun die köstliche Empfindung, die bei Spielern der Erregung folgt, wenn man, da nichts mehr zu verlieren ist, den glühenden Saal verläßt, wo die Träume zu nichts verstoben. Er traf Lousteau bei Véry und stürzte sich, um mit La Fontaine zu sprechen, in die Küche; er ertränkte seine Sorgen im Wein. Um neun Uhr war er so vollständig betrunken, daß er nicht begriff, weshalb die Pförtnerin in der Rue de Vendôme ihn in die Rue de la Lune schickte.

»Mademoiselle Coralie hat ihre Wohnung verlassen und ist in das Haus gezogen, dessen Adresse Sie hier aufgeschrieben finden.«

Lucien, der zu betrunken war, um sich über etwas zu wundern, stieg wieder in die Droschke, die ihn hergeführt hatte, und ließ sich in die Rue de la Lune bringen, über deren Namen er zu seiner Erheiterung Witze machte.

Das Panorama Dramatique hatte an diesem Tag seinen Konkurs erklärt und die erschreckte Schauspielerin sich beeilt, ihr ganzes Mobiliar mit Einwilligung der Gläubiger an den alten Cardot zu verkaufen, der seinerseits, um die Wohnung nicht ihrer Bestimmung zu entziehen, Florentine hineinsetzte. Coralie hatte alles bezahlt und den Eigentümer befriedigt. Während dieser Operation, die sie Reinemachen nannte, richtete Bérénice mit den nötigsten, beim Althändler erworbenen Möbeln eine kleine Wohnung von drei Zimmern ein, die in der Rue de la Lune, zwei Schritt vom Gymnase, im vierten Stock lag. Coralie erwartete hier Lucien, nachdem sie aus dem Schiffbruch ihre unbefleckte Liebe und einen Beutel mit zwölfhundert Franc gerettet hatte. Lucien erzählte in seiner Trunkenheit Coralie und Bérénice sein Pech.

»Du hast recht getan«, sagte die Schauspielerin und

schloß ihn in die Arme, »Bérénice wird deinen Wechsel bei Braulard einlösen.«

Am nächsten Morgen erwachte Lucien überschüttet von den Zärtlichkeiten Coralies. Die Schauspielerin verdoppelte ihre Liebe, als wolle sie mit den Schätzen des Herzens die Dürftigkeit der neuen Behausung ausgleichen. Nie war sie so schön gewesen, die Haare quollen unter einem weißen frischen Tuch hervor, die Augen strahlten, und sie plauderte so vergnügt wie die Sonnenstrahlen, die durch die Fenster fielen und das reizende Elend vergoldeten.

Das Zimmer hatte eine hellgrüne Tapete mit rotem Rand, sein Schmuck bestand aus zwei Spiegeln, von denen der eine über dem Kamin, der andere über der Kommode hing. Ein Teppich aus einem Gelegenheitskauf, den Bérénice gegen den Willen Coralies mit ihren Ersparnissen erworben hatte, verdeckte den nackten, kalten Boden. Die Sachen des jungen Paares fanden in einem Spiegelschrank und in der Kommode Platz. Die Mahagonimöbel waren mit einem blauen Wollstoff überzogen. Bérénice hatte aus dem Zusammenbruch eine Wanduhr und zwei Porzellanvasen, vier silberne Bestecke und sechs Löffelchen gerettet. Das Eßzimmer, das vor dem Schlafzimmer lag, glich dem eines Angestellten mit zwölfhundert Franc Gehalt. Die Küche ging auf die Treppe. Darüber schlief Bérénice in einer Dachkammer. Die Miete belief sich auf dreihundert Franc. Das schreckliche Haus hatte einen blinden Torweg. Der Portier wohnte in einem der elenden Kabuffs im Zwischenstock, von dessen Fenster aus er siebzehn Mieter überwachte. Diesen Bienenkorb nannte man im Notarstil ein einträgliches Haus. Lucien fand einen Schreibtisch, einen Sessel, Tinte, Feder und Papier vor.

Die Fröhlichkeit Bérénices, die auf das Engagement Coralies im Gymnase zählte, und die der Schauspielerin selbst, die ihre Rolle ansah, ein Heft, das mit einem blauen Glücksband umwickelt war, vertrieben die Besorgnis und Niedergeschlagenheit des nüchtern gewordenen Dichters.

»Vorausgesetzt, daß man nichts von diesem Umzug erfährt, kommen wir darüber hinweg«, sagte er; »schließlich haben wir viertausend Franc in Aussicht! Ich werde jetzt meine neue Beziehung zu den royalistischen Blättern ausnützen. Morgen weihen wir den *Réveil* ein, ich kenne jetzt den Journalismus und will zeigen, was ich kann.«

Coralie, die in seinen Worten nur Liebe sah, küßte die Lippen, die sie ausgesprochen hatten. Bérénice hatte den Tisch ans Feuer gerückt und trug ein bescheidenes Frühstück auf, bestehend aus Rührei, zwei Rippchen und Kaffee mit Sahne. Es klopfte. Drei aufrichtige Freunde, d'Arthez, Giraud und Chrestien, zeigten sich vor den erstaunten Augen Luciens, der ihnen, lebhaft gerührt, anbot, das Frühstück zu teilen.

»Nein«, sagte d'Arthez, »wichtigere Dinge als der Wunsch zu trösten führten uns her; wir wissen alles, wir waren in der Rue de Vendôme. Lucien, du kennst unsere Ansichten. Unter anderen Verhältnissen hätte ich mich gefreut, daß du meinen politischen Überzeugungen folgst; aber nachdem du für die liberalen Blätter geschrieben hast, kannst du nicht zu den Ultras überlaufen, ohne deinen Charakter zugrunde zu richten und deinen Namen zu beflecken. Wir kommen, um dich im Namen unserer schwach gewordenen Freundschaft zu beschwören: Beflecke dich nicht in dieser Weise. Du hast die Romantiker, die Rechte und die Regierung angegriffen;

du kannst jetzt nicht die Regierung, die Rechte und die Romantiker verteidigen.«

»Meine Gründe entspringen höheren Gesichtspunkten, das Ende wird alles rechtfertigen«, antwortete Lucien.

»Du verstehst vielleicht nicht die Lage, in der wir uns befinden«, sagte Giraud. »Die Regierung, der Hof, die Bourbonen, die absolutistische Partei, kurz, das ganze dem konstitutionellen System entgegengesetzte System ist, in so viele Lager es zerfallen mag, doch darin einig, daß die Presse unterdrückt werden muß. Die Gründung des *Réveil*, des *Foudre*, und der *Drapeau Blanc* – alle diese Zeitungen sollten auf die Verleumdung, die Beleidigung und das Gespött der liberalen Presse antworten, die ich als solche nicht billige, denn gerade diese Verkennung der Größe unserer Mission hat uns veranlaßt, eine würdige und ernsthafte Zeitung zu veröffentlichen, deren Einfluß in kurzer Zeit achtbar und spürbar, eindringlich und gewichtig sein wird –, kurz und gut, diese royalistische, regierungstreue Artillerie ist ein erster Versuch der Vergeltung, der den Liberalen Schlag für Schlag, Wunde für Wunde heimzahlen soll. Was, glaubst du, wird kommen? Die Leser sind in der Mehrzahl auf der Seite der linken Partei. In der Presse geht es wie im Krieg, der Sieg folgt den stärkeren Bataillonen. Ihr werdet Schurken, Lügner, Volksfeinde genannt werden; die anderen werden als die Verteidiger des Vaterlandes, die ehrlichen Leute, die Märtyrer dastehen, obwohl sie vielleicht noch scheinheiliger und gewissenloser sind. Der unheilvolle Einfluß der Presse wird zunehmen, ihre schlimmsten Unternehmungen werden gerechtfertigt dastehen. Die Beleidigung und die Angriffe gegen die Person werden eines ihrer öffentlichen Rechte werden, ausgeführt zum Nutzen der Abonnenten und durch den wechselseitigen Gebrauch rechtskräftig geworden. Wenn dieses Übel sich dann in seinem ganzen Ausmaß enthüllt hat, werden die einschränkenden und verbietenden Gesetze, wird die Zensur, die nach der Ermordung des Duc de Berry verhängt und nach der Eröffnung der Kammern wieder aufgehoben wurde, wiederkommen. Weißt du, welchen Schluß das französische Volk aus diesem Streit ziehen wird? Es wird die Einflüsterungen der liberalen Presse gelten lassen, es wird glauben, daß die Bourbonen die materiellen Errungenschaften der Revolution angreifen wollen, es wir sich eines schönen Tages erheben und die Bourbonen davonjagen. Nicht nur beschmutzt du dein Leben, eines Tages gehörst du auch der besiegten Partei an. Lucien, du bist zu jung, zu kurze Zeit in der Presse, du kennst zuwenig ihre geheimen Triebfedern, die Kunstgriffe; du hast dort zuviel Eifersucht erregt, um dem allgemeinen Zetergeschrei widerstehen zu können, das sich in den liberalen Blättern gegen dich erheben wird. Du wirst mitgerissen werden vom Zorn der Parteien, die noch im Paroxysmus des Fiebers sind, nur ist ihr Fieber von den gewalttätigen Taten der Jahre 1815 und 1816 auf die Ideen, auf die Rededuelle in der Kammer und auf die Debatten der Presse übergegangen.«

»Meine Freunde«, erwiderte Lucien, »ich bin nicht der naive Dichter, den ihr in mir sehen wollt. Was auch eintreten mag, ich werde auf einen Gewinn zurückschauen können, den mir der Triumph der Liberalen nie verschafft! Wenn ihr ans Ruder kommt, habe ich mein Ziel schon erreicht.«

»Wir schneiden dir – die Haare ab«, sagte Chrestien lachend.

»Dann habe ich schon Kinder«, antwortete Lucien, »und ihr könnt mir ruhig den Kopf abschneiden.«

Die drei Freunde verstanden nicht, daß die Beziehungen zur großen Welt in Lucien aufs höchste den Adelsstolz und die aristokratische Eitelkeit geweckt hatten. Der Dichter sah, übrigens auch mit Recht, einen ungeheuren Vorteil in seiner Schönheit und in seinem Geist, zumal wenn ihnen der Name und Titel eines Comte Rubempré nachhalfen. Madame d'Espard, Madame de Bargeton und Madame de Montcornet hielten ihn an diesem Faden wie ein Kind einen Maikäfer; er flog nur in einem feststehenden Kreis. Der Satz: »Er gehört zu uns, er ist wohlgesinnt«, der drei Tage zuvor in den Salons von Mademoiselle des Touches gefallen war, hatte ihn berauscht, da darauf die Glückwünsche folgten – der Herzöge de Lanoncourt, de Navarreins von de Grandlieu, ferner die von Rastignac und Blondet, die der schönen Duchesse de Maufrigneuse, des Comte d'Esgrignon, von des Lupeaulx und aller einflußreichen und am Hof gut angeschriebenen Führer der royalistischen Partei.

»Gehen wir, alles ist gesagt«, erklärte d'Arthez; »es wird dir schwerer als jedem anderen fallen, dich rein zu halten und deine eigene Achtung zu wahren. Ich kenne dich – du wirst bitter leiden, wenn du dich von denen verachtet siehst, in deren Dienst du dich gestellt hast.«

Die drei Freunde sagten ihm Lebewohl, ohne ihm die Hand zu reichen. Lucien versank für eine Weile in Nachdenken und war niedergeschlagen.

»Laß die Narren«, sagte Coralie, sprang ihm auf den Schoß und schlang ihre jungen Arme um seinen Hals, »sie nehmen das Leben ernst, das Leben ist ein Spaß. Außerdem wirst du Comte Rubempré. Im Notfall helfe ich beim Kanzler nach. Ich weiß, wo der Genießer Lupeaulx sterblich ist, er muß ja die Verordnung niederschreiben. Mit deiner Coralie am Haken kann man Fische fangen!«

Am nächsten Tag ließ Lucien seinen Namen auf die Liste der Mitarbeiter des *Réveil* setzen. Im Prospekt wies man auf diese Eroberung hin, er wurde auf Veranlassung des Ministeriums in hunderttausend Exemplaren verteilt. Lucien ging zum Eröffnungsgelage, das neun Stunden dauerte und bei Robert stattfand, neben Frascati. Die Koryphäen der royalistischen Presse wohnten ihm bei, Martainville, Auger, Destains und eine Menge noch lebender Autoren, die damals alle »Thron und Altar stützten«, wie der stehende Ausdruck lautete.

»Wir werden es den Liberalen zeigen«, sagte Merlin.

»Meine Herren«, antwortete Nathan, der auch diesem Banner folgte, weil er es vorzog, bei seinem Plan, ein eigenes Theater zu eröffnen, die Obrigkeit für sich zu haben, »wenn wir Krieg gegen sie führen, müssen wir ihn energisch führen, schießen wir nicht mit Korken! Greifen wir alle klassischen und liberalen Schriftsteller ohne Unterschied des Geschlechtes an, lassen wir sie über die Klinge des Witzes springen, und üben wir keine Gnade.«

»Seien wir ehrenhaft, lassen wir uns nicht durch Rezensionsexemplare, die Geschenke und das Geld der Verleger bestechen. Führen wir die Restauration des Journalismus durch!«

»Gut!« sagte Martainville. »Justum et tenacem propositi virum! Seien wir unversöhnlich und scharf. Ich werde La Fayette zu dem machen, was er ist: Hanswurst der Erste!«

»Ich werde die Helden des *Constitutionnel*, den Sergeanten Mercier, die *Gesammelten Werke* von Jouy und die berühmten Redner der Linken übernehmen!« sagte Lucien.

Ein Wortkrieg wurde, um ein Uhr morgens, mit Stimmeneinheit von den Redakteuren beschlossen, die alle Nuancen und alle Ideen in einem flammenden Punsch ertränkten.

»Wir haben eine prächtige moralische Hose angezogen«, sagte auf der Türschwelle einer der berühmtesten Schriftsteller der romantischen Literatur. Ein Buchhändler, der an dem Mahl teilnahm, erzählte es weiter, und der Satz erschien am nächsten Tag im *Miroir*; aber man schrieb die Enthüllung Lucien zu. Sein Abfall rief einen entsetzlichen Lärm in den liberalen Blättern hervor. Lucien wurde das rote Tuch für sie und wütend angegriffen: man deckte sein Mißgeschick mit den *Marguerites* auf, man erzählte dem Publikum, daß Dauriat lieber tausend Écu verlor, als sie zu drucken, man nannte ihn den Dichter ohne Sonette.

Eines Morgens schlug Lucien das Blatt auf, in dem er sich so glänzend die ersten Sporen verdient hatte, und las folgende Notiz, die nur für ihn geschrieben zu sein schien, denn das Publikum konnte den Witz kaum verstehen:

Wenn der Verleger Dauriat fortfährt, die Sonette des künftigen französischen Petrarca nicht zu drucken, werden wir als großmütige Feinde handeln und folgenden Strophen, die der Pikanterie nicht entbehren und die uns ein Freund des Dichters zur Verfügung stellte, unsere Spalten öffnen:

> Une plante chétive et de louche apparence
> Surgit un beau matin dans un parterre en fleurs;
> À l'en croire, pourtant, de splendides couleurs
> Témoigneraient un jour de sa noble semence:
> On la toléra donc! Mais, pour reconnaissance,
> Elle insulta bientôt ses plus brillantes sœurs,
> Qui, s'indignant enfin de ses grands airs casseurs,
> La mirent au défi de prouver sa naissance.
>
> Elle fleurit alors. Mais un vil baladin
> Ne fut jamais sifflé comme tout le jardin
> Honnit, siffla, railla ce calice vulgaire.
>
> Puis le maître, en passant, la brisa sans pardon;
> Et le soir sur sa tombe un âne seul vint braire,
> Car ce n'était vraiment qu'un ignoble CHARDON!

Lucien weinte heiße Tränen, als er dieses Machwerk las. Es kam noch schlimmer. Vernou denunzierte von vornherein den *Bogenschützen* als eine unnationale Arbeit, in welcher der Dichter Partei für die katholischen Halsabschneider und gegen die calvinistischen Opfer ergriff. Innerhalb acht Tagen brach alles zusammen. Lucien hoffte auf seinen Freund Lousteau, der ihm hundert Franc schuldete und mit dem er geheime Abmachungen getroffen hatte; aber Lousteau wurde sein Todfeind aus folgendem Grund. Seit einem Vierteljahr liebte Nathan Florine, ohne ein Mittel zu sehen, wie er sie Lousteau fortnehmen konnte, für den sie übrigens die Vorsehung bedeutete. Als Florine verzweifelt war, weil sie kein Engagement hatte, suchte Nathan, Luciens Mitarbeiter, Coralie auf und bat sie, Florine eine Rolle in einem seiner Stücke anzubieten, wobei er sich anheischig machte, der stellungslosen Schauspielerin eine Aushilfsbeschäftigung am Gymnase zu verschaffen. Florine, die ihr Ehrgeiz nicht schlafen ließ, zögerte nicht. Sie hatte Zeit gehabt, Lousteau zu beobachten. Nathan war ein Mann, der nach literarischen und politischen Lorbeeren strebte, ein Mann, dessen Energie ebensogroß wie sein Hunger war, während bei Lousteau die Laster den Willen erstickten. Die Schauspielerin, die in neuem Glanz auftreten wollte, lieferte die Briefe des Drogisten Nathan aus, und Nathan verkaufte sie an Matifat gegen den Sechstelanteil an Finots Zeitschrift. Florine bezog eine prächtige Wohnung in der Rue Hauteville und wählte offenkundig Nathan zum Beschützer. Dieses Ereignis traf Lousteau so heftig, daß er gegen Schluß eines Trostdiners, das seine Freunde ihm gaben, in Tränen ausbrach.

Die Gäste fanden, daß Nathan die Karten gut gemischt hatte. Ein paar Schriftsteller, wie Finot und Vernou, wußten von der Leidenschaft des Dramaturgen zu Florine, aber alle stimmten darin überein, daß Lucien durch sein betrügerisches Vorgehen die heiligsten Gesetze der Freundschaft verletzt hatte.

»Nathan wird durch die Leidenschaft entschuldigt, aber der große Mann aus der Provinz, wie Blondet ihn nennt, folgt der Berechnung«, rief Bixiou.

So wurde einstimmig beschlossen und gründlich besprochen, daß man Lucien, den Eindringling, diesen kleinen Möchtegern, der alle Welt verschlingen wollte, vernichten müsse. Vernou, der Lucien haßte, übernahm es, ihn nicht aus den Augen zu lassen. Um nicht tausend Écu an Lousteau zahlen zu müssen, beschuldigte Finot Lucien, er habe ihn dadurch, daß er Nathan in die gegen Matifat gesponnene Intrige einweihte, gehindert, fünfzigtausend Franc zu verdienen. Nathan hatte sich auf Florines Rat die Unterstützung

Finots gesichert, indem er ihm sein Sechstel für fünfzehntausend Franc verkaufte. Lousteau, der seine tausend Taler verlor, verzieh Lucien diese schwere Schädigung nicht. Die Wunden der Eigenliebe werden unheilbar, wenn der Sauerstoff des Geldes hinzutritt. Kein Ausdruck, keine Ausmalung kann die Wut schildern, die in die Schriftsteller fährt, wenn ihre Eigenliebe verletzt wird, noch die Energie, die sie entwickeln, sobald sie den vergifteten Pfeil des Spottes im Fleisch fühlen. Diejenigen, deren Energie und Widerstand durch den Angriff aufgepeitscht werden, unterliegen rasch. Die ruhigen Köpfe, die sich durch einen beleidigenden Artikel nicht beirren lassen, entfalten den wahren Schriftstellermut; nichts fällt in so tiefe Vergessenheit wie ein solcher Artikel. Auf den ersten Blick scheinen die Schwachen die Starken zu sein, aber ihr Atem ist kurz.

Während der ersten zwei Wochen ließ Lucien einen Schauer von Artikeln niederprasseln, er benutzte dazu alle royalistischen Zeitungen, bei denen er die Kritik mit Merlin teilte. Täglich in die Bresche des *Réveil* springend, verfeuerte er seinen ganzen Geist, im übrigen von Martainville nicht in die geheimen Abmachungen gezogen, die beim Wein der Gelage oder in den Galeries de Bois bei Dauriat oder in den Kulissen zwischen den Journalisten der beiden Parteien getroffen wurden. Wenn Lucien ins Foyer des Vaudeville ging, sah er sich nicht mehr als Freund behandelt, nur die Leute seiner Partei gaben ihm die Hand, während Nathan, Merlin, Gaillard offen mit Finot, Lousteau, Vernou und ein paar anderen jener Journalisten sich verbrüderten, die als gute Kerle bezeichnet wurden. In jener Zeit war das Foyer des Vaudeville das Hauptquartier aller literarischen Verleumdungen, eine Art Boudoir, in dem sich Leute aus allen Parteien, Politiker und höhere Beamte vereinigten. Es konnte geschehen, daß der Präsident einer Ratskammer, der einem seiner Kollegen vorgeworfen hatte, er fege die Kulissen mit seiner Robe, mit dem Getadelten in dem Foyer des Vaudeville zusammentraf und, wie er, die Robe trug. Es endete damit, daß Lousteau Nathan die Hand gab, Finot zeigte sich beinahe jeden Abend; wenn Lucien die Zeit fand, studierte er hier die Stimmung seiner Feinde; das unglückliche Kind begegnete immer derselben unversöhnlichen Kälte.

Damals gebar der Parteigeist weitaus ernstere Haßgefühle als heute. Mittlerweile hat sich alles durch eine zu große Spannung der Federn abgeschwächt. Heute reicht die Kritik, nachdem sie das Buch eines Mannes geopfert hat, demselben Mann die Hand. Heute muß das Opfer den Opferpriester umarmen, wenn es nicht die Spießruten des Spotts durchlaufen will. Im Falle der Weigerung gilt ein Schriftsteller als ungesellig, als ein Mann, dem man besser aus dem Wege geht, der voll Eigenliebe ist, unnahbar, gehässig, streitsüchtig. Wenn heute ein Autor den Dolchstoß des Verrats in den Rücken erhalten hat, wenn er den mit abscheulicher Heuchelei gestellten Fallen entgangen ist, wenn er die übelste Behandlung ertragen hat, hört er seine Mörder ihm guten Tag wünschen und Anspruch auf seine Achtung, ja sogar auf seine Freundschaft erheben. Alles wird entschuldigt und gerechtfertigt in einer Zeit, wo man die Tugend zum Laster gemacht hat, wie man gewisse Laster zu Tugenden erhoben hat. Die Kameradschaft ist zur heiligsten Freiheit geworden. Die Protagonisten der unterschiedlichsten Meinungen entschärfen ihre Worte und führen höfliche Gespräche miteinander.

Damals gehörte für gewisse royalistische und gewisse liberale Schriftsteller Mut dazu, sich in demselben Theater zu treffen. Man mußte auf die gehässigsten Herausforderungen gefaßt sein. Die Blicke waren geladene Pistolen, der geringste Funke konnte den Schuß auslösen. Es gab nur zwei Parteien, die Royalisten und die Liberalen, die Romantiker und die Klassiker, und es war derselbe Haß in zwei Formen, ein Haß, so groß, daß man die Schafotte der Revolution verstand. Lucien, der aus einem heftigen Liberalen und Voltairianer ein wilder Royalist und Romantiker geworden war, mußte auch noch die Feindschaft auf sich nehmen, die dem Mann galt, der damals von den Liberalen am meisten verabscheut wurde, nämlich Martainville, dem einzigen, der ihn verteidigte und liebte. Diese Kameradschaft schadete Lucien. Die Parteien sind undankbar gegen ihre Vorposten, sie lassen ihre verlorenen Kinder gern im Stich. Zumal in der Politik muß jemand, der vorankommen will, mit dem großen Heer marschieren. Die kleinen Zeitungen beeilten sich mit besonderem Eifer, Lucien und Martainville zusammenzukuppeln. Der Liberalismus trieb sie einander in die Arme. Diese Freundschaft, ob sie nun echt oder falsch war, trug beiden die mit Galle geschriebenen Artikel Féliciens ein, der angesichts der Erfolge Luciens in der Gesellschaft schäumte und wie alle früheren Freunde des Dichters an seine Rangerhöhung glaubte. Der angebliche Verrat des Dichters wurde durch die schwerstwiegenden Umstände unterstrichen und interessant gemacht. Man nannte ihn den kleinen Judas und Martainville den großen. Luciens Luxus, ein hohler und nur auf Hoffnungen gegründeter Luxus, empörte seine Freunde, die ihm weder die glänzende Wohnung in der Rue de Vendôme noch die Equipage verziehen. Denn für sie rollte er immer auf Rädern. Alle fühlten instinktiv, daß es für einen schönen, geistvollen und von ihnen verdorbenen jungen Menschen kein Hindernis mehr gab, weshalb sie auch an seinen Sturz alle Mittel wandten.

Ein paar Tage vor Coralies erstem Abend im Gymnase traten Lucien und Merlin Arm in Arm in das Foyer des Vaudeville. Merlin machte seinem Freund Vorwürfe, weil er Nathan bei Florine Vorschub geleistet hatte.

»Du hast dir aus Lousteau und Nathan zwei Todfeinde gemacht, ich hatte dir gute Ratschläge gegeben, und du hast sie in den Wind geschlagen. Du hast mit Lob und Wohltaten nicht gespart, du wirst dafür bitter bestraft werden. Florine und Coralie können nie in gutem Einvernehmen leben, wenn sie an demselben Theater auftreten, die eine wird die andere überflügeln wollen. Zur Verteidigung Coralies stehen dir nur unsere Blätter zur Verfügung. Nathan hat nicht nur den Vorteil, daß er als Stückeschreiber unentbehrlich ist, in allen Theaterfragen stehen ihm auch die liberalen Zeitungen zur Verfügung, und seit einiger Zeit ist seine Macht im Journalismus größer als deine eigene.«

Diese Bemerkung bestätigten die heimlichen Befürchtungen Luciens, der weder bei Nathan noch bei Gaillard die Offenherzigkeit fand, auf die er ein Recht besaß; aber er konnte sich nicht beklagen, er hatte erst jüngst den Glauben gewechselt. Gaillard hatte ihn ins Herz getroffen, als er ihm erklärte, daß ein Neuling erst Beweise seines guten Willens geben mußte, bevor seine Partei ihm vertraute. Der Dichter stieß bei den Redaktionen der royalistischen und regierungsfrommen Blätter auf eine Eifersucht, an die er nicht gedacht hatte, eine Eifersucht, die immer festzustellen ist, wenn einige Leute sich um einen zu teilenden Kuchen versammeln; sie haben dann die größte Ähnlichkeit mit Hunden, die sich eine Beute streitig machen, sie knurren, sie setzen sich zur Wehr, die Ähnlichkeit ist verblüffend. Diese Journalisten gruben sich insgeheim tausendmal das Wasser ab, um einer dem andern Schaden bei der Regierung zuzufügen, sie beschuldigten einander der Lauheit und verfielen auf die tükkischsten Winkelzüge, um sich eines Nebenbuhlers zu entledigen. Bei den Liberalen, denen der Brotkorb der Regierung zu hoch hing, war es nicht halb so schlimm gewesen. Lucien hatte angesichts dieses unentwirrbaren Knäuels von Intrigen nicht den Mut, das Schwert zu ziehen, um den Knoten zu zerhauen; er besaß auch nicht die Geduld, das Gewebe vorsichtig zu entwirren; er war weder der Aretin noch der Beaumarchais, noch der Fréron seines Zeitalters, er folgte seinem einzigen Verlangen, die königliche Verordnung in der Hand zu halten und mit Hilfe dieser Wiedereinsetzung in seine Rechte eine gute Heirat zu machen. War er erst Comte Rubempré, dann hing sein Schicksal nur von einem glücklichen Zufall ab, dem er mit seiner Schönheit nachhelfen konnte. Lousteau, der ihm so oft sein Vertrauen bezeugt hatte, kannte Luciens Geheimnis, seine todbringende Stelle; und in der Tat: An dem Tag, an dem Merlin ihn ins Vaudeville führte, hatte Étienne eine schlimme Falle gelegt, in der das Kind sich fangen sollte.

»Da ist unser schöner Lucien«, sagte Finot und zog des Lupeaulx, mit dem er plauderte, zu Lucien und drückte dessen Hand. »Ich kenne kein Beispiel eines gleich raschen Aufstiegs«, fuhr er fort, während er der Reihe nach Lucien und den Staatsrat ansah, »in Paris gibt es zwei Arten von Reichtum: den materiellen, den jedermann erwerben kann, und den moralischen, ich meine die Verbindungen, die Stellung, die Aussichten, die Zulassung zu einer gewissen Welt, die anderen, und mögen sie noch so reich sein, unzugänglich bleibt; mein Freund –«

»Unser Freund«, fiel des Lupeaulx ein und warf Lucien einen schmeichlerischen Blick zu.

»Unser Freund«, sagte nun Finot, während er Luciens Hand mit beiden Händen tätschelte, »unser Freund hat unter diesem Gesichtspunkt einen glänzenden Weg gemacht. Wirklich, Lucien verfügt über mehr Mittel, mehr Talent und mehr Geist als alle seine Neider, sodann ist er ein hinreißend schöner Bursche; seine alten Freunde werden ihm seine Erfolge nicht verzeihen und sagen, daß er ein unerhörter Glückspilz ist.«

»Das sind Erfolge«, sagte des Lupeaulx, »die niemals der Dummheit oder der Unfähigkeit zufallen. Kann man Bonapartes Aufstieg Glück nennen? Vor ihm hatten zwanzig Generäle die italienischen Armeen befehligt, und in diesem Augenblick gibt es hundert junge Leute, die bei Mademoiselle des Touches verkehren möchten – übrigens sieht die Welt in ihr schon Ihre Frau, mein Lieber!« wandte er sich an Lucien und klopfte ihm auf die Schulter. »Ich muß sagen, Sie stehen in hoher Gunst. Madame d'Espard, Madame de Bargeton und Madame de Montcornet sind in Sie verschossen. Und gehen Sie heute abend nicht zu Madame Firmiani und morgen zur Duchesse de Grandlieu?«

»Gewiß«, sagte Lucien.

»Erlauben Sie mir, Ihnen einen jungen Bankier vorzustellen, Monsieur du Tillet, einen Mann, der ganz Ihrer würdig ist, er hat es verstanden, ein großes Vermögen zu machen, und das in kürzester Zeit.«

Lucien und du Tillet begrüßten sich und begannen eine Unterhaltung, der Bankier lud Lucien zum Essen ein. Finot und des Lupeaulx, zwei Männer von gleicher Verschlagenheit, die sich genügend kannten, um immer Freund zu bleiben, schienen ein begonnenes Gespräch fortzusetzen, sie ließen Lucien, Merlin, du Tillet und Nathan in ihrer Unterhaltung zurück und begaben sich auf einen der Diwane im Foyer.

»Mein teurer Freund, sagen Sie mir die Wahrheit. Steht Lucien wirklich unter so hohem Schutz?« fragte Finot. »Er ist für alle meine Redakteure sozusagen das rote Tuch geworden, und bevor ich mich ihrer Verschwörung zur Verfügung stelle, möchte ich Ihren Rat hören und wissen, ob ich ihm nicht besser zu Hilfe komme und an seine Seite trete.«

Der Staatsrat und Finot machten eine kleine Pause und schauten einander mit tiefster Aufmerksamkeit in die Augen, dann sagte des Lupeaulx:

»Mein Lieber, wie können Sie glauben, daß die Marquise d'Espard, Châtelet und Madame de Bargeton, die den Baron zum Präfekten und Comte gemacht hat, um im Triumph nach Angoulême zurückzukehren, Lucien jemals seine Angriffe verzeihen werden? Sie haben ihn in die royalistische Partei gelockt, um ihn zu vernichten. Heute, wo alle nach Gründen suchen, um die Versprechungen zu brechen, die man diesem Kind gemacht hat, brauchen Sie nur einen neuen zu finden, und Sie haben den beiden Frauen den größten Dienst erwiesen. Über kurz oder lang werden sie sich daran erinnern. Ich kenne die Zusammenhänge, die Damen hassen den jungen Burschen in einem Grad, der mich überrascht hat. Dieser Lucien konnte sich seine bitterste Feindin, Madame de Bargeton, vom Hals schaffen, indem er seine Angriffe nur unter Bedingungen einstellte, die alle Frauen gern erfüllen, Sie verstehen? Er ist schön, er ist jung, er hätte ihren Haß in einem Strom von Liebe ertränken können, er wäre auf diesem Weg Comte Rubempré geworden, der Tintenfisch hätte irgendeine Stelle im königlichen Haushalt und ein paar Sinekuren für ihn erlangt. Lucien hätte den hübschesten Vorleser bei Louis XVIII. abgegeben, er wäre irgendwo Bibliothekar oder Staatsrat zum Lachen oder sonstwie Vergnügungsdirektor geworden. Der kleine Esel hat seine Chance verpaßt. Vielleicht verzeiht man ihm gerade das nicht. Statt Bedingungen zu stellen, ließ er sich Bedingungen stellen. An dem Tag, an dem Lucien auf den Leim ging und an die königliche Verordnung glaubte, tat der Baron Châtelet einen großen Schritt voran. Coralie hat das Kind auf dem Gewissen. Wenn die Schauspielerin nicht seine Geliebte wäre, hätte er sich mit dem Tintenfisch versöhnt und ihn bekommen.«

»So können wir ihm also den Rest geben?« fragte Finot.

»Wodurch?« erkundigte sich des Lupeaulx nachlässig, der sich diesen Dienst bei der Marquise d'Espard zunutze machen wollte.

»Er hat einen Vertrag, der ihn zwingt, an dem kleinen Blatt Lousteaus mitzuarbeiten; wir werden ihm diese Artikel um so leichter entreißen, als er immer in Geldverlegenheit ist. Wenn der Siegelbewahrer Anstoß an einem boshaften Artikel nimmt und wenn man ihm beweist, daß Lucien der Verfasser ist, wird er ihn als einen Mann ansehen, der die Güte des Königs nicht verdient. Um den großen Mann aus der Provinz ein wenig in Harnisch zu bringen, haben wir den Sturz Coralies vorbereitet, seine Geliebte wird ausgepfiffen werden und nicht mehr spielen dürfen. Ist die Verfügung erst ins Ungewisse verschoben, dann machen wir unsere Scherze über die aristokratischen Ansprüche unseres Schlachtopfers, sprechen von seiner Mutter, der Hebamme, und seinem Vater, dem Apotheker. Luciens Mut reicht nicht unter die Oberfläche, er bricht zusammen, und wir schicken ihn zum Teufel. Nathan ließ durch Florine Matifats Sechstel an mich verkaufen, ich konnte den Anteil des Papierlieferanten hinzukaufen und bin nun mit Dauriat Alleinbesitzer; wir können uns verständigen, Sie und ich, wenn Sie Wert darauf legen, daß die Zeitschrift die Interessen des Hofs vertritt.«

»Sie sind Ihres Namens würdig«, erklärte Lupeaulx lachend, »aber ich habe solche Leute gern.«

»Wie ist es, können Sie Florine ein dauerhaftes Engagement verschaffen?« fragte Finot den Staatsrat.

»Ja, aber räumen Sie Lucien aus dem Weg, denn Rastignac und de Marsay können seinen Namen schon nicht mehr hören.«

»Schlafen Sie in Frieden«, sagte Finot, »Nathan und Merlin werden immer Artikel haben, Gaillard wird immer bereit sein, sie zu bringen, so daß Lucien nicht eine Zeile unterbringen kann und bald nichts mehr zu beißen hat. Wenn er sich und Coralie verteidigen will, bleibt ihm dann nur das Blatt Martainvilles, aber ein Blatt gegen alle, das ist so gut wie überhaupt kein Blatt.«

»Ich werde Ihnen zeigen, wie Sie den Minister fassen können; aber geben Sie mir das Manuskript des Artikels, den

Lucien schreiben soll«, antwortete des Lupeaulx, der sich hütete, Finot zu sagen, daß die Lucien versprochene Verordnung nichts als ein Scherz war.

Des Lupeaulx verließ das Foyer, Finot kehrte zu Lucien zurück und setzte ihm mit dem ehrlichen Ton, auf den so viele Leute hereingefallen sind, auseinander, weshalb er nicht auf seine Mitarbeit verzichten konnte. Finot schreckte vor dem Gedanken an einen Prozeß zurück, der die Hoffnungen zerstören mußte, die sein Freund auf die royalistische Partei setzte. Finot liebte Köpfe, die stark genug waren, um kühn die Meinung zu wechseln. Lucien und er würden sich noch oft im Leben treffen, einer konnte dem anderen tausend kleine Dienste erweisen. Lucien brauchte einen zuverlässigen Mann unter den Liberalen, um die Ultras der Regierungstreuen anzugreifen, wenn sie ihn im Stich lassen sollten.

Lucien sah in den Vorschlägen Finots eine Mischung von Freundschaft und kluger Berechnung. Die Schmeicheleien der beiden Verschwörer hatten ihn in gute Laune versetzt, er dankte Finot!

Im Leben der Ehrgeizigen und aller, die nur mit Hilfe der Menschen und der Zustände emporkommen können, derart, daß sie einen mehr oder weniger gut angelegten Plan verfolgen und durchführen, gibt es einen schwierigen Augenblick, in dem irgendeine Macht sie den schwersten Proben unterwirft: Alles schlägt auf einmal fehl, an allen Stellen reißen oder verwirren sich die Fäden, das Mißgeschick tritt in allen denkbaren Gestalten auf. Wenn ein Mann in diesem Zustand der seelischen Zerrüttung den Kopf verliert, ist er verloren. Wirklich stark ist, wer diesem ersten Aufstand der Verhältnisse zu begegnen weiß, wer den Sturm über sich hinwegbrausen läßt, wer sich mit einer ungeheuren Anstrengung nach oben arbeitet. Jeder Mann, der nicht reich geboren ist, hat daher seine Woche des Verhängnisses. Für Napoleon hieß sie Rückzug aus Moskau. Der Augenblick war für Lucien gekommen. Alles war ihm unglaublich leicht gelungen, der gesellschaftliche und der literarische Erfolg; er war zu glücklich gewesen, es konnte nicht ausbleiben, daß Menschen und Dinge sich gegen ihn wandten. Der erste Schmerz war der stärkste und schlimmste von allen, er traf ihn da, wo der Dichter sich für unverwundbar hielt, in seinem Herzen und in seiner Liebe.

Coralie war keine geistvolle Frau, besaß aber eine warme Seele und die Fähigkeit, sie körperlich sichtbar zu machen – es ist dies die Fähigkeit, die die große Schauspielerin ausmacht. Solange diese merkwürdige Gabe nicht durch lange Übung zu einer Gewohnheit geworden ist, hängt sie von den Launen und Stimmungen ab und oft von einer wunderbaren Scham, die in jungen Schauspielerinnen noch stark ist. Innerlich naiv und furchtsam, dem Anschein nach herausfordernd und geschmeidig, wie eine Komödiantin sein muß, sah sich Coralie einem Rückschlag ausgesetzt. Da sie liebte, empörte sich ihr Frauenherz gegen die Maske, die die Schauspielerin tragen mußte. Die Kunst, Gefühle auszudrücken, die ein erhabener Betrug ist, hatte bei ihr noch nicht über die Stimme der Natur triumphiert. Sie schämte sich, dem Publikum zu geben, was nur der Liebe gehörte. Und dann wirkte in ihr eine Schwäche, die den echten Frauen eigentümlich ist. Im Bewußtsein, die geborene Herrscherin der Bühne zu sein, konnte sie den Erfolg nicht entbehren. Unfähig, ein gefülltes Haus, mit dem sie durch keine Sympathie verbunden wurde, herauszufordern, zitterte sie jedesmal, wenn sie die Szene betrat, und in diesem Zustand konnte die Kälte des Publikums sie zu Eis erstarren lassen. Dieser Umstand bewirkte, daß jede neue Rolle für sie ein neues Debüt bedeutete. Beifall versetzte sie in eine Art Trunkenheit, die zwar nicht ihr Selbstgefühl, wohl aber ihr Mut brauchte; ein Murmeln der Mißbilligung oder das Schweigen des zerstreuten Publikums beraubten sie sofort aller ihrer Hilfsmittel; ein gefüllter, aufmerksamer Saal, bewundernde und wohlwollende Blicke elektrisierten sie; sie trat in Verbindung mit den edlen Kräften aller dieser Seelen und fühlte die Kraft in sich, sie zu erheben, sie zu erregen.

Lucien hatte die Schätze, die in diesem Herzen ruhten, erkannt, er hatte gefühlt, wie sehr seine Geliebte noch junges Mädchen war. Unfähig, mit der Falschheit Florines Schritt zu halten, wehrte sie sich zuwenig gegen die Eifersüchteleien und Kulissenmanöver der Schauspielerin, die ebenso gefährlich und verdorben wie ihre Freundin einfach und großherzig war. Nicht Coralie lief einer Rolle nach, die Rolle mußte sie suchen; sie war zu stolz, um die Autoren zu umschmeicheln, ihre entehrenden Bedingungen anzunehmen, zu stolz, um sich dem ersten Journalisten hinzugeben, der sie mit seiner Liebe und seiner Feder bedrohte. Das Talent, an sich schon so selten in der außerordentlichen Kunst des Schauspielens, ist nur *eine* Bedingung des Erfolges; das Talent ist sogar auf lange hinaus schädlich, wenn es nicht durch ein anderes Talent ergänzt wird, das zur Intrige – dieses fehlte Coralie gänzlich.

Lucien, der die Leiden voraussah, die Coralie bei ihrem

ersten Auftreten im Gymnase erwarteten, wollte ihr um jeden Preis einen Triumph verschaffen. Das Geld, das vom Verkauf der Möbel übriggeblieben war, seine Einnahmen, alles verschlangen die Kostüme, die Ausschmückung der Loge, die übrigen Kosten eines ersten Abends. Ein paar Tage vorher unternahm Lucien einen demütigenden Schritt, zu dem er sich aus Liebe entschloß; er nahm die Wechsel Fendants und Cavaliers und ging in die Rue des Bourdonnais, um Camusot um die Diskontierung zu bitten. Der Dichter war noch nicht bis zu dem Grad verdorben, daß er den Angriff mit kaltem Blut unternommen hätte. Er quälte sich bitter auf dem Weg, den er mit den schrecklichsten Gedanken pflasterte, wobei er abwechselnd ja und nein sagte. Aber endlich betrat er doch das kleine kalte Kabinett, einen dunklen Raum, der sein Licht vom Hof erhielt. Hier thronte nicht mehr der Mann, der in Coralie verliebt war, nicht mehr der sanftmütige, müßiggängerische, genießerische Camusot, den er kannte, sondern der ernste Familienvater, der in allen Listen und Vorsichten beschlagene Familienvater, der Handelsrichter mit der patriarchalischen Strenge, der kühle Chef im Kreis der Angestellten und Kassierer; zu allem Überfluß waren auch seine Frau und Tochter da, ein sehr einfach aussehendes Mädchen. Lucien zitterte vom Kopf bis zu den Füßen, als er ihn anredete, denn der würdige Seidenhändler warf ihm den herausfordernd gleichgültigen Blick zu, den er von seinen Diskontierungsversuchen her schon kannte.

»Ich habe hier einige Wechsel und wäre Ihnen sehr verbunden, wenn Sie sie nehmen wollten«, sagte er, während er vor dem sitzenden Kaufmann stand. Camusot sagte:

»Ich erinnere mich an Sie, Sie haben mir etwas abgenommen.«

Lucien setzte Coralies Lage auseinander – er redete leise ins Ohr des Kaufmanns, der den keuchenden Atem des gedemütigten Dichters hörte. Es lag nicht in den Absichten Camusots, daß Coralie zu Fall kam. Während er zuhörte, prüfte er die Unterschriften; er war Handelsrichter, er kannte die Verhältnisse der beiden Verleger. Er gab Lucien viertausendfünfhundert Franc, der unter sein Indossament setzen mußte: *Wert in Seidenwaren erhalten*. Lucien begab sich sofort zu Braulard und sicherte Coralie einen guten Erfolg. Braulard hielt sein Versprechen und kam zur Generalprobe, um die Stellen, wo es einzugreifen galt, festzusetzen. Lucien gab den Rest seines Geldes Coralie, der er nichts von dem Gang zu Camusot erzählte.

Martainville, der damals besser als sonst jemand das Theater kannte, hatte einige Male mit Coralie die Rolle wiederholt, Lucien sich von verschiedenen royalistischen Redakteuren günstige Kritiken versprechen lassen; das Unglück kam völlig unerwartet über ihn. Es warf schon tags zuvor seinen Schatten. D'Arthez hatte sein Buch erscheinen lassen. Der Chefredakteur Merlins gab es Lucien, der am meisten befähigt sei, über Werke dieser Art zu berichten – er verdankte diesen Ruf den Artikeln über Nathan. Es waren Leute im Zimmer, unter anderem alle Redakteure. Martainville verhandelte über allgemeine Gesichtspunkte, die beim Kampf gegen die liberalen Blätter in Betracht kamen. Nathan, Merlin, die übrigen Mitarbeiter des *Réveil* unterhielten sich über den Einfluß der Halbwochenschrift Léon Girauds, einen um so gefährlicheren Einfluß, als dies Blatt eine kluge, gemäßigte

Sprache führte. Man begann vom Kreis der Rue des Quatre-Vents zu reden, man nannte ihn einen Konvent. Es war beschlossen worden, daß die royalistischen Zeitungen systematisch und unerbittlich Krieg gegen diesen Gegner führen sollten, der in der Tat den Ideen die Bahn brach, die zum Sturz der Bourbonen führten. D'Arthez, von dessen absolutistischen Anschauungen man nichts wußte, sollte das erste Opfer sein, sein Buch gründlich verrissen werden. Lucien weigerte sich, den Artikel zu schreiben.

Diese Weigerung rief größte Aufregung bei den Stützen der royalistischen Partei hervor, die eigens zu der Versammlung gekommen waren. Man erklärte Lucien, daß ein Konvertit keinen Willen hatte; wenn es ihm nicht passe, für Monarchie und Religion einzutreten, könne er zu seinen alten Freunden zurückkehren. Merlin und Martainville nahmen ihn auf die Seite und gaben ihm zu verstehen, daß er Coralie dem Haß ausliefere, den die liberalen Zeitungen ihr geschworen hatten, und daß er Gefahr laufe, sie in den regierungstreuen Blättern nicht mehr verteidigen zu können. Die Schauspielerin sollte zweifellos Gegenstand einer jener heißen Polemiken werden, die ihr den Ruf verschaffen mußten, nach dem alle Schauspielerinnen lechzen.

Lucien sah sich gezwungen, zwischen d'Arthez und Coralie zu wählen, seine Geliebte war verloren, wenn er nicht d'Arthez im großen Blatt und im *Réveil* abschlachtete. Den Tod im Herzen kehrte er nach Hause zurück, setzte sich in seinem Zimmer vor den Kamin und las das Buch, das eines der schönsten der modernen Literatur war. Er las mit Tränen in den Augen, er zögerte lange, aber zuletzt schrieb er einen der spöttischen Artikel, auf die er sich so gut verstand, er zerpflückte das Buch, wie ein Kind einen Vogel martert. Dann las er das Buch noch einmal, und alle seine guten Gefühle kehrten zurück. Um Mitternacht lief er durch Paris, erreichte das Haus des Freundes, sah durch die Scheiben das keusche, furchtsame Licht blinken, das er so oft mit der Bewunderung betrachtet hatte, die dieser wahrhaft große Mensch und seine adlige Standhaftigkeit verdienten. Er fühlte nicht die Kraft in sich, hinaufzusteigen, und blieb auf einem Prellstein sitzen. Schließlich vertraute er doch seinem guten Engel, klopfte an, d'Arthez saß ohne Feuer und las.

»Was ist geschehen?« fragte er und erriet beim Anblick Luciens, daß nur ein schlimmes Unglück den jungen Dichter zu ihm führen konnte.

»Dein Buch ist herrlich«, rief Lucien, Tränen in den Augen, »und sie haben mir befohlen, es zu verreißen.«

»Armes Kind, du ißt ein hartes Brot«, sagte d'Arthez.

»Ich bitte dich nur um eine Gnade, behandle meinen Besuch als Geheimnis, und laß mich in meiner Hölle weiter die Arbeit der Verdammten tun. Vielleicht kommt man zu nichts, ohne sich Schwielen an den empfindlichsten Stellen des Herzens geholt zu haben.«

»Immer dasselbe«, sagte d'Arthez.

»Hältst du mich für einen Feigling? Nein, nein, ich bin ein Kind, das einer großen Liebe folgen muß.« Und er erklärte ihm seine Lage.

»Laß mich den Artikel lesen«, antwortete d'Arthez, von der Gestalt Coralies bewegt.

Lucien reichte ihm die Blätter, d'Arthez las und konnte nicht umhin, mit einem Lächeln zu sagen:

»Wie schlimm, seinen Geist so anwenden zu müssen.

Willst du mich den Artikel überarbeiten lassen? Ich schicke ihn dir morgen zurück«, fuhr er fort, »solche Witze entehren ein Werk, eine ernste Kritik ist manchmal ein Lob, ich werde dem Artikel mehr Wucht geben, und es soll nicht dein Schaden sein. Außerdem kenne nur ich meine Fehler genau.«

Lucien warf sich in seine Arme, küßte ihn weinend auf die Stirn und sagte: »Es ist mir, als vertraue ich dir mein Gewissen an, eines Tages werde ich es zurückverlangen.«

»Für mich ist periodische Reue nur eine große Scheinheiligkeit«, erwiderte d'Arthez feierlich, »solche Reue ist nur eine Versicherungsprämie. Reue ist jungfräulich, wer zweimal bereut, ist ein böser Heuchler. Ich habe Angst, daß du nur bereust, um dir selbst Absolution erteilen zu können.«

Niedergeschmettert ging Lucien in die Rue de la Lune zurück, er brauchte lange dazu. Am nächsten Tag trug er den von d'Arthez durchgesehenen Artikel auf die Redaktion, aber von diesem Tage an verzehrte ihn eine Schwermut, die er nicht immer verbergen konnte. Am Abend saß er im gefüllten Zuschauerraum des Gymnase, eine Beute der Erregung, die ein Debüt immer hervorruft; bei ihm kamen die ganzen Ängste der Liebe hinzu. Alle seine Eitelkeiten waren im Spiel, sein Blick umfaßte die Gesichter, wie der Blick eines Angeklagten die Gestalten der Geschworenen und Richter umfaßt. Er zitterte schon jetzt bei jedem Murmeln, wie mußten ihn erst ein kleiner Unfall auf der Bühne, der Auftritt und der Abgang Coralies erregen.

Das Stück, in dem Coralie auftrat, gehörte zu jenen, die durchfallen, aber wiederaufstehen: An diesem Abend fiel das Stück durch. Als Coralie die Bühne betrat, blieb alles stumm, schon verwirrte sie die Kälte des Parketts. In den Logen rührte sich nur eine einzige Hand, dort saß Camusot. Sofort zischten ihn Stimmen vom Balkon und von den Galerien nieder, und sooft die offensichtlich übertriebenen Salven der Claqueure einsetzten, gebot auch ihnen die Galerie Schweigen. Martainville klatschte mutig, und die scheinheilige Florine ahmte ihn nach, ebenso Nathan und Merlin. Als das Stück gefallen war, strömte alles in Coralies Loge zusammen, aber die Tröstungen verschlimmerten das Übel nur noch. Die Schauspielerin war verzweifelt, weniger um ihretwillen als aus Sorge um Lucien.

»Wir sind von Braulard verraten worden«, sagte Lucien.

Coralie hatte ein schreckliches Fieber, sie war ins Herz getroffen. Am nächsten Tag konnte sie nicht auftreten: sie sah sich aus ihrer Laufbahn geschleudert. Lucien verbarg die Zeitungen vor ihr, er ging ins Eßzimmer, um sie zu lesen. Überall schrieb man den Durchfall Coralie zu: Sie hatte ihre Kraft zu früh eingesetzt und ausgegeben; sie, die in einem Boulevardtheater Wunder wirkte, gehörte nicht ins Gymnase; ein löblicher Ehrgeiz hatte sie in dieses Theater getrieben, aber sie hatte ihre Mittel nicht richtig abgewogen, sie hatte ihre Rolle falsch aufgefaßt. Lucien las Artikel, die ganz nach dem verlogenen Rezept seiner eigenen Artikel über Nathan verfaßt waren. Eine Wut brach aus ihm hervor. Er wurde weiß, seine Freunde reichten Coralie die bösesten Ratschläge, eingewickelt in Güte, Gefälligkeit und Teilnahme. So redeten die royalistischen Blätter, die offenbar Nathan beraten hatte. Was die liberalen und kleinen Blätter betraf, so breiteten sie den ganzen Lucien wohlbekannten Spott aus. Coralie hörte ihn ein- oder zweimal stöhnen, sprang aus dem Bett, bemerkte die Blätter, wollte sie lesen und las. Danach legte sie sich wieder hin und schwieg. Florine gehörte zur Verschwörung, sie hatte den Ausgang gekannt, sie beherrschte Coralies Rolle, Nathan war ihr Repetitor gewesen. Die Verwaltung, die an dem Stück festhielt, wollte ihre Rolle Florine geben. Der Direktor besuchte das arme Mädchen; Coralie war niedergeschlagen und schwamm in Tränen; aber als er ihr vor Lucien gesagt hatte, daß Florine in der Tat am selben Abend für sie einspringen sollte, richtete sie sich auf und verließ das Bett:

»Ich spiele!« rief sie.

Sie stürzte ohnmächtig hin. Florine bekam die Rolle und machte sich einen Namen, denn sie rettete den Erfolg des Stückes; alle Zeitungen bereiteten ihr eine Huldigung, und fortan war sie die große Schauspielerin, die jedermann kannte. Der Triumph Florines trieb die Verzweiflung Luciens zum Äußersten.

»Dir allein verdankt sie ihren Weg«, sagte Lucien. »Wenn das Gymnase bereit ist, kann ich dein Engagement zurückkaufen. Ich bin bald Comte Rubempré, dann geht es aufwärts, und wir heiraten.«

»Was für eine abgeschmackte Idee!« antwortete Coralie und sah ihn mit einem kranken Blick an.

»Abgeschmackt!« rief Lucien. »Du wirst ja sehen, noch ein paar Tage, dann bewohnst du ein schönes Haus, hast wieder deine eigene Equipage, und an Rollen soll es dir nicht fehlen.«

Er nahm zweitausend Franc und lief zu Frascati, wo er sieben Stunden verbrachte, von Furien gepeitscht, aber äußerlich ruhig und kalt. Mehrmals hatte er die glänzendsten Aussichten und besaß dreißigtausend Franc; aber als er ging, waren seine Taschen vollkommen leer. Zu Hause wartete Finot auf ihn, der wieder einige Artikelchen von ihm verlangte. Lucien beging den Fehler, sich zu beklagen.

»Es ist nicht alles rosig«, erwiderte Finot, »Sie haben Ihre Schwenkung nach links so herausfordernd vollzogen, daß Sie die Sympathien der liberalen Presse verlieren mußten, und die liberale Presse ist weitaus mächtiger als die royalistische. Man darf niemals von einem Lager ins andere ziehen, ohne für ein gutes Bett gesorgt zu haben, das für die Verluste tröstet, die ja nicht unerwartet kommen; aber in jedem Fall sucht ein vernünftiger Mensch seine Freunde auf, setzt ihnen seine Gründe auseinander und läßt sich von ihnen zum Abfall raten, damit sie mitschuldig werden und ihn beklagen. Dann kommt man, wie Nathan und Merlin es getan haben, mit den Kameraden überein, daß man sich gegenseitig helfen will. Eine Krähe hackt der anderen kein Auge aus. Sie haben sich in dieser Angelegenheit wie ein unschuldiges Lamm benommen, es bleibt Ihnen nichts übrig, als die Zähne zu zeigen. Ich verhehle Ihnen nicht, daß Ihr Artikel gegen d'Arthez einen ungeheuren Lärm macht. Man bereitet Angriffe gegen Sie vor, Ihrem Buch wird es schlecht ergehen. Wie steht es denn mit Ihrem Roman?«

»Hier sind die letzten Bogen«, antwortete Lucien und wies auf einen Haufen Korrekturen.

»Also, denken Sie an meine Artikelchen. Schreiben Sie fünfzig auf der Stelle, ich bezahle alles auf einmal; aber achten Sie auf den Ton, den das Blatt braucht.«

Und Finot gab Lucien lässig die Anhaltspunkte für einen spöttischen Artikel über den Siegelbewahrer; er erzählte ihm eine angebliche Anekdote, die durch die Salons ging.

Vor die Notwendigkeit gestellt, seine Spielverluste auszugleichen, fand Lucien trotz seiner Erschlaffung die Spannkraft des Geistes wieder und verfaßte dreißig Artikelchen, jedes war zwei Spalten lang. Dann fuhr er zu Dauriat, überzeugt, dort Finot zu treffen und ihm die Arbeit heimlich zustecken zu können; außerdem mußte er den Verleger wegen des Nichterscheinens der *Marguerites* zur Rede stellen. Alle seine Feinde waren in dem Laden. Bei seinem Eintritt verstummten die Gespräche. Lucien fühlte seinen Mut sich verdoppeln, er nahm sich wie einst im Luxembourg vor: ›Und ich werde doch triumphieren!‹ Dauriat war wenig höflich, mürrisch verschanzte er sich hinter seinem Recht: Er werde die *Marguerites* nach seinem Ermessen herausbringen, zuerst müsse sich Lucien eine Stellung verschaffen, die ihm ihren Erfolg verbürge; er, Dauriat, habe das Verlagsrecht gekauft. Als Lucien einwarf, daß Dauriat durch den Sinn des Vertrages angehalten sei, die *Marguerites* sofort zu veröffentlichen, erklärte der Verleger, daß er juristisch nicht zu einem Unternehmen gezwungen werden könne, das er für schlecht halte, er und niemand sonst entscheide über die gute oder schlechte Aussicht. Übrigens gäbe es eine Lösung, die von allen Richtern anerkannt werde: Lucien brauche ihm nur die dreitausend Franc zurückzugeben, dann könne er es von einem royalistischen Buchhändler verlegen lassen.

Lucien zog sich zurück, der gemäßigte Ton Dauriats hatte ihn mehr getroffen als der autokratische der ersten Begegnung. Es stand also fest, daß die *Marguerites* erst dann veröffentlicht werden sollten, wenn Lucien die Hilfskräfte einer mächtigen Sippe hinter sich hatte oder aus eigenem Vermögen ein gefährlicher Gegner war. Der Dichter kehrte langsam nach Hause zurück, die Entmutigung, die ihn ergriffen hatte, mußte zum Selbstmord führen, den er in Gedanken bereits vollzog. Coralie lag bleich und leidend zu Bett.

»Eine Rolle, oder sie stirbt«, erklärte ihm Bérénice, während er sich anzog, um Mademoiselle des Touches zu besuchen, die an diesem Abend in der Rue du Montblanc eine Gesellschaft gab, zu Ehren des großen Komponisten Conti, der eine der berühmtesten Singstimmen besaß, ferner für die Cinti, die Pasta, Garcia, Levasseur und zwei oder drei andere in der Gesellschaft beliebte Sängerinnen. Lucien glitt durch die Menge, bis er die Marquise d'Espard, ihre Cousine und Madame de Montcornet traf, die zusammensaßen. Der junge Mensch verbarg seinen Kummer hinter einer leichten, zufriedenen Miene, er scherzte, er trat in der Haltung aus den Tagen des Glanzes auf, er wollte nicht den Eindruck erwecken, als brauche er die Welt. Er verbreitete sich über die Dienste, die er der royalistischen Partei erwies, er führte als Beweis die Wutschreie an, die aus dem liberalen Lager stiegen.

»Sie sollen dafür voll belohnt werden, mein Freund«, erwiderte ihm Madame de Bargeton mit einem reizenden Lächeln. »Gehen Sie übermorgen mit dem Reiher und mit des Lupeaulx in die Kanzlei. Dort erhalten Sie die Verordnung des Königs mit vollzogener Unterschrift. Der Siegelbewahrer trägt sie morgen ins Schloß, aber da auch ein Rat stattfindet, kommt er erst spät zurück; sollte ich jedoch morgen abend schon etwas hören, so würde ich Ihnen einen Boten schicken. Wo wohnen Sie?«

»Ich komme gern selbst«, antwortete Lucien, der sich schämte, die Rue de la Lune als seine Adresse anzugeben.

»Die Herzöge de Lenoncourt und de Navarreins haben dem König von Ihnen erzählt«, fuhr die Marquise fort, »und Sie als einen Mann gerühmt, dessen Hingabe ganz und bedingungslos ist; die Herren verlangten eine in die Augen stechende Belohnung als Entschädigung für die Verfolgungen der liberalen Partei und erwähnten auch, daß der Name Rubempré, auf den Sie durch Ihre Mutter einen Anspruch haben, mit Ihnen nun berühmt werden wird. Der König forderte seine Hoheit abends auf, ihm eine Verordnung zu bringen, durch die Lucien Chardon in seiner Eigenschaft als Enkel des letzten Comte Rubempré ermächtigt wird, diesen Namen und Titel wieder zu führen.«

Lucien überließ sich einem Glück, das eine weniger tief verletzte Frau als Louise d'Espard de Nègrepelisse hätte rühren können. Der Grad ihres Wunsches nach Rache entsprach der Schönheit Luciens. Des Lupeaulx hatte recht, es fehlte Lucien an Feingefühl, sonst hätte er erraten, daß die Verordnung, von der man ihm sprach, nichts als einer der Scherze war, die Madame de Bargeton zu machen liebte.

Durch diesen Erfolg und die schmeichelhafte Auszeichnung der Gastgeberin kühn gemacht, verweilte er bis zwei Uhr morgens, um sich mit Mademoiselle des Touches unter vier Augen unterhalten zu können.

Er hatte in den königstreuen Redaktionen gehört, daß sie die heimliche Mitarbeiterin an einem Stück war, in dem das Wunder der Stunde, die kleine Fay, auftreten sollte. Als die Salons sich leerten, führte er Mademoiselle des Touches zu einem Sofa im Boudoir und erzählte ihr sein und Coralies Unglück in so rührender Form, daß die berühmte Amazone ihm versprach, Coralie die Hauptrolle zu verschaffen.

Als am nächsten Tag Coralie, dank diesem Versprechen, zum Leben erwachte und mit ihrem Dichter frühstückte, überflog Lucien die Zeitung Lousteaus, in der sich der zugespitzte Bericht über den Siegelbewahrer und seine Frau befand. Die schwärzeste Bosheit verbarg sich unter der eindringlichen Darstellung, Louis XVIII. war aufs geschickteste hineingezogen und lächerlich gemacht, ohne daß der Staatsanwalt hätte eingreifen können. Hier nun die Behauptung, der die liberale Partei den Anschein der Wahrheit zu geben versuchte, was aber nur die Zahl ihrer geistreichen Verleumdungen vergrößerte.

Die Leidenschaft Louis' XVIII. für eine galante und lieblich duftige Korrespondenz voller Madrigale und Geistesblitze wurde als letzte Ausdrucksform seiner doktrinär werdenden Liebe interpretiert: Er vollziehe, hieß es, den Übergang von der Tat zur Idee. Die von Béranger unter dem Namen Octavie so grausam angegriffene berühmte Mätresse hegte die ernsthaftesten Befürchtungen. Die Korrespondenz erlahmte. Je mehr Geist Octavie entfaltete, desto kühler und matter zeigte sich ihr Liebhaber. Schließlich entdeckte Octavie den Grund, warum sie in Ungnade gefallen war: Ihre Macht war von den ersten Blüten und den Reizen einer neuen Korrespondenz des königlichen Schriftstellers mit der Frau des Justizministers bedroht. Diese vortreffliche Frau galt jedoch als unfähig, einen Brief zu schreiben; sie konnte einzig und allein der verantwortliche Verleger eines kühnen Ehrgeizlings sein. Wer mochte sich unter diesem Rock verbergen? Nach einigen Beobachtungen fand Octavie heraus, daß der König mit seinem Minister korrespondierte. Ihr Plan war gefaßt. Mit der Hilfe eines treuen Freundes weiß sie es eines

Tages einzurichten, daß der Minister durch eine stürmische Diskussion in der Kammer aufgehalten wird; unterdessen begibt sie sich zu einer Zwiesprache, bei der sie die Eigenliebe des Königs durch die Enthüllung dieses Betrugs in Aufruhr bringt. Louis XVIII. bekommt einen Anfall bourbonischen königlichen Zorns, er wütet gegen Octavie, er zweifelt; Octavie bietet einen sofortigen Beweis an, indem sie ihn bittet, einige Zeilen zu schreiben, die unbedingt eine Antwort erfordern. Die überraschte unglückliche Frau schickt nach der Kammer, ihren Gatten darum zu ersuchen, doch wie vorgesehen, stand er in diesem Augenblick am Rednerpult. Seine Frau schwitzt Blut und Wasser, sucht all ihren Geist zusammen und antwortet, so gut oder schlecht sie es vermag. »Alles andere wird Ihnen Ihr Kanzler sagen«, rief Octavie, über die Enttäuschung des Königs lachend.

Obwohl der Artikel erlogen war, verletzte er den Siegelbewahrer, dessen Frau und den König zutiefst. Des Lupeaulx, dem Finot immer das Geheimnis gewahrt hat, soll die Anekdote erfunden haben. Der geistvolle, beißende Artikel war die Freude der Liberalen und der Parteigänger von *Monsieur*, dem Bruder des Königs; Lucien machte sie Spaß, ohne daß er mehr darin sah als eine gelungene Ente. Am nächsten Tag holte er des Lupeaulx und den Baron ab. Der Baron war gekommen, um sich bei Seiner Exzellenz zu bedanken; der Staatsrat Châtelet war zum Comte ernannt worden mit der Aussicht auf die Stelle eines Präfekten der Charente, sobald der gegenwärtige Präfekt die wenigen Monate abgesessen hatte, die noch nötig waren, um die höchste Pension zu bekommen. Der Comte du Châtelet, denn das »du« war in die Verordnung aufgenommen worden, bot Lucien seinen Wagen an und behandelte ihn wie seinesgleichen. Ohne Luciens Artikel hätte er vielleicht nicht so rasch das Ziel seiner Wünsche erreicht, die Verfolgungen der Liberalen waren ihm von Nutzen gewesen. Des Lupeaulx befand sich im Ministerium, im Zimmer des Generalsekretärs, der beim Anblick Luciens in die Höhe fuhr und des Lupeaulx verwundert betrachtete.

»Wie, Sie wagen es, hierherzukommen?« fragte der Generalsekretär Lucien, der nicht verstand. »Seine Exzellenz hat Ihre Verordnung zerrissen, da liegen noch die Stücke.« Und er zeigte auf das erstbeste zerrissene Stück Papier; »der Minister wünschte den Verfasser des abscheulichen Artikels festzustellen und bekam das hier in die Hände.«

Lucien erblickte sein Manuskript. Der Generalsekretär fuhr fort: »Sie nennen sich Royalist und sind Mitarbeiter eines niederträchtigen Blattes, das den Ministern graue Haare macht und die Parteien der Mitte verzweifeln läßt. Sie frühstücken von den Honoraren des *Corsaire*, des *Miroir*, des *Constitutionnel*, des *Courrier*, Sie speisen zu Mittag auf Kosten der *Quotidienne* und des *Réveil*, und Sie setzen sich abends zu Tisch mit Martainville, dem schlimmsten Widersacher des Ministers, einem Mann, der den König zum Absolutismus treibt, was ebenso rasch zu einer Revolution führen würde, wie wenn er sich der äußersten Linken auslieferte! Sie sind ein sehr geistreicher Journalist, aber Sie werden niemals ein Politiker werden. Der Minister hat Sie dem König als Verfasser des Artikels genannt, der König hat in seinem Zorn den Duc de Navarreins, seinen ersten Edelmann vom Dienst, ausgescholten. Sie haben sich Feinde gemacht, die um so gefährlicher sind, als sie Ihnen gut gesinnt waren. Was bei einem Gegner natürlich erscheint, wirkt bei einem Freund abscheulich.«

»Aber sind Sie denn ein Kind, mein Lieber?« fragte des Lupeaulx. »Sie haben mich bloßgestellt. Madame d'Espard, Madame de Bargeton, Madame de Montcornet, die sich für Sie verbürgten, werden wütend sein. Sicher hat der Duc de Navarreins seinen Zorn an der Marquise ausgelassen und die Marquise an ihrer Cousine. Besuchen Sie sie nicht, warten Sie.«

»Seine Exzellenz kommt, gehen Sie!« rief der Generalsekretär.

Lucien stand auf der Place Vendôme, benommen wie ein Mann, der einen tödlichen Hieb auf den Kopf erhalten hat. Er ging zu Fuß über die Boulevards nach Hause und suchte sich ein Urteil über sich selbst zu bilden. Er sah, daß er das Spielzeug von neidischen, gierigen und verräterischen Schurken war. Was war er für diese Ehrgeizigen? Nichts, er war ein Kind, das den Freuden und Genüssen der Eitelkeit nachlief, diesem Zweck alles opferte; er war ein Dichter, dem es an Scharfsinn fehlte, der wie eine Motte von Licht zu Licht flatterte, willenloser Sklave der Umstände, ein Mensch mit guten Vorsätzen und schlechter Tat. Sein Gewissen war ein unbarmherziger Henker. Dazu kam, daß er kein Geld mehr besaß und sich von Arbeit und Kummer ausgehöhlt fühlte. Seine Artikel kamen erst nach denen Merlins und Nathans.

Er ließ sich treiben, ganz in seine Gedanken versunken; da sah er in ein paar Schaufenstern eine Anzeige: Unter einem ihm vollständig unbekannten, abgeschmackten Titel stand sein Name: »von Lucien Chardon de Rubempré«. Sein Werk erschien also, ohne daß er etwas davon wußte, die Zeitungen verschwiegen diese Tatsache. Mit hängenden Armen blieb er starr stehen, er bemerkte nicht die Gruppe junger Dandys, in der sich Rastignac, de Marsay und ein paar andere Bekannte befanden. Er bemerkte auch Michel Chrestien und Léon Giraud nicht, die auf ihn zukamen.

»Sie sind Monsieur Chardon?« fragte Chrestien mit einem Ton, der Lucien bis in die Eingeweide erschütterte.

»Du – Sie kennen mich nicht?« erwiderte er und wurde blaß.

Michel Chrestien spie ihm ins Gesicht:

»Hier das Honorar für Ihre Artikel gegen d'Arthez. Wenn jeder seine Sache oder die seiner Freunde auf meine Weise verträte, bliebe die Presse, was sie sein soll: ein Hort der Achtung!«

Lucien wankte, er stützte sich auf Rastignac, dann sagte er zu diesem und zu de Marsay:

»Meine Herren, Sie werden wohl die Güte haben, meine Zeugen zu sein. Aber zuerst muß ich für Gleichheit der Beleidigung sorgen, damit kein Zurückweichen möglich ist.«

Er schlug Michel ins Gesicht, der Schlag kam für Chrestien unerwartet. Die Dandys und Michels Freunde warfen sich zwischen den Republikaner und den Royalisten, damit dieser Streit nicht zur Freude des Pöbels ausartete. Rastignac führte Lucien in seine Wohnung, die zwei Schritt weiter in der Rue Taitbout lag, der Auftritt hatte auf dem Boulevard de Gand um die Dinerzeit stattgefunden, so daß es nicht zu dem bei diesen Zusammenstößen gewöhnlichen Auflauf gekommen war. De Marsay holte dann Lucien ab, die beiden Dandys zwangen ihn, vergnügt in ihrer Gesellschaft im Café Anglais zu speisen und den Weinen tüchtig zuzusprechen.

»Sind Sie ein guter Fechter?« fragte ihn de Marsay.
»Ich habe nie einen Degen in der Hand gehabt.«
»Wie steht es mit Pistolen?« fragte Rastignac.
»Ich habe nie in meinem Leben einen Schuß abgegeben.«
»Sie haben den Zufall für sich, Sie sind ein gefährlicher Gegner, Sie können Ihren Mann töten«, meinte de Marsay.

Zu Hause fand Lucien Coralie glücklicherweise schlafend vor. Die Schauspielerin hatte in einem kleinen Stück aus dem Stegreif gespielt und ihre Revanche gehabt, denn sie war aus freien Stücken beklatscht worden. Dieser Abend, auf den ihre Feinde nicht gefaßt gewesen waren, veranlaßte den Direktor, ihr die Hauptrolle in dem Stück Camille Maupins zu geben; er hatte auch den Grund ihres Mißerfolges entdeckt. Die Intrigen Florines und Nathans gegen eine Schauspielerin, die er schätzte, hatten bewirkt, daß er Coralie den Schutz der Direktion versprach.

Morgens um fünf Uhr stellte sich Rastignac bei Lucien ein.

»Mein Lieber, Sie wohnen im Stil Ihrer Gasse«, sagte er, dann fuhr er fort: »Seien wir die ersten am Platz, das gehört zum guten Ton, und wir müssen ein Beispiel geben.«

»Hier das Programm«, erklärte de Marsay, während die Droschke durch den Faubourg Saint-Denis rollte, »Sie schlagen sich auf Pistolen, fünfundzwanzig Schritt Entfernung, die Gegner dürfen sich einander bis auf fünfzehn Schritt nähern. Jedem stehen fünf Schritte und drei Schüsse frei, nicht mehr. Was auch geschehen mag, Sie verpflichten sich beide, diese Verabredung einzuhalten. Wir laden die Pistolen Ihres Gegners, seine Zeugen laden Ihre Pistolen. Die Waffen wurden von den vier Zeugen gemeinschaftlich bei einem Waffenhändler gewählt. Wir haben getan, was wir tun konnten: Sie bekommen Reiterpistolen.«

Für Lucien war das Leben zum Alptraum geworden, es war ihm gleich, ob er lebte oder starb. Der Mut des zum Selbstmord Entschlossenen gab ihm die Möglichkeit, vor den Zuschauern als Mann von großer Kaltblütigkeit aufzutreten. Er blieb an seinem Platz stehen, diese Unbeweglichkeit wurde als kalte Berechnung aufgefaßt, und man fand, dieser Dichter zeige sehr viel Haltung. Michel Chrestien ging bis zum erlaubten Punkt. Die beiden Gegner feuerten zur gleichen Zeit, die Beleidigungen waren als gleichwertig festgestellt worden. Beim ersten Schuß streifte Chrestiens Kugel Lucien am Kinn, Luciens Kugel flog zehn Fuß über den Kopf seines Gegners. Beim zweiten Schuß fuhr Michels Kugel Lucien in den Rockkragen, der zum Glück eine gestärkte Leinwandfütterung hatte, die dritte Kugel traf Lucien in die Brust, er sank um.

»Ist er tot?« fragte Michel.

»Nein«, sagte der Arzt, »er kommt davon.«

»Um so schlimmer«, antwortete Michel.

»O ja, um so schlimmer«, wiederholte Lucien und weinte.

Gegen Mittag wachte das unglückliche Kind in seinem Bett auf; man hatte fünf Stunden gebraucht, um ihn hierherzubringen. Obwohl sein Zustand ungefährlich war, verlangte er doch Vorsicht, damit das Fieber keine Komplikation brachte. Coralie unterdrückte ihre Verzweiflung und ihren Kummer. Solange Lucien in Gefahr schwebte, wachte sie mit Bérénice an seinem Lager, damit beschäftigt, Rollen zu lernen. Zwei Monate dauerte diese Gefahr. Das arme Mädchen spielte manchmal eine Rolle, die Fröhlichkeit verlangte; dann dachte sie immer: ›Mein teurer Lucien stirbt vielleicht in diesem Augenblick!‹

Lucien wurde von Bianchon betreut: er verdankte sein Leben der Aufopferung des Mannes, den er so tief verletzt hatte; indessen war der Arzt von d'Arthez eingeweiht worden und wußte von dem geheimen Besuch, der das Vergehen des unglücklichen Dichters in milderem Lichte erscheinen ließ. In einem klaren Augenblick, denn Lucien war in ein schlimmes Nervenfieber gefallen, sprach Bianchon, der d'Arthez einer edelmütigen Darstellung verdächtigte, mit dem Kranken über diesen Punkt; Lucien versicherte ihm, daß er keinen anderen Artikel über das Buch des Freundes geschrieben hatte als den ernsten, der in Merlins Zeitung erschienen war.

Am Monatsende legten Fendant und Cavalier die Nachweise über den Absatz seines Romans vor. Bianchon bat die Schauspielerin, Lucien den entsetzlichen Schlag zu ersparen. Der *Bogenschütze Karls IX.*, der unter einem abgeschmackten Titel erschienen war, hatte nicht den geringsten Erfolg gehabt. Um sich vorher Geld zu verschaffen, hatte Fendant ohne Cavaliers Wissen die ganze Auflage an Krämer verkauft, die sie zum niedrigsten Preis als Kolportagelektüre absetzten. In diesem Augenblick lag Luciens Buch auf den Brüstungen der Pariser Brücken und Quais herum. Infolge der plötzlichen Herabsetzung des Preises erlitt die Buchhandlung am Quai des Augustins, die einen bestimmten Teil der Auflage übernommen hatte, einen beträchtlichen Verlust, wurden doch die vier Bändchen, für die sie viereinhalb Franc gegeben hatte, für zwei Franc verkauft. Die Händler waren wütend, und die Zeitungen fuhren fort, beharrlich zu schweigen. Barbet hatte diese Schiebung nicht vorausgesehen, er glaubte an Luciens Talent. Gegen alle seine Gepflogenheiten hatte er sich mit zweihundert Exemplaren belastet, jetzt machte ihn die Aussicht auf einen Verlust wild, und er sagte Lucien alles Böse nach. Barbet faßte einen heroischen Entschluß: Er stopfte seine Exemplare in eine Ladenecke – man findet einen solchen Trotz manchmal bei Geizhälsen – und überließ es seinen Kollegen, ihre Exemplare um jeden Preis abzustoßen.

Später, 1824, als die schöne Vorrede aus der Feder von d'Arthez, der literarische Wert des Buches und zwei Artikel Girauds dem Werk zu seinem Erfolg verholfen hatten, verkaufte Barbet jedes Stück für zehn Franc.

Trotz Bérénices und Coralies Vorsicht konnte nicht verhindert werden, daß Merlin seinen todkranken Freund besuchte; er ließ ihn Tropfen für Tropfen den bitteren Kelch trinken, indem er ihm alles erzählte. Martainville, der einzige Getreue, schrieb einen prächtigen Artikel, aber der Zorn der liberalen und regierungstreuen Blätter gegen ihn war so groß, daß die Anstrengungen dieses mutigen Athleten, der immer eine Beschimpfung der Liberalen mit zehn eigenen vergalt, Lucien nur schadeten. Kein einziges Blatt hob den hingeworfenen Handschuh auf, der royalistische Bravo tobte umsonst. Coralie, Bérénice und Bianchon schlossen die Tür für alle sogenannten Freunde Luciens, die laut ihr Bedauern äußerten; aber vor den Gerichtsvollziehern konnten sie sie nicht verschließen. Der Bankrott Fendants und Cavaliers machte ihre Wechsel nach einer Vorschrift des Handelsgesetzbuches sofort einklagbar, keine Bestimmung greift schärfer in die Rechte dritter Personen ein, die so der Wohltat des festen Termins beraubt werden. Lucien mußte erleben, daß

Camusot ihm heftig zusetzte. Bei diesem Namen verstand Coralie, welch demütigenden Schritt ihr Dichter unternommen haben mußte; sie liebte ihn dafür zehnmal mehr und wollte Camusot nicht um Gnade bitten. Als die Häscher des Handelsgerichts kamen, fanden sie ihren Gefangenen im Bett und wichen vor dem Gedanken, ihn in den Schuldturm zu werfen, zurück; sie gingen zu Camusot, bevor sie den Vorsitzenden des Handelsgerichts fragten, in welche Anstalt sie den Schuldner führen sollten. Camusot begab sich sofort in die Rue de la Lune, Coralie lief hinunter; als sie wieder hinaufstieg, besaß sie die Belege, durch die Lucien nach dem verhängnisvollen Indossament zum Handlungstreibenden erklärt wurde. Mit welchen Mitteln hatte sie Camusot bewogen, ihr diese Papiere zu geben? Was hatte sie versprechen müssen? Kein Wort kam über ihre Lippen, aber sie war halbtot zurückgekehrt.

Coralie spielte im Stück von Camille Maupin und hatte einen großen Anteil an dem Erfolg dieser Amazone der Literatur. Diese Rolle war das letzte Aufleuchten vor dem Erlöschen. Bei der zwanzigsten Aufführung, zu einer Zeit, da Lucien wieder zu gehen und zu essen begann und von einer Wiederaufnahme seiner Arbeit sprach, wurde sie krank, ein geheimer Kummer verzehrte sie. Bérénice glaubte, daß sie, um Lucien zu retten, Camusot versprochen hatte, zu ihm zurückzukehren. Den letzten Stoß versetzte ihr die Entscheidung, durch die Florine ihre Rolle erhielt. Nathan kündigte dem Gymnase Krieg an, wenn nicht Florine die Nachfolgerin Coralies wurde. Dadurch, daß Coralie bis zum letzten Augenblick auftrat, um sich von der Nebenbuhlerin nicht verdrängen zu lassen, überforderte sie ihre Kräfte. Das

Theater hatte ihr während der Krankheit Luciens ein paar Vorschüsse gezahlt, sie konnte keine neuen fordern; trotz seines guten Willens war Lucien noch unfähig zu arbeiten, im übrigen pflegte er Coralie, um Bérénice zu entlasten. Der arme Haushalt geriet in den niederdrückendsten Zustand, es war noch ein Glück, daß Bianchon ihnen bei einem Apotheker Kredit verschaffte. In kurzer Zeit kannten alle Lieferanten und der Hauswirt die Lage des jungen Paares, die Möbel wurden gepfändet. Schneiderin und Schneider, die den Journalisten nicht mehr fürchteten, hetzten erbarmungslos gegen die beiden Bohemiens, zuletzt gaben nur noch der Apotheker und der Fleischer den unglücklichen Kindern Kredit. Lucien, Bérénice und die Kranke mußten sich eine Woche lang nur von Schweinefleisch in allen möglichen Formen ernähren, denn die Metzger gaben kein anderes. Die Fleischnahrung, die an sich schon erhitzt, verschlimmerte den Zustand der Schauspielerin. Die Not zwang Lucien, zu Lousteau zu gehen und ihn um die tausend Franc zu bitten, die der ehemalige Freund, dieser Verräter, ihm schuldete, kein Schritt fiel Lucien inmitten seines Unglücks schwerer als dieser. Lousteau konnte nicht in seinem Zimmer in der Rue de la Harpe schlafen, sondern übernachtete bei seinen Freunden, die Gläubiger jagten ihn wie einen Hasen.

Lucien fand den Mann, der ihn in die literarische Welt eingeführt hatte, erst bei Flicoteaux, wo Lousteau an demselben Tisch saß, an dem Lucien seine verhängnisvolle Bekanntschaft gemacht hatte, er erinnerte sich noch genau an den Tag, da er zwischen d'Arthez und Lousteau wählte. Lousteau lud ihn zum Essen ein, und Lucien nahm an! Als nachher Vignon, der auch bei Flicoteaux gegessen hatte,

Lousteau, Lucien und der große Unbekannte, der seine Garderobe wieder zu Samanon trug, ins Café Voltaire gehen wollten, reichte das Kleingeld, das sie in ihren Taschen zusammenkratzten, nicht für vier Tassen. Sie gingen durch den Luxembourg in der Hoffnung, auf einen Buchhändler zu stoßen, und trafen wenigstens auf einen der bekanntesten Drucker der Zeit, von dem Lousteau vierzig Franc erbat und erhielt. Lousteau teilte die Summe in vier gleiche Teile, jeder der Schriftsteller nahm einen. Das Elend hatte bei Lucien allen Stolz, alles Gefühl erstickt; er weinte vor den drei Künstlern, während er ihnen seine Lage auseinandersetzte; aber es gab keinen unter den Genossen, der nicht von einem ebenso bitteren Drama erzählen konnte. Als jeder seine Beichte abgelegt hatte, fand es sich, daß der Dichter noch am wenigsten klagen durfte. Alle hatten sie das Bedürfnis, ihr Unglück und das zu vergessen, was das Unglück verdoppelt, die Gedanken. Lousteau eilte ins Palais Royal, um die neun Franc, die ihm geblieben waren, ans Spiel zu wenden. Der große Unbekannte ging, obwohl er eine reizende Geliebte hatte, in ein zwielichtiges Haus und gab sich dem Schlamm der Ausschweifungen hin. Vignon begab sich in den Petit Rocher de Cancale mit der Absicht, zwei Flaschen Bordeaux zu trinken und Vernunft und Gedächtnis zu ersticken. Lucien verließ Vignon an der Tür des Restaurants und lehnte die Einladung ab. Der große Mann aus der Provinz drückte dem einzigen Journalisten, der sich ihm nicht feindlich gezeigt hatte, die Hand, dabei zog sich sein Herz zusammen.

»Was soll ich tun?« fragte er ihn.

»Krieg ist Krieg«, erwiderte der Kritiker, »Ihr Buch ist gut, aber es hat Ihnen Neider gebracht, Sie werden lange und schwer zu ringen haben. Talent ist eine schreckliche Krankheit. Jeder Schriftsteller birgt in seinem Herzen ein Ungeheuer, das dem Bandwurm der Eingeweide gleicht: es nährt sich von Gefühlen. Wer siegt, der Mensch über die Krankheit oder die Krankheit über den Menschen? Sicher muß man ein großer Mensch sein, um das Gleichgewicht zwischen seinem Talent und seinem Charakter zu halten. Das Talent wächst, das Herz vertrocknet. Wenn man nicht ein Koloß ist, wenn man nicht die Schultern des Herakles hat, besitzt man zuletzt entweder kein Talent oder kein Herz. Sie sind schmächtig, Sie werden unterliegen«, schloß er und ging ins Restaurant.

Lucien versenkte sich auf dem Heimweg in dieses grausame Urteil, dessen tiefe Wahrheit ihm das Wesen des literarischen Betriebes erklärte.

›Geld! Geld!‹ schrie in ihm eine Stimme.

Er stellte auf sich selbst drei Wechsel von je tausend Franc aus auf ein, zwei und drei Monate, dann ahmte er auf das vollkommenste die Unterschrift David Séchards nach. Er indossierte sie, dann, am nächsten Tag, brachte er sie Métivier, dem Papierlieferanten der Rue Serpente, der sie, ohne Schwierigkeiten zu machen, diskontierte. Lucien schrieb ein paar Zeilen an den Schwager, um ihm diesen Angriff auf seine Kasse mitzuteilen, und versprach, wie gewohnt, die Deckung für den Fälligkeitstag.

Als seine und Coralies Schulden bezahlt waren, blieben dreihundert Franc, die der Dichter Bérénice anvertraute. Er bat sie, ihm nichts zu geben, auch wenn er sie darum anflehen würde; er fürchtete die Verlockung des Spieltisches. Von einer düsteren, kalten, schweigenden Wut beseelt, begann er seine glänzendsten Artikel zu schreiben, beim Schein der Lampe und am Bett Coralies. Während er die Gedanken suchte, erblickte er das angebetete Geschöpf, das weiß wie Porzellan, schön wie die Todgeweihten war, ihm mit blassen Lippen zulächelte. Ihre Augen glänzten wie die aller Frauen, die der Krankheit und dem Kummer erliegen. Lucien schickte seine Artikel an die Blätter; aber da er nicht in die Redaktionen gehen konnte, um den Herausgebern in den Ohren zu liegen, erschienen die Artikel nicht. Als er sich doch entschloß hinzugehen, empfing ihn Gaillard kalt; Gaillard hatte ihm Vorschüsse gezahlt und hielt sich später an diesem literarischen Diamanten schadlos. Jetzt sagte er zu Lucien:

»Geben Sie acht, mein Lieber, Sie haben keinen Geist mehr, lassen Sie sich nicht niederdrücken, geben Sie sich Schwung.«

»Dieser kleine Lucien hatte nur seinen Roman und seine ersten Artikel im Magen«, meinten Vernou, Merlin und alle, die ihn haßten, als bei Dauriat oder im Vaudeville die Rede auf ihn kam, »er schickt uns jämmerliche Sachen.«

Nichts im Magen haben ist eine heilige Formel bei den Zeitungsleuten. Ist dieses Urteil erst gefällt, dann geht der Versuch, es umzustoßen, fast über Menschenkräfte. Es wurde überall nachgesprochen und machte ihn zu einem erledigten Mann, ohne daß er etwas davon wußte, denn er hatte schwer genug an anderen Dingen zu tragen. Während er wie ein Galeerensklave arbeitete, wurden die auf den Namen David Séchards ausgestellten Wechsel fällig, und Lucien mußte sich bei Camusot Rat holen. Der frühere Beschützer Coralies war großmütig genug, Lucien zu beschützen. Diese entsetzliche Lage dauerte zwei Monate. Zu Beginn des dritten Monats erklärte Bianchon dem Dichter, daß Coralie verloren war, sie hatte nur noch wenige Tage zu leben. Bérénice und Lucien verbrachten sie weinend und konnten die Tränen vor dem armen Mädchen nicht verbergen, das vor Verzweiflung stöhnte. Ein seltsamer Rückschlag vollzog sich in ihr, sie verlangte, daß Lucien ihr einen Priester holte. Die Schauspielerin wollte sich mit der Kirche aussöhnen und starb in Frieden. Sie hatte ein christliches Ende, ihre Reue war aufrichtig. Ihr Todeskampf, ihr Tod nahmen Lucien den Rest seiner Kraft und seines Mutes. Sein Sessel stand zu ihren Füßen, er saß in völliger Erschlaffung darin und betrachtete sie unverwandt, dann sah er, wie die Hand des Todes ihr die Augen schloß. Es war fünf Uhr früh. Ein Vogel ließ sich auf den Blumentöpfen vor dem Fenster nieder und zwitscherte. Bérénice kniete vor Coralie und küßte ihr die Hand, die unter ihren Tränen erkaltete. Auf dem Kamin lagen elf Sou. Lucien stand auf und ging hinaus, von der Notwendigkeit getrieben, das Armenbegräbnis für seine Geliebte in Anspruch zu nehmen oder sich jemandem zu Füßen zu werfen, der Marquise d'Espard, Madame de Bargeton, dem Comte du Châtelet, Mademoiselle des Touches oder dem entsetzlichen Dandy de Marsay: Stolz und Kraft waren dahin. Um etwas Geld zu bekommen, wäre er Soldat geworden. Er hatte die schlaffe, zerfallende Haltung der Unglücklichen, als er zu Camille Maupin ging, unbekümmert um seine zerknitterten Kleider.

»Das gnädige Fräulein ist um drei Uhr zu Bett gegangen, und niemand würde wagen, zu ihr zu gehen, bevor sie klingelt«, erklärte ihm der Diener.

»Wann wird das sein?«

»Niemals vor zehn Uhr.«

Lucien schrieb nun einen jener furchtbaren Briefe, in denen die eleganten Bettler keine Rücksicht mehr nehmen. Er hatte eine solche Erniedrigung für unmöglich gehalten, als eines Abends Lousteau ihm von den Briefen erzählte, in denen die jungen Talente Finot anflehten; jetzt hatte er sich vielleicht noch tiefer gedemütigt. Nachdem er, ohne es zu wissen, unter dem Diktat der Verzweiflung ein Meisterwerk geschrieben hatte, kehrte er benommen und fiebernd zurück und traf unterwegs Barbet.

»Barbet, fünfhundert Franc?« fragte er und hielt ihm die Hand hin.

»Nein, zweihundert«, erwiderte der Buchhändler.

»Er hat doch Herz«, rief Lucien.

»Ja, aber auch ein Geschäft. Ich verliere viel Geld an Ihnen«, sagte Barbet und erzählte Lucien von dem Bankrott Fendants und Cavaliers; »liefern Sie etwas Einträgliches.«

Lucien zuckte zusammen.

»Sie sind Dichter, Sie verstehen sich doch auf jede Art von Versen«, erläuterte der Buchhändler, »im Augenblick brauche ich ein paar ausgelassene Lieder für eine Sammlung aus verschiedenen Autoren; es müssen ein paar neue darunter sein, damit ich nicht als Nachdrucker gelte; es gibt ein hübsches Heftchen, das für zehn Sou in den Gassen verkauft wird. Wenn Sie mir morgen zehn gute Trinklieder oder sonst etwas Knuspriges schicken, können Sie mit zweihundert Franc rechnen, mein Wort.«

Lucien ging nach Hause. Coralie lag steif auf dem Feldbett, eingehüllt in ein schlechtes Laken, das Bérénice weinend zunähte. Die dicke Normannin hatte vier Kerzen an den vier Enden des Bettes angezündet. Auf Coralies Gesicht blühte die Blume der Schönheit, die den Lebenden so sehr ans Herz greift, weil sie von einer vollkommenen Ruhe spricht: Die Tote glich den jungen Mädchen, die an der Bleichsucht kranken; bisweilen schien es, als würden sich die violettblauen Lippen öffnen und den Namen flüstern, der mit dem Gottes ihrem letzten Seufzer vorangegangen war: Lucien.

Lucien schickte Bérénice fort und ließ sie ein Begräbnis bestellen, das nicht mehr als zweihundert Franc kostete, einschließlich des Gottesdienstes in der ärmlichen Kirche Bonne Nouvelle.

Sobald Bérénice gegangen war, setzte der Dichter sich an den Tisch, unweit der Leiche seiner armen Freundin, und schrieb die zehn ausgelassenen Lieder auf die Melodien bekannter Gassenhauer. Er litt unerhörte Qualen, bevor er arbeiten konnte; aber zuletzt zwang er sich angesichts der bitteren Not zu der Vorstellung, daß es kein Leiden gab. Schon machte er Vignons Voraussage wahr und trennte Herz und Hirn. Was für eine Nacht, in der das arme Kind beim Licht der Totenkerzen und neben dem betenden Priester Reime suchte, die in den Schenken gesungen werden konnten. Als er das letzte Lied gefunden hatte, versuchte er es einer Modemelodie anzupassen. Der Priester und Bérénice fürchteten um seinen Verstand, als sie ihn diesen Rundgesang anstimmen hörten:

> Amis, la morale en chanson
> Me fatigue et m'ennuie;
> Doit-on invoquer la raison
> Quand on sert la Folie?

D'ailleurs tous les refrains sont bons
    Lorsqu'on trinque avec des lurons:
    Épicure l'atteste.
N'allons pas chercher Apollon
Quand Bacchus est notre échanson;
    Rions! buvons!
    Et moquons-nous du reste.

Hippocrate à tout bon buveur
Promettait la centaine.
Qu'importe, après tout, par malheur,
Si la jambe incertaine
Ne peut plus poursuivre un tendron,
Pourvu qu'à vider un flacon
    La main soit toujours leste?
Si toujours, en vrais biberons,
Jusqu'à soixante ans nous trinquons,
    Rions! buvons!
    Et moquons-nous du reste.

Veut-on savoir d'où nous venons,
La chose est très facile;
Mais, pour savoir où nous irons,
Il faudrait être habile.
Sans nous inquiéter, enfin,
Usons, ma foi, jusqu'à la fin
    De la bonté céleste!
Il est certain que nous mourrons;
Mais il est sûr que nous vivons:
    Rions! buvons!
    Et moquons-nous du reste.

Bianchon und d'Arthez traten bei den letzten Worten ein, Lucien brach in einen Strom von Tränen aus und hatte nicht mehr die Kraft, die Lieder ins reine zu übertragen. Als er unter Schluchzen seine Lage erklärt hatte, sah er Tränen in den Augen der Zuhörer.

»Das«, sagte d'Arthez, »löscht viele Fehler aus.«

»Glücklich, wer die Hölle hienieden findet«, setzte ernst der Priester hinzu.

Das schöne tote Mädchen, der Geliebte, der ihr mit Zoten ein Begräbnis kaufte, Barbet, der den Sarg bezahlte, die armen vier Kerzen an der Bahre einer Schauspielerin, deren Tanzröckchen und rote Strümpfe einst einen ganzen Saal zum Toben gebracht hatten, auf der Schwelle der Priester, der in die Kirche eilte, um für die mit Gott Versöhnte eine Messe zu lesen, für die, die viel geliebt hatte – dieses Schauspiel, erhaben und herzzerreißend in einem, diese Schmerzen, die der Not erlegen waren, ließen den großen Schriftsteller und den großen Arzt erstarren und sich stumm hinsetzen. Ein Lakai kam und meldete Mademoiselle des Touches an. Das schöne, großmütige Mädchen verstand alles, sie ging lebhaft auf Lucien zu, drückte ihm die Hand und ließ zwei Tausendfrancscheine hineingleiten.

»Zu spät«, sagte er mit dem Blick eines Sterbenden.

D'Arthez, Bianchon und Mademoiselle des Touches verließen Lucien erst, nachdem sie dem Verzweifelten mit den sanftesten Worten zugeredet hatten; er hörte kaum zu, alles in ihm war erloschen. Um Mittag fanden sich in der kleinen Kirche Bonne Nouvelle zur Totenfeier ein: der Freundeskreis ohne Chrestien, der aber inzwischen aufgeklärt worden war, Bérénice und Mademoiselle des Touches, zwei Statisten des Gymnase, Coralies Garderobenfrau und der tief ergriffene Camusot. Dann folgten die Männer dem Sarg bis zum Père-Lachaise. Camusot, der heiße Tränen weinte, schwor Lucien feierlich, ein immerwährendes Grab zu kaufen und darauf ein Säulchen zu setzen, auf dem die Worte stehen sollten:

CORALIE
Gestorben im Alter von neunzehn Jahren (August 1822)

Lucien blieb bis Sonnenuntergang allein auf dem Hügel, von dem er Paris überblickte. »Wer wird mich lieben?« fragte er sich. »Meine wahren Freunde verachten mich. Alles, was ich tat, schien der, die nun da liegt, edel und gut. Mir bleiben nur noch meine Schwester, David und meine Mutter. Was mögen sie von mir denken in ihrer fernen Stadt?«

Der arme große Mann aus der Provinz kehrte in die Rue de la Lune zurück, wo beim Anblick der leeren Zimmer sein Schmerz so heftig auflebte, daß er in ein häßliches Hotel derselben Gasse ging. Die zweitausend Franc von Mademoiselle des Touches und der Erlös aus dem Verkauf des Mobiliars deckten alle Schulden. Bérénice und Lucien konnten hundert Franc für sich behalten und zwei Monate davon leben. Lucien verbrachte diese Zeit in einer krankhaften Niedergeschlagenheit, er konnte nichts schreiben, nichts denken, er ließ sich und seinen Schmerz treiben, Bérénice hatte Mitleid mit ihm. Als er seine Mutter, seine Schwester und David erwähnte, fragte sie:

»Wenn Sie nun in Ihre Heimat zurückkehren wollten, wie kämen Sie dahin?«

»Zu Fuß«, antwortete er.

»Auch dann noch müssen Sie unterwegs essen und schlafen. Wenn Sie dreißig Kilometer am Tag gehen, brauchen Sie mindestens zwanzig Franc.«

»Ich bekomme sie«, erklärte er.

Er nahm seine Kleider und seine schöne Wäsche, behielt nur das, was er anhatte, und ging zu Samanon, der ihm für alles fünfzig Franc anbot. Er flehte den Wucherer an, ihm so viel zu geben, daß er die Postkutsche benutzen konnte; es war vergebens. In seiner Wut rannte Lucien sporenstreichs zu Frascati, versuchte sein Glück und kehrte ohne einen Sou heim. Als er sich in seinem elenden Zimmer in der Rue de la Lune wiederfand, bat er Bérénice um Coralies Schal. An seinen Blicken erkannte das gute Mädchen, dem Lucien den Spielverlust gebeichtet hatte, wozu der arme Dichter den Schal brauchte – er wollte sich erhängen.

»Sind Sie wahnsinnig?« fragte sie. »Gehen Sie jetzt aus, und kehren Sie um Mitternacht zurück, dann liegt das Geld bereit. Aber bleiben Sie auf den Boulevards, bleiben Sie den Quais fern.«

Lucien ging auf den Boulevards hin und her, stumpf vor Schmerz, betrachtete die Menschen, die Wagen, und trieb wie ein verwehtes Blatt in der Masse, in der jeder seinen Interessen folgte. Seine Gedanken versetzten ihn an die Ufer seiner Charente; er begann nach den Freuden der Familie zu dürsten und erlebte einen jener Anfälle von Stärke, die alle diese halb fraulichen Naturen täuschen – er wollte das Spiel nicht aufgeben, bevor sein Herz in das Herz Davids geleert und sich bei den drei Engeln, die ihm blieben, Rat geholt hatte.

Während er umherstreifte, sah er auf dem schmutzigen Boulevard Bonne Nouvelle, an der Ecke der Rue de la Lune, Bérénice im Sonntagskleid mit einem Mann sprechen.

»Was tust du?« fragte er, entsetzt über den Verdacht, der in ihm aufstieg.

»Hier sind zwanzig Franc, die mich teuer zu stehen kommen; aber Sie können reisen«, erwiderte sie und drückte vier

Fünffrancstücke in die Hand des Dichters, dann entfernte sie sich, ohne daß Lucien feststellen konnte, woher sie das Geld hatte. Zu seinem Lob sei gesagt, daß es ihm in der Hand brannte und daß er es zurückgeben wollte; aber er mußte es behalten, das letzte Brandmal, das Paris ihm aufdrückte.

Die Leiden des Erfinders

Am nächsten Tag ließ Lucien seinen Paß visieren, kaufte einen Wanderstock und fuhr für zehn Sou mit dem Omnibus nach Lonjumeau. Sein erstes Nachtlager schlug er ein paar Kilometer vor Arpajon im Stall eines Bauern auf. Als er Orléans erreicht hatte, fühlte er sich schon todmüde, aber für drei Franc fuhr ihn ein Schiffer nach Tours, und während der Fahrt kostete ihn sein Unterhalt nur zwei Franc. Von Tours nach Poitiers brauchte er fünf Tage. Hinter Poitiers besaß er nur noch fünf Franc, raffte aber seine letzten Kräfte zusammen. Eines Tages überraschte ihn die Nacht am Fuß eines Hügels, als er durch eine Schlucht einen Wagen heraufkommen sah. Ohne vom Postillion, dem Reisenden und dem Diener auf dem Sitz bemerkt zu werden, kauerte er sich zwischen zwei Bündeln nieder und schlief ein, nachdem er sich, so gut es ging, gegen die Stöße gesichert hatte. Die Sonne, die ihm in die Augen schien, und Stimmen weckten ihn. Er erkannte Mansle, die kleine Stadt, in der er vor achtzehn Monaten, das Herz voll Liebe, Hoffnung und Freude, auf Madame de Bargeton gewartet hatte. Jetzt war er von Neugierigen und Postillionen umringt und begriff, daß man ihn zur Rede stellen würde. Er sprang herab und begann zu erklären, da schnitten ihm zwei Reisende, die aus der Kalesche gestiegen waren, das Wort ab, er erblickte den neuen Präfekten, den Comte Sixte du Châtelet, und dessen Frau, Louise de Nègrepelisse.

»Wenn wir gewußt hätten, welchen Reisegenossen der Zufall uns gab!« sagte die Comtesse. »Steigen Sie zu uns ein.«

Lucien grüßte kalt das Paar, dem er einen zugleich demütigen und drohenden Blick zuwarf; er verschwand auf einem Seitenweg und suchte einen Pachthof, wo er Brot und Milch bekam, ausruhen und sich ungestört über seine Zukunft klarwerden konnte. Er besaß noch drei Franc. Der Dichter der *Marguerites* wanderte, vom Fieber getrieben, lange Zeit, er folgte dem Fluß abwärts und beobachtete den Wechsel der Landschaft, die immer malerischer wurde. Gegen Mittag kam er an eine Erweiterung des Flusses, Weiden umringten eine Art See. Er blieb stehen, um das frische, dichte Gebüsch zu betrachten, das seiner Seele wohltat. An einem Wasserarm lag eine Mühle und neben ihr ein Haus, zwischen den Bäumen schaute das mit Stroh bedeckte Dach heraus. Der ganze Schmuck dieser Wohnstätte waren ein paar Büsche aus Jasmin, Geißblatt und Hopfen, ringsum leuchteten die Blüten des Phloxes und viele andere saftige Pflanzen. Netze waren auf der Futtermauer ausgespannt, Enten schwammen in dem klaren Becken hinter der Mühle. Auf einer ländlich einfachen Bank saß eine gute dicke Frau, die strickte und ein nach Hühnern jagendes Kind bewachte.

»Liebe Frau«, sagte Lucien, »ich bin todmüde, ich habe Fieber und in der Börse nur drei Franc; wollen Sie mich eine Woche lang aufnehmen? Ich brauche nur Brot und Milch und als Lager ein wenig Stroh. Bis dahin habe ich Zeit, einen Brief zu schreiben, und bekomme Geld von meinen Verwandten, oder sie werden mich holen.«

»Warum nicht«, erwiderte sie, »vorausgesetzt, daß mein Mann einverstanden ist – He, Vater!«

Der Müller kam hervor, betrachtete Lucien und sagte, während er seine Pfeife aus dem Mund nahm: »Drei Franc für die Woche – geradesogut kann ich Sie umsonst aufnehmen.«

›Zu guter Letzt ende ich noch als Müllerknecht‹, dachte der Dichter beim Anblick der reizenden Landschaft, dann legte er sich in das Bett, das die Müllerin ihm bereitet hatte, und schlief, bis seine Wirte einen Schrecken bekamen.

»Courtois, geh und schau, ob der junge Mensch tot ist, jetzt schläft er vierzehn Stunden, ich wage gar nicht hinzugehen«, sagte die Müllerin am nächsten Mittag.

»Ich denke«, meinte der Müller, während er seine Netze ausspannte, »dieser hübsche Bursche könnte gut irgendein davongelaufener Komödiant ohne Hab und Gut sein.«

»Warum meinst du, Vater?« fragte die Müllerin.

»Meiner Seel, ein Prinz oder ein Minister ist er nicht, auch kein Abgeordneter oder ein Bischof, warum sind dann seine Hände so weiß wie die von jemandem, der nichts tut?«

»Mich wundert nur, daß der Hunger ihn nicht weckt«, sagte die Müllerin, die das Frühstück für den unverhofften Gast bereitet hatte. »Ein Komödiant? Wohin sollte er gehen? Für den Jahrmarkt in Angoulême ist es noch nicht Zeit.«

Weder der Müller noch die Müllerin konnten sich vorstellen, daß es außer Komödiant, Prinz oder Bischof einen Menschen gibt, der zugleich Prinz und Komödiant ist und der das hohe Priesteramt versieht: der Dichter, der nichts zu tun scheint und trotzdem über die Menschen herrscht, wenn es ihm gelang, sie darzustellen.

»Was könnte er sonst sein?« fragte Courtois seine Frau.

»Am Ende ist es gar gefährlich, ihn ins Haus zu nehmen?« erwiderte die Müllerin.

»Die Diebe sind aufgeweckter, wir wären schon längst ausgeplündert«, erklärte der Müller.

»Ich bin weder Prinz noch Dieb, noch Bischof, noch Schauspieler«, sagte Lucien traurig, der plötzlich vor ihnen stand und zweifellos aus dem Fenster das Zwiegespräch der Ehegatten angehört hatte, »ich bin nur ein müder junger Mann, der von Paris bis hierher zu Fuß gegangen ist. Ich heiße Lucien de Rubempré und bin der Sohn des Monsieur Chardon, der die Apotheke in l'Houmeau besaß, die heute Monsieur Postel gehört. Meine Schwester hat David Séchard geheiratet, er ist Buchdrucker in Angoulême und wohnt an der Place du Mûrier.«

»Warten Sie«, sagte der Müller, »ist der Drucker nicht der Sohn des alten Schlaukopfs, der in Marsac wirtschaftet?«

»Ganz recht«, antwortete Lucien.

»Das nenn ich einen Vater«, fuhr Courtois fort. »Er läßt, wie man sagt, alles bei seinem Sohn pfänden und hat dabei einen Besitz, der mehr als zweihunderttausend Franc wert ist. Das, was er im Sparstrumpf hat, nicht gerechnet.«

Wenn Seele und Leib in einem langen schmerzhaften Kampf gebrochen worden sind, tritt entweder der Tod oder ein ihm ähnlicher Zustand der Vernichtung ein, der aber denen, die noch Widerstandskraft besitzen, erlaubt, die Kräfte von neuem zu sammeln. Lucien brach fast zusammen, als er diese erste unbestimmte Nachricht von dem Unglück Davids erhielt.

»O meine Schwester«, rief er, »was habe ich getan, mein Gott! Ich bin ein Schurke!«

Bleich und schlaff wie ein Toter sank er auf eine Bank; die Müllerin brachte ihm eilends eine Schüssel Milch, die er trinken mußte. Er aber bat den Müller, ihm bis zum Bett zu helfen und ihm zu verzeihen, daß er in seinem Hause sterbe; er glaubte in der Tat, seine letzte Stunde sei gekommen. Als er die Hand des Todes auf seiner Schulter fühlte, wurde der unbekümmerte Dichter von religiösen Vorstellungen ergriffen, er wünschte, den Pfarrer zu sehen, zu beichten und die Sakramente zu empfangen. Auf die Frauen macht es Eindruck, wenn ein so hübscher Mensch mit schwacher Stimme solche Seufzer ausstößt; Madame Courtois fühlte sich zutiefst ergriffen.

»Höre, Mann«, sagte sie, »nimm ein Pferd und hole Monsieur Marron, den Doktor in Marsac, er wird uns sagen, was dem jungen Mann fehlt, der mir gar nicht in guter Verfassung zu sein scheint, und du kannst zugleich den Pfarrer mitbringen; vielleicht wissen sie besser als du, was es mit dem Drucker auf sich hat, Postel ist ja der Schwiegersohn von Marron.«

Courtois machte sich auf den Weg, und die Müllerin, die, wie alle Menschen auf dem Land, von der Überzeugung durchdrungen war, daß Krankheit Nahrung verlangt, fütterte Lucien, der sie walten ließ. Die heftigen Gewissensbisse, die in ihm wühlten, retteten ihn aus der gefährlichen Niedergeschlagenheit.

Courtois' Mühle lag ein paar Kilometer von Marsac, dem Hauptort des Bezirks, entfernt auf halbem Weg zwischen Mansle und Angoulême; es dauerte daher nicht lange, bis der brave Müller mit Arzt und Pfarrer aus Marsac zurückkam. Die beiden Herren hatten von der Verbindung Luciens mit

Madame de Bargeton reden hören, und da das ganze Departement im Augenblick über die Heirat dieser Dame und ihre Rückkehr nach Angoulême an der Seite des neuen Präfekten sprach, so erweckte die Nachricht, daß Lucien sich bei dem Müller befand, in beiden den heftigen Wunsch, die Gründe zu erfahren, die die Witwe des Monsieur de Bargeton gehindert hatten, den jungen Dichter, mit dem sie doch geflohen war, zu heiraten, und festzustellen, ob er in die Heimat zurückkehrte, um seinem Schwager David Séchard Hilfe zu leisten. Die Neugierde, die Menschlichkeit: alles vereinigte sich, um dem sterbenden Dichter raschen Beistand zu sichern. Zwei Stunden nach dem Aufbruch des Müllers hörte Lucien auf der steinigen Landstraße die rostigen Töne, die das Wägelchen des Landarztes hervorbrachte. Die beiden Marrons tauchten gleich danach auf, der Arzt war der Neffe des Pfarrers. Lucien sah sich Leuten gegenüber, die mit Davids Vater so gut bekannt waren, wie in einem Winzerstädtchen zwei Nachbarn sein können. Nachdem der Arzt den Sterbenden untersucht, ihm Puls und Zunge geprüft hatte, warf er der Müllerin einen Blick zu, der ihre Unruhe zerstreute.

»Madame Courtois«, sagte er, »wenn Sie, woran ich nicht zweifele, im Keller eine gute Flasche Wein und in Ihrem Fischkasten einen fetten Aal haben, so opfern Sie beide dem Kranken, dessen ganze Krankheit in einer Erschöpfung besteht. Nachher wird unser großer Mann wieder gesund sein.«

»Ach, Doktor«, sagte Lucien, »mein Übel sitzt nicht im Körper, sondern in der Seele, und diese braven Menschen haben etwas gesagt, das mir das Herz bricht, denn meiner Schwester, Madame Séchard, muß ein Unglück zugestoßen sein. Im Namen Gottes, Sie, Postels Schwiegervater, müssen etwas von David Séchard wissen.«

»Séchard? Er sitzt sicher im Gefängnis«, antwortete der Arzt, »sein Vater hat sich geweigert, ihm beizustehen.«

»Im Gefängnis?« rief Lucien. »Und warum?«

»Wegen Wechsel, die aus Paris kamen und die er sicher vergessen hatte, obwohl er als ein Mann gilt, der recht gut weiß, was er tut«, sagte Monsieur Marron.

»Lassen Sie mich, ich bitte Sie, allein mit dem Herrn Pfarrer«, bat Lucien, auf dessen Gesicht sich Verzweiflung malte.

Der Arzt, der Müller und seine Frau gingen hinaus. Als Lucien sich mit dem alten Priester allein sah, sagte er:

»Ich verdiene den Tod, den ich kommen spüre, und ich bin ein elender Sünder, der sich in die Arme der Religion wirft. Ich und kein anderer bin der Henker meiner Schwester und meines Bruders, denn David Séchard ist ein Bruder für mich! Ich habe Wechsel ausgestellt, die David nicht bezahlen konnte! Ich habe ihn zugrunde gerichtet. In dem entsetzlichen Unglück, das über mir zusammenschlug, vergaß ich dieses Verbrechen. Es gab zwar Schwierigkeiten, aber sie wurden durch das Eingreifen eines Millionärs beigelegt – ich glaubte, er hätte die Wechsel bezahlt, das scheint ein Irrtum gewesen zu sein.«

Und Lucien erzählte sein Unglück. Als er die fieberhafte, eines Dichters würdige Erzählung beendet hatte, beschwor er den Pfarrer, nach Angoulême zu gehen und sich bei Ève, seiner Schwester, und Madame Chardon, seiner Mutter, nach dem wahren Stand der Dinge zu erkundigen und festzustellen, ob noch etwas getan werden konnte.

»Bis zu Ihrer Rückkehr, Herr Pfarrer«, sagte er, heiße

Tränen weinend, »kann ich mich am Leben halten, und wenn meine Mutter, meine Schwester und David mich nicht verstoßen, werde ich nicht sterben.«

Die Beredsamkeit des Parisers, die Tränen dieser bitteren Reue, der blasse, schöne junge Mensch, der an seiner Verzweiflung sterben wollte, der Bericht der Leiden, die über das menschliche Maß hinausgingen, alles erregte das Mitleid und das Interesse des Priesters.

»In der Provinz wie in Paris«, sagte er, »muß man nur die Hälfte der Gerüchte glauben. Der alte Séchard, unser Nachbar, hat vor drei Tagen Marsac verlassen, wahrscheinlich ist er damit beschäftigt, die Angelegenheiten seines Sohnes in Ordnung zu bringen. Ich gehe nach Angoulême und bringe Ihnen Nachricht, ob Sie zu Ihrer Familie zurückkehren können, der ich berichten will, wie lebhaft Sie Ihre Vergehen bereuen.«

Der Pfarrer wußte nicht, daß seit anderthalb Jahren Lucien so oft bereut hatte, daß diese Reue, mochte sie noch so heftig sein, keinen anderen Wert besaß als den einer vollkommen gut und obendrein vollkommen aufrichtig gespielten Szene.

Der Pfarrer nahm in Ruffec die Postkutsche nach Angoulême. Angesichts der Sorgfalt, mit welcher der ehemalige Apotheker dem Greis aus dem vorsintflutlichen Wagen half, hätte der stumpfsinnigste Beobachter erraten, daß Monsieur und Madame Postel in ihm den Erbonkel sahen.

»Haben Sie gefrühstückt, wollen Sie etwas? Wir erwarteten Sie nicht, aber Sie können sich denken, wie erfreut wir sind...«

Es folgten tausend Fragen auf einmal. Madame Postel war

dazu geboren, einen Apotheker aus l'Houmeau zu heiraten. Sie war ebenso klein wie Postel und hatte die roten Backen eines auf dem Lande erzogenen Mädchens; ihre ganze Schönheit bestand in ihrer großen Frische, die roten Haare, die tief in die Stirn hineinwuchsen, die gewöhnlichen Manieren und die einfache Sprache, das runde Gesicht, die fast gelben Augen: alles bewies, daß sie wegen ihrer Aussichten auf eine gute Erbschaft geheiratet worden war. Kaum ein Jahr nach der Hochzeit gab sie den Ton im Hause an, und Postel stand offenbar schon unter dem Pantoffel der Erbin. Madame Léonie Postel, geborene Marron, nährte einen Sohn, die Liebe des alten Pfarrers, des Doktors und Postels, ein schreckliches Kind, das alle Züge seiner Eltern aufwies.

»Also, Onkel, was führt Euch nach Angoulême?« fragte Léonie. »Jedenfalls seid Ihr nicht unsretwegen gekommen, da Ihr nichts nehmt und gleich wieder aufbrechen wollt.«

Als der würdige Geistliche die Namen Ève und David Séchard ausgesprochen hatte, errötete Postel, und seine Frau gab durch einen Blick die pflichtgemäße Eifersucht einer Frau zu erkennen, die ihres Mannes sicher ist.

»Was haben die Leute denn getan, damit Sie sich in ihre Angelegenheiten mischen, Onkel?« erkundigte sich Léonie ziemlich spitz.

»Sie sind unglücklich, meine Tochter«, erwiderte der Pfarrer und berichtete, in welchem Zustand sich Lucien bei den Courtois befand.

»Der arme Junge!« rief Postel. »Und doch hatte er Gaben und war so ehrgeizig. Er zog aus, ein Königreich zu suchen, und kehrt am Bettelstock zurück. Aber was will er hier? Seine Schwester ist im schlimmsten Elend, denn alle diese

Genies, dieser David genauso wie Lucien, verstehen nichts von den Geschäften. Wir haben von ihm im Gericht gesprochen, und als Richter mußte ich sein Urteil unterschreiben. Es tat mir weh genug! Ich weiß nicht, ob Lucien unter den gegenwärtigen Umständen zu seiner Schwester gehen kann; in jedem Fall aber ist das Kämmerchen, in dem er hier wohnte, frei, und ich biete es ihm gern an.«

»Gut, Postel«, sagte der Priester, setzte seinen Dreispitz auf, drückte das Kind, das in Léonies Armen schlief, an sich und ging.

»Sie werden gewiß mit uns essen, Onkel«, sprach Madame Postel, »denn Sie werden nicht so schnell fertig sein, wenn Sie die Angelegenheiten dieser Leute da in Ordnung bringen wollen. Mein Mann wird Sie in seinem Wägelchen mit seinem kleinen Pferd zurückbringen.«

Die beiden Gatten schauten ihrem kostbaren Großonkel nach, wie er sich nach Angoulême entfernte.

»Er hält sich ganz gut für sein Alter«, sagte der Apotheker.

Während der ehrwürdige Geistliche die Anhöhen von Angoulême hinaufsteigt, erscheint es angebracht, das Flechtwerk von Interessen zu beschreiben, in das er den Fuß setzen sollte.

David Séchard, dieser Stier, der so mutig und klug war wie das Tier des Evangelisten, wollte nach der Abreise Luciens rasch das große Vermögen machen, das er sich, weniger um seinetwillen als für Ève und Lucien, eines Abends am Ufer der Charente gewünscht hatte – am Tag seiner Verlobung mit Ève.

Seiner Frau die Eleganz und den Reichtum zu Füßen legen, die ihr gebührten, mit allen Kräften dem Ehrgeiz ihres Bruders dienen, das war das Programm, das mit flammenden Buchstaben vor seinen Augen geschrieben stand. Die Zeitungen, die Politik, die ungeheure Entwicklung des Buchhandels, der Literatur und der Wissenschaft, die wachsende Neigung zur öffentlichen Behandlung aller Interessen des Landes, die soziale Bewegung, die mit der Restauration einsetzte, das alles mußte einen Papierverbrauch herbeiführen, der zehnmal größer war als der von dem berühmten Ouvrard zu Beginn der Revolution aus ähnlichen Gründen berechnete. 1821 aber gab es in Frankreich zu viele Papierfabriken, als daß es möglich gewesen wäre, sich zu ihrem ausschließlichen Besitzer zu machen, wie noch Ouvrard es getan hatte, der sich der hauptsächlichsten Unternehmungen bemächtigte und ihre Produkte beschlagnahmte. David besaß weder die Kühnheit noch das Kapital, das zu einem solchen Versuch nötig gewesen wäre. Gerade begann man in England Papier in jeder Länge herzustellen. Daher war es vordringlich geworden, die Papierherstellung den Bedürfnissen der französischen Gesellschaft anzupassen, welche drohte, die Diskussion in alle Bereiche auszudehnen und auf einer unablässigen Äußerung des individuellen Denkens zu beharren, was ein wahres Unglück ist; denn die Völker, die viel und lange überlegen, kommen nicht zum Handeln. Und es traf sich eigenartig: Während Lucien in den Rädern des mechanischen Ungetüms Zeitung zerfetzt und an Ehre und Intelligenz geschädigt wurde, sann David in seiner Provinz den materiellen Auswirkungen des Aufschwungs der Presse nach. Die geistige Richtung war gegeben – er wollte ihr die mechanischen Mittel schaffen. Wie richtig sein Gedanke war, durch die billige Herstellung von Papier ein Vermögen zu machen, ergibt sich daraus, daß in den letzten fünfzehn Jahren dem Patentamt mehr als hundert Vorschläge, neue Substanzen in die Papierfabrikation einzuführen, vorgelegt wurden. Mehr als je von der Nützlichkeit und Einträglichkeit dieser sich in der Stille vollziehenden Entdeckung überzeugt, wandte er nach der Abreise seines Schwagers alle Kräfte an sie.

Da die Heirat und die Unterstützung Luciens seine Hilfsmittel erschöpft hatten, befand er sich gleich zu Anfang in den dürftigsten Verhältnissen. Er hatte für die Bedürfnisse der Druckerei tausend Franc zurückgelegt, schuldete aber einen Wechsel in gleicher Höhe Postel, dem Apotheker. So stand dieser gründliche Denker vor einem doppelten Problem: Er mußte erfinden, und zwar sofort; er mußte von den Gewinnen seinen Haushalt und sein Geschäft bestreiten. Keine geringere Anforderung wurde an ihn gestellt, als die Not im Hause, die hungernde Familie, die tausend Anforderungen der Werkstatt zu vergessen und die unbekannten Reiche der Natur zu durchstreifen, mit der Glut und der Begeisterung des Gelehrten einem Geheimnis nachzuspüren, das sich bis jetzt noch immer allen Nachforschungen entzog. Wie man sehen wird, haben die Erfinder leider noch ganz andere Übel zu ertragen, nicht mit eingeschlossen die Undankbarkeit der Massen, vor denen die Müßiggänger und Unfähigen den Mann von Genie mit den Worten abtun: Er war zum Erfinder geboren, er konnte nicht anders! Man braucht ihm sowenig für seine Entdeckung zu danken wie einem Mann, der als Prinz geboren wurde! Er übt seine natürlichen Fähigkeiten aus! Und im übrigen hat er seine Belohnung in der Arbeit selbst gefunden!

Die Heirat ruft im Leben eines jungen Mädchens tiefe seelische und körperliche Umwälzungen hervor; verheiratet es sich unter den bürgerlichen Bedingungen des Mittelstandes, so muß es zu allem anderen auch noch ganz neue Interessen studieren und auch Geschäftsfrau werden; so kommt für dieses Mädchen unvermeidlich eine Zeit, in der es beobachtet, ohne zu handeln. In seiner Liebe zu seiner Frau verzögerte David zum Unglück die Erziehung Èves; er wagte nicht, sie in den Stand der Dinge einzuweihen, weder am Tag nach der Hochzeit noch in der nächsten Zeit. Trotz der schrecklichen Niedergeschlagenheit, zu der ihn der Geiz seines Vaters verurteilte, konnte sich der arme Buchdrucker nicht dazu entschließen, die Freuden des Honigmonats dadurch zu stören, daß er seine Frau in die Mühen eines Handwerks einführte und ihr die Einsichten ermöglichte, die sie als Frau eines Geschäftsmannes brauchte.

So kam es, daß die tausend Franc weniger durch die Werkstatt als durch den Haushalt aufgezehrt wurden. Davids Sorglosigkeit und Èves Unwissenheit dauerten drei Monate! Das Erwachen war schrecklich. Als der Wechsel Postels fällig wurde, war die Wirtschaft ohne Geld; Ève kannte den Grund zu gut, als daß sie nicht ihren Brautschmuck und ihr Silberzeug geopfert hätte. Am Abend des Fälligkeitstages verlangte sie, in die Lage eingeweiht zu werden, hatte David doch schon einmal Andeutungen gemacht. Vom zweiten Monat seiner Ehe an verbrachte er den größten Teil des Tages im Schuppen, in einem kleinen Raum, in dem er seine Rollen zu gießen pflegte. Drei Monate nach seiner Ankunft in Angoulême hatte er die Methode, die Lettern zu betupfen, abgeschafft und den zylindrischen Schwärzer eingeführt, der die Schwärze mit Hilfe von Rollen verteilte, die aus festem Leim und Melasse hergestellt wurden.

Diese erste Verbesserung des Druckens sprang derart in die Augen, daß die Brüder Cointet sie sofort aufgriffen.

David hatte an die mittlere Wand dieser Küche einen Herd mit kupfernem Kessel bauen lassen; er gab vor, er brauche weniger Kohlen, um seine Walzen einzuschmelzen; in Wahrheit reihten sich die rostigen Formen längs der Wand, und er schmolz sie nie zweimal ein. Er brachte an diesem Raum nicht nur eine kräftige Eichentür an, die innen mit Eisenblech beschlagen war, sondern ersetzte auch die schmutzigen Scheiben des Fensters durch gerilltes Glas, so daß von draußen niemand sein Tun beobachten konnte. Beim ersten Wort, das Ève an David wegen ihrer Zukunft richtete, betrachtete er sie unruhig, dann sagte er:

»Mein liebes Kind, ich weiß alles, was du dir denken kannst angesichts der verödeten Druckerei und meiner anscheinenden Untätigkeit; aber schau dorthin, dort liegt unsere Zukunft.«

Er führte sie ans Fenster und zeigte auf den Schuppen.

»Wir werden noch ein paar Monate darben müssen; wappne dich mit Geduld, und laß mich die Aufgabe lösen, die ich mir gestellt habe, sie wird unserem Elend ein Ende setzen.«

David war ein so guter Mensch, daß man ihm aufs Wort glaubte. Die arme Frau, die wie alle Hausfrauen in den täglichen Sorgen aufging, tat alles, um diese Sorgen von ihrem Gatten fernzuhalten. Sie verließ daher das hübsche in Blau und Weiß gehaltene Zimmer, in dem sie sich mit weiblichen Arbeiten beschäftigte und mit der Mutter plauderte, um sich in einen der Holzverschläge der Werkstatt zu setzen und der geschäftigen Dinge anzunehmen – eine Aufopferung, die um so größer war, als sie sich schwanger fühlte.

Schon vor Monaten hatten die unentbehrlichen Arbeiter die Setzerei verlassen. Mit Aufträgen überhäuft, zogen die Brüder Cointet nicht nur aus dem ganzen Kreis Arbeitskräfte an, die durch die Aussicht auf Überstunden verführt wurden, sondern auch aus Bordeaux, das vor allem Lehrlinge schickte, die sich für gewandt genug hielten, um die schweren Bedingungen der Lehrzeit zu ertragen. Ève standen nur noch drei Personen zur Verfügung. Zuerst Cérizet, der Lehrling, den David aus Paris mitgebracht hatte; dann Marion, die die Rolle eines Wachhundes im Haus spielte; und schließlich Kolb, ein Elsässer, der bei den Didots die gröbsten Arbeiten ausgeführt hatte, bis ihn der Militärdienst nach Angoulême verschlug, wo David ihn, gegen Ende seiner Zeit, bei einer Parade wiedererkannte. Kolb hatte David aufgesucht und sich in die dicke Marion verliebt, bei der er alle Eigenschaften entdeckte, die ein Mann seiner Klasse von einer Frau verlangt: die kräftige Gesundheit, die ihre Backen bräunte; die männliche Gestalt, die zur Folge hatte, daß Marion einen schweren Setzkasten mit Leichtigkeit hob; die fromme Rechtschaffenheit, an der die Elsässer festhalten; die Hingabe an ihre Herren, die einen guten Charakter verrät, und zuletzt die Sparsamkeit, der sie eine kleine Summe von tausend Franc, Wäsche, Kleider und anderen Besitz verdankte, alles von größter Sauberkeit. Groß und fleischig, sechsunddreißig Jahre alt, stolz auf die Neigung eines Kürassiers von fünf Fuß sieben Zoll, gut gebaut, stark wie eine Festung, das war Marion, die Kolb ohne Mühe überredete, Drucker zu werden.

Als der Elsässer endgültig vom Militär entlassen wurde, machten Marion und David einen brauchbaren »Bären« aus ihm, obwohl er weder lesen noch schreiben konnte. Für die wenigen Aufträge, die in diesem Vierteljahr aus der Stadt kamen, hätte Cérizet genügt. Zugleich Setzer, Korrektor und Drucker, verkörperte er das, was Kant die Dreidimensionalität der Erscheinungen nennt; dazu schrieb er die Rechnungen aus. Aber meistens war er ohne Arbeit, las hinter seinem Gitter Romane und wartete auf die Bestellung eines Anschlags oder einer Todesanzeige. Marion, die von dem alten Séchard ausgebildet worden war, schnitt das Papier, feuchtete es an, half Kolb beim Drucken, glättete die Bogen und beschnitt sie, was ihrer Sorge um die Küche keinen Abbruch tat, sie ging in aller Frühe auf den Markt.

Als Ève sich von Cérizet über das erste Halbjahr Rechnung ablegen ließ, ergab sich eine Einnahme von sechshundert Franc. Da Cérizet täglich zwei Franc, Kolb einen erhielt, so beliefen sich die Ausgaben auf den gleichen Betrag. An Material hatten die Aufträge hundertundeinige Franc gekostet: Ève erkannte, daß David in den ersten sechs Monaten ihrer Ehe weder die Miete noch die Zinsen für das festgelegte Kapital, noch Marions Lohn, noch die Schwärze, noch die hundert anderen in der Druckerei benötigten Artikel verdient hatte, die fortwährend erneuert werden mußten.

Ève erriet, wie wenig sich aus dieser Druckerei holen ließ, die durch die Betriebsamkeit der Brüder Cointet stillgelegt wurde; die Cointets waren zugleich Papierfabrikanten, Journalisten, Lieferanten des Bischofs und Präfekten und zudem der Stadtkundschaft. Das Blatt, das vor zwei Jahren Séchard Vater und Sohn für zweiundzwanzigtausend Franc verkauft hatten, brachte jetzt im Jahr achtzehntausend ein. Ève durchschaute den Edelmut der Cointets, die aus Berechnung der Séchardschen Druckerei gerade so viele Aufträge ließen, daß sie ihr Dasein fristen, ihnen aber nicht Konkurrenz machen konnten. Sie begann ihre Tätigkeit damit, daß sie eine genaue Aufnahme aller Werte durchführte. Kolb, Marion und Cérizet mußten die Werkstatt ordnen und reinigen. Dann, eines Abends, als David von einem Ausflug aufs Land mit einer alten Frau zurückkehrte, die ihm ein mächtiges in Wäsche eingeschlagenes Paket trug, verlangte sie Vorschläge, um aus den Abfällen, die sein Vater zurückgelassen hatte, etwas herauszuschlagen, und versprach, alles allein zu tun. Er riet ihr, darauf in zwei Spalten und auf eine einzige Seite die volkstümlichen Legenden zu drucken und mit der Hand zu färben, die man in den Hütten der Bauern an den Wänden findet: die Geschichte vom Ewigen Juden, von Robert dem Teufel, von der schönen Magelone, dazu ein paar Heiligenwunder.

Kolb wurde Kolporteur, Cérizet verlor nicht einen Augenblick, sondern setzte vom Morgen bis zum Abend diese naiven Geschichten mitsamt ihrem plumpen Schmuck. Marion zog ab, Ève kolorierte, ihre Mutter übernahm die häuslichen Arbeiten. Dank der Energie und der Rechtschaffenheit Kolbs verkaufte Madame Séchard innerhalb von zwei Monaten in Angoulême und Umgebung dreitausend Stück; die Herstellungskosten betrugen dreißig Franc, die Einnahmen, bei einem Preis von zwei Sou für das Stück, dreihundert Franc. Als aber alle Hütten und Schenken mit diesen Legenden eingedeckt waren, galt es, eine andere Ausbeutungsmöglichkeit zu finden, denn der Elsässer konnte das Departement nicht verlassen.

Ève, die alles in der Druckerei umdrehte, stieß auf die Figuren eines sogenannten Hirtenalmanachs, worin die Gegenstände durch Zeichen, Bilder und rot, schwarz, blau bemalte Stiche dargestellt wurden. Der alte Séchard, der weder lesen noch schreiben konnte, hatte einst viel Geld mit dem Druck dieses Heftes verdient, das für die des Lesens und Schreibens Unkundigen bestimmt war. Der Almanach, der einen Sou kostete, besteht in einem vierundsechzigmal gefalteten Bogen von doppelt so vielen Seiten. Madame Séchard beschloß, etwas zu wagen und eine Auflage von hundert Ries herzustellen. Das bedeutete, daß fünfzigtausend Almanache zu verkaufen und zweitausend Franc zu verdienen waren.

Trotz seiner Geistesabwesenheit entging es David doch nicht, daß in der Werkstatt eine Presse ächzte und Cérizet immer, unter Anleitung seiner Frau, am Kasten stand. Als er die Idee des Almanachs ausgezeichnet fand, triumphierte Ève. Er versprach, sich um die Verwendung der verschiedenen Farben zu kümmern, die bei dem Almanach, wo alles ins Auge springen mußte, eine große Rolle spielten. Und er wollte selbst in seinem geheimnisvollen Zufluchtsraum die Rollen einschmelzen, um seiner Frau bei dieser großen kleinen Unternehmung soviel wie möglich zu helfen.

Als man im schönsten Eifer war, kamen die verzweifelten Briefe, durch die Lucien der Mutter, der Schwester und dem Schwager Mitteilung von seinem Mißerfolg und seinen schlechten Verhältnissen machte. Indem die drei dem verzogenen Kind dreihundert Franc schickten, zapften sie sich ihr Herzblut ab. Niedergeschmettert von den Nachrichten Luciens und verzweifelt feststellend, wie wenig sie mit so viel

Arbeit verdienten, konnte Ève eine Regung des Schreckens nicht unterdrücken, als das Ereignis eintrat, das in einer jungen Ehe als Gipfel der Freude gilt. Sie wurde Mutter – was sollte geschehen, wenn David bis dahin sein Ziel nicht erreicht hatte? Und wer sollte sich der Druckerei annehmen, die eben auf dem Wege war, sich zu erholen?

Der Hirtenalmanach mußte lange vor Januar fertig sein, aber Cérizet, auf dem die ganze Zusammenstellung ruhte, arbeitete mit einer Langsamkeit, die Ève um so verzweifelter machte, als sie nicht genug vom Drucken verstand, um ihm Vorwürfe machen zu können; sie begann aber, den jungen Pariser im Auge zu behalten. Cérizet, ein Findelkind, war im Waisenhaus aufgewachsen und zu den Didots als Lehrling gekommen. Zwischen seinem vierzehnten und siebzehnten Jahr wurde er einem der geschicktesten Arbeiter unterstellt, von David als Buchdrucker ausgebildet. David interessierte sich für den aufgeweckten Jungen und erwarb sich seine Zuneigung, indem er ihm zu ein paar Freuden und Vergnügungen verhalf, von denen der Mittellose ausgeschlossen war.

Cérizet, der eine hübsche, etwas schmächtige Figur, einen roten Schopf und mattblaue Augen besaß, hatte die Sitten der Pariser Gassenjungen in Angoulême eingeführt. Sein spöttischer, lebhafter Geist, seine Bosheit machten ihn gefürchtet. David beaufsichtigte ihn hier weniger als in Paris; sei es, daß er in den Ältergewordenen größeres Vertrauen setzte, sei es, daß der Drucker auf den Einfluß der Provinz zählte. In Wahrheit war Cérizet für drei oder vier kleine Arbeiterinnen der Don Juan in der Mütze geworden und völlig verdorben. Seine Moral, die Tochter der Pariser Schenken, erklärte den persönlichen Nutzen zum obersten Gesetz. Außerdem sah

Cérizet, der im nächsten Jahr gemustert werden sollte, keine Laufbahn vor sich; so machte er Schulden, da er doch in einem halben Jahr Soldat war und die Gläubiger das Nachsehen hatten. David behielt einen letzten Einfluß auf ihn, nicht als Brotgeber und Meister, auch nicht, weil er sich seiner angenommen hatte, sondern weil der ehemalige Pariser Straßenjunge die hohe Intelligenz Davids erkannte.

Cérizet trieb sich bald mit den Arbeitern der Brüder Cointet herum, die Leute in den blauen Blusen waren seinesgleichen; dieser Berufsgeist ist in den unteren Klassen noch wirksamer als in den oberen. Bei diesem Umgang vergaß Cérizet wieder die wenigen guten Lehren, die er David verdankte; aber auch jetzt noch ergriff er für David Partei, wenn man mit Verachtung von dessen alten Holzpressen sprach und ihnen die prächtigen eisernen Pressen, zwölf an der Zahl, gegenüberstellte, die in der neugeborenen Werkstatt der Cointets arbeiteten, wo die einzige Holzpresse nur zum Abzug von Proben diente. »Seine Holzpressen sollen euch noch in den Ohren knarren«, sagte er. »Wenn er erst seine Erfindung gemacht hat, steckt er alle Drucker in Frankreich und Navarra in die Tasche.« – »Und bis dahin, elender Stift mit vierzig Sou, hast du eine Näherin zur Meisterin.« – »Ein hübsches Frauenzimmer und angenehmer anzusehen als eure muffigen Kapitalistinnen«, erwiderte er.

Einige dieser Bemerkungen wurden den Brüdern Cointet zugetragen; sie hörten von Èves Absichten und beschlossen, einen Keim, dem der Wohlstand entspringen wollte, sofort zu ersticken. ›Klopfen wir ihr auf die Finger, damit sie das Vergnügen am Handwerk verliert‹, sagten sich die Brüder Cointet. Derjenige der Brüder, der die Druckerei leitete, traf Cérizet und bot ihm einen Posten als Aushilfskorrektor an, da ihr eigener Korrektor die Arbeit nicht mehr bewältigen konnte. Durch die Arbeit einiger Nachtstunden verdiente Cérizet mehr als bei David den ganzen Tag. Es entstand so eine gewisse Beziehung zwischen den Cointets und ihm; die Brüder fanden, daß er begabt, aber nicht am rechten Platz war.

»Sie könnten«, sagte eines Tages der eine Cointet zu ihm, »Faktor in einer großen Druckerei werden und sechs Franc am Tag verdienen; bei Ihrer Intelligenz fangen Sie zuletzt noch ein eigenes Geschäft an.«

»Was würde mir eine gute Faktorstelle nützen«, erwiderte Cérizet, »ich bin Waise, ich werde nächstes Jahr gemustert – wer zahlt mir einen Stellvertreter, wenn ich das Los ziehe?«

»Wenn Sie sich nützlich machten«, erklärte der reiche Drucker, »fänden Sie vielleicht die nötige Summe.«

»Beim Meister gewiß nicht«, sagte Cérizet mit einer Betonung, die den Zuhörer auf die schlechtesten Gedanken bringen mußte; zum Überfluß warf er dem Fabrikanten einen durchdringenden Blick zu.

»Ich weiß nicht, womit er sich beschäftigt«, fuhr Cérizet vorsichtig fort, da Cointet nichts sagte, »aus dem Setzkasten zieht er kein Geld.«

»Hier, mein Freund«, erwiderte der Drucker und nahm sechs Bogen des Diözesenblattes, »wenn Sie das bis morgen korrigiert haben, bekommen Sie achtzehn Franc. Wir sind keine bösen Menschen, wir geben dem Faktor unseres Konkurrenten etwas zu verdienen! Wir könnten Madame Séchard in diese Geschichte mit den Almanachen hineinrennen lassen und warten, bis sie sich zugrunde gerichtet hat; aber wir haben nichts dagegen, wenn Sie ihr sagen, daß wir ebenfalls einen Hirtenalmanach begonnen haben; machen Sie sie darauf aufmerksam, daß wir früher fertig sind.«

Man wird jetzt verstehen, weshalb Cérizet so langsam mit der Arbeit vorankam.

Als Ève erfuhr, daß die Cointets ihre arme kleine Spekulation über den Haufen warfen, bekam sie es mit der Angst und wollte in der Mitteilung Cérizets ein Zeichen von Anhänglichkeit sehen. Bald stieß sie bei ihrem einzigen Setzer auf Zeichen lebhafter Neugier, die sie seinem Alter zuschrieb.

»Cérizet«, sagte sie ihm eines Morgens, »Sie lauern Monsieur Séchard an der Tür auf und spähen in seinen Arbeitsraum; Sie haben die Augen im Hof statt bei unserem Almanach. Das alles ist nicht recht; Sie sollten sich sagen, daß ich, seine Frau, die Geheimnisse meines Mannes achte und soviel Last auf mich nehme, um ihm alle andere Arbeit abzunehmen. Wenn Sie nicht soviel Zeit verloren hätten, wäre der Almanach fertig, Kolb würde ihn schon verkaufen, und die Cointets könnten uns nichts anhaben.«

»Hören Sie, Meisterin«, erwiderte er, »für die vierzig Sou, die ich hier verdiene, arbeite ich genug. Wenn ich nicht abends Korrekturen für die Cointets läse, könnte ich an den Fingern saugen.«

»Sie sind schon in jungen Jahren undankbar, Sie werden Ihren Weg machen«, sagte Ève, bis ins Herz getroffen, weniger durch seine Vorwürfe als durch seine plumpe Sprache, seine drohende Haltung und seine schamlosen Blicke.

»Ja, aber nicht mit einer Frau als Meister, denn dann hätte der Monat nicht oft dreißig Tage.«

In ihrer Würde als Frau beleidigt, warf Ève ihm einen drohenden Blick zu und ging in die Wohnung hinauf. Als David zu Tisch kam, sagte sie:

»Bist du sicher, mein Freund, daß du diesem Burschen, Cérizet, vertrauen kannst?«

»Cérizet?« fragte er. »Den ich mir herangezogen habe, der mir dankt, was er ist? Geradesogut kann man einen Vater fragen, ob er seinem Kind vertraut.«

Ève teilte ihrem Gatten mit, daß Cérizet Korrekturen für die Cointets las.

»Armer Junge! Er verdient bei mir nicht genug«, antwortete David mit der Demut eines Brotgebers, der sich im Unrecht fühlt.

»Ja, aber du vergißt den Unterschied zwischen Kolb und Cérizet. Kolb läuft jeden Tag fünf Kilometer für dich herum, gibt fünfzehn bis zwanzig Sou aus, bringt uns sieben, acht, manchmal neun Franc für die Blätter und verlangt von mir auch nur seine zwanzig Sou und Ersatz der Auslagen. Kolb würde sich eher die Hand abhacken, als daß er für die Cointets eine Presse anfaßte, und würde für tausend Taler nicht in den Sachen herumschnüffeln, die du in den Hof wirfst; während Cérizet sie aufhebt und untersucht.«

Gute Menschen lassen sich schwer von Bosheit und Undankbarkeit überzeugen; es bedarf erst bitterer Erfahrungen, bevor sie die Tiefe der menschlichen Verderbtheit erkennen; ist ihre Erziehung beendet, so erheben sie sich zu einer Nachsicht, die der letzte Grad von Verachtung ist.

»Ach was, reine Neugier eines Pariser Straßenjungen!« rief David.

»Mein Freund, tu mir den Gefallen, gehe in die Werkstatt hinunter, und überzeuge dich, was dein Straßenjunge in einem Monat gearbeitet hat. Dann sage mir, ob er in dieser Zeit den Almanach nicht hätte fertigstellen müssen.«

Nach Tisch stellte David in der Tat fest, daß die ganze Arbeit nicht mehr als eine Woche in Anspruch genommen hätte. Als er erfuhr, daß die Cointets denselben Almanach planten, begann er seiner Frau zu helfen. Er hieß Kolb zu Hause bleiben und setzte selbst eine Form in Gang, Kolb mit Marion den Abzug überlassend; dann wandte er sich mit Cérizet der zweiten Form zu und überwachte den Druck mit den verschiedenen Farben.

Jede Farbe muß gesondert gedruckt werden. Bei vier Farben setzt man die Presse also viermal in Bewegung. Das macht so viel Arbeit, daß solche Almanache nur in der Provinz gedruckt werden, wo der Arbeitslohn und die Verzinsung keine Rolle spielen.

Zum ersten Mal seit dem Rücktritt des alten Séchard sah man in der alten Werkstatt zwei Pressen zugleich in Tätigkeit. Obwohl der Almanach in seiner Art ein Meisterwerk war, sah sich Ève gezwungen, ihn für einen halben Sou zu verkaufen, denn die Brüder Cointet gaben den ihrigen den Hausierern für drei Centimes. Sie kam auf ihre Kosten, sie verdiente sogar bei den Aufträgen, die Kolb selbst nach Hause brachte; aber die Spekulation war fehlgeschlagen.

Als Cérizet sah, daß seine schöne Meisterin ihn in Verdacht hatte, wurde er vollends ihr Gegner und dachte: ›Du traust mir nicht, ich werde mich rächen.‹ So ist der Pariser Straßenjunge. Cérizet ließ sich also von den Brüdern Cointet Preise bezahlen, die für Korrekturlesen nicht üblich waren; jeden Abend holte er die Korrekturen ab, jeden Morgen brachte er sie zurück. Man unterhielt sich, man wurde miteinander vertraut; die Cointets hatten es nicht nötig, ihn sich gefügig zu machen, er ließ zuerst durchblicken, daß er David ausspionieren wolle, wenn man ihn vor dem Militärdienst bewahrte.

Als Ève sah, wie wenig sie auf Cérizet zählen durfte und wie unmöglich es war, einen zweiten Kolb zu finden, beschloß sie, den Setzer zu entlassen, den der Instinkt der liebenden Frau als Verräter erkannte; da das aber der Tod ihrer Druckerei gewesen wäre, faßte sie einen männlichen Entschluß: Sie schrieb an Métivier, den Korrespondenten Davids, der Cointets und fast aller Papierfabrikanten des Departements, und ließ durch ihn folgendes Inserat ins Pariser Buchhändlerblatt setzen: »Zu verkaufen die Konzession einer gutgehenden Druckerei in Angoulême, mit Einrichtung. Näheres bei Métivier, Rue Serpente.« Als die Cointets diese Anzeige gelesen hatten, sagten sie sich: ›Die kleine Frau ist nicht dumm; es ist Zeit, die Druckerei in die Hand zu bekommen, sonst ziehen wir uns in dem Nachfolger Davids einen Konkurrenten heran – es ist besser, wenn wir immer etwas hineinzureden haben.‹

Die Brüder suchten also Ève auf, die voll Freude feststellte, wie rasch ihre List gewirkt hatte. Die Cointets erklärten ihr, daß sie David vorschlagen wollten, für ihre Rechnung zu drucken; sie waren überlastet, die Pressen könnten nicht mehr bewältigen, sie ließen Arbeiter aus Bordeaux kommen und konnten auch die drei Pressen Davids in Gang halten.

»Meine Herren«, sagte Ève, während Cérizet David holte, »meine Herren, mein Mann hat bei Didot ausgezeichnete, ehrliche, tüchtige Arbeiter kennengelernt und wird sich zweifellos unter ihnen einen Nachfolger wählen können. Was ist besser? Die Druckerei für zwanzigtausend Franc zu verkaufen und daraus tausend Franc Zinsen zu beziehen oder in den Verhältnissen, zu denen Sie uns zwingen, tausend Franc zu verlieren? Warum mißgönnten Sie uns die arme kleine Spekulation mit dem Almanach, den unsere Druckerei von jeher herausgebracht hat?«

»Sie hätten sich nur mit uns in Verbindung zu setzen brauchen, wir wären Ihnen gewiß nicht ins Gehege gekommen«, antwortete derjenige von den Brüdern, der der große Cointet hieß.

»Meine Herren – Sie haben Ihren Almanach erst begonnen, als Sie von Cérizet von meinem eigenen erfuhren«, sagte Ève lebhaft und sah den großen Cointet an, der die Augen niederschlug. Sie erhielt so den Beweis für den Verrat Cérizets.

Dieser Cointet, der Leiter der Papierfabrik und der Geschäfte, war ein viel geschickterer Kaufmann als sein Bruder Jean, der im übrigen die Druckerei mit großer Umsicht führte, dessen Fähigkeiten aber mit denen eines Obersten verglichen werden konnten; Boniface dagegen war der General, dem sich Jean unterordnete. Er war dürr und mager, mit einem wachsgelben Gesicht, in dem ein paar rote Flecken auffielen; er hatte einen zusammengepreßten Mund und richtige Katzenaugen. Er ließ sich nie hinreißen, hörte vielmehr mit der Unterwürfigkeit einer gottgefälligen Seele die schlimmsten Beschimpfungen an, auf die er mit der sanftesten Stimme antwortete. Er ging zur Messe, zur Beichte und zum Abendmahl. Er verbarg unter schmeichlerischen Manieren und einem fast weichlichen Äußeren die Zähigkeit und den Ehrgeiz des Priesters, die Gier des Kaufmanns nach

Reichtum und Ehren. Schon 1820 verlangte er alles, was das Bürgertum durch die Revolution von 1830 erreicht hat.

Voll Haß gegen den Adel, gegen die Religion gleichgültig, war er fromm, wie Bonaparte liberal war. Seine Wirbelsäule bog sich mit wunderbarer Geschmeidigkeit vor dem Adel und dem Beamtentum, vor beiden machte er sich klein, demütig und dienstbereit. Wer im Geschäftsleben steht, wird sich einen Begriff von diesem Charakter machen, wenn er erfährt, daß Boniface Cointet blaue Augengläser trug, um seinen Blick zu verbergen; er gab vor, seine Augen vor dem grellen Licht einer Stadt und einer Erde zu schützen, wo alle Bauten weiß sind und die Glut der Sonne durch ihren hohen Stand vermehrt wird.

Obgleich er kaum überdurchschnittlich groß war, wirkte er doch groß durch seine Magerkeit, die auf angestrengte Arbeit und gärende Gedankengänge schließen ließ. Seine jesuitische Physiognomie wurde vervollständigt durch das nach Art der Geistlichen geschnittene glatte, lange graue Haar und durch seine Kleidung, die sich seit sieben Jahren aus einer schwarzen Hose, schwarzen Strümpfen, einer schwarzen Weste und einer Lévite (der südfranzösische Ausdruck für Gehrock) aus kastanienbraunem Tuch zusammensetzte. Man nannte ihn den großen Cointet, um ihn von seinem Bruder zu unterscheiden, den man den dicken Cointet hieß, worin sich der Kontrast ausdrückte, der sowohl im Äußeren als auch in den Fähigkeiten zwischen den beiden Brüdern bestand, die übrigens gleichermaßen gefürchtet waren. Und in der Tat bildete Jean Cointet, ein biederer dikker Bursche, einen augenfälligen Gegensatz zu seinem älteren Bruder. Mit seinem flämischen, von der Sonne gebräunten Gesicht, mit dem lächelnden Mund, den breiten Schultern glich der kleine, untersetzte Mann lebhaft dem Sancho Pansa. Er bekannte sich zu beinahe liberalen Ansichten, gehörte zum »linken Zentrum«, ging nur sonntags in die Messe und verstand sich ausgezeichnet mit den liberalen Kaufleuten.

Einige behaupteten, dieser Gegensatz der beiden Charaktere sei ein abgekartetes Spiel der Brüder. Der große Cointet machte sich geschickt die angebliche Treuherzigkeit seines Bruders zunutze, er bediente sich seiner sozusagen als Keule. Jean übernahm die Zurechtweisungen und Vollstreckungen, die der Milde Bonifaces widerstrebten. Alles, was den Zorn betraf, war Sache Jeans; Jean wurde wütend, Jean machte unannehmbare Vorschläge, die diejenigen seines Bruders in ein noch sanfteres Licht rückten. –

Ève hatte mit ihrem weiblichen Feingefühl die beiden Brüder rasch durchschaut und blieb jetzt, angesichts so gefährlicher Gegner, auf der Hut. David, der von seiner Frau unterrichtet war, hörte den Vorschlägen der Feinde zerstreut zu.

»Machen Sie das mit meiner Frau ab«, sagte er und machte sich wieder auf den Weg zu seinem Laboratorium; »sie weiß in allem, was die Druckerei betrifft, besser Bescheid als ich. Ich bin mit etwas beschäftigt, was mehr eintragen soll als die armen Pressen da; ich hoffe, daß ich die Verluste einhole, die Sie mir zugefügt haben.«

»Und wie wollen Sie das machen?« fragte der dicke Cointet lachend.

Ève sah ihren Gatten an und empfahl ihm Vorsicht.

»Sie werden mir tributpflichtig, Sie und alle, die Papier verbrauchen.«

»Und wonach suchen Sie?« erkundigte sich Benoît-Boniface Cointet so sanft und einschmeichelnd wie möglich.

Ève schaute David abermals an und bat ihn durch ihren Blick, nichts oder nur etwas Unverfängliches zu antworten.

»Ich versuche das Papier fünfzig Prozent unter dem heutigen Selbstkostenpreis herzustellen«, sagte David und verließ die Werkstatt, ohne den Blick zu sehen, den die beiden Brüder wechselten und durch den sie einander sagten: ›Sicher sucht er etwas zu erfinden; bei seinem Aussehen bleibt man nicht müßig. – Beuten wir ihn aus‹, meinte Boniface. – ›Wie?‹ fragte Jean.

»David benimmt sich bei Ihnen genau wie bei mir«, sagte Ève. »Wenn ich neugierig werde, mißtraut er meinem Vornamen und wirft mir dieselbe Antwort hin, die schließlich nichts als ein Programm ist.«

»Wenn er es verwirklichen kann, kommt er rascher als durch das Drucken zu Geld, und ich wundere mich nicht mehr, daß er die Zügel schleifen läßt«, erwiderte Boniface und wandte sich wieder der Werkstatt zu, wo Kolb auf einem Brett saß und sein Brot mit einer Knoblauchzehe einrieb; »aber wir sähen die Druckerei nicht gern in den Händen eines unternehmenden, ehrgeizigen Konkurrenten – vielleicht können wir uns einigen. Wenn Sie beispielsweise bereit wären, Ihre Einrichtung für einen gewissen Betrag an einen unserer Arbeiter zu verpachten, der unter Ihrem Namen für uns arbeitete, wie es in Paris oft geschieht, könnten wir ihm so viele Aufträge geben, daß er in der Lage wäre, Ihnen eine sehr gute Miete zu zahlen und auch noch manchen Nebenverdienst zu erzielen.«

»Das hängt von dem Betrag ab«, antwortete Ève Séchard,

»was wollen Sie geben?« fügte sie hinzu und sah Boniface mit einem Ausdruck an, der ihm verriet, daß sie seinen Plan durchschaute.

»Was würden Sie verlangen?« fragte Jean Cointet lebhaft.

»Dreitausend Franc für ein halbes Jahr.«

»Aber so rechnen Sie doch«, entgegnete Boniface ganz sanft; »Sie sprachen davon, die Druckerei für zwanzigtausend Franc zu verkaufen; die Zinsen von zwanzigtausend Franc betragen nur zwölfhundert Franc, bei sechs Prozent.«

Ève wußte einen Augenblick nichts zu antworten und begriff den ganzen Wert der Zurückhaltung in Geschäften.

»Sie benutzen unsere Pressen, unsere Lettern, mit denen sich noch etwas anfangen läßt, wie Sie gesehen haben«, fuhr sie fort, »und wir müssen meinem Schwiegervater, der uns nichts erläßt, Miete zahlen.«

Nach einem Kampf von zwei Stunden setzte Ève zweitausend Franc für sechs Monate durch, von denen die Hälfte im voraus zu zahlen war. Als alles abgemacht war, teilten die Brüder ihr mit, daß sie Cérizet diese Stelle geben wollten. Ève konnte ihre Überraschung nicht unterdrücken.

»Ist es nicht besser, jemanden zu nehmen, der die Druckerei kennt?« fragte der dicke Cointet.

Ève gab keine Antwort und nahm sich vor, Cérizet selbst zu überwachen.

»Also, die Feinde sind in der Festung«, meinte David lachend, als sie ihm bei Tisch die Verträge vorlegte.

»Für Kolb und Marion stehe ich ein«, antwortete sie, »es wird ihnen nichts entgehen. Außerdem schlagen wir viertausend Franc aus einer Einrichtung, die uns Geld kostet, und du hast ein Jahr vor dir, um deine Pläne zu verwirklichen.«

Wenn Davids Haushalt für den Winter mit einer ausreichenden Summe rechnen konnte, erkaufte er es damit, daß er unter der Aufsicht Cérizets stand und, ohne es zu wissen, in Abhängigkeit vom großen Cointet geriet.

»Wir haben sie!« sagte unterwegs der Leiter der Papierfabrik zu seinem Bruder, dem Drucker. »Die armen Leute werden sich an die Miete gewöhnen und daraufhin Schulden machen. In einem halben Jahr erneuern wir die Pacht nicht und werden dann sehen, was das Genie in seinem Kopf hat – wir sind bereit, ihm zu helfen, wenn er sich mit uns zur Ausbeutung seiner Erfindung verbindet.«

Wer das Gesicht des großen Cointet bei diesen Worten gesehen hätte, würde verstanden haben, daß die Gefahren einer ehelichen Verbindung nichts sind im Vergleich zu denen einer geschäftlichen. War es nicht schon genug, daß die unbarmherzigen Jäger der Spur ihres Wildes folgten? Konnten David und seine Frau, auch wenn Kolb und Marion ihnen halfen, den Listen eines Boniface Cointet widerstehen?

Als die Zeit der Entbindung nahte, kamen die fünfhundert Franc Luciens und genügten zusammen mit der zweiten Zahlung Cérizets, alle Ausgaben zu bestreiten. Ève, ihre Mutter und David, die sich schon von Lucien vergessen glaubten, empfanden eine ebenso große Freude wie bei den ersten Erfolgen des Dichters, dessen Eintritt in die Zeitung in Angoulême noch mehr Staub aufwirbelte als in Paris.

Aber David, der sich in trügerischer Sicherheit gewiegt hatte, bekam zitternde Knie, als er von seinem Schwager den folgenden furchtbaren Brief erhielt:

Mein treuer David, ich habe Métivier drei auf Deinen Namen ausgestellte Wechsel mit ein-, zwei- und dreimonatiger Lauffrist gegeben. Vor die Wahl gestellt, zu diesem Mittel zu greifen oder Selbstmord zu begehen, habe ich das erste Mittel vorgezogen, obwohl es Dich in die größte Verlegenheit bringen muß. Ich werde Dir auseinandersetzen, in welcher Notlage ich mich befinde; im übrigen versuche ich natürlich, Dir die Beträge bis zur Fälligkeit zu schicken.

Verbrenne diesen Brief, sage der Mutter und der Schwester nichts, ich zähle auf Deinen Heroismus, den niemand besser kennt als Dein verzweifelter Bruder
Lucien de Rubempré

»Dein armer Bruder«, sagte David zu seiner Frau, die gerade vom Wochenbett aufstand, »ist in böser Verlegenheit, ich habe ihm drei Wechsel von je tausend Franc geschickt; jeden Monat ist einer fällig, nimm es zur Kenntnis.«

Dann ging er ins Freie, um seiner Frau keine Erklärungen geben zu müssen. Aber Ève fühlte sich, während sie mit ihrer Mutter über Davids Andeutung sprach, von den schlimmsten Ahnungen gequält, zumal nach dem langen Schweigen des Bruders. Um ihnen zu entgehen, faßte sie einen jener Entschlüsse, die von der Verzweiflung eingegeben werden. Monsieur de Rastignac, der zum Besuch seiner Familie eingetroffen war, hatte sich abfällig über Lucien geäußert; diese Äußerungen verbreiteten sich wie ein Lauffeuer und kamen auch Ève zu Ohren. Sie ging zu Madame de Rastignac und bat um ein Gespräch mit deren Sohn, den sie in ihre Befürchtungen einweihte und um die Wahrheit über Luciens Lage anflehte. Sie erfuhr alles auf einmal, die Verbindung Luciens mit Coralie, sein Duell mit Chrestien, die Folge des an d'Arthez begangenen Verrates und alle anderen Umstände, in der unbarmherzigen Darstellung eines geistreichen Dandys, der seinen Haß und seinen Neid in Mitleid einkleidete, von seiner Sorge um die Zukunft eines begabten Menschen sprach und bedauerte, daß ein Angoulêmer Kind sein Talent so gedankenlos gefährdete. Er erging sich über die Fehler, die Lucien begangen hatte und die ihn die Gunst hochstehender Persönlichkeiten kosteten – lag doch die Verfügung, durch die er Comte Rubempré geworden wäre, schon bereit.

»Wenn Ihr Bruder«, sagte Rastignac, »gut beraten gewesen wäre, dann stiege er heute von Stufe zu Stufe und wäre der Gatte Madame de Bargetons; aber was wollen Sie? Er hat sie verlassen, beschimpft! Sie mußte zu ihrem größten Bedauern den Comte du Châtelet heiraten, in Wahrheit liebte sie Lucien.«

»Ist das möglich?« rief Madame Séchard.

»Ihr Bruder ist ein junger Adler, den die ersten Strahlen des Luxus und des Ruhmes geblendet haben. Wenn ein Adler fällt, weiß niemand, in welchen Abgrund er zu liegen kommt. Der Sturz eines großen Mannes steht immer im Verhältnis zu der Höhe, auf die er gelangt war.«

Ève machte sich auf den Heimweg, Rastignacs letzte Bemerkung hatte ihr das Herz durchbohrt. An ihrer verwundbarsten Stelle getroffen, sprach sie kein Wort; aber mehr als eine Träne fiel auf die Stirn und die Wangen des Kindes, das sie nährte. Es fällt so schwer, auf die in der Familie gehegten Träume zu verzichten, daß Ève Rastignac mißtraute und die

Meinung eines wahren Freundes zu vernehmen wünschte. Sie schrieb daher einen rührenden Brief an d'Arthez, dessen Adresse ihr Lucien gegeben hatte, als er noch für den »Kreis« schwärmte, und erhielt folgende Antwort:

Madame, Sie bitten mich um die Wahrheit über das Leben, das Ihr Herr Bruder in Paris führt, Sie wollen über seine Zukunft aufgeklärt sein; und um mich zu bewegen, Ihnen freimütig zu antworten, wiederholen Sie mir, was Ihnen Monsieur de Rastignac gesagt hat, und fragen mich, ob dies alles wahr sei. Was mich anbelangt, Madame, so muß man zu Luciens Gunsten die vertraulichen Mitteilungen von Monsieur de Rastignac berichtigen. Ihr Bruder hat Reue empfunden, ist zu mir gekommen und hat mir die Kritik meines Buches gezeigt und gesagt, daß er sich nicht entschließen könne, sie zu veröffentlichen, trotz der Gefahr, die sein Ungehorsam gegenüber den Befehlen seiner Partei für einen ihm sehr lieben Menschen mit sich bringe. Nun, Madame, es ist die Aufgabe eines Schriftstellers, die Leidenschaften zu erfassen, da er seinen Ruhm daransetzt, sie zu schildern: Ich habe also verstehen können, daß die Wahl zwischen der Geliebten und dem Freund zuungunsten des Freundes ausfallen mußte. Ich habe Ihrem Bruder sein Verbrechen erleichtert, ich habe diesen schmählichen Artikel selbst korrigiert und ihn vollkommen gebilligt. Sie fragen mich, ob Lucien sich meine Achtung und meine Freundschaft erhalten konnte. Die Antwort hierauf ist schwer zu geben. Ihr Bruder geht einen Weg, auf dem er sich zugrunde richten wird. In diesem Augenblick beklage ich ihn noch; bald werde ich ihn gern vergessen haben, weniger dessentwegen, was er bereits getan hat, als vielmehr dessentwegen, was er tun muß. Ihr Lucien ist ein Schwärmer, aber kein Dichter, er träumt, aber er denkt nicht, er verspürt einen schöpferischen Drang, aber er schafft nicht. Lassen Sie es mich mit einem Wort sagen: Er ist ein Weibchen, das im Mittelpunkt der Aufmerksamkeit stehen möchte – der Grundfehler des Franzosen. So wird Lucien stets seinen besten Freund dem Vergnügen opfern, seinen Geist glänzen zu lassen. Er würde morgen bereitwillig einen Pakt mit dem Teufel unterzeichnen, wenn dieser Pakt ihm für einige Jahre ein glänzendes und luxuriöses Leben sicherte. Hat er nicht schon Schlimmeres getan, als er seine Zukunft gegen die flüchtigen Wonnen seines öffentlichen Zusammenlebens mit einer Schauspielerin eintauschte? Die Jugend, die Schönheit und die Hingabe dieser Frau, die ihn ehrlich liebt, verbergen ihm gegenwärtig noch die Gefahren einer Situation, die weder durch Ruhm noch durch Erfolg oder Vermögen für die Gesellschaft annehmbar wird. Und bei jeder neuen Verlockung wird Ihr Bruder, so wie schon jetzt, nur die Annehmlichkeiten des Augenblicks sehen. Seien Sie beruhigt, Lucien wird niemals bis zum Verbrechen gehen, dazu hat er nicht die Kraft; doch er würde ein begangenes Verbrechen hinnehmen, er würde die daraus erwachsenden Vorteile teilen, ohne die Gefahren geteilt zu haben, was jedermann, selbst einem Schurken, entsetzlich scheint. Er wird sich selbst verachten, er wird bereuen, doch vor die Entscheidung gestellt, würde er wieder von vorn anfangen, denn er hat keinen Willen, er ist wehrlos gegen die Versuchungen der Wollust und gegen die Befrie-

digung seiner geringsten Ambitionen. Untätig wie alle Schwärmer, hält er sich für geschickt, wenn er den Schwierigkeiten ausweicht, statt sie zu überwinden. Zuweilen wird er Mut haben, zuweilen feige sein. Und so hoch man ihm seinen Mut anrechnet, muß man ihm seine Feigheit vorwerfen; Lucien ist wie eine Harfe, deren Saiten sich je nach den Schwankungen der Atmosphäre spannen oder entspannen. In einer zornigen oder glücklichen Phase könnte er ein schönes Buch schreiben und unempfänglich sein für den Erfolg, den er zuvor ersehnt hat. Bald nach seiner Ankunft in Paris ist er in die Abhängigkeit eines jungen Mannes ohne Moral geraten, dessen Geschick und Erfahrung im Umgang mit den Schwierigkeiten des literarischen Lebens ihn geblendet haben. Dieser Taschenspieler hat Lucien vollkommen verführt, er hat ihn hinabgezogen in ein würdeloses Dasein, über das unglücklicherweise die Liebe ihr Blendwerk ausgebreitet hat. Bewunderung ist ein Zeichen von Schwäche, wenn sie zu leichtfertig gewährt wird: Man darf einen Seiltänzer und einen Dichter nicht mit der gleichen Münze bezahlen. Es hat uns alle verletzt, daß Lucien die Intrige und die literarische Gaunerei dem Mut und der Ehre jener vorgezogen hat, die ihm rieten, den Kampf aufzunehmen und sich in die Arena zu stürzen, anstatt den Erfolg zu stehlen und sich zu einer der Trompeten des Orchesters zu machen. Seltsamerweise, Madame, ist die Gesellschaft voller Nachsicht für junge Leute dieses Schlages; sie liebt sie, sie läßt sich einnehmen von dem schönen Schein ihrer äußeren Gaben; sie verlangt nichts von ihnen, sie entschuldigt alle ihre Fehler, und da sie nur ihre Vorzüge sehen will, räumt sie ihnen die Vorrechte vollkommener Naturen ein und macht sie schließlich zu ihren verwöhnten Kindern. Dagegen ist sie von grenzenloser Strenge gegenüber den starken und vollkommenen Naturen. In diesem Verhalten ist die dem Anschein nach so überaus ungerechte Gesellschaft vielleicht erhaben. Sie amüsiert sich über die Possenreißer, ohne von ihnen etwas anderes zu verlangen als Vergnügen, und vergißt sie dann schnell; um sich aber vor der Größe zu verneigen, fordert sie göttliche Herrlichkeit. Jedem Ding sein Gesetz: Der ewige Diamant muß makellos sein, die kurzlebige Schöpfung der Mode hat das Recht, oberflächlich, bizarr und unbeständig zu sein. Vielleicht wird Lucien trotz seiner Verirrungen wundersam zu Erfolg gelangen, er brauchte nur eine glückliche Stunde zu nutzen oder in gute Gesellschaft zu geraten; doch wenn er einen bösen Engel trifft, wird er den Weg zur Hölle bis ans Ende gehen. Es ist, als wäre eine glänzende Palette guter Eigenschaften auf einen zu leichten Grund gestickt; die Zeit nimmt ihm den Glanz, und eines Tages bleibt nur das Gewebe, und wenn es schlecht ist, nur noch ein Fetzen. Solange Lucien jung ist, wird er gefallen, doch welche Stellung wird er mit dreißig Jahren haben? Das ist die Frage, die sich jeder stellen muß, der ihn aufrichtig liebt. Wenn nur ich so von Lucien dächte, hätte ich es vielleicht vermieden, Ihnen durch meine Aufrichtigkeit soviel Kummer zu bereiten; doch abgesehen davon, daß ich es Ihrer, die Sie mir Ihre Ängste anvertraut haben, und meiner, dem Sie allzuviel Achtung erweisen, für unwürdig hielt, den von Ihrer Sorge aufgeworfenen Fragen durch leeres Gerede auszuweichen, sind meine Freunde, die Lu-

cien gekannt haben, einmütig zu dem gleichen Urteil gelangt: Ich habe somit in der Darstellung der Wahrheit, wie schrecklich sie auch sei, die Erfüllung einer Pflicht gesehen. Man kann von Lucien alles erwarten, im guten wie im schlimmen. Das ist unsere Ansicht und, in einem Wort zusammengefaßt, der Inhalt dieses Briefes. Wenn die Zufälle seines jetzt sehr ärmlichen und mißlichen Lebens diesen Dichter zu Ihnen zurückführen sollten, dann nutzen Sie Ihren ganzen Einfluß, um ihn im Schoß der Familie zu halten; denn ehe sein Charakter sich nicht gefestigt hat, wird Paris immer gefährlich für ihn sein. Er nannte Sie und Ihren Gatten seine Schutzengel, und er hat Sie zweifellos vergessen; doch er wird sich Ihrer in dem Augenblick erinnern, wo er nach einem Sturm nur noch bei seiner Familie Zuflucht finden wird. Bewahren Sie ihm also Ihr Herz, Madame, er wird es brauchen.

Seien Sie meiner aufrichtigen Hochachtung versichert, Madame. Ihre schätzenswerten Eigenschaften sind mir bekannt, und ich achte Ihre mütterliche Besorgnis zu hoch, um Ihnen nicht hiermit meinen Gehorsam darzubringen.

Ihr ergebener Diener d'Arthez

Zwei Tage nachdem sie die Antwort von d'Arthez gelesen hatte, mußte sie eine Amme nehmen, ihre Milch blieb aus. Sie sah den Bruder, den sie für einen Gott gehalten hatte, als einen Verräter an seinen schönsten Gaben an; für sie wälzte er sich im Schmutz. Das adlige Geschöpf konnte nicht mit der Rechtschaffenheit feilschen, nicht mit dem Feingefühl, nicht mit den Glaubenssätzen, die noch im Schoß der Familie, in der Provinz gehegt werden. David hatte alles richtig vorausgesagt; als Ève ihrem Gatten in einem vertrauensvollen Ehegespräch den Kummer gestand, der ihre Stirn verdüsterte, fand David tröstende Worte. Obwohl ihm Tränen in die Augen schossen und er sah, daß die Milch der schönen Brust seines Weibes durch den Schmerz versiegt war und daß die junge Mutter darüber verzweifeln wollte, sprach er ihr doch Mut zu und ließ sie wieder einige Hoffnung fassen.

»Siehst du, mein Kind, deinen Bruder hat die Phantasie verführt. Es ist so natürlich, wenn ein Dichter seinen Purpurmantel haben will, daß er sich so begierig auf die Feste stürzt. Er tut es mit so viel Gutgläubigkeit, daß Gott diesem Vogel verzeihen wird, wo die Menschen ihn verdammen.«

»Aber er richtet uns zugrunde!« rief die arme Frau.

»Heute richtet er uns zugrunde, neulich schickte er uns seinen ersten Verdienst«, antwortete der gute David, der begriff, daß nur die Verzweiflung aus seiner Frau sprach und daß sie bald ihre Liebe zu Lucien zurückgewinnen würde.

»Vor ungefähr fünfzig Jahren sagte Mercier in seinem *Tableau de Paris*, daß die Literatur, die Poesie, die Humaniora und die Naturwissenschaften, daß überhaupt die Schöpfungen des Geistes niemals einen Mann ernähren könnten; Lucien hat als Dichter nicht an die Erfahrung von fünf Jahrhunderten glauben wollen. Die mit Tinte getränkten Saaten tragen (wenn überhaupt) erst nach zehn oder zwölf Jahren Früchte, und Lucien hat den Halm für die Garbe gehalten. Wenigstens hat er jetzt das Leben kennengelernt. Nachdem eine Frau ihn angeführt hat, haben ihn die Gesellschaft und falsche Freunde gefoppt. Er hat seine ersten Erfahrungen gemacht und sie etwas teuer bezahlt. Unsere Eltern sagten:

Wenn ein Familiensohn mit heilen Ohren und blankem Schild zurückkehrt, ist alles gut.«

»Mit blankem Schild!« rief die arme Ève. »Mein Gott, was hat Lucien sich alles zuschulden kommen lassen! Er hat seinen besten Freund angegriffen, er hat gegen seine Überzeugung geschrieben, er hat sich von einer Schauspielerin aushalten lassen, er hat sich mit ihr gezeigt, er hat uns das Hemd vom Leib gerissen.«

»Oh, das ist noch nichts!« rief David und brach ab. Um ein Haar wäre ihm das Geheimnis entschlüpft; Ève bemerkte seine Verwirrung, es blieben ihr ungewisse Zweifel.

»Wieso nichts?« fragte sie. »Und wie willst du dreitausend Franc auftreiben?«

»Zunächst müssen wir den Pachtvertrag mit Cérizet erneuern. In einem halben Jahr haben die fünfzehn Prozent, die er von den Aufträgen der Cointets bekommt, ihm sechshundert Franc gebracht, und fünfhundert hat er an Aufträgen aus der Stadt verdient.«

»Wenn die Cointets das erfahren, erneuern sie die Pacht vielleicht nicht, sie werden Angst vor ihm bekommen«, sagte Ève, »denn Cérizet ist ein gefährlicher Mensch.«

»Was macht das schon!« rief Séchard. »In ein paar Tagen sind wir reiche Leute. Und wenn Lucien keine Geldsorgen mehr hat, wird er nur noch seine guten Seiten zeigen.«

»Oh, David, was sagst du da! Im Elend leistet er also dem Bösen keinen Widerstand! Du denkst dasselbe von ihm wie Monsieur d'Arthez. Es gibt keine Überlegenheit ohne Stärke, und Lucien ist schwach. Was ist ein Engel, den man nicht in Versuchung führen darf?«

»Ein Wesen, das nur in seiner natürlichen Umgebung, in

seiner Sphäre, in seinem Himmel gefällt. Lucien ist nicht geschaffen, um zu kämpfen, ich werde ihm den Kampf ersparen. Da schau her, ich kann dich ja ein wenig einweihen, der Abschluß ist nahe.«

Er zog einige Bogen weißen Papiers aus der Tasche hervor, schwenkte sie wie ein Sieger und reichte sie seiner Frau: »Ein Ries von diesem Papier wird nicht mehr als fünf Franc kosten!« sagte er zu Ève, die sich freute wie ein Kind.

»Womit hast du deine Versuche gemacht?« fragte sie.

»Mit einem alten Haarsieb Marions.«

»Du bist noch nicht zufrieden?«

»Die Schwierigkeit liegt nicht in der Herstellung, sondern im Herstellungspreis. Es sind viele Versuche vorausgegangen. Madame Masson wollte seit 1794 bedrucktes Papier in weißes zurückverwandeln; es gelang, aber um welchen Preis! In England suchte um 1800 der Marquis de Salisbury wie in Frankreich 1801 Séguin, Stroh für die Herstellung von Papier zu verwenden. Unser gemeines Schilf, *arundo phragmitis,* hat die Blätter hier geliefert. Aber ich ziehe jetzt Brennesseln und Disteln heran, denn um ein billiges Ausgangsmaterial zu bekommen, muß man sich an Pflanzenstoffe halten, die auf sumpfigem und schlechtem Boden wachsen. Das Problem besteht darin, diese Stengel einer geeigneten Behandlung zu unterziehen. Mein Verfahren ist noch nicht einfach genug. Aber trotzdem bin ich sicher, daß ich der französischen Papierfabrikation die gleiche Machtstellung verschaffen kann, die unsere Literatur einnimmt. Die Engländer haben das Monopol für Eisen, Kohle und billiges Geschirr – ich will der Jacquart des Papiers werden.«

Ève erhob sich in stummer Begeisterung und Bewunderung für das schlichte Wesen Davids; sie öffnete die Arme und preßte ihn an ihr Herz.

»Du belohnst mich«, sagte er, »als wenn ich die Lösung schon gefunden hätte.«

Sie sagte nichts, sie hob ihr schönes, von Tränen benetztes Gesicht von seiner Schulter und blieb bewegt stehen.

»Ich warf mich nicht dem Erfinder, sondern dem Tröster in die Arme! Für die Erniedrigung des Bruders entschädigt mich der Gedankenflug des Gatten.«

»Was treiben sie da drin?« fragte Boniface.

Der große Cointet ging mit Cérizet über den Platz und sah den Schatten des Paares, der sich von den Vorhängen abhob; er besprach sich täglich um Mitternacht mit Cérizet, der beauftragt war, die geringsten Schritte seines ehemaligen Meisters zu überwachen.

»Er zeigt ihr das Papier, das er heute hergestellt hat«, antwortete Cérizet.

»Welches Material benutzt er?«

»Es war unmöglich, das herauszubekommen; ich bohrte ein Loch ins Dach, ich legte mich auf die Lauer und war in der vergangenen Nacht Zeuge, wie er die Masse in dem Kupferkessel siedete. Als ich die Vorräte in der Ecke durchstöberte, fand ich nur etwas, das wie Hanf aussah.«

»Lassen Sie es dabei bewenden«, sagte Boniface Cointet mit seiner schmeichlerischen Stimme, »es wäre unrecht, weiterzugehen. Madame Séchard wird Ihnen die Erneuerung der Pacht vorschlagen – sagen Sie, daß Sie selber Drucker werden wollen, bieten Sie die Hälfte des Wertes, den Konzession und Einrichtung haben, und suchen Sie mich auf, wenn man darauf eingehen sollte. In jedem Fall ziehen Sie die Sache hin, sie haben kein Geld.«

»Keinen Sou!« sagte Cérizet.

»Keinen Sou«, wiederholte der große Cointet. ›Jetzt habe ich sie‹, dachte er.

Das Haus Métivier und die Firma Gebrüder Cointet verbanden mit ihrer Eigenschaft als Papierfabrikanten und Drucker auch diejenige des Bankiers, wofür sie wohlweislich keine Linzenzsteuer zahlten. Der Fiskus hat noch kein Mittel gefunden, die Handelsunternehmen in dem Maß zu beaufsichtigen, daß er alle, die unter der Hand das Gewerbe des Bankiers ausüben, auch zwingt, das Patent zu bezahlen, das in Paris beispielsweise fünfhundert Franc kostet. Aber die Gebrüder Cointet und Métivier erzielten, obwohl sie nur Winkelbankiers waren, im Vierteljahr einen Umsatz von einigen hunderttausend Franc an den Plätzen Paris, Bordeaux und Angoulême.

Nun hatten die Cointets an diesem Tag aus Paris die auf dreitausend Franc lautenden von Lucien gefälschten Wechsel erhalten. Der große Cointet baute augenblicklich auf diese Schuld einen Plan auf, dessen Opfer der arme, geduldige Erfinder werden sollte.

Am nächsten Tag, es war erst sieben Uhr morgens, lief Boniface Cointet längs der Wasserzuleitung, die seine ausgedehnte Papierfabrik speiste und deren Rauschen jedes Wort verschlang. Er wartete auf einen jungen Menschen von neunundzwanzig Jahren, der seit sechs Wochen Anwalt am Appellationsgericht war und Pierre Petit-Claud hieß.

»Sie gingen mit David Séchard auf die Schule?« fragte der

große Cointet den jungen Anwalt, der sich beeilt hatte, der Aufforderung des reichen Fabrikanten zu folgen.

»Gewiß«, antwortete Petit-Claud, während er sich bemühte, mit Cointet Schritt zu halten.

»Haben Sie die Bekanntschaft erneuert?«

»Wir sind uns seit seiner Rückkehr höchstens zweimal begegnet. David fragte mich, welchen Beruf ich gewählt hatte. Ich sagte, daß ich nach der Studienzeit in Poitiers erster Gehilfe Olivets geworden war und hoffte, eines Tages sein Nachfolger zu werden. Ich kannte viel besser Lucien Chardon, der sich jetzt de Rubempré nennen läßt, den Liebhaber der Madame de Bargeton, unseren großen Dichter, kurzum, den Schwager Séchards.«

»Dann können Sie David Ihre Ernennung mitteilen und ihm Ihre Dienste anbieten«, sagte Cointet.

»Das wird nicht gehen«, erwiderte der junge Anwalt.

»Er hat nie prozessiert, er hat keinen Anwalt, es läßt sich machen«, gab Cointet zurück, während er hinter seiner Brille den Advokaten musterte.

Sohn eines Schneiders, von seinen Mitschülern geringschätzig behandelt, hatte Pierre Petit-Claud bis zu einem gewissen Grad offenbar Galle im Blut. Seine Gesichtsfarbe ließ an alte Krankheiten und kümmerliche Verhältnisse denken; auch ist der Schluß auf unedle Gefühle fast immer richtig. Die geborstene Stimme paßte zu seiner Magerkeit, der hageren Miene, der unbestimmten Farbe seiner Elsternaugen.

Das Elsternauge ist nach einer Beobachtung Napoleons ein Zeichen von Unehrlichkeit. »Sehen Sie sich den an«, sagte er auf Sankt Helena zu Las Cases über einen seiner Vertrauten, den er wegen Veruntreuung zurückschicken mußte, »ich weiß nicht, wie ich mich so lange in ihm habe täuschen können – er hat Augen wie eine Elster.« Nach einem gründlichen Blick auf den kleinen mageren Anwalt mit dem Pockengesicht, den spärlichen Haaren, weshalb Stirn und Schädel schon ineinander übergingen, und den in die Hüften gestemmten Fäusten sagte sich der große Cointet: ›Das ist mein Mann.‹ Von einer ätzenden Gier nach Erfolg getrieben, hatte Petit-Claud, ungeachtet seiner Mittellosigkeit, die Kühnheit gehabt, für dreißigtausend Franc die Praxis seines Brotgebers zu kaufen und im übrigen auf eine reiche Heirat zu hoffen; wie es üblich war, rechnete er darauf, daß der Anwalt ihm dabei half, denn in diesem Fall hat der Verkäufer ein Interesse daran, daß der Käufer sich gut verheiratet. Petit-Claud vertraute noch mehr auf sich selbst, denn es fehlte ihm nicht an einer gewissen Überlegenheit, die in der Provinz selten ist und die bei ihm dem Haß entsprang. Großer Haß, große Wirkungen.

Es besteht ein erheblicher Unterschied zwischen den Pariser Anwälten und denen der Provinz. In Paris besitzt ein bemerkenswerter Anwalt etwas von den Eigenschaften des Diplomaten; die Zahl der Prozesse, der Umfang der Interessen, die Tragweite der ihm anvertrauten Geschäfte erlauben ihm, das Gerichtsverfahren selbst nicht als Melkkuh zu betrachten. In der Provinz dagegen werfen sich die Anwälte auf den Kleinkram, beladen die Rechnungen mit Kosten und Auslagen. Wo der Pariser Anwalt sich an das Honorar hält, sieht der Provinzanwalt eine Gelegenheit anzukreiden. Das Honorar zahlt der Klient dem Anwalt zusätzlich zu den Gebühren für die mehr oder weniger geschickte Führung seiner Sache. An den Gebühren ist der Fiskus zur Hälfte beteiligt, während die Honorare allein dem Anwalt gehören.

Sagen wir es frei heraus! Die gezahlten Honorare stimmten selten mit den Honoraren überein, die für die Dienste eines guten Anwalts gefordert und geschuldet werden. Die Anwälte, Ärzte und Advokaten von Paris sind wie die Kurtisanen bei ihren Gelegenheitsliebhabern außerordentlich mißtrauisch gegen die Erkenntlichkeit ihrer Klienten. Der Klient vor und nach dem Prozeß könnte zwei wundervolle Genrebilder abgeben, die eines Meissonier würdig wären und um die sich die Honoraranwälte reißen würden. Es besteht noch ein weiterer Unterschied zwischen dem Pariser Anwalt und dem Anwalt der Provinz. Der Pariser Anwalt plädiert nur selten, er ergreift zuweilen das Wort, wenn Anträge auf einstweilige Verfügungen gestellt werden; hingegen waren 1822 in den meisten Departements (seitdem haben die Advokaten sich rasch vermehrt) die Anwälte Advokaten und plädierten selbst in ihren Prozessen. Aus diesem Doppelleben ergibt sich eine doppelte Arbeit, die dem Provinzanwalt die intellektuellen Gebrechen des Advokaten verleiht, ohne ihm die lastenden Verpflichtungen des Anwalts zu nehmen. Der Provinzanwalt wird geschwätzig und verliert die zur Prozeßführung so nötige Klarheit des Urteilens. Indem er sich so zerteilt, findet ein überlegener Mann oft zwei mittelmäßige Männer in sich wieder. Der Anwalt in Paris, der sich vor Gericht nicht in Worten verausgabt und nicht oft mit Für und Wider plädiert, kann sich die Geradlinigkeit in den Gedanken bewahren. Wenn er die Ballistik des Rechts beherrscht und im Arsenal der Mittel, die die Widersprüche der Jurisprudenz bieten, wühlt, erhält er sich über der Sache, der er zum Sieg verhelfen will, seine Überzeugung. Kurzum, das Denken vernebelt weniger als das Reden.

Wer viel redet, glaubt am Ende, was er sagt; hingegen kann man wider seine Ansicht handeln, ohne sie umzustoßen, und einen schlechten Prozeß gewinnen lassen, ohne zu behaupten, daß er gut sei, wie es der plädierende Advokat tut. Daher kann der alte Pariser Anwalt viel besser als ein alter Advokat einen guten Richter abgeben. Der Provinzanwalt hat also viele Argumente für Mittelmäßigkeit: Er vermählt sich mit kleinen Leidenschaften, befaßt sich mit dem Kleinkram, jagt den Gebühren nach, mißbraucht die Prozeßordnung, und er plädiert! Mit einem Wort, er hat viele Gebrechen. Taucht daher unter den Provinzanwälten einmal ein bemerkenswerter Kopf auf, so springt der Unterschied ganz besonders ins Auge.

»Ich glaubte, Sie hätten mich bestellt, um geschäftlich mit mir zu reden«, sagte Petit-Claud und suchte einen Blick hinter die undurchdringlichen Brillengläser des großen Cointet zu werfen.

»Keine Umschweife«, erwiderte Boniface Cointet, »hören Sie mich an.«

Nach dieser bedeutsamen Aufforderung setzte er sich auf eine Bank und lud Petit-Claud ein, seinem Beispiel zu folgen.

»Als Monsieur du Hautoy 1814 durch Angoulême kam, um in Valence seine Stelle als Konsul anzutreten, lernte er Madame de Sénonches kennen, die damals Mademoiselle Zéphirine hieß, und hatte mit ihr eine Tochter«, flüsterte Cointet dem Anwalt ins Ohr, der bei diesen Worten auffuhr. Cointet sprach weiter: »Der heimlichen Niederkunft folgte sofort die Vermählung des Paares. Das Mädchen, das auf dem Lande bei seiner Mutter aufwuchs, ist Mademoiselle Françoise de la Haye; Madame de Sénonches gibt sich als seine Patin aus. Da meine Mutter, eine Pächterin der alten Madame de Cardanet, der Großmutter von Mademoiselle Zéphirine, in das Geheimnis eingeweiht war, beauftragte man mich, die kleine Summe anzulegen, die Monsieur Francis du Hautoy später seiner Tochter aussetzte. Die zehntausend Franc, aus denen heute dreißigtausend geworden sind, bilden den Grundstock ihres Vermögens. Madame de Sénonches wird die Aussteuer, das Silber und einige Möbel geben, und ich, mein Junge, kann Ihnen das Mädchen verschaffen«, schloß Cointet, während er Petit-Claud aufs Knie schlug; »durch die Heirat mit Françoise de la Haye bekommen Sie einen großen Teil der Angoulêmer Aristokratie als Mandanten. Die Stellung eines Anwalts genügt den Ansprüchen der anderen Seite, ich bin unterrichtet.«

»Was soll ich tun?« fragte Petit-Claud gierig, »Sie haben Cachan als Anwalt.«

»Ebendeshalb werde ich nicht von einem Augenblick zum anderen von ihm fortgehen, meine Kundschaft bekommen Sie später«, erwiderte Cointet mit verschlagenem Gesicht. »Was Sie tun sollen? Sich David Séchards annehmen. Der arme Teufel muß mir drei Wechsel von je tausend Franc einlösen, er wird es nicht können – übernehmen Sie seine Verteidigung, aber so, daß eine tüchtige Kostenrechnung zusammenkommt. Haben Sie keine Angst, geben Sie nicht nach, sorgen Sie für Zwischenfälle. Doublon, mein Gerichtsvollzieher, der mit Cachan gegen ihn vorgeht, wird es nicht an Energie fehlen lassen. Mehr brauche ich nicht zu sagen. Und jetzt, junger Mann?«

Eine beredte Pause trat ein, in der die beiden Männer sich anschauten.

»Wir haben uns nie gesehen«, fuhr Cointet fort, »ich habe Ihnen nichts gesagt, Sie wissen nichts von Monsieur du Hautoy noch von Madame de Sénonches, noch von Mademoiselle de la Haye; aber in zwei Monaten können Sie um die Hand der jungen Dame anhalten. Wenn wir uns sehen müssen, treffen Sie mich abends hier. Vermeiden Sie Briefe.«

»Sie wollen also Séchard zugrunde richten?« fragte Petit-Claud.

»Nicht vollständig, aber eine Zeitlang muß er ins Gefängnis.«

»Aus welchem Grund?«

»Glauben Sie, ich sei so leichtsinnig, Ihnen das zu sagen? Und wenn Sie schlau genug sind, es zu erraten, so schweigen Sie.«

»Davids Vater ist reich«, meinte Petit-Claud, der die Dinge bereits unter dem Gesichtspunkt seines Auftraggebers zu betrachten begann.

»Der Alte gibt, so lange er lebt, keinen Heller und hat noch lange keine Lust, seine Todesanzeige setzen zu lassen, obwohl er sie in seiner eigenen Druckerei billig bekäme.«

»Gut«, sagte Petit-Claud, der seine Entscheidung traf; »ich verlange keine Sicherheit von Ihnen, ich bin Anwalt; wenn Sie mir einen Streich spielen sollten, hätten Sie es mit mir zu tun.«

›Der macht seinen Weg‹, dachte Cointet, als er ihn verließ.

Am nächsten Tag, es war der letzte Tag im April, wurde der erste der von Lucien gefälschten Wechsel vorgelegt. Zum Unglück nahm ihn Madame Séchard in Empfang, erkannte die Fälschung, rief David hinzu und sagte ihm auf den Kopf zu:

»Diese Unterschrift ist nicht von dir.«

»Nein«, antwortete er, »dein Bruder war so in Bedrängnis, daß er für mich unterschrieb.«

Ève gab den Wechsel dem Boten der Cointets mit den Worten zurück: »Wir sind nicht in der Lage.«

Einer Ohnmacht nahe ging sie hinauf, David folgte ihr.

»Mein Freund«, sagte Ève mit ersterbender Stimme, »gehe rasch zu den Cointets, sie werden Rücksicht auf dich nehmen; bitte sie zu warten, und gib ihnen zu bedenken, daß sie dir bei Erneuerung der Pacht tausend Franc schulden.«

David tat, wie sie ihn geheißen hatte. Ein Faktor kann immer Drucker werden, aber ein geschickter Drucker ist nicht immer ein guter Kaufmann; daher war David wie vom Donner gerührt, als er auf seine stammelnd vorgebrachten Entschuldigungen und Bitten die Antwort erhielt:

»Damit haben wir gar nichts zu tun; wir haben den Wechsel von Métivier bekommen, Métivier wird uns bezahlen. Wenden Sie sich an Métivier.«

»Oh, wenn der Wechsel zu Métivier zurückgeht, haben wir nichts zu fürchten«, meinte Ève, als sie von dieser Antwort hörte.

Am nächsten Tag schritt Victor-Ange-Hérménigilde Doublon, Gerichtsvollzieher der Herren Cointet, um zwei Uhr, zu einer Zeit, wo die Place du Mûrier voll von Leuten ist, zur Protestaufnahme; und obwohl er zuerst an der Tür mit Kolb und Marion plauderte, war der Protest am Abend bei der ganzen Kaufmannschaft bekannt. Konnte überhaupt die scheinheilige Rücksicht, deren sich Doublon auf Wunsch der Cointets befleißigte, Ève und David vor der Schande retten, mit der sich unter Kaufleuten sofort bedeckt, wer seine Zahlungsunfähigkeit eingesteht? Jeder möge selbst urteilen!

Die langatmigsten Ausführungen werden hierbei zu kurz erscheinen. Neunzig von hundert Lesern werden die folgenden Einzelheiten wie eine pikante Neuigkeit vorkommen. So wird sich noch einmal die Wahrheit des Axioms bestätigen: Nichts ist weniger bekannt als das, was jedermann kennen muß: das Gesetz!

Gewiß wird die große Mehrheit der Franzosen die Beschreibung des Mechanismus, der eines der Räderwerke des Bankwesens in Gang hält, ebenso interessant finden wie einen Reisebericht aus fremden Ländern. Wenn ein Geschäftsmann aus einer Stadt, in der sein Unternehmen ansässig ist, einen Wechsel an eine Person schickt, die in einer anderen Stadt wohnt, wie David es getan zu haben schien, um Lucien gefällig zu sein, so verwandelt er den einfachen Vorgang eines unter Geschäftsleuten derselben Stadt für Geschäftszwecke ausgestellten Wechsels in etwas Ähnliches wie einen Wechsel, der von einem Platz auf einen anderen gezogen wird. So war Métivier, als er Lucien die drei Wechsel abnahm, zwecks Vereinnahmung des Betrages gezwungen, sie an seine Korrespondenten, die Herren Cointet, zu schikken. Daraus ergab sich für Lucien eine erste, als »Kommission für die Versendung eines Wechsels« bezeichnete Einbuße: Zusätzlich zum Diskont wurde von jedem Wechsel ein gewisser Prozentsatz abgezogen. Die Wechsel Séchards waren also in die Kategorie der Bankgeschäfte übergegangen. Und Sie können sich nicht vorstellen, in welchem Maße die dem erhabenen Titel des Gläubigers hinzugefügte Eigenschaft des Bankiers die Stellung des Schuldners verändert. Als »Bank« (achten Sie wohl auf diesen Ausdruck?) schulden die Bankiers, sobald ein von dem Platz Paris nach dem Platz Angoulême übersandter Wechsel unbezahlt bleibt, es sich selbst, sich eine »Retourrechnung« auszustellen, wie es das Gesetz nennt. Nie hat ein Romanschreiber eine unwahrscheinlichere Geschichte als diese erfunden; denn hier sieht man die geschickten Winkelzüge à la Maskarill, die ein bestimmter Artikel des Handelsgesetzbuches autorisiert, dessen Erläuterung zeigt, welche Grausamkeit sich hinter dem schrecklichen Wort »Legalität« verbirgt.

Sobald Doublon seinen Protest abgefaßt hatte, brachte er das Schriftstück selbst zu den Brüdern Cointet. Der Gerichtsvollzieher stand in Verrechnung mit diesen Wucherern und gab ihnen einen Halbjahreskredit, den der große Cointet durch seine Zahlungsweise in einen ganzjährigen verwandelte, wobei er nicht vergaß, den Wucherergehilfen jeden Monat zu fragen: »Doublon, brauchen Sie Geld?« Das ist noch nicht alles. Doublon bewilligte der zahlungskräftigen Firma einen Zuschlag! Das Haus gewann so an jedem Akt ein Nichts, den jämmerlichen Betrag von einem Franc fünfzig Centime bei jedem Protest!

Der große Cointet setzte sich ruhig an seinen Schreibtisch, entnahm ihm eine Stempelmarke im Wert von fünfunddreißig Centimes und plauderte dabei mit Doublon, der ihm allerlei Wissenswertes zutrug.

»Nun, sind Sie mit dem kleinen Gannerac zufrieden?«

»Es geht ihm nicht schlecht. Ein Speditionsgeschäft...«

»Nun, Tatsache ist, daß er Schwierigkeiten hat! Ich habe gehört, daß seine Frau ihm große Ausgaben verursacht...«

»Ihm?« fragte Doublon spöttisch.

Dann, nachdem er die Marke aufgeklebt hatte, schrieb er mit Rundschrift folgende ausbeuterische Rechnung:

Zurückverweisung und Kosten

Gegenstand: ein Wechsel auf eintausend Franc, datiert Angoulême, den zehnten Februar Achtzehnhundertzweiundzwanzig, unterschrieben von Séchard Sohn, an die Ordre von Lucien Chardon genannt de Rubempré, ausgestellt auf die Ordre von Métivier und uns, verfallen am dreißigsten April, protestiert von Doublon, Gerichtsvollzieher, den ersten Mai Achtzehnhundertzweiundzwanzig.

Betrag	1000.00
Protest	12.35
Provision, 0,5 %	5.00
Courtage 0,25%	2.50
Zurückverweisung	1.35
Zinsen und Porto	3.00
	1024.20
Platzwechsel, 1,25 % aus 1024.20	13.45
	<u>1037.65</u>

In Worten eintausendsiebenunddreißig Franc, fünfundsechzig Centime, welchen Betrag wir Monsieur Métivier, Rue Serpente in Paris, laut Ordre von Monsieur Gannerac in l'Houmeau in Rechnung stellen.

Angoulême, den zweiten Mai
Achtzehnhundertzweiundzwanzig
Gebrüder Cointet

Unter diese kleine, mit dem ganzen Geschick eines Mannes der Praxis aufgestellte Rechnung schrieb der große Cointet, immer mit Doublon plaudernd, die folgende Erklärung:

Wir Unterfertigte, Postel, Apothekerbesitzer in l'Houmeau, und Gannerac, Rollfuhrunternehmer, Kaufleute hier ansässig, bescheinigen, daß die Gebühr für Überweisung vom Platz auf Paris einenviertel vom Hundert beträgt.
Angoulême, den dritten Mai
Achtzehnhundertzweiundzwanzig

»Hier, Doublon, tun Sie mir den Gefallen, gehen Sie zu Postel und Gannerac, und lassen Sie die Erklärung unterschreiben, dann bringen Sie sie morgen früh zurück.«
Und Doublon, der sich auf diese Folterwerkzeuge verstand, ging, als hätte es sich um die einfachste Sache der Welt gehandelt. Offenbar hätte der Protest wie in Paris im Umschlag überbracht werden müssen; so war nun ganz Angoulême über die unglückliche Geschäftslage dieses armen Séchard unterrichtet. Und zu wie vielen Anschuldigungen gab seine Nachlässigkeit nicht Anlaß! Die einen meinten, er habe sich durch die übertriebene Liebe zu seiner Frau zugrunde gerichtet; andere beschuldigten ihn, seinem Schwager allzusehr zugetan zu sein. Und welche grausamen Schlußfolgerungen zog nicht ein jeder aus diesen Prämissen: Man sollte sich niemals der Interessen seiner Nächsten annehmen! Man billigte die Härte des alten Séchard gegenüber seinem Sohn, man bewunderte ihn!
Sie alle, die Sie aus irgendwelchen Gründen vergessen,

Ihren Verpflichtungen nachzukommen, verfolgen Sie jetzt einmal aufmerksam die völlig legalen Vorgänge, die der Bank in zehn Minuten achtundzwanzig Franc Zinsen aus einem Kapital von tausend Franc zufließen lassen.

Nur der erste Posten dieser »Retourrechnung« ist unanfechtbar.

Der zweite Posten beinhaltet den Anteil des Fiskus und des Gerichtsvollziehers. Die sechs Franc, die der Staat dafür einstreicht, daß er das Leid des Schuldners registriert und das Stempelpapier liefert, werden den Mißbrauch noch lange Zeit leben lassen! Im übrigen wissen Sie, daß dieser Posten dem Bankier einen Gewinn von einem Franc fünfzig Centime einträgt, infolge des von Doublon gegebenen Rabatts.

Die Provision von einem halben Prozent, Gegenstand des dritten Postens, wird unter dem sinnreichen Vorwand erhoben, daß eine nichterfolgte Zahlung für die Bank dasselbe ist wie die Diskontierung eines Wechsels. Obgleich es sich hierbei um völlig entgegengesetzte Sachverhalte handelt, kommt es also auf das gleiche heraus, ob man tausend Franc auszahlt oder nicht einkassiert. Wer immer Wechsel zur Diskontierung vorgelegt hat, weiß, daß der Wechselhändler außer den gesetzlich zulässigen sechs Prozent unter der schlichten Bezeichnung Provision einen gewissen Prozentsatz erhebt, der die Zinsen darstellt, die ihm über den gesetzlichen Zinsfuß hinaus das Talent verschafft, mit dem er sein Kapital vermehrt. Je mehr Geld er verdienen kann, um so mehr verlangt er Ihnen ab. Daher sollte man bei Dummköpfen diskontieren, das ist weniger teuer. Doch gibt es bei der Bank Dummköpfe?

Das Gesetz verpflichtet den Bankier, die Wechseltaxe von

einem Wechselagenten bestätigen zu lassen. An Plätzen, die unglücklicherweise keine Börse haben, wird der Wechselagent durch zwei Kaufleute ersetzt. Die dem Agenten zustehende sogenannte Courtage ist auf ein viertel Prozent der im protestierten Wechsel genannten Summe festgelegt. Es ist zur Gewohnheit geworden, diese Provision als den Kaufleuten gegeben anzusehen, die den Agenten ersetzen, und der Bankier steckt sie ganz einfach in seine Kasse. Daher der vierte Posten dieser reizenden Rechnung.

Der fünfte Posten beschreibt die Kosten für das Stempelpapier, auf dem die Retourrechnung abgefaßt ist, sowie für die Stempelmarke des »*Rück*wechsels«, wie man ihn so geistreich nennt, das heißt des neuen Wechsels, der vom Bankier auf seinen Kollegen gezogen wird.

Der sechste Posten umfaßt das Porto und die gesetzlichen Zinsen für die gesamte Zeit, in der die betreffende Summe in der Kasse des Bankiers fehlen kann.

Und schließlich wäre da noch der Platzwechsel, der eigentliche Bankvorgang, die Kosten für die Überweisung von einem Platz auf den anderen.

Jetzt klauben Sie diese Rechnung einmal auseinander, in der, frei nach den Rechenkünsten Pulcinellas im neapolitanischen Possenspiel – Lablache ist hervorragend in dieser Rolle –, fünfzehn und fünf zweiundzwanzig ergeben! Offensichtlich war die Unterschrift der Herren Postel und Gannerac eine Gefälligkeit: Die Cointets bestätigten bei Bedarf für Gannerac, was Gannerac für die Cointets bestätigte. Das ist die praktische Anwendung des bekannten Sprichworts: Eine Hand wäscht die andere. Die Gebrüder Cointet, die mit Métivier im Kontokorrent standen, hatten es nicht nötig, einen Wechsel zu ziehen. Im Verkehr untereinander ergab ein retournierter Wechsel nur eine Zeile mehr im Soll oder Haben.

An dieser Phantasierechnung war also nichts richtig außer den geschuldeten tausend Franc, den Protestkosten in Höhe von dreizehn Franc und ein halbes Prozent Zinsen für einen Monat, was alles in allem vielleicht achtzehn Franc ergeben hätte.

Wenn ein großes Bankhaus im Durchschnitt täglich einen solchen Protest veranlaßt, steckt es Tag für Tag achtundzwanzig Franc ein, dank der Gnade Gottes und den Gesetzen der Bank, die im zwölften Jahrhundert von den Juden erfunden wurde und heute die Throne und Völker beherrscht.

Mit anderen Worten, tausend Franc bringen dem Bankhaus achtundzwanzig Franc täglich oder zehntausendzweihundertzwanzig Franc im Jahr ein. Bei drei Protesten täglich kommt man auf dreißigtausend Franc, eine hübsche Rente. Daher wird auch nichts mehr gepflegt als der Wechselprotest. Wenn David Séchard am dritten Mai oder auch schon am zweiten bei den Cointets erschienen wäre, um seinen Wechsel einzulösen, hätten die Drucker ihm gesagt: »Wir haben Ihren Wechsel an Métivier zurückgesandt«, selbst wenn er noch bei ihnen gelegen hätte. Die Zurücksendung darf am Abend des Verfalltages erfolgen.

Man nennt das in der Sprache der Provinzbankiers: die Taler schwitzen lassen. Das bloße Briefporto bringt dem Haus Keller, das mit der ganzen Welt korrespondiert, mehr als zwanzigtausend Franc ein, und die Protestkosten decken die Theaterloge, die Kutsche und die Toiletten der Baronin Nucingen. Das Briefporto ist ein um so fürchterlicherer

Mißbrauch, als die Banken zehn solcher Geschäfte in zehn Zeilen ein und desselben Briefes erledigen. Und der Staat beteiligt sich an dieser Prämie, die dem Unglück auferlegt wird, der Fiskus füllt seine Kassen auf Kosten derer, denen es schlechtgeht. Was aber die Bank betrifft, so schmettert sie den Schuldner mit der Frage zu Boden:

»Warum bist du nicht zahlungsfähig?« Eine Frage, auf die man leider nichts antworten kann.

Am vierten Mai erhielt Métivier von den Gebrüdern Cointet den protestierten Wechsel mit der Aufforderung, rücksichtslos gegen Monsieur Lucien Chardon genannt de Rubempré vorzugehen. Ein paar Tage später empfing Ève, die an Métivier geschrieben hatte, folgende Antwort, die sie völlig beruhigte:

Monsieur Séchard Sohn, Drucker in Angoulême.
Ich bestätige den Empfang Ihres Geehrten vom 5. dieses Monats und verstand Ihre Mitteilung in Sachen des unbezahlten Wechsels dahin gehend, daß Sie Ihren Schwager, Monsieur de Rubempré, haftbar machen. Derselbe befindet sich in einer Lage, daß er sich nicht lange wird verfolgen lassen, auch lebt er auf verschwenderischem Fuß. Wenn Ihr geehrter Schwager nicht zahlen sollte, würde ich mich an Ihre bewährte Firma halten.

Wie immer gern zu Diensten
Métivier

»Lucien wird auf diese Weise erfahren, daß wir nicht haben zahlen können«, sagte Ève zu David.

Welchen Gefühlswechsel verriet dieser Satz! Die Liebe,

die ihr der Charakter Davids in dem Maß einflößte, als sie ihn kennenlernte, verdrängte in ihrem Herzen die Neigung zu dem Bruder. Aber wie vielen Illusionen kehrte sie den Rücken?

Folgen wir nun dem Weg, den der protestierte und nach Paris zurückgesandte Wechsel machte. Einem Dritten, der einen Wechsel durch Übertragung besitzt, steht es nach dem Gesetz frei, sich an denjenigen der verschiedenen Schuldner zu halten, der ihm die beste Gewähr für rasche Bezahlung bietet. Dank diesem Umstand wurde Lucien von dem Gerichtsvollzieher Métiviers verfolgt. Der Vorgang, der im übrigen zu keinem Ergebnis führte, spielte sich folgendermaßen ab:

Métivier, hinter dem sich die Cointets verbargen, wußte von der Zahlungsunfähigkeit Luciens; aber das Gesetz erkennt diese Tatsache erst an, wenn sie festgestellt worden ist. Der Gerichtsvollzieher Métiviers setzte am 5. Mai Lucien von dem Protest und der Zurückverweisung in Kenntnis, indem er ihn vor das Pariser Handelsgericht lud, wo Lucien eine Menge Dinge anhören mußte, unter anderem, daß er als Geschäftsmann mit Schuldhaft gestraft werden würde. Als Lucien, der wie ein gehetztes Wild lebte, diese Zauberformeln las, erhielt er die Anzeige eines vom Handelsgericht gegen ihn erwirkten Versäumnisurteils. Coralie, seine Geliebte, die nicht wußte, worum es sich handelte, dachte, daß Lucien seinem Schwager einen Gefallen getan hätte; sie übergab ihm alle Schriftstücke, aber zu spät. Eine Schauspielerin sieht in den Vaudevilles zu viele Schauspieler als Gerichtsvollzieher, um an das Stempelpapier zu glauben. Lucien schossen bei dem Gedanken an David die Tränen in die Augen, er bereute seine Handlung, er wollte die Wechsel einlösen. Natürlich beriet er sich mit seinen Freunden darüber, was er tun mußte, um Zeit zu gewinnen. Doch bis Lousteau, Blondet, Bixiou und Nathan Lucien erklärt hatten, wie wenig sich ein Dichter um das Handelsgericht, eine für die Krämer geltende Rechtsprechung, zu kümmern brauchte, war der Dichter bereits einer Pfändung unterworfen. Er sah an seiner Tür den kleinen gelben Anschlag, dessen Farbe auf den Stoff abfärbt, der dem Kredit ein Ende macht, die Herzen der kleinen Lieferanten lähmt und vor allem das Blut in den Adern der Dichter erstarren macht, die so töricht sind, sich an die Dinge aus Holz, Seide und Wolle zu hängen, die man als Einrichtung bezeichnet.

Als Coralies Möbel abgeholt wurden, suchte der Dichter der *Marguerites* einen Freund Bixious auf, den Anwalt Desroches, der angesichts Luciens erschrecktem Gesicht zu lachen begann.

»Machen Sie sich keine Sorgen, mein Lieber. Sie wollen Zeit gewinnen? Nichts einfacher, erheben Sie Einspruch gegen die Vollstreckung des Urteils. Suchen Sie einen meiner Freunde auf, den Konsulenten Masson, bringen Sie ihm das ganze Material, er wird Einspruch erheben, Sie vertreten und die Kompetenz des Handelsgerichts anzweifeln. Das bereitet nicht die geringste Schwierigkeit, Sie sind ja ein bekannter Journalist.«

Am achtundzwanzigsten Mai wurde Lucien vom Zivilgericht rascher verurteilt, als Desroches erwartet hatte, man betrieb die Angelegenheit eben mit äußerster Entschiedenheit. Als eine neue Pfändung erfolgte und der gelbe Anschlag abermals Coralies Türpfosten vergoldete, widersetzte sich Desroches, der sich leider von seinen Kollegen hatte überrumpeln lassen, wie er sich ausdrückte; er behauptete, übrigens mit Recht, daß die Einrichtungsgegenstände Coralie gehörten, und beantragte eine Entscheidung. Daraufhin verwies der Vorsitzende des Gerichts die Parteien auf die richterliche Entscheidung, und die Möbel wurden als Coralies Eigentum anerkannt. Métivier, der gegen dieses Urteil Einspruch erhob, wurde durch eine Entscheidung am dreißigsten Juli abgewiesen.

Am siebenten August erhielt Cachan mit der Post einen mächtigen Aktenstoß mit der Aufschrift: Métivier gegen Séchard und Lucien Chardon.

Das erste Stück darin war folgende hübsche Rechnung, deren Richtigkeit verbürgt ist, denn es handelt sich um eine wortgetreue Abschrift:

Wechsel vom 30. April, unterschrieben von Séchard
Sohn, Ordre Lucien de Rubempré (2. Mai),
Retourrechnung   1037.45
5. Mai – Übergabe des Protestes und
Ladung vor das Handelsgericht 8.75
7. Mai – Urteilsfällung 35.–
10. Mai – Ausfertigung des Urteils 8.50
12. Mai – Ausführung 5.50
14. Mai – Protokoll über stattgefundene
Pfändung 16.–
18. Mai – Protokoll über erfolgten
Anschlag 15.25
19. Mai – Bekanntmachung in der
Gerichtszeitung 4.–

24. Mai – Anfechtung des Urteils durch Lucien de Rubempré	12.–
27. Mai – Urteil betr. die Anfechtung und Verweisung der Parteien vor die Zivilkammer	35.–
28. Mai – Beschleunigungsantrag Métiviers beim Zivilgericht	6.50
2. Juni – Verurteilung Lucien Chardons zur Zahlung der Protestkosten	150.–
6. Juni – Ausfertigung	10.–
15. Juni – Ausführung	5.50
19. Juni – Protokoll betr. Pfändung und Einspruch der Schauspielerin Coralie	20.–
Vorläufiger Entscheid des Vorsitzenden	40.–
Urteil, Zusprechung der Möbel	250.–
20. Juni – Einspruch Métiviers	17.–
30. Juni – Bestätigung des Urteils	250.–
Total	889.–
Wechsel vom 31. Mai	1037.45
Zustellung an Lucien Chardon	8.75
	1046,20
Wechsel vom 30. Juni, protestiert und zurückgeschickt	1037.45
Zustellung an Lucien Chardon	8.75
	1046.20

Diese Papiere waren von einem Brief begleitet, durch den Métivier Cachan, Anwalt in Angoulême, anwies, David Séchard mit allen gesetzlichen Mitteln zu verfolgen. Doublon lud also David auf den dritten Juli vor das Handelsgericht mit der Aufforderung, die Summe von viertausendachtzehn Franc fünfundachtzig Centime zu zahlen, den Betrag für die drei Wechsel und die bereits aufgelaufenen Kosten. An demselben Tag, an dem Doublon diese Aufforderung Ève persönlich zustellte, erhielt diese folgenden niederschmetternden Brief von Métivier:

An Monsieur Séchard Sohn, Drucker in Angoulême.
Ihr Schwager, Monsieur Chardon, ist ein Mann von ausgesprochener Böswilligkeit; er hat sein Mobiliar auf eine Schauspielerin, mit der er zusammenlebt, übertragen, und Sie, Monsieur Séchard, hätten mich anständigerweise von diesen Umständen unterrichten müssen, um mir unnütze Schritte zu ersparen, denn Sie haben mir auf meinen Brief vom 10. Mai nicht geantwortet. Verübeln Sie es mir also nicht, wenn ich um sofortige Einlösung der drei Wechsel und aller meiner Auslagen bitte.
Ergebenst, Métivier

Ève, die wenig vom Handelsrecht wußte, hatte, da von den Wechseln nicht mehr die Rede gewesen war, geglaubt, ihr Bruder habe sein Verbrechen wiedergutgemacht und die gefälschten Wechsel eingelöst.

»Mein Freund«, sagte sie zu ihrem Mann, »gehe als erstes zu Petit-Claud, setze ihm unsere Lage auseinander, und frage ihn um Rat.«

»Mein Freund«, sagte der arme Drucker, als er das Arbeitszimmer seines Schulfreundes betrat, »als du mir deine Dienste anbotst, wußte ich nicht, daß ich sie so bald in Anspruch nehmen müsse.«

Petit-Claud musterte den schönen Denkerkopf des Mannes, der vor ihm im Sessel saß, und hörte nicht auf die Erläuterungen, die er besser als David kannte. Solche Auftritte finden oft genug bei einem Anwalt statt. ›Warum verfolgen die Cointets ihn?‹ fragte er sich. Ein Anwalt wird immer versuchen, zugleich in das Innere des Klienten und des Gegners einzudringen.

»Du willst Zeit gewinnen«, sagte er, als Séchard geendet hatte. »Was brauchst du, drei, vier Monate?«

»Vier Monate! Dann wäre ich gerettet«, rief David, der Petit-Claud für einen Engel hielt.

»Also gut, man wird nichts bei dir pfänden und dich vorher nicht verhaften können, aber es ist eine teure Sache«, sagte Petit-Claud.

»Was macht das schon?«

»Du erwartest Einnahmen, kannst du auf sie rechnen?« fragte der Anwalt, den die Bereitwilligkeit überraschte, mit der sein Klient auf seinen Vorschlag einging.

»In drei Monaten bin ich reich«, antwortete der Erfinder mit der ganzen Bestimmtheit eines Erfinders.

»Dein Vater ist ein gesunder Mann«, gab der Anwalt zu bedenken.

»Rechne ich denn mit seinem Tod? Ich bin einem Fabrikationsgeheimnis auf der Spur, das mir erlauben wird, ohne eine Spur von Baumwolle ein Papier herzustellen, das ebensogut wie holländisches ist und um die Hälfte billiger sein wird.«

»Eine große Sache!« rief Petit-Claud, der jetzt den Plan des großen Cointet zu durchschauen begann.

»Eine sehr große Sache! Denn in zehn Jahren braucht

man zehnmal mehr Papier, als heute hergestellt wird. Das Zeitungswesen wird einen ungeheuren Aufschwung nehmen.«

»Kennt jemand dein Geheimnis?«

»Niemand außer meiner Frau.«

»Du hast auch niemanden in die Idee als solche eingeweiht, die Cointets zum Beispiel?«

»Ich habe mich in allgemeinen Floskeln mit ihnen unterhalten.«

Eine edelmütige Regung durchzuckte den Anwalt, der einen Versuch machte, alle Interessen miteinander auszugleichen, die der Cointets, die Davids und seine eigenen.

»Höre, David«, sagte er, »wir sind Schulfreunde, ich will dich verteidigen, aber mache dir klar, daß dieser Eingriff in den Gang des Gesetzes dich fünf- bis sechstausend Franc kosten wird! Setze dein Glück nicht aufs Spiel! Ich glaube, daß du gezwungen sein wirst, den Gewinn aus deiner Erfindung mit einem unserer Fabrikanten zu teilen. Denn du wirst es dir zweimal überlegen, bevor du eine Papierfabrik kaufst. Außerdem mußt du ein Patent auf die Erfindung anmelden. Das alles wird Zeit und Geld kosten. Die Gerichtsvollzieher stürzen sich vielleicht doch auf dich, bevor meine Maßnahmen wirken.«

»Ich gebe mein Geheimnis nicht heraus«, antwortete David mit der Weltfremdheit des Gelehrten.

»Nun gut, dann klammere dich an die Erfindung«, sagte Petit-Claud nach dem Fehlschlag seines wohlgemeinten Versuches, einen Prozeß durch ein Zugeständnis zu vermeiden. »Ich will mich nicht in das Geheimnis drängen, sage dir aber folgendes: Verkrieche dich in die Eingeweide der Erde, damit niemand dir zuschaut und deine Methode abhorcht, du ständest mit leeren Händen da. Man wird herausbekommen, womit du dich beschäftigst, du bist von Fabrikanten umgeben. So viele Fabrikanten, so viele Feinde! Sie werden dich wie einen Biber jagen, liefere ihnen nicht dein Fell aus!«

»Ich danke dir, lieber Freund, ich habe mir das alles selbst gesagt«, rief Séchard, »aber ich vergesse nicht, daß du so besorgt um mich bist. Es handelt sich bei diesem Unternehmen nicht um mich. Mir würden zwölfhundert Franc Rente genügen, und mein Vater hinterläßt mir eines Tages mindestens dreimal so viel. Es handelt sich um Lucien und meine Frau, für sie arbeite ich.«

»Ich verstehe; unterschreibe jetzt diese Vollmacht, und kümmere dich nur um deine Erfindung. Wenn du dich vor dem Haftbefehl verstecken mußt, gebe ich dir tags zuvor Nachricht. Und laß mich dir noch raten: Gewähre niemandem Zutritt, dessen du nicht ebenso sicher wie deiner selbst bist.«

»Cérizet hat die Erneuerung der Pacht abgelehnt, daher meine Bedrängnisse. Im Haus bleiben nur Marion, Kolb, ein Elsässer, der treu wie ein Pudel ist, meine Frau und meine Schwiegermutter.«

»Höre«, sagte Petit-Claud, »mißtraue dem Pudel.«

»Du kennst ihn nicht«, rief David, »Kolb ist mein zweites Ich.«

»Erlaubst du, daß ich ihn auf die Probe stelle?«

»Warum nicht?«

»Also auf Wiedersehen; aber schicke deine schöne Frau zu mir, eine Vollmacht von ihr ist unentbehrlich. Und vergiß nicht, mein Freund, daß du auf heißem Boden stehst«, schloß

Petit-Claud und bereitete seinen Schulfreund so auf alle Verfolgungen vor, die über ihn hereinbrechen sollten.

Von den Sorgen gequält, die die Geldnot verursacht, von den Sorgen gequält, die ihm der Zustand seiner Frau bereitete, die unter Luciens schlechtem Ruf litt, sann David unverdrossen über die Lösung seines Problems nach. Nun geschah es, daß er auf dem Weg zu Petit-Claud in der Zerstreuung einen der Brennesselstengel kaute, die er in Wasser eingeweicht hatte. Die Aufgabe war, die verschiedenen Operationen, die dazu dienen, den Urstoff zu zerfasern, durch gleichwertige Methoden zu ersetzen. Während er recht zufrieden mit dem Anwalt durch die Gassen ging, merkte er, daß er im Mund eine aufgeweichte Kugel hielt. Er legte sie auf die Hand, drückte sie auseinander und erblickte eine Paste, die alle bisher erzielten Versuche übertraf. Denn der Grundfehler, an dem alle aus Pflanzenstoff hergestellten Pasten leiden, ist ihr Mangel an Geschmeidigkeit; Stroh liefert ein brüchiges Papier von metallischem Charakter.

Zufälle wie der eben beschriebene stoßen nur dem unermüdlichen Beobachter der Natur zu.

›Ich werde durch eine Maschine und ein chemisches Agens die Operation ausführen, die ich eben mechanisch vollführte‹, dachte er und trat freudestrahlend vor seine Frau.

»Mein Engel, mache dir keine Sorgen«, sagte er, als er sah, daß sie geweint hatte; »Petit-Claud schwört, daß wir auf ein paar Monate Ruhe zählen dürfen. Es wird etwas kosten; aber, wie er selbst zum Abschied meinte: Jeder Franzose hat das Recht, seine Gläubiger warten zu lassen, vorausgesetzt, daß er ihnen Kapital, Zinsen und Kosten zu guter Letzt bezahlt! Wir werden also zahlen!«

»Und leben!« sagte die arme Ève, die an alles dachte.

»Ja, da hast du recht«, antwortete David und kratzte sich verlegen hinter dem Ohr.

»Die Mutter hütet den kleinen Lucien, und ich kann mich wieder an die Arbeit machen«, erklärte Ève.

»Ève, meine Ève!« rief David und schloß sie in seine Arme. »Ève, zwei Schritt von hier, in Saintet, lebte im sechzehnten Jahrhundert einer der größten Entdecker unseres Landes und hatte es schlimmer als ich, denn seine Frau verkaufte ihm das Arbeitsgerät. Es war Bernard de Palissy, er irrte durch die Felder, unverstanden, gehetzt, verachtet. Ich aber, ich werde geliebt!«

»Von Herzen geliebt«, antwortete Ève mit der Sanftheit einer ihrer selbst sicheren Liebe.

»Dann kann man alles ertragen«, sagte David.

»Solange meine Finger die Kraft haben, ein Bügeleisen zu halten, soll es dir an nichts fehlen«, rief die arme Madame, ihre Stimme verriet tiefste Hingabe; »während ich bei Madame Prieur erste Modistin war, hatte ich eine Freundin, ein kleines, sehr kluges Mädchen, die Cousine Postels, Basine Clerget; und Basine sagte mir heute, als sie meine feine Wäsche brachte, daß sie die Nachfolgerin von Madame Prieur wird – bei ihr finde ich immer Arbeit.«

»Nicht lange, mein Kind«, fiel David ein, »mir ist ein Fund gelungen.«

Zum ersten Mal antwortete Ève auf dieses Selbstvertrauen, das den Erfinder aufrecht hält, mit einem traurigen Lächeln, und David senkte schuldbewußt den Kopf.

»Oh, du mußt nicht glauben, daß ich spotte, lächle, zweifle«, rief die schöne Ève und kniete vor ihrem Gatten nieder;

»aber ich sehe, wie recht du hattest, das tiefste Schweigen über deine Versuche und Hoffnungen zu bewahren. Ja, mein Freund, die Erfinder müssen ihre Einfälle vor allen verbergen, sogar vor ihren Frauen. Eine Frau bleibt immer Frau. Deine Ève hat ein Lächeln nicht unterdrücken können, als sie dich sagen hörte: ›Ich habe einen Fund gemacht!‹ – Zum siebzehnten Mal in einem Monat.«

David lachte so fröhlich über sich selbst, daß Ève mit einem heiligen Gefühl seine Hand nahm und küßte.

Ihr Mut wuchs mit dem Unglück. Die Seelengröße ihres Mannes, seine Kindlichkeit, die Tränen, die sie manchmal in seinen Augen sah, das alles entwickelte unerhörte Kräfte in ihr. Sie wandte abermals das Mittel an, das so rasch gewirkt hatte. Sie schrieb an Métivier und bat ihn, die Druckerei zum Verkauf anzubieten, sich an diesem Betrag schadlos zu halten und David nicht durch nutzlose Kosten zugrunde zu richten.

Auf diesen prachtvollen Brief hin stellte Métivier sich tot, sein erster Gehilfe antwortete Ève, daß er es in Abwesenheit Métiviers nicht wagen dürfe, in das Verfahren einzugreifen, was ganz den Gewohnheiten seines Chefs widersprochen hätte.

Ève schlug vor, neue Wechsel auf eine um die Kosten vermehrte Summe auszustellen, und der Gehilfe erklärte sich einverstanden, vorausgesetzt, daß Davids Vater die Bürgschaft übernahm. Ève begab sich zu Fuß nach Marsac, in Begleitung ihrer Mutter und Kolbs. Sie bot dem alten Winzer die Stirn, sie entfaltete alle ihre Reize, sie entlockte dem finsteren Gesicht des Schwiegervaters sogar ein Lächeln; aber als sie bebenden Herzens von der Bürgschaft sprach, sah sie, wie der Ausdruck sich völlig veränderte.

»Wenn ich meinem Sohn den kleinen Finger gäbe, würde er die ganze Hand nehmen«, rief er. »Die Kinder zehren sämtlich unbekümmert an der väterlichen Börse. Und was habe ich getan? Ich habe meine Eltern nie einen Heller gekostet. Ihre Druckerei steht leer. Nur die Ratten und Mäuse hinterlassen dort noch ihre Spuren... Madame, Sie sind schön, ich liebe Sie, Sie sind eine fleißige und umsichtige Frau; aber mein Sohn!... Wissen Sie, was David ist?... David ist ein gelehrter Faulenzer. Wenn ich ihn rangenommen hätte, wie man mich rangenommen hat, ohne daß ich die Buchstaben kannte, und wenn ich aus ihm einen Bären gemacht hätte, wie sein Vater einer war, dann hätte er Einkünfte... Oh, dieser Junge ist mein Kreuz, wissen Sie! Zum Unglück ist es mein einziger. Und er wird sich niemals ändern. Und auch Sie wird er unglücklich machen...« Ève wehrte entschieden ab. »Doch«, fuhr er fort, als Antwort auf diese Geste, »Sie waren gezwungen, eine Amme zu nehmen, der Kummer raubte Ihnen die Muttermilch. Ich weiß alles! Sie stehen vor Gericht, und Ihre Schande wird in der Stadt ausgetrommelt werden. Ich war nur ein Bär, ich bin kein Gelehrter; ich war nicht Faktor bei den Herren Didot, dem Ruhm der Typographie, aber ich habe nie Stempelpapier erhalten! Wissen Sie, was ich mir sage, wenn ich durch meine Rebstöcke gehe, sie pflege, ernte und wenn ich meine kleinen Geschäfte mache?... Ich sage mir: Mein armer Alter, du machst dir viel Mühe, du legst Écu auf Écu, du wirst einen schönen Besitz zusammenscharren, und alles ist für die Gerichtsvollzieher, für die Anwälte... oder für die Hirngespinste... für die Ideen... Nun, mein Kind, Sie sind die Mutter des kleinen Jungen, der mir den guten Riecher seines Großvaters im Gesicht zu haben schien, als ich ihm mit Madame Chardon Pate stand. Ich sage Ihnen: Denken Sie weniger an Séchard als an den kleinen Schlingel... Ich habe nur zu Ihnen Vertrauen... Sie könnten verhindern, daß mein Besitz aufgelöst wird... mein armer Besitz...«

»Mein teurer Vater, du wirst noch stolz auf David sein und erleben, daß er aus eigener Kraft zu Reichtum gelangt und das Kreuz der Ehrenlegion im Knopfloch trägt.«

»Und was leistet er dafür?« fragte der Winzer.

»Das wirst du sehen. Aber bis dahin würden dich tausend Écu nicht zugrunde richten, mit tausend Écu könnte man sich von den Gerichtsvollziehern befreien.«

»Sie sind also hinter David her!« rief der Winzer, erstaunt zu hören, daß das, was er für eine Verleumdung gehalten hatte, wahr war; »ja, es ist nicht so einfach, seinen Namen unter ein Schriftstück zu setzen. Und meine Miete? Oh, ich muß sofort nach Angoulême und Cachan, meinen Anwalt um Rat fragen. Es war sehr gut, daß du gekommen bist; ein Mann, der Bescheid weiß, braucht nichts zu fürchten.«

Nach einem zweistündigen Ringen mußte Ève unverrichteter Dinge umkehren; das unabänderliche Argument, die Frauen verstünden nichts von den Geschäften, war stärker als sie. Sie kehrte gebrochen zurück und kam gerade rechtzeitig, um die Zustellung entgegenzunehmen, durch die David dazu verurteilt wurde, Métivier alles zu zahlen. In der Provinz ist ein Gerichtsvollzieher vor der Tür ein Ereignis; Doublon aber ging bei den Séchards aus und ein, die ganze Nachbarschaft redete davon. Ève wagte nicht mehr, das Haus zu verlassen, sie fürchtete das Gerede der Leute.

»Oh, mein Bruder, mein Bruder!« rief die arme Ève und

stürzte die Treppe hinauf. »Ich kann dir nur verzeihen, wenn es sich um dein Leben handelte.«

»Er wollte es sich nehmen«, sagte David, der ihr entgegenkam.

»Reden wir niemals mehr davon«, erwiderte sie sanft; »die Frau, die ihn in diese Pariser Hölle geführt hat, ist sehr schuldig. Und dein Vater, David, ist sehr unbarmherzig. Leiden wir schweigend.«

Der Umstand, daß diskret angeklopft wurde, hinderte David an einer zärtlichen Antwort; Marion wurde sichtbar, die den großen, dicken Kolb durch das Vorderzimmer zog.

»Kolb und ich«, sagte sie, »haben gehört, daß Monsieur Séchard in Bedrängnis ist; und da wir zusammen elfhundert Franc Ersparnisse besitzen, haben wir gedacht, daß sie nicht besser angelegt werden können, als wenn wir sie Madame Séchard anvertrauen.«

»Ja, das haben wir gedacht«, bekräftigte Kolb.

»Kolb!« rief David. »Wir verlassen einander nie. Bringe Cachan tausend Franc, aber laß dir eine Quittung geben; den Rest behalten wir im Haus. Kolb, keine menschliche Macht wird dir ein Wort entreißen; niemand darf wissen, was ich tue, wann ich fort bin, was ich vielleicht mitbringe; und wenn ich dich ausschicke, um Schilf und Nesseln zu holen, darf niemand dich sehen. Man wird alle möglichen Versuche machen, mein guter Kolb, um dich zu verleiten, man wird dir vielleicht tausend, zehntausend Franc anbieten.«

»Nicht für eine Million würde ich ein Wort verraten, bin ich nicht Soldat gewesen?« antwortete Kolb mit seinem elsässischen Akzent.

»Du bist gewarnt, nun geh und bitte Monsieur Petit-Claud, dabeizusein, wenn Cachan dieses Geld erhält.«

»Das ist ein guter Mensch«, sagte die dicke Marion zu Ève und meinte den Elsässer, »stark wie ein Türke und sanft wie ein Hammel. Eine Frau könnte sich nichts Besseres wünschen. Er hat den Gedanken gehabt, unsere Ersparnisse auf diese Weise anzulegen. Armer Mann, er hat eine schreckliche Aussprache, aber eine anständige Gesinnung. Er will anderswo Arbeit suchen, um uns nicht zur Last zu fallen.«

»Man müßte reich werden, nur um diese braven Menschen belohnen zu können«, sagte Séchard und sah seine Frau an.

Ève fand das alles ganz natürlich und wunderte sich nicht, Seelen wie sie zu treffen. Ihre Haltung hätte den größten Dummköpfen und selbst einem Gleichgültigen die ganze Erhabenheit ihres Charakters gezeigt.

»Sie werden reich sein, Monsieur, Sie werden ein sehr gutes Auskommen haben«, rief Marion. »Ihr Vater hat gerade ein Gut gekauft, er setzt Ihnen davon bestimmt Renten aus...«

Verrieten die Worte, die Marion unter solchen Umständen sprach, um das Verdienst ihres Handelns zu schmälern, nicht ein ausgesprochenes Feingefühl?

Wie alle menschlichen Dinge hat das französische Prozeßverfahren Mängel; nichtsdestoweniger ist es ein zweischneidiges Schwert und dient ebensogut zur Verteidigung wie zum Angriff. Außerdem hat es den Vorteil, daß, wenn zwei Anwälte sich verständigen (und das können sie, ohne zwei Worte miteinander wechseln zu müssen, da sie sich gegenseitig durch den bloßen Fortgang ihres Verfahrens verstehen!), ein Prozeß mithin einem Kriege gleicht, wie ihn der erste Marschall de Biron führte, dem sein Sohn bei der Belagerung von Rouen eine Möglichkeit aufzeigte, die Stadt in zwei Tagen zu nehmen. »Du hast es also sehr eilig, wieder unseren Kohl anbauen zu gehen«, sagte er zu ihm. Nach der Methode der österreichischen Generäle, denen der Reichshofrat niemals einen Verweis erteilt, wenn sie eine Kombination außer acht gelassen haben, um die Soldaten ihre Suppe essen zu lassen, können zwei Generäle den Krieg verewigen, indem sie keine Entscheidung fällen und ihre Truppen schonen. Maître Cachan, Petit-Claud und Doublon führten sich noch besser auf als die österreichischen Generäle, sie nahmen sich einen Österreicher der Antike, Fabius Cunctator, zum Vorbild!

Petit-Claud, der so heimtückisch wie ein Maulesel war, hatte bald die Vorteile seiner Stellung erkannt. Sowie die Bezahlung der anfallenden Kosten von dem großen Cointet garantiert war, nahm er sich fest vor, alle möglichen Listen gegen Cachan anzuwenden und sein Genie in den Augen des Papierhändlers glänzen zu lassen, indem er Zwischenfälle herbeiführte, die zu Lasten Métiviers gingen. Doch zum Nachteil für den Ruhm dieses jungen Figaros der Kanzleien muß der Historiker über den Boden seiner Heldentaten hinwegeilen, als liefe er über glühende Kohlen. Eine einzige Kostenaufstellung wie die in Paris angefertigte wird der zeitgenössischen Sittengeschichte ohne Zweifel genügen. Halten wir uns also an den Stil der Bulletins der Großen Armee; denn zum Verständnis der Erzählung sei gesagt: Das folgende ausschließlich juristische Kapitel wird um so besser sein, je knapper die Handlungen und das Gebaren Petit-Clauds dargelegt werden.

Auf den dritten Juli vor das Handelsgericht von Angoulême geladen, versäumte David den Termin; das Urteil wurde ihm am achten zugestellt. Am zehnten erließ Doublon den Vollstreckungsbefehl und versuchte am zwölften eine Pfändung, der sich Petit-Claud widersetzte, indem er Métivier von neuem vorlud. Métivier fand den Termin in zwei Wochen zu lang und setzte am neunzehnten ein Urteil durch, das Séchards Einspruch abwies. Am einundzwanzigsten unterzeichnet, erlaubte dieses Urteil die Vollstreckung am zweiundzwanzigsten, die Verhaftung am dreiundzwanzigsten und das Pfändungsprotokoll am vierundzwanzigsten.

Petit-Claud erhob abermals Einspruch, jetzt beim Appellationsgericht in Poitiers, wohin auch Métivier geladen wurde. Damit war einige Zeit gewonnen; ferner ließ Petit-Claud durch einen Anwalt in Poitiers Madame Séchard den Antrag auf sofortige Gütertrennung stellen. Er betrieb diesen Schachzug so eifrig, daß am achtundzwanzigsten Juli die Trennung ausgesprochen wurde, die er im Kreisblatt veröffentlichte. Im Ehevertrag hatte David eine Mitgift von zehntausend Franc ausgesetzt; als Ersatz überließ er ihr jetzt, am ersten August beim Notar, die Einrichtung der Druckerei und das häusliche Mobiliar.

Während Petit-Claud so die persönliche Habe dem Zugriff der Gläubiger entzog, hatte in Poitiers sein Einspruch Erfolg. Seiner Behauptung nach war David um so weniger haftbar für die in Paris entstandenen Kosten, als der Seinegerichtshof sie durch sein Urteil Métivier aufgebürdet hatte. Das Appellationsgericht schloß sich dieser Auffassung an und erließ ein Urteil, durch das ein Betrag von sechshundert

Franc, eben die Pariser Kosten, von der Schuldsumme abgetrennt und zu Lasten Métiviers gebucht wurden.

Dieses Urteil, am siebzehnten August ausgefertigt, hatte am nächsten Tag eine Zustellung zur Folge, die David aufforderte, Kapital, Zinsen und geschuldete Kosten zu zahlen; am zwanzigsten schloß sich das Pfändungsprotokoll an. Jetzt griff wieder Petit-Claud ein, der in Èves Namen das Mobiliar als ihr Eigentum in Anspruch nahm, da Gütertrennung ausgesprochen war. Ferner ließ Petit-Claud den alten Séchard auftreten, der sein Klient geworden war; den Grund wird man gleich verstehen.

Am Tag nach dem Besuch seiner Schwiegertochter hatte der Winzer Cachan, seinen Anwalt in der Stadt, aufgesucht und ihn gefragt, wie er zu seiner Miete kommen konnte, falls sein Sohn zahlungsunfähig wurde.

»Ich kann nicht den Vater übernehmen, wenn ich gegen den Sohn vorgehe«, sagte Cachan, »aber gehen Sie zu Petit-Claud, der Sie vielleicht besser als ich bedienen kann.«

Im Justizgebäude bat Cachan Petit-Claud: »Ich habe dir den alten Séchard geschickt, nimm du ihn, du kannst mir dafür gelegentlich einen anderen Kunden schicken.«

Unter Anwälten sind solche Geschäfte in der Provinz wie in der Hauptstadt gebräuchlich.

Nachdem Séchard Petit-Claud ins Vertrauen gezogen hatte, suchte der große Cointet seinen Spießgesellen auf und sagte: »Richten Sie es so ein, daß der alte Séchard abgewiesen wird. Wenn er tausend Franc zahlen muß, verzeiht er es seinem Sohne nie, dieser Verlust wird jede großmütige Anwandlung in seinem Herzen ersticken, wenn er je eine hatte.«

»Begeben Sie sich wieder auf Ihr Gut«, riet Petit-Claud

dem Alten, »es geht Ihrem Sohn nicht gut, ruinieren Sie ihn nicht. Ich werde Sie rufen, wenn es Zeit ist.«

Petit-Claud behauptete nun vor Gericht, daß die versiegelten Pressen um so mehr den Charakter unbeweglicher Gegenstände angenommen hätten, als das Haus seit der Zeit Louis' XIV. zum Betrieb einer Druckerei diente. Es kam zu einem heftigen Auftritt: »Wie«, sagte Cachan bei der Verhandlung, »nachdem in Paris die Möbel dieses Lucien von der Schauspielerin weggeschnappt wurden, soll sich Monsieur Métivier auch noch damit abfinden, daß hier die Einrichtung David Séchards der Frau und dem Vater gehören!«

Er forderte Vater und Sohn auf, das Hindernis zu beseitigen.

Die Kammer, auf welche die Beredsamkeit Cachans Eindruck machte, erließ ein verzwicktes Urteil, das nur Madame Séchard das Eigentum an dem Mobiliar zusprach, die Ansprüche des Vaters zurückwies und diesen zu den Kosten in Höhe von vierhundertvierunddreißig Franc fünfundsiebzig Centime verurteilte.

»Papa Séchard ist gut«, sagten die Anwälte lachend, »er wollte fischen gehen, soll er zahlen!«

Am sechsundzwanzigsten August wurde das Urteil ausgefertigt und erlaubte die Pfändung am achtundzwanzigsten. Die Siegel wurden angebracht. Auf Gesuch erlangte man die Erlaubnis, an Ort und Stelle zu versteigern. Man setzte die Anzeige in die Zeitungen, und Doublon schmeichelte sich, am zweiten September zur Ausführung schreiten zu können.

In diesem Augenblick schuldete David Métivier in aller Form den Gesamtbetrag von fünftausendzweihundertfünfundsiebzig Franc und fünfundzwanzig Centime ohne Zinsen. Er schuldete Petit-Claud zwölfhundert Franc und das Honorar, dessen Höhe dem Edelmut des Schuldners überlassen blieb, ganz wie bei einer Wagenfahrt. Der alte Séchard schuldete seine vierhundertvierunddreißig Franc fünfundsiebzig Centime, und Petit-Claud verlangte dreihundert Franc Honorar. Man sieht, daß die Frage naheliegt, ob nicht ein kleines Gesetz angebracht wäre, das den Anwälten verbietet, mehr Kosten zu berechnen, als der Gegenstand des Prozesses wert ist.

Während dieses Krieges aller gegen alle saß Kolb am Haustor, soweit David ihn nicht nötig hatte, und erfüllte die Aufgaben eines Wachhundes. Er nahm die Zustellungen in Empfang und wurde im übrigen unaufhörlich seinerseits von einem der Schreiber Petit-Clauds überwacht. Sobald die Anschläge, die die Versteigerung ankündigten, angeklebt waren, riß Kolb sie ab und lief zu diesem Zweck durch die ganze Stadt, während er vor sich hin murmelte: »Die Schufte, einen braven Mann so zu quälen! Und das nennen sie Gerechtigkeit!« Mit seiner elsässischen Zunge sprach er die weichen Konsonanten hart und die harten weich aus.

Marion verdiente jeden Morgen zehn Sou dadurch, daß sie in einer Papierfabrik eine Maschine drehte; davon lebte der Haushalt. Madame Chardon hatte, ohne zu murren, die anstrengende Krankenpflege wiederaufgenommen und brachte am Ende jeder Woche den Lohn der Tochter. Sie hatte schon zwei neuntägigen Andachten beigewohnt und war doch verwundert, daß David sich gegen alle Bitten taub und gegen die Klarheit der Kerzen, die sie für ihn anzündete, blind verhielt.

Am zweiten September erhielt Ève den einzigen Brief, den Lucien nach jenem ersten schrieb, worin er seinem Schwager Mitteilung von den drei Wechseln gemacht hatte.

›Der dritte Brief seit seiner Abreise‹, dachte die arme Frau, während sie zögerte, das verhängnisvolle Schreiben zu entfalten. Sie gab gerade ihrem Kind zu trinken, das sie mit der Flasche ernährte, denn sie hatte die Amme aus Sparsamkeit entlassen müssen. Man kann ermessen, in welchem Zustand der folgende Brief sie und David, den sie weckte, versetzen mußte. Der Erfinder war erst bei Tagesanbruch zu Bett gegangen, nachdem er die Nacht durchgearbeitet hatte.

Der Brief lautete:

Paris, den zwanzigsten August.
Meine liebe Schwester!
Vor zwei Tagen, um fünf Uhr früh, verschied in meinen Armen das wunderbarste Geschöpf, die einzige Frau, die mich lieben konnte, wie du mich liebst, wie mich David und die Mutter lieben, diese Liebe vermehrt um das, was eine Mutter und Schwester nicht geben können, die Liebe des Weibes. Nachdem sie mir alles geopfert hatte, ist die arme Coralie vielleicht für mich gestorben – für mich, der nicht einmal genug hat, um sie begraben zu können. Sie hatte mich über das Leben getröstet; Ihr beide allein könnt mich über ihren Tod trösten. Gott muß ihr verziehen haben, denn sie ist christlich gestorben. Oh, Paris –! Ève, Paris ist alles zugleich, das Herrlichste und das Niederträchtigste im Land. Ich habe hier gar manche Illusion verloren und werde die übrigen auch noch verlieren,

wenn ich das Geld zusammenhabe, um der Erde den Leib einer Heiligen zu übergeben.

*Dein unglücklicher Bruder
Lucien*

PS: Ich habe Dir durch meinen Leichtsinn entsetzlich viel Kummer bereiten müssen, Du wirst eines Tages alles erfahren, und dann wirst Du mir verzeihen. Übrigens kannst du beruhigt sein: Ein braver Kaufmann hat Mitleid mit Coralie und mir gehabt, obwohl ich ihm schlimm mitgespielt hatte, Monsieur Camusot erklärt, daß er bereit ist, diese Sache zu regeln.«

»Der Brief ist noch feucht von seinen Tränen«, sagte sie zu David, und in ihren Augen blitzte etwas von der alten Liebe zu Lucien auf.

»Armer Junge, er hat viel leiden müssen, wenn er so geliebt wurde, wie er erzählt«, antwortete der glückliche Gatte Èves.

Und beide vergaßen alle ihre Schmerzen vor dem äußersten Schmerz Luciens. In diesem Augenblick stürzte Marion herein und rief: »Sie sind da, sie sind da!«

»Wer?«

»Doublon und seine Leute, zum Kuckuck, Kolb schlägt sich mit ihnen herum, sie wollen versteigern.«

»Nein, nein, so weit kommt es nicht, beruhigen Sie sich«, rief Petit-Claud durch das Zimmer, das vor dem Schlafgemach lag, »ich habe Berufung eingelegt. Ich bin überzeugt, daß wir noch einmal in Poitiers durchdringen.«

»Aber wieviel kostet das?« fragte Ève.

»Das Honorar, wenn wir Erfolg haben, und tausend Franc, wenn wir verlieren.«

»Mein Gott«, rief die arme Frau, »das Heilmittel ist ja schlimmer als die Krankheit!«

Bei diesem Schrei der ahnungsvollen Unschuld verstummte Petit-Claud, von der Schönheit Èves ganz hingerissen.

Inzwischen traf der Vater ein, den Petit-Claud hatte kommen lassen. Der alte Mann im Schlafzimmer seiner Kinder, vor der Wiege seines Enkels, der nichts von Unglück wußte und lachte – das Bild war vollständig.

»Papa Séchard«, sagte der junge Anwalt, »Sie schulden mir siebenhundert Franc, aber Sie können sich schadlos halten, indem Sie den Betrag zu der Miete schlagen, die Sie beanspruchen.«

Der alte Winzer hörte den Spott aus dieser Bemerkung heraus.

»Es hätte dich weniger gekostet, Bürgschaft für diesen Sohn zu übernehmen«, wandte sich Ève an Davids Vater, während sie ihn umarmte.

Angesichts der Menge, die vor dem Hause zusammenströmte, um dem Kampf zwischen Kolb und Doublons Gehilfen zuzusehen, streckte David dem Vater nur die Hand hin, ohne ihn zu begrüßen.

»Und wie kann ich Ihnen siebenhundert Franc schulden?« fragte der Greis.

»Zunächst dafür, daß ich Ihre Vertretung übernommen habe. Da es sich um Ihren Mietzins handelt, sind Sie mir gegenüber mit Ihrem Schuldner haftbar. Wenn Ihr Sohn diese Kosten nicht zahlt, müssen Sie sie zahlen. Aber das ist das wenigste. In ein paar Stunden wird man David ins Gefängnis werfen wollen, werden Sie das geschehen lassen?«

»Wieviel schuldet er?«

»Fünf- bis sechstausend Franc, nicht gerechnet, was er Ihnen und seiner Frau schuldet.«

Voller Mißtrauen betrachtete der Greis das rührende Bild, das sich seinen Blicken in diesem heiteren Zimmer bot: eine schöne Frau, die neben einer Wiege weinte, David, der endlich unter der Last seiner Sorgen zusammenbrach, den Anwalt, der ihn vielleicht wie in eine Falle hierhergelockt hatte. Er fürchtete einen Angriff auf seine Vatergefühle und auf diesem Umweg auf seine Börse. Er ging zur Wiege, aus der das Kind ihm seine Händchen entgegenstreckte. Trotz der bitteren Armut war das Kind wie das eines Lords gepflegt; es trug auf dem Kopf ein mit Rosen besticktes Häubchen.

»David soll sehen, wie er sich aus der Geschichte zieht, ich denke nur an das Kind da«, rief der alte Großvater, »und seine Mutter wird mir recht geben. David ist so gelehrt, daß er schon ein Mittel finden wird, um seine Schulden zu bezahlen.«

»Wenn Sie erlauben«, bemerkte Petit-Claud spöttisch, »sage ich, um was es sich bei Ihnen wirklich handelt. Sehen Sie, Papa Séchard, Sie sind auf Ihren Sohn eifersüchtig. Bezweifeln Sie es? Sie haben David in die Lage gebracht, in der er sich jetzt befindet, als Sie ihm die Druckerei zum dreifachen Wert verkauften und ihn zugrunde richteten, damit er diesen Wucherpreis bezahlen konnte. Schütteln Sie nur den Kopf! Mehr als die Zeitung war nicht da, und die haben Sie an die Cointets verkauft, um den gesamten Erlös in Ihre eigene Tasche zu stecken. Sie hassen Ihren Sohn nicht nur, weil Sie ihn ausgeplündert haben, sondern auch noch, weil Sie einen Mann aus ihm gemacht haben, der Ihnen an Bildung überlegen ist. Sie geben sich jetzt den Anschein, als liebten Sie Ihren Enkel über die Maßen, um zu verbergen, daß Sie Ihren Sohn und Ihre Schwiegertochter im Stich lassen; denn diese würden Sie auf der Stelle Geld kosten, während es mit dem Kleinen noch gute Weile hat. Sie lieben das Enkelchen, Vater Séchard, damit es nicht heißt, die ganze Familie sei Ihnen gleichgültig und Sie hätten überhaupt kein Herz. Das ist die Wahrheit.«

»Habt Ihr mich kommen lassen, um mir das zu sagen?« fragte der Alte drohend und blickte der Reihe nach den Anwalt, den Sohn und die Schwiegertochter an.

»Ja, um Gottes willen, wollen Sie uns denn zugrunde richten?« wandte sich die arme Ève an Petit-Claud; »nie hat mein Mann sich über seinen Vater beklagt.«

Der Winzer machte ein mißtrauisches Gesicht, Ève verstand ihn und fügte hinzu:

»Er hat mir hundertmal gesagt, daß du ihn auf deine Weise liebst.«

Getreu der von Cointet erhaltenen Anweisung brachte Petit-Claud Vater und Sohn vollends auseinander, um zu verhüten, daß jener diesen aus seiner schlimmen Lage befreite.

»Sobald wir David im Gefängnis haben«, hatte Cointet zu Petit-Claud gesagt, »werden Sie Madame de Sénonches vorgestellt.«

Mit dem Scharfsinn der Liebe erriet Ève diese Feindschaft auf Bestellung wie schon vorher den Verrat Cérizets. David konnte nicht begreifen, daß Petit-Claud seinen Vater und alle seine Geschäfte so gut kannte; er war zutiefst überrascht. Der ehrliche Drucker wußte nichts von der Beziehung seines Anwalts zu den Cointets, im übrigen auch nichts davon, daß diese hinter Métivier steckten.

Sein Schweigen war eine Beleidigung für den alten Winzer; der Anwalt benutzte die Verblüffung seines Mandanten, um den Schauplatz zu verlassen:

»Leb wohl, mein alter David, die Wirkung des Einspruchs erstreckt sich nicht auf den Haftbefehl. Deinen Gläubigern bleibt kein anderes Mittel mehr, sie werden es anwenden. Bringe dich in Sicherheit! Oder vielmehr, wenn du meinen Rat annimmst, suche die Cointets auf. Sie haben Geld, biete ihnen die Teilhaberschaft für den Fall an, daß deine Erfindung gelingt und ihr Versprechen hält. Schließlich sind die Cointets noch nicht die Schlimmsten.«

»Welche Erfindung?« fragte der alte Séchard.

»Ja, glauben Sie wirklich, Ihr Sohn habe in seiner Torheit die Druckerei verkommen lassen, ohne auf etwas Besseres zu hoffen? Er ist im Begriff, wie er mir gesagt hat, das Ries Papier, das heute zehn Franc kostet, für drei herzustellen.«

»Noch eine Methode, mich zu betrügen!« rief der Alte. »Ihr steckt hier alle unter einer Decke. Wenn David das gefunden hat, braucht er mich nicht, dann ist er Millionär! Gott befohlen!«

Und er eilte schon über die Treppe.

»Bring dich in Sicherheit!« sagte Petit-Claud, dann lief er Davids Vater nach, um ihn noch mehr aufzubringen. Er holte den Scheltenden auf dem Platz ein, begleitete ihn nach l'Houmeau und drohte mit einer Vollstreckungsklage, wenn er nicht im Verlauf der Woche bezahlt werde.

»Ich bezahle Sie, wenn Sie mir ein Mittel zeigen, um meinen Sohn zu enterben, ohne daß mein Enkel und meine Schwiegertochter darunter leiden«, antwortete der alte Séchard und ließ Petit-Claud stehen.

›Wie gut der große Cointet seine Leute kennt!‹, dachte der Anwalt. ›Es kam, wie er es sagte: Siebenhundert Franc hindern den Alten daran, die siebentausend für seinen Sohn zu zahlen. Aber sehen wir dem Spitzbuben von Papierhändler auf die Finger; es ist Zeit, daß er etwas anderes als Papier sehen läßt.‹

»David, mein Freund, was gedenkst du zu tun?« fragte Ève ihren Gatten, als der Vater und der Anwalt gegangen waren.

»Setze deinen größten Topf aufs Feuer, mein Kind«, antwortete David zu Marion gewandt, »ich bin soweit.«

Bei diesen Worten griff Ève mit fieberhafter Erregung nach Hut, Tuch und Schuhen.

»Ziehen Sie sich an«, sagte sie zu Kolb, »Sie müssen mich begleiten, ich will wissen, ob es ein Mittel gibt, um aus dieser Hölle herauszukommen.«

»Monsieur Séchard, seien Sie doch vernünftig«, flehte Marion, als Ève gegangen war, »Ihre Frau stirbt noch vor Kummer. Verdienen Sie Geld, um Ihre Schulden zu bezahlen, und dann suchen Sie weiter nach Ihrem Schatz.«

»Schweig, Marion«, antwortete David, »auch die letzte Schwierigkeit ist nicht unüberwindlich. Ich nehme zwei Patente auf einmal, für Erfindung und für Verbesserung.«

Das Kreuz der Erfinder ist in Frankreich das Verbesserungspatent. Ein Mann wendet zehn Jahre an die Erfindung einer Maschine oder sonst eines Gegenstandes; er erhält ein

Patent und glaubt sich gesichert – da kommt ein Konkurrent und verbessert seine Erfindung durch eine Schraube – der Erfinder steht mit leeren Händen da, wenn er nicht alles vorhergesehen hat.

So konnte es auch David ergehen. Mit der Herstellung einer billigen Papiermasse war es nicht getan. Er wollte allen Möglichkeiten begegnen, damit ihm der Lohn seiner Mühen nicht unter den Händen fortgenommen wurde. Das Hollandpapier, womit man jedes aus Lumpen hergestellte Papier bezeichnet, obwohl Holland keines mehr herstellt, ist leicht geleimt; aber das Leimen geschieht Bogen für Bogen mit der Hand, was den Preis erhöht. Wenn es gelang, die Masse in der Bütte zu leimen, und zwar mit Hilfe eines nicht sehr kostspieligen Leimes, dann war die ganze Aufgabe gelöst. Seit einem Monat beschäftigte sich David damit: er hatte zwei Erfindungen auf einmal im Auge.

Ève besuchte ihre Mutter. Ein glücklicher Zufall wollte es, daß Madame Chardon die Frau des ersten Staatsanwalts pflegte, die den Milaud de Nevers gerade einen Erben geschenkt hatte. Ève, die allen Anwälten mißtraute, war auf den Gedanken gekommen, den gesetzmäßigen Verteidiger der Witwen und Waisen um Rat zu fragen und sich zu erkundigen, ob sie David befreien konnte, wenn sie ihr Anrecht verkaufte; sie hoffte, auch die Wahrheit über das Verhalten Petit-Clauds zu erfahren.

Von ihrer Schönheit überrascht, empfing der Staatsanwalt sie nicht nur mit der einer Frau geschuldeten Rücksicht, sondern auch mit einer Ève ungewohnten Ritterlichkeit. Die arme Frau fand in den Augen des Beamten endlich den Ausdruck, dem sie seit ihrer Heirat nur bei Kolb begegnet war und der für Frauen von ihrer Schönheit der Maßstab ist, mit dem sie die Männer messen. Wenn Leidenschaft, Interesse, Alter oder eine andere Ablenkung im Auge eines Mannes jenen Glanz löschen, der das Zeichen des unbedingten Gehorsams ist, dann wird die Frau mißtrauisch gegen diesen Mann und beginnt, ihn zu beobachten. Die Cointets, Petit-Claud, Cérizet, alle, in denen sie Feinde ahnte, hatten sie kalt angesehen. Um so leichter fühlte sie sich bei dem Staatsanwalt; aber was half seine Höflichkeit? Mit ein paar Worten zerstörte er alle ihre Hoffnungen.

»Es ist nicht sicher«, sagte er, »daß das Appellationsgericht das Urteil ändert, durch das festgesetzt wurde, daß Sie sich für die ausbedungene Mitgift nur an die eigentlichen Möbel halten dürfen. Die Einbeziehung des Mobiliars der Druckerei wäre Betrug. Da Sie aber als Gläubigerin Anspruch auf einen Teil des Ertrags der gepfändeten Sachen haben und ebenso Ihr Schwiegervater für seine Mieten, so kann das Urteil die Handhabe für andere Einsprüche bieten.«

»Monsieur Petit-Claud richtet uns also zugrunde?« rief Ève.

»Sein Vorgehen entspricht dem Auftrag Ihres Mannes, der, wie der Anwalt angibt, Zeit gewinnen will. Meiner Meinung nach wäre es vielleicht besser, auf die Berufung zu verzichten und bei der Versteigerung mit Ihrem Schwiegervater die für das Geschäft unentbehrlichsten Gerätschaften zu kaufen – Sie nach Maßgabe Ihres Anteils, er in den Grenzen der ihm geschuldeten Mieten.«

»Ich wäre dann in der Hand des Vaters meines Mannes, dem ich die Miete für die Gerätschaften und für das Haus schulden würde; mein Mann wäre noch immer den

Verfolgungen Métiviers ausgeliefert, da für diesen fast nichts abfiele...«

»So ist es.«

»Unsere Lage wäre also schlimmer als jetzt?«

»Die Macht des Gesetzes kommt zuletzt immer dem Gläubiger zugute. Sie haben dreitausend Franc erhalten, Sie müssen sie zurückzahlen.«

»Herr Staatsanwalt, glauben Sie, das würden wir gern.«

»Oh, ich weiß wohl«, erwiderte der Staatsanwalt, »daß diese ganze Geschichte ihr Geheimnis hat, sowohl auf der Seite der Schuldner, die rechtschaffene Menschen sind, als auf der Seite des Gläubigers, der nur vorgeschoben ist.«

Ève sah den Beamten verstört an. Er fuhr fort, indem er ihr einen sprechenden Blick zuwarf:

»Wir haben während der Reden der Herren Anwälte Zeit genug gehabt, über alle diese Vorgänge nachzudenken.«

Ève kehrte verzweifelt über ihre Ohnmacht zurück. Um sieben Uhr abends überbrachte Doublon den Haftbefehl. Die Verfolgung erreichte jetzt ihren Höhepunkt.

»Von jetzt an kann ich nur nachts ausgehen«, sagte David.

Ève und Madame Chardon brachen in Tränen aus. In ihren Augen war es ehrlos, sich zu verbergen. Bei der Nachricht, daß die Freiheit ihres Herrn bedroht war, gerieten Kolb und Marion in um so größere Aufregung, als sie wußten, daß er ein Mensch ohne Arg war. Sie zitterten derart für ihn, daß sie zu ihm, Ève und Madame Chardon gingen, angeblich, um zu fragen, wie sie sich nützlich machen könnten. Wie sollte er den unsichtbaren Spionen entgehen, die fortan jeden der Schritte eines zu allem Unglück zerstreuten Mannes belauerten?

Kolb erbot sich, einen Erkundungsgang zu machen; er sehe zwar sehr deutsch aus, nehme es aber an Verschlagenheit mit den Franzosen auf.

»Gehen Sie, mein guter Kolb«, sagte David, »wir haben noch Zeit genug, einen Entschluß zu fassen.«

Kolb lief zu dem Gerichtsvollzieher, bei dem Davids Feinde Kriegsrat hielten.

In der Provinz ist die Schuldhaft ein so ungeheuerliches Ereignis, daß man bezweifeln kann, ob sie jemals vorkommt. Zunächst kennt jeder den anderen zu gut, als daß man zu diesem anrüchigen Mittel griffe. Gläubiger und Schuldner begegnen sich ihr ganzes Leben lang. Zweitens flüchtet sich jeder, der auf einen gründlichen Bankrott sinnt, nach Paris, wo er in Sicherheit ist, wo er undurchdringliche Schlupfwinkel findet; und drittens reicht der Arm des Gerichtsvollziehers nur bis an die Grenze seines Sprengels. Dazu kommt, daß in der Provinz die Unverletzlichkeit der Wohnung Gesetz ist; der Gerichtsvollzieher hat nicht wie in Paris das Recht, in ein neutrales Haus zu dringen und den Schuldner zu verhaften. Der Gesetzgeber hat geglaubt, Paris von diesem Grundsatz ausnehmen zu müssen, weil hier mehrere Familien in demselben Haus wohnen. In der Provinz kann der Gerichtsvollzieher nur in Begleitung des Friedensrichters in die Wohnung des Schuldners dringen. Es steht dem Friedensrichter beinahe vollständig frei, seinen Beistand zu bewilligen oder zu verweigern. Zu ihrem Lob muß man sagen, daß sie sich nicht zur Befriedigung blinder Leidenschaften oder Rachegelüste hergeben. Und schließlich spielt noch der Umstand eine Rolle, daß anders als in den großen Städten, wo genug arme Teufel bereit sind, den Spitzel abzugeben, in einer kleinen Stadt jeder zu genau bekannt ist, als daß er sich zum Schergen der Häscher machen könnte; er würde vor dem Unwillen der Leute das Feld räumen müssen.

Der ältere Cointet hatte sich geweigert aufzutreten; aber der dicke Cointet, der im Auftrag Métiviers zu handeln vorgab, war mit Cérizet, seinem neuen Faktor, dem er tausend Franc in Aussicht stellte, zu Doublon gegangen. Doublon konnte auf zwei seiner Leute rechnen. So standen den Cointets schon drei Spürhunde zur Verfügung. Doublon hatte übrigens das Recht, die Hilfe der Gendarmerie in Anspruch zu nehmen.

Das waren also die fünf Personen, die sich bei Doublon im Erdgeschoß neben der Amtsstube versammelt hatten. Man gelangte zu dieser Amtsstube über einen ziemlich langen Korridor, der mit Fliesen ausgelegt war. Zu beiden Seiten der einfachen, mittelgroßen Haustür sah man die vergoldeten Gerichtswappen, in deren Mitte in schwarzen Lettern geschrieben stand: Gerichtsvollzieher. Die beiden Fenster der Amtsstube, die auf die Straße gingen, waren von starken Eisenstangen vergittert. Das Arbeitszimmer bot Ausblick auf einen Garten, in dem der Gerichtsvollzieher, ein Verehrer der Pomona, mit großem Erfolg Spalierobst züchtete. Die Küche lag gegenüber der Amtsstube, und hinter der Küche befand sich die Treppe, über die man zum oberen Stockwerk gelangte. Das Haus lag in einer kleinen Straße, hinter dem neuen Justizpalast, der damals noch im Bau war und erst nach 1830 vollendet wurde. Diese Einzelheiten sind zum Verständnis dessen, was Kolb widerfuhr, nicht unwichtig.

Kolb war auf den Gedanken gekommen, dem Gerichtsvollzieher zum Schein seine Dienste anzubieten und auf diese Weise zu erfahren, welche Fallen man David stellen wollte. Er erklärte der Köchin, die ihm öffnete, seinen Wunsch, Doublon geschäftlich zu sprechen. Die Köchin war ungehalten, weil er sie am Geschirrwaschen hinderte, ließ ihn in die Amtsstube ein und benachrichtigte ihren Herrn, daß ein Mann ihn sprechen wollte. Dieser Ausdruck »ein Mann« bezeichnete so sehr einen Bauern, daß Doublon antwortete:

»Er soll warten.«

Kolb setzte sich dicht an die Tür.

»Also, wie denkt ihr vorzugehen? Wenn wir ihn morgen früh erwischten, gewännen wir viel Zeit«, sagte der dicke Cointet.

»Er hat seinen Namen Naïf nicht gestohlen, nichts ist leichter«, rief .

»Kinder, ich werde euch sagen, was zu tun ist«, erklärte nun Doublon; »wir verteilen unsere Leute in großen Abständen zwischen der Rue de Beaulieu und der Place du Mûrier derart, daß man diesem Naïf – der Name gefällt mir – folgen kann, ohne daß er es merkt, lassen ihn aber das Haus betreten, in dem er sich sicher glaubt; nach ein paar Tagen überraschen wir ihn vor Sonnenauf- oder -untergang.«

»Aber was macht er jetzt? Er kann uns entwischen«, sagte der dicke Cointet.

»Er ist zu Hause«, antwortete Doublon, »wenn er ausginge, würde ich es erfahren. Einer meiner Leute steht auf dem Platz, ein anderer an der Ecke des Justizgebäudes, ein dritter in der Nähe meines Hauses. Wenn er ausginge, würden sie pfeifen; er könnte nicht drei Schritte tun, ohne daß ich schnellstens benachrichtigt würde.«

Kolb hatte nicht mit einem so günstigen Zufall gerechnet, er verließ das Zimmer leise und sagte der Dienerin: »Monsieur Doublon hat noch lange zu tun, ich komme morgen früh wieder.«

Der Elsässer, der Kavallerist gewesen war, hatte einen Einfall, den er sofort ausführte. Er eilte zu einem Pferdevermieter, den er kannte, wählte ein Pferd, ließ es satteln und rannte nach Hause, wo er Ève in der tiefsten Verzweiflung fand.

»Was gibt es, Kolb?« fragte David angesichts der halb fröhlichen, halb geschäftigen Miene des Elsässers.

»Sie sind von Schurken umgeben. Das Sicherste ist, sich zu verbergen.«

»Mit den Cointets hast du es zu tun!« rief Ève, als Kolb seinen Bericht beendet hatte. »Deshalb zeigte sich Métivier so unnachgiebig. Sie sind Papierfabrikanten, sie wollen sich deine Erfindung aneignen.«

»Was tun?« jammerte Madame Chardon.

»Wenn man ein Plätzchen für Monsieur David ausfindig macht, verspreche ich, ihn hinzubringen, ohne daß jemand uns folgt«, sagte Kolb.

»Bei Basine Clerget«, fiel Ève ein, »ich gehe sofort zu ihr, auf sie kann ich mich verlassen.«

»Die Spione werden ihr folgen«, gab David zu bedenken.

Kolb erwiderte: »Die locken wir hinter uns her, inzwischen geht Madame ungehindert zu Mademoiselle Clerget. Ich habe ein Pferd, ich nehme Monsieur David in den Sattel, und es müßte mit dem Teufel zugehen, wenn man uns erwischte.«

»Da es sein muß«, rief die arme Frau und warf sich in die Arme ihres Mannes. »Keiner von uns darf dich besuchen, denn wir könnten die Spione auf dich aufmerksam machen. Wir müssen Abschied nehmen für die ganze Zeit dieser freiwilligen Gefangenschaft. Wir schreiben uns, Basine wirft deine Briefe ein, und ich richte meine Antwort an sie.«

Als David und Kolb das Haus verließen, hörten sie Pfiffe und führten die Spione bis zum Tor, wo der Pferdeverleiher wohnte. Kolb nahm seinen Herrn in den Sattel und empfahl ihm, sich gut festzuhalten.

»Jetzt pfeift, soviel ihr wollt«, sagte er, »ich schere mich soviel darum, einen alten Reiter legt man nicht herein.«

Dann galoppierte er ins Freie und ließ die Spione ratlos zurück.

Ève ging zuerst zu Postel, angeblich, um seinen Rat einzuholen; er speiste sie mit Worten ab. Dann schlüpfte sie, ohne gesehen zu werden, in das Haus Basines, von der sie Hilfe erwartete. Basine, die den Besuch aus Vorsicht in ihr Schlafzimmer geführt hatte, öffnete die Tür zu einem Kabinett, das sein Licht von einer Dachluke erhielt. Sie verhängten den Kamin mit alten Decken, denn auf der anderen Seite der Wand unterhielten die Büglerinnen das Feuer für ihre Eisen und konnten David hören, wenn er aus Mangel an Vorsicht Lärm machte. Sie schlugen ein Feldbett auf, und er erhielt auch einen Ofen für seine Experimente; ein paar Stühle, um zu sitzen und zu schreiben, vervollständigten die Einrichtung. Basine versprach, ihm nachts zu essen zu geben. So konnte David allen Nachstellungen entgehen.

»Endlich ist er in Sicherheit«, sagte Ève und umarmte die Freundin.

Ève ging noch einmal zu Postel, wegen einiger Zweifel, sagte sie, deren Klärung sie sich von einem so beschlagenen Handelsrichter erhoffe; sie ließ sich von ihm nach Hause begleiten und hörte dabei seine Klagen an. »Wenn Sie mich geheiratet hätten, wäre es mit Ihnen dann so weit gekommen?« Dieser Vorwurf lag allen Reden des kleinen Apothekers zugrunde.

Bei seiner Rückkehr fand Postel seine Frau eifersüchtig auf die bewundernswerte Schönheit Madame Séchards und wütend über die Höflichkeit ihres Gatten. Léonie beruhigte sich erst wieder, als der Apotheker die Überlegenheit der kleinen rothaarigen Frauen über die großen brünetten Frauen pries, die, wie er sagte, schönen Pferden glichen, die stets im Stall stünden. Er gab gewiß einige Beweise für die Aufrichtigkeit dieser Worte, denn am nächsten Tag verhätschelte ihn Madame Postel.

»Wir können beruhigt sein«, sagte Ève zu ihrer Mutter und zu Marion.

»Oh, sie sind weg«, sagte Marion, als Ève gewohnheitsmäßig in ihr Zimmer schaute.

»Wohin sollen wir jetzt reiten?« fragte inzwischen Kolb seinen Herrn, als sie ein gutes Stück der Pariser Straße gefolgt waren.

»Nach Marsac«, antwortete David, »da du diesen Weg gewählt hast, will ich einen letzten Versuch machen, meinen Vater umzustimmen.«

»Ich würde es lieber mit einer Batterie Kanonen zu tun haben als mit Ihrem herzlosen Vater.«

Der alte Drucker glaubte nicht an seinen Sohn; er beurteilte ihn, wie das Volk urteilt, nach seinen Erfolgen. Zunächst glaubte er nicht, David übervorteilt zu haben, und dann sagte er sich, ohne die veränderten Zeiten zu bedenken: ›Ich habe ihm die Druckerei gegeben, wie ich sie selber einmal bekommen habe, und er, der davon tausendmal mehr verstand als ich, hat es nicht verstanden voranzukommen!‹ Unfähig, seinen Sohn zu begreifen, verdammte er ihn und maß sich über diesen großen Geist eine gewisse Überlegenheit zu, indem er sich sagte: ›Ich bewahre ihm das Brot auf.‹

Nie wird es den Moralisten gelingen, den ganzen Einfluß verständlich zu machen, den die Gefühle auf die Interessen ausüben. Dieser Einfluß ist ebenso mächtig wie der Einfluß der Interessen auf die Gefühle. Alle Gesetze der Natur haben im umgekehrten Sinne eine doppelte Wirkung. David verstand seinen Vater und war nachsichtig genug, ihm zu verzeihen. Kolb und David kamen um acht Uhr in Marsac an und überraschten den Alten, als er gerade gegessen hatte und sich zur Nachtruhe begeben wollte.

»Die Macht der Justiz führt dich zu mir«, sagte der Vater mit einem bitteren Lächeln.

»Wie können Sie dem Herrn und dem Sohn so begegnen? Er schwebt in den Wolken, und Sie sind immer in Ihren Rebstöcken«, sagte Kolb empört. »Zahlen Sie, zahlen Sie, dazu sind Sie sein Vater!«

»Führe das Pferd in den Stall von Madame Courtois, damit es meinen Vater nicht stört«, gebot ihm David, »und laß dir sagen, daß ein Vater immer im Recht ist.«

Kolb entfernte sich knurrend, wie ein Hund, der noch beim Gehorchen protestiert, wenn der Herr ihn wegen seiner Klugheit gescholten hat.

Ohne sein Geheimnis zu verraten, machte David nun

dem Alten den Vorschlag, ihm den schlagenden Beweis für seine Erfindung zu liefern, und verlangte dafür nichts als die Beteiligung mit einer Summe, die ihm erlaubte, seine Schulden zu bezahlen und seine Erfindung auszubeuten.

»Wie willst du mir beweisen, daß du aus nichts gutes Papier herstellst, das nichts kostet?« fragte der alte Drucker und warf dem Sohn, obwohl er getrunken hatte, einen verschlagenen, neugierigen und habsüchtigen Blick zu. Er legte sich nie hin, ohne für die nötige Schwere gesorgt zu haben – mit Hilfe zweier Flaschen ausgezeichneten alten Weines, den er schlürfte.

»Nichts ist einfacher«, antwortete David, »ich habe kein Papier bei mir, denn ich floh vor Doublon und entschloß mich erst unterwegs, dir Bedingungen vorzulegen, die ein Wucherer annehmen würde. Schließ mich in einen Raum, den niemand betritt, wo niemand mich sieht –«

»Wie, du willst mich nicht zuschauen lassen?« fragte der Alte mit einem drohenden Blick.

»Lieber Vater«, sagte David, »du hast mir bewiesen, daß es in Geschäften keine Väter gibt.«

»Ah, du mißtraust mir, der dir das Leben gegeben hat!«

»Nein, aber dem, der mir den Lebensunterhalt entzogen hat.«

»Jedes für sich, du hast recht! Also gut, ich schließe dich in den Keller ein.«

»Mit Kolb. Ich brauche einen Kessel für die Masse und an Rohstoffen die Stengel von Artischocken, Spargeln, Brennnesseln und Schilf. Morgen früh verlasse ich den Keller mit dem herrlichsten Papier.«

»Wenn das möglich ist«, rief der Bär mit einem vernehmlichen Seufzer, »gebe ich dir vielleicht – mal sehen, ob ich dir – fünfundzwanzigtausend Franc geben kann, unter der Bedingung, daß ich ebensoviel jährlich verdiene.«

»Stelle mich auf die Probe, ich bin einverstanden«, rief David; »Kolb, steig zu Pferde, reite nach Mansle, kaufe ein großes Haarsieb und Leim, und komme so rasch wie möglich zurück.«

»Hier, trink«, sagte der Vater und stellte vor seinen Sohn eine Flasche Wein, Brot und Überreste kalten Fleisches; »stärke dich, ich will deine grüne, mir scheint allzu grüne Baumwolle holen.«

Zwei Stunden später, gegen elf Uhr, schloß der Greis seinen Sohn und Kolb in einen kleinen Raum, der neben dem Keller lag, mit Hohlziegeln bedeckt war und alles enthielt, was zum Brennen des sogenannten Cognacs nötig war.

»Die reinste Fabrik, mit Holz und Kesseln und Abdampfschalen!« rief David.

»Also bis morgen«, sagte der Vater, »ich schließe jetzt ab und lasse die Hunde los, dann bin ich überzeugt, daß man dir kein Papier bringt.«

Kolb und David ließen sich einschließen und brachten die zwei ersten Stunden damit zu, die Stengel mit Hilfe zweier Bretter zu zerbrechen und vorzubereiten. Das Feuer glühte, das Wasser kochte. Gegen zwei Uhr morgens hörte Kolb ein Aufstoßen, ergriff einen der beiden Leuchter und bemerkte nun das violette Gesicht des alten Séchard in einer kleinen viereckigen Öffnung über der Tür, die vom Keller in den Brennraum führte, aber mit leeren Fässern verstellt war.

»Oho, Papa Séchard! Das ist gegen das Spiel, Sie wollen Ihren Sohn prellen... Wissen Sie, was Sie machen, wenn Sie eine Flasche guten Wein trinken? Sie geben einem Gauner zu trinken«, sagte Kolb.

»Ach, Vater«, sagte David.

»Ich kam, um dich zu fragen, ob du etwas brauchst«, antwortete der Winzer halb ernüchtert.

»Und dazu haben Sie eine kleine Leiter genommen?« fragte der Elsässer, der die Fässer weggeräumt, die Tür geöffnet und den Alten im Hemd auf einer Leiter stehend gefunden hatte.

»Deine Gesundheit so aufs Spiel zu setzen!« rief David.

»Ich glaube, ich bin ein Schlafwandler«, sagte der Greis beschämt, während er herunterstieg, »daran bist du mit deinem Mißtrauen schuld; es ließ mir keine Ruhe, ich muß aufgestanden sein, um nachzusehen, ob du dich mit dem Teufel zusammengetan hast.«

»Geh, Vater, und leg dich hin«, antwortete David, »du kannst uns wieder einschließen, brauchst dir aber keine Mühe zu geben und wiederzukommen, Kolb wird Wache stehen.«

Um vier Uhr verließ David den Brennraum, nachdem er alle Spuren seiner Tätigkeit verwischt hatte, und brachte dem Vater dreißig Bogen, deren Feinheit, Weiße, Festigkeit, Stärke nichts zu wünschen ließen und als Wasserzeichen die Gitter des Haarsiebes trugen.

Der Greis griff nach dem Papier, führte es nach alter Gewohnheit an die Zunge, befühlte, rollte, zerknitterte es und wollte, obwohl er nichts auszusetzen hatte, sich nicht besiegt erklären.

»Man muß wissen, was daraus unter der Presse wird«, sagte er schließlich, um seinen Sohn nicht loben zu müssen.

»Ich will dir nichts vormachen«, erwiderte David, »das Papier da scheint mir noch zu teuer zu sein, auch will ich in der Bütte leimen – diese Aufgabe bleibt also noch zu lösen.«

»Ah, du möchtest mich hereinlegen!«

»Würde ich es dann sagen? Ich leime schon in der Bütte, aber der Leim durchdringt die Masse noch nicht gleichmäßig, das Papier ist noch rauh wie eine Bürste.«

»Gut, verbessere das Leimen, und ich lasse mit mir reden.«

Offenbar wollte der Greis sich für die Beschämung rächen, der er sich vor ein paar Stunden ausgesetzt hatte.

»Vater«, erwiderte David, der Kolb fortgeschickt hatte, »ich habe es dir nie verübelt, daß du mir die Druckerei zu einem maßlosen Preis angerechnet hast, ich habe immer den Vater in dir gesehen, ich habe mir gesagt: ›Lassen wir einen Mann, der es nicht leicht gehabt hat, der mich trotzdem besser erzog, als ich es beanspruchen durfte, in Frieden und auf seine Weise die Frucht seiner Arbeit genießen.‹ Ich habe dir sogar das Vermögen meiner Mutter überlassen und auf meine Schultern die Last geladen, die du befahlst. Ich habe mir versprochen, keine Ruhe zu geben, bis ich mir aus eigener Kraft mein Glück zimmerte. Es ist soweit, Vater, aber bei mir zu Hause fehlt alles, sogar das Brot. Und die Schulden, für die ich nun büßen soll, sind nicht meine Schulden. Vielleicht schuldest du mir jetzt doch Beistand, aber denke nicht an mich, es sind eine Frau und ein Kind da – hilf ihnen! Willst du dich von Marion und Kolb beschämen lassen, die mir ihre Ersparnisse gegeben haben?« schloß der Sohn, als er sah, daß sein Vater kalt wie ein Stück Marmor blieb.

»Und das hat dir nicht genügt«, rief der Greis ohne die geringste Scham, »du würdest ganz Frankreich ausnutzen. Gute Nacht! Ich, ich bin zu unwissend, um mich auf Ausbeutungen einzulassen, bei denen ich der Ausgebeutete wäre. Der Affe siegt nicht über den Bären«, sagte er und spielte auf die Druckernamen an, »ich bin Winzer und nicht Bankier. Und dann, siehst du, Geschäfte zwischen Vater und Sohn taugen nichts. Gehen wir zu Tisch, damit du nicht sagst, daß ich dir nichts gebe!«

Vater und Sohn gingen entzwei auseinander. David und Kolb erreichten um Mitternacht Angoulême zu Fuß und mit der Vorsicht von Dieben. Gegen ein Uhr wurde David in das Haus von Mademoiselle Basine Clerget eingelassen und bezog den Schlupfwinkel, den seine Frau für ihn bereitet hatte. Am nächsten Morgen rühmte sich Kolb, seinem Herrn mit Hilfe des Pferdes zur Flucht verholfen und ihn erst bei dem Zollschiff verlassen zu haben, das ihn nach Limoges führte. In Basines Keller wurde ein tüchtiger Vorrat an Pflanzenstoffen gebracht, so daß Kolb, Marion, Ève und ihre Mutter den direkten Verkehr mit Mademoiselle Clerget vermeiden konnten.

Zwei Tage nach diesem Auftritt mit seinem Sohn begab sich der alte Séchard, der noch zwanzig Tage vor sich sah, bevor die Weinlese begann, zu seiner Schwiegertochter, von seiner Habsucht getrieben. Er fand keinen Schlaf mehr, er mußte feststellen, ob die Erfindung Aussicht auf Erfolg hatte, und wollte dabeisein, wenn etwas abfiel. Er bezog über der Wohnung Èves eine der beiden Mansardenkammern, die er sich vorbehalten hatte, und schloß die Augen vor der Not, deren Zeuge er war. Man schuldete ihm den

Mietzins, also konnte er sich ruhig ernähren lassen! Er fand nichts dabei, daß das Besteck aus verzinntem Eisen war.

»Ich habe genauso begonnen«, sagte er, als Ève sich entschuldigte.

Marion mußte bei den Kaufleuten alle Waren auf Kredit nehmen. Kolb verdiente als Maurer zwanzig Sou am Tag. Zuletzt blieben der armen Ève nur noch zehn Franc, nachdem sie um ihres Kindes und Davids willen das Äußerste getan hatte, um den alten Winzer gut aufzunehmen. Sie hoffte immer, daß ihr Werben, ihre respektvolle Liebe und ihre Entsagung den Geizhals erweichen, aber er blieb hart. Er hatte denselben kalten Blick wie die Cointets, Petit-Claud und Cérizet; sie studierte aufmerksam seinen Charakter und suchte seine Absichten zu erraten, aber alles war umsonst, Vater Séchard trank vergnügt seinen Wein und ließ sich nicht hinter die Kulissen sehen. Von Natur aus verschlagen, benutzte er seine Trunkenheit als neue Maske.

Halb war diese Trunkenheit gespielt, halb war sie echt, und immer suchte der Mann seinerseits, Ève das Geheimnis Davids zu entreißen, indem er heute freundlich war und morgen ihr Angst einzujagen suchte. Wenn sie ihm zur Antwort gab, daß sie nichts wußte, sagte er: »Ich werde mein ganzes Geld vertrinken« oder auch: »Ich werde mir eine Leibrente davon kaufen.«

Diese schlimmen Kämpfe zermürbten das arme Opfer, das sich zuletzt in Schweigen hüllte, um dem Schwiegervater nicht unehrerbietig gegenüberzutreten. Eines Tages, als sie am Ende ihrer Kräfte war, sagte sie:

»Lieber Vater, es gäbe ein sehr einfaches Mittel, um alles in die Hand zu bekommen: Bezahle Davids Schulden, dann kann er sich wieder sehen lassen, und ihr schließt einen Vertrag.«

»Aha, darauf wollt ihr hinaus«, rief er, »gut, daß ich es weiß!«

Der Alte, der nicht an seinen Sohn glaubte, glaubte den Cointets. Er besuchte sie, und sie blendeten ihn absichtlich mit der Zahl, um die es sich nach ihrer Aussage bei Davids Entdeckung handelte: sie sprachen von Millionen. Der große Cointet sagte: »Wenn David nachweisen kann, daß der Versuch ihm gelungen ist, zögere ich nicht, mich mit ihm zu verbinden und meine Papierfabrik als meinen Anteil in die Gesellschaft einzubringen.«

Der mißtrauische Greis zog, während er zahllose Gläschen mit den Arbeitern leerte, so viele Erkundigungen ein, er forschte, indem er sich dumm stellte, Petit-Claud so geschickt aus, daß er erriet, wer hinter Métivier stand; er nahm an, daß sie die Druckerei zugrunde richten wollten und ihm die Erfindung als Köder hinwarfen, damit er sie bezahlte, denn als Mann aus dem Volk konnte er den verschlungenen Pfaden des Anwalts und der Papierfabrikanten nicht folgen.

Als er sah, daß es ihm unmöglich war, seine Schwiegertochter zum Reden zu bringen oder von ihr auch nur zu erfahren, wo David sich verbarg, beschloß er, sich den Eintritt in den Raum zu erzwingen, in dem David seine Versuche durchgeführt hatte. Er machte sich frühmorgens an dem Schloß zu schaffen.

»Was tun Sie denn da, Papa Séchard?« rief ihm Marion zu, die ebenso früh aufstand, um zur Fabrik zu gehen, und nun herbeistürzte.

»Bin ich hier nicht im eigenen Hause, Marion?« antwortete der alte Mann, der doch beschämt war.

»Wollen Sie auf Ihre alten Tage noch ein Einbrecher werden? Sie sind zwar nüchtern, aber – das muß ich der Frau erzählen.«

»Halt den Mund, Marion«, sagte der Greis und zog zwei Sechsfrancstücke aus seiner Tasche, »hier, nimm.«

»Ich will schweigen, aber Sie dürfen das nicht wieder tun«, erwiderte Marion und drohte ihm mit dem Finger, »oder ich erzähle es in der ganzen Stadt.«

Sobald er gegangen war, eilte Marion zu ihrer Herrin und sagte: »Hier, Madame, sind zwölf Franc, die ich Ihrem Schwiegervater aus der Tasche gelockt habe.«

»Wie hast du das angefangen?«

»Stellen Sie sich vor, er wollte in die Versuchsküche einbrechen und alles durchschnüffeln. Ich wußte zwar, daß nichts mehr darin ist, aber ich habe ihm Angst gemacht, und er hat mir mit dem Geld den Mund stopfen wollen.«

Im selben Augenblick erschien Bazine und brachte ihrer Freundin freudig einen Brief Davids, der auf prächtiges Papier geschrieben war und folgendermaßen lautete:

Meine angebetete Ève, du bekommst den ersten Brief auf dem neuen Papier. Es ist mir gelungen, die Masse in der Bütte zu leimen! Selbst wenn man in Betracht zieht, daß für die Zucht guter Boden nötig ist, kommt das Pfund der Paste nur auf fünf Sou. Zum Ries ist eine Masse im Werte von drei Franc notwendig. Ich bin sicher, daß ich das Gewicht des Buchs auf die Hälfte reduzieren kann. Der Umschlag, das Briefpapier und die Muster stammen von ver-

schiedenen Proben. Ich umarme dich, jetzt werden wir auch noch das einzige erhalten, was zu unserem Glück fehlte: Geld.

Ève hielt ihrem Schwiegervater die Proben hin und sagte: »Hier, überzeuge dich. Greife deinem Sohn mit dem Erlös deiner Ernte unter die Arme, und hilf ihm, sich selbst ein Vermögen zu machen. Du wirst das Zehnfache gewinnen.«

Der Vater eilte sofort zu den Cointets, die jede Probe eingehend untersuchten; die Bogen waren zum Teil geleimt, zum Teil ungeleimt und nach Preisen geordnet, die sich zwischen drei und zehn Franc je Ries bewegten. Das Papier war entweder von metallischer Reinheit oder von der Zartheit des chinesischen Papiers, auch gab es alle erdenklichen Stufen von Weiß. Die Augen, mit denen die Cointets und der alte Séchard die Bogen prüften, funkelten wie die von Juden, die Diamanten untersuchen.

»Ihr Sohn ist auf dem richtigen Weg«, sagte der dicke Cointet.

»Dann zahlen Sie ihm seine Schulden«, erwiderte der alte Drucker.

»Ohne weiteres, wenn er uns zu Teilhabern machen will«, gab der große Cointet zurück.

»Sie sind mir die rechten«, rief der Greis, »Sie lassen meinen Sohn durch Métivier verfolgen und wollen, daß ich die Schulden zahle. Ich bin nicht so dumm, meine Herren!« Die Brüder sahen sich an, verbargen aber ihr Staunen über die Scharfsinnigkeit des Geizhalses.

»Wir sind noch nicht reich genug, um unser Geld aufs Spiel zu setzen«, sagte der dicke Cointet, »es genügt uns, daß wir unsere Rohstoffe bar zahlen können, und vorläufig müssen wir noch wie alle anderen Wechsel ausstellen.«

»Man muß Versuche im großen machen«, erklärte kalt der große Cointet, »denn was in einer Versuchsküche gelingt, braucht darum noch nicht in einer Fabrik zu glücken. Befreien Sie Ihren Sohn.«

»Ja, aber nimmt er mich dann als Teilhaber?« fragte der alte Séchard.

»Das geht uns nichts an«, sagte der dicke Cointet, »und glauben Sie, Monsieur, mit den zehntausend Franc, die Sie ihm geben, sei alles getan? Ein Patent auf die Erfindung kostet zweitausend Franc, Reisen nach Paris werden nötig sein; und außerdem muß man, bevor ein endgültiger Entschluß gefaßt wird, mindestens tausend Ries herstellen und ganze Bütten voll einsetzen, um in der Sache klar zu sehen. Denn gegen nichts soll man mißtrauischer sein als gegen Erfinder.«

»Mir ist ausgebackenes Brot am liebsten«, meinte der große Cointet.

Der Alte überlegte die ganze Nacht hin und her. Bezahlte er Davids Schulden, so kam der Sohn frei und brauchte dann nicht mehr zu seinem Vater seine Zuflucht zu nehmen, was er gewiß um so weniger tat, als er damals bei der Teilung hereingelegt worden war.

›Ich habe also ein Interesse daran, daß er seine Freiheit nicht erhält‹, dachte der Geizhals.

Die Cointets kannten den alten Mann gut genug, um zu wissen, daß er auf sie angewiesen war. Wie die Dinge lagen, sagten sich alle drei: ›Um die Erfindung auszubeuten, muß man David zur Freiheit verhelfen, ist er aber frei, so entschlüpft er uns.‹

Außerdem hatte jeder einen kleinen Hintergedanken. Petit-Claud sagte sich: ›Wenn ich erst verheiratet bin, können die Cointets machen, was sie wollen, aber bis dahin halte ich sie fest.‹ Der große Cointet sagte sich: ›Mir wäre lieber, wenn David nicht freikäme, ich würde der Herr bleiben.‹

Trotz der Drohungen des Winzers, sie aus dem Haus zu jagen, weigerte sich Ève, die Zuflucht ihres Mannes zu verraten oder ihm auch nur zur Annahme des freien Geleits zu raten. Ein zweites Mal hätte sie ihn vielleicht nicht so gut verstecken können. Sie wiederholte daher ihren Vorschlag und sagte: »Befreie deinen Sohn, dann wirst du alles erfahren.«

So wagte keiner von den vier Leuten, deren Interesse auf dem Spiel stand, das Mahl anzurühren, das für sie gedeckt war, und keiner traute dem anderen über den Weg.

Ein paar Tage nach Davids Verschwinden war Petit-Claud in die Fabrik gegangen und hatte dem großen Cointet erklärt: »Ich habe mein Bestes getan, David hat sich freiwillig in Haft begeben und arbeitet da in Ruhe an der Vervollkommnung seiner Erfindung. Wenn Sie Ihr Ziel nicht erreicht haben, ist es nicht meine Schuld; werden Sie Ihr Versprechen halten?«

»Ja, wenn wir zum Ziel kommen«, erwiderte der große Cointet, »der alte Séchard ist seit ein paar Tagen hier, er will seinen Anteil an der Erfindung, es besteht also einige Hoffnung, daß wir uns zusammentun. Sie sind der Anwalt des Vaters und des Sohnes.« –

»Möge der Heilige Geist sie Ihnen ausliefern«, entgegnete Petit-Claud lächelnd.

»Ja«, antwortete Cointet, »wenn Sie erreichen, daß entweder David ins Gefängnis kommt oder mit uns einen Gesellschaftsvertrag schließt, sollen Sie Mademoiselle de La Haye bekommen.«

»Ist das Ihr Ultimatum?« fragte Petit-Claud.

»Yes«, sagte Cointet, »wenn wir schon in fremden Sprachen reden.«

»Nun, ich gebe Ihnen meine Antwort in gutem Französisch«, erwiderte Petit-Claud trockenen Tons.

»Da bin ich aber neugierig.«

»Stellen Sie mich morgen Madame Sénonches vor, sorgen Sie dafür, daß ich etwas Bestimmtes höre, kurz, erfüllen Sie Ihr Versprechen, oder ich zahle Davids Schulden und mache das Geschäft mit ihm, indem ich meine Praxis verkaufe. Ich lasse mich nicht an der Nase herumführen. Sie haben mir eine deutliche Antwort gegeben, ich tue dasselbe. Ich habe mich eingesetzt, ich erwarte dasselbe von Ihnen. Sie haben alles, ich habe nichts. Wenn Sie mir nicht einen Beweis Ihrer Aufrichtigkeit geben, nehme ich Ihnen das Spiel aus der Hand.«

Der große Cointet griff nach Hut und Schirm und forderte Petit-Claud auf, ihm zu folgen. Unterwegs sagte er:

»Sie sollen sehen, mein lieber Freund, daß ich Ihnen den Weg geebnet habe.«

Von einem Augenblick zum andern hatte der verschlagene Fabrikant das Gefährliche seiner Lage eingesehen und in Petit-Claud einen der Männer erkannt, mit denen man offenes Spiel treiben muß. Übrigens hatte er, um gewappnet zu sein, unter dem Vorwand eines Berichtes über die finanzielle Lage von Mademoiselle de La Haye, dem ehemaligen Generalkonsul ein paar Andeutungen gemacht:

»Ich habe etwas für Françoise, mit dreißigtausend Franc Mitgift kann ein Mädchen heutzutage nicht viel verlangen«, hatte er lächelnd gesagt, und Francis du Hautoy hatte geantwortet:

»Wir werden darüber reden, seit der Abreise von Madame de Bargeton hat sich die Stellung von Madame de Sénonches verändert; wir können für Françoise einen guten alten Landedelmann finden.«

»Dann wird sie nur Dummheiten machen«, hatte Cointet kühl erwidert. »Verheiraten Sie sie lieber mit einem fähigen und strebsamen jungen Mann, der mit Ihrer Hilfe seiner Frau eine Stellung verschafft.«

Nach dem Tod ihres Mannes hatte Louise de Nègrepelisse das Haus in der Rue de Minage verkauft, und Madame de Sénonches hatte ihren Mann bewogen, es zu erstehen. Zéphirine de Sénonches war dabei von dem Gedanken geleitet worden, an Stelle Louises Königin von Angoulême zu werden, einen Salon zu unterhalten, kurzum, als große Dame aufzutreten. In der vornehmen Gesellschaft von Angoulême hatte das Duell zwischen Monsieur de Bargeton und Monsieur de Chandour zu einer Spaltung geführt: Die einen glaubten an die Unschuld von Louise de Nègrepelisse, die anderen an die Verleumdungen Stanislas de Chandours. Madame de Sénonches entschied sich für die Bargeton und gewann zunächst alle Anhänger dieser Partei für sich. Als sie dann in ihrem Haus eingerichtet war, profitierte sie von den Gewohnheiten vieler Leute, die seit so vielen Jahren zum Spiel dahin gingen. Sie empfing jeden Abend und gewann entschieden die Oberhand über Amélie de Chandour, die sich als ihre Widersacherin aufführte. Die Hoffnungen Francis du Hautoys, der im Mittelpunkt der Aristokratie von Angoulême zu stehen meinte, gingen so weit, daß er Françoise mit dem alten Monsieur de Séverac verheiraten wollte, demselben, den Madame du Brossard für ihre Tochter leicht hatte einfangen können. Die Rückkehr der Madame de Bargeton als Frau des Präfekten bestärkte Zéphirine in den Plänen, die sie für ihre heißgeliebte Tochter schmiedete. Sie sagte sich, daß die Comtesse du Châtelet ihren Einfluß zugunsten der Statthalterin geltend machen werde.

Der Papierfabrikant, der sein Angoulême in- und auswendig kannte, schätzte mit einem Blick alle diese Schwierigkeiten ab, dann beschloß er, sich durch eine Verwegenheit, die Tartuffes würdig gewesen wäre, daraus zu befreien. Als er an der Tür mit den Worten abgewiesen wurde, daß die Herrschaften bei Tisch saßen, verlangte er, gleichwohl angemeldet zu werden. Zéphirine frühstückte mit Monsieur du Hautoy und Mademoiselle de La Haye, Monsieur de Sénonches weilte wie immer bei Monsieur de Pimentel zur Eröffnung der Jagd. Cointet schob Petit-Claud vor und sagte: »Hier, Frau Marquise, ist der junge Anwalt, von dem ich Ihnen erzählt habe und der Ihrem schönen Mündel zur Selbständigkeit verhelfen soll.«

Der ehemalige Diplomat betrachtete Petit-Claud, der seinerseits das schöne Mündel heimlich musterte. Zéphirine, der weder Cointet noch Francis je ein Wort gesagt hatten, war derartig überrascht, daß sie die Gabel aus der Hand fallen ließ. Mademoiselle de La Haye glich mit ihrem mürrischen Vogelgesicht einem Würger, die magere Figur war nicht eben anmutig und das Haar von einem faden Blond; trotz der aristokratischen Haltung, die sie sich gab, ließ sie sich nur schwer unter die Haube bringen. »Vater und Mutter unbekannt« – diese Worte auf ihrem Geburtsschein schlossen sie von der Welt aus, an welche die Patin und Francis für sie dachten. Da sie ihre Lage nicht kannte, machte sie Schwierigkeiten: sie hätte den reichsten Kaufmann der Unterstadt ausgeschlagen. Das Gesicht, das sie beim Anblick des mageren Anwalts schnitt, ließ wenig Zweifel, aber für die Miene Petit-Clauds galt das gleiche. Zéphirine und Francis schienen zu überlegen, wie sie Cointet und seinen Schützling am besten verabschiedeten. Cointet, der alles sah, bat Francis um eine kurze Unterredung und ging mit ihm in den Salon.

»Monsieur du Hautoy«, erklärte er ihm kurzerhand, »die Vaterschaft macht Sie blind. Sie können Ihre Tochter nur schwer verheiraten, und im Interesse aller habe ich es so eingerichtet, daß Sie nicht mehr zurückweichen können, denn ich liebe Françoise, wie man ein Mündel liebt. Petit-Claud weiß alles! Sein ungewöhnlicher Ehrgeiz ist die beste Gewähr für das Glück Ihres Kindes. Françoise wird aus ihrem Mann machen können, was sie will. Sie aber sollen mit Hilfe der Präfektin einen Staatsanwalt aus ihm machen. Monsieur Milaud geht jetzt endgültig nach Nevers. Petit-Claud wird seine Praxis verkaufen, Sie erwirken leicht für ihn die Stelle des zweiten Staatsanwalts. Ist er einmal erster, so hat er es nicht mehr weit zum Gerichtspräsidenten, Abgeordneten und so weiter.«

Die Herren kehrten ins Speisezimmer zurück, und Francis behandelte den Bewerber mit großer Höflichkeit. Er sah Zéphirine mit einem beredten Blick an und lud Petit-Claud zuletzt auf den nächsten Tag zum Essen ein, wobei man am besten über Geschäfte sprechen könne. Dann geleitete er die Besucher bis in den Hof, wo er Petit-Claud erklärte, daß er auf die Empfehlung Cointets ebenso wie Madame de Sénonches bereit sei, alle Beschlüsse zu bestätigen, die der Vormund des jungen Engels gefaßt hatte.

»Großer Gott, wie häßlich sie ist!« rief Petit-Claud. »Ich bin hereingefallen.«

»Sie hat eine vornehme Art«, erwiderte Cointet, »glauben Sie, daß Sie sie bekommen hätten, wenn sie schön wäre? Vergessen Sie nicht, mein Lieber, es gibt mehr als einen kleinen Eigentümer, der mit dreißigtausend Franc und dem Einfluß Zéphirines und dem der Comtesse du Châtelet zufrieden wäre. Und das um so mehr, als Monsieur du Hautoy sich nie verheiraten wird und das Mädchen seine Tochter ist. Sie sind am Ziel Ihrer Wünsche!«

»Das wäre?«

Cointet wiederholte das, was er zu Francis gesagt hatte, und schloß: »In zehn Jahren sind Sie Mitglied des Staatsrats, bei Ihrer Unerschrockenheit werden Sie keine Aufgabe scheuen, die der Hof Ihnen stellen könnte.«

»Also gut, seien Sie morgen um halb fünf auf der Place du Mûrier«, gab der Anwalt, von diesen Aussichten geblendet, zur Antwort; »ich werde bis dahin mit dem alten Séchard gesprochen haben, und wir werden zu einem Gesellschaftsvertrag mit Vater und Sohn kommen.«

Als der alte Pfarrer von Marsac die Stufen von Angoulême hinaufstieg, um Ève über den Zustand Luciens in Kenntnis zu setzen, hielt sich David den zwölften Tag in seinem Versteck auf, und zwar zwei Häuser von dem Haus entfernt, das der würdige Priester soeben verlassen hatte. Als der Abbé Marron die Place du Mûrier betrat, bemerkte er die drei Männer, von denen das Schicksal des freiwilligen Gefangenen abhing: den alten Séchard, den großen Cointet und den kleinen mageren Advokaten. Es war ungefähr fünf Uhr, alle Welt begab sich zu Tisch, und fast jeder warf den dreien einen neugierigen Blick zu: »Was zum Teufel haben der alte Séchard und der große Cointet einander zu sagen?« – »Es handelt sich zweifellos um den armen Kerl, der Weib und Kind ohne Brot lassen muß.«

»Was führt Sie denn hierher, Herr Pfarrer?« rief der Winzer dem Abbé sofort über den ganzen Platz zu.

»Es geht Sie und die Ihrigen an«, antwortete der Abbé.

»Noch ein Einfall Davids!« meinte der alte Séchard.

»Es würde Sie sehr wenig kosten, alle Welt glücklich zu machen«, sprach der Pfarrer und wies nach den Fenstern, wo Madame Séchard hinter den Vorhängen ihren schönen Kopf zeigte.

Ève besänftigte gerade ihr schreiendes Kind, indem sie es schaukelte und ihm ein Lied vorsang.

»Bringen Sie Nachrichten von meinem Sohn oder, was noch besser wäre, Geld?«

»Nein, das nicht, ich bringe der Schwester Nachricht vom Bruder.«

»Von Lucien?« rief Petit-Claud.

»Ja. Der arme junge Mensch ist von Paris bis hierher zu Fuß gewandert, bei Courtois konnte er nicht weiter, halb tot vor Hunger und Müdigkeit.«

Petit-Claud grüßte den Priester, nahm den Arm Cointets und sagte laut: »Es ist Zeit, daß wir uns umziehen, wenn wir bei Madame de Sénonches speisen wollen.«

Aber ein paar Schritte weiter flüsterte er ihm ins Ohr:

»Wenn man den Jungen hat, hat man auch bald die Mutter, David kann uns nicht mehr entgehen.«

»Ich habe Sie versorgt, versorgen Sie mich«, erklärte der große Cointet mit einem falschen Lächeln.

»Lucien ist mein Schulkamerad, in acht Tagen werde ich etwas von ihm erfahren haben. Sorgen Sie für das Aufgebot, und ich stehe dafür ein, daß David ins Gefängnis kommt. Damit ist meine Aufgabe erfüllt.«

»Eine noch schönere Aufgabe wäre, das Patent auf unseren Namen eintragen zu lassen«, ließ Cointet einfließen.

Dem kleinen Anwalt lief ein Schauer über den Rücken.

In diesem Augenblick sah Ève ihren Schwiegervater mit dem Abbé eintreten, der durch ein einziges Wort das Drama gelöst hatte.

»Hier ist unser Pfarrer«, sagte der alte Bär zu seiner Schwiegertochter, »er hat, glaube ich, allerlei Geschichten von deinem Bruder zu erzählen.«

»Um Gottes willen«, rief die arme Ève und griff an ihr Herz, »was kann noch geschehen sein?«

Dieser Ausruf verriet so viele geheime Schmerzen und so viele Befürchtungen, daß der Abbé rasch sagte: »Beruhigen Sie sich, Madame Séchard, er lebt.«

Ève bat den alten Winzer, ihre Mutter zu holen, damit diese hörte, was er über Lucien zu sagen hatte. Der Alte entledigte sich des Auftrags, indem er Madame Chardon einfach sagte: »Sie haben etwas mit dem Pfarrer auszumachen, aber er ist trotz seines Standes ein guter Kerl. Sicher wird heute später gegessen, ich komme in einer Stunde wieder.«

Unempfindlich gegen alles, was nicht das Geld betraf, ließ er die alte Frau allein, ohne sich um die Wirkung seiner Ankündigung zu kümmern. Die Ereignisse der letzten anderthalb Jahre hatten Madame Chardon bis zur Unkenntlichkeit verändert. Der Adel ihrer Abstammung erstreckte sich auch auf ihr Herz, dabei hatte sie, die ihre Kinder anbetete, in den letzten sechs Monaten ein größeres Leid erfahren als in den ganzen Jahren ihrer Witwenschaft. Lucien, der schon nahe daran gewesen war, den Glanz der Rubemprés wieder aufleben zu lassen, hatte seine Ehre verloren, sie beurteilte ihn strenger als seine Schwester und hoffte nichts mehr seit dem Tag, als sie von den gefälschten Wechseln erfahren hatte. Eine Mutter läßt sich manchmal gern täuschen, kennt aber immer das Kind, das sie genährt hat. Wenn David und Ève sich über Luciens Aussichten in Paris unterhielten, gab sich Madame Chardon zwar den Anschein, als teile sie die Illusionen der Tochter, zitterte aber in Wahrheit davor, daß David die Dinge richtig sah, sprach er doch das aus, was ihr mütterliches Gewissen ihr sagte. Sie kannte die Feinfühligkeit Èves zu gut, als daß sie es gewagt hätte, von ihrem Kummer zu sprechen; sie war daher gezwungen, ihn schweigend hinunterzuwürgen – etwas, was nur eine Mutter kann. Ève ihrerseits beobachtete entsetzt, wie der Kummer an ihrer Mutter nagte, die von Tag zu Tag mehr verfiel. Mutter und Tochter verübten aneinander jenen edlen Betrug, der niemanden täuscht. Die rücksichtslose Bemerkung des Winzers war der Tropfen, der den Kelch des Leidens zum Überlaufen brachte; Madame Chardon fühlte, wie eine Faust ihr das Herz zusammenpreßte.

Beim Anblick des gemarterten Gesichts, der weißen

Haare und des Ausdrucks sanfter Entsagung begriff der Abbé mit einem Schlag, welches Leben die zwei Frauen führten. Sein Mitleid für den jungen Henker schwand, er zitterte bei dem Gedanken an die Leiden der Opfer.

»Mutter«, sagte Ève und trocknete sich die Augen, »unser armer Lucien ist ganz in der Nähe, in Marsac.«

»Und warum kommt er nicht hierher?« fragte die Mutter.

Der Abbé erzählte alles, was Lucien ihm von dem Jammer seiner Reise und von seinen letzten Tagen in Paris berichtet hatte. Er schilderte die Angst des Dichters bei der Nachricht von der Wirkung seiner Handlungsweise und verweilte bei der Furcht Luciens, in Angoulême schlecht aufgenommen zu werden.

»Ist es schon so weit, daß er uns nicht mehr vertraut?« fragte Madame Chardon.

»Herr Pfarrer«, fiel Ève ein, »Lucien hat uns in die Armut gestürzt; aber er ist uns deswegen doch willkommen und wird immer das karge Brot, das er uns gelassen hat, mit uns teilen können. Ach, wenn er nicht fortgezogen wäre, Monsieur, hätten wir unsere teuersten Schätze nicht verloren!«

»Und der Wagen der Frau, die ihn uns entführt hat, hat ihn zurückgebracht«, rief Madame Chardon. »Abgereist in der Kalesche und an der Seite Madame de Bargetons, ist er hinten auf ihrem Wagen sitzend wieder zurückgekommen!«

»Wie kann ich Ihnen in Ihrer Lage nützlich sein?« sprach der wackere Pfarrer, der nach einem Schlußsatz suchte.

»Nun, Monsieur«, entgegnete Madame Chardon, »des Geldes Wunden sind nicht tödlich, heißt es, doch diese Wunden kann kein Arzt kurieren, nur der Kranke selbst.«

»Wenn Sie meinen Schwiegervater dazu bewegen könnten, seinem Sohn zu helfen, würden Sie eine ganze Familie retten«, sagte Madame Séchard.

»Er glaubt nicht an Sie, und er schien mir sehr aufgebracht gegen Ihren Gatten«, antwortete der alte Mann, der nach den Erklärungen des Winzers die Angelegenheiten Séchards für ein Wespennest hielt, in das man nicht stechen sollte.

Nachdem der Priester seine Aufgabe erfüllt hatte, aß er bei Postel, der wie die ganze Stadt in dem Streit zwischen Vater und Sohn jenem recht gab.

»Bei einem Verschwender kann noch alles eine gute Wendung nehmen«, meinte der kleine Postel, »aber Erfinder sind hoffnungslos verloren.«

Die Neugierde des Pfarrers von Marsac war vollkommen befriedigt; das ist ja überall in der französischen Provinz der Hauptzweck des maßlosen Interesses, das einer dem andern bezeugt. Im Verlauf des Abends lieferte er Lucien einen Bericht über alle Vorgänge im Hause Séchard. Lucien dankte dem Alten für seine Gefälligkeit und sagte: »Die Verzeihung, die Sie mir mitbringen, ist ein wunderbarer Balsam.«

Früh am nächsten Morgen machte sich Lucien auf den Weg und erreichte Angoulême gegen neun Uhr, einen Stock in der Hand, bekleidet mit einem Rock, der von der Reise mitgenommen war, und einer nicht mehr neuen schwarzen Hose. Seine abgetretenen Schuhe ließen keinen Zweifel daran, daß er zur Klasse der armseligen Fußgänger gehörte. Daher wußte er nur zu gut, wie der Gegensatz zwischen seiner Abreise und seiner Rückkehr auf die Landsleute wirken mußte.

Noch von den Gewissensbissen bedrückt, die der Bericht des Priesters in ihm hervorgerufen hatte, wollte er diese

Mißachtung der Leute für den Augenblick der Buße hinnehmen, war aber im übrigen entschlossen, dem Blick der Bekannten nicht auszuweichen. Er empfand sich selbst als heldenhaft, alle diese Dichternaturen fangen ja damit an, sich selbst zu täuschen.

In dem Maß, wie er durch die Gassen von l'Houmeau schritt, verschärfte sich in seiner Seele der Streit zwischen dieser beschämenden Rückkehr und dem Zauber seiner Erinnerungen. Sein Herz schlug, als er an Postels Tür vorüberkam und befriedigt sah, daß der Name seines Vaters entfernt worden war; nach der Heirat hatte Postel den Laden streichen lassen und wie in Paris groß APOTHEKE darüber gesetzt. Die Porte Palet kam, Lucien fühlte den Einfluß der Heimatluft, die Last seines Unglücks wurde schwächer, und er dachte entzückt: ›Bald sehe ich sie wieder.‹ Er erreichte die Place du Mûrier, ohne jemandem begegnet zu sein – ein unverhofftes Glück für ihn, der einst als Triumphator durch die Stadt gegangen war.

Marion und Kolb, die als Posten an der Tür standen, stürzten auf die Treppe und riefen: »Er ist da!« Lucien erblickte die alte Werkstatt und den alten Hof und dann auf der Treppe Ève und die Mutter. Sie umarmten einander und vergaßen für einen Augenblick ihr Elend. Wenn Lucien ein Sinnbild der Verzweiflung bot, so trug er auch dessen poetische Züge: Die Sonne der Landstraßen hatte ihm die Haut gebräunt, und auf seiner Dichterstirn lagen die Schatten der Schwermut. Die Veränderung, die mit ihm vorgegangen war, die Spuren des Elends waren so deutlich, daß in den Frauen ein einziges Gefühl aufquoll, das Mitleid. Die Vorstellungen, die sich die Familie gemacht hatte, wurden jetzt bei seiner Rückkehr auf traurige Weise bestätigt. Ève lächelte in ihrer Freude wie eine Heilige im Martyrium. Der Kummer verklärt das Antlitz einer hübschen jungen Frau. Der Ernst, der in den Zügen seiner Schwester jene reine Unschuld verdrängt hatte, die Lucien bei seiner Abreise darin gesehen hatte, war zu beredt, als daß der Bruder nicht schmerzlich davon berührt war.

Auf den ersten so lebhaften und so natürlichen Gefühlsüberschwang folgte eine weitere Reaktion: Jeder scheute sich zu sprechen. Lucien konnte nicht umhin, mit einem Blick den zu suchen, der bei dieser Szene fehlte. Ève, die den Blick wohl verstand, brach in Tränen aus, und nun hielt auch Lucien nicht mehr an sich. Die Mutter schien gefaßt zu sein. Ève wollte dem Bruder ein hartes Wort ersparen, stand auf, ging in die Küche und sagte:

»Marion, Lucien ißt gern Erdbeeren, sieh zu, daß du welche bekommst.«

»Ich habe mir wohl gedacht, daß Sie ihn nicht wie einen Bettler empfangen würden«, antwortete Marion, »seien Sie unbesorgt, ich habe ein hübsches, kleines Frühstück und auch ein gutes Mittagessen.«

»Lucien«, sagte Madame Chardon zu ihrem Sohn, »du hast hier viel wiedergutzumachen. Abgereist, um der ganze Stolz deiner Familie zu werden, hast du uns ins Elend gestürzt. Das Werkzeug des Wohlstandes, an den dein Bruder nur seiner neuen Familie wegen dachte, hast du in seinen Händen fast zerbrochen. Und nicht nur das hast du zerbrochen...« Es trat eine schreckliche Pause ein, und Luciens Schweigen verriet, daß er die mütterlichen Vorwürfe annahm.

»Beschreite den Weg der Arbeit«, fuhr Madame Chardon bittend fort. »Ich tadele dich nicht, weil du versucht hast, die adlige Familie, von der ich abstamme, wiederaufleben zu lassen; doch für ein solches Unterfangen braucht man vor allem ein Vermögen und Stolz, alles das hast du nicht gehabt. Unser Vertrauen hast du in Mißtrauen verwandelt. Du hast den Frieden dieser fleißigen und demütigen Familie zerstört, die es hier sehr schwer gehabt hat... Den ersten Fehlern gebührt ein erstes Verzeihen. Fange nicht noch einmal an. Wir sind hier in einer schwierigen Lage, sei vorsichtig, hör auf deine Schwester. Das Unglück ist ein Lehrmeister, dessen bittere Lektionen bei ihr gefruchtet haben: Sie ist ernst geworden, sie ist Mutter, sie trägt aus Hingabe für unseren lieben David die ganze Last des Haushalts. Durch dein Verschulden ist sie mein einziger Trost geworden.«

»Du dürftest strenger zu mir sein«, sagte Lucien und umarmte seine Mutter. »Ich nehme Ihr Verzeihen an, denn es wird das einzige sein, das ich je empfangen werde.«

Als Ève zurückkehrte, merkte sie an der demütigen Haltung des Bruders, daß die Mutter gesprochen hatte. Das Lächeln, das sie ihm schenkte, trieb ihm Tränen in die Augen. Die physische Gegenwart übt einen Zauber aus, sie ändert bei Liebenden und im Schoß der Familie die feindseligste Stimmung, soviel Anlaß man auch zur Unzufriedenheit haben mag. Zeichnet die Liebe im Herzen die Wege vor, die man gern erneut beschreitet? Gehört dies Phänomen in die Wissenschaft des Magnetismus? Sagt uns die Vernunft, daß man sich niemals wiedersehen darf oder einander verzeihen muß? Sei es das Urteilsvermögen, eine physische Ursache oder die Seele, denen diese Wirkung zukommt, ein jeder wird schon einmal erfahren haben, daß die Blicke, die Gesten und das Auftreten eines geliebten Wesens Zärtlichkeit erwecken, wie sehr man auch beleidigt, bekümmert und mißhandelt worden sein mag. Wo die Vernunft schwer vergißt, wo das Eigeninteresse noch leidet, nimmt das Herz trotz allem seine Dienstbarkeit wieder auf. So war denn die arme Schwester, die bis zum Frühstück die Geständnisse des Bruders anhörte, nicht mehr Herrin ihrer Augen, wenn sie ihn ansah, noch ihrer Stimme, wenn sie mit ihm sprach. Nachdem sie eine Vorstellung von den Grundlagen des literarischen Lebens in Paris erhalten hatte, begriff sie auch, daß Lucien in dem Kampf unterlegen war. Die Freude, mit welcher der Dichter das Kind seiner Schwester liebkoste, seine eigene Kindlichkeit, das Glück, wieder in der Heimat und zu Hause zu sein, das dem Kummer über das Fehlen Davids keinen Abbruch tat, die schwermütigen Worte, die Lucien entschlüpften, seine Weichheit, als die Erdbeeren ihm bewiesen, daß seine Schwester sich noch an seine Vorlieben erinnerte, die Notwendigkeit, den verlorenen Sohn unterzubringen und sich mit ihm zu beschäftigen: das alles machte diesen Tag zu einem Fest.

Aber als der Überschwang sich gelegt hatte, machte sich die Wirklichkeit doch bemerkbar. Lucien entging nicht, daß die Liebe Èves sich anders als früher äußerte: Davids Name wurde mit der tiefsten Achtung genannt, während sie Lucien wie jemanden behandelte, den man eben wider Willen liebt. Auch im Verhältnis zur Mutter fehlte jenes vollkommene Vertrauen, das man nur dem entgegenbringt, an dessen Ehre man nicht zweifelt. Man sagte ihm nicht, wohin David sich geflüchtet hatte, die Furcht vor seinem Leichtsinn war zu groß. Diese Ève, die sich durch seine Zärtlichkeiten nicht erweichen ließ, ihm das Geheimnis zu verraten, war nicht mehr die Ève von damals, für die ein Blick Luciens ein Befehl gewesen war. Als Lucien davon sprach, daß er sein Unrecht wiedergutmachen wolle, und sich zutraute, David retten zu können, erwiderte ihm Ève: »Misch dich nicht ein, unsere Gegner sind die heimtückischsten Leute der Stadt.«

Lucien warf den Kopf zurück, als hätte er sagen wollen: ›Ich habe es mit Parisern zu tun gehabt.‹

Die Antwort der Schwester bestand in einem Blick, der besagte: ›Und du bist besiegt worden.‹

›Ich werde nicht mehr geliebt‹, dachte Lucien. ›Für die Familie wie für die Gesellschaft muß man erfolgreich sein.‹ Schon am zweiten Tag, als er versuchte, sich das geringe Vertrauen seiner Mutter und seiner Schwester zu erklären, kamen ihm nicht gerade gehässige, aber doch verdrießliche Gedanken. Er legte den Maßstab des Pariser Lebens an das sittsame Leben der Provinz an, wobei er vergaß, daß die geduldige Bescheidenheit dieses in seinem Verzicht erhabenen Lebens sein eigenes Werk war. ›Sie sind Bürgerinnen, sie können mich nicht verstehen‹, sagte er sich und löste sich somit von seiner Schwester, seiner Mutter und David, die er weder über seinen Charakter noch über seine Zukunft weiterhin täuschen konnte.

Ève und Madame Chardon, deren seherische Gabe durch so viele Schicksalsschläge und Mißgeschicke geschärft war, errieten Luciens geheimste Gedanken; sie fühlten sich mißverstanden und sahen, daß er sich von ihnen löste. ›Paris hat ihn uns sehr verändert‹, sagten sie sich. Sie ernteten jetzt die Früchte des Egoismus, den sie selbst gezüchtet hatten. Dieser leichte Sauerteig mußte auf beiden Seiten gären, und er gärte; doch hauptsächlich bei Lucien, der sich selbst so tadelnswürdig fand. Was Ève anbetraf, so gehörte sie wohl zu den Schwestern, die einem schuldigen Bruder sagen: Verzeih mir *deine* Verfehlungen! Wenn der Bund der Seelen so vollkommen gewesen ist wie zu Beginn des gemeinsamen Lebens von Ève und Lucien, ist jede Verletzung dieses schönen Ideals tödlich. Wo Schurken sich nach Dolchstößen wieder versöhnen, entzweien sich Liebende unwiderruflich wegen eines Blickes, eines Wortes. In dieser Erinnerung an die vermeintliche Vollkommenheit eines Seelenbundes liegt das Geheimnis mancher oft unerklärlichen Trennungen. Man kann mit Argwohn im Herzen leben, wenn die Vergangenheit nicht das Bild einer reinen und ungetrübten Zuneigung bietet; doch für zwei Menschen, die einst vollkommen vereint waren, wird das Leben unerträglich, wenn jeder Blick und jedes Wort Vorsicht erfordern. Daher lassen die großen Dichter ihre Paul und Virginie am Ende ihrer Jugend sterben. Könnten Sie sich vorstellen, wie Paul und Virginie sich entzweien? Ève und Lucien zur Ehre sei gesagt, daß die so sehr verletzten Interessen keinesfalls diese Wunden trugen: Bei der untadeligen Schwester wie bei dem schuldbeladenen Bruder war alles Gefühl. Doch das geringste Mißverständnis, der kleinste Streit, ein neuerlicher Fehltritt Luciens konnte sie auseinanderbringen oder eine jener Auseinandersetzungen heraufbeschwören, die unwiderruflich die Familien entzweien. In Fragen des Geldes regelt sich alles, doch die Gefühle sind unerbittlich.

Am nächsten Morgen wurde Lucien eine Ausgabe der Angoulêmer Zeitung geschickt; er las und wurde bleich vor Befriedigung, als er sah, daß dieses würdige Blatt, das nach dem Ausdruck Voltaires wie ein anständiges Mädchen niemals von sich sprechen machte, sich mit ihm beschäftigte:

Mag die Freigrafschaft sich Victor Hugos, Charles Noidiers und Cuviers rühmen, die Bretagne Chateaubriands und Lamennais', die Normandie Casimir Delavignes, die Touraine des Verfassers von Eloa *– Angoulême, das schon unter Louis* XIII. *den unter dem Namen Balzac bekannten Guez hervorbrachte, braucht weder auf diese Landschaften noch auf Limoges oder die Auvergne oder Bordeaux, die Heimat so vieler großer Männer, eifersüchtig zu sein: auch wir haben unsern Schriftsteller! Der Dichter der schönen* Marguerites *verdient auch den Ruf eines Meisters der Prosa, ist er doch der Verfasser des prächtigen* Bogenschützen Karls IX. *Unsere Kinder werden noch stolz auf Lucien Chardon sein, der mit Petrarca wetteifert!*

In den Provinzblättern jener Zeit hatten die Ausrufungszeichen größte Ähnlichkeit mit den Hurras, die bei den englischen *meetings* jeden *speech* begleiten. Der Artikel fuhr fort:

Trotz seiner glänzenden Erfolge in Paris erinnerte sich unser junger Dichter daran, daß das Hôtel de Bargeton die Wiege seines Ruhmes war, daß der Adel unserer Stadt zuerst für seine Dichtungen eintrat, daß die Gattin des Comte du Châtelet, unseres Präfekten, ihn zu seinen ersten Flügen in das Land der Musen ermutigte – Monsieur Chardon ist zu uns zurückgekehrt! Durch ganz l'Houmeau ging gestern wie ein Lauffeuer die Nachricht, daß unser

Lucien de Rubempré wieder unter uns weilt, eine Nachricht, über die überall mit dem größten Eifer gesprochen wird. Es besteht kein Zweifel, daß Angoulême hinter l'Houmeau zurückstehen wird, wenn es gilt, den zu ehren, der als Mann der Zeitung und als Dichter unsere Stadt mit so viel Ruhm in Paris vertreten hat. Der junge Schriftsteller, der stets die Sache der Religion und des Königs vertrat, hat allen Angriffen der Parteileute Widerstand geleistet; wie wir erfahren, kam er hierher, um sich von den Anstrengungen eines Kampfes auszuruhen, der die Kräfte von Athleten, geschweige denn die von zarten Träumern aufbrauchen würde. Wie man uns berichtet, besteht, wohl nicht ohne Mitwirkung der Comtesse du Châtelet, die diesen von politischem Weitblick zeugenden Gedanken zuerst gehabt haben soll, die Absicht, unserem großen Dichter den Titel und Namen der berühmten Familie de Rubempré zurückzugeben. Der unsterbliche Urheber unserer Verfassung würde durch diese Verjüngung einer alten Familie seinem Grundsatz, der durch die beiden Worte Einigkeit und Versöhnung bezeichnet wird, nur treu bleiben. Der junge Dichter ist bei seiner Schwester, Madame Séchard, und seiner Mutter, der letzten Trägerin des Namens Rubempré, Madame Chardon, abgestiegen.

Unter den Stadtnachrichten fanden sich folgende Mitteilungen:

Unser Präfekt, Comte du Châtelet, der bereits den Rang eines Kammerherrn Seiner Majestät erhielt, wurde wegen außerordentlicher Verdienste zum Staatsrat ernannt.

Gestern fand der Empfang der Spitzen der Behörden seitens des Herrn Präfekten statt.

Die Comtesse du Châtelet empfängt jeden Donnerstag.

Der Bürgermeister von l'Escarbas, Monsieur de Nègrepelisse, das Haupt des jüngeren Zweigs der d'Espard, der Vater von Madame du Châtelet, neuerdings Comte, Pair von Frankreich und Kommandeur des Ordens vom heiligen Louis, wird, wie wir hören, bei den nächsten Wahlen im Wahlkollegium unserer Stadt den Vorsitz übernehmen.

»Lies das«, sagte Lucien zu seiner Schwester.

Ève las Zeile für Zeile, dann gab sie Lucien das Blatt nachdenklich zurück. Über ihre Zurückhaltung, die an Kälte grenzte, erstaunt, fragte Lucien: »Was sagst du dazu?«

»Mein Freund«, erwiderte sie, »die Zeitung gehört den Cointets, die allein über den Inhalt der Artikel bestimmen und nur auf den Präfekten oder den Bischof Rücksicht zu nehmen brauchen. Hältst du deinen alten Nebenbuhler Châtelet für edelmütig genug, um so dein Lob zu singen? Vergiß nicht, daß die Cointets hinter unserem Verfolger Métivier stecken und zweifellos David zwingen wollen, seine Entdeckung mit ihnen zu teilen. Von welcher Seite dieser Artikel auch kommt, ich finde ihn beunruhigend. Du hast bis jetzt hier nur Haß und Eifersucht geerntet, man verleumdete dich, getreu dem Sprichwort: Der Prophet gilt nichts in seinem Vaterlande. Und nun ist alles plötzlich anders. Ich will dir keine Predigt halten, aber ich gebe dir den Rat: Mißtraue auch dem kleinsten Umstand.«

»Du hast recht«, erwiderte Lucien, über die geringe Begeisterung seiner Schwester wenig erfreut. Er selbst genoß in vollen Zügen den Triumph, in den sich seine armselige, schimpfliche Heimkehr verwandelt hatte.

Kurz vor Tisch brachte ein Bote des Präfekten Lucien einen Brief, der zu beweisen schien, daß in der Tat alle Welt sich die Gunst des jungen Dichters streitig machte.

Der Brief enthielt folgende Einladung:

Comte Sixte du Châtelet und Comtesse du Châtelet bitten Monsieur Lucien Chardon, ihnen die Ehre zu erweisen und am 15. September mit ihnen zu speisen. U. A. w. g.

Dem Brief lag folgendes Kärtchen bei:

COMTE SIXTE DU CHÂTELET
Kammerherr des Königs, Präfekt der Charente, Staatsrat.

»Sie stehen in Gunst«, meinte der alte Séchard, »man spricht von Ihnen wie von einer großen Persönlichkeit in der Stadt. In Angoulême und l'Houmeau streitet man um das Vorrecht, Ihnen einen Kranz zu winden.«

»Meine teure Ève«, flüsterte Lucien der Schwester ins Ohr, »ich bin in derselben Lage wie damals, als ich zu Madame de Bargeton gehen mußte: Ich habe nichts anzuziehen.«

»Du willst also diese Einladung annehmen?« rief Ève erschrocken.

Es entspann sich ein Streit zwischen Bruder und Schwester. Ève sagte ihr bürgerlicher Verstand, daß man sich in der Welt nur mit fröhlichem Gesicht, gutem Anzug und tadelloser Haltung zeigen soll; über ihre letzte Befürchtung sprach sie nicht: Wohin führte dieser Besuch Lucien? Bereitete man nicht einen Anschlag auf ihn vor?

Vor dem Schlafengehen sagte Lucien zu seiner Schwester:

»Du weißt nicht, wie groß mein Einfluß ist; die Frau des Präfekten hat Angst vor dem Journalisten, und schließlich ist die Comtesse du Châtelet noch immer Louise de Nègrepelisse! Eine Frau, die soviel für ihre Familie erreicht hat, kann auch David retten! Ich werde ihr sagen, was für eine Entdeckung David gemacht hat, es wird ein Kinderspiel für sie sein, beim Minister eine Unterstützung von zehntausend Franc durchzusetzen.«

Um elf Uhr abends wurden Lucien, Ève, die Mutter, der alte Séchard, Marion und Kolb durch Musik geweckt. Stadt- und Regierungskapelle hatten sich mit vielen Zuhörern auf dem Platz eingefunden, um bei der Serenade mitzuwirken, die Lucien de Rubempré von der Jugend dargebracht wurde. Lucien trat an Èves Fenster und sagte inmitten des tiefsten Schweigens, nach dem letzten Stück:

»Ich danke meinen Landsleuten für die Ehre, die sie mir erweisen, und werde alles tun, um ihrer würdig zu sein. Sie müssen mir verzeihen, daß ich nicht weiterspreche, meine Bewegung ist groß.«

»Hoch der Dichter des *Bogenschützen!* – Hoch der Verfasser der *Marguerites!* – Hoch Lucien de Rubempré!«

Diesen drei Hochrufen folgten drei Blumenkränze und Sträuße, die geschickt durchs Fenster hereingeworfen wurden. Zehn Minuten später lag der Platz wieder leer und schweigend da.

»Zehntausend Franc wären mir lieber«, sagte der alte

Séchard und drehte die Kränze mit dem tiefsten Spott im Gesicht hin und her; »aber Sie haben ihnen gereimte Blumen gegeben und bekommen gewundene zurück.«

»So urteilen Sie über die Ehre, die meine Mitbürger mir erweisen!« rief Lucien, aus dessen Miene die Schwermut geschwunden war – seine Züge drückten die vollkommenste Zufriedenheit aus. »Solche Wirkung verdankt man nur echter Begeisterung«, fuhr er fort und umarmte Mutter und Schwester, wie man es tut, wenn die Freude so übermächtig ist, daß man sich an die Brust eines Freundes werfen muß – in Ermangelung eines Freundes umarmt ein vom Erfolg berauschter Schriftsteller sogar seinen Portier, wenigstens behauptete Bixiou das. »Warum weinst du?« fragte er Ève. »Gewiß aus Freude.«

»Mutter«, sagte Ève, als sie sich wieder legten, »in einem Dichter steckt, glaube ich, ein Weibchen der schlimmsten Sorte.«

»Du hast recht«, erwiderte die Mutter, »Lucien hat bereits nicht nur sein Unglück, sondern auch unser eigenes vergessen.«

Die Huldigung, die Lucien so sehr erfreute, war das Werk Petit-Clauds. An dem Tag, an dem der Pfarrer von Marsac ihm die Rückkehr Luciens mitteilte, speiste der Anwalt zum ersten Mal bei Madame de Sénonches, die auf seine offizielle Brautwerbung wartete. Es war eines jener Familienmähler, dessen Feierlichkeit sich mehr in den Toiletten als in der Zahl der Gäste ausdrückt. Françoise glich der Puppe in einem Schaufenster, Madame de Sénonches hatte ihre gewähltesten Sachen herausgesucht, Monsieur du Hautoy trug den schwarzen Frack! Er war eigens von der Jagd zurückgekommen, als seine Frau ihm geschrieben hatte, daß die Comtesse du Châtelet ihren ersten Besuch machte und ein Bewerber für Françoise auftrat.

Cointet, der seinen schönsten braunen Rock von priesterlichem Schnitt anhatte, trug auf der Brust einen Diamanten von sechstausend Franc Wert, die Rache des reichen Kaufmanns an der armen Aristokratie. Petit-Claud hatte sich gebürstet, gekämmt und in jeder Weise verschönern lassen; seine dürftige Miene hatte er nicht ablegen können. Es lag zu nah, diesen mageren, in seine Kleider gepreßten Anwalt mit einer erstarrten Viper zu vergleichen; aber aus seinen Elsternaugen strahlte so viel Hoffnung, und er gab sich so viel Mühe, nach etwas auszusehen, daß ihm gerade eben noch die Würde eines kleinen, geizigen Staatsanwaltes zur Verfügung stand.

Madame de Sénonches hatte ihre Freunde gebeten, weder über die erste Begegnung ihres Mündels mit einem Bewerber noch über das Erscheinen der Präfektin zu sprechen. Sie konnte also hoffen, ihre Salons gefüllt zu sehen. In der Tat hatten der Präfekt und seine Frau ihren offiziellen Besuch mit Karten gemacht und sich die Ehre des persönlichen Besuches als ein Druckmittel vorbehalten; daher wurde die Aristokratie von Angoulême von einem so ungeheuren Ehrgeiz verzehrt, daß mehrere Personen aus dem Chandourschen Lager sich vornahmen, ins Hôtel de Bargeton zu gehen; man konnte sich nicht daran gewöhnen, dieses Haus in Hôtel de Sénonches umzutaufen. Die Beweise, die die Comtesse du Châtelet von ihrem Einfluß gab, hatten manchen Ehrgeiz wiedergeweckt, und außerdem sollte sie sich derartig zu ihrem Vorteil verändert haben, daß jedermann sich persönlich davon überzeugen wollte.

Petit-Claud erfuhr unterwegs die große Neuigkeit, daß Zéphirine Madame du Châtelet den Bräutigam der teuren Françoise vorstellen durfte, und dachte, Vorteil aus der schiefen Lage ziehen zu können, in welche die Rückkehr Luciens Louise de Nègrepelisse bringen mußte.

Monsieur und Madame de Sénonches hatten als echte Provinzler beim Kauf des Hauses nicht die geringste Änderung vorgenommen. Als man daher Louise anmeldete, konnte Zéphirine, die ihr entgegenging, Louise mit den Worten begrüßen: »Meine teure Louise, blicken Sie um sich, Sie sind noch immer in Ihrem eigenen Hause«; und sie zeigte ihr den kleinen Lüster mit dem Gehänge, das Getäfel und die Möbel, die einst Lucien benommen gemacht hatten.

»An nichts möchte ich weniger erinnert werden«, erwiderte die Präfektin weltgewandt und warf einen Blick um sich, um die Versammlung zu prüfen.

Jedermann fand, daß sie nicht mehr die alte war. Anderthalb Jahre Aufenthalt in der Pariser Welt, das erste Eheglück, das die Frau verwandelt, wie Paris die Provinzlerin verwandelt hatte, die Würde, die der Macht entspringt, das alles hatte aus der Comtesse du Châtelet eine Frau gemacht, die Madame de Bargeton soviel glich wie ein zwanzigjähriges Mädchen seiner Mutter. Die kleinsten Einzelheiten ihrer Toilette, das Geschick, mit dem sie Madame d'Espards Haltung kopierte, verrieten, daß der Verkehr im Faubourg Saint-Germain eine gute Schule für sie gewesen war.

Was den alten Geck des Kaiserreichs betraf, so hatte die Ehe ihn wie jene Melonen reif werden lassen, die gestern noch grün waren, über Nacht aber gelb geworden sind. Da man auf dem blühenden Gesicht der Frau die Frische fand, die aus seinem eigenen gewichen war, so flüsterte man sich richtige Provinzscherze zu, und das um so lieber, als alle Frauen angesichts der neuen Überlegenheit der alten Königin von Angoulême schäumten; der zähe Eindringling mußte für seine Frau zahlen. Bis auf Monsieur und Madame de Chandour, den verstorbenen Monsieur de Bargeton, Monsieur de Pimentel und die Rastignacs befanden sich ungefähr dieselben Personen im Salon, wie an dem Tag, an dem Lucien seine Gedichte vorgelesen hatte, kam doch sogar Seine bischöfliche Gnaden mit den Großvikaren. Petit-Claud, der es noch vor vier Monaten für unmöglich gehalten hätte, jemals in dieser Aristokratie zu verkehren, fühlte, wie sein Haß gegen die oberen Klassen sich legte. Er fand die Comtesse du Châtelet, in deren Hand es lag, ihn zum ersten Staatsanwalt zu machen, entzückend.

Louise stimmte in der Unterhaltung mit den Damen den passenden Ton an, je nach der Stellung und nach der Art und Weise, wie die einzelnen Frauen ihre Flucht mit Lucien aufgenommen hatten; nachher zog sie sich mit dem Bischof ins Boudoir zurück. Jetzt nahm Zéphirine Petit-Claud, dem das Herz schlug, am Arm und zog ihn in dieses Boudoir, wo das Unglück Luciens begonnen hatte und sich erfüllen sollte.

»Hier ist Monsieur Petit-Claud, meine Liebe, ich empfehle ihn dir um so lebhafter, als alles, was du für ihn tust, meinem Mündel zugute kommt.«

»Sie sind Anwalt?« wandte sich die erhabene Tochter der Nègrepelisse mit einem Blick von oben bis unten an Petit-Claud.

»Leider ja, Frau Gräfin.«

Niemals hatte der Sohn des Schneiders in seinem ganzen Leben Gelegenheit gehabt, sich dieser zwei Worte zu bedienen; daher sie auch seinen Mund förmlich ausfüllten.

»Aber«, fuhr er fort, »es hängt von der Frau Gräfin ab, ob ich nicht wechseln kann; Monsieur Milaud geht, wie ich höre, nach Nevers.«

»Wenn ich gut unterrichtet bin«, meinte Madame du Châtelet, »ist man zuerst zweiter und dann erster Staatsanwalt. Ich möchte Sie gleich als ersten sehen. Aber bevor ich mich entschließe, diese Gunst für Sie zu erlangen, muß ich mich Ihrer Anhänglichkeit an die Grundsätze der Legitimität, der Religion und vor allem des Monsieur de Villèle vergewissern.«

»Die Frau Gräfin kann überzeugt sein, daß ich dem König bedingungslos gehorsam bin«, gab Petit-Claud zurück und suchte sich ihr flüsternd zu nähern.

»Genau das brauchen wir heute«, erwiderte Louise und lehnte sich zurück, um ihm zu verstehen zu geben, daß sie sich nicht flüsternd mit ihm zu unterhalten wünschte; »solange Madame de Sénonches zufrieden mit Ihnen ist, können Sie auf mich zählen«, schloß sie und fächelte sich wie eine Königin.

»Frau Gräfin«, sagte Petit-Claud mit einem Blick auf Cointet, der sich in der Tür zeigte, »Lucien ist hier.«

»Und?« fragte Madame du Châtelet; ihr Ton hätte jeden anderen davon abgehalten weiterzusprechen.

»Die Frau Gräfin versteht mich nicht«, fuhr Petit-Claud ehrerbietig fort, »ich habe keine andere Absicht, als einen Beweis meiner guten Gesinnung zu geben. Die Frau Gräfin muß bestimmen, welchen Empfang man dem Mann, dessen Wege sie geebnet hat, in Angoulême bereiten soll. Es gibt keinen Mittelweg, Lucien kann nur abgelehnt oder mit offenen Armen aufgenommen werden.«

Louise de Nègrepelisse hatte an dieses Dilemma nicht gedacht, da es offenbar mehr die Vergangenheit als die Gegenwart betraf. Aber von ihrem Verhalten hing der Erfolg des Planes ab, den der Anwalt geschmiedet hatte, um Séchards Verhaftung herbeizuführen.

»Monsieur Petit-Claud«, sagte sie und nahm die Haltung überlegener Würde an, »Sie wünschen in den Dienst der Regierung zu treten; machen Sie sich bewußt, daß es für den Staat keinen anderen Gesichtspunkt gibt, als niemals ins Unrecht zu kommen, und daß die Frauen noch mehr als der Staat den ausgeprägten Sinn für Macht und Würde besitzen.«

»Genau das dachte ich, Frau Gräfin«, antwortete er lebhaft und beobachtete die Madame du Châtelet ebenso aufmerksam wie unauffällig, »Lucien kehrt im tiefsten Elend zurück. Nichts leichter, als ihm eine Ovation zu bereiten und ihn dadurch zu zwingen, Angoulême zu verlassen, wo seine Schwester und sein Schwager David der heftigsten Verfolgung ausgesetzt sind.«

Auf Louises Gesicht malte sich einen Augenblick das Vergnügen, das sie sich zu unterdrücken bemühte. Überrascht, so gut verstanden zu werden, betrachtete sie Petit-Claud, während sie ihren Fächer entfaltete; der Eintritt Françoises erlaubte ihr, eine passende Antwort zu finden.

»Monsieur Petit-Claud«, erklärte sie mit einem bedeutsamen Lächeln, »Sie werden Staatsanwalt.«

Hieß das nicht alles sagen, ohne sich bloßzustellen?

»Oh, Madame«, rief Françoise dankbar, »ich werde Ihnen also das Glück meines Lebens danken!«

Sie näherte sich mit dem Impuls eines jungen Mädchens dem Ohr ihrer Beschützerin und flüsterte:

»Ich hätte es nicht ertragen, die Frau eines kleinen Provinzadvokaten zu sein.«

Francis, der einer gewissen Kenntnis der Beamtenwelt nicht ermangelte, hatte sie mit Geschick angewiesen.

Die Präfektin nickte Petit-Claud zu, der die Aufforderung verstand und sich erhob; er ging zu Madame de Pimentel, die den Kopf ins Boudoir steckte. Von der Nachricht, daß der brave Nègrepelisse Pair geworden war, ergriffen, hatte die Marquise es für nötig befunden, einer Frau den Hof zu machen, die geschickt genug gewesen war, durch einen halben Fehltritt ihren Einfluß zu vermehren.

»Sagen Sie mir doch, meine Liebe, warum Sie sich die Mühe gemacht haben, Ihren Vater in die Pairskammer zu bringen?« fragte die Marquise mitten in einer vertraulichen Unterhaltung, in der sie vor der Überlegenheit ihrer *teuren* Louise in die Knie ging.

»Meine Liebe, man hat mir diese Gunst um so bereitwilliger zugestanden, als mein Vater keine Kinder hat und stets für die Krone stimmen wird; doch wenn ich Jungen haben sollte, zähle ich wohl darauf, daß meinem Ältesten der Titel, das Wappen und die Pairswürde seines Großvaters übertragen werden...«

Madame de Pimentel sah mit Betrübnis, daß sie eine Mutter, deren Ehrgeiz sich auf ihre künftigen Kinder erstreckte, nicht dafür gewinnen konnte, ihren Wunsch, Monsieur de Pimentel die Pairswürde zu verschaffen, zu verwirklichen.

»Ich habe die Präfektin«, sagte Petit-Claud zu Cointet beim Fortgehen, »und stelle Ihnen den Gesellschaftsvertrag in sichere Aussicht. In einem Monat bin ich erster Staatsanwalt, und Sie bekommen Séchard in die Hand. Finden Sie mir jetzt einen Nachfolger für meine Praxis, aus der ich in fünf Monaten die erste in Angoulême gemacht habe.«

»Man mußte Sie nur in den Sattel setzen«, meinte Cointet und war auf sein Werk beinahe eifersüchtig.

Der Leser begreift jetzt den Empfang, der Lucien in der Heimat bereitet wurde. Louise wollte sich nicht an die Beleidigung erinnern, die in Paris der Madame de Bargeton widerfahren war. Sie wollte Lucien unter ihre Fittiche nehmen, durch die Wucht dieses Schutzes erdrücken und auf »anständige Weise« loswerden. Petit-Claud hatte dafür gesorgt, daß er in allen Pariser Intrigen Bescheid wußte, und ahnte den Haß, mit dem Frauen einen Mann verfolgen, der den Augenblick, wo sie von ihm geliebt zu werden wünschen, nicht zu erfassen verstand.

Am Tag nach der Huldigung, die der Vergangenheit Louise de Nègrepelisses zugute kam, unternahm Petit-Claud den zweiten Schritt, um Lucien vollends zu berauschen und in seine Gewalt zu bringen. Er begab sich mit sechs jungen Leuten aus der Stadt, alten Schulkameraden Luciens, zu Madame Séchard, um den Dichter der *Marguerites* und des *Bogenschützen Karls IX.* zu einem Mahl einzuladen, das die Mitschüler dem großen Mann geben wollten.

»Sieh da, Petit-Claud«, rief Lucien.

»Deine Rückkehr«, sagte der Anwalt, »hat unsere Eigenliebe geweckt, wir haben uns zusammengetan und betrachten es als eine Ehrensache, ein Gelage mit dir zu veranstalten, an dem die Professoren und der Direktor teilnehmen; auch besteht kein Zweifel, daß die Behörden sich anschließen.«

»Und welchen Tag habt ihr im Auge?« fragte Lucien.

»Den nächsten Sonntag.«

»Das wäre mir unmöglich«, erwiderte der Dichter, »für die nächsten zehn Tage kann ich nichts zusagen, aber dann gern.«

»Schadet nichts, wir stehen auch in zehn Tagen zu deiner Verfügung«, meinte Petit-Claud.

Lucien war reizend zu seinen Kameraden, die ihm eine respektvolle Bewunderung bezeugten. Er unterhielt sich eine halbe Stunde sehr gewandt mit ihnen, die ihn so sichtbar in den Mittelpunkt rückten; er wollte die gute Meinung der Vaterstadt rechtfertigen. Er vergrub die Hände in den Westentaschen, er sprach als Mann, der die Dinge aus der Höhe betrachtet, auf die seine Mitbürger ihn gestellt haben. Er gab sich bescheiden als guter Kerl und das Genie zu Hause. Er ließ durchblicken, welche einem Athleten würdigen Kämpfe er in Paris bestanden hatte, verschwieg seine Enttäuschungen nicht und beglückwünschte die Genossen, die ihre gute Provinz nicht verlassen hatten. Sie waren alle von ihm entzückt.

Dann zog er Petit-Claud zur Seite und bat ihn um offene Auskunft über Davids Lage, wobei er ihm Vorwürfe machte, daß der Schwager seiner Freiheit beraubt war. Lucien meinte, schlau gegen Petit-Claud zu sein. Petit-Claud tat alles, um bei seinem alten Kameraden die Meinung zu verstärken, daß er, Petit-Claud, ein armer, kleiner Provinzanwalt war, ohne jedes Geschick.

Der verschlagene Journalist kann in Handelsangelegenheiten ganz unwissend sein, und Lucien wurde das Spielzeug Petit-Clauds. Der listige Advokat hatte den Artikel geschrieben, der die Stadt Angoulême zwang, nicht hinter l'Houmeau zurückzustehen und Lucien zu feiern. Die Mitbürger, die sich auf dem Platz versammelt hatten, waren Arbeiter aus der Druckerei und der Papierfabrik der Cointets gewesen, verstärkt durch die Schreiber Petit-Clauds, Cachans und ein paar alte Schulfreunde.

Nachdem er für den Dichter wieder sozusagen der Klassenkamerad geworden war, hoffte der Anwalt mit Recht, Lucien im gegebenen Augenblick Davids Geheimnis entlocken zu können und dessen Aufenthaltsort zu erfahren. Und wenn David durch Luciens Schuld ins Verderben geriet, war Angoulême nicht für den Dichter verantwortlich. Um seinen Einfluß zu sichern, ordnete er sich Lucien unter.

»Was willst du«, sagte Petit-Claud, »hier tat man nicht, als kenne man dich. Als ich die allgemeine Gleichgültigkeit sah, beschloß ich, etwas Leben in die Sache zu bringen. Ich schrieb den Artikel, den du gelesen hast –«

»Wie, er kommt von dir!« rief Lucien.

»Von mir! Angoulême und l'Houmeau waren aufeinander eifersüchtig; ich rief die alten Freunde zusammen und veranstaltete das Ständchen von gestern abend; und als es erst soweit war, schickten wir die Liste herum, um Teilnehmer für das Festmahl zu gewinnen. ›Wenn David sich verbirgt‹, dachte ich, ›soll wenigstens Lucien gefeiert werden.‹ Ich tat aber noch mehr, ich suchte die Comtesse du Châtelet auf und setzte ihr auseinander, daß sie es sich selbst schuldig ist, David aus seiner Lage zu befreien. Sie kann es, sie muß es. Wenn David tatsächlich die Entdeckung gemacht hat, von der er mir erzählte, wird der Staat sich nicht ruinieren, indem er ihn unterstützt, und welch ein Ruhmestitel für einen Präfekten, seinen Anteil an einer Erfindung zu haben, dem Erfinder seinen Schutz angedeihen zu lassen! Deine Schwester hat es angesichts der Gerichtsvollzieher mit der Angst bekommen, und diese Schlachten kommen ja ebenso teuer wie die wirklichen! Aber David hat sich doch behauptet, er hat sein Geheimnis gewahrt! Man kann ihn nicht verhaften, man wird ihn nicht verhaften!«

»Ich danke dir, mein Lieber, und ich sehe, daß ich dir meinen Plan anvertrauen kann, du wirst mir dabei helfen«, sagte Lucien.

Petit-Claud gab seiner gewundenen Nase das Aussehen eines Fragezeichens. Lucien fuhr gewichtig fort:

»Ich will Séchard retten, ich bin an seinem Unglück schuld, ich will alles wiedergutmachen. Ich habe mehr Einfluß auf Louise.«

»Welche Louise?«

»Die Comtesse du Châtelet!« (Petit-Claud ließ eine Bewegung erkennen.) »Ich habe mehr Einfluß auf sie, als ich selbst weiß«, erklärte Lucien; »nur, mein Lieber, wenn ich auch Macht über die Regierung besitze, so fehlt mir doch ein Anzug.«

Petit-Claud machte abermals eine Bewegung, als biete er seine Börse an.

»Danke«, sagte Lucien und drückte ihm die Hand, »in zehn Tagen mache ich der Frau Präfektin einen Besuch und erwidere deinen eigenen.«

Sie trennten sich mit kameradschaftlichem Händedruck.

›Er muß wohl ein Dichter sein‹, dachte Petit-Claud, ›denn er ist verrückt.‹

›Was man auch sagen mag‹, überlegte Lucien auf dem Heimweg, ›es geht nichts über die Schulfreunde.‹

»Nun, Lucien, was hat dir Petit-Claud denn versprochen, daß du ihm so freundschaftlich gesinnt bist?« fragte Ève. »Hüte dich vor ihm!«

»Vor ihm?« rief Lucien. »Hör mal, Ève«, fuhr er überlegend fort, »du glaubst nicht mehr an mich, du mißtraust mir, wie du Petit-Claud mißtraust. Aber in spätestens vierzehn Tagen wirst du deine Meinung ändern«, meinte er selbstzufrieden. Er ging in sein Zimmer hinauf und schrieb folgenden Brief an Lousteau:

Mein Freund, von uns beiden kann ich allein mich an die tausend Franc erinnern, die ich Dir geliehen habe, aber ich kenne die Lage, in der Du Dich bei Empfang dieses Briefes befinden wirst, zu gut, um nicht sofort hinzuzufügen, daß ich sie nicht in Gold und Silber zurückverlange; nein, ich wünsche, daß Du mir Kredit gibst, wie Florine sie in Liebe gäbe.

Wir haben denselben Schneider; Du kannst daher veranlassen, daß er mir in kürzester Zeit eine vollständige Ausstattung liefert. Ohne gerade im Adamskostüm herumzulaufen, kann ich mich doch nicht zeigen. Hier erwarteten mich, zu meiner großen Verwunderung, alle Ehren, die die Provinz der Pariser Berühmtheit zu gewähren hat. Ich bin der Held eines Banketts, als wenn ich ein Abgeordneter der Linken wäre; Du begreifst nun die Notwendigkeit eines schwarzen Anzugs. Versprich, ihn zu bezahlen, gib Dir Mühe, laß die Reklame spielen, zeig, was Du kannst – ich brauche einen Sonntagsrock um jeden

Preis! Denn ich habe nichts als Lumpen, mache Dir das klar! Wir sind im September, das Wetter ist prächtig; ergo sorge dafür, daß ich Ende der Woche im Besitze eines hübschen Anzugs für den Vormittag bin: kleiner dunkelgrüner Gehrock, drei Westen, die eine schwefelgelb, die andere Phantasiemuster, schottisch, die dritte ganz weiß; ferner drei bestechende Beinkleider, das eine aus weißem englischem Stoff, das andere Nanking, das dritte aus leichtem schwarzem Kaschmir; schließlich für den Abend einen schwarzen Anzug und eine Weste aus schwarzer Seide. Wenn Du wieder irgendeine Florine gefunden hast, empfehle ich mich ihr für zwei Phantasiekrawatten. Das ist nichts, ich zähle auf Dich, auf Deine Geschicklichkeit; der Schneider macht mir wenig Sorge. Mein lieber Freund, wir haben manches liebe Mal beklagt, daß die Intelligenz des Parisers, die die erste von allen ist, doch noch kein Mittel gefunden hat, einen Hut auf Kredit zu bekommen! Ich bin mir der ganzen Schwierigkeit bewußt, die ich Dir aufbürde, wenn ich darum bitte, der Sendung des Schneiders noch hinzuzufügen: ein Paar Stiefel, ein Paar Tanzschuhe, einen Hut, sechs Paar Handschuhe. Das heißt Unmögliches verlangen, ich weiß. Aber in der Literatur ist nichts unmöglich. Bringe das Wunder fertig, indem Du einen großen Artikel oder irgendeine kleine Infamie verfaßt, dann sind wir quitt.

Mein lieber Lousteau, Spaß beiseite, es geht um Wichtiges. Laß Dir nur soviel sagen: Der Tintenfisch ist fett geworden, er hat den Reiher geheiratet, und der Reiher ist Präfekt in Angoulême. Das schlimme Paar hat großen Einfluß auf das Schicksal meines Schwagers, den ich in eine böse Lage gebracht habe; er wird von den Gerichtsvollziehern verfolgt, er hält sich verborgen, alles wegen des Wechsels! Es handelt sich darum, wieder vor den Augen der Frau Präfektin zu erscheinen und um jeden Preis wieder Gewalt über sie zu gewinnen. Ist es nicht erschreckend, zu denken, daß das Glück David Séchards von einem hübschen Paar Stiefel abhängt oder von grauen, durchbrochenen Strümpfen (vergiß sie nicht) und von einem neuen Hut?

Wenn Du in die Pariser Nachrichten ein paar Zeilen über meine Aufnahme hier bringen könntest, würde ich hier um ein paar Zoll wachsen. Ich würde außerdem dem Tintenfisch zu verstehen geben, daß ich, wenn nicht Freunde, so doch einigen Kredit bei der Pariser Presse besitze. Da ich auf keine meiner Hoffnungen verzichte, werde ich imstande sein, Dir diesen Dienst zu vergelten. Ich sage nur so viel: Ich zähle auf Dich, wie Du immer zählen kannst auf Deinen

Lucien de R.

PS: Schicke das Ganze an das hiesige Postbüro.

Dieser Brief, in dem Lucien zum Ton der Überlegenheit zurückkehrte, nachdem seine Erfolge ihm ein Recht darauf zu geben schienen, belebte die Erinnerung an Paris. Sechs Tage vollkommener Ruhe, wie nur die Provinz sie geben kann, bewirkten, daß er die Vergangenheit in milderem Licht sah; ein leises Bedauern tauchte auf. Eine Woche lang umkreisten seine Gedanken die Comtesse du Châtelet, und er legte immer mehr Wert darauf, wieder vor ihr zu erscheinen. Als er in der Abenddämmerung nach l'Houmeau hinabstieg, um auf der Post die Pakete zu holen, die er erwartete, empfand er alle Ängste der Ungewißheit, wie eine Frau, die ihre letzte Hoffnung auf eine Toilette gesetzt hat und nicht zu hoffen wagt.

›Ah, Lousteau! Ich verzeihe dir deinen Verrat‹, dachte er, als er aus der Form der Pakete den Schluß zog, daß sie enthalten konnten, worum er gebeten hatte.

Er fand in der Hutschachtel folgenden Brief:

Im Salon Florines.

Mein liebes Kind, der Schneider hat sich sehr gut benommen; aber wie Dein scharfsinniger Rückblick Dich erkennen ließ, haben die Krawatten, der Hut, die Seidenstrümpfe uns Kopfzerbrechen verursacht, denn unsere Börsen waren leer. Blondet hat auch gesagt: Man könnte ein reicher Mann werden, wenn man ein Geschäft gründete, in dem die jungen Leute billig bekämen, was sie brauchen. Denn am Ende bezahlen wir teuer, was wir nicht bezahlen. Wie sagte doch der große Napoleon, als er in Ermangelung von einem Paar Stiefel nicht nach Indien zog? Das Leichte ist nie zu machen! Also, alles ging mühelos, bis auf die Stiefel. Ich sah Dich im Rock ohne Hut, in vorzüglichen Westen ohne Schuhe und gedachte Dir schon ein Paar Mokassins zu senden, die ein Amerikaner Florine als Kuriosität verehrt hat. Florine stiftete vierzig Franc, um damit für Dich zu spielen. Nathan, Blondet und ich hatten Glück, da wir nicht auf eigene Rechnung das Glück versuchten, und wir konnten sogar die Torpille, die Ballettratte unseres des Lupeaulx, zum Souper führen. Frascati war uns das schuldig. Florine übernahm die Ein-

käufe, sie fügte noch drei schöne Hemden hinzu. Nathan schickt Dir einen Spazierstock. Blondet, der dreihundert Franc gewann, eine goldene Kette. Die Ratte fügte eine goldene Uhr hinzu; sie hat die Größe eines Vierzigfrancstücks und geht nicht; kein Wunder, da sie das Geschenk eines Dummkopfs war. Bixiou, der sich im Rocher de Cancale zu uns gesellte, wünschte eine Flasche Haarwasser in die Sendung zu geben. Das alles, mein teures Kind, beweist Dir, wie sehr man seine Freunde im Unglück liebt. Florine, der zu vergeben ich schwach genug war, bittet Dich, uns einen Artikel über das letzte Werk Nathans zu schicken. Leb wohl, mein Sohn! Ich kann Dich nur beklagen, weil Du an den Ort zurückgekehrt bist, von dem Du kamst, als Du Freund wurdest mit
                              Deinem Étienne L.

›Brave Kerle, sie haben für mich gespielt!‹ dachte Lucien ganz bewegt.

Aus verpesteten Landstrichen oder Gegenden, in denen wir unglücklich waren, kommt manchmal ein Hauch, der den Balsamdüften des Paradieses gleicht. Wenn das Leben in süßer Lässigkeit dahinfließt, birgt die Erinnerung an vergangene Leiden einen schwer zu beschreibenden Genuß. Ève war sprachlos, als ihr Bruder in seinen neuen Kleidern herunterkam; sie erkannte ihn nicht wieder.

»Ich kann jetzt wenigstens durch Beaulieu gehen«, meinte er; »man wird nicht von mir sagen dürfen: Er ist in Lumpen zurückgekommen! Schau, hier ist eine Uhr, die ich dir zurückgebe, sie gehört mir mit Recht, sie gleicht mir, sie taugt nicht viel.«

»Was für ein Kind du bist!« sagte Ève. »Man kann dir nichts übelnehmen.«

Luciens Eleganz trug einen beispiellosen Erfolg davon. Der Neid entfesselt die Zungen, die Bewunderung bindet sie. Die Frauen schwärmten von ihm, die Männer sagten ihm Böses nach, und er konnte zufrieden sein. Er gab auf der Präfektur zwei Karten ab und stattete auch Petit-Claud einen Besuch ab, ohne ihn anzutreffen. Am nächsten Tag, dem des Banketts, stand in allen Pariser Blättern folgende Notiz:

Angoulême. Die Rückkehr eines jungen Dichters von glänzenden Gaben, dem mit dem Bogenschützen Karls IX. *der einzige geschichtliche Roman im Stil Walter Scotts gelungen ist, ohne daß man von Nachahmung sprechen dürfte, von dem unvergleichlichen Vorwort ganz zu schweigen, wurde durch eine Huldigung gefeiert, die unsere Stadt nicht weniger als Monsieur Lucien de Rubempré ehrt. Unser neuer Präfekt hat sich beeilt, an den Kundgebungen teilzunehmen; es dürfte noch nicht vergessen sein, daß die Comtesse du Châtelet die erste gewesen ist, die das Talent des Verfassers der* Marguerites *erkannte.*

Wenn in Frankreich erst einmal der Anstoß erfolgt ist, kann niemand ihn anhalten. Der Oberst bot seine Musik an. Der Besitzer des Hotels zur Glocke, dessen getrüffelte Truthennen bis nach China gehen und im prachtvollsten Porzellan versandt werden, hatte seinen großen Saal mit Tuch ausgeschlagen, auf dem Lorbeerkränze mit Blumensträußen wechselten, die Wirkung war glänzend. Um fünf Uhr hatten sich vierzig Personen versammelt, alle in feierlichem Anzug. Eine Menge von mehr als hundert Leuten, die vor allem im Hof der Musik zuhörten, stellten die Mitbürger vor.

»Ganz Angoulême ist da!« sagte Petit-Claud und trat ans Fenster.

»Ich begreife das nicht«, wandte sich Postel an seine Frau, die auch der Musik lauschte, »der Präfekt, der Generaleinnehmer, der Oberst, der Direktor der Pulverfabrik, unser Abgeordneter, der Bürgermeister, der Direktor des Gymnasiums, der der Gießerei, der Präsident, der Staatsanwalt, Monsieur Milaud, alle Spitzen haben sich eingestellt!«

Als man Platz nahm, begann die Regimentskapelle mit Variationen über das ›Es lebe der König, es lebe Frankreich‹, eine Weise, die nie volkstümlich wurde. Drei Stunden später gab ein Nachtisch von fünfundsechzig Platten, bemerkenswert durch einen Olymp, den die Gallia in Schokolade überragte, das Zeichen zu den Reden.

»Meine Herren«, begann der Präfekt, »auf den König! Auf die Legitimität! Verdanken wir doch dem Frieden, den die Bourbonen wiederbrachten, die Generation von Dichtern und Denkern, die Frankreich das Zepter der Literatur sichert!«

»Es lebe der König!« riefen die Teilnehmer, unter denen die Beamten überwogen.

Der ehrwürdige Direktor des Gymnasiums erhob sich.

»Auf den jungen Dichter«, sagte er, »auf den Helden des Tages, dem es gelang, mit der Kunst Petrarcas das Talent der Prosa zu vereinigen!«

»Bravo, bravo!«

Der Oberst stand auf: »Meine Herren, auf den Royalisten! Denn der Held dieses Festes hat den Mut gehabt, die gute Sache zu verteidigen!«

»Bravo!« rief der Präfekt, der das Maß des Beifalls bestimmte.

Petit-Claud erhob sich: »Alle Kameraden Luciens trinken auf den, der der Ruhm unserer Schule ist, auf unseren verehrungswürdigen Direktor, dem wir alle den besten Teil unseres Erfolges verdanken!«

Der alte Direktor, der auf diesen Trinkspruch nicht gefaßt war, trocknete sich die Tränen. Dann stand Lucien auf: das tiefste Schweigen trat ein, und der Dichter wurde weiß. In diesem Augenblick setzte ihm der Direktor, der sich links von ihm befand, einen Lorbeerkranz auf den Kopf. Man klatschte in die Hände. Lucien kamen Tränen in die Augen und in die Stimme.

»Meine teuren Landsleute«, begann Lucien, »ich wünschte, ganz Frankreich zum Zeugen dieser Szene zu haben. So ermutigt man die Menschen, so erlangt man in unserem Land große Werke und Taten. Wenn ich aber das wenige betrachte, das ich vollbracht habe, und die große Ehre erwäge, die mir dafür zuteil geworden ist, fühle ich mich verwirrt und kann nur hoffen, daß es mir in der Zukunft erlaubt sein möge, die Aufnahme von heute zu rechtfertigen. Die Erinnerung an diese Stunde wird mich in neuen Kämpfen stärken. Erlauben Sie mir, derer zu gedenken, die meine erste Muse und meine Beschützerin war, und auch auf meine Geburtsstadt zu trinken. Darum auf das Wohl der schönen Comtesse du Châtelet und die edle Stadt Angoulême!«

»Er hat sich nicht übel aus der Sache gezogen«, sagte der

Staatsanwalt und nickte zum Zeichen der Billigung, »denn unsere Sprüche waren vorbereitet, der seine dagegen nicht.«

Um zehn Uhr brachen die Gäste auf. Als David Séchard die ungewöhnliche Musik vernahm, fragte er Basine: »Was geht denn in l'Houmeau vor?«

»Man gibt Ihrem Schwager Lucien ein Fest«, antwortete sie.

»Ich bin sicher, daß er mich vermißt hat«, meinte David.

Um Mitternacht begleitete Petit-Claud Lucien bis zum Platz vor seinem Haus. Hier erklärte Lucien dem Anwalt: »Mein Lieber, unter uns, es handelt sich um Leben oder Tod.«

»Morgen«, erwiderte der Anwalt, »wird bei Madame de Sénonches mein Heiratsvertrag unterschrieben; tu mir den Gefallen hinzukommen; Madame de Sénonches bat mich, dich mitzubringen, und du kannst die Präfektin treffen, die sich von deinem Trinkspruch sehr geschmeichelt fühlen wird.«

»Das war von mir bezweckt.«

»Oh, du wirst sicher David retten.«

»Ich hoffe es bestimmt«, entgegnete der Dichter.

Im selben Augenblick zeigte sich wie hergezaubert David. Das war folgendermaßen gekommen: Er befand sich in einer schwierigen Lage; seine Frau hatte ihm aufs bestimmteste verboten, Lucien zu sehen oder ihm seinen Zufluchtsort mitzuteilen, obwohl Lucien ihm die innigsten Briefe schrieb und ihm versicherte, daß er in wenigen Tagen sein Unrecht wiedergutgemacht haben werde. Als David sich nach dem Anlaß des Festes erkundigte, übergab ihm Mademoiselle Cherget die beiden folgenden Briefe:

Mein Freund, kümmere Dich nichts um Luciens Anwesenheit; sorge Dich um nichts, und präge Dir in Deinem lieben Schädel den Grundsatz ein: Unsere Sicherheit hängt von der Ohnmacht unserer Gegner ab, die Dich nicht ausfindig machen können. Es fällt mir schwer, sagen zu müssen, daß ich mehr Vertrauen in Kolb, Marion und Basine setze als in meinen Bruder. Mein armer Lucien ist nicht mehr der Dichter mit dem reinen Herzen, den wir kannten. Gerade weil er sich in Deine Angelegenheit mischen will und den Plan gefaßt hat, unsere Schulden zu zahlen (aus Hochmut, David!), fürchte ich ihn. Er bekam aus Paris hübsche Kleider und fünf Goldstücke in einer ebenso hübschen Börse. Er gab mir das Geld, und wir leben davon. Wir haben endlich einen Feind weniger; Dein Vater hat uns verlassen, und wir verdanken diese Abreise Petit-Claud, der die Schliche des alten Mannes durchkreuzt hat, indem er ihm erklärte, daß Du nichts mehr ohne ihn tun wirst, daß er, Petit-Claud, nicht erlauben werde, daß Du irgendein Recht auf Deine Erfindung abtreten wirst, ohne im voraus dreißigtausend Franc erhalten zu haben: zuerst fünfzehntausend, um Dich von Deinen Verbindlichkeiten zu befreien, und fünfzehntausend bar, auch im Fall des Nichterfolgs. Petit-Claud ist für mich undurchsichtig. Ich umarme meinen unglücklichen Gatten. Unser kleiner Lucien ist gesund; er blüht wie eine Blume, die den Sturm nicht achtet. Meine Mutter betet wie immer für Dich und grüßt Dich herzlich.

Deine Ève

Diesem Brief lag folgendes Schreiben Luciens bei:

Mein teurer David, alles geht gut. Ich bin bis an die Zähne gewappnet, heute ziehe ich ins Feld, in zwei Tagen hoffe ich, ein gutes Stück vorangekommen zu sein. Mit welcher Freude werde ich Dich umarmen, wenn Du frei bist und keine Schulden mehr hast! Aber ich fühle mich tief getroffen von dem Mißtrauen, das Mutter und Schwester mir noch immer zeigen. Weiß ich nicht schon, daß Du Dich bei Basine verborgen hältst? Sooft Basine kommt, erhalte ich Nachricht und Antwort von Dir. Außerdem war es klar, daß Ève sich nur ihrer Freundin anvertrauen konnte. Heute werde ich ganz in Deiner Nähe sein und unter dem Gedanken leiden, daß Du an dem Mahl nicht teilnehmen kannst. Die Eigenliebe der Angoulêmer hat mir zu einem kleinen Triumph verholfen, der in wenigen Tagen vergessen sein wird; nur Du hättest Dich ehrlich über ihn gefreut. Also, noch ein paar Tage, und Du wirst alles dem verzeihen, der allen Ruhm der Welt dafür gibt, Dein Bruder zu sein.

Lucien

David war das Opfer zweier widerstrebender Empfindungen von nicht ganz gleicher Kraft, denn er betete seine Frau an, und sein Gefühl für Lucien hatte ein wenig abgenommen. Aber in der Einsamkeit ändert sich der Charakter der Gefühle vollständig. Wer von Befürchtungen verzehrt wird, wie David sie kannte, gibt Gedanken nach, gegen die er in der gewöhnlichen Ordnung der Dinge gesichert wäre. Als David zu den Tönen, die aus dem Gasthof an sein Ohr drangen, den Brief Luciens las, ergriff es ihn tief, die Gefühle ausgedrückt zu finden, auf die er gezählt hatte. Zärtliche Seelen widerstehen nicht Erwägungen, die sie bei den anderen in derselben Stärke voraussetzen. Der Tropfen bringt den Becher zum Überlaufen. So geschah es, daß alle Ermahnungen Basines umsonst waren, er brach um Mitternacht auf, um Lucien zu sehen. Außerdem hatte er lange genug nicht mehr Weib und Kind umarmt.

Basine mußte nachgeben und David aus dem Haus lassen. In dem Augenblick, als Lucien und Petit-Claud sich gute Nacht sagten, rief eine Stimme: »Lucien!«, und die beiden Brüder warfen sich einander weinend in die Arme; es gibt nicht viele derartige Momente im Leben.

Lucien fühlte, daß er ein Gut mißachtet hatte, über das er trotz allem und allen verfügen konnte, und David empfand das Bedürfnis, zu verzeihen. In seinem Großmut wollte er vor allem die Wolken zerstreuen, die die Liebe zwischen Bruder und Schwester verschleierten.

Petit-Claud sagte zu seinem Mandanten: »Gehen Sie nach Hause, nützen Sie wenigstens Ihre Unvorsichtigkeit aus, umarmen Sie Ihre Frau und Ihr Kind! Daß man Sie ja nicht sieht!«

›Welches Pech!‹ dachte er bei sich, als er allein auf dem Platz stand, der mit einem Bretterzaun eingefaßt war. ›Ah, wenn ich Cérizet da hätte!‹

Kaum hatte er dies gedacht, da hörte er hinter sich Bretter gegeneinanderklopfen, wie man an eine Tür klopft.

»Ich bin schon da!« sagte Cérizet; die Stimme kam aus dem Spalt zwischen zwei Brettern; »ich sah David aus l'Houmeau kommen. Ich war ihm schon auf der Spur, jetzt habe ich ihn. Aber um ihm eine Falle zu stellen, muß ich etwas von Luciens Plänen wissen; wie dumm, daß Sie sie ins Haus gehen ließen! Bleiben Sie wenigstens unter irgendeinem Vorwand da, und führen Sie die beiden nachher hierher, damit ich höre, was sie beim Abschied sagen.«

»Du bist ein verteufelter Kerl«, meinte Petit-Claud leise.

»Menschenskind, was täte man nicht, um zu bekommen, was Sie mir versprochen haben!«

Petit-Claud trat von dem Bretterzaun weg, spazierte auf der Place du Mûrier hin und her, sah zu den Fenstern des Zimmers hinauf, in dem die Familie versammelt war, und dachte an seine Zukunft, als wollte er sich Mut machen; denn Cérizets Geschicklichkeit erlaubte ihm, den letzten Schlag zu tun. Petit-Claud war einer jener zutiefst verschlagenen und doppelzüngigen Menschen, welche sich niemals von den Verlockungen des Augenblicks oder den Ködern irgendeiner Verbindung einnehmen lassen, da sie die Wandlungen des menschlichen Herzens und die Strategie der Interessen kennen. Daher hatte er zunächst wenig auf Cointet gezählt. Falls das Unternehmen seiner Heirat fehlgeschlagen wäre, ohne daß er das Recht gehabt hätte, den großen Cointet des Verrats zu bezichtigen, hätte er sich gerüstet, ihm Verdruß zu bereiten. Doch seit seinem Erfolg im Hause Bargeton trieb Petit-Claud ein offenes Spiel. Seine unnütz gewordene Gegenverschwörung war für die politische Stellung, nach der er strebte, gefährlich. Er hatte seine künftige Macht auf folgenden Grundfesten aufbauen wollen: Gannerac und einige große Kaufleute begannen in l'Houmeau ein liberales Komitee zu bilden, das durch geschäftliche Beziehungen mit den Führern der Opposition verbunden war. Der vom sterbenden Louis XVIII. akzeptierte Aufstieg der

Regierung Villèle war das Signal für einen Seitenwechsel der Opposition, die seit Napoleons Tod auf das gefährliche Mittel der Konspiration verzichtete. Die liberale Partei organisierte in den Provinzen ihr System des legalen Widerstandes; sie strebte danach, die Wahlen zu beherrschen, um durch die Überzeugung der Massen zu ihrem Ziel zu gelangen. Als wütender Liberaler, der in l'Houmeau geboren war, wurde Petit-Claude der Förderer, die Seele und der geheime Ratgeber der Opposition der Unterstadt, die von der Aristokratie der Oberstadt unterdrückt wurde. Er machte als erster darauf aufmerksam, wie gefährlich es war, den Cointets die alleinige Verfügungsgewalt über die Presse im Departement Charente zu lassen, wo die Opposition ein Organ brauchte, um nicht hinter anderen Städten zurückzubleiben.

»Wenn jeder von uns Gannerac fünftausend Franc gibt, wird er reichlich zwanzigtausend Franc haben, um die Druckerei Séchard zu kaufen, über die wir dann frei verfügen könnten, weil wir den Besitzer durch ein Darlehen in der Hand haben«, sagte Petit-Claud.

Der Anwalt setzte diese Idee durch, in der Absicht, seine zwielichtige Stellung gegenüber Cointet und Séchard zu stärken, und er richtete selbstverständlich sein Augenmerk auf einen Burschen vom Schlage Cérizets, um ihn zum ergebenen Mann der Partei zu machen.

»Wenn du deinen ehemaligen Meister ausfindig machst und in meine Hände bringst«, sagte er zu dem ehemaligen Faktor Séchards, »werden wir dir zwanzigtausend Franc leihen, damit du seine Druckerei kaufen kannst, und vielleicht wirst du an der Spitze einer Zeitung stehen. Also halt dich ran!«

Petit-Claud, der auf die Fähigkeiten eines Mannes wie Cérizet mehr vertraute als auf alle Doublons der Welt, hatte nunmehr dem großen Cointet Davids Festnahme versprochen. Doch seitdem Petit-Claud die Hoffnung hegte, die Beamtenlaufbahn einzuschlagen, sah er die Notwendigkeit voraus, den Liberalen den Rücken zu kehren. Dabei hatte er die Gemüter in l'Houmeau so aufgestachelt, daß die zum Erwerb der Druckerei nötigen Mittel aufgebracht worden waren. Petit-Claud entschloß sich, den Dingen nun ihren Lauf zu lassen.

›Ach was, Cérizet wird irgendein Pressedelikt begehen‹, dachte er, ›und ich werde es mir zunutze machen, um meine Talente zu zeigen…‹

Petit-Claud schritt zur Druckerei, wo Kolb Wache stand, und sagte zu dem Elsässer: »Geh hinauf und mahne David, daß es Zeit ist, sich aufzumachen. Seid vorsichtig, ich gehe heim, es ist ein Uhr.«

An Stelle Kolbs trat Marion. Lucien und David kamen die Treppe herab, Kolb ging hundert Schritte vor ihnen, Marion folgte in der gleichen Entfernung. Als die beiden Brüder den Zaun entlanggingen, redete Lucien eifrig auf David ein. Er sagte: »Mein Freund, mein Plan ist sehr einfach. Aber wie vor Ève davon sprechen? Sie würde die Einzelheiten nie verstehen. Ich bin sicher, daß Louise mir noch zugeneigt ist – ich brauche das nur zu benutzen. Ich will sie haben, um mich an diesem Dummkopf von Präfekten zu rächen. Wenn wir uns auch nur eine Woche lang lieben, kann ich erreichen, daß er für dich vom Minister eine Beihilfe von zwanzigtausend Franc verlangt. Morgen sehe ich diese Person in dem Boudoir, in dem unsere Liebe begann, es ist an mir, Komödie zu spielen. Übermorgen lasse ich dir durch Basine ein paar Worte über den Erfolg zukommen. Wer weiß, vielleicht erhältst du deine Freiheit zurück. Verstehst du jetzt, weshalb ich Anzüge aus Paris brauchte? In Lumpen kann man nicht die Rolle des ersten Liebhabers spielen.«

Früh um sechs Uhr stellte sich Cérizet bei Petit-Claud ein.

»Morgen mittag kann Doublon zum Schlag ausholen, unser Mann ist geliefert, das dürfen Sie mir glauben«, erklärte der Pariser, »ich verfüge über eine der Arbeiterinnen von Mademoiselle Clerget, verstehen Sie?«

Hierauf begab sich Petit-Claud zu Cointet.

»Sorgen Sie dafür, daß du Hautoy heute abend bereit ist, Françoise in ihre Rechte einzusetzen, und Sie können in zwei Tagen einen Gesellschaftsvertrag mit Séchard abschließen. Ich verheirate mich erst acht Tage nach dem Vertrag; so verbürgen wir uns gegenseitig den Erfolg. Aber geben wir heute abend genau auf das acht, was bei Madame de Sénonches zwischen Lucien und der Comtesse du Châtelet vor sich geht, denn darauf kommt es an. Wenn Lucien durch die Präfektin zum Ziel zu kommen hofft, habe ich David.«

Die unklare bürgerliche Stellung von Mademoiselle de La Haye lockte den größten Teil des Adels der Stadt herbei. Die Armut dieses künftigen Haushalts ohne Brautgeschenke belebte das Interesse, das die Welt zu bezeugen liebt; verhält es sich doch mit der Wohltätigkeit wie mit den Triumphen: Man ist leicht freigebig, wenn es dem Selbstbewußtsein schmeichelt. Daher überreichten auch die Marquise de Pimentel, die Comtesse du Châtelet, Monsieur de Sénonches und zwei, drei Freunde des Hauses Françoise einige Geschenke, von denen man viel in der Stadt sprach. In Verbindung mit der seit einem Jahr vorbereiteten Aussteuer, dem Patenschmuck und den herkömmlichen Gaben des Bräutigams trösteten diese hübschen Nichtigkeiten Françoise und erregten die Neugierde mehrerer Mütter, die mit ihren Töchtern kamen.

Petit-Claud und Cointet hatten schon bemerkt, daß der Adel sie beide in seinem Olymp wie ein notwendiges Übel duldete: der eine war der Drahtzieher und stellvertretende Vormund Françoises; der andere durfte beim Heiratsvertrag sowenig fehlen wie der Gehenkte beim Hochgericht; aber nach der Hochzeit machte man dem Anwalt vielleicht Schwierigkeiten, selbst wenn Madame Petit-Claud freien Eintritt bei ihrer Patin hatte; jedenfalls war es sicherer, sich in dieser stolzen Welt Respekt zu verschaffen.

Der Advokat, der sich seiner unansehnlichen Eltern schämte, hatte seine Mutter gelassen, wo sie war, und sich ihre Einwilligung schriftlich aus Mansle kommen lassen. Es war für ihn demütigend genug, ohne Eltern, ohne Beschützer dazustehen und nichts zu unterschreiben zu haben; um so eifriger griff er zu, als er in Lucien, der neuen Berühmtheit, einen brauchbaren Freund fand, der zudem Madame du Châtelet zu sehen wünschte. So holte er Lucien im Wagen ab.

Für diesen denkwürdigen Abend hatte der Dichter eine Toilette gemacht, die ihm eine unbestreitbare Überlegenheit über alle anderen Männer verleihen mußte. Madame de Sénonches hatte übrigens den Helden des Augenblicks überall angekündigt, und das Wiederzusammentreffen des Paares, das sich überworfen hatte, versprach einen jener Genüsse, auf die man in der Provinz besonders begierig ist. Lucien hatte den Rang eines Löwen erlangt – man redete so viel von seiner Schönheit, seiner Veränderung, seinen Erfolgen, daß die Frauen des adligen Angoulême alle darauf brannten, ihn wiederzusehen.

Nach den Vorschriften der Mode jener Zeit, der man den Übergang von den seidenen Kniehosen zu den zweifelhaften modernen Beinkleidern verdankt, hatte er eine enganliegende schwarze Hose gewählt; man konnte nicht leugnen, daß er die Formen eines Apoll besaß. Sein blonder voller Haarschopf gab, sorgfältig frisiert, die weiße Stirn frei, um die die Locken in gesuchter Anmut fielen. Seine Augen funkelten stolz. Seine kleinen Frauenhände wirkten unter dem Handschuh besser als ohne ihn. Was seine Haltung betraf, so ahmte er das Vorbild de Marsay in Paris nach, indem er in der einen Hand Stock und Hut hielt, die er nicht ablegte, und die andere zu seltenen Gesten benutzte, durch die er seine Worte unterstrich.

Am liebsten wäre er unauffällig in den Salon geglitten, nach dem Beispiel jener Berühmtheiten, die sich aus unechter Bescheidenheit unter dem Stadttor bücken. Aber Petit-Claud, der nur einen Freund besaß, nutzte ihn auch aus. Geradezu pompös führte er Lucien Madame de Sénonches zu, auf dem Höhepunkt des Abends. Auf dem Weg zu ihr vernahm der Dichter Bemerkungen, die ihn früher verwirrt hätten und nun kalt ließen. Er war sicher, ganz allein den gesamten Olymp von Angoulême aufzuwiegen.

»Marquise«, wandte er sich an Madame de Sénonches, »ich habe meinem Freund Petit-Claud, der aus dem Stoff gemacht ist, der die besten Staatsräte liefert, schon zu seinem

Glück gratuliert, das ihn in den Schoß Ihrer Familie führt, so schwach auch die Bande sein mögen, die zwischen Patenmutter und Patenkind bestehen.« Alle Frauen lauschten, obwohl sie sich nicht den Anschein gaben. »Ich meinerseits segne einen Umstand, der mir erlaubt, Ihnen meine Huldigung zu Füßen zu legen.«

Lucien sprach ohne Verlegenheit und im Stil eines großen Herrn, der bei kleinen Leuten zu Hause ist. Während der gewundenen Antwort Zéphirines ließ er seine Blicke durch den Saal wandern und bereitete seine Wirkung vor. Er grüßte elegant zu Francis de Hautoy und dem Präfekten hinüber, jeden mit dem ihm zukommenden Lächeln bedenkend; erst zuletzt schien er Madame du Châtelet zu bemerken. Diese Begegnung war so sehr das Ereignis des Abends, daß man die Unterzeichnung des Heiratsvertrages ganz vergaß. Lucien trat auf Louise zu und sagte mit der Anmut des Parisers, an die sie seit ihrer Ankunft nicht mehr gewöhnt war: »Madame, verdanke ich Ihnen die Einladung, die mir das Vergnügen verschafft, übermorgen auf der Präfektur zu speisen?«

»Nur Ihrem Ruhm«, erwiderte Louise trocken; der angreiferische Ton seiner wohlüberlegten Frage hatte sie ein wenig verletzt.

»Der Mensch ist also in Ungnade? Laden wir ihn nicht ein«, meinte Lucien zugleich bedeutsam und obenhin, dann machte er kehrt und begrüßte den Bischof mit den Worten: »Eure Gnaden sind beinahe prophetisch gewesen, und ich werde alles tun, um Sie nicht Lügen zu strafen. Ich bin glücklich, heute abend hierhergekommen zu sein, weil ich Ihnen meinen Respekt zu Füßen legen kann.«

Er zog Monseigneur in ein Gespräch, das zehn Minuten dauerte. Alle Frauen bestaunten Lucien wie ein Wunder. Seine unerwartete Unverschämtheit hatte Louise sprachlos zurückgelassen. Als sie sah, wie er der Gegenstand der allgemeinen Bewunderung war und jedermann flüsternd seine Bemerkungen wiederholte, empfing ihre Eigenliebe einen empfindlichen Stoß.

›Wenn er Ernst macht und morgen nicht kommt, gibt es den schönsten Skandal‹, dachte sie; ›woher nimmt er nur den Mut zu diesem Stolz? Sollte Mademoiselle des Touches in ihn verliebt sein? Er ist so schön! Es hieß, daß sie zu ihm ins Haus ging, gleich nach dem Tod der Schauspielerin! Vielleicht ist er hierhergekommen, um seinen Schwager zu retten, und hatte nur einen Reiseunfall erlitten, als wir ihn in Mansle hinten auf der Kutsche fanden.‹

Lucien plauderte mit dem Bischof, als wäre er der König des Salons gewesen; er begrüßte niemanden und wartete, bis die Leute zu ihm kamen; de Marsay hätte seine Blicke nicht überlegener herumwandern lassen können. Er ging nicht einmal zu Monsieur de Sénonches, der sich ganz in der Nähe sehen ließ.

Nach zehn Minuten hielt Louise es nicht mehr aus. Sie stand auf, ging zum Bischof und fragte: »Was erzählt man denn, Monseigneur, daß Sie so oft lachen?«

Lucien trat sofort diskret zurück.

»Madame, dieser junge Mann hat viel Geist! Er schilderte mir, wie er Ihnen seine Überlegenheit verdankt!«

»Ich bin nicht undankbar, Madame«, flocht Lucien ein, sein Blick bezauberte Louise.

»Verstehen wir uns«, sagte sie und winkte Lucien mit dem

Fächer heran, »kommen Sie mit Monseigneur hierher. Seine Gnaden soll unser Richter sein.«

Damit ging sie ins Boudoir voran.

»Unser Richter?« fragte Lucien, während er der Reihe nach den Bischof und die Präfektin ansah. »Es gibt also einen Schuldigen?«

Louise setzte sich auf ihr altes Kanapee, der Bischof nahm auf der einen Seite, Lucien auf der anderen Platz; dann begann sie zu sprechen. Lucien überraschte sie durch den galanten Einfall, nicht hinzuhören. Zuletzt gelang es ihm, ein paar Tränen in seine Augen zu zaubern.

»Ach, Louise, wie ich dich liebte!« flüsterte er ihr ins Ohr, ohne sich um den Prälaten zu kümmern.

»Fort mit den Tränen, oder Sie richten mich zugrunde, an derselben Stelle wie das erste Mal«, wandte sie sich an ihn, was den Bischof verletzte.

»Das eine Mal genügte«, gab Lucien lebhaft zurück; »mein Gott, für einen Augenblick überfiel mich die Erinnerung an meine Illusionen, an meine zwanzig Jahre, an Ihre Treulosigkeit –«

Monseigneur ging in den Salon zurück. Er begriff, daß seine Würde zwischen diesem alten Liebespaar leiden konnte. Offensichtlich beeilte sich jedermann, die Präfektin und Lucien allein im Boudoir zu lassen. Eine Viertelstunde später fand Sixte, es sei genug des Geflüsters, des Lachens und des Gedränges an der Tür; er trat besorgt ein und fand das Paar in lebhafter Stimmung.

»Meine Teure«, flüsterte er seiner Frau ins Ohr, »du kennst Angoulême besser als ich – hältst du es nicht für angebracht, an deine und meine Stellung zu denken?«

»Mein Freund«, erwiderte Louise hochfahrend, so daß ihr Gefährte erschreckte, »ich plaudere mit Monsieur de Rubempré über wichtige Dinge, die dich angehen. Es handelt sich darum, einen Erfinder zu retten, der Gefahr läuft, das Opfer der niedersten Ränke zu werden; deine Hilfe ist notwendig. Was die Damen und ihre Meinung betrifft, so wirst du gleich sehen, wie man es anfangen muß, um das Wort auf ihren Lippen erstarren zu lassen.«

Sie nahm den Arm Luciens und zog ihn in das Schlafzimmer, wo die Gäste ihren Namen unter den Ehevertrag setzten. Mit der Miene der großen Dame sagte sie:

»Unterzeichnen wir zusammen«, und sie reichte Lucien die Feder. Er ließ sich die Stelle zeigen, wo sie unterschrieben hatte, und setzte seinen Namen neben den ihren.

»Monsieur de Sénonches, würden Sie Monsieur de Rubempré erkannt haben?« fragte sie und zwang den hochmütigen Jäger, Lucien zu begrüßen. Dann führte sie Lucien in den Salon, ließ ihn zwischen Zéphirine und sich auf dem gefährlichen Kanapee in der Mitte Platz nehmen und begann zuerst leise eine offenbar zugespitzte Unterhaltung, an der sich bald einige ihrer alten Freunde und Freundinnen beteiligten. Sie brachte das Gespräch auf das Pariser Leben und gab Lucien, der der Held des Kreises geworden war, Gelegenheit zu einer satirischen Darstellung, in die er eine Menge Anekdoten über berühmte Leute einflocht; diese Unterhaltung war ein wahrer Leckerbissen für die Provinzgesellschaft.

Man bewunderte den Geist, nachdem man den Mann bewundert hatte. Sie gab ihm so geschickt die Stichworte, sie spielte so vorzüglich auf dem willigen Instrument, sie heimste mit so bloßstellenden Blicken den Beifall für ihn ein, daß mehrere Damen in der gleichzeitigen Rückkehr der beiden den Beweis für eine tiefe Liebe zu sehen begannen, die zweimal das Opfer der Mißachtung geworden war. Eine unglückliche Laune hatte vielleicht zu der Heirat mit du Châtelet geführt, gegen die sich sowieso eine Ablehnung zu bilden begann.

»Also, übermorgen machen Sie mir das Vergnügen, pünktlich zu sein!« sagte sie leise zu ihm, als sie sich um ein Uhr früh erhob.

Sie nickte ihm betont freundschaftlich zu und wandte sich an Sixte, der nach seinem Hut griff.

»Wenn das, was meine Frau mir gesagt hat, wahr ist, mein lieber Lucien, dann zählen Sie auf mich«, erklärte der Präfekt, indem er seiner Frau folgte, die, wie in Paris, ohne ihn aufbrach; »von heute abend an kann Ihr Schwager sich als gesichert betrachten.«

»Diesen Dienst, Monsieur, sind Sie mir wohl schuldig«, meinte Lucien lächelnd.

»Wir haben das Nachsehen«, sagte Cointet leise zu Petit-Claud angesichts dieses Abschieds.

Petit-Claud war sprachlos Zeuge des Erfolges Luciens, seines Geistes und seiner Eleganz gewesen; Françoise schien bewundernd zu sagen: Nimm dir ein Beispiel!

Dann erhellte ein Freudenblitz sein Gesicht.

»Das Diner beim Präfekten findet erst übermorgen statt«, erwiderte er, »wir haben noch einen Tag vor uns, ich stehe für den Erfolg ein.«

»Also, mein Lieber«, erklärte Lucien dem Anwalt, als sie eine Stunde später zu Fuß nach Hause gingen, »ich kam, ich sah, ich siegte! In ein paar Stunden wird die Freude Séchards vollkommen sein.«

›Das wollte ich wissen‹, dachte Petit-Claud. »Ich hielt dich nur für einen Dichter, du bist auch Diplomat, der zweite Lauzun, also zweimal Dichter!« antwortete er und drückte Lucien die Hand – es sollte das letzte Mal sein.

Cérizets Plan war von äußerster Einfachheit. Unter den kleinen Arbeiterinnen, deren Don Juan er war und die er gegeneinander ausspielte, hatte der Faktor der Cointets eine der Büglerinnen Basine Clergets ausfindig gemacht. Das Mädchen, das Henriette Signot hieß, war fast ebenso schön wie Ève und die Tochter von kleinen Winzern, die in der Nähe der Stadt auf ihrem kleinen Gut lebten. Sie war weiß, wie die Kinder des Südens weiß sind, weiß wie eine Magnolie, im übrigen eine Brünette mit herausforderndem Blick und langen, kräftigen Haaren.

Sobald Cérizet zweiter Faktor bei den Cointets geworden war, hatte er dem Mädchen erklärt: »Ich heirate dich.« Die Signots besaßen für zehn-, zwölftausend Franc Reben und ein kleines, wohnliches Haus. An diesen Punkt war das Verhältnis der schönen Henriette mit dem kleinen Cérizet angelangt, als Petit-Claud dem Pariser von der Möglichkeit sprach, Eigentümer der Séchardschen Druckerei zu werden. Diese Aussicht blendete den Faktor, er begann den Kopf zu verlieren und in Henriette ein Hindernis zu erblicken: er vernachlässigte das arme Mädchen. In ihrer Verzweiflung hängte sie sich nur um so leidenschaftlicher an ihn. Dann entdeckte der Pariser, daß David sich bei Mademoiselle Clerget versteckt hielt; er änderte nun seine Pläne, aber nicht sein Verhalten; er beschloß, sich die Geistesverfassung eines

Mädchens zunutze zu machen, das um seiner Ehre willen um jeden Preis den Verführer heiraten muß.

An dem Morgen des Tages, an dem Lucien seine Louise zurückerobern wollte, weihte Cérizet Henriette in das Geheimnis Basines ein und sagte ihr, ihre Zukunft und ihre Heirat hingen davon ab, daß es gelang, das Versteck Davids zu entdecken. Nachdem sie einmal auf die Spur gesetzt war, stellte Henriette ohne Mühe fest, daß der Drucker sich nur in Basines Toilettenraum aufhalten konnte; sie dachte sich nichts Schlimmes bei ihrem Tun.

Lucien schlief noch, als Cérizet sich bei Petit-Claud einstellte, um sich nach dem Ergebnis des letzten Abends zu erkundigen.

»Hat Ihnen Lucien seit seiner Rückkehr geschrieben?« fragte der Pariser, als der Anwalt seinen Bericht beendet hatte.

»Nur das hier«, erwiderte Petit-Claud und hielt Cérizet einen Brief hin, ein paar Zeilen, die Lucien auf einen der Bogen, die Ève benutzte, geworfen hatte.

»Gut«, meinte Cérizet, »zehn Minuten vor Sonnenuntergang soll sich Doublon an der Porte Palet in den Hinterhalt legen und seine Leute verteilen; unser Mann wird ihm ins Netz laufen.«

»Bist du dir deiner Sache gewiß?« fragte der Anwalt mit einem prüfenden Blick.

»Ich vertraue auf den Zufall, der den ehrlichen Leuten gern einen Streich spielt.«

»Keine Dummheiten, die Sache muß klappen«, gab der Anwalt trocken zurück.

»Sie wird klappen, Sie haben mich in den Dreck gestoßen,

Sie können mir wohl ein paar Banknoten geben, um mich zu säubern. Das aber sage ich Ihnen«, fügte er plötzlich hinzu, von einem gewissen Ausdruck auf dem Gesicht seines Partners unangenehm überrascht, »wenn Sie mich getäuscht haben, wenn Sie mir nicht die Druckerei innerhalb einer Woche kaufen, dann – nun dann würden Sie eine junge Witwe hinterlassen«, schloß der Pariser mit einem tödlichen Blick.

»Wenn wir David um sechs Uhr erwischen, stelle dich um neun bei Gannerac ein, du sollst dann zu deinem Recht kommen«, antwortete Petit-Claud ausweichend.

»Abgemacht, Monsieur«, sagte Cérizet.

Er verstand schon die Kunst, Schriftzüge zu tilgen, eine Kunst, die heute den Staatssäckel zu gefährden beginnt. Er löschte die vier Zeilen, die Lucien geschrieben hatte, und ersetzte sie durch die folgenden, wobei er mit einer erschreckenden Geschicklichkeit die Handschrift nachahmte:

Mein lieber David, Du kannst unbesorgt zum Präfekten gehen, Deine Sache steht gut; außerdem kannst Du zu dieser Tageszeit ruhig über die Straße gehen; ich komme Dir entgegen, um Dir Verhaltensmaßregeln zu geben.
Dein Bruder Lucien

Gegen Mittag schrieb Lucien einen Brief an David, in dem er vom Erfolg des Abends erzählte und David des Schutzes des Präfekten versicherte, der noch am selben Tag dem Minister über die Entdeckung berichten werde, die ihn selbst so begeistert habe.

Marion trug diesen Brief zu Basine, der sie nur ein paar Hemden Luciens zum Bügeln zu bringen schien. Cérizet, der mit dem Brief rechnete, holte Henriette ab und zog sie an die Ufer der Charente. Henriette wehrte sich offenbar lange, denn es dauerte zwei Stunden, bis ihr Begriff von Ehrlichkeit unterlag. Nicht nur das Interesse eines Kindes stand auf dem Spiel, sondern auch eine Zukunft, Glück und Geld. Und was Cérizet verlangte, war eine Kleinigkeit; er hütete sich, auf die Folgen einzugehen. Nur der hohe Preis, der auf diesen Kleinigkeiten stand, erschreckte das Mädchen. Aber schließlich zog Cérizet sie zu sich herüber. Um fünf Uhr sollte sie Basine aufsuchen und ihr sagen, Ève verlange sie sofort zu sprechen. Wenn Basine ausgegangen war, sollte sie an die Tür Davids klopfen und ihm den gefälschten Brief übergeben. Alles andere würde sich aus dem Augenblick ergeben.

Zum ersten Mal seit einem Jahr oder noch länger fühlte Ève eine Lockerung des Eisenrings, der um sie lag. Endlich ein Lichtschimmer. Auch sie verlangte sich im Ruhm des Bruders zu sonnen, sich an dem Arm des Mannes zu zeigen, den die Vaterstadt ehrte, die Frauen anbeteten, die stolze Comtesse du Châtelet liebte! Sie putzte sich und machte nach Tisch einen Spaziergang am Arm des Bruders durch Beaulieu. Es war September, und um diese Stunde erging sich ganz Angoulême an der Luft.

»Oh, die schöne Madame Séchard«, hieß es bei den einen.

»Das hätte ich nie von ihr geglaubt«, meinte eine Frau.

»Der Mann hält sich verborgen, die Frau zeigt sich«, erklärte Madame Postel laut genug, um von der armen Ève gehört zu werden.

»Oh, kehren wir um, ich tat unrecht«, wandte sich die Schwester an Lucien.

Ein paar Minuten nach Sonnenuntergang erhob sich an

der Rampe, die nach l'Houmeau führt, ein Lärm. Lucien und Ève gingen neugierig näher, denn ein paar Vorübergehende schienen von einem Verbrechen zu reden:

»Der Mann, den man da verhaftet hat, ist sicher ein Einbrecher«, sagten sie.

»Er ist bleich wie der Tod«, rief jemand den Geschwistern zu, da sie sich der Menge näherten.

Weder Lucien noch Ève hatten die geringste Vorahnung. Sie betrachteten die dreißig, vierzig Kinder, alte Weiber, Arbeiter, die vor den Gendarmen gingen, deren gesäumte Hüte in der Mitte des Knäuels glänzten. Dahinter folgte eine Menge von hundert Leuten, das Ganze wälzte sich wie eine Wolke heran.

»Gott, es ist David«, sagte Ève.

»David!« schrie Lucien.

»Seine Frau!« tönte es aus der Menge, die zurückwich.

»Wer um Himmels willen hat dich hervorgelockt?« fragte Lucien.

»Dein Brief«, erwiderte David blaß.

»Ich wußte es«, hauchte Ève und fiel ohnmächtig hin.

Lucien richtete seine Schwester auf und brachte sie mit Hilfe zweier Fremder nach Hause, wo Marion sie ins Bett steckte. Kolb holte einen Arzt, der Ève noch immer besinnungslos vorfand.

Lucien mußte seiner Mutter nun gestehen, daß er die Schuld an der Verhaftung Davids hatte, denn er wußte nichts von dem gefälschten Brief. Ein Blick der Mutter schmetterte ihn nieder, der Blick war ein Fluch. Er ging in sein Zimmer und schloß sich ein. Während der Nacht schrieb er folgenden Brief, der seine Erregung widerspiegelte:

Teure Schwester, wir haben uns heute zum letzten Mal gesehen. Mein Entschluß steht fest. In manchen Familien gibt es ein verhängnisvolles Wesen, das über alle Unglück bringt. Ich bin dieses Wesen für Euch. Diese Beobachtung stammt nicht von mir, sondern von einem Mann, der viel von der Welt gesehen hat. Wir soupierten eines Abends unter »Freunden« im Rocher de Cancale. Unter den unzähligen Späßen, die dabei ausgetauscht werden, sagte uns dieser Diplomat, daß eine gewisse junge Person, die man mit Verwunderung Mädchen bleiben sah, »an ihrem Vater kranke«. Und nun entwickelte er seine Theorie über die Familienkrankheiten. Er legte uns dar, wie ohne diese oder jene Mutter dieses oder jenes Geschlecht aufgeblüht wäre, wie dieser oder jener Sohn seinen Vater ruiniert und wie der und der Vater die Zukunft und das Ansehen seiner Kinder zerstört hätte. Obgleich im Scherz aufgestellt, wurde diese gesellschaftliche These innerhalb von zehn Minuten durch so viele Beispiele gestützt, daß ich davon betroffen war. Diese Wahrheit machte alle unsinnigen, allerdings geistvollen Paradoxa wett, mit denen sich die Journalisten vergnügen, wenn sich niemand zum Foppen findet. Nun gut, ich bin dieses unselige Wesen in unserer Familie. Mit den besten Absichten der Welt verbreite ich nur Leid um mich; das größte durch meinen letzten, gutgemeinten Schritt. Während ich in Paris ein würdeloses Leben voller Vergnügungen und Miseren führte, die Kumpanei für Freundschaft nahm, die wahren Freunde an Leute verriet, die mich ausbeuten wollten und sollten, während ich Euch vergaß und mich Eurer nur entsann, um Euch Kummer zu bereiten, seid Ihr dem bescheidenen

Weg der Arbeit gefolgt und mühsam, aber sicher dem Glück entgegengeschritten, das ich so närrisch überlisten wollte. Während Ihr besser geworden seid, habe ich ein unheilvolles Element in mein Leben gebracht. Ja, ich habe einen maßlosen Ehrgeiz, der mich hindert, ein bescheidenes Leben zu führen. Ich habe Neigungen und Gelüste, deren Erinnerung die Freuden vergiftet, die mir erreichbar sind und die mich früher befriedigt hätten. O teure Ève, ich beurteile mich strenger als irgend jemand sonst. Der Lebenskampf in Paris erfordert gleichbleibende Kraft, und mein Willen ist nur sprunghaft. Mein Hirn setzt aus. Die Zukunft erschreckt mich derart, daß ich keine Zukunft mehr will, und die Gegenwart dünkt mich unerträglich. Ich wollte Euch wiedersehen, aber ich hätte besser getan, für immer außer Landes zu gehen. Aber ohne Existenzmittel ist das ein sinnloser Schritt, einer mehr in einer Kette sinnloser Schritte. Der Tod, scheint mir, ist einem unerfüllten Leben vorzuziehen, und an welchen Platz ich mich auch gestellt sehe, meine übertriebene Eitelkeit würde mich Torheiten begehen lassen. Manche Menschen sind wie Nullen; sie bedürfen einer Zahl, die ihnen voransteht, dann gewinnt ihr Nichtssein einen zehnfachen Wert. Ich könnte nur an Wert gewinnen durch die Vermählung mit einem starken, unbarmherzigen Willen. Madame de Bargeton war die richtige Frau für mich; ich habe mein Leben verfehlt, als ich Coralie nicht um ihretwillen verließ. David und Du, Ihr könntet mir ausgezeichnete Führer sein, aber Ihr seid nicht stark genug, um meine Schwäche zu bezwingen, die sich irgendwie der Beherrschung entzieht.

Ich liebe eine Lebensführung ohne Mühen; und um mich einer Unbequemlichkeit zu entziehen, bin ich von einer Feigheit, die mich weit führen kann. Ich bin als Prinz geboren. Es gibt Eichen unter den Menschen, ich bin vielleicht nur ein Zierstrauch und erhebe Anspruch darauf, als Zeder zu gelten. Man findet solche Menschen häufiger unter denen, die dem Geist dienen; Intelligenz und Charakter, Fühlen und Wollen vertragen sich nicht. Was wäre mein Schicksal? Ich kann es vorhersehen, wenn ich mich an einige alte Pariser Berühmtheiten erinnere, die in Vergessenheit geraten waren. An der Schwelle zum Alter wäre ich älter als an Jahren, ohne Vermögen und Ansehen. Mein ganzes gegenwärtiges Wesen verabscheut ein solches Alter: Ich will kein Lumpen der Gesellschaft sein. Liebe Schwester, ich verehre Dich wegen Deiner letzten Strenge ebenso wie wegen Deiner ersten Zärtlichkeiten, und wenn wir die Freude, die ich empfand, Dich und David wiederzusehen, auch teuer bezahlt haben, so werdet Ihr vielleicht später denken, daß kein Preis zu hoch war für die letzte Glückseligkeit eines armen Wesens, das Euch liebte!...

Forscht nicht nach mir; einmal hilft mir die Einsicht bei meinen Entschlüssen. Die Resignation, mein Engel, ist ein täglicher Selbstmord, ich habe Resignation nur für einen Tag, ich muß den Tag nutzen.

Zwei Uhr. Ja, mein Entschluß ist gefaßt. Es tut wohl, zu denken, daß ich nur noch in Euren Herzen leben werde. Das ist auch ein Grab, ich will kein anderes. Noch ein Lebewohl, das letzte Deines Bruders

Lucien

Nachdem Lucien diesen Brief geschrieben hatte, stieg er leise hinab und legte ihn auf die Wiege seines Neffen. Nach einem letzten Kuß auf die Stirn der schlafenden Schwester verließ er das Zimmer. Er löschte seine Kerze in der Dämmerung und öffnete vorsichtig, mit einem letzten Blick auf das alte Haus, das Tor. Aber Kolb erwachte auf seiner Matratze in der Werkstatt.

»Wer da?« rief Kolb.

»Ich«, antwortete Lucien, »ich gehe fort, Kolb!«

»Sie hätten besser getan, nie zu kommen«, sagte Kolb halblaut zu sich selbst, aber Lucien hörte die Worte.

»Ich hätte besser getan, nie zur Welt zu kommen«, gab Lucien zurück; »leb wohl, Kolb; ich nehme dir einen Gedanken nicht übel, den ich selbst gehabt habe. Sag David, daß mein letzter Kummer war, ihn nicht in die Arme schließen zu können.«

Als der Elsässer sich angezogen hatte, war Lucien schon verschwunden, auf dem Weg zur Charente, der ihn durch die Anlagen von Beaulieu führte. Er war angezogen wie zu einem Fest, denn er hatte die Pariser Kleider, den hübschen Harnisch des Dandys, zu seinem Leichentuch bestimmt.

Bedenkt man die Bedeutung des Themas, so muß man sagen, daß über den Selbstmord wenig geschrieben worden ist und daß es an Beobachtungen fehlt. Vielleicht entzieht sich diese Krankheit der Beobachtung. Der Selbstmord ist die Auswirkung eines Gefühls, das wir als Selbstachtung bezeichnen wollen, um es nicht mit dem Begriff der Ehre zu verwechseln. An dem Tag, wo der Mensch sich mißachtet, an dem Tag, wo er sich mißachtet sieht, in dem Augenblick, wo zwischen der Wirklichkeit des Lebens und seinen Hoffnungen der Abgrund klafft, tötet er sich und bezeugt so seine Achtung vor der Gesellschaft, vor der er nicht als armer Bettler stehen will. Es gibt drei Arten von Selbstmord, zuerst den, der nur der letzte Anfall einer langen Erkrankung ist, die ohne Zweifel den Pathologen betrifft; dann den Selbstmord aus Verzweiflung und schließlich den Selbstmord aus Überlegung.

Lucien wollte Selbstmord aus Verzweiflung und Überlegung begehen; von diesem Selbstmord kann man zurückkommen; denn unwiderruflich ist nur der pathologische Selbstmord; aber oft treffen alle drei Motive zusammen wie bei Jean-Jacques Rousseau.

Lucien überlegte das geeignete Mittel; als Poet wollte er poetisch sterben. Er hatte zuerst daran gedacht, sich ganz brav in die Charente zu stürzen, aber auf der Rampe im voraus den Lärm gehört, den seine Tat veranlassen würde, und das abscheuliche Schauspiel des Leichnams gesehen, der entstellt wieder an die Oberfläche kam, das Opfer einer gerichtlichen Untersuchung; es gibt eine posthume Eigenliebe.

Während des Aufenthaltes beim Müller Courtoise hatte er neben dem Bach einen jener Wasserspiegel erblickt, deren ungewöhnliche Tiefe sich durch die Ruhe der Oberfläche verrät. Das Wasser ist nicht mehr grün oder blau, nicht mehr klar oder gelb, es ist wie ein Spiegel aus geschliffenem Stahl. Am Rand wuchsen weder Schwertlilien noch blaue Blumen, noch die breiten Blätter der Wasserrose; das Gras am Ufer war kurz, unter weinenden Weiden, die sich malerisch verteilten. Wer den Mut hatte, seine Taschen mit Steinen zu füllen, konnte sicher sein, zu seinem Tod zu kommen und nie gefunden zu werden. ›Das ist eine Stätte, die den Wunsch erweckt, sich zu ertränken‹, hatte er schon damals beim Anblick des hübschen Ortes gedacht.

Jetzt erinnerte er sich dessen und schlug den Weg nach Marsac ein, fest entschlossen, spurlos zu verschwinden. Er gelangte bald an den Fuß eines der Hügel, die man an den französischen Landstraßen so oft vorfindet, zumal zwischen Angoulême und Poitiers. Die Schnellpost von Bordeaux nach Paris näherte sich; es stand zu erwarten, daß die Reisenden ausstiegen und den langen Rücken zu Fuß überwanden. Lucien, der nicht gesehen zu werden wünschte, bog in einen kleinen Hohlweg ein und begann, Blumen in einem Weinberg zu pflücken.

Als er zur Landstraße zurückkehrte, hielt er einen Strauß gelber Blumen in der Hand und stieß förmlich auf einen Reisenden in Schwarz, der gepudertes Haar und Stiefel mit silbernen Schnallen trug, braun im Gesicht war und Narben aufwies, als wenn er in der Kindheit ins Feuer gefallen wäre.

Dieser so offensichtlich dem geistlichen Stand angehörende Reisende bewegte sich langsam und rauchte eine Zigarre. Als Lucien hinter ihm auf die Straße sprang, drehte er sich um, und in seinem Gesicht malte sich Staunen über die so melancholische Schönheit des Dichters, seinen symbolischen Strauß und sein elegantes Äußeres. Der Unbekannte seinerseits glich einem Jäger, der eine lange und vergeblich gesuchte Beute findet. Er ließ Lucien näher treten und beobachtete seinen Gang, indem er sich den Anschein gab, als schaue er nach dem Fuß des Hügels aus. Lucien, der seinem Blick folgte, bemerkte einen kleinen Reisewagen mit zwei Pferden und einem Postillion zu Fuß.

»Sie haben die Staatspost vorüberfahren lassen, Monsieur, Sie werden Ihren Platz verlieren, es sei denn, daß Sie sich meiner Kutsche bedienen wollen, um sie einzuholen«, wandte sich der Fremde an Lucien mit einem ausgesprochen spanischen Akzent und gewähltester Höflichkeit. Ohne Luciens Antwort abzuwarten, zog er aus seiner Tasche ein Zigarrenetui und bot es Lucien geöffnet an.

»Ich bin kein Reisender«, erwiderte Lucien, »und ich stehe zu nahe vor dem Ziel, als daß ich noch rauchen könnte.«

»Sie sind sehr streng gegen sich selbst«, sagte der Spanier. »Trotz meiner Würde als Ehrenkanonikus der Kathedrale von Toledo gestatte ich mir von Zeit zu Zeit das Vergnügen einer kleinen Zigarre. Gott hat uns den Tabak gegeben, um unsere Leidenschaften und unsere Schmerzen einzuschläfern. Sie scheinen Kummer zu haben, wenigstens tragen Sie sein Sinnbild in der Hand wie der trauernde Gott Hymens. Nehmen Sie, all Ihr Kummer wird mit dem Rauchen vergehen.«

Und der Priester hielt das Strohetui abermals hin, ein Verführer, der ihm einen Blick voll Nächstenliebe zuwarf.

»Verzeihung, Ehrwürden«, erwiderte Lucien trocken, »mir können keine Zigarren helfen.«

Die Tränen traten ihm in die Augen.

»Junger Mann, hat die göttliche Vorsehung mir den Wunsch eingegeben, durch einen kleinen Spaziergang den Schlaf abzuschütteln, der alle Reisenden am Morgen festhält, damit ich, indem ich Sie tröste, meiner Mission folgen kann? Welchen großen Kummer können Sie in Ihrem Alter haben?«

»Ihr Trost hülfe mir wenig, Ehrwürden, Sie sind Spanier, ich bin Franzose; Sie glauben an die Gebote der Kirche, ich bin Atheist.«

»*Santa virgen del Pilar!* Sie sind Atheist!« rief der Priester und schob seinen Arm mit mütterlicher Geste unter den Luciens. »Gerade darauf war ich so neugierig. Wir in Spanien glauben nicht an die Atheisten. Nur in Frankreich kann man mit neunzehn Jahren ähnliche Ansichten haben.«

»Oh, ich bin in jeder Hinsicht Atheist, ich glaube weder an Gott noch an die Gesellschaft, noch an das Glück. Betrachten Sie mich gut, Ehrwürden, denn in ein paar Stunden werde ich nicht mehr sein. Das ist meine letzte Sonne«, schloß er emphatisch und zeigte auf das Gestirn.

»Was haben Sie getan, daß Sie sterben müssen? Wer hat Sie zum Tod verurteilt?«

»Ich selbst.«

»Kind«, rief der Priester, »haben Sie einen Menschen getötet, erwartet Sie das Schafott? Überlegen wir ein wenig. Wenn Sie, nach Ihrem Ausdruck, in das Nichts zurückkehren, ist Ihnen hienieden alles gleichgültig.« Lucien nickte zustimmend. »Dann können Sie Ihr Mißgeschick erzählen«, fuhr der Spanier fort. »Wollen Sie sich töten, um der Ehrlosigkeit zu entgehen oder weil Sie am Leben verzweifelten? Sie können es ebensogut in Poitiers wie in Angoulême, in Tours so gut wie in Poitiers; der Treibsand der Loire gibt seine Beute nicht heraus.«

»Nein, Ehrwürden, ich weiß, was ich zu tun habe. Vor drei Wochen sah ich den schönsten Hafen, von dem man in die andere Welt abfahren kann.«

»Eine andere Welt – Sie sind nicht Atheist.«

»Oh, was ich unter der anderen Welt verstehe, das ist meine künftige Verwandlung in Tier oder Pflanze.«

»Haben Sie eine unheilbare Krankheit?«

»Ja, Ehrwürden.«

»Aha, und welche?«

»Die Armut.«

Der Priester sah Lucien lächelnd an und sagte mit großer, fast schon ironischer Feinheit:

»Der Diamant kennt seinen Wert nicht.«

»Nur ein Priester kann einem Armen, der vor dem Tod steht, schmeicheln«, rief Lucien.

»Sie werden nicht sterben«, antwortete der Spanier gebieterisch.

»Ich habe wohl gehört, daß man die Leute auf der Straße plündert, aber nicht, daß man ihnen zu Geld verhilft«, erwiderte Lucien.

»Sie werden es erfahren«, sagte der Priester und kaute an seiner Zigarre; »Armut ist kein Grund, sich das Leben zu nehmen. Ich brauche einen Sekretär, mein letzter ist in Barcelona gestorben. Ich befinde mich in derselben Lage wie Baron Görtz, der berühmte Minister Karls XII., der ohne Sekretär durch eine kleine Stadt kam. Er traf den Sohn eines Goldschmieds, der sich durch eine Schönheit auszeichnete, hinter der Sie nicht zurückbleiben. Der Baron stößt bei dem jungen Mann auf Intelligenz, wie ich bei Ihnen auf Poesie, die sich von Ihrer Stirn lesen läßt; er nimmt ihn in seinen Wagen, wie ich Sie in meinen Wagen nehmen werde. In Stockholm angelangt, weist er ihm seinen Platz an und überhäuft ihn mit Arbeit. Der junge Sekretär bringt die Nächte mit Schreiben zu, und wie alle, die angestrengt arbeiten, bildet er eine Gewohnheit aus, er kaut Papier. Er beginnt mit weißem Papier, dann geht er zu beschriebenem Papier über, das gehaltvoller ist. Man rauchte damals noch nicht so wie heute. Seine Ansprüche an Gehalt werden immer größer, und zuletzt geht er zu Pergament über, das er kaut und hinunterschluckt. Damals beschäftigten sich Schweden und Rußland mit einem Friedensvertrag, den die Stände Karl XII. aufzwingen wollten, das Hauptstück bildete der Vertrag über Finnland. Görtz vertraut das Original seinem Sekretär an, aber als es den Ständen vorgelegt werden soll, ist der Vertrag nicht zu finden. Die Stände haben den Baron in Verdacht, dem König zu Willen gewesen zu sein, der Baron wird angeklagt, jetzt gesteht sein Sekretär, daß er den Vertrag gegessen hat. Man macht ihm den Prozeß, er wird zum Tod verurteilt. Aber da es mit Ihnen noch nicht soweit ist, so nehmen Sie eine Zigarre und rauchen Sie, bis wir einsteigen.«

Lucien steckte eine Zigarre an der des Priesters an, wie man das in Spanien tut, und dachte:

›Er hat recht – ich kann mich immer noch früh genug umbringen.‹

»Wenn die jungen Leute am meisten an ihrer Zukunft verzweifeln, ist oft die Hilfe am nächsten«, fuhr der Spanier fort. »Das wollte ich Ihnen sagen, und ich wählte ein Beispiel. Der hübsche, zum Tode verurteilte Sekretär war um so verzweifelter, als der schwedische König ihn nicht begnadigen konnte; aber dieser schloß wenigstens die Augen, als man eine Flucht in Szene setzte. Der junge Sekretär fährt mit ein paar Talern in der Tasche und einem Empfehlungsbrief des Barons nach Kurland, wo der Herzog ihn zum Sekretär seines Verwalters macht. Der Herzog war ein Verschwender, er hatte eine hübsche Frau und einen Verwalter: drei Ursachen zum Ruin. Wenn Sie glauben, daß unser junger Mann, der zum Tode verurteilt worden war, weil er den Vertrag über Finnland aufgegessen hatte, sich seinen abartigen Geschmack abgewöhnte, so kennen Sie nicht die Macht des Lasters über den Menschen: Die Todesstrafe gebietet ihm keinen Einhalt, wenn es sich um ein Vergnügen handelt, das er sich geschaffen hat! Woher kommt diese Macht des Lasters? Ist es eine Kraft, die ihm eigen ist, oder entspringt sie der menschlichen Schwäche? Gibt es Neigungen, die an der Grenze zum Wahnsinn liegen? Ich kann nicht umhin, über die Moralisten zu lachen, die solche Krankheiten mit schönen Phrasen bekämpfen wollen! ... Eines Tages verlangt der Herzog, als sein Verwalter ihm Geld verweigert, Rechnungen zu sehen, der Verwalter übergibt dem Sekretär alle Belege, damit er Soll und Haben feststellt. Mitten in der Arbeit, es war zugleich mitten in der Nacht, bemerkt unser kleiner Papierfresser, daß er eine Quittung kaut, die der Herzog über eine beträchtliche Summe ausgestellt hatte. Die Furcht ergreift ihn, er läuft in die Gemächer der Herzogin, wirft sich ihr zu Füßen, setzt ihr seine Leidenschaft auseinander und fleht sie, zu vorgerückter Stunde, um ihre Fürsprache an. Seine Schönheit macht einen solchen Eindruck auf sie, daß sie ihn heiratet, nachdem sie Witwe geworden ist. So geschah es, im dunkelsten achtzehnten Jahrhundert, in einem der adelsstolzesten Länder, daß der Sohn eines Goldschmiedes regierender Fürst wurde. Er wurde sogar noch mehr, nämlich Regent beim Tod Katharinas I., er beherrschte die Kaiserin Anna und wollte der Richelieu Rußlands werden. Und nun, junger Mann, machen Sie sich eines klar: Sie sind schöner, als Biren war, und ich bin, obwohl nur einfacher Kanonikus, mehr als der Baron Görtz. Steigen Sie ein, wir finden ein Herzogtum für Sie in Paris oder wenigstens die Herzogin.«

Der Spanier schob die Hand unter den Arm Luciens und zwang ihn buchstäblich einzusteigen; dann schlug der Postillion den Verschlag zu.

»Jetzt sprechen Sie, ich höre zu«, sagte der Kanonikus von Toledo zu dem sprachlosen Lucien. »Ich bin ein alter Priester, dem Sie gefahrlos alles sagen können. Bestimmt haben Sie noch nicht mehr als Ihr Erbteil oder das Geld Ihrer Mutter durchgebracht. Sie werden heimlich durchgebrannt sein, und wir haben noch unsere Ehre bis in die Spitzen unserer hübschen eleganten Stiefelchen... Kommen Sie, bekennen Sie freiheraus, es wird genauso sein, als würden Sie zu sich selber sprechen.«

Lucien befand sich in der Lage jenes Fischers aus dem arabischen Märchen, der lebensmüde ins Meer sprang, ins Reich auf dem Meeresboden gerät und dort König wird. Der spanische Priester gab sich so herzlich, daß der Dichter keine Scheu empfand, ihm sein Herz zu öffnen; er erzählte ihm, zwischen Angoulême und Ruffec, sein ganzes Leben ohne Beschönigung, bis zu dem letzten Unglück, das er verschuldet hatte.

Er erzählte zum dritten Mal seit vierzehn Tagen; als er geendet hatte, kam der Wagen an dem Besitz der Rastignacs vorbei; bei diesem Namen horchte der Spanier auf. Lucien sagte:

»Das ist die Wiege des jungen Rastignac, der weniger als ich wert ist und mehr Glück als ich gehabt hat. Er ist der Liebhaber der Frau des Bankiers Nucingen geworden, ich hängte mich an die Muse; er war geschickter und hat sich ans Positive gehalten.«

Der Priester ließ seinen Wagen anhalten und ging neugierig bis zum Haus. Er betrachtete alles mit einem Interesse, das Lucien von einem spanischen Priester nicht erwartete.

»Sie kennen also die Rastignacs?« fragte Lucien.

»Ich kenne ganz Paris«, erwiderte der Spanier, während sie wieder in die Kutsche stiegen; »also wegen zehn-, zwölftausend Franc wollen Sie aus dem Leben scheiden. Sie sind ein Kind, Sie kennen weder die Menschen noch die Dinge. Ein Leben hat den Wert, den man ihm gibt; Sie schätzen das Ihre auf zwölftausend Franc; gut, ich kaufe Sie nachher zu einem noch höheren Preis. Was die Gefangenschaft Ihres Schwagers angeht, so ist das eine Sache ohne Bedeutung. Wenn dieser liebe Séchard eine Erfindung gemacht hat, ist er reich. Ein Reicher ist nie wegen Schulden ins Gefängnis gekommen. Mich dünkt, in Geschichte sind Sie nicht stark. Da fällt mir eine andere Geschichte ein. Ein junger, ehrgeiziger Priester will sich in die Staatsangelegenheiten drängen, er umschmeichelt den Günstling einer Königin. Der Günstling macht ihn zum Minister. Eines Abends schreibt einer von denen, die sich verpflichtet fühlen, einen Dienst zu erweisen (erweisen Sie nie einen unverlangten Dienst), dem jungen Ehrgeizigen, daß das Leben seines Wohltäters bedroht ist: Der König will sich von seinem Meister befreien, der am nächsten Tag beim Eintritt in den Palast getötet werden soll. Was, junger Mann, hätten Sie bei dieser Nachricht getan?«

»Ich hätte auf der Stelle meinen Wohltäter benachrichtigt«, antwortete Lucien lebhaft.

»Das war nach Ihrem kindlichen Bericht zu erwarten. Unser Mann sagte sich: ›Wenn der König zu einem Verbrechen entschlossen ist, rettet nichts mehr meinen Wohltäter;

ich muß so tun, als hätte ich den Brief zu spät erhalten.‹ Er verschlief die Todesstunde seines Gönners.«

»Was für ein Ungeheuer!« sagte Lucien, der den Priester im Verdacht hatte, ihn auf die Probe stellen zu wollen.

»Alle großen Männer sind Ungeheuer! In unserem Fall heißt er Richelieu, und sein Wohltäter war der Marschall d'Ancre. Ziehen Sie die Lehre: Sehen Sie in den Menschen, zumal in den Frauen, nur Werkzeuge; lassen Sie es sie aber nicht erkennen. Verehren Sie wie einen Gott jeden, der über Ihnen steht und Ihnen nützlich sein kann, und verlassen Sie ihn nicht, bevor er Ihren Eifer teuer bezahlt hat. In den Händeln der Welt muß man wie der Jude sein, unbarmherzig und gesinnungslos; wie er für das Geld muß man für die Macht alles zu tun bereit sein. Und um den, der gestürzt ist, muß man sich nicht mehr kümmern, als wenn er nie existiert hätte. Wissen Sie, warum Sie so handeln müssen? Sie wollen die Welt beherrschen, nicht wahr? Fangen Sie damit an, daß Sie ihr gehorchen und sie genau studieren. Der Gelehrte studiert die Bücher, der Politiker studiert die Menschen, ihre Interessen, die Gesellschaft, die Beweggründe ihrer Handlungen. Welt, Gesellschaft, Menschen zusammengenommen sind Anbeter der vollzogenen Tatsachen. Wissen Sie, warum ich Ihnen diesen kleinen Vortrag halte? Weil ich glaube, daß Sie einem unermeßlichen Ehrgeiz anhängen.«

»Ja, Ehrwürden.«

»Ich habe es gemerkt. Aber jetzt denken Sie: ›Dieser spanische Kanonikus erfindet Anekdoten und rückt die Geschichte zurecht, um mir zu beweisen, daß ich zu anständig bin.‹«

Lucien lächelte, als er sah, daß seine Gedanken so gut erraten wurden. Der Kanonikus fuhr fort:

»Betrachten wir noch ein paar historische Tatsachen, die heute Banalitäten geworden sind. Eines Tages war Frankreich so gut wie von den Engländern erobert, dem König blieb nur noch eine Provinz. Zwei Wesen erstehen aus dem Schoß des Volkes: ein armes junges Mädchen, Jeanne d'Arc, und ein Bürger namens Jacques Cœur. Jene leiht die Kraft ihres Armes und ihrer Jungfräulichkeit, dieser sein Geld: das Reich wird gerettet. Aber das Mädchen gerät in Gefangenschaft. Der König, der sie retten kann, läßt zu, daß sie bei lebendigem Leib verbrannt wird. Was den heldenhaften Bürger betrifft, so erlaubt der König, daß seine Höflinge ihn schwerer Kapitalverbrechen bezichtigen und sich sein Hab und Gut teilen. Fünf adlige Häuser bereichern sich am Besitz des Unschuldigen, mit dem die Richter Schindluder treiben. Oder: Der Vater des Erzbischofs von Bourges verläßt das Land, um es nicht wieder zu betreten, ohne einen Bolzen aus seinem französischen Besitz zu ziehen; alles, was ihm bleibt, ist das Geld, das er Arabern, Sarazenen in Ägypten anvertraut hat. Sie sagen: Das sind alles alte Beispiele, seither sind Jahrhunderte der Schulbildung vergangen. Nun gut, junger Mann, vielleicht glauben Sie an den letzten Halbgott Frankreichs, an Napoleon? Einer seiner Generäle kam nie aus der Ungnade, wurde nur, weil es nicht anders ging, Marschall und erlangte nie das Vertrauen des Kaisers. Es war Kellermann. Wissen Sie den Grund? Kellermann rettete Frankreich und den ersten Konsul bei Marengo durch den verwegenen Angriff, der mitten im Pulverrausch und Blutdunst den Beifall der Soldaten auslöste. Im Heeresbericht wurde diese Tat nicht einmal erwähnt; aus demselben Grund fielen auch Fouché und Talleyrand in Ungnade.«

»Angenommen, Ehrwürden, Sie retten mir das Leben«, sagte Lucien, »so machen Sie mir die Dankbarkeit recht leicht.«

»Kleiner Schlaukopf«, meinte der Abbé lächelnd und zog Lucien mit einer sozusagen königlichen Vertraulichkeit am Ohr, »wenn Sie undankbar gegen mich sind, erweisen Sie Ihre Stärke, und ich würde mich vor Ihnen beugen. Aber so weit sind wir noch nicht, noch sind Sie erst der Schüler und wollen den Lehrer zu früh überflügeln. Das ist ein Fehler aller Franzosen, sie sind alle von Napoleon verdorben worden. Sie geben Ihren Abschied, weil Sie nicht die Epauletten erhalten können, die Sie sich wünschen... Doch haben Sie all Ihr Wollen, all Ihre Handlungen eincr Idee gewidmet?«

»Leider nein«, sagte Lucien.

»Sie waren *inconsistent*, wie die Engländer es nennen«, fuhr der Kanonikus lächelnd fort.

»Was liegt daran, was ich gewesen bin, wenn ich nichts mehr sein kann!« entgegnete Lucien.

»Wenn sich hinter all Ihren schönen Eigenschaften eine Kraft *semper virens* findet«, sprach der Priester, der zeigen wollte, daß er etwas Latein konnte, »wird nichts auf der Welt Ihnen widerstehen. Ich habe Sie schon ziemlich liebgewonnen...« Lucien lächelte ungläubig. »Ja«, fuhr der Unbekannte fort als Antwort auf dieses Lächeln, »Sie interessieren mich, als wenn Sie mein Sohn wären, und ich bin überlegen genug, um offen mit Ihnen zu sprechen wie Sie vorhin mit mir. Wissen Sie, was mir an Ihnen gefällt? Sie haben Tabula rasa gemacht und sind für eine Vorlesung in Moral vorbereitet, die man sonst nicht zu hören bekommt; denn in der Masse sind die Menschen noch heuchlerischer, als wenn ihr

Interesse sie zwingt, Komödie zu spielen. Deshalb verbringt man einen guten Teil seines Lebens damit, auszujäten, was man während der Jugend in seinem Herzen hat sprießen lassen. Diese Operation nennt man: Erfahrungen machen.«

Lucien hörte dem Priester zu und sagte sich: ›Das ist ein alter Politiker, dem es Spaß macht, sich auf der Reise zu unterhalten. Er gefällt sich darin, einen armen Burschen, der kurz vor dem Selbstmord steht, umzustimmen, und wenn er genug gescherzt hat, wird er mich fallenlassen... Doch er versteht sich gut auf die Paradoxie und scheint mir darin zumindest genauso stark wie Blondet oder Lousteau.‹

Trotz dieser weisen Überlegung wirkte die Verführung dieses Diplomaten stark auf Luciens recht aufnahmebereite Seele und hinterließ dort um so mehr Verheerungen, als sie sich auf berühmte Beispiele stützte. Gebannt von dem Reiz dieser zynischen Unterhaltung, klammerte sich Lucien um so mehr an das Leben, als er sich von einem starken Arm aus dem Abgrund des Selbstmords an die Oberfläche zurückgehoben fühlte. Hierin war der Priester offensichtlich erfolgreich gewesen! Daher hatte er von Zeit zu Zeit seine historischen Sarkasmen mit einem verschlagenen Lächeln begleitet.

»Wenn Ihre Auffassung der Moral der der Geschichte gleicht«, antwortete Lucien, »möchte ich wissen, welchen Beweggrund Sie für Ihre an den Tag gelegte Freundlichkeit haben.«

»Das, junger Mann, ist der letzte Punkt meiner Predigt, und Sie müssen mir erlauben, ihn zurückzustellen; er setzt voraus, daß wir uns nicht mehr verlassen«, erwiderte der Spanier mit dem feinen Lächeln des Priesters, der seine List gelingen sieht.

»Es sei, sprechen Sie über Moral«, sagte Lucien und dachte: ›Geben wir ihm Gelegenheit, sich zu spreizen.‹

»Die Moral, junger Mann, beginnt mit dem Gesetz. Wenn es sich nur um Religion handelte, wären die Gesetze überflüssig; religiöse Völker haben wenig Gesetze. Über dem bürgerlichen Gesetz steht das politische Gesetz. Wollen Sie wissen, was für ein Politiker auf der Stirn eures neunzehnten Jahrhunderts geschrieben steht? Die Franzosen erfanden 1793 eine Souveränität des Volkes, die mit einem absoluten Kaiser abschloß. Was die Sitten betrifft: Madame Tallien und Madame de Beauharnais unterscheiden sich in nichts voneinander. Napoleon heiratet die eine, macht sie zu eurer Kaiserin und wollte niemals die andere empfangen, obwohl sie Fürstin war. Sansculotte anno 1793, setzt sich Napoleon anno 1804 die eiserne Krone auf. Die unerbittlichen Liebhaber des Satzes: Gleichheit oder Leben, sind seit 1806 die Helfershelfer einer Aristokratie, die dann von Louis XVIII. anerkannt wird. In Frankreich haben Moral und Politik, alle und jeder die Anfänge verleugnet, sobald sie zum Ziel kamen, die Ansichten durch die Aufführung Lügen gestraft oder umgekehrt. Darum habt ihr auch keine Moral mehr. Heute ist bei euch der Erfolg das oberste Gesetz für jede Handlung. Die Tat als solche spielt keine Rolle mehr, die Auslegung durch die anderen entscheidet.

Daraus leiten Sie eine zweite Vorschrift ab, junger Mann! Sorgen Sie für den Schein! Verbergen Sie die Kehrseite Ihres Lebens! Verschwiegenheit ist die Parole des Ordens der Ehrgeizigen, machen Sie sie sich zu eigen! Die Großen begehen beinahe ebenso viele Feigheiten wie die Armen; aber sie begehen sie im Schatten und rücken ihre Tugend in den Vordergrund: sie bleiben groß. Die Kleinen entfalten ihre Tugenden im Schatten und breiten ihr Elend offen aus: sie werden verachtet. Sie selbst haben das Große in Ihnen verborgen und Ihre Wunden sehen lassen. Sie halten in aller Öffentlichkeit eine Schauspielerin als Geliebte, Sie haben bei ihr und mit ihr gelebt. Das war nicht weiter strafwürdig, denn Sie verfügten beide über sich; aber Sie boten offen den Ideen der Welt Trotz und genossen nicht das Ansehen, das die Welt denen zubilligt, die ihren Gesetzen gehorchen. Wenn Sie Coralie Monsieur Camusot gelassen und Ihre Beziehung zu ihr verborgen hätten, wären Sie heute der Gatte der Madame de Bargeton, Präfekt von Angoulême und Marquis de Rubempré.

Ändern Sie die Haltung, stützen Sie sich auf Ihre Schönheit, Ihre Anmut, Ihren Geist, Ihre dichterischen Fähigkeiten. Wenn Sie sich kleine Infamien leisten, dann nur in den eigenen vier Wänden. Die Welt, dieses große Theater, wird Ihnen danken, daß Sie ihre Kulissen nicht mehr beschmutzen. Napoleon nannte das: seine schmutzige Wäsche in der Familie waschen. These: Form ist alles. Begreifen Sie gut, was ich darunter verstehe. Es gibt Leute ohne Bildung, die in der Not einem anderen einen Betrag abnehmen, gewaltsam; man nennt sie Verbrecher und hetzt ihnen die Justiz auf den Hals. Ein armes Genie entdeckt ein Geheimnis, dessen Ausbeutung dem Besitz eines Schatzes gleichkommt; Sie oder die Cointets leihen ihm dreitausend Franc, Sie foltern ihn, damit er Ihnen das Geheimnis ganz oder teilweise ausliefert; Sie haben es nur mit Ihrem Gewissen zu tun, und Ihr Gewissen bringt Sie nicht vor die Geschworenen. Jedermann weiß, daß der Richter, der den Dieb verurteilt, die Schranke zwischen Armen und Reichen aufrechterhält; fiele sie, so wäre es mit der Gesellschaftsordnung zu Ende. Der Mann, der Bankrott macht, der geschickte Erbschleicher, der Bankier, der einen Geschäftsmann aussaugt, bewirken nur Bewegungen innerhalb des Kapitals.

Das große Problem ist, sich diesem Geist der Gesellschaft anzupassen. Napoleon, Richelieu, die Medici paßten sich ihrer Zeit an! Sie, Sie schätzen sich auf zwölftausend Franc ein! Ihre Gesellschaft betet nicht mehr den wahren Gott, sondern das Goldene Kalb an! An alle Untertanen ergeht der Ruf: Bereichert euch! Wenn Sie zu einem Vermögen gekommen und Marquis de Rubempré geworden sind, dann erlauben Sie sich den Luxus, Ehre zu haben. Dann werden Sie sich so großer Empfindlichkeit in Gelddingen befleißigen, daß niemand es wagen kann, zu bezweifeln, daß Sie immer so gehandelt haben. Also, was werden wir uns in unseren hübschen Kopf setzen?« fragte der Spanier, indem er Luciens Hand nahm und tätschelte. »Einzig und allein diesen Satz: Sich ein deutliches Ziel setzen und sich, bis es erreicht ist, nicht in die Karten sehen lassen, alle Spuren verwischen. Sie haben wie ein Kind gehandelt, seien Sie Mann, seien Sie Jäger, legen Sie sich in den Hinterhalt, schleichen Sie sich in die Welt von Paris ein, warten Sie auf Beute und Zufall, halten Sie sich nicht bei der Ehre auf; denn wir gehorchen alle irgendeinem Laster, irgendeiner Notdurft; aber gehorchen Sie dem obersten Gesetz, der Verschwiegenheit!«

»Sie erschrecken mich, Ehrwürden«, rief Lucien, »das scheint mir eine Theorie der großen Landstraße zu sein.«

»Sie haben recht«, sagte der Kanonikus, »aber sie kommt nicht von mir. Es ist die Denkweise aller Emporkömmlinge, des Hauses Österreich, des Hauses Frankreich. Sie haben nichts, Sie sind in der Lage der Medici, Richelieus, Napoleons im Anfang ihres Ehrgeizes, die alle für ihre Zukunft den Preis zahlten, Undankbarkeit, Verrat und Widersprüche der heftigsten Art. Wer alles haben will, muß alles wagen. Überlegen wir. Streiten Sie über die Spielregeln, wenn Sie sich an den Spieltisch setzen? Die Regeln sind gegeben, Sie nehmen sie an.«

›Aha‹, dachte Lucien, ›er spielt.‹

»Also, man macht auch beim Spiel des Ehrgeizes die Regeln nicht selbst. Heute, junger Mann, hat die Gesellschaft unmerklich sich so viele Rechte über das Individuum angeeignet, daß dieses gezwungen ist, die Gesellschaft zu bekämpfen. Es gibt keine Gesetze mehr, es gibt nur noch Gesellschaftssitten, das heißt Künstlichkeit und Schein, immer wieder die Form.«

Lucien schaute erstaunt auf; der Priester, der die Reinheit Luciens verletzt zu haben fürchtete, schloß:

»Mein Kind, glaubten Sie den Engel Gabriel in einem Abbé zu finden, der sich zwischen den Gegenminen zweier großer Herren bewegen muß? Ich bin der Vermittler zwischen Ferdinand VII. und Louis XVIII., zwei großen Königen, die beide ihre Krone tiefen Schachzügen verdanken. Ich glaube an Gott, aber ich glaube noch mehr an unseren Orden, und unser Orden glaubt nur an die weltliche Macht. Um die weltliche Macht sehr stark zu machen, sorgt unser Orden für die Erhaltung der apostolischen, katholischen und römischen Kirche, will sagen, für die Summe aller Gefühle, die den Gehorsam der Völker gewährleisten. Wollen Sie Soldat sein, dann bin ich bereit, Ihr Hauptmann zu werden. Gehorchen Sie mir, wie eine Frau ihrem Gatten gehorcht, ein Kind seiner Mutter. Und ich garantiere Ihnen, daß Sie in weniger als drei Monaten Marquis de Rubempré sein, eine der vornehmsten Töchter des Faubourg Saint-Germain heiraten und eines Tages auf der Pairsbank Platz nehmen werden. Was wären Sie jetzt, wenn ich Sie nicht durch meine Unterhaltung ein wenig zerstreut hätte? Ein unauffindbarer Kadaver in einem tiefen Schlammloch. Ich wende mich nun an Ihre Phantasie!«

Lucien sah seinen Beschützer neugierig an.

»Der junge Mann, der in dieser Kutsche neben dem Abbé Carlos Herrera sitzt, hat nichts mehr mit dem Dichter gemeinsam, der eben starb. Ich habe Sie aufgefischt, ich habe Ihnen das Leben zurückgegeben, und Sie gehören mir wie das Geschöpf dem Schöpfer, wie der Leib der Seele, wie der Sklave dem Sultan. Ich werde Sie mit starker Hand auf den Weg der Macht führen und verspreche Ihnen doch zugleich ein Leben des Genusses und der Ehren. Nie wird es Ihnen an Geld fehlen. Ich liebe die Macht um der Macht willen. Ich werde immer über Ihre Genüsse, die mir untersagt sind, glücklich sein. Mit einem Wort, ich werde mich in Sie verwandeln! Und an dem Tag, an dem dieser Pakt Ihnen nicht mehr zusagt, steht es Ihnen noch immer frei, eine Stelle zu suchen, wo Sie sich ertränken können.«

»Das ist keine Fastenpredigt!« rief Lucien, während die Kutsche an einer Station anhielt.

»Nein, der Kodex des Ehrgeizes. Die Erwählten Gottes sind in kleiner Zahl. Es gibt nur eines von beiden: Entweder muß man ins Kloster gehen (wo man die Welt im Kleinen wiederfindet) oder den Kodex annehmen.«

»Vielleicht ist es besser, nicht so wissend zu sein«, sagte Lucien, um die Seele dieses gefährlichen Priesters zu ergründen.

»Wie?« antwortete der Kanonikus. »Nachdem Sie sich ohne Kenntnis der Regeln an den Spieltisch gesetzt hatten, geben Sie die Partie in dem Augenblick auf, wo Ihre Aussichten gut werden – und zwar ohne auch nur das Verlangen nach Vergeltung zu spüren! Wie, Sie fühlen nicht das Bedürfnis, denen den Fuß auf den Nacken zu setzen, die Sie aus Paris vertrieben haben?«

Lucien zuckte zusammen, als wenn eines jener Bronzeinstrumente Chinas seine Töne, die die Nerven erschüttern, ausgesandt hätte.

»Ich bin nur ein niedriger Priester«, fuhr der Spanier fort, »aber wenn die Menschen mich gedemütigt, gequält, gefoltert, verraten, verkauft hätten, wie es Ihnen geschah, wäre ich wie der Araber der Wüste. Ich würde Leib und Seele der Rache weihen. Es wäre mir gleich, am Galgen zu enden; aber ich ließe mich erst fangen, wenn ich meine Feinde unter meinem Absatz zertreten hätte.«

Lucien schwieg; er fand nicht mehr, daß der Priester sich spreizte.

»Die einen stammen von Abel, die anderen von Kain«, schloß der Kanonikus; »ich bin ein Mischling; Kain für meine Feinde, Abel für meine Freunde, und wehe dem, der Kain weckt!«

›Welch arabisches Temperament!‹ dachte Lucien mit einem Blick auf den Beschützer, den der Himmel ihm sandte.

Der Abbé Carlos Herrera verriet durch nichts den Jesuiten oder auch nur Mönch. Dick und untersetzt, mit breiten Händen und breiter Brust, besaß er offenbar herkulische Kraft. Sein Blick erschreckte, gab sich aber Mühe, sanft zu erscheinen; die Bronzehaut ließ nichts von innen nach außen dringen. Langes, schönes Haar, das er wie Talleyrand gepudert trug, gaben diesem merkwürdigen Diplomaten das Aussehen eines Bischofs, und das blaue, weiß eingefaßte Ordensband, an dem ein goldenes Kreuz hing, verwies auf den kirchlichen Würdenträger. Die schwarzen Seidenstrümpfe ließen die Waden eines Athleten erkennen. Die ausgesuchte Sauberkeit des Gewandes verriet jene peinliche Pflege der eigenen Person, die man, zumal in Spanien, nicht bei allen Geistlichen findet. Auf dem Vordersitz der Kutsche lag ein Dreimaster, der Wagenschlag trug das spanische Wappen.

Seine Manieren schwächten den abstoßenden Eindruck des Gesichtes ab, und für Lucien hatte er sich offenbar besondere Mühe gegeben. Lucien ging beunruhigt der geringsten Einzelheit nach. Er fühlte, daß es sich in dieser Stunde um Leben und Tod handelte, die Post hatte nach Ruffec zum zweiten Mal gewechselt. Die letzten Bemerkungen des Priesters hatten manche Saite seines Herzens in Schwingung versetzt, und es waren, weder zu seinem Ruhm noch zu dem des Priesters, der die schönen Züge des Dichters erkannte, die besten – diejenigen, die unter den entarteten Gefühlen schwingen. Lucien sah Paris wieder, ergriff wieder die Zügel der Herrschaft, die seinen ungeschickten Händen entglitten waren; er rächte sich! Der Vergleich zwischen dem Leben in der Provinz und dem in Paris, den er angestellt hatte und der der heftigste Antrieb zu seinem Selbstmordplan gewesen war, schwand, er kehrte in sein vertrautes Milieu zurück, mit einem Beschützer, dessen Entschlossenheit und Klarheit bis zum Verbrechen ging, wie bei Cromwell.

›Ich war allein, wir werden zu zweit sein‹, sagte er sich. In dem Maße, wie der Priester sein Interesse zu erkennen gab, hatte er die Fehler eingesehen, die er früher begangen hatte. Die Hilfsbereitschaft des Fremden war erstaunlich, nichts verwunderte ihn. Gleichwohl fragte sich Lucien, welchen Grund der Vertrauensmann von Königen haben mochte, sich seiner anzunehmen.

Die landläufige Erklärung, die den Spanier großzügig nennt, schenkte er sich. Der Spanier ist großzügig wie der Italiener Giftmischer und eifersüchtig, der Franzose leichtsinnig, der Deutsche freimütig, der Jude niedrig gesinnt, der Engländer vornehm. Man drehe diese Werte um, und man kommt der Wahrheit näher. Die Juden haben Geld gehäuft, sie komponieren *Robert den Teufel*, sie spielen die *Phädra*, sie singen den *Wilhelm Tell*, sie bestellen Bilder, errichten Paläste, schreiben *Reisebilder* und wunderbare Gedichte und sind stärker als je; ihre Religion ist gleichberechtigt, und sie geben dem Papst Kredit! In Deutschland fragt man bei jeder Kleinigkeit den Fremden: »Haben Sie einen Vertrag?«, so sehr ist dort die Schikane an der Tagesordnung. In Frankreich klatscht man seit fünfzig Jahren dem Schauspiel des nationalen Stumpfsinns Beifall, trägt nach wie vor unmögliche Hüte, und die Regierung wechselt unter der Bedingung, daß sie immer dieselbe bleibt! England beglückt die Welt mit Perfidien, deren Abscheulichkeit nur der englischen Habgier gleichkommt. Spanien, welches das Gold der halben Welt besaß, hat nichts mehr. Nirgends in der Welt kommen weniger Giftmorde vor als in Italien, nirgends sind die Sitten angenehmer und liebenswürdiger. Die Spanier haben reichlich vom Ruf der Mauren gezehrt.

Als der Spanier wieder in die Kalesche stieg, sagte er dem Postillion ins Ohr: »Ich muß rasch vorankommen, es gibt drei Franc Trinkgeld.«

Lucien zögerte einzusteigen. – »Kommen Sie schon«, forderte ihn der Priester auf, und Lucien stieg mit dem Vorsatz, ihn mit einem Argument *ad hominem* zu überfallen, ein.

»Ehrwürden«, sagte er, »ein Mann, der mit der größten Kaltblütigkeit Maximen entwickelt, die viele Bürger für zutiefst unmoralisch halten würden…«

»Und die es sind«, sagte der Priester. »Darum wollte Jesus Christus, daß das Ärgernis erregt würde, mein Sohn. Und darum zeigt die Welt eine so große Abscheu vor dem Ärgernis.«

»Ein Mann Ihrer Art wird über die Frage, die ich Ihnen vorlegen möchte, nicht verwundert sein.«

»Mut, mein Sohn«, antwortete Carlos Herrera, »Sie kennen mich nicht. Glauben Sie, ich nähme einen Sekretär, bevor ich nicht weiß, daß er Grundsätze hat, die mir genehm sind? Ich bin zufrieden mit Ihnen. Sie besitzen noch die ganze Unschuld des jungen Menschen, der sich mit zwanzig Jahren umbringen will. Ihre Frage?«

»Warum haben Sie Interesse an mir? Welchen Preis muß ich für meinen Gehorsam zahlen? Weshalb geben Sie mir alles? Wie kommen Sie dabei auf Ihre Kosten?«

Der Spanier betrachtete Lucien und begann zu lächeln.

»Warten wir, bis ein Hügel kommt«, sagte er, »wir steigen da hinauf und sprechen ohne Zeugen. Einer Kutsche darf man nicht trauen.«

Die beiden Männer verharrten eine Weile in Schweigen, und die Geschwindigkeit, mit welcher der Wagen sich fortbewegte, half gewissermaßen Luciens seelischer Betäubung nach.

»Ehrwürden, hier ist der Hügel«, sagte er und erwachte wie aus einem Traum.

»Gut, gehen wir«, erwiderte der Priester und befahl dem Kutscher zu halten; dann stiegen sie aus.

»Kind«, begann der Spanier, während er Luciens Arm nahm, »hast du einmal über Otways *Gerettetes Venedig* nachgedacht? Hast du die tiefe Freundschaft von Mann zu Mann begriffen, die Peter und Jaffier verbindet, so daß eine Frau wenig für sie bedeutet, und alle sozialen Unterschiede zwischen ihnen aufhebt? Soviel für den Dichter.«

›Der Kanonikus kennt auch das Theater‹, dachte Lucien und fragte laut:

»Haben Sie Voltaire gelesen?«

»Ich tue Besseres, ich setze ihn in die Praxis um.«

»Indem Sie nicht an Gott glauben?«

»Also nun bin ich der Atheist?« fragte der Priester lächelnd. »Kommen wir zur Sache, mein Kleiner«, fuhr er fort und nahm Lucien an der Taille. »Ich stehe im siebenundvierzigsten Jahr und bin der natürliche Sohn eines großen Herrn, also ohne Familie, und ich habe ein Herz. Präge dir diese Erkenntnis in dein noch weiches Hirn ein: Dem Menschen graut es vor der Einsamkeit. Und von allen Einsamkeiten ist die innere die schlimmste.

Die ersten Einsiedler lebten mit Gott, sie bewohnten die bevölkertste Welt, die seelische. Die Geizigen bewohnen die Welt der Phantasie und der Genüsse. Der Geizige hat alles in seinem Hirn, sogar das Geschlecht. Ob Aussätziger oder Sträfling, entehrt oder krank, der erste Gedanke des Menschen gilt dem Gefährten seines Schicksals. Hätte ohne dieses gebieterische Bedürfnis Satan Genossen finden können? Es ist da ein ganzes Epos zu schreiben, ein Vorspiel zum *Verlorenen Paradies*, das ja nichts als der Heldengesang des Aufruhrs ist.«

»Die *Ilias* der Verderbtheit«, meinte Lucien.

»Also ich bin allein, ich lebe allein. Wenn ich das Kleid des Priesters trage, habe ich doch nicht sein Herz. Ich fühle das Bedürfnis, mich einer Sache zu weihen, es ist ein Laster wie ein anderes. Ich lebe von der Hingabe, deshalb bin ich auch Priester. Ich fürchte die Undankbarkeit nicht, und bin selbst dankbar. Die Kirche bedeutet nichts für mich, sie ist eine Idee. Ich habe mich dem König von Spanien gewidmet, aber man kann den König von Spanien nicht lieben; er beschützt mich, er thront irgendwo über mir. Ich will etwas lieben, das mein Geschöpf ist, etwas, das ich formen, zu meinem Gebrauch kneten kann und wie ein Vater sein Kind lieben darf. Ich werde in deinem Tilbury dahinrollen, mein Junge, mich an deinen Erfolgen bei den Frauen erfreuen und denken: Dieser schöne junge Mensch, das bin ich. Dieser Marquis de Rubempré, ich habe ihn geschaffen und in die aristokratische Welt gesetzt; sein Aufstieg ist mein Werk, er spricht oder schweigt mit meiner Stimme, er fragt mich in allem um Rat. Der Abbé de Vermont war das für Marie-Antoinette.«

»Er hat sie aufs Schafott gebracht.«

»Er liebte sie nicht!« erwiderte der Priester. »Er liebte nur sich selbst.«

»Liegt die Trostlosigkeit hinter mir?« fragte Lucien.

»Ich habe Schätze, aus denen du schöpfen kannst.«

»In diesem Augenblick täte ich manches, um Séchard zu befreien«, erwiderte Lucien mit einer Stimme, die verriet, daß er nicht an Selbstmord dachte.

»Sage ein Wort, mein Sohn, und er empfängt morgen die Summe, die er zu seiner Befreiung braucht.«

»Was, Sie würden mir zwölftausend Franc geben?«

»Siehst du nicht, daß wir ein paar Meilen in der Stunde machen? Zu Tisch sind wir in Poitiers. Wenn du mir dort einen einzigen Beweis deines Gehorsams geben willst – er ist groß, er soll groß sein –, nimmt die Post nach Bordeaux fünfzehntausend Franc für deine Schwester mit.«

»Wo sind sie?«

Der spanische Priester gab keine Antwort, Lucien sagte sich:

›Er ist mir in die Falle gegangen, er hat sich lustig über mich gemacht.‹

Bald danach saßen der Spanier und der Dichter wieder im Wagen, schweigend. Schweigend öffnete der Priester die Wagentasche und zog eine jener dreiteiligen Ledertaschen hervor, die beim Reisen gebräuchlich sind. Er streckte dreimal seine Hand hinein und zählte hundert Portugiesen auf.

»Mein Vater, ich gehöre Ihnen«, sagte Lucien, von diesem Goldstrom geblendet.

»Kind«, erwiderte der Priester und küßte ihn zärtlich auf die Stirn, »das ist nur ein Drittel des Goldes, das sich in dieser Tasche befindet, das Reisegeld nicht mitgerechnet.«

»Und Sie reisen allein!« rief Lucien.

»Was bedeutet diese Summe! Ich habe Wechsel auf Paris

in der Höhe von mehr als hunderttausend Écu. Ein Diplomat ohne Geld ist, was du eben noch warst, ein Dichter ohne Willen.«

Zu derselben Stunde, als Lucien mit dem vermeintlichen spanischen Diplomaten in die Kutsche stieg, erhob sich Ève, um ihrem Sohn zu trinken zu geben, fand den düsteren Brief des Bruders und las ihn. Kalter Schweiß bedeckte die noch halb vom Schlaf Befangene. Es wurde dunkel vor ihren Augen, sie rief Marion und Kolb herbei und erfuhr von dem Elsässer, daß Lucien das Haus vor Tagesanbruch verlassen hatte.

»Bewahrt das tiefste Schweigen über das, was ich Euch anvertraue«, sagt sie; »mein Bruder ist ohne Zweifel fortgegangen, um sich das Leben zu nehmen. Lauft, zieht vorsichtig Erkundigungen ein, und überwacht den Fluß.«

Sie blieb allein zurück als Opfer schrecklicher Empfindungen. Gegen sieben Uhr morgens stellte sich Petit-Claud ein, um Geschäftliches mit ihr zu besprechen. In solchen Augenblicken hört man alle Welt an.

»Madame Séchard«, sagte der Anwalt, »unser armer David ist im Gefängnis, und die Lage trat ein, die ich von Anfang an voraussah, als ich ihm riet, sich mit seinen Nebenbuhlern zu verständigen, da die Cointets über die Mittel verfügen, um die Idee Ihres Mannes auszuführen; es handelt sich ja um nicht viel mehr als eine Idee. Sobald mich daher gestern abend die Nachricht von seiner Verhaftung erreichte, ging ich zu den Cointets und versuchte sie zu den Zugeständnissen zu bewegen, die Ihnen ausreichen könnten. Wenn Sie das Geheimnis hüten wollen, wird Ihr Leben das bleiben, was es jetzt ist, eine Folge von Bedrängnissen, denen

Sie nicht gewachsen sind, bis Sie erschöpft auf der Strecke bleiben und auch nur, vielleicht zu Ihrem Schaden, mit einem Geldmann unternehmen, was heute schon zu Ihrem Vorteil die Cointets zu tun bereit sind. Bedenken Sie, was Sie sich alles ersparen, Entbehrungen und die Angst des Erfinders vor der Habgier der Kapitalisten und der Gleichgültigkeit der Gesellschaft. Sehen Sie, wenn die Cointets Ihre Schulden bezahlen, wenn sie außerdem noch für die Zukunft einen gewissen Anteil am Gewinn bewilligen, das wäre doch etwas, nicht wahr? Sie, Madame Séchard, werden Eigentümerin der Druckerei und können sie ohne Zweifel für zwanzigtausend Franc verkaufen – ich verpflichte mich, einen Käufer zu finden, der das anlegt. Wenn Sie durch einen Gesellschaftsvertrag mit den Cointets fünfzehntausend Franc erzielen, besitzen Sie also fünfunddreißigtausend Franc und können dafür eine lebenslängliche Rente von zweitausend kaufen, beim gegenwärtigen Zins. Damit kann man in der Provinz leben. Vergessen Sie auch einen anderen Vorteil nicht: Sie laufen keine Gefahr, wenn die Erfindung ein Fehlschlag ist. Kurz und gut, was ich für Sie erreichen kann, ist folgendes: erstens völlige Entlastung und Befreiung Davids; zweitens fünfzehntausend Franc Entschädigung für die von ihm gemachte Erfindung, ohne daß die Brüder Cointet unter irgendeinem Gesichtspunkt Rückerstattung verlangen können, auch nicht, wenn der Erfolg ausbleiben sollte; drittens die Gründung einer Gesellschaft, deren Teilhaber David und die Cointets sind, zur Ausbeutung eines Patentes, das genommen wird, sobald gemeinsame geheime Versuche einen guten Erfolg ergeben haben; dabei würde ausgemacht werden, daß die Brüder Cointet alle Kosten tragen, das von

David einzubringende Kapital in seiner Erfindung besteht, sein Anteil ein Viertel vom Reinertrag beträgt. Sie sind eine kluge und verständige Frau, was bei ausgesprochen schönen Frauen selten ist. Denken sie über diese Vorschläge nach, und Sie werden sie annehmbar finden.«

»Mein Gott«, rief die arme, verzweifelte Frau unter Tränen, »warum haben Sie mir nicht gestern abend diesen Vorschlag gemacht? Wir hätten die Schande vermieden und manches andere!«

»Meine Besprechung mit den Cointets, die sich, wie Sie wohl erraten haben, hinter Métivier verbargen, endete erst um Mitternacht. Aber was ist denn seit gestern abend eingetreten, daß Sie von noch Schlimmerem als der Verhaftung unseres armen David sprechen?«

»Das hier«, antwortete Ève und hielt Petit-Claud Luciens Brief hin.

»Seien Sie unbesorgt«, sagte Petit-Claud, nachdem er den Brief gelesen hatte; »Lucien tötet sich nicht. Nachdem er die Verhaftung seines Schwagers verursacht hatte, brauchte er einen Grund, um fortzugehen, und ich sehe in seinem Brief nichts als einen Theaterabgang.«

Die Cointets hatten ihr Ziel erreicht. Nach der Folterung stellten sie Gnade in Aussicht. Nicht alle Erfinder haben den Charakter einer Bulldogge, die mit der Beute in den Zähnen stirbt, und die Cointets hatten ihre Opfer gründlich studiert. Für den langen Cointet war die Verhaftung Davids der letzte Auftritt des ersten Aktes, der zweite Akt begann mit dem Vorschlag, den Petit-Claud soeben gemacht hatte. Als überlegener Stratege sah der Anwalt in dem kopflosen Streich Luciens einen jener unverhofften Vorteile, die den Ausschlag geben. Er sah, daß Ève völlig zusammengebrochen war, und beschloß, ihr Vertrauen zu gewinnen und ihren Einfluß auf David auszunutzen. Statt sie daher noch mehr in Verzweiflung zu stürzen, versuchte er, sie zu beruhigen und ihre Gedanken auf das Gefängnis zu lenken, damit sie David überredete, sich mit dem Gesellschaftsvertrag abzufinden.

»Madame, David hat mir gesagt, daß er nur für Sie und für Ihren Bruder ein Vermögen wünsche; aber Sie müssen doch begriffen haben, daß es eine Torheit wäre, Lucien zu bereichern. Dieser Bursche würde drei Vermögen verschlingen.«

Ève brachte durch ihre Haltung zum Ausdruck, daß ihre letzte Illusion über ihren Bruder verflogen war; daher machte der Anwalt eine Pause, um das Schweigen seiner Klientin in eine Art Zustimmung umzumünzen.

»So handelt es sich bei dieser Frage nur noch um Sie und Ihr Kind«, fuhr er dann fort, »Sie müssen wissen, ob zweitausend Franc Rente für Ihr Glück reichen, den Nachlaß des alten Séchard nicht gerechnet. Ihr Schwiegervater hat seit langer Zeit ein Einkommen von sieben- bis achttausend Franc, zu dem noch die Zinsen kommen, die er aus seinem Kapital zu ziehen weiß. So haben Sie bei alledem eine schöne Zukunft vor sich. Weshalb also wollen Sie sich quälen?«

Der Advokat verließ sie, um ihr Zeit zum Nachdenken über diese Perspektive zu geben, die der große Cointet am Vortag so geschickt vorbereitet hatte.

»Lassen Sie die Möglichkeit durchblicken, daß ihnen irgendeine Summe zufließt«, hatte der Haifisch von Angoulême dem Anwalt gesagt, als dieser ihm die Verhaftung meldete. »Und wenn sie sich an den Gedanken gewöhnt haben, einen hübschen Betrag einzunehmen, haben wir sie in der

Hand. Wir werden handeln und sie nach und nach zu dem Preis bringen, den wir für dieses Geheimnis zahlen wollen.«

Dieser Satz enthielt gewissermaßen die Schlußfolgerung aus dem zweiten Akt dieses finanziellen Dramas.

Als Ève sich angezogen hatte und von tausend Schmerzen zerrissen die Treppe hinunterging, empfand sie eine entsetzliche Angst bei dem Gedanken, allein die Gassen durchschreiten zu müssen. In diesem Augenblick kehrte Petit-Claud zurück, von einem machiavellistischen Gedanken getrieben, und heimste die Vorteile seines scheinbaren Zartgefühls ein; er nahm ihren Dank an, ohne eine Miene zu verziehen. Diese kleine Aufmerksamkeit bewog Ève, ihr Urteil über einen bis dahin so hartherzigen Mann zu ändern.

»Ich führe Sie den längsten Weg«, sagte er, »aber wir werden niemandem begegnen.«

»Zum ersten Mal habe ich nicht das Recht, erhobenen Hauptes zu gehen! Gestern ließ man es mich fühlen«, sagte sie.

»Es ist das erste und zugleich letzte Mal.«

»Oh, ich bleibe gewiß nicht in dieser Stadt.«

»Wenn Ihr Mann den Vorschlägen, die in großen Umrissen feststehen, zustimmt, lassen Sie es mich wissen«, bat Petit-Claud an der Schwelle des Gefängnisses, »ich komme dann sofort mit einer Verfügung Cachans, David zu entlassen, wahrscheinlich für immer.«

Vor dem Gefängnis gesprochen, kamen diese Worte einer »Kombination« gleich, wie es die Italiener nennen. Bei ihnen meint diese Bezeichnung den undefinierbaren Akt, bei dem sich Perfidie mit dem Recht vermengt: im günstigen Zeitpunkt ein erlaubter Betrug, eine gewissermaßen legitime und wohlentworfene Schurkerei; ihrer Ansicht nach ist die Bartholomäusnacht eine politische Kombination.

Aus den oben dargelegten Gründen tritt der juristische Fall der Schuldhaft in der Provinz so selten ein, daß es in den meisten Städten Frankreichs kein besonderes Arresthaus für diesen Zweck gibt. Der Schuldner wird in das Gefängnis eingeliefert, wo man die Angeschuldigten, die Angeklagten vor dem Polizei- oder Schwurgericht und die Verurteilten zusammen einsperrt: So werden rechtmäßig und nacheinander diejenigen bezeichnet, welche das Volk verallgemeinernd »Verbrecher« nennt. David wurde also provisorisch in einer der niedrigen Zellen des Gefängnisses von Angoulême untergebracht, aus der vielleicht irgendein Verurteilter, nachdem er seine Zeit abgesessen hatte, gerade herausgekommen war. Einmal mit dem vom Gesetz für die monatliche Verpflegung des Häftlings vorgeschriebenen Betrag in das Gefangenenregister eingeschrieben, fand sich David einem kräftigen Mann gegenüber, der für die Gefangenen größere Macht besitzt als der König: dem Schließer. In der Provinz kennt man keine dürren Gefängniswärter. Zunächst ist diese Stelle nahezu eine Sinekure; und dann ist der Schließer in der Position eines Herbergswirtes, der kein Haus zu unterhalten hat, er nährt sich sehr gut, indem er seine Gefangenen sehr schlecht nährt, die er übrigens wie der Herbergswirt je nach ihren Mitteln unterbringt. Er kannte David, vor allem seines Vaters wegen, mit Namen, und er schenkte ihm so viel Vertrauen, daß er ihn für eine Nacht gut unterbrachte, obgleich David ohne einen Sou war. Das Gefängnis von Angoulême stammt aus dem Mittelalter und hat ebenso wenige Veränderungen erfahren wie die Kathedrale. Noch immer Gerichtshaus geheißen, grenzt es an das ehemalige Landgericht. Die Pforte ist klassisch: eine dem Augenschein nach solide, abgenutzte, niedrige eisenbeschlagene Tür, deren Bau um so zyklopenhafter anmutet, als sie wie ein einziges Auge in der Stirn den Spion trägt, durch den der Schließer die Leute mustert, ehe er öffnet. Entlang der Fassade läuft im Erdgeschoß ein Gang, an den mehrere Räume grenzen, deren hoch gelegene Fenster das Licht vom Gefängnishof her erhalten. Der Schließer bewohnt ein Quartier, das von diesen Räumen durch ein Gewölbe geschieden ist, welches das Erdgeschoß in zwei Teile trennt und an dessen Ende man schon von der Pforte aus ein Gitter sieht, das den Gefängnishof abschließt. Der Schließer führte David zu jenem Raum nahe dem Gewölbe, dessen Tür gegenüber seiner Wohnung lag. Er wollte einen Mann, der angesichts seiner besonderen Lage ihm Gesellschaft leisten konnte, in seiner Nähe haben.

»Das ist die beste Kammer«, sagte er, als er David beim Anblick der Örtlichkeit bestürzt sah.

Die Wände des Raumes waren aus Stein und ziemlich feucht. Die sehr hoch gelegenen Fenster waren mit Eisenstäben vergittert. Die steinernen Bodenplatten strahlten eisige Kälte aus. Man hörte den regelmäßigen Schritt der Schildwache, die im Gang auf und ab schritt. Dieses eintönige Geräusch, gleich dem der Gezeiten, weckt in jedem Augenblick von neuem den Gedanken: Man bewacht dich! Du bist nicht mehr frei! Alle diese Einzelheiten und der Gesamteindruck wirkten ungeheuer auf die Moral ehrbarer Leute. David bemerkte ein erbärmliches Bett; doch die Gefangenen sind in der ersten Nacht so aufgewühlt, daß sie erst in der zweiten Nacht der Härte ihres Lagers gewahr werden. Der Schließer war freundlich, er schlug seinem Häftling freimütig vor, bis zum Abend im Gefängnishof spazierenzugehen. Davids Marter begann erst zur Zeit der Nachtruhe. Es war verboten, den Gefangenen Licht zu geben, und es bedurfte demzufolge einer Erlaubnis des königlichen Prokurators, um den Schuldgefangenen von einer Regelung auszunehmen, die offensichtlich nur die eines Verbrechens überführte Leute betraf. Der Schließer nahm David wohl mit in seine Wohnung, doch zur Schlafenszeit mußte er ihn wieder einschließen. Der arme Mann erfuhr nun die Schrecken des Gefängnisses und die Rauheit seiner Sitten, die ihn aufbrachte. Doch er reagierte, wie es Denker oft tun, er zog sich in seine Einsamkeit zurück und rettete sich in einen jener Träume, denen die Dichter hellwach nachzugehen vermögen. Schließlich dachte der Unglückliche über seine Geschäfte nach. Im Gefängnis ist man unwillkürlich gezwungen, sein Gewissen zu prüfen. David fragte sich, ob er seine Pflichten als Familienoberhaupt erfüllt habe. Wie verzweifelt mußte seine Frau jetzt sein! Weshalb sollte er nicht, wie es Marion ihm geraten hatte, erst genug Geld verdienen, um später in Muße seine Entdeckung machen zu können?

›Wie kann ich nach diesem Skandal in Angoulême bleiben?‹ sagte er sich. ›Was soll aus uns werden, wenn ich aus dem Gefängnis komme? Wohin werden wir gehen?‹ Es kamen ihm einige Zweifel über sein Verfahren. Nur Erfinder können diese Ängste verstehen! Von Zweifel zu Zweifel gewann David Klarheit über seine Lage, und er sagte sich, was die Cointets dem Vater Séchard gesagt hatten, was Petit-Claud zu Ève gesagt hatte: ›Vorausgesetzt, daß alles gutgeht, wie wird es bei der Anwendung aussehen? Ich brauche ein

Erfinderpatent, das bedeutet Geld!... Ich brauche eine Fabrik, um meine Versuche im großen Stil durchzuführen, und das heißt dann mein Entdeckung ausliefern! Oh, wie recht Petit-Claud hatte!‹ (Die dunkelsten Gefängnisse bewirken die hellsten Erleuchtungen.) ›Ach‹, sagte sich David, als er auf einer Art Feldbett einschlief, auf dem eine Matratze aus sehr grobem braunen Stoff lag, ›morgen früh werde ich bestimmt Petit-Claud sehen.‹

David hatte sich also selbst wohl darauf vorbereitet, die Vorschläge anzuhören, die seine Frau ihm von seinen Feinden überbrachte.

Nachdem Ève ihren Mann umarmt und sich auf sein Lager gesetzt hatte, denn es stand nur ein gebrechlicher Stuhl da, fiel ihr Blick auf den schrecklichen Kübel in der Ecke und auf die Mauern, die von den früheren Gefangenen mit Namen und Inschriften aller Art bedeckt waren. Aus ihren geröteten Augen flossen erneut die Tränen.

»Dahin also kann der Durst nach Ruhm führen!« rief sie. »O mein Engel, entsage diesem Ziel! Gehen wir zusammen den geebneten Mittelweg, verzichte darauf, das Glück erzwingen zu wollen! Ich brauche so wenig, um glücklich zu sein, zumal nach so viel Kummer! Und wenn du wüßtest, diese entehrende Verhaftung ist noch nicht das Schlimmste. Lies das!«

Sie gab ihm Luciens Brief, dann sagte sie ihm, wie verächtlich Petit-Claud von dem Bruder gesprochen hatte.

»Wenn Lucien sich umgebracht hat, ist er jetzt schon tot«, erklärte David, »und wenn er es noch nicht getan hat, bleibt er leben; sein Mut reicht nicht länger als einen Vormittag.«

Nun teilte Ève David die Vorschläge Petit-Clauds mit und sah beglückt, daß er sie sofort mit sichtbarer Freude aufnahm. Er sagte: »Wir haben genug, um in einem Dorf in der Nähe von l'Houmeau und der Fabrik der Cointets zu leben. Ich will nichts mehr als Ruhe! Wenn Lucien Hand an sich gelegt hat, reicht unser Geld, um zu warten, bis das Vermögen meines Vaters uns zufällt. Wenn er noch am Leben ist, muß der arme Junge sich unseren Verhältnissen anpassen. Die Cointets werden sicher den Nutzen aus meiner Erfindung ziehen, aber was bin ich schließlich, wenn man an das Interesse des Landes denkt? Ein Mann, ein einzelner, nicht mehr. Falls meine Erfindung allen dient, bin ich zufrieden. Ach, Ève, wir sind beide keine Kaufleute.«

Entzückt von dieser Gemeinsamkeit der Gedanken, einer der zärtlichsten Blüten der Liebe, bat Ève den Schließer, Petit-Claud Nachricht zu geben. Zehn Minuten später betrat dieser die abscheuliche Zelle und wandte sich an Ève mit den Worten: »Gehen Sie nach Hause, Madame Séchard, wir folgen bald nach.«

Dann fragte er David:

»Du hast dich erwischen lassen! Wie konntest du nur so unvorsichtig sein und deinen Schlupfwinkel verlassen?«

»Warum hätte ich es nicht tun sollen, nachdem mir Lucien diesen Brief geschrieben hatte?«

Petit-Claud las Cérizets Brief, untersuchte ihn, prüfte das Papier, dann steckte er ihn wie aus Zerstreuung in seine Tasche, immer mit David redend. Inzwischen war die Anweisung des Gerichtsvollziehers eingetroffen. Petit-Claud nahm Davids Arm und führte ihn hinaus. Zu Hause glaubte David sich im Himmel; er weinte wie ein Kind, als er seinen kleinen Lucien in die Arme schloß und nach zwanzig Tagen Abwesenheit sein Schlafzimmer wiedersah.

Marion und Kolb waren zurückgekehrt. Marion hatte in l'Houmeau erfahren, daß Lucien jenseits von Marsac auf der Pariser Straße gesehen worden war, Landleuten war seine Kleidung aufgefallen. Und Kolb, der ein Pferd genommen hatte, brachte aus Mansle die Nachricht mit, daß Monsieur Marron Lucien in einem Reisewagen gesehen hatte.

»Was habe ich gesagt?« fragte Petit-Claud. »Das ist kein Dichter, das ist schon ein laufender Roman. Und nun wollen David und ich zu den Brüdern Cointet gehen, die uns erwarten.«

»Oh, Monsieur Petit-Claud«, rief die schöne Madame Séchard, »ich beschwöre Sie, verteidigen Sie unsere Interessen, unsere ganze Zukunft liegt in Ihrer Hand.«

»Wollen Sie lieber, daß die Besprechung bei Ihnen stattfindet? Ich lasse Ihnen David. Die Herren kommen am Abend hierher, und Sie sollen selbst sehen, daß ich Ihre Interessen vertrete.«

»Wie dankbar bin ich Ihnen!« sagte Ève mit einem Ton und einem Blick, die Petit-Claud bewiesen, wie sehr er bei seiner Auftraggeberin gewonnen hatte.

»Sie brauchen nichts zu fürchten, sehen Sie? Ich hatte recht, Ihr Bruder ist dreißig Meilen vom Selbstmord entfernt. Schließlich werden Sie heute abend vielleicht ein kleines Vermögen besitzen. Es bewirbt sich ein ernsthafter Käufer um Ihre Druckerei.«

»Wenn das der Fall wäre, weshalb warten wir dann nicht ab, ehe wir uns mit den Cointets einlassen?« fragte Ève.

»Sie vergessen, Madame«, erwiderte Petit-Claud, der das

Risiko seiner Vertraulichkeit bemerkte, »daß Sie Ihre Druckerei erst dann verkaufen dürfen, wenn Sie Monsieur Métivier bezahlt haben; denn Ihr gesamtes Inventar ist noch immer gepfändet.«

Zu Hause ließ Petit-Claud Cérizet kommen. Er zog ihn in eine Nische und sagte leise:

»Du bist morgen Eigentümer der Druckerei Séchard, und es fehlt dir nicht an Fürsprache, um das Druckerpatent zu bekommen; aber auf den Galeeren willst du nicht enden?«

»Wie, was, auf den Galeeren?«

»Dein Brief an David ist eine Fälschung, und ich habe sie in meiner Tasche. Was würde Henriette sagen, wenn man sie zum Reden brächte? Ich will dich nicht zugrunde richten«, fügte er hinzu, als Cérizet erblaßte.

»Sie wollen noch etwas von mir?« rief der Pariser.

»Ich will dir sagen, was ich will. Höre gut zu. Du wirst innerhalb zweier Monate Inhaber einer Druckerei, aber du schuldest sie und wirst sie in zehn Jahren nicht bezahlt haben! Du wirst lange für deine Kapitalisten arbeiten müssen und zudem gezwungen sein, der Strohmann für die liberale Partei zu sein. Ich bin es, der deinen Vertrag mit Gannerac aufsetzt; ich werde ihn so abfassen, daß du eines Tages alleiniger Besitzer sein kannst. Aber wenn man eine Zeitung gründet, wirst du der Geschäftsführer, wenn ich hier erster Staatsanwalt bin; du wirst dich mit dem langen Cointet verständigen und in deine Zeitung Artikel bringen, die zur Folge haben, daß das Blatt verboten wird. Die Cointets werden dir diesen Dienst gut bezahlen. Ich sage dir im voraus, daß du ins Gefängnis mußt, aber du wirst als ein wichtiger Mann bestehen, den man verfolgt. Du wirst eine

Stütze der liberalen Partei, ich sorge dafür, daß man dir das Patent nicht entzieht. An dem Tag, an dem die Zeitung verboten wird, verbrenne ich diesen Brief vor deinen Augen.«

Die Leute aus dem Volk haben sehr unbeholfene Ansichten über die Art, wie das Gesetz den Betrug auslegt, und Cérizet, der sich schon vor den Geschworenen sah, atmete auf.

»In drei Jahren bin ich hier Staatsanwalt«, sagte Petit-Claud, »du wirst mich brauchen, denke daran.«

»Abgemacht«, erwiderte Cérizet, »aber Sie kennen mich nicht: Verbrennen Sie diesen Brief vor meinen Augen, und vertrauen Sie auf meine Dankbarkeit.«

Petit-Claud sah Cérizet an. Es war eines jener Augenduelle, bei denen der Blick des einen wie ein Skalpell die Seele des anderen durchdringt und dieser alle seine Tugenden in den Blick zu legen sucht.

Petit-Claud antwortete nichts; er zündete eine Kerze an und verbrannte den Brief mit den Worten:

»Jeder ist seines Glückes Schmied.«

»Eine verdammte Seele gehört Ihnen«, erwiderte Cérizet.

David erwartete mit einer gewissen Unruhe die Besprechung mit den Cointets; dabei beschäftigte ihn weder die Erörterung seiner Interessen noch der abzuschließende Vertrag, sondern die Meinung, welche die Fabrikanten von seiner Arbeit haben würden. Er war in der Lage des Dramatikers, der vor seinen Richtern steht. Die Eigenliebe des Erfinders und seine Befürchtungen in dem Augenblick, wo er sein Ziel erreichte, ließen jedes andere Gefühl verblassen.

Gegen sieben Uhr abends, zu der Stunde, wo die Comtesse du Châtelet sich unter dem Vorwand einer Migräne hinlegte, so sehr beunruhigten sie die widersprüchlichen Gerüchte, die über Lucien umliefen, traten die Cointets, der lange und der dicke, mit Petit-Claud bei David ein, der sich mit gefesselten Händen und Füßen ihnen auslieferte. Zunächst gab es ein Hindernis: Wie konnte man einen Gesellschaftsvertrag schließen, ohne Davids Verfahren zu kennen? Legte er es ihnen dar, dann hing er von ihrer Gnade oder Ungnade ab. Petit-Claud setzte durch, daß man den Vertrag vorher aufsetzte. Der lange Cointet forderte David nun auf, ihnen einige Proben seiner Arbeit vorzulegen, und der Erfinder zeigte ihnen die letzten Bogen, wobei er sich für den niedrigen Herstellungspreis verbürgte.

»Etwas anderes«, sagte der lange Cointet, »ist es, in kleinem Maß, in seinem Zimmer, Papierproben herzustellen, oder im großen in der Fabrik. Wir stellen farbiges Papier her, wir kaufen, um es zu färben, Farbstoffe, die ganz gleich sind. Der Indigo beispielsweise wird aus Kisten genommen, die alle aus derselben Fabrik kommen. Aber niemals haben wir zwei Bütten von der gleichen Farbe herstellen können. Es gibt in unserer Fabrikation Umstände, deren Kenntnis sich uns entzieht. Wer garantiert Ihnen, Monsieur Séchard, daß eine Bütte von fünfhundert Ries ein gleichmäßiges Produkt ergibt?«

David, Ève und Petit-Claud sahen sich mit vielsagenden Blicken an.

»Ein anderes Beispiel«, erklärte der lange Cointet. »Sie finden zwei Bütten mit Heu auf der Wiese und stellen sie gut verschlossen ins Haus, ohne das Heu seine Hitze entwickeln zu lassen. Die Gärung findet statt, und es passiert nichts.

Aber würden Sie sich auf diese Erfahrung verlassen, wenn Sie zweitausend Bütten in einem Holzschuppen lagern? Sie wissen genau, daß das Heu sich erhitzen und Ihre Scheune wie ein Streichholz abbrennen würde. Sie sind ein gebildeter Mann, Monsieur Séchard, ziehen Sie selbst den Schluß. Wir können, anders gesagt, mehr als eine Herstellung verlieren und mit leeren Händen dastehen, nachdem wir viel Geld hinausgeworfen haben.«

David war bestürzt. Die Praxis redete ihre sachliche Sprache.

»Der Teufel soll mich holen, wenn ich so einen Vertrag unterschreibe!« rief grob der dicke Cointet. »Gib du dein Geld dafür aus, Boniface, wenn du willst, ich behalte meines. Ich biete an, die Schulden von Monsieur Séchard zu zahlen, sechstausend Franc – noch dreitausend in Wechseln dazu, auf zwölf und fünfzehn Monate«, fügte er, sich besinnend, hinzu. »Das ist gerade genug Risiko. Wir haben Métiviers sechstausend Franc zu übernehmen, das macht fünfzehn! Aber das ist auch alles, was ich für eine Idee zahle, die ich, wohlgemerkt, allein ausbeuten will. Ich traute dir mehr Verstand zu, Boniface, jetzt zeigt sich, was bei alledem herauskommt! Nein, da ist kein Geschäft zu machen!«

»Die Frage liegt für Sie so«, sagte Petit-Claud, ohne sich durch diesen Ausbruch einschüchtern zu lassen; »wollen Sie zwanzigtausend Franc riskieren, um eine Erfindung zu erwerben, die Sie reich machen kann? Sie setzen zwanzigtausend Franc in eine Lotterie, die ein Vermögen einbringen kann. Es ist wie beim Roulette; mit einem Goldstück kann man sechsunddreißig gewinnen.«

»Ich verlange Zeit zum Überlegen«, erwiderte der dicke

Cointet; »ich bin nicht so hell wie mein Bruder. Ich bin ein einfacher Mensch, der nur eine Sache kennt: meine Ware für zwanzig Sou herstellen und für vierzig verkaufen. Ich sehe in einer Entdeckung, die noch in den Kinderschuhen steckt, den Anfang des Ruins. Eine erste Bütte wird gelingen, die zweite wird nicht geraten, man wird weitermachen, läßt sich dann mitreißen, und wenn man erst den Arm in dieses Getriebe gesteckt hat, folgt der Körper...«

Und er erzählte eine Geschichte von einem ruinierten Handelsmann in Bordeaux, der auf den Vorschlag eines Gelehrten die Landstrecken an der Küste hatte urbar machen wollen.

»Ich ziehe es vor, für eine sichere Sache mehr anzulegen und mich mit einem kleinen Gewinn zu begnügen«, schloß er mit einem Blick auf seinen Bruder.

»Schließlich sind Sie doch nicht umsonst hierhergekommen«, meinte Petit-Claud, »sagen Sie also, was Sie bieten wollen.«

»Die Freilassung Séchards und im Fall des Erfolges einen Anteil von dreißig Prozent am Gewinn«, gab der dicke Cointet lebhaft zur Antwort.

»Und wovon leben wir in der Zeit, die Sie für die Versuche brauchen?« fragte Ève. »Mein Mann war im Gefängnis, er kann dahin zurückkehren, die Schande haben wir sowieso gehabt; inzwischen zahlen wir unsere Schulden.«

Petit-Claud legte warnend einen Finger an die Lippen.

»Sie überlegen nicht vernünftig«, sagte er zu den beiden Cointets, »Sie haben die Papierproben gesehen, der alte Séchard hat Ihnen erklärt, daß sein Sohn, der eingeschlossen war, in einer Nacht mit dem billigsten Material ausgezeichnetes Papier hergestellt hat. Sie sind hier, um das Verfahren zu erwerben; wollen Sie es erwerben oder nicht?«

»Also«, erwiderte der lange Cointet, »ob mein Bruder will oder nicht, ich wage etwas: die Freilassung Séchards, sechstausend Franc bar und einen Anteil von dreißig Prozent am Gewinn; aber unter einer Bedingung: Wenn nach dem Ablauf eines Jahres Monsieur Séchard die von ihm selbst im Vertrag zu benennenden Bedingungen nicht erfüllt hat, zahlt er uns die sechstausend Franc zurück, das Patent bleibt uns, und wir ziehen uns so gut aus der Sache, wie wir können.«

»Bist du deiner Sache sicher?« fragte Petit-Claud David, den er zur Seite gezogen hatte.

»Ja«, erwiderte David, der der Taktik der beiden Brüder erlag und vor dem Augenblick zitterte, wo der dicke Cointet eine Verhandlung abbrach, von der sein Leben abhing.

»Ich setze die Abmachungen nun auf«, sagte der Anwalt zu den Cointets und Ève; »jeder von Ihnen erhält bis zum Abend eine Abschrift, und Sie haben Zeit, die Sache bis morgen früh zu überlegen; nachmittags um vier Uhr, nach Schluß der Sitzungen, unterschreiben Sie.«

Die Verpflichtungen Séchards lauteten folgendermaßen:

... Monsieur David Séchard Sohn, Drucker zu Angoulême, versichert, ein Mittel gefunden zu haben, um das Papier in der Bütte gleichmäßig zu leimen und durch Einführung von pflanzlichen Stoffen den Herstellungspreis für jede Papierart um mehr als fünfzig Prozent herabzusetzen, wobei ihm freisteht, diese Stoffe mit den bisher gebräuchlichen Lumpen zu vermengen oder ausschließlich zu verwenden. Eine Gesellschaft zum Erwerb eines entsprechenden Pa-

tentes und zur Ausbeutung desselben wurde gegründet zwischen Monsieur David Séchard Sohn und den Gebrüdern Cointet unter folgenden Bedingungen...

Eine der Abmachungen nahm David alle seine Rechte für den Fall, daß er seine sorgfältig aufgezählten Versprechungen nicht hielt. Als Petit-Claud am folgenden Morgen um halb acht den Vertrag brachte, teilte er David und Ève mit, daß Cérizet zweiundzwanzigtausend Franc in bar für die Druckerei bot. Der Vertrag konnte am Abend unterschrieben werden.

»Aber«, sagte er, »wenn die Cointets davon erführen, wären sie imstande, nicht zu unterschreiben, Sie weiter zu quälen und hier versteigern zu lassen.«

»Sie sind sicher, daß gezahlt wird?« fragte Ève, die verwundert eine Lösung nahen sah, an der sie verzweifelt war und die drei Monate früher alles gerettet hätte.

»Ich habe das Geld zu Hause«, erwiderte Petit-Claud.

»Aber das ist Hexerei«, sagte David und verlangte eine Erklärung zu hören.

»Ganz einfach, die Kaufleute von l'Houmeau wollen eine Zeitung gründen.«

»Wie! Und ich habe mir diesen Gedanken untersagt!«

»Sie schon; Ihr Nachfolger, das ist etwas anderes.«

Von der Aussicht auf dreißigtausend Franc und Befreiung von allen Sorgen geblendet, betrachtete Ève den Gesellschaftsvertrag nur noch als eine Angelegenheit zweiten Ranges, und als über einen Punkt ein neuer Streit auszubrechen drohte, gaben sie und David sofort nach. Der lange Cointet verlangte, daß das Patent auf seinen Namen eingetragen wurde. Er bezahlte die Kosten, die sich auf zweitausend Franc beliefen – also war es nur recht und billig, daß darauf Rücksicht genommen wurde.

Man unterschrieb den Vertrag um halb fünf. Der lange Cointet bot Ève galant ein Dutzend Bestecke und einen schönen Schal an, um sie die langweiligen Erörterungen vergessen zu machen, wie er sagte.

Kaum war der Vertrag in doppelter Ausfertigung unterschrieben, kaum hatte Cachan Petit-Claud die Quittungen und Luciens drei verhängnisvolle Wechsel übergeben, als man einen Postwagen vorfahren hörte und gleich darauf die Stimme Kolbs auf der Treppe vernahm:

»Madame, Madame, fünfzehntausend Franc! Aus Poitiers, bares Geld, von Monsieur Lucien!«

»Fünfzehntausend Franc!« rief Ève und hob die Arme.

»Stimmt«, sagte der Bote unter der Tür, »fünfzehntausend Franc, die Post nach Bordeaux hat sie gebracht. Zwei Mann stehen unten und schaffen sie herauf. Absender ist Monsieur Lucien Chardon de Rubempré. Ich habe hier noch ein Säckchen mit fünfhundert Franc in Gold, für Sie persönlich, auch ist wahrscheinlich ein Brief darin.«

Ève glaubte zu träumen, als sie folgende Zeilen las:

Teure Schwester, hier sind fünfzehntausend Franc.

Statt mich zu töten, verkaufte ich mein Leben. Ich gehöre nicht mehr mir, ich bin mehr als der Sekretär eines spanischen Diplomaten, ich bin sein Geschöpf.

Ich beginne von neuem ein Leben voller Gefahren. Vielleicht wäre es doch besser gewesen, mich ins Wasser zu stürzen.

Leb wohl. David wird freikommen und mit viertausend Franc jedenfalls eine kleine Papierfabrik kaufen können, um sein Glück zu versuchen.

Denkt nicht mehr, ich wünsche es, an

Euren armen Bruder
Lucien

»Es steht geschrieben«, rief Madame Chardon, »daß mein armer Sohn immer Unheil bringt, auch wenn er Gutes tut.«

»Wir haben das Schäfchen gerade noch ins Trockene gebracht«, sagte der lange Cointet, als er den Platz erreicht hatte.

Um sieben Uhr kaufte und bezahlte Cérizet die Druckerei. Am nächsten Tag übergab Ève dem Generaleinnehmer vierzigtausend Franc und ließ im Namen ihres Mannes eine Rente von zweitausendfünfhundert Franc kaufen. Dann schrieb sie an ihren Schwiegervater und bat ihn, in Marsac ein kleines Gut für zehntausend Franc zu erstehen, auf ihre eigene Rechnung.

Der Plan des langen Cointet war von einer unheimlichen Einfachheit. Zuerst glaubte er nicht an die Möglichkeit, das Papier in der Bütte zu leimen. Die Mischung der Lumpenfasern mit billigen Pflanzenstoffen erschien ihm als das einzige, das wahre Mittel, Geld zu verdienen. Er nahm sich daher vor, auf die billige Herstellung der Masse keinen Wert zu legen, dagegen sein ganzes Augenmerk auf das Leimen in der Bütte zu richten, und zwar, weil die Fabrikanten in Angoulême sich damals fast ganz auf die Schreibpapiere beschränkten, die alle geleimt sind. Diese Spezialität war ein Monopol in den Händen der Angoulêmer Fabrikanten, warf viel ab und interessierte Cointet nicht unter dem Gesichtspunkt der Spekulation. Der Absatz von Schreibpapieren ist sehr beschränkt, während der der nicht geleimten Druckpapiere beinahe unbegrenzt ist.

Auf seiner Pariser Reise, die er unternahm, um das Patent auf seinen Namen zu nehmen, gedachte er große Abschlüsse zu machen, die ebenso große Veränderungen in seiner Fabrik haben mußten. Er wies Métivier, bei dem er wohnte, an, innerhalb eines Jahres den Papierfabrikanten die Kundschaft der Pariser Presse wegzunehmen. Er sollte den Preis für das Ries auf einen Satz senken, daß keine Fabrik konkurrieren konnte, und jeder Zeitung ein Weiß und eine Qualität versprechen, die den bisherigen Sorten überlegen waren. Da die Einkäufe der Zeitungen befristet sind, bedurfte es längerer geheimer Absprachen mit den Direktionen, um dieses Monopol zu verwirklichen; doch Cointet schätzte, daß er Zeit genug hätte, sich Séchards zu entledigen, während Métivier Verträge mit den bedeutendsten Pariser Zeitungen abschloß, deren Bedarf sich damals auf zweihundert Ries am Tag belief. Natürlich beteiligte Cointet Métivier an diesen Lieferungen in einer festgesetzten Höhe, um einen geschickten Vertreter auf dem Pariser Markt zu haben und nicht die Zeit mit Reisen zu verlieren. Métiviers Vermögen, eines der beträchtlichsten im Papierhandel, hatte seinen Ursprung in diesem Geschäft. Zehn Jahre lang belieferte er die Zeitungen von Paris, ohne daß eine Konkurrenz möglich war. Über seinen künftigen Absatz beruhigt, kehrte der große Cointet nach Angoulême zurück und kam gerade zur rechten Zeit, um der Hochzeit Petit-Clauds beizuwohnen, der seine Kanzlei verkauft hatte und auf seine Ernennung wartete, um der Nachfolger Milauds zu werden, die dem Schützling von Madame du Châtelet versprochen worden war. Der zweite Amtsvertreter des Prokurators in Angoulême wurde als erster Amtsvertreter nach Limoges berufen, und der Siegelbewahrer schickte einen seiner Schützlinge zur Staatsanwaltschaft nach Angoulême, wo die Stelle des ersten Amtsvertreters zwei Monate lang frei war. Dieser Zeitraum war der Honigmond Petit-Clauds.

Während Cointets Abwesenheit stellte David eine erste Partie ungeleimten Papiers her und erzielte ein Druckpapier, das dem gebräuchlichen weit überlegen war; dann eine Partie prachtvollen Velinpapiers für gewählte Drucke. Er hatte die Urstoffe selbst gewählt und duldete keine anderen Arbeiter um sich als Kolb und Marion.

Nach der Rückkehr Cointets änderte alles sein Aussehen. Cointet war nur mäßig mit den hergestellten Proben zufrieden.

»Mein lieber Freund«, sagte er zu David, »in Angoulême stellt man Schreibpapier her. Das Wichtigste ist, es fünfzig Prozent billiger als bisher zu liefern.«

David stellte eine Partie geleimten Papiers her und erhielt ein Material, das rauh wie eine Bürste war und auf dem der Leim zusammenlief. Als David einen Bogen in der Hand hielt, ging er in einen Winkel, um allein seinen Kummer herunterzuschlucken; aber der lange Cointet suchte ihn auf und tröstete ihn.

»Lassen Sie sich nicht entmutigen«, sagte Cointet, »fahren Sie mit Ihren Versuchen fort, ich bin nicht so übel, verstehe Sie und halte mit Ihnen durch!«

»Wirklich«, meinte David zu Hause, »wir haben es mit

braven Leuten zu tun, ich hätte den langen Cointet niemals für so großzügig gehalten.«

Drei Monate vergingen mit neuen Versuchen. David schlief in der Fabrik; bald schrieb er seinen Mißerfolg der Mischung beider Materialien zu, bald versuchte er, Lumpen in der Bütte zu leimen. Und so verfolgte er sein Werk mit bewundernswerter Hartnäckigkeit, immer unter den Augen des großen Cointets, dem der Arme nicht mißtraute.

Er ging alle Stoffe durch, bis er jede Möglichkeit ausgeschöpft hatte.

Während der sechs ersten Monate des Jahres 1823 lebte er mit Kolb in der Fabrik, wenn man diese Vernachlässigung seiner Person, Kleidung und Nahrung leben nennen konnte. Er schlug sich so verzweifelt mit den Schwierigkeiten herum, daß er für jeden anderen Beobachter als die Cointets ein erhebendes Schauspiel geboten hätte. Der kühne Kämpfer wünschte nichts mehr als den Sieg. Mit wunderbarem Scharfsinn beobachtete er die absonderlichen Ergebnisse der Stoffe, die vom Menschen nach seinem Gefallen in Produkte verwandelt werden, wo die Natur bis zu gewissem Grad in den geheimen Widerständen, die sie leistet, bezwungen ist; daraus leitete er schöne Gesetze für die Industrie ab, indem er beobachtete, daß man diese Art Schöpfungen nur erlangen konnte, wenn man den sonstigen Beziehungen der Dinge gehorchte, dem, was er die zweite Natur der Stoffe nannte.

Schließlich, im August, gelang es ihm, ein in der Bütte geleimtes Papier herzustellen, das völlig dem glich, das die Industrie heute herstellt und das als Papier für Abzüge in den Druckereien verwandt wird, aber keine gleichmäßigen Sorten liefert und nicht immer gut geleimt ist. Dieses Ergebnis, das für 1823 ermutigend war, hatte zehntausend Franc gekostet, und David hoffte die letzten Hindernisse zu überwinden. Aber es begannen sich seltsame Gerüchte in Stadt und Vorstadt zu verbreiten: David Séchard richte die Cointets zugrunde. Nach Versuchen, die dreißigtausend Franc gekostet hatten, stelle er endlich schlechtes Papier her. Die anderen Fabrikanten, die erschrocken waren, hielten sich an die alten Verfahren, und da sie eifersüchtig auf die Cointets waren, verbreiteten sie das Gerücht von dem bevorstehenden Ruin dieses ehrgeizigen Unternehmens. Der lange Cointet ließ Maschinen kommen und gab zu verstehen, daß sie für die Experimente Davids bestimmt waren. Aber der Jesuit mischte in seine Paste die Ingredienzien, auf die Séchard hingewiesen hatte, und hielt diesen an, sich nach wie vor nur mit dem Problem des Leimens in der Bütte zu beschäftigen; er lieferte inzwischen Métivier Zeitungspapier in Tausenden von Ries.

Im September nahm Cointet David zur Seite, erfuhr, daß der Erfinder vor einem glänzenden Abschluß zu stehen glaubte, und redete ihm die weiteren Versuche aus.

»Mein teurer David«, sagte er, »gehen Sie nach Marsac, um Ihre Frau zu sehen und sich von Ihren Anstrengungen auszuruhen. Was Sie als großen Triumph erachten, ist vorerst nur ein Ausgangspunkt. Wir werden jetzt abwarten, bevor wir uns neuen Versuchen hingeben. Seien Sie gerecht, betrachten Sie das bisher Erreichte! Wir sind nicht nur Fabrikanten, wir sind auch Drucker und Bankiers, und man erzählt sich, daß Sie uns zugrunde richten.« David machte eine Geste reizender Naivität, um seine ehrlichen Absichten zu beteuern. »Oh, fünfzigtausend Franc ruinieren uns nicht, aber wir wollen durch die Gerüchte nicht in die Lage kommen, alles bar bezahlen zu müssen, wir könnten es nicht aushalten. Wir müssen uns also an die Bestimmungen unseres Vertrages halten, daran müssen beide Teile denken.«

›Er hat recht‹, sagte sich David, der während seiner Versuche im großen dem Geschäft keine Beachtung geschenkt hatte. Er kehrte also nach Marsac zurück. Von seinem Vater wohlberaten, hatte Ève hier ein Haus gekauft, *la Verbrie* genannt, dazu drei Morgen Garten und einen Rebhügel, der im Besitz des Alten lag. Sie lebte mit ihrer Mutter und Marion sehr sparsam, denn sie hatte noch fünftausend Franc vom Preis zu zahlen. Das Gütchen war das hübscheste von ganz Marsac. Das zwischen Hof und Garten gelegene Haus war aus weißem Tuffstein gebaut, mit Schiefer gedeckt und mit Reliefs verziert, die der leicht zu bearbeitende Tuffstein ohne große Kosten in reicher Zahl anzubringen erlaubte. Das hübsche, aus Angoulême gekommene Mobiliar nahm sich auf dem Lande, wo in diesen Gegenden damals niemand den geringsten Luxus entfaltete, noch hübscher aus. Vor der Fassade, auf der Seite des Gartens, wuchsen Granatbäume, Orangenbäume und seltene Pflanzen, die der frühere Besitzer, ein alter General, der von der Hand Monsieur Marrons gestorben war, gezüchtet hatte. David spielte unter einem Orangenbaum mit seinem Sohn, seine Frau und sein Vater waren bei ihm, als der Gerichtsvollzieher von Mansle eine Vorladung überbrachte, durch die David aufgefordert wurde, sich mit der Errichtung eines Schiedsgerichtes einverstanden zu erklären, vor dem nach seinem Vertrag mit den Cointets alle Streitigkeiten ausgetragen werden sollten. Die Cointets verlangten die Zurückerstattung der sechstausend Franc, das Eigentum an dem Patent und den Verzicht auf seinen künftigen Anteil am Reingewinn als Ersatz für die ungeheuren Ausgaben, die sie ohne Ergebnis gemacht hatten.

Am nächsten Tag standen Ève und David um neun Uhr früh im Vorzimmer Petit-Clauds, der der Beschützer der Witwen und Waisen geworden war. Der Staatsanwalt bereitete seinen alten Mandanten die herzlichste Aufnahme und wollte, daß Monsieur und Madame Séchard ihm unbedingt die Ehre erwiesen, bei ihm zu frühstücken.

»Die Cointets verlangen sechstausend Franc von Ihnen«, sagte er lächelnd. »Wieviel schulden Sie noch auf Ihr Gütchen?«

»Fünftausend, von denen ich zweitausend habe«, erwiderte Ève.

»Behalten Sie die zweitausend. So, fünftausend! Und um sich dort gut einzurichten, brauchen Sie noch zehntausend. Nun gut, in zwei Stunden werden die Cointets Ihnen fünfzehntausend überreichen.«

Ève sah ihn überrascht an.

»Gegen Ihren Verzicht auf alle Rechte, die Ihnen der Vertrag gab«, sagte Petit-Claud; »sind Sie damit einverstanden?«

»Es geschähe ohne Vorbehalt?«

»Ohne Vorbehalt. Die Cointets haben Ihnen das Leben heiß genug gemacht, ich will ihren Ansprüchen einen Riegel vorschieben. Heute, da ich Beamter bin, kann ich Ihnen die Wahrheit sagen. Die Cointets spielen ein falsches Spiel mit Ihnen; aber Sie sind in ihrer Hand. Sie gewinnen vielleicht den Prozeß, aber wollen Sie noch einmal zehn Jahre lang in diese Händel verwickelt werden? Überlegen Sie, ein mäßiger Vergleich ist besser als ein fetter Prozeß.«

»Jede Ordnung, die uns zur Ruhe verhilft, ist mir recht«, sagte David.

»Paul!« rief Petit-Claud und befahl seinem Diener, Ségaud, seinen Nachfolger, aufzusuchen. »Ségaud geht, während wir frühstücken, zu den Cointets, und in ein paar Stunden kehren Sie nach Marsac zurück, betrogen, aber ruhigen Gemütes. Mit zehntausend Franc kaufen Sie sich noch fünfhundert Franc Rente und leben auf Ihrem hübschen Gütchen glücklich!«

Zwei Stunden danach stellte Ségaud sich ein, mit dem unterschriebenen Vertrag und fünfzehntausend Franc.

»Wir sind dir zu großem Dank verpflichtet«, sagte David zu Petit-Claud.

»Ich habe euch ruiniert«, erwiderte der Staatsanwalt seinen verwunderten Freunden, »ich habe euch ruiniert, ich wiederhole es, ihr werdet es mit der Zeit erkennen; aber ich weiß auch, daß ihr das einem Reichtum vorzieht, der vielleicht zu spät käme.«

»Wir sind nicht habgierig, Monsieur Petit-Claud«, antwortete Ève, »wir danken Ihnen dafür, daß Sie uns die Mittel zum Glück gegeben haben, und werden Sie immer in guter Erinnerung bewahren.«

»Mein Gott, segnen Sie mich nicht!...« sprach Petit-Claud. »Sie bereiten mir Gewissensbisse; doch ich glaube, heute alles wiedergutgemacht zu haben. Wenn ich Beamter geworden bin, so habe ich das Ihnen zu verdanken, und wenn jemand sich erkenntlich zeigen muß, so bin ich es... Leben Sie wohl.«

Mit der Zeit änderte der Elsässer seine Meinung über den alten Séchard, der seinerseits zu dem Elsässer eine Zuneigung faßte, als er merkte, daß Kolb wie er selber weder lesen noch schreiben konnte und leicht betrunken zu machen war. Der alte Bär brachte dem alten Kürassier bei, wie man einen Weinberg verwaltet und dessen Erzeugnisse verkauft; er unterrichtete ihn in dem Gedanken, seinen Kindern einen Mann mit Verstand zu hinterlassen, denn in seinen letzten Tagen waren seine Befürchtungen über das Schicksal seines Besitzes groß und kindisch. Er hatte den Müller Courtois ins Vertrauen gezogen.

»Sie werden sehen«, hatte er zu ihm gesagt, »wie es bei meinen Kindern zugehen wird, wenn ich unter der Erde bin. O mein Gott, ihre Zukunft macht mir angst.«

Im März 1829 starb der alte Séchard und hinterließ einen Besitz im Wert von ungefähr zweihunderttausend Franc, der zusammen mit dem Gütchen Èves eine prächtige, von Kolb seit zwei Jahren ausgezeichnet verwaltete Liegenschaft bildete.

David und Ève fanden an die hunderttausend Écu in barem Gold vor. Die öffentliche Meinung vergrößerte wie immer den Schatz des alten Séchard in einem Maße, daß in der ganzen Provinz von einer Million geredet wurde. Ève und David hatten nun eine Rente von fast dreißigtausend Franc, denn sie warteten mit dem Einkauf bis zur Julirevolution. Damals erst erfuhr man Näheres über das Vermögen des langen Cointet. Er besaß mehrere Millionen, wurde Abgeordneter, ist heute Pair und wird, wie es heißt, im nächsten Kabinett Handelsminister. Im Jahre 1842 heiratete er die Tochter eines der einflußreichsten Staatsmänner, Mademoiselle Popinot; ihr Vater, Anselme Popinot, war Abgeordneter von Paris und Bürgermeister eines der Bezirke dieser Stadt.

David Séchards Erfindung ist in die französische Industrie eingegangen, ganz wie die Nahrung in einen großen Körper. Dank der Einführung anderer Stoffe als Lumpen kann Frankreich das Papier billiger erzeugen als sonst ein europäisches Land.

Von seiner Frau geliebt, Vater zweier Kinder, hat David den guten Geschmack gehabt, niemals von seinen Versuchen zu reden, und Ève war sein guter Geist, der ihn bewog, dem gefährlichen Beruf des Erfindens zu entsagen. Er erholte sich bei den Wissenschaften und führt das glückliche, ein wenig träge, aber immer ausgefüllte Leben des Besitzers, der auf Mehrung seines Gutes bedacht ist. Nachdem er unwiderruflich dem Ruhm entsagt hatte, reihte er sich tapfer in die Schar der Träumer und Sammler ein; er widmete sich dem Studium der Insekten und erforscht die noch so unbekannte Entwicklung dieser Geschöpfe.

Alle Welt hat von Petit-Clauds Erfolgen als Staatsanwalt gehört; er ist der Nebenbuhler des berühmten Vinet aus Provins, und sein Ehrgeiz geht dahin, erster Präsident des königlichen Gerichtshofes von Poitiers zu werden.

Cérizet, der oft für politische Vergehen bestraft wurde, hat ebenfalls von sich reden gemacht. Als verwegenstes Mitglied des Vortrupps der liberalen Partei wurde er der kühne Cérizet genannt. Petit-Clauds Nachfolger zwang ihn, seine Druckerei zu verkaufen; er gründete sich eine neue Existenz in der Provinz, nicht zu seinem Schaden. Eine junge Schauspielerin war schuld, daß er nach Paris ging und bei der Wissenschaft Hilfe gegen die Liebe suchte; er benutzte die Gelegenheit, um die Belohnung für seine Verdienste um die liberale Sache einzuheimsen.

Was Lucien betrifft, so gehört die Geschichte seiner Rückkehr nach Paris in die *Szenen aus dem Pariser Leben*.

Über ›Verlorene Illusionen‹
von Jörg Drews

Dieser Roman erschien in drei Teilen: *Les deux poètes* (1837), *Un grand homme de province à Paris* (1839), *Ève et David* (1844) und wird innerhalb der *Comédie humaine* den *Scènes de la vie de province* zugeordnet. – Die Handlung spielt zur Zeit der Restauration unter Louis XVIII., in den Jahren 1821/22. Hauptfigur ist Lucien Chardon, ein ehrgeiziger junger Dichter aus dem südfranzösischen Provinzstädtchen Angoulême. Er ist mit dem Buchdrucker David Séchard befreundet, der von seinem stets betrunkenen, aber geschäftstüchtigen Vater Nicolas eine kleine, altmodisch eingerichtete Druckerei zu äußerst ungünstigen Bedingungen übernommen hat und an einer Erfindung in der Papierherstellung arbeitet. Den ersten Zutritt zur großen Welt findet Lucien im Salon der Madame Anaïs de Bargeton, in den ihn Baron Sixte du Châtelet einführt. Um den Vorurteilen des Landadels zu begegnen, nimmt er das ehemalige Adelsprädikat seiner Mutter an und nennt sich Lucien de Rubempré. Seine – im Grunde platonische – Liebe zu Anaïs de Bargeton ist Anlaß übler Nachreden und führt zu einem Duell zwischen Anaïs' Gatten und de Chandour, der, von du Châtelet manipuliert, die Gerüchte in Umlauf gesetzt hat; Madame de Bargeton geht nach Paris. Um sie begleiten zu können, leiht sich Lucien von seinem treuen Freund David, der nach Luciens Abreise dessen Schwester Ève heiratet, tausend Franc.

Doch in Paris fühlt sich Lucien, der »große Mann aus der Provinz«, bald völlig einsam und bedeutungslos: Madame de Bargeton läßt den Provinzler nach kurzer Zeit fallen und wendet sich wieder dem Baron du Châtelet zu. Lucien geht das Geld aus; vergeblich bietet er einem Verleger seinen Roman *Der Bogenschütze Karls IX.* und einen Band Sonette an. Bei Bibliotheksbesuchen lernt er den Dichter Daniel d'Arthez und dessen Kreis von fortschrittlich-liberalen Intellektuellen kennen und schließt sich ihnen begeistert an. Doch als er eines Tages dem Journalisten Lousteau begegnet, der ihm Glanz und Elend der Pariser Presse schildert und ihn in seine Kreise einführt, läßt er d'Arthez fallen und wendet sich ganz der Welt des Journalismus zu: »Diese Mischung von Hoch und Nieder, von Kompromissen, Überlegenheiten und Feigheit, von Verrat und Vergnügen, von Größe und Knechtschaft war ein Schauspiel, dem Lucien atemlos beiwohnte.«

Lucien wird vom Ehrgeiz gepackt und fühlt sich veranlaßt, »vor so bemerkenswerten Personen seine Probe abzulegen«; er debütiert als Feuilletonist mit der Besprechung eines Theaterabends, in dem die Schauspielerin Coralie auftritt. Lucien verliebt sich in sie und schreibt ein – im Roman vollständig wiedergegebenes – Feuilleton, das »entzückend in eins und abscheulich« ist (Th. W. Adorno). Als erfolgreicher und einflußreicher Journalist wird er gut bezahlt, kann sich Coralie als Geliebte halten und gerät immer tiefer in die Intrigen, Spekulationen und Eifersüchteleien des Journalismus hinein. Er erlangt Zutritt zur gehobenen Pariser Gesellschaft, wechselt – in der Hoffnung auf Fürsprache bei der legalen Rückgewinnung seines Adelsprädikats de Rubempré – zur Parteipresse der Royalisten über, macht bedenkenlos Schulden, beginnt zu spielen und sieht sich schließlich gezwungen, das erste Buch seines ehemaligen Freundes d'Arthez in einer Besprechung herunterzumachen. Coralie, die ihn trotz ihrer Leichtlebigkeit aufrichtig liebt und »einfach und großherzig« ist, erliegt inzwischen den Machenschaften ihrer Konkurrentinnen beim Theater und stirbt. Mit ein paar geborgten Francs macht sich der gescheiterte Lucien zu Fuß nach Hause auf. In Angoulême wird er in die von ihm durch gefälschte Wechsel mitverschuldeten Schwierigkeiten von David und Ève verwickelt. David, der noch immer mit seiner Erfindung einer billigeren Papierherstellung beschäftigt ist, hat die Druckereigeschäfte Ève überlassen, die durch die Ränke der Brüder Cointet, der Besitzer der zweiten Druckerei in Angoulême, in Zahlungsschwierigkeiten gerät. Der geizige Nicolas Séchard weigert sich, ihnen zu helfen. Als David durch eine Ungeschicklichkeit Luciens in Schuldhaft genommen wird, muß er die Rechte an seiner Erfindung verkaufen. Lucien will Selbstmord begehen, wird jedoch auf der Landstraße von dem Abbé Carlos Herrera (alias Vautrin) angesprochen, der seinen Ehrgeiz wieder anstachelt und ihm Geld zur Auslösung von David schenkt. Obwohl das Geld zu spät kommt, um den Verkauf des Papierpatents zu verhindern, können David und Ève auch ohne diese beträchtliche Einnahmequelle den Rest ihres Lebens gesichert auf einem Landgut verbringen. Luciens weiteres Leben in Paris aber wird der Gegenstand der an die *Verlorenen Illusionen* anschließenden *Glanz und Elend der Kurtisanen* (1838–1847).

Der Roman, den der Autor in einer Widmung an Victor Hugo »eine mutige Handlung und zugleich eine Geschichte voller Wahrheit« nennt, rechtfertigt wie kaum ein zweites Werk Balzacs titanische Prophezeiung: »Ich werde eine vollständige Gesellschaft in meinem Kopfe getragen haben.« Die Fülle der Gestalten, die Vielzahl der zeitgeschichtlichen relevanten Details sowie die Verwicklungen, Intrigen und Spekulationen rauschen am Leser vorüber »wie das gleichzeitig aufkommende große Orchester« (Th. W. Adorno). Insbesondere der zweite Teil des Romans ist eine glänzende Satire auf die Presse zur Zeit der Restauration, deren skrupelloses Vorgehen Balzac aus eigener Erfahrung kannte. In kommentierenden Exkursen, die mit fast spezialistenhaft genauen Angaben untermauert sind, äußert sich der Autor über die Entwicklung ganzer Industriezweige und Gesellschaftsschichten. Dabei verliert er jedoch nie den Faden der Haupthandlung aus dem Auge, deren Peripetien mit der Gewalt eines Theatercoups abrollen. Neben dem Glanz des Pariser Lebens und der leidenschaftlichen Liebe Coralies und Luciens stehen die Enge der Provinz und die treue Verbundenheit von David und Ève. Besonders mit der Gestalt des alten Nicolas Séchard gelang dem psychologischen Ingenium Balzacs eine pralle, höchst eigenwillige Figur, und Lucien de Rubempré hat ein solches Eigenleben gewonnen, daß Balzac ihn in *Splendeurs et misères des courtisanes* wieder auftreten und erst dort sein Ende finden läßt. Der Roman, einer der bedeutendsten des französischen Realismus, gehört zu den Werken, die nach einem Wort Walter Benjamins »wie ein nahrhaftes Gericht… dazu da sind, verschlungen zu werden«.

Streifzüge durch den Pariser Literaturbetrieb
Von Hans-Jörg Neuschäfer

Im ersten Teil des voluminösen Romans (am Ende waren es 750 Seiten), der 1837 unter dem Titel *Die beiden Dichter* erschien, blühen noch die romantischen Hoffnungen. Sie blühen in Angoulême, damals wie heute tiefste Provinz. Lucien Chardon, der Apothekersohn, der sich später auch Lucien de Rubempré nennt, träumt von Dichterruhm und, wie viele Balzac-Helden, von gesellschaftlichem Aufstieg. Louise de Bargeton, der schöngeistige Kopf des örtlichen Adels, scheint diesen Traum verwirklichen zu wollen: Sie öffnet dem jungen Talent aus der Unterstadt ihren Salon und ihr Herz und zwingt es den widerstrebenden Habitués als ihren neuen Petrarca auf. Was Lucien nicht sieht oder nicht wahrhaben will, sind die Realitäten hinter dem schönen Schein: Louise spielt die Laura nicht ohne Eigennutz, sondern im Interesse ihrer ehrgeizigen Paris-Pläne; daß Lucien bei ihr eingeführt wird, verdankt er nicht seinem Genie, sondern den Ambitionen des Baron du Châtelet, der auf Hand und Vermögen der »Muse von Angoulême« spekuliert und den Poeten von Anfang an nur als Werbefigur in seinem Intrigenspiel benutzt, und daß Lucien über die nötigen Mittel verfügt, um sich überhaupt in Gesellschaft blicken lassen zu können, verdankt er allein der Opferbereitschaft seines Freundes David Séchard und seiner Schwester Ève, die als

Besitzer einer kleinen Buchdruckerei seine ökonomische Basis bilden.

Der zweite, 1839 erschienene Teil spielt in Paris. Bei der Berührung mit der Hauptstadt zerplatzen die provinziellen Illusionen. Entfremdung heißt das Stichwort. Als Louise de Bargeton ihn verläßt, ist Lucien, der *große Mann aus der Provinz* (so der ironische Titel des zweiten Teils), auf sich allein gestellt. Nun erst beginnt das eigentlich neue Thema des Romans: der Existenzkampf des Schriftstellers, der in die freie Wildbahn entlassen ist. Bei den entmutigenden Streifzügen durch den Pariser Literaturbetrieb, insbesondere beim Umgang mit den Verlegern, denen er seine Manuskripte anbietet, lernt Lucien bald, daß auch Texte Ware sind, um so leichter zu plazieren, je mehr sie dem Massengeschmack entgegenkommen, um so schwieriger, je höhere Ansprüche sie stellen. »Kunst als Ware«, »Kommerzialisierung des Geistes«, »Ausbeutung der Autoren«, »Massenliteratur« kontra »seriöse Literatur«: dies sind nicht die abgedroschenen Slogans von heute, sondern die traumatischen Erfahrungen Luciens, letztlich die Erfahrungen von Balzac selbst und der Generation von Autoren, die zwischen den Revolutionen von 1830 und 1848 schrieben, als die Folgen des kapitalistischen Liberalismus auch die Bedingungen des Geisteslebens radikal zu verändern begannen. Und die Illusionen, die dabei verlorengehen, sind die Illusionen der Romantik: die Illusion vom Originalgenie, das nun in einen erbarmungslosen Konkurrenzkampf mit Dutzenden anderer »Originale« gerät; die Illusion von der Autonomie der Kunst, deren tatsächliche Abhängigkeit von wirtschaftlichen Bedingungen auf Schritt und Tritt greifbar wird, und die Illusion von der Reinheit des Geistes, der doch nur in der Isolierung sich noch vor der Korruption behaupten kann. Es sind Erfahrungen der Desillusion, des Innewerdens einer neuen Wirklichkeit, vor deren Aufscheinen man lange Zeit die Augen verschlossen hatte. Wie einst Don Quichottes Rittertum angesichts der anonymen Feuerwaffen illusionär wurde, so geschieht es jetzt mit Luciens Dichtertum.

Aber Lucien ist »moderner« als Don Quichotte. Er merkt sehr schnell, welche Rolle er spielt; und da der Trieb zu reüssieren bei ihm viel stärker ist als das moralische Gewissen und die literarischen Grundsätze, paßt er sich an: Von der Kleidung bis zur Gesinnung wird bei ihm nach und nach alles »flexibel«. Zwar versucht Daniel d'Arthez, Luciens Mentor und letzter Freund, Haupt eines elitären Cénacle, seinen Schüler bei der Disziplin zu halten. D'Arthez ist ein wirklicher Idealist: asketisch, prinzipientreu und voll Verachtung für die ökonomischen Realitäten, fast schon ein Flaubert *avant la lettre*, allerdings noch mit politischen Überzeugungen. Doch vergebens: Lucien wechselt zum Journalismus über, der einzigen Alternative, die dem mittellosen Schriftsteller raschen Erfolg versprach, und verrät gerade damit die reine Kunst. Denn nach der Meinung d'Arthez' (und Balzacs) ist der Journalist ein gefallener Poet und der Journalismus als Ganzes die Korruption der schönen Künste, weil er das Talent vermarktet und damit die unheilige Allianz von Geist und Kommerz besiegelt.

Nach meinem Dafürhalten ist für den heutigen Leser die ebenso bissige wie glänzende, fast 300 Seiten lange Reportage am ergiebigsten, in der Balzac (niemand ein besserer Journalist als er!) gleichsam zähneknirschend das entstehende Massenmedium »Zeitung« vorstellt und minuziös beschreibt, wie es funktioniert, wie es hergestellt und vertrieben wird, und vor allem auch, wie es (dies am Beispiel Luciens) einen neuen Typ von Erfolgsschriftsteller hervorbringt: den Feuilletonisten. Viele Widersprüche, die in den etablierten Medien von heute rationalisiert oder verdrängt sind, erscheinen in Balzacs erregender Sittengeschichte des früheren Pressewesens noch undomestiziert und prallen in kruder Unmittelbarkeit aufeinander. Wie in der Redaktion die lukrativsten Aufträge verteilt werden; wie die Buchkritik sich nach geschäftlichen Absprachen reguliert; wie ein schlechtes Stück durch eine gute Presse zum Theatercoup werden kann und welcher Transaktionen es bedarf, um die Presse geneigt zu machen: überall wird der Geist in der unverschämtesten Weise durch das materielle Interesse regiert, dem keine moralische Rücksicht heilig ist, weder die Freundschaft noch die Ehre und schon gleich gar nicht die Wahrheit.

Gewiß kann man nicht behaupten, Balzac habe den Journalismus »objektiv« gesehen. Ganz im Gegenteil: Er hat ihn nach Kräften verteufelt. Gleichwohl war er der erste und für lange Zeit auch der einzige, der klar erkannte, was die Machtergreifung der Presse, die sich just während der Julimonarchie vollzog, für das Geistesleben bedeutete: das Ende einer allein von Eliten kontrollierten und der Anfang einer marktorientierten und im wesentlichen auf den Massenkonsum ausgerichteten Kultur.

Im dritten Teil, 1843 unter dem Titel *Die Leiden des Erfinders* zugleich als Feuilletonroman erschienen (Balzac selbst verschmähte keineswegs die Rekompensationen der Zeitung und wußte ebenso reißerhaft zu schreiben wie ein Eugène

Sue und ein Alexandre Dumas), ist Lucien, in Paris inzwischen gescheitert, nur noch eine Nebenfigur. Erst in der Fortsetzung der *Verlorenen Illusionen*, in *Glanz und Elend der Kurtisanen*, rückt er wieder in den Vordergrund. Im Mittelpunkt steht nun die Geschichte seines Freundes David Séchard, der sich vergebens gegen die übermächtige Konkurrenz einer größeren Druckerei wehrt und von der Profitgier der Brüder Cointet schließlich sogar um die Früchte einer umwälzenden Erfindung zur Verbilligung der Papierherstellung gebracht wird. Gleichwohl gehört der dritte Teil, in dem Balzac noch mehr als im zweiten die ganze Fülle seiner Realienkenntnisse in die Fiktion webt, ganz eindeutig zum Thema und stellt eine wichtige Variante verlorener Illusionen dar.

Er macht deutlich, daß nicht nur das ›Dichten‹ durch den kapitalistischen Industrialismus bedroht wird, sondern auch andere Formen geistiger Produktivität. Balzac gelingt es damit, das seinerzeit dutzendfach, unter anderem in Vignys *Chatterton* und in der ersten *Éducation sentimentale* von Flaubert abgehandelte Thema vom enttäuschten Dichter aus der Beschränkung narzißtischer Selbstbemitleidung (der Poet als Märtyrer des Bourgeois) herauszuführen. Bei ihm ist das Schicksal des Dichters nur noch ein Sonderfall in einer übergreifenden gesellschaftlichen Entwicklung, in der das »nackte Interesse«, die »gefühllose bare Zahlung«, die »egoistische Berechnung«, die »Auflösung der persönlichen Würde in den Tauschwert« und die Zurückführung »des Familienverhältnisses auf ein reines Geldverhältnis« bestimmend geworden sind. In der Tat erscheint das Kommunistische Manifest in diesen allbekannten Formulierungen wie die Zusammenfassung eines Balzac-Romans, ja der *Comédie Ilumaine* insgesamt. Nur: wie man weiß, hat Balzac diese Entwicklung nicht als einen ›notwendigen‹ Übergang zu einer besseren Zukunft, sondern eher als eine erschreckende Denaturierung einer schöneren Vergangenheit verstanden. Ebendeshalb verkörpern die asketische Tugendhaftigkeit des Cénacle und der bescheidene Familiensinn der Séchards für ihn das ›Richtige‹, nicht die aufgeregte Betriebsamkeit des Journalismus oder die Raffgier der Cointets. Bezeichnend ist auch, daß Balzac seinen Roman zeitlich in der Restaurationsepoche ansiedelt, nicht in der Gegenwart der Julimonarchie. Daß die politische Rückwärtsgewandtheit und die Sehnsucht nach dem Aufrechterhalten fester Bindungen Balzac nicht daran hinderten, wahrzunehmen, was die Stunde geschlagen hat, wird seit Lukács immer wieder als der besondere Ausweis seines Genies hingestellt. Indes läßt sich Balzacs Wirklichkeitssinn auch anders und, wie mir scheint, psychologisch plausibler erklären: Nicht *trotz* seiner regressiven Affekte wurde Balzac hellsichtig, sondern *dank* ihrer. Sein Realismus entspringt nicht so sehr einer höheren Einsicht als vielmehr der Sorge, den letzten Halt verlieren zu können. Er hat etwas Exorzistisches. Er ist ein Produkt der Angst, einer Angst, die von dem, was sie fürchtet, zugleich fasziniert ist. Vautrin, der am Ende der *Verlorenen Illusionen* auftaucht und *Glanz und Elend der Kurtisanen* beherrscht, verkörpert diese Faszination.